FANTASY

Buch

England, 1194. Als Robert von Locksley vom Kreuzzug zurückkehrt, belastet Schuld seine Seele: Nachdem er von den Sarazenen gefangen genommen worden war, wurde Sir Hugh, der Vater von Lady Marian FitzWalter von Ravenskeep, getötet. Marian hofft, von Robin mehr über die Todesumstände zu erfahren. Und Robin erzählt ihr vom letzten Wunsch des Vaters – daß sie den Sheriff von Nottingham heiraten soll. Viele Männer werben um Marian, doch sie entscheidet sich für Robin – ohne zu ahnen, daß sie die Geliebte eines Geächteten werden wird...

»Eine bestechende Neudichtung der Robin-Hood-Legende. Das beste Buch, das ich seit Jahren gelesen habe.«
Marion Zimmer Bradley

Autorin

Jennifer Roberson, geboren 1953, ist eng mit Marion Zimmer Bradley befreundet. Sie hat sich als Autorin des Cheysuli-Zyklus und der Schwerttänzer-Tetralogie einen Namen gemacht, insgesamt bereits über 20 Romane veröffentlicht und sich mit dem Bestseller »Herrin der Wälder« in die erste Garde der Fantasy-Autorinnen geschrieben. Sie ist zudem Herausgeberin der Anthologie »Marion Zimmer Bradley's Rückkehr nach Avalon«, der Fortsetzung des Weltbestsellers »Die Nebel von Avalon«. Gemeinsam mit Melanie Rawn und Kate Elliott hat sie »Die Chronik des Goldenen Schlüssels« verfaßt. Sie lebt in Arizona.

Bei Goldmann bereits erschienen

Jennifer Roberson als Herausgeberin und Autorin:

Marion Zimmer Bradley's Rückkehr nach Avalon (41600)

Jennifer Roberson als Autorin mit Melanie Rawn und Kate Elliott:

Die Chronik des Goldenen Schlüssels:
1. Das Bildnis der Unsterblichkeit. Roman (24649)
2. Die Farben der Unendlichkeit. Roman (24792)
3. Der Maler der Fürsten. Roman (24793)

Weitere Bücher sind in Vorbereitung.

JENNIFER ROBERSON

Herrin der Wälder

Roman

Aus dem Amerikanischen
von Janka Panskus

GOLDMANN

Die amerikanische Originalausgabe erschien 1992
unter dem Titel »Lady of the Forest«
bei Zebra Books, New York

Umwelthinweis:
Alle bedruckten Materialien dieses Taschenbuches
sind chlorfrei und umweltschonend.
Das Papier enthält Recycling-Anteile.

Der Goldmann Verlag
ist ein Unternehmen der Verlagsgruppe Bertelsmann

Deutsche Taschenbuchausgabe 5/98

Umschlaggestaltung: Design Team München
Umschlagmotiv: Agt. Schlück/Oliviero Berni
Satz: Uhl + Massopust, Aalen
Druck: Elsnerdruck, Berlin
Verlagsnummer: 24811
Redaktion: Andreas Helweg
VB · Herstellung: Peter Papenbrok
Printed in Germany
ISBN 3-442-24811-6

1 3 5 7 9 10 8 6 4 2

Für Mark

Danksagung

Mein besonderer Dank gilt mehreren Personen, die in unterschiedlichsten Funktionen und mit unterschiedlichsten Einflüssen zum Werk beitrugen, allen voran meinem Agenten, Russell Galen, einem Mann mit großer Geduld, Vision und Verständnis. Des weiteren Betsy Wollheim, daß sie mir so großzügig und selbstlos erlaubte, meine Flügel auszustrecken; Michael A. Stackpole für Forschungsmaterial und Gespräche; Gail Wolfenden-Staib für Informationen und Quellenbücher zur Mode des 12. Jahrhunderts; und insbesondere Maryeileen McKersie für ihre Beständigkeit, ihre Kommentare und ihre Unterstützung.

Zusätzlich möchte ich Dr. Neil Kunze danken, Geschichtsprofessor an der Northern Arizona University, der zweifellos die Journalistikstudentin vergessen hat, die seine Seminare in englischer Geschichte aus reiner Liebe dazu belegte; Ray Newton, Journalist, der mich vieles lehrte, was ich über das Schreiben weiß, und mich dann dazu ermunterte, es auf *meine* Art zu tun; und meiner Lektorin, Ann LaFarge, für ihren Enthusiasmus und ihre Unterstützung.

Ganz spezieller Dank gebührt meinem Großvater, S. J. Hardy, und meiner Mutter, Shera Hardy Roberson, deren Liebe zu Büchern sich als genetisch erwies; Georgana Wolff Meiner, die am Anfang da war; sowie dem Thursday Morning Corgi Club für seine Hilfe, mich gesund zu erhalten.

Viele andere Menschen trugen, in größerer oder in kleinerer Form, ebenfalls zu diesem Roman bei. Keiner von ihnen ist so unbedeutend, daß ich ihn als unwichtig erachte, denn wie jeder Autor bescheinigen kann, kann selbst ein einzelnes Wort im Vorübergehen ein Manuskript formen. All jenen, die die Worte fallen ließen, danke ich aufrichtig, selbst wenn ich den Zeitpunkt, den Ort oder den Grund vergaß.

Zuletzt möchte ich meinen tiefempfundenen Dank für meinen Mann, Mark O'Green, ausdrücken, für seine Hilfe, seine Umarmungen, sein Vertrauen – und sein Verständnis.

Damals erhoben sich aus den Reihen der Enteigneten und Verbannten die berühmten Freibeuter Robin Hood und Little John mit ihren Helfershelfern, die die dümmliche Masse so gern in Tragödien und Komödien feiert; und die Balladen, die von jenen handeln, von Spaßmachern und Minnesängern zum besten gegeben, entzückten sie mehr als alle anderen.

Eintrag zum Jahr 1266 vom
schottischen Chronisten Walter Bower,
Abt von Inccholm, 1445

Prolog

Nottingham Castle
Spätes Frühjahr 1194

Dunkelheit. Stille. Die Schwermut der Einsamkeit. Das waren die Waffen, die sie brechen sollten, die sie dazu bringen sollten, ihre trotzige Haltung aufzugeben und sich zu unterwerfen; die sie dazu treiben sollten, sich zu ergeben und um Gnade, Mitgefühl und Verständnis zu flehen.

Ein Geräusch zerriß die Stille, und Licht verbannte die Dunkelheit. Die schwere Tür öffnete sich und schabte über den Boden. »Marian.«

Sie hätte am liebsten gelacht. Ein sanftes, verführerisches Wispern, doch scharf wie eine Klinge – er war gewohnt, gehört zu werden.

Er trug eine Fackel und wurde nicht von den livrierten Soldaten begleitet; was er von ihr begehrte, wollte er in der Abgeschiedenheit bekommen – *oder* sich nehmen. *Gibt er auf?* fragte sie sich. *Sucht er vielleicht gar Vergeltung?*

Die Fackel verdrängte die Dunkelheit, und die Welt erstand wieder neu.

Mit gegen den Flammenschein zusammengekniffenen Augen setzte sie sich hastig auf, dann zwang sie sich zur Ruhe. Ihre Beine waren, von ihren verdrehten Röcken umschlungen, in die schweren Bettdecken gewickelt.

Sie wußte, was er sah: verfilztes schwarzes Haar, in dem noch Strohhalme aus dem Verlies steckten; ein verschmutztes, zerknittertes Kleid, das nach Pferd und Schweiß und Rauch roch; forsche blaue Augen, die von der Anspannung und dem Schlafmangel rotgerändert waren. *Ich weiß sehr gut, was er sieht.* Was er wollte, war ebenso offensichtlich, obwohl er es nicht sagen würde. Noch nicht. Sie wußte, er war feinsinnig und deshalb nur um so gefährlicher.

Er hielt die Fackel in die Höhe. Die Flamme loderte in der Dunkelheit und beleuchtete das Zimmer. Einen Moment lang blendete sie das Feuer in dem immerwährenden Tanz, dem gegenseitigen Umwerben von Luft und Flamme. *»Marian.«*

Er lächelte und entblößte dabei eine Reihe weißer Zähne. Sie ordnete ihre Röcke, um sicherzustellen, daß ihre Beine bedeckt wären. Sie würde sie ihm nicht freiwillig zeigen. Was er von ihr bekäme, müßte er stehlen.

Er kam mit der Fackel auf sie zu. Zum dritten Mal sprach er ihren Namen, als würde er ihn, indem er ihn in seinen Mund nähme, besitzen, und sie mit ihm. Sie versagte sich jedoch, darauf zu reagieren, ihm in irgendeiner Weise zu signalisieren, daß sie sich ergab oder daß sie es auch nur zur Kenntnis genommen hatte. Alles, was sie tat, war, gerade und herausfordernd zurückzustarren und ihm dadurch den Sieg zu verweigern, den er so sehr begehrte.

Sie befand sich nicht mehr im Verlies, wo sie die Gesellschaft von Ratten geteilt hatte, sondern in einem möblierten und edel ausgestatteten Schlafzimmer; er besaß gute Manieren. Ein bemaltes Leinentuch an der Wand minderte die Kälte der Steine. Aber nicht genug. Nicht annähernd genug. Ihr Blut konnte es nicht erwärmen.

»Ihr habt die Wahl«, sagte er. »Ihr habt immer die Wahl gehabt.«

Marian verspürte Lust zu lachen. Langsam und mit natürlicher Grazie streckte sie ihm ihre rechte Hand entgegen. Mit der Handfläche nach unten. Als er überrascht nach ihr langte – in der Annahme, merkte sie, daß sie das gewollt hatte –, drehte sie mit einer schnellen Drehung des Handgelenks die Handfläche nach oben. Augenblicklich zog sich seine Hand zurück; sie wußte, daß er seine Geste bereits bereute.

»Die Wahl«, sagte sie leise, mit ihrer rauchigen, tiefen Stimme.

»Vor dem Abt Buße tun, dann das Gelübde ablegen und Nonne werden – obgleich ich keine wahre Neigung dafür empfinde.«

Er wartete stillschweigend, gespannt. Die Fackel stieß Rauch und Flammen aus.

»Die Wahl«, sagte sie wieder. »Das Gelübde ablegen oder Eure Frau werden, obgleich ich keine wahre Neigung dafür empfinde« – sie lächelte, bevor er etwas sagen konnte –, »oder selbst die *Spur* eines Verlangens.«

»Was will ich schon mit Verlangen?« Seine Stimme war kühl, verriet nichts. »Ich kann Euch haben, mit oder ohne.«

»Außer der Scheiterhaufen bekommt mich zuerst.«

Er lächelte schwach. »Morgen werdet Ihr wegen Hexerei vor Gericht gestellt. Wir wissen beide, daß Ihr schuldig seid, und ich bezweifle, ob Ihr das überleben werdet.«

Sie wußte sehr gut, daß sie nicht überleben würde, obgleich Schuld nichts damit zu tun hatte. Niemand, Hexe oder nicht, überlebte den Scheiterhaufen.

»Es ist eine Tatsache«, sagte er ruhig. »Legt ein Gelübde ab und geht in ein Kloster, dann wird es keinen Prozeß geben.«

Bitterkeit schlich sich in ihren Ton. »Und meine Ländereien fallen an die Kirche ...«, sie hielt einen Augenblick inne, um nachzudenken, was noch dahinterstecken mochte, »es sei denn, Ihr habt vor, einen Teil davon als Zahlung für das entgegenzunehmen, was Ihr jetzt tut.«

Seine Stimme klang ironisch. »Eine angemessene Mitgift für eine Braut Jesu Christi, finde ich.«

Marian lachte. »Aber das ist es nicht, was Ihr wollt. Das würde *Euch* nicht gebührend anerkennen, und das könnt Ihr nicht billigen. Nicht William deLacey. Sein Stolz würde das nie zulassen.«

Er verbannte sein angedeutetes Lächeln. »Heiratet mich, dann wird es keinen Prozeß geben.«

Nun war sie es, die ihm ironisch antwortete. »Und Ihr werdet *alle* meine Ländereien besitzen.«

Seine Augen leuchteten vor stillem Lachen. »Eine angemessene Mitgift für den Sheriff von Nottingham, finde ich.«

Sie sah ihn fest an und behielt ihren ruhigen Tonfall bei. »Und wenn ich kein Gelübde ablege und in den Flammen umkomme, wird keiner von Euch gewinnen. Meine Ländereien werden an den König gehen.«

Er erlaubte sich ein Lächeln. »Euer Vater war Löwenherz treu ergeben. Er starb wegen Richard, wegen Richards heiligem Wahn.«

Er wußte, wie er sie reizen konnte. »Mein Vater würde *nie* –«

Der Sheriff unterbrach sie. »Aber nun heißt es, daß Richard von seiner Zelle in Heinrichs deutschem Gefängnis nicht heimkehren wird – in welchem Fall sein Bruder John, der jetzige Count of Mortain, den Thron von England besteigen wird.« William deLacey machte eine Pause. »Glaubt Ihr etwa, Euer Vater könnte in Frieden ruhen, wenn seine Ländereien an John fielen?«

Nein, nein und nochmals nein. Verbittert sagte sie: »Nach allen Gesetzen Englands gehören die Ländereien jetzt *mir*... und es mag mir wert erscheinen, sie John Lackland zu geben, und sei es nur, um Eure Pläne und die des Abtes zu vereiteln.«

Der Sheriff trat noch näher an sie heran. Ihr Blick fiel auf die Hand an der Fackel – seine Schwerthand, die, von langjähriger Kampferfahrung gestählt, kräftig war. Sie stellte sich die Hand in ihrem Haar vor. Sie stellte sie sich an ihrem Hals vor. Stellte sie sich an ihrer Brust vor.

Marian wollte sich übergeben.

Er stellte die Fackel in einen Halter und beugte sich über Marian.

Rasch schlug sie die Bettdecke zurück und rutschte seitlich aus dem Bett. Sie wollte wegrennen, die Tür aufschlagen und die Wendeltreppe hinunterstürmen, Nottingham Castle entfliehen.

Er erwischte sie jedoch und setzte sie auf das Bett zurück. Dann nahm er seine Hände wieder von ihr. »Wißt Ihr, was ich sehe?«

Sie holte keuchend Luft. Stumm schüttelte sie den Kopf.

»Ein kleines Mädchen«, antwortete er, »das rittlings auf dem großen Streitroß ihres Vaters sitzt. Mit verfilztem und staubigem schwarzen Haar, das sich aus ihren Zöpfen löst.«

Das hatte sie nicht erwartet.

»Sir Hugh FitzWalters Tochter, die kleine Lady Marian, geboren und aufgewachsen zu Ravenskeep am Rande des Sherwood Forest, ganz in der Nähe von Nottingham.« Er lächelte verbittert. »Ich heiratete zweimal und beerdigte beide. Ich liebte keine von ihnen.«

»Sie gebaren Euch Kinder«, sagte sie.

DeLaceys Stimme klang schmeichlerisch. »Einer Frau Kinder zu schenken hat nichts mit Liebe zu tun.«

Sie holte tief Luft. Sie hatte keine Angst vor ihm; sie hatte *nie* Angst vor ihm gehabt, aber sie wußte nun genug, um sich in bezug auf seine Absichten unsicher zu sein. »Ihr wart meines Vaters Freund.«

»Das war ich. Und bin ich, Marian. Er bat mich, für Euch zu sorgen, sollte ihn ein Unglück ereilen.«

Das wußte sie besser als er. »Aber das hier wollte er nicht!«

Seine Zähne schimmerten im Fackellicht. »Ihr macht es nötig.«

»Ihr seid ein Narr«, erklärte sie ihm. »Ein erbarmungsloser, kaltherziger Narr –«

»*Und* schlimmer«, stimmte er ihr zu, »aber ich lasse mich nicht dazu herab zu vergewaltigen.«

Marian hatte große Lust auszuspucken. »Ihr werdet mich auf keinem anderen Wege bekommen.«

Der Sheriff lächelte nur. »Wißt Ihr, was ich sehe? FitzWalters schwarzhaarige, blauäugige Tochter im Alter von nur vier Monaten und ohne einen Zahn im Mund. Die lacht und ohne Wirkung mit ihren Fäusten in das Gesicht des Sheriffs schlägt.«

Jetzt begriff sie, was er vorhatte, wie er hoffte, sie mit gemeinsamen Erinnerungen an ihre Kindheit, an ihre Jugend und an die Zeit, als ihr Vater noch lebte, zu entwaffnen.

Sein Lächeln wurde schwächer. Er zischte: »Wißt Ihr, was ich sehe?«

Unerschütterlich hielt sie ihr Schweigen.

Er antwortete ihr dennoch, barsch. »Eine Frau, die bereit zum Beischlaf ist und die mit den Augen darum bettelt.«

Ihre Kiefermuskeln spannten sich an. »Gebt mir ein Messer«, entgegnete sie, »und ich werde Euch *zeigen*, wozu ich bereit bin.«

Der Sheriff hob eine Augenbraue. »Lehrte er Euch das? Lehrte er Euch das *Schwert*?«

»Das Schwert? Das fleischliche Schwert, ja. Aber er lehrte mich auch, was Ihr nicht könnt: was es heißt zu lieben.«

Dunkle Flecken erschienen auf seinem Gesicht. Ihr Hieb hatte ihn uneingeschränkt getroffen, und tiefer, als sie es erhofft hatte. Ihre nüchterne Bestätigung seiner plumpen Anspielung hatte die Klinge gegen ihn gewendet.

Seine Augen glitzerten im Licht. »Wißt Ihr, was ich sehe?«

Sie wußte sehr wohl, was er sah. Und sie benannte es, bevor er es vermochte. »Robin Hoods Hure.«

1. Kapitel

Huntington Castle
Frühjahr 1194

Marian lächelte schief. *Dagegen ist Ravenskeep eine Hütte.*

Das stimmte nicht, jedenfalls nicht ganz; ihr geliebtes Rittergut war ein sehr würdiger Wohnsitz und weit besser als die Hütte eines Leibeigenen. Doch Huntington Castle mit seiner erhabenen Größe und seiner fallgitterbewehrten Stattlichkeit war in der Tat tief beeindruckend und auch wunderbar neu; es konnte sich der neuesten Errungenschaften in Baukunst und Verteidigungsanlagen rühmen. Den Bergfried umgab eine neumodische Ringmauer, die zu Verteidigungszwecken mit Wehrgängen und Schießscharten überladen war, aber es waren weniger die Größe und die Massigkeit der Burg, die Marian überwältigten, als der Machtanspruch und der Reichtum ihres Eigentümers.

Nicht weniger beeindruckend war der große Saal mit seinen modernen massiven Steinwänden, die in Abständen von bemalten Wandteppichen bedeckt waren. Die Halle wurde von Kerzen und Lampen erhellt. Lautenklänge untermalten die Wärme der vielen Körper, den Duft nach Konfekt, Gewürzen und Wein und die angeregten Gespräche, die im gesamten Saal im Gange waren. Marian nahm das alles wahr, wenngleich auch distanziert, da sie statt dessen an den Anlaß dachte, aus dem sie und die anderen – selbst die Nichtgeladenen – gekommen waren.

Er wird sich nicht an mich erinnern. Er konnte es nicht; warum sollte er? Er war der Sohn eines Earls und sie die Tochter eines Ritters. Daß sie sich einmal begegnet waren als Kinder, würde ihm nichts bedeuten. *Ich wünschte*... Doch sie unterbrach sich. Es hatte keinen Zweck.

Sie spürte ein flaues Gefühl im Magen. *Es ist falsch. Ich weiß es. Ich sollte ihn nicht damit belästigen; nur weil er zur selben Grafschaft gehört, kann ich nicht erwarten, daß er mehr weiß als ich.* Sie holte tief Luft. *Aber jetzt bin ich schon mal hier. Ich werde ihn ohnehin ansprechen. Was kann es schon schaden, ihn zu fragen?*

Beinahe jeden Tag kehrten jetzt Männer vom Kreuzzug zurück, aber sie kannte keinen von ihnen. *Nicht mehr jedenfalls, als ich Locksley kenne ... und ich kann ihn doch zumindest fragen* – Marian biß sich auf die Lippe. *Es ist nichts dabei, ihn zu fragen, oder?*

Robert von Locksley, Erbe des gewaltigen Vermögens, des alten Titels und der neuen Burg seines Vaters, saß ruhig und vollkommen reglos auf der Kante eines Stuhls. Wenn er sich nicht bewegte, wenn er nicht einmal zuckte, würde der Stuhl nicht zusammenbrechen.

Und ich auch nicht.

Durch die beschlagene Eichentür, die er sorgfältig geschlossen und verriegelt hatte, um allein zu sein, drangen Geräusche in sein Bewußtsein: Echos, die durch das Holz, den Stein und die Entfernung gedämpft waren; verzerrt von Sinneswahrnehmungen und ihren Deutungen, die von Erlebnissen in der Vergangenheit geformt waren, eigentümlicherweise aber dennoch in seine Gegenwart hineinreichten. Er fragte sich in einer seltsam abgelösten, gleichgültigen Art, ob dieselben Echos wohl auch seine Zukunft prägen würden.

Richard. Er schloß die Augen. Seine Hände, die schlaff auf seinen Oberschenkeln ruhten, zogen sich krampfartig zusammen und ballten sich zur Faust, wobei seine Fingernägel über den Hosenstoff kratzten. Ein Zittern erschütterte seine Unbeweglichkeit, dann erstarb es. *Wenn ich mich weigere, es zu hören ...*

Doch der Lautengesang und das Gelächter jenseits der Tür verwandelten sich, ohne daß er etwas dagegen tun konnte. Die Geräusche waren nun dröhnend laut ...

... das Hämmern von Steinen, die gegen die Steinmauern der Christenheit geschleudert wurden und dort aufprallten ... die Schreie eines

sterbenden Mannes, getroffen vom Geschoß eines Katapults ... die Flüche und die Gebete, die für die Kreuzfahrer so oft ein und dasselbe waren, da sie nur daran dachten, daß sie Gott und ihrem König dienten, und vielleicht ihrem eigenen Machttrieb ...

Und das derbe Lachen von Löwenherz, das durch Schicklichkeit und Anstand nicht gehemmter war als seine Gelüste durch seinen Rang.

Locksley zuckte zusammen, als jemand seinen Namen rief. Seine Augen öffneten sich, ohne daß sie etwas wahrnahmen. Tastend kämpfte er sich den Weg empor zur Oberfläche. Die Stimme kannte er doch ...

Die Stimme drückte Ungeduld, Unannehmlichkeiten und strenge Autorität aus. »Robert –« Jetzt sprach sie ruhiger, aber nicht weniger scharf und eindringlich, »willst du meine Gäste denn die ganze Nacht warten lassen?«

Mit Mühe kam Locksley wieder zu sich, versetzte sich aus dem Heiligen Kreuzzug zurück zum Krieg des Willens, der nun, subtiler, in den Burghallen seines Vaters ausgefochten wurde. Einer tiefsitzenden Müdigkeit gewahr, erhob er sich und wischte sich die Feuchtigkeit auf seiner Stirn unterhalb seines dichten hellen Haarschopfes mit der Handfläche weg. Körperlich war er gesund. Was sein Vater jedoch von ihm wünschte, wollte er hingegen nicht. Es war besser, es sofort zu beenden.

Sich zum erwarteten höflichen Benehmen aufrufend, jedoch in der Absicht, es offen auszusprechen, um keinen Raum für Mißverständnisse zu lassen, öffnete er die Tür. Davor stand sein Vater. Und hinter ihm wandelte ein Großteil der englischen Adeligen, über die Richard I., genannt Löwenherz, herrschte.

Locksley erlangte die Selbstbeherrschung zurück. »Vergebt mir.« Er wählte einen freundlichen Ton. »Hättet Ihr mich gefragt, hätte ich Euch gesagt, daß Ihr Euch keine Umstände zu machen brauchtet. Mit – *etwas Derartigem*.« Er deutete kurz auf die Welt jenseits der Tür. »Ich würde lieber zu Bett gehen.«

Dem Earl, der inzwischen eingetreten war, blieb in Anbetracht seines unerwartet widerspenstigen Erben beinahe der Mund offenstehen. Dann ließ seine Verwunderung nach, und er wurde herrisch. »Bei Gott – du wirst jetzt herauskommen. Und zwar sofort. Ich habe alle eingeladen. Sie sind alle gekommen. Und alle *erwarten* –«

Locksley sprach leise, aber bestimmt. »Es kümmert mich nicht, was alle erwarten. Ihr gabt ihnen Anlaß zu dieser Erwartung, ohne mich vorher zu konsultieren.«

Der Earl schloß mit der Kraft beeinträchtigter Autorität und dem Verlangen, sie auf der Stelle wiederherzustellen, die Tür. »Bei Gott, Robert, ich bin dein Vater. Es ist an mir, zu planen, was ich planen möchte, sei es mit oder ohne vorherige Konsultation.« Doch dann wurde der wutentbrannte Ausdruck milder. Der Earl durchschritt das dunkle Zimmer und legte beide Hände auf die Arme seines Sohnes. »Ach Robert, laß es doch sein. Warum müssen wir uns jetzt streiten, und noch dazu über eine solch unwichtige Angelegenheit? Ich dachte, du seist *tot* – und indessen stehst du hier vor mir, gesund und in voller Lebensgröße...« Seine blauen Augen leuchteten vor Freude. »Komm schon, Robert – du mußt zugeben, daß deine Rückkehr eine Feier wert ist! Der einzige Sohn des Earl of Huntington ist zurück vom Kreuzzug mit König Richard. Ich möchte, daß sie es sehen, Robert!«

»Sie wissen es doch schon«, erwiderte sein Sohn ruhig. »Dafür habt Ihr schon gesorgt.«

»Und machst du mir etwa einen Vorwurf daraus? Ja?« Der Earl gab seine rauhe Herzlichkeit auf und wurde nun eindringlicher, wenngleich auch eine väterliche Ungeduld mitschwang. »Ich dachte, mein Sohn sei tot. Man *berichtete* mir, mein Sohn sei tot, an Löwenherz' Seite gestorben... und dennoch kommt anderthalb Jahre später ebenderselbe Sohn, versiegelten Mundes und trockenen Auges, in meine Burg und erzählt nichts, außer daß die Gerüchte nicht stimmen. ›Nicht tot‹, sagte er, ›sondern in Gefangenschaft der Sarazenen‹...« Die blauen Augen des Earls wurden feucht. »Bei *Gott*, Robert! – Kein lebender Vater könnte einer Feier widerstehen. Und zwei Jahre auf Kreuzzug mögen aus dem

Knaben einen Mann gemacht haben, aber *ich* bin immer noch dein Vater. Du wirst tun, was ich sage.«

Das Alter hatte die Kanten abgeschliffen, aber der Tonfall war immer noch vertraut. Es war ein Tonfall, dem man Gehorsam leisten, den man fürchten mußte und der Strafe verhieß, doch der Sohn, der ihn hörte, war nicht mehr derselbe.

Die kämpferische Haltung des Earls ließ nach, während er seinen schweigenden Sohn betrachtete. »Bei Gott, Robert, laß mich stolz auf dich sein«, bat er. »Laß mich dich all denen in strahlendem Licht vorführen, mit denen du zu tun haben wirst, wenn *ich* im Grab bin.«

Locksleys Bauch krampfte sich zusammen. Während des Kreuzzugs war ihm die Willensstärke seines Vaters, seine Unnachgiebigkeit und seine selbstherrliche Autorität gegenwärtig geblieben. Niemals hatte es in seinen Erinnerungen oder Tagträumen jedoch eine weichere Seite an ihm gegeben.

Ich bin alles, was er noch hat... Es war den Kampf nicht wert. Er hatte schon zu viele gefochten. Sollte sein Vater doch diesen einen gewinnen: Die Gefangenschaft hatte Locksley die Gleichgültigkeit gelehrt. Zuviel zu wollen, schmerzte nur.

Seufzend zog Locksley die Tür weit auf. Dahinter schwirrte die Menge und erzählte sich Geschichten über seine Gefangenschaft, seine Heldentaten und seine Tapferkeit. Was sie nicht wußten, erfanden sie.

Als er das bemerkte, verfluchte der Sohn sich als Narr.

2. Kapitel

Marian preßte ihre feuchten Handflächen gegen das Kleid. Locksley war endlich erschienen, und sie unterschied sich schließlich, ungeachtet ihrer hochfliegenden Ideen, in nichts von den anderen. Sie war ebenso neugierig und fasziniert wie alle anderen auch.

Es quälte sie, denn sie hatte gehofft – darauf *gezählt* –, daß er nur ein Junge wäre, der vom Kriegspielen heimgekehrt war. Die Art von Mensch, an die sie herantreten konnte, ohne sich so offenkundig selbstbezogen zu fühlen.

Sie schluckte den Kloß wachsender Nervosität hinunter. *Auch andere Frauen hatten ihre Väter verloren. Ich habe nicht mehr Recht als sie, diesem Mann eine Frage zu stellen.*

Aber auch nicht weniger.

Erhöht auf dem Podest, stand er vor ihnen. *Er hat sich sehr verändert.* Der Junge, der in den Krieg gezogen war, war als Mann zurückgekehrt. Sie fragte sich, ob jemand anders ihn auch so sah wie sie oder ob sie alle völlig blind waren.

Aus der Entfernung konnte Marian nur den hellen Schopf seiner weißblonden Haare erkennen, die er unmodisch und viel zu lang trug. Er war immer ein heller Typ gewesen, wie sie sich erinnerte, und bleich wie eine Osterlilie bis auf seine haselnußbraunen Augen.

Ich erinnere mich an jenes Weihnachten... Es gab ihr einen unerwarteten Auftrieb erneuter Überzeugung. *Ich werde ihn fragen... sicher kann er mir eine einzige einfache Frage nicht verwehren.*

Sir Guy of Gisbourne gaffte. Nur mit Mühe konnte er seinen Mund schließen, wischte sich den Schweiß von der Oberlippe und benetzte seinen trockenen Mund mit Wein, zuviel Wein, den er in einem Zug trank, bis der Becher leer war.

Wieder sah er die Frau an, die ihn um den Verstand brachte. Er konnte nicht aufhören, sie anzustarren. *Wer –?*

Ihm war der Schnitt und die Farbe ihres Gewands aufgefallen (ein schimmerndes Seidenkleid in einem kräftigen Blau, das am Ausschnitt und an den Ärmelaufschlägen silbern bestickt war und an der Taille von einem perlenbesetzten normannischen Gürtel eng zusammengehalten wurde); die Eleganz ihrer Körperhaltung; der Glanz ihres haubenbedeckten Haares; ihre tiefblauen Augen – und, als sie auf das Podium blickte, der unerwartet eigensinnige Zug ihres feinen Kinns.

Zitternd fuhr sich Gisbourne mit einer Hand über die Stirn. Er schluckte mühsam, seine Lungen waren wie verschnürt, und er versuchte, seiner wieder Herr zu werden. Seine Schenkel und sein Unterleib zogen sich, von der Erektion schmerzend, zusammen; er begehrte diese Frau nicht nur, er *brauchte* sie.

Es war bereits Monate her. Einmal hatte sich die Gelegenheit mit einem Serviermädchen ergeben, das ihm Erleichterung verschafft hatte, aber er fand solche Frauen nicht befriedigend. Er wollte mehr, aber er wußte nicht, wie er es bekommen konnte. Er hatte Fähigkeiten, wie sie Leute wie der Sheriff schätzten, da ja *irgend jemand* die Verwaltung der Burg und der Grafschaft organisieren mußte. Der Sheriff von Nottingham sprach Recht. Sir Guy of Gisbourne, sein Seneschall, führte es aus.

Er war nie übermäßig ehrgeizig gewesen, noch war er habsüchtig. Seine Gebieterin war die Pflicht, sein Gebieter William deLacey. Doch jetzt würde er sich von allen Treueschwüren lossagen, wenn es ihm nur *sie* in sein Bett bringen würde.

William deLacey, der Lord High Sheriff of Nottingham, packte seine jüngste Tochter am Arm und führte sie aus der Gruppe von Frauen, die sich um den Minnesänger scharten, heraus. Es war nicht so, daß er Musik nicht mochte oder gegenüber dem Können des Minnesängers taub war, aber es gab Wichtigeres zu regeln.

»Eleanor«, sagte er, als sie ihren Mund gerade zum Protest öffnete.

Sie beruhigte sich schnell wieder, aber er übersah ihre Verärgerung nicht. Sie war weder hübsch noch reizvoll, und daher wunderte es ihn nicht, daß sie sich jedem weibischen Musiker an den Hals warf.

Aber sie war intelligent. Was Eleanor an Aussehen fehlte, machte sie mit ihrer Schlauheit wieder wett.

Er zog sie hinter eine Trennwand und ließ ihren Arm los. »Du bist aus einem bestimmten Grund hier«, erinnerte er sie.

Die Lider über ihren wütenden braunen Augen niedergeschlagen, beugte sie sich kurz zu einem spöttisch gemeinten Knicks.

»Deine Zukunft hängt davon ab.«

Ihre Lider flatterten. Hoben sich. Sie sah ihm direkt ins Gesicht. »*Eure* Zukunft hängt davon ab.«

Sein Mund wurde schmal. »Ja. Gewiß. Du weißt, was ich möchte, genauso wie ich weiß, was du möchtest –«

»Ihr wißt nicht im geringsten, was ich möchte.« Ihr Ton war ruhig, aber feindselig. »Das habt Ihr niemals, und das werdet Ihr niemals, weil Ihr mir nie *zuhört* –«

»Genug!« Augenblicklich schloß sich ihr Mund, wie er es beabsichtigt hatte. »Du wirst dich benehmen, Eleanor. Ich habe keine Lust, mich dadurch demütigen zu lassen, daß du wie eine liebestolle Närrin um den Minnesänger herumhüpfst, wenn du zu einem anderen Zweck hier bist. Ich will das Beste für dich. Ich wünsche mir einen Mann für dich, der dir das geben kann, was du verdienst.«

Eleanor nickte wissend. »Auf daß ich das mit Euch teilen kann.«

Bedächtig schüttelte er den Kopf. »Vergeude dich nicht sinnlos, Eleanor. Schau in den Spiegel, den ich dir gegeben habe.«

Sie blinzelte. »In den ... Spiegel?«

»Anstelle von Ländereien und Mitgift wird ein Mann um der Schönheit willen heiraten. Ich habe kein eigenes Land, deine Mitgift ging an den König, und deine Schönheit ...«

Eleanors Gesicht verlor jede Farbe.

Aufmunternd tätschelte deLacey ihren Arm. »Ich bin sicher, du verstehst, daß das, was ich tue, genauso gut für *dich* ist wie für mich.«

Es wurde erwartet, daß jeder dem Sohn des Earls seinen Gruß entbot. Deshalb bestand Huntington auch darauf, daß sie, er und sein Erbe, auf dem Podest standen. Sein Sohn war von den Toten wiedergekehrt. Sein Sohn wurde zur Schau gestellt. Seht ihr, mein Sohn lebt, obwohl erzählt wurde, er sei an Richard Löwenherz' Seite gestorben!

Auch Marian hatte das Gerücht gehört und um ihn getrauert. Eine Nacht lang hatte sie geweint, weil auch ihr Vater gestorben war und weil sie sich an ein Weihnachten erinnerte, an das sich niemand sonst erinnern konnte. Doch Robert von Locksley war, entgegen aller Wahrscheinlichkeit, wieder zurückgekehrt. Ihr Vater nicht. Nur sein Schwert war ihr überbracht worden.

Sie schloß die Augen, während sich ihre Hände an ihren Röcken zu Fäusten ballten. Es war nicht fair. Locksleys Heimkehr verdiente Gebete und Dankbarkeit, keinen Groll. Keine Eifersucht.

Ein Mann trat an ihre Seite. Seine Stimme klang ruhig und kultiviert. »Ich habe Euch ein wenig Wein gebracht, damit Ihr Eure hübsche Kehle kühlen könnt.«

Sie sah auf. Warm lächelnd drückte ihr William deLacey einen Kelch in die Hand. Sie schloß beide Hände darum und dankte ihm mit einem Nicken.

Die braunen Augen des Sheriffs blickten sie mitfühlend an. »Ich vermisse ihn auch, Marian. Und bestünde die Möglichkeit, würde ich diesen Jungen gegen Euren Vater eintauschen. Hugh von Ravenskeep ist drei von seiner Sorte wert.«

Seine Unverblümtheit überraschte sie. »Wir sollten Gott danken, daß er so barmherzig war, wenigstens *einen* von ihnen wieder nach Hause zu schicken.«

DeLacey lächelte. »Eure Güte spricht für Euch, aber Ihr wißt, daß ich die Wahrheit spreche. Locksley bedeutet Euch nichts. Euer Vater war Euch alles.«

War. Nicht ist; *war*. Ihr Vater gehörte der Vergangenheit an, während sie der Gegenwart angehörte.

Wie würde nun ihre Zukunft aussehen? Sie war Hugh FitzWalters einzige Erbin, und mit seinem Tod war sie ein Mündel des Königs geworden. Nach englischem Gesetz verwaltete sie ihren Gutsbesitz als Treuhänderin ihres zukünftigen Mannes, und obgleich sie keinerlei Heiratspläne hatte, würde man es ihr mit Sicherheit bald vorschlagen, nun, da ihre Trauerzeit beendet war. Ravenskeep war, wie andere Ritteranwesen auch, eine wertvolle Einkommensquelle.

Seine Hand legte sich kurz auf ihre Schulter. »Ihr hättet nicht zu kommen brauchen.«

Marian zwang sich zu einem Lächeln. »Ich kam wie alle anderen, um dem Earl die Ehre zu erweisen.«

»Und nicht, um seinen Sohn zu beeindrucken?«

»Seinen Sohn?« Als sie seinen Blick bemerkte, mußte sie lachen. »Ihr brachtet Eleanor mit.«

»Ihr habt mich durchschaut.«

Marian runzelte die Stirn. »Ihr habt sie also in der Hoffnung mitgebracht, daß sich Robert von Locksley für sie interessieren wird.«

»In der Hoffnung, daß sich der Earl für sie interessieren wird; es kümmert mich herzlich wenig, was Locksley von dem Mädchen hält. In der Angelegenheit hat er nichts zu sagen.« DeLacey lächelte und salutierte mit erhobenem Kelch. »Ich bitte Euch, mich zu entschuldigen – ich muß jetzt Eleanor vorführen.«

Er verließ sie und glitt geschmeidig durch die Menge, um seine jüngste Tochter aufzulesen und sie zum Podium zu geleiten. Seine Stellung ausnutzend, ignorierte er alle vor ihm, um den Ehrenplatz einzunehmen. Als Angehöriger einer weniger bedeutenden Normannenfamilie war er nicht Lord durch altes angestammtes Erbe, aber der Eroberer hatte alle, die ihm bei der Niederwerfung Englands vorbildliche Dienste geleistet hatten, belohnt, indem er beschlagnahmtes Land und Titel an sie verteilt hatte. Auf diese Weise war der Sheriff in den neuen Adel aufgestiegen und hatte mit jeder Heirat seinen Rang noch erhöht. Sein Machthunger war für Marian unverkennbar, aber merkwürdigerweise setzte es ihn nicht herab. Er gehörte zu der Sorte Mann, die überleben, gleich wie die Umstände sind.

Anders als der Sheriff wartete Marian, bis sie an der Reihe war. Sie trank den Wein aus, reichte den leeren Kelch einem Bediensteten und erreichte schließlich das Podium, wo sie in ein Gesicht blickte, das bar jeden Ausdrucks war, und in hellbraune Augen, die für alle, die vor ihm standen, verschleiert waren.

Sie öffnete ihren Mund, um ihm ihre simple Frage zu stellen, aber es kam kein Wort heraus. Wer war *sie* denn, daß sie ihn überhaupt etwas fragte, und warum sollte er die Antwort kennen?

Doch da stand sie bereits vor den beiden, war dem Earl und seinem Sohn ordnungsgemäß vorgestellt worden. Da sie sich nicht gut umdrehen und fliehen konnte, war das mindeste, was sie tun konnte, die Willkommensworte herauszustoßen, die sie in Ravenskeep geübt hatte. Sie hatte sie dazu gedacht, das Eis zu brechen; jetzt würden sie ihr das Gesicht wahren, zumindest ein wenig.

»Mylord Earl.« Sie knickste. Mechanisch sagte sie ihr kleines Gedicht auf. Sie nahm nicht mehr Anteil als Locksley, der gelangweilt neben seinem Vater stand.

Doch plötzlich war seine Langeweile verschwunden. Gerade als sie sich zum Gehen wandte, legte sich eine Hand auf ihren Arm. »Marian von *Ravenskeep*?«

Verwirrt nickte sie – und sah die Gefühlswallungen in seinen Augen.

3. Kapitel

Locksleys Griff auf ihrem Arm schmerzte, doch Marian ließ ihn gewähren und machte, erschreckt sowohl von seiner Frage als auch seiner Berührung, noch einen Knicks. Verblüfft von seiner unerwarteten Angespanntheit musterte sie ihn eingehender.

»Ja«, sagte sie deutlich. Dabei fragte sie sich, was an ihrem Namen ihn aus seiner Reglosigkeit in die plötzliche Hitzigkeit getrieben hatte. »Marian von Ravenskeep; Sir Hugh ist –«, sie überprüfte das, »*war* mein Vater.«

Als hätte er seine Hand vergessen, blieb sie auf ihrem Arm liegen. Durch den Stoff der Kleidung fühlte Marian den Griff seiner Finger. »An Euch sandte ich den Brief. Ich vertraue darauf, daß Ihr ihn erhalten habt.«

Sie drehte sich ein wenig und wand ihr Handgelenk, um sich zu befreien. Sofort ließ er sie los, ohne sich jedoch zu entschuldigen. »Ich erhielt keinen Brief, Mylord.«

Das hatte er augenscheinlich nicht erwartet. Er runzelte die Stirn. »Ich habe ihn aber an Euch losgeschickt«, erklärte er, ohne Raum für Zweifel zu lassen. »Vor Monaten schon. Ich dachte, Ihr solltet wissen, wie Euer Vater starb.«

Seine Direktheit nahm ihr den Atem. *Wie kann er wissen, daß das meine Frage war?* Ruckartig schüttelte sie den Kopf. »Ich erhielt keinen Brief...«

»Robert.« Das war der Earl, der ihr eilig ins Wort gefallen war. »Robert, die anderen warten. Wenn du unbedingt mit dem Mädchen sprechen mußt, dann vielleicht zu einem anderen Zeitpunkt...?«

Ihre Zeit mit dem Earl war um. Die Aufmerksamkeit seines Sohnes wurde woanders gebraucht.

Als schließlich das Essen vorbei und die Tische abgeräumt waren, wurde zum Tanz aufgespielt. Marian hätte es vorgezogen, sich unauffällig im Hintergrund zu halten, aber das verhinderte William deLacey, der darauf bestand, mit ihr zu tanzen. Das Trauerjahr war vorüber, hielt er ihr vor Augen, und ihr Vater würde keine solch strenge Frömmigkeit von ihr verlangen, wenn es ums Tanzen ging.

Und so tanzte sie mit deLacey und einer Handvoll anderen, und zuletzt mit Sir Guy of Gisbourne, der sich ihr in gutem normannischen Französisch vorstellte, wodurch er sofort seine Abstammung preisgab. Sie wußte nur wenig über ihn, außer daß er deLaceys Untergebener war und daß der ihm den Kreuzzug erspart hatte, da der Sheriff ihn vom Kriegsdienst freigekauft hatte.

Gisbourne war ein stämmiger, dunkler und gedrungener Mann mit kurzen Gliedmaßen und hatte, wie sie es von seiner Unterhaltung her beurteilte, nur wenig Phantasie.

Als Ritter stand ihm einige Ehrerbietung zu. Sie war die Tochter eines Ritters und verstand das nur zu gut. Gisbourne stammte jedoch aus einer einfachen Kaufmannsfamilie, die ihm den Stand gekauft hatte, und er war zu jung, um rechtmäßig in königlichem

Dienst Land erworben zu haben. Er hatte deshalb keinen Besitz, kein Gut und war zwei Jahre vor Richards jüngstem Kreuzzug als Verwalter in die Dienste des Sheriffs von Nottingham getreten.

Seine Gesichtszüge waren kräftig und derb, und er bewegte sich schwerfällig. Seine Kleidung war aus gutem, schwarzgefärbtem Tuch. »Lady«, sagte Gisbourne heiser. »Mich dünkt, Ihr vergaßt die richtige Schrittfolge.«

Sie hatte sie tatsächlich vergessen. In Gedanken versunken, hatte sie sich falsch gedreht. Dadurch kamen sie einander zu nahe, *zu* nahe – flammenden Gesichtes machte sie einen Schritt zurück und sah das Aufflackern in seinen Augen. *Die Augen eines Ebers*, dachte sie. *Klein, schwarz, glänzend.*

»Lady«, wiederholte er. »Wünscht Ihr aufzuhören?«

Es lag nichts anderes in seinen Worten als eine verlegene Höflichkeit, die sie von einem Mann mit Eberaugen nicht erwartet hatte. Marian, die sich der Hitze in ihrem Gesicht bewußt war, schämte sich.

Sie schaffte es, ihre Stimme beiläufig klingen zu lassen. »Ich glaube, es ist besser, wir hören auf. Ich bin ein wenig überhitzt – vielleicht würde ein Becher kühlen Weines ...?« Sie fragte absichtlich nach Wein, da sie wußte, daß er dann weggehen würde und sie fliehen könnte.

Vom Funkeln in Gisbournes Augen her zu schließen, schien er das zu wissen. Steif verbeugte er sich. Marian beobachtete, wie er wegging, dann drehte sie sich um und wollte sich unter die Festgäste mischen.

Unvermittelt blieb sie stehen, da ihr ein großer Mann im Weg stand. Sie öffnete ihren Mund, um sich bei ihm zu entschuldigen. Dann schloß sie ihn jedoch wieder; es war Locksley. Seine haselnußbraunen Augen blickten sie sonderbar eindringlich an.

»Kommt mit mir«, sagte er. »Dies ist nicht der geeignete Ort, um zu reden.« Nein, das war er nicht, aber das hatte sie auch nicht erwartet. »Hier entlang«, verkündete er und faßte ihr rechtes Handgelenk.

Locksleys Verhalten war besitzergreifend, angespannt und mehr als nur ein wenig selbstbezogen. Er fragte nicht, er befahl. *Auf der anderen Seite*, mußte Marian ihm gerechterweise zugute halten, *ist er jedoch Sohn eines Earls.*

Er zerrte sie beinahe durch die Menge. Sobald die Leute ihn erkannten, machten sie ihm Platz, und dann fielen ihre Blicke auf *sie.*

Ihr Gesicht brannte, und ihre Brüste prickelten. Sie kamen am Minnesänger vorbei, dessen blaue Augen wissend funkelten; sein Lächeln galt ihr.

Im Zimmer schlug Locksley hinter ihr laut die Tür zu. Marian sah an ihm vorbei und erblickte Stühle, Kerzenständer und teppichbehangene Wände. *Zumindest*, dachte sie gewollt ironisch, *hat es kein Bett. Wenigstens das wird er mir ersparen.*

Er drehte sich zu ihr um. »Wißt Ihr, wie es ist, als Fremder nach Hause zu kommen und entdecken zu müssen, daß sich alles verändert hat?«

Sie war sich nicht sicher, ob er eine Antwort wollte. Er blickte sie nicht an.

»*Wißt* Ihr es?«

Sie legte ihre Hände auf den Rock und überlegte, was er wohl hören wollte. »Wenn ich fort war, vollziehe ich immer ein Ritual. Ich mache mich wieder mit allem vertraut, um zu sehen, ob sich etwas verändert hat. Ich gehe von Raum zu Raum. Von Saal zu Saal.«

»Ein Ritual«, wiederholte er. »Wie ein Ritter, der in die Schlacht zieht für Sieg, Ruhm und Ehre … und für den König?«

»Ich weiß nicht, Mylord. Ich war nie im Krieg.«

»Nein. Sie schicken Frauen nicht in den Krieg.«

Sie zögerte nicht. »Nur in die Ehe.«

»Seid Ihr deshalb gekommen?« fragte er. »Um einen Köder auszuwerfen für den verlorenen Falken, der zuletzt zu seinem Käfig zurückgekehrt ist?«

Seine bittere Vehemenz verblüffte sie. Sie war wegen nichts dergleichen gekommen. Doch sie nahm es Locksley nicht übel.

Marian lächelte. »Da fragt Ihr besser den Sheriff. Oder all die anderen, die ihre schön gekleideten Töchter im Schlepptau hinter sich herziehen.«

»Was ist dann mit Euch?«

»Was mit mir ist? *Ihr* brachtet mich hierher.«

Er seufzte und wandte sich ab. Mit einer Hand fuhr er sich durch das blonde Haar. Dann schwang er wieder herum. »Wir sind uns schon begegnet.«

Marian brachte ein Nicken zustande. »In Ravenskeep, Mylord. Einen Heiligabend« – es war schwerer, als sie erwartet hatte – »wart Ihr und Euer Vater von London her auf dem Heimweg, als ein Sturm Euch zum Einhalten zwang. Ihr kamt zum Rittergut meines Vaters und verbrachtet den Abend mit uns.« *Vielleicht wird ihn das zufriedenstellen. Möglicherweise erinnert er sich nicht an mehr.*

»Ravenskeep...« Seine Augen blieben unbewegt. »Ihr zogt mich unter die Mistel und fordertet den Preis von mir.«

Er erinnert sich noch daran. Hitze flutete über ihr Gesicht, gefolgt von Röte. Sie brauchte all ihren Mut, um seinem Blick, seinem Lächeln zu begegnen; um ihre Befangenheit zu verbergen. »Ich war sehr jung, wie Ihr auch«, begann sie, indem sie sich auf die Wahrheit verließ, gleich wie peinlich sie war, »und ich hatte bereits alle anderen geküßt. Ihr wart der einzige, der noch übrig war.«

Sie dachte, er würde vielleicht lachen, aber er tat es nicht. Sie erwartete, er würde zumindest lächeln, aber er wischte die Erinnerung nur mit einer selbstherrlichen Geste, die an seinen Vater erinnerte, weg. »Ich sandte Euch einen Brief«, erklärte er kategorisch. »Nachdem Euer Vater gestorben war, schrieb ich Euch.«

Locksleys Art, ihre Gefühle und Erwiderungen nur als Antworten auf seine Fragen zu betrachten, verärgerte sie in hohem Maße.

Marian vergalt es ihm auf ihre Art. »Warum gerade Ihr, Mylord? Sicher hätte es jemand anders gegeben. Jemand von niedrigerem Rang –«

Er hörte den leisen Spott in ihrem Ton. Einen Augenblick lang leuchteten seine Augen, aber mehr aus Ärger denn aus Belustigung. »Mein Rang hatte nichts damit zu tun«, antwortete er ihr barsch. »Wenn ein Mann auf dem Schlachtfeld das Leben eines anderen rettet, zählen solche Dinge nicht mehr.«

Skeptisch wandte sie ein: »Löwenherz ernannte Euch zum Ritter.«

»Ich sagte, es zählt nicht.« Er biß die Zähne aufeinander und spannte die Kiefermuskeln an. Röte überzog sein Gesicht. Er war so hellhäutig, daß es leicht erkennbar war – und dann sah sie die Narbe.

Sie war dünn, schartig und verlief entlang der Linie seines Kieferknochens vom rechten Ohrläppchen hinunter bis zum Kinn, wo sie in einem kleinen Aufwärtsbogen so abrupt endete, wie sie begonnen hatte. Sie war fast nicht sichtbar: eine Naht aus ungleichmäßigen Stichen. Jemand hatte ihn übel erwischt. Jemand hatte ihn genäht. Es war keine frische Narbe, aber auch keine, an die sie sich erinnern konnte. *Er war zwei Jahre fort... der Krieg verändert uns alle.* »Es zählt nicht«, sagte sie, während sie ihre Augen von der Narbe losriß.

Seine Röte ließ nach. Die Narbe war nicht mehr zu sehen, außer sie suchte bewußt nach ihr. »Vergebt mir«, sagte er rauh. »Ich war zu lange nicht mehr mit Frauen von Schicklichkeit und Anstand zusammen... ich habe alle Schmeicheleien vergessen.« Wieder spannte er die Kinnmuskeln an.

Es war ihm schwergefallen, das zu sagen. Marian lächelte schwach. »Sie werden Euch wieder einfallen. Was nun den Brief anbetrifft...«

»Ich schrieb ihn, weil er mich darum bat... und weil ich es Euch auch von mir aus berichten wollte. Ich fand es nur gerecht, daß ich mich persönlich für den Mann einsetze, der mein Leben gerettet hat.« Er machte eine linkische Geste der Hilflosigkeit. »Das war alles, was ich für ihn tun konnte.«

Die Wunde wurde wieder aufgerissen. »Mir wurde erzählt, er starb in der Schlacht.«

»Er starb zu Richards Füßen.«

Richard. Nicht der König. Nicht Löwenherz. Nicht einmal »Mylord«.

»Er starb zu Richards Füßen, weil ich nicht auf meinem Platz war.«

Ausdruckslos starrte sie ihn an. »Ich verstehe nicht.«

Sein Blick geriet nicht ins Wanken, noch wich seine Bitterkeit. Doch die galt nicht ihr. »Ihr versteht es sehr gut; ich kann es an Euren Augen sehen.«

Marian schluckte und ermahnte sich zur Bedachtsamkeit. »Wollt Ihr mir mit anderen Worten sagen, er starb wegen Euch?«

»Nein.« Seine hellen Augen wurden seltsam schwarz. »Nicht wegen mir, sondern aufgrund dessen, was mir *zustieß*.« Sein Ton wurde äußerst scharf. »Er starb, weil er meinen Platz an Richards Seite einnahm.«

»Euren Platz«, sagte sie. Und dann konnte sie nicht umhin, ruhig und direkt anzufügen: »Warum wart Ihr denn nicht dort?«

Seine Selbstverachtung war unverkennbar. »Weil ein sarazenischer Kriegsherr mich bereits gefangengenommen hatte.«

Sie konnte es deutlich vor sich sehen. »Und deshalb nahm mein Vater Euren Platz ein. Um seinen König zu beschützen. Damit Löwenherz unversehrt bliebe.« Trauer huschte kurz über ihr Gesicht; sie unterdrückte sie mit Mühe, weil sie instinktiv wußte, daß dieser Mann Hilflosigkeit, oder was er als Schwäche der Frauen auslegte, verachten würde. »Und tat er es nicht, Mylord? Schützte er den König nicht? Löwenherz lebt noch.«

»Im Gefängnis«, sagte er finster. »In Heinrichs deutscher Festung.«

Wut loderte in ihr auf. »Zumindest *lebt* er! Mein Vater ist seit einem Jahr tot!«

Ein Muskel zuckte an seinem Kinn. Er gab ihr keine Antwort.

Marian holte tief Luft. Sie wollte, daß ihre Stimme ihr wieder gehorchte. Sie hatte nicht damit gerechnet, daß sie Wut verspüren würde, eine ruhige, aber mächtige Wut: Vor ihr stand schließlich der Sohn des Earls. Ohne Zweifel hatte auch er, die gebührende Ehrerbietung gewohnt, etwas anderes erwartet. Jetzt hatte sie jedoch bereits angefangen. »Wenn er zu Richards Füßen starb, während Ihr schon gefangen wart, wie erfuhrt Ihr dann davon, so daß Ihr mir schreiben konntet?«

»Er hatte mich an jenem Morgen darum gebeten. Wir saßen beim Wein zusammen.« Seine Narbe wurde kurz sichtbar. »Ob er es ahnte, kann ich nicht sagen. Manche glauben, daß einige Männer die Stunde ihres Todes spüren ... Er bat mich auf meine Ehre, Euch zu schreiben, wenn er zu Tode käme.«

Der alte Schmerz wurde wieder frisch, stechend in seiner Heftigkeit. Sie konnte nicht anders, als zu murmeln: »Das ist noch schlimmer als alles andere.«

»Nein«, antwortete er knapp. »Ich sah ihn sterben. Er starb an *meinem* Platz ... während Saladin mich zwang, dabei zuzusehen.«

»Saladin.« Sie starrte ihn an. »Der Sarazene selbst?«

»Salah al-Din. Salah al-Din Yusuf ibn Ayyub.« Der Name wirkte auf einmal fremd auf sie, *noch* fremder als sonst, durch die andersartige Aussprache; ihr wurde bewußt, daß für ihn die ausländische Aussprache richtig und korrekt sein mußte und nur allzu vertraut.

Salah al-Din. Saladin selbst, Löwenherz' Feind.

Wieder zuckte sein Kiefermuskel, als würde Locksley selbst den Unterschied wahrnehmen, der in einem Zimmer widerhallte, das vom Heiligen Land sehr weit entfernt war. Er fuhr sich mit einer Hand durchs Haar. »Ohne Helm bin ich nicht leicht zu verfehlen. Richard behielt mich immer an seiner Seite –« Er unterbrach sich, dann fuhr er fort: »Die Sarazenen fanden sehr schnell heraus, daß sie nur nach mir Ausschau halten mußten, wenn sie Richard suchten. Richard war die Zielscheibe. Richard war das Ziel. Als wir das erfuhren, protestierte ich« – wieder leuchtete seine Narbe auf –, »aber Richard wollte nichts davon hören. Ich war sein *Banner*...« Locksleys Tonfall wurde unheilverkündend. »Sie ergriffen mich, dann töteten sie Euren Vater, als er versuchte, in die Bresche zu springen.«

Sie holte, um Stärke und Selbstbeherrschung ringend, Atem. »So«, sagte sie dann ruhig. »Eure Aufgabe ist damit getan. Euer Brief verirrte sich, aber der Überbringer nicht.«

Seine Narbe leuchtete noch heller. »Der Überbringer verirrte sich sehr«, sagte er, »und kann den Weg zurück nicht finden.«

Es überraschte sie, daß er sich ihr gegenüber so offen zeigte. »Mylord –«

»Es gibt da noch etwas«, sagte er. Er sah an ihr vorbei zur Tür, dann kehrte der Blick zu ihr zurück. »Euer Vater wünschte, daß Ihr den Sheriff von Nottingham heiratet.«

4. Kapitel

Das Klopfen an der Tür war laut. Marian rührte sich jedoch nicht. *Das würde er doch nicht... mein Vater? Würde er das wirklich wollen?*

Locksley, der sich von ihr abgewandt hatte, hob den Riegel, dann trat er zur Seite. Die Tür wurde mit resoluter Gewalt aufgestoßen. Der Earl persönlich kam, offenkundig verärgert, ins Zimmer. Sein Gesichtsausdruck blieb drohend, bis sein Blick auf Marian fiel. Augenblicklich verwandelte sich sein Gesicht in eine umgängliche, höfliche Maske. Sie bedeutete ihm nichts, war nur eine namenlose Frau für ihn, aber Pairs enthüllten Angehörigen niedrigeren Ranges gegenüber nichts.

In Anbetracht der Neuigkeiten von Locksley machte sie seine unterschwellige Vermutung wütend, doch sie sagte nichts. Hinter dem Earl stand der Sheriff. Sie würde ihre Gefühle zurückhalten, so wie Huntington.

»Robert«, sagte der Earl sanft, »draußen warten Gäste, die dich gerne sehen würden.«

Auch Locksleys Gesicht war leer wie eine Maske. »Sie haben mich bereits gesehen.«

Der Earl runzelte nur flüchtig die Stirn. Er warf Marian einen Blick zu, um abzuschätzen, wie sie Locksleys Antwort beurteilte, ehe er seinen Sohn väterlich anlächelte. »Ich verstehe, wie es f[illegible] dich sein muß, wieder die Gesellschaft einer Engländerin zu [illegible] len … aber du darfst den Zweck des Abends nicht aus den Augen verlieren, Robert. Du kannst dich schwerlich zurückziehen, wenn so viele um deiner Ehre willen gekommen sind.«

Marian betrachtete den Earl genauer. Nichts in seinem Gesicht strafte den Sinn seiner Worte oder die Herzlichkeit seines Tons Lügen, aber sie war trotzdem von seinem mangelnden Verständnis wie vor den Kopf geschlagen. Es war offensichtlich, daß er nur an sich selbst dachte und an seine Pläne für das Fest und nicht an dessen Ehrengast.

»Marian.« Nun ergriff der Sheriff das Wort. »Marian, sicher könnt Ihr mir nicht die Freude eines weiteren Tanzes verwehren.«

Widersinnigerweise amüsierte sie das. *Sicher kann ich Eurer Tochter nicht die Chance verwehren, sich Locksley zu angeln.* Marian lächelte höflich. »Ich bitte Euch, kein Tanz mehr. Sir Robert brachte mir Neuigkeiten über meinen Vater. Er hielt es für das beste, sie mir unter vier Augen kundzutun; er ist ein überaus verständnisvoller Mann, der Rücksicht auf meine Trauer nimmt. Wenn Ihr mich jetzt bitte entschuldigen wollt –?« *So*, dachte sie, innerlich schmunzelnd, *das sollen sie erst mal verdauen.*

Doch ihre Genugtuung verlor sich, denn gerade als sie durch die Tür hinausgleiten wollte, erhob sich draußen Aufruhr. Sie hörte Rufe, eine formelle Verlautbarung – oder war es die Ankündigung eines Gastes? –, und dann schob sich ein Teil der Menge, einander anrempelnd, in den hinteren Teil des großen Saals, während andere am Platz stehenblieben und sich verbeugten oder knicksten.

»Was ist denn jetzt los?« fragte der Earl gereizt, als der Sheriff beiseite trat. »Bei Gott, was bedeutet denn all dieser Lärm –?« Plötzlich blieb er jedoch abrupt stehen und machte eine Verbeugung. »Prinz John!«

Er hatte sie, wußte der Minnesänger. Oder *konnte* sie haben, falls er sie wollte und falls er es ihr vorschlagen würde. Er war im Lauf der Jahre ein Experte darin geworden, den richtigen Zeitpunkt zu beurteilen – und die Willigkeit der Frau. Diese hier gehörte ihm.

»Schöne Eleanor«, murmelte er und sah als Antwort die Röte in ihrem Gesicht und das Funkeln ihrer dunkelbraunen Augen. Ihre Lippen öffneten und teilten sich. Ihr leichter Überbiß faszinierte ihn. »Schöne Eleanor, meine Liebste – ich werde ein Lied für Euch komponieren.«

Es war ein leichtes bei ihr. Wie bei so vielen Frauen. Ob von niedriger oder hoher Geburt, Frauen waren doch alle gleich. Schenk ihnen ein Lächeln, ein Lied; schon bald hatte man sie im Bett.

Er zupfte auf seiner englischen Laute eine einzelne Note. »Schöne Eleanor«, sagte er leise und warf ihr einen Blick zu, der sie zum Dahinschmelzen bringen sollte. Lächelnd fing er an zu singen.

Der Earl von Huntington legte eine Hand auf Marians Arm und schob sie zur Seite, um Platz für den Ankömmling zu machen: Prinz John, den Count von Mortain und Bruder des Königs.

John, der, wenn er nicht rundweg verflucht wurde, Softsword oder Lackland genannt wurde, betrat torkelnd den Raum. Seine schwere Amtskette und sein mit Edelsteinen besetzter Schmuck klimperten. John hatte dunkle, engstehende Augen, dunkle Haare, schmale Schultern und war von kleinem Wuchs. Sein Gesicht war gerötet, und sein Atem stank nach Wein. Er sprach heiser und undeutlich. »Feiert Ihr etwa ein Fest, ohne *mich* eingeladen zu haben?«

Es war nicht zu übersehen, daß der Count von Mortain bereits zuviel gebechert hatte. Der Earl, ein einflußreicher Pair, der nur dem König unterstand, war unverkennbar verärgert; aber ebenso unverkennbar wünschte er das nicht zu zeigen. Während er die Tür schloß, stellte er ein höfliches – und diplomatisches – Lächeln zur Schau. »Mylord, ich hörte, Ihr wärt in London.«

»War«, verkündete John, der leicht schwankte, bis er sich einen Ruck gab und aufrecht stand. »Nun bin ich *hier*. Mit oder ohne Einladung.« Sein glasiger Blick wanderte vom Earl zum Sheriff, den er nur mit einem lässig erhobenen Zeigefinger grüßte – der Sheriff beeilte sich, sofort darauf zu reagieren –, dann blieb er auf Marians

Gesicht ruhen. Und erhellte sich merklich. »Huntington – ist dies Eure *Tochter*?«

Der Earl schaute sie kaum an. »Nein, Mylord. Ist sie nicht.«

»Aber –« Er fuchtelte unentschlossen mit einer Hand herum, auf der Suche nach der richtigen Antwort. »Doch bestimmt nicht Eure *Frau*! Oder seid Ihr etwa dazu übergegangen, Kinderwiegen auszurauben?« Sein Lächeln enthüllte die schlechten Zähne. »Sie war des Raubs wert. Nicht wahr?«

Marian hatte das Gefühl, als stünde sie nackt vor dem Prinzen. Ihr wurde erst kalt und dann wieder heiß. Sie wollte nichts lieber, als aus dem Raum zu fliehen oder unauffällig in den dunklen Ecken zu verschwinden.

Huntington lächelte nicht. »Nein, Mylord. Meine Frau ist verstorben.«

John schenkte Marian ein warmes Lächeln und trat näher zu ihr. Es verbesserte seinen Mundgeruch nicht. »Wie heißt Ihr?«

Mach, daß er es vergißt, flehte sie innerlich. *Lenk seine Aufmerksamkeit ab – tu etwas, irgend etwas ... laß es bitte nicht weitergehen ...*

Geschmeidig gab der Sheriff Antwort, bevor Marian es hätte tun müssen. »Lady Marian«, sagte er ruhig. »Vom Gut Ravenskeep. Es liegt in der Nähe von Nottingham.«

John starrte ihn eindringlich an. »Da war ich soeben, doch Ihr wart hier. Aber ich könnte zurückkehren. Immerhin gehört es mir ... und die ganzen Abgaben auch.«

Darüber beklagten sich die Armen und viele der Kaufleute dazu. Der Sheriff sagte: »Mylord, Lady Marian erholt sich gerade erst von der Trauer um den Tod ihres Vaters.«

Johns dunkle Augen funkelten. »Er ist tot, ja? Wie starb er denn?«

Er stand nahe bei ihr, zu nahe. Sie konnte seine faulen Zähne riechen, den Geruch nach saurem Wein und schmutziger Kleidung. Sie mochte nicht recht glauben, daß John wirklich der Sohn eines Königs war. Wurden ihnen denn nicht bessere Manieren beigebracht?

Marian räusperte sich und bat innerlich Gott um Mut und

Geduld. »Im Kreuzzug, Mylord... mit Eurem Bruder, dem König.«

John lachte, dann machte er eine ausholende Geste und bekreuzigte sich höhnisch und übertrieben. »Bestimmt wird ihn Gott für seine Frömmigkeit und seinen Dienst belohnen. Und die Trauerzeit ist gerade vorbei, ja?« Er nahm eine ihrer Hände. »Sollen wir keine Zeit mehr verschwenden?«

»Mylord –« Sie fühlte sich hilflos und verängstigt. Er war der Bruder des Königs und hatte große Macht; es war durchaus möglich, daß John sogar unter dem Dach des Earls tun und lassen konnte, was er wollte. »Mylord, wenn es Euch genehm ist, bitte ich Euch darum, mich gehen zu lassen –«

»Was mir *genehm* wäre, Lady, ist, Euch mit ins Bett zu nehmen.« Er lallte nun weniger stark. »Habt Ihr ein Bett, Huntington? Das frei ist und in dem kein hiesiges Gesindel schläft?«

Marian riß sich los. »Mylord – *nein*.«

Im Zimmer wurde es still. John starrte sie aus blutunterlaufenen Augen an. Sein Jähzorn war legendär.

»Mylord, wenn es Euch genehm ist... ich bin eine anständige, unverheiratete Frau, die gerade die Trauerzeit hinter sich hat –«

»Und ich bin Erbe des Throns von England.« Johns Ton war eisig. Seine dunklen Augen glitzerten, und eine fleckige Röte überzog sein Gesicht. Er wartete auf ihre Antwort.

Die Antwort erfolgte statt dessen von Robert von Locksley, der das erste Mal, seit John das Zimmer betreten hatte, das Wort erhob. »Mylord, ich bat Lady Marian in dieses Zimmer, um ihr Neuigkeiten über ihren Vater mitzuteilen. Ich war bei ihm, als er starb, und ich überbrachte ihr seine letzten Wünsche. Sicher kann ein Mann mit Eurem Feingefühl verstehen, daß eine Frau, die gerade solch betrübliche Nachrichten erfuhr, vielleicht den Wunsch verspürt, ein wenig allein zu sein.« Er machte eine Pause. »Außer der Count *liebt* Tränen...?«

John starrte sie wieder an. Etwas von seiner Hitzigkeit war verschwunden. Schließlich war er noch immer betrunken. »Werdet Ihr weinen? Wird es Tränen geben?«

»Ja«, antwortete sie augenblicklich in dem Bewußtsein, daß Männer Tränen verachten.

»Bei Gott«, sagte John schweratmig, »du bist das hübscheste Ding, das mir seit *Monaten* untergekommen ist.« Er streckte seine schwerberingte Hand nach ihr aus und löste eine Locke aus ihrem schwarzen Haar, dann legte er ihr die andere Hand auf die Brust.

Gedemütigt machte Marian einen Satz vom Sheriff fort. Wenn sie nur an John vorbeikäme, wäre die Tür nicht mehr fern. Sie müßte nur aus dem Raum hinauskommen und in der Menge untertauchen.

Vier Männer starrten sie an. Doch nur in Robert von Locksleys Augen erblickte sie Verständnis und unerwartetes Mitgefühl. Für die anderen war sie Freiwild; John hatte sie dazu gemacht.

»Bei Gott«, flüsterte John. »Es ist genug da für *alle* von uns.«

Marian verlor endgültig den letzten Rest ihrer Fassung. Scham erfüllte sie. Steif drehte sie sich um, hob den Riegel und stieß die Tür auf. Gerade als John zu protestieren anhob, entfloh sie der überfüllten Kammer.

Sie konnte noch leise die Worte vernehmen, die Locksley mit ruhiger Stimme äußerte: »Mylord, ich war mit Eurem Bruder zusammen. Gibt es etwas, was ich Euch berichten kann?«

Das sagte er um ihretwillen. Und sie segnete ihn dafür.

5. Kapitel

Der Earl von Huntington musterte seinen Sohn besorgt. Er fand, daß Robert John nicht mit der erforderlichen Umsicht behandelte; genauer besehen, ließ er jedoch *nichts* gegenüber Umsicht walten.

»Nun?« bellte John.

Der Earl hielt den Atem an, während sein Sohn sich von der Tür abwandte. Locksleys Gesicht entbehrte jeden Ausdrucks. »Nun?« gab er zurück.

Ist er denn verrückt geworden, sich John gegenüber so zu benehmen? Huntingtons Lippen lösten sich leicht.

Nicht als geduldiger oder toleranter Mann bekannt, zeigte der Count von Mortain jetzt, wie unmäßig schlecht gelaunt er sein konnte. »Mein *Bruder*«, erklärte er zwischen zusammengepreßten Zähnen. »Ihr sagtet, Ihr wärt mit ihm zusammengewesen?«

Locksley neigte seinen Kopf. »Das war ich, Mylord. Im Heiligen Land.«

Der Earl preßte eine Hand auf sein Herz, das etwas unregelmäßig unter der teuren Kleidung schlug. Glaubte Robert etwa, irgendeine kleine Begünstigung, die der König ihm Tausende von Meilen entfernt gewährt hatte, könnte ihn gegenüber Johns unvermittelterem Zorn unverletzbar machen? Jeder *wußte*, daß John unberechenbar, engstirnig und nachtragend war... und daß ihm die Wünsche seines Bruders vollkommen gleichgültig waren.

»Was *sagte* er, mein Bruder? Das letzte Mal, als Ihr ihn saht?« fragte John kühl lächelnd.

»Vieles, Mylord. Er gab Befehle aus, besprach Strategien –«

»Mit *Euch*?«

Locksley machte einen Moment Pause, dann ließ er die Anspielung auf sich beruhen. »Er sprach mit vielen von uns, Mylord. Ich hatte die Ehre, bei vielen Gelegenheiten sein Vertrauen zu genießen... es war seine Art, Mylord, Männer um sich zu versammeln, um zu erfahren, was sie von bestimmten Situationen dachten –«

»›Bestimmten Situationen‹«, fiel John ihm ins Wort. Auf einmal war der schwankende, nuschelnde Banause wie ausgewechselt. Er wirkte listig und hellwach, seine Worte kamen klar und beißend. »Wir wissen doch alle, welche Art von ›Vertraulichkeiten‹ mein Bruder teilte, oder nicht? Muß ich dann etwa annehmen, daß *Ihr* einer seiner – besonderen Gefährten wart?«

Locksley blieb unverändert ruhig. »Er nannte viele von uns ›Freund‹, Mylord. Nennt er nicht auch seinen Bruder so?«

John ließ sich dadurch nicht abschrecken. Seine Stimme klang wie eine Peitsche. »Er hat eine Frau und trotzdem kein Kind. Es sind Gerüchte im Umlauf, daß Berengaria unfruchtbar ist – während wieder andere behaupten, daß es nicht ihr Fehler ist; daß man von einer Frau wohl kaum erwarten kann, daß sie schwanger wird, wenn sie noch Jungfrau ist. Eine *verheiratete* Jungfrau, Locksley!«

Locksley stand regungslos und merkwürdig entspannt da. »Er bedauerte zutiefst, daß England keinen Erben hat.«

Überrascht hielt der Earl die Luft an. Vielleicht hatte Robert im Kreuzzug doch gelernt, die Staatskunst und das Ränkespiel – so oft ein und dasselbe – zu beherrschen.

»Keinen Erben?« zischelte John. »Aber *natürlich* gibt es einen Erben! *Ich* bin Erbe, von Gottes Gnaden, zwei toten Brüdern, einer alten Vettel von Mutter und einem Narren an Vater, welcher jedoch Richard ernannte statt meiner –« Unvermittelt hielt er jedoch, tiefdüsteren Gesichts und vor Wut zitternd, inne und ließ das Geschrei verhallen. Langsam verlor sich seine Röte, und er lächelte Locksley auf einmal wieder ruhig an. »Selbstverständlich gibt es einen Erben. Er muß gemeint haben, kein Erbe seines eigenen Blutes – *kein Same seiner eigenen Lenden*...« Er wechselte das Thema, und sein Ton wurde leiser und durchdringender. »Ob er Lenden hat, was glaubt Ihr?«

Locksley zögerte nicht. »Alle nennen ihn einen Bullen, Mylord.«

Die Worte hingen im Raum.

Johns dunkle Augen wurden schmal. Dann hob er eine Braue. »Wie nennt *Ihr* ihn denn?«

Locksley neigte seinen Kopf. »König von England, Mylord.«

»Seid verflucht – ich will die Wahrheit von Euch wissen!« Er machte einen Schritt nach vorne, wobei er seine Amtskette so fest umklammerte, daß seine Knöchel weiß schimmerten. »Glaubt Ihr denn, ich sei ein Narr? Glaubt Ihr denn, ich hätte nicht meine Quellen?«

»Vergebt mir, aber ich war zwei Jahre fort. Vielleicht könntet Ihr mich aufklären –«

»Euch *aufklären*!« Mit drei Sätzen stand John vor Locksley. »Man sagt, er schläft mit Knaben. Und Ihr wart einer von ihnen!«

Im Sonnenuntergang leuchteten die Mauern von Huntingtons Burg golden. Sir Guy von Gisbourne pausierte außerhalb der Tür, die zur Hauptburg führte, um seinen Schweiß in der Dämmerung trocknen zu lassen. Er lehnte an der Steinmauer.

Wie gedemütigt hatte er sich gefühlt, als er entdecken mußte, daß die Frau, nachdem sie ihn weggeschickt hatte, um Wein zu holen, verschwunden war.

Gisbourne schloß die Augen. *Ich kann nicht sein wie sie. Ich kam als Kaufmannssohn zur Welt...* Es nagte an ihm. Er war nie arm gewesen, aber immer ein gewöhnlicher Mann... und das würde wahrscheinlich auch so bleiben, wenn er nichts unternahm. Sein Vater hatte sicher den ersten Schritt für ihn getan, indem er ihm die Ritterswürde gekauft hatte – aber was hatte er schon davon? Er konnte einer Frau nichts bieten, außer sich selbst, und das war nicht eben viel. Überhaupt nicht viel. *Es sei denn, ich würde mehr darstellen – irgendwie.*

Er hörte Schritte. Gisbourne öffnete, halb fürchtend, es könnte *sie* sein, seine Augen, aber es war nur ein Mann, den er nicht kannte. Er war in Samt und Brokat gekleidet.

Als der Mann Gisbourne entdeckte, grüßte er in normannischem Französisch. Automatisch antwortete Gisbourne ihm in derselben Sprache. Gisbourne wurde bewußt, daß der Fremde Normanne war wie er. Er sprach ohne Akzent.

Sie tauschten Namen und Positionen aus: Der Mann war Gilbert de Pisan, der Seneschall von Prinz John.

Gisbournes Erwiderung erfolgte prompt. »Aber ich bin ebenfalls Seneschall! Vom Sheriff von Nottingham.«

Da war sie: die Gelegenheit. Gisbourne spürte es instinktiv. In deLaceys Diensten würde er nicht höhersteigen können, außer deLacey erwarb ein höheres Amt und Gisbourne würde zu seinem Nachfolger ernannt werden – was er für unwahrscheinlich hielt, aber schließlich gab es noch andere Arbeitgeber als den, dem er diente.

»Ich habe ein recht gutes Geschick als Kämmerer«, verkündete er freimütig und eifrig; in Diplomatie war er unerfahren.

De Pisan zuckte mit den Schultern. »Daran habe ich keinen Zweifel.«

Schwach flackerte Befangenheit in Gisbourne auf; war ihm dieser Mann wohlgesonnen? Im Bewußtsein, daß er sich jedoch schon ausgeliefert hatte, machte er einen weiteren Vorstoß. »Und doch wäre ein Mann wie ich ein Narr, eine Stelle mit einem Herrn, wie Ihr ihn habt, scheel anzusehen.«

De Pisan lächelte frostig. »Gerade im Moment hat er einen Seneschall.«

Gisbourne reagierte entsetzt. »Nein! Nein – ich wollte mich nicht um Eure Stelle bewerben. Ich will Euch nur mitteilen, und Eurem Lord, falls es in Eurem Haushalt noch Platz für mich gäbe ...« Es lief überhaupt nicht gut. Er war nicht raffiniert, sondern ein ehrlicher Mann. Aber nun war es zu spät. Er stählte sich innerlich und holte einmal tief Luft. »Ich bin es gewohnt, Geheimnisse zu wahren.«

»Ah.« Das frostige Lächeln veränderte sich etwas, obgleich noch immer eine merkwürdige Belustigung darunterlag. »Das sind wir, die wir als Kämmerer agieren, alle. Es spricht sicher sehr für Euch, daß Ihr wißt, wann Ihr den Mund aufmachen dürft – und wann *nicht*.«

Gisbourne nickte nachdrücklich.

De Pisan hob seine schlaffe Hand und machte eine nichtssagende Geste. »Vielleicht. Ich kann Euch nichts versprechen. Ihr könnt aber gewiß sein, daß ich dem Prinzen von Euch erzähle.«

»Das ist alles, worauf ich hoffen kann.«

Gilbert de Pisan musterte Gisbourne einen Augenblick lang. »Allerdings.«

Johns deutliche Anspielung in bezug auf Locksleys Gelüste erschütterte den Earl zutiefst. Huntington würgte heiser und griff taumelnd nach einer Stuhllehne. »Mylord, ich bitte Euch –«

»Ruhe!« fuhr ihn John an. »Das ist keine leere Anspielung, Huntington – ich bin überrascht, daß Ihr noch nicht davon gehört habt.«

Der Earl drückte laut atmend eine Hand auf seine Brust. »Ich – habe nichts davon gehört, Mylord ... nichts dergleichen –«

»Mylord Count.« Locksley meldete sich mit untadeliger Höflichkeit zu Wort. »Wenn Ihr mir gestatten würdet, Euch nach der genauen Art Eurer Kenntnisse zu fragen –«

»Ich erzählte sie Euch doch bereits«, erklärte John. »Oder wünscht Ihr, daß ich meine Quelle preisgebe? Haltet Ihr mich für so dumm?«

»Nein, Mylord. Ich glaube nur, daß das, was Euch zugetragen wurde, nicht stimmt.«

»*Inwiefern* ›nicht stimmt‹? Im Inhalt? Sie sagen, er schläft mit Knaben. Vergeßt Ihr, daß ich sein Bruder bin? Es waren keine Küchen*mädchen*, mit denen er sich vergnügte –«

Ungläubig hörte Huntington, wie sein Sohn Johns Verleumdung ruhig, aber entschieden unterbrach. »Mylord, Eure Quelle hat nicht alles berichtet.«

»Wieso?«

Locksley sog Luft ein. »Erwähnte mich Eure Quelle namentlich?«

John beugte sich zu ihm vor. »Man sagte mir, Locksley: Ein Mann von heller Hautfarbe und noch hellerer Haarfarbe teilte das Bett meines Bruders.«

Locksleys Kinnmuskel zuckte kurz. »Blondel.«

John kniff die Augen zusammen. »Was redet Ihr da?«

»Ein Name, Mylord. Blondel. Ein Minnesänger. Ein Lautenspieler, Mylord.«

»Und rühmt sich dieser *Lautenspieler* auch solch hellen Haares?«

»Ja, Mylord. Es wurde oft geäußert, daß der König *zwei* so blonde Männer begünstigt hat –«

»Begünstigt?« John zog Locksley nah zu sich heran. Er war um ein beträchtliches kleiner, weshalb er seinen Kopf nach hinten auf die gepolsterten Schultern legen mußte. »Wie *begünstigte* Euch mein Bruder der König denn?«

»Er ernannte mich zum Ritter, Mylord.«

»Ernannte Euch zum Ritter, ja? Und sind wir jetzt *Sir* Robert?«

»Ja, Mylord. Von Gottes Gnaden – und den Gnaden des Königs von England.«

John antwortete nicht gleich. Seine drohende Miene war verschwunden, jetzt wirkte er matt, schwach und ausgelaugt. »Und Huntingtons Erbe obendrein.«

Er hatte seltsam heiser und kraftlos gesprochen. Der Earl erkannte in diesem Moment, daß John auf Huntington – und alles, was mit seiner Grafenwürde verbunden war – angewiesen war. Zumindest auf seine Einkünfte. Auf seinen Einfluß. Auf seine Macht. John war nicht König. John war nicht einmal offiziell Richards Nachfolger, nicht solange die Ehe mit Berengaria von Navarre, wie unfruchtbar sie auch sein würde, einen möglichen direkten Erben versprach. John brauchte sie alle.

John blickte wieder zu Locksley. »Dieser Blondel – lebt er noch?«

»Ich glaube ja. Er war es, der den König in Deutschland fand.«

»Ein *Lautenspieler*?«

»Es gibt da ein Lied – ein Schlachtlied. Eines der Lieblingslieder des Königs. Als wir den König verloren hatten, beschloß Blondel, durch die Lande zu ziehen und den Gerüchten zu folgen – wie man sich erzählt, hörte Richard das Lied in seiner Zelle, meldete sich und wurde so entdeckt.«

John musterte Locksley eingehend, während er über dessen Worte nachsann. Als er schließlich antwortete, stellte er jedoch nicht die Geschichte in Frage. »Richard?« fragte er sanft nach.

Locksley spannte seinen Mund an. »Der König, Mylord.«

»Er gestattet Euch, seinen Vornamen zu benutzen?«

»In der Schlacht, Mylord, spielen solche Dinge wie der Stand oft nur noch eine untergeordnete Rolle –«

»Blondel«, sagte John scharf. »Sein Bett teilte also ein Lautenspieler ... und kein junger Bursche, der gerade die Ritterswürde erhielt und eine Zunge besitzt, die zu geschmeidig ist für seinen Mund?«

Locksley neigte den Kopf. »Ihr braucht nur Blondels Aussehen zu überprüfen –«

»Ich brauche nur danach zu fragen, ob es ihn *gibt.* Und seid sicher, daß ich das tun werde.« John bedeutete ihm mit gebieterischer Geste, daß er entlassen wäre, dann wandte er sich an den Earl. »Welche Unterhaltungen habt Ihr für den heutigen Abend denn vorgesehen? Wir sind in der Verfassung, gebührend geehrt zu werden – und gebührend unterhalten.«

Der Earl holte Atem, um zu antworten, während sein Sohn schweigend das Zimmer verließ.

Der schwingende Lautenklang erstarb; wie ein Seufzer hallte er in die Stille unerwiderter Liebe. Alain, auch Alan genannt, lächelte die Frau neben sich mit bittersüßem Flehen an. Sie bebte, zum Zerreißen gespannt vor Begierde. Er sah die Unverhülltheit ihres Verlangens und die Schwäche ihres Willens. Bei ihr war es sogar noch einfacher. Einfacher als bei den anderen, die das Spiel nach festen Regeln spielten und bei denen unendliche Geduld erforderlich war. Manchmal bevorzugte er das; diesmal nicht. Sie war die Tochter des Sheriffs von Nottingham, einem Mann von einiger Macht. Es war weit klüger, sie schnell zu beschlafen und anschließend nach anderen Opfern Ausschau zu halten.

»Lieder haben ihre Berechtigung«, erklärte sie ihm heiser. »Aber zum Leben gehört mehr als nur Musik.«

»Ja?« Mit sinnlicher Bedächtigkeit schlug er die Lautensaiten an. Strich zärtlich mit seiner langgliedrigen Hand vom Hals bis zum Bauch – als liebkose er eine Frau. »Ich bitte Euch, Lady, ich bin nur ein armer Mann, der hofft, ein wenig von seinem Talent weitergeben zu können ... Musik *ist* mein Leben. Andere Vergnügungen und gewisse – Gepflogenheiten bin ich nicht gewohnt.«

Eleanor deLacey legte einen Finger an ihre rundliche Unterlippe und fuhr die Linie ihres Mundes nach. Im schwachen Licht wirkten ihre Augen schwarz. »Es gibt Menschen, die einen darin unterweisen können.«

Er lächelte. »Gewiß.«

Sie nahm ihren Finger wieder weg und lehnte sich leicht nach vorne. »Habt Ihr ein Zimmer?«

Er schüttelte den Kopf. »Der Saalboden wird mir als Schlafstätte dienen.«

Ihre Lippen kräuselten sich in leichter Verstimmung. »Noch habe ich keinen Raum für mich allein. Ich muß ihn *teilen*... Aber es gibt andere Arrangements.«

»Natürlich.«

Sie lehnte sich noch näher an ihn heran. »Besorge uns ein Zimmer.« Dann setzte sie, in einem gänzlich veränderten Ton, hinzu: »Mein Vater. Ich muß gehen.«

Alan lächelte voller Vorfreude in sich hinein.

6. Kapitel

Im Zimmer war es kühl, still und dunkel. Sie war allein. Entlang jeder Wandseite stießen deckenumwickelte Strohlager mit der Kopfseite an den Stein; selbst für die geräumige Burg des Earls waren es zu viele Gäste, um alle in richtigen Betten unterzubringen. Doch das war bei Adligen nicht unüblich. Ravenskeep, das nur ein einfaches Ritteranwesen war, hätte nicht einmal die Hälfte der Menschen aufnehmen können, die sich unter dem Dach des Earls tummelten.

Marian streckte sich schlaff auf einer verfilzten Wolldecke aus und starrte auf die dicken Dachsparren, die hoch über ihrem Kopf im Schatten lagen. Mit vorgeblicher Muße flocht sie eine dicke Locke schwarzen Haars, löste sie und flocht sie von neuem.

Ihr wurde heiß, wenn sie an Johns Verhalten dachte, und noch heißer, wenn sie sich an die Zeugen des Vorfalls erinnerte. Es war schon schlimm genug, dachte sie, daß der Sheriff zugegen gewesen war, als sie so übel, so aufreizend behandelt worden war; noch schlimmer jedoch in Anbetracht dessen, daß sie sehr wohl wußte, daß er sie heiraten wollte und daß ihr Vater das gewünscht hatte.

Marian biß die Zähne zusammen, schleuderte den Zopf beiseite und preßte ihre Hände gegen die Schläfen. Finster blickte sie zu den Sparren hoch. »Wie *konnte* er das nur tun?« fragte sie laut. »Wie konnte er nur so etwas in seiner Abwesenheit entscheiden und es mir dann durch *Huntingtons* Sohn mitteilen?«

Dieser Umstand ärgerte sie fast ebensosehr. Sie stammte aus einer Familie, die sich nach außen hin abschottete und ihre Angelegenheiten gern für sich behielt. Daß ihr Vater es als angemessen erachtet hatte, ihr bezüglich einer solch persönlichen Angelegenheit eine Mitteilung zu überbringen, ohne sie vorher zu Rate gezogen zu haben, war verwirrend.

Marian ließ die Arme sinken. »Warum mußte er das tun?«

Weil ihm keine andere Wahl geblieben war.

Selbst hinter ihren fest geschlossenen Lidern war ihr das klar. Die Dunkelheit konnte nichts von der harten Wahrheit verdecken. Sie war nach englischem Gesetz die alleinige Besitzerin von Ravenskeep, und doch bot dieses Gesetz Frauen nur wenig Schutz, nur so lange, bis sie heiratete. Ab dem Zeitpunkt würde ihr Besitz an ihren Ehemann übergehen. Wenn sie jedoch nicht heiraten würde und die zahlreichen und beharrlichen Freier abwiese, würde sie zur Zielscheibe der Kirche werden, die der Krone vorschlagen würde, Marian solle Christus heiraten, damit die Kirche von ihrem Besitz profitiere.

Nun, da ihr Vater tot war und ihre offizielle Trauerzeit beendet, durfte man um sie werben. Und man würde ihr den Hof machen. Ravenskeep gehörte ihr, bis sie heiratete. Vielleicht würde ihr bereits innerhalb der nächsten Woche ein Mann seine Aufwartung machen. Wenn nicht sogar früher.

Ein Geräusch ertönte: eine Tür, die ungeduldig entriegelt und aufgestoßen wurde. »Schon so schnell?« murmelte Marian und setzte sich auf, um die Tür im Blick zu haben.

Der Earl wandte sich an Prinz John. »Mylord, ich muß mich für das Benehmen meines Sohnes entschuldigen –«

John unterbrach ihn mit einer gebieterischen Geste. »Kümmert Euch nicht um ihn. Wer war das *Mädchen*?«

»Ihr Vater war Sir Hugh FitzWalter. Er starb im Kreuzzug.«

John beugte sich leicht vor. »Sie ist nicht verheiratet?«

»Nein, Mylord.«

Seine Brauen hoben sich fragend nach oben. »Wer ist dann ihr Beschützer?«

Der Earl sagte ruhig: »Euer Bruder, der König, Mylord.«

Für einen kurzen Augenblick war Johns Gesichtsausdruck leer. Dann furchte er wieder die Stirn. »Nein, *nein*, Dummkopf – ich meine, wessen Geliebte sie ist. Eure?«

Das war empörend. Die Gesichtszüge des Earls verhärteten sich. »Nein, Mylord.«

John lachte. »Ihr seid also wirklich ein Dummkopf.« Er griff nach seiner Amtskette. »Ist sie dann niemandes Geliebte?«

Der Earl meinte ernst: »Sie ist ein Mündel der Krone, Mylord. Ich glaube, von solchen Frauen wird Keuschheit erwartet.«

»Zumindest, bis die Krone beschließt, sie von dieser Keuschheit zu *entbinden*.« John blickte sinnierend vor sich hin. »Gott weiß, Richard wird das nie tun...«

Marians Anspannung ließ nach, als sich die Tür ganz öffnete. Es war eine Frau.

Sie blieb wie erstarrt in der Tür stehen. »Wer ist da?« Ihre Stimme klang schrill und beunruhigt. Wegen des Dämmerlichts hatte sie die Augen zusammengekniffen. »Ist da jemand?«

Marian rückte näher ins schwache Licht. »Marian von Ravenskeep.«

»Marian von –? Oh.« Im Ton der Frau schwang Erleichterung mit, aber auch erneute Ungeduld und gleichgültige Kenntnisnahme. Sie trat ins Zimmer und schloß die Tür.

»Eleanor?« Marian merkte auf, als die Frau hin und her schwankte. »Geht es Euch gut?«

Auf Eleanor deLaceys häßlichem Gesicht machte sich überschäumende, lebhafte Freude breit. Sie legte beide Hände über Kreuz auf ihren Busen, als ob sie sein atemloses Wogen beruhigen oder im ungetrübten Gefühl der Leidenschaft schwelgen wolle.

»Besser«, flüsterte sie heiser. »*Besser* als gut...« Träumerisch bewegte sie sich in die ausgefransten Ränder des schwachen Lichtscheins. »Ihr habt ihn doch gesehen. Oder nicht? Habt Ihr ihn etwa nicht gesehen?«

Marian nickte und dachte an die Heiratspläne des Sheriffs für seine Tochter.

Eleanor seufzte laut und mit gesenkten Lidern. »Ist er nicht *großartig*?«

Marian lächelte schief. War es nicht besser, wenn Eleanor ihren Ehemann in spe bewunderte, als wenn sie ihn verabscheute? »Er ist... großartig«, sagte sie verkrampft und leicht gereizt.

»Und diese *Musik*...« Eleanor stolperte über die Kante eines Strohlagers, erlangte das Gleichgewicht wieder und ließ sich doch auf das Bett fallen. »Ich finde, er ist der talentierteste *Spielmann*, den ich jemals gehört habe.«

»Der *Minnesänger* –« Als Marian das plötzliche Blitzen in Eleanors Augen sah, änderte sie ihre Antwort schnell. »Natürlich! Er ist großartig, ganz wie Ihr sagt...«

Sofort entspannte sich Eleanor wieder und schaute sie von der Seite her an. »Wahrscheinlich«, stimmte sie zu.

»Großartig«, murmelte Eleanor. »Und wenn er für uns ein Zimmer finden kann...« Sie riß die schwarzen Augen auf, als sie sich wieder daran erinnerte, wo sie sich befand. »Wer seid Ihr?«

»Marian«, antwortete sie geduldig; sie roch die Weinfahne der Frau. »Von Ravenskeep. Sir Hughs Tochter.«

»Oh. Der tote.« Eleanor reckte kurz ihren Hals, dann stieß sie einen Seufzer aus und betrachtete Marian wieder. »Wir sollten in dieser Angelegenheit Freundinnen sein. Ich habe ihn mir erwählt, nicht mein Vater für mich. *Ihr* versteht.« Sie blickte Marian eindringlich an. »Euer Vater ist tot. Das bedeutet, daß Ihr frei seid – aber wie würdet *Ihr* Euch fühlen, wenn Euer Vater über Euch verfügen würde?«

Marian verzog den Mund.

»Wie würde Euch das gefallen?« wiederholte Eleanor. »Männer beschlafen welche Frau sie auch immer wollen. Aber Frauen? Es wird von uns erwartet, daß wir es nicht mögen. Wir sollen tugendhaft sein und fügsam und unsere Beine nur für den einen Ehemann spreizen – oder zwei oder drei oder vier Ehemänner. Es sei unsere *Pflicht*, sagt man uns – und keiner verschwendet auch nur einen Gedanken an uns.« Sie machte eine Grimasse. »Für uns gibt es nur die Ehe. Und nicht mal den Mann können wir uns aussuchen!«

Marian starrte sie an. »Nein«, sagte sie schließlich. »Wir dürfen ihn uns nicht aussuchen.«

»Aber ich werde diesen Minnesänger *bekommen* – das werde ich! –, und es gibt nichts, womit mich der Lord High Sheriff von Nottingham davon abhalten kann.« Sie blickte Marian scharf an. »Außer, Ihr erzählt ihm davon.«

»Nein.«

Eleanor fixierte sie. »Versprecht mir das. Von Frau zu Frau.«

Marian entging nicht, wie betrunken Eleanor war. Doch sie fühlte eine unerwartete Übereinstimmung mit ihr, ein Verlangen nach Freiheit. »Ich verspreche Euch, von Frau zu Frau, daß ich hiervon nicht zu Eurem Vater reden werde.«

Eleanor sog ihre Worte begierig auf und wägte sie, wie ein Reh jederzeit zum Sprung bereit, ab. Dann streichelte sie mit einer Hand ihre Brüste, die andere steckte sie sich zwischen die Beine in die Mulde ihres Rockes. »Seid Ihr schon beschlafen worden?«

Gegen ihren Willen fühlte Marian, wie ihr die Hitze ins Gesicht stieg. Das war Antwort genug.

»Nein.«

Eleanor lächelte, aber es lag kein Humor in ihrem Lächeln. »Dann könnt Ihr nichts darüber wissen. Die Männer säen die Saat... und es ist dann an der Frau, neun Monate später zu ernten. Aber es sie *genießen* lassen? Sie würden uns als Huren bezeichnen, uns alle. Sie würden mit Steinen nach uns werfen und uns aus unseren Häusern vertreiben.«

Eleanor biß sich auf die Lippe. »Ist es denn etwas so Schlimmes?« flüsterte sie. »Etwas so Schlimmes, einen Mann zu begehren? Einfach einen Mann zu *begehren*?«

Es wurde unüberhörbar still. Nach einer Weile schluckte Marian krampfhaft. »Ich glaube…« Die Stimme versagte ihr. Sie wußte nicht, wie es war, bei einem Mann zu liegen, nichts von Begehren, außer einigen vagen unerklärlichen Sehnsüchten, die gelegentlich ihren Schlaf störten. »Ich glaube, es ist nicht das… Begehren. Ich glaube, es ist der Akt selbst, ohne das Ehegelübde.«

Eleanor lachte. »Nein. Selbst *mit* dem Ehegelübde dürfen wir nicht begehren.« Sie war nur ein paar Jahre älter als Marian, aber ihrem Tonfall nach wirkte sie sehr alt. »Ihr wißt davon nichts. Und sie werden Euch auch nichts davon erfahren lassen, wenn es nach ihnen geht. Sie werden Euch an einen alten Mann verheiraten, und Ihr werdet Euch Euer Leben lang in seinem Bett fragen, ob es das gewesen ist. Und Euch für Eure Verwunderung schämen.«

Marian sagte nichts. Ihr fiel nichts ein, was sie hätte sagen können.

Eleanor seufzte. »Versichert mir noch einmal, daß Ihr meinem Vater nichts verraten werdet. Er würde es nicht verstehen.«

»Er ist Euer Vater –«

Eleanor entblößte kurz ihre Zähne. »Er ist hart.«

Und die Tochter härter gar. Marian lächelte nicht. »Ein Mann muß sein, wie er ist.«

»Nein«, erklärte sie kurz und bündig. »Ein Mann muß sein, wie er sein *möchte*, egal, wie er wirklich ist. Wenn er sich so verhält, wie er wirklich ist, wird er nie aufsteigen.«

Marian antwortete nicht. Sie schaute zu, wie sich Eleanor erhob, mit Mühe aufrecht hielt und zu dem Strohlager neben der Tür ging, um auf den richtigen Zeitpunkt zu warten, an dem sie zu dem Mann gehen konnte, den sie so sehr begehrte.

Langsam legte sich Marian wieder hin. Sie nahm das kleine Silberkruzifix, das sie an einer Kette um den Hals trug, in beide Hände. Leise wisperte sie: »Ich bin nicht so mutig.« Und dann fügte sie resoluter, jedoch mit einem verzweifelten Unterton hinzu: »Ich bin nicht so *stark*.«

7. Kapitel

William deLacey berührte beiläufig mit den Fingern seine Lippen, um zu verdecken, daß sein Mund sich gerade in unkontrollierbarer Freude verzerrte. Wie viele Männer würden ihr halbes Vermögen dafür ausgeben, um dort zu sein, wo er sich gerade befand und Dinge hörte, die nur den engsten Vertrauten des Throns von England zuteil wurden.

Das Zimmer war klein und, wie John es verlangt hatte, sehr abgeschieden. Erhellt wurde es nur von einer einzigen armdicken Kerze, die auf dem Tisch stand, und dem schwächer werdenden Tageslicht, das durch das schmale Fenster hineinfiel. Sie waren allein, nicht einmal ein Bediensteter war bei ihnen. Prinz John hatte den Earl entlassen, damit dieser sich um seine Gäste kümmern konnte. Jetzt wünschte er mit dem höchststehenden Amtsinhaber seiner Grafschaft die Verwaltungsgeschäfte Nottinghamshires zu besprechen.

John erklärte, er sei gekommen, weil er wollte, daß der mordende Bauernbastard vor seinen Augen gehängt werde. Schließlich hatte der Bauer vier Männer des Prinzen ermordet; er hielt es für klug, dem Volk zu demonstrieren, wieviel ihm seine Männer bedeuteten. Es ging nicht an, die Landbevölkerung glauben zu lassen, sie könnte ungestraft töten.

Diesmal handelte es sich um einen einfachen Landarbeiter, irgendeinen englischen Kerl – *Will irgendwas, oder?* –, der vier Normannen, die in Johns Diensten standen, umgebracht hatte.

John wechselte das Thema. Er ging zu einem ausschweifenden, nuschelnden Vortrag über, wie seine Pläne nicht nur für Nottinghamshire, sondern für ganz England aussahen.

Vor und während des Treffens hatte der Count von Mortain unzählige Becher Wein zu sich genommen, und nun büßte er dafür, obgleich er es nicht zu bereuen schien. Seine Augen, die den Sheriff über den Tisch hinweg angestrengt ansahen, waren blutunterlaufen und schlitzförmig, seine Pupillen erweitert.

»Habt Ihr Bastards?« fragte er.

DeLacey zögerte einen Moment. »Natürlich, Mylord.«

John nickte. »Wie ich auch. Wie wir *alle* – außer Mylord Löwenherz.« Er kicherte. »Löwenherz. Mit den *Hoden* eines Kapauns.«

DeLacey wartete. Das war das beste. John zu bekräftigen, könnte seinen Argwohn erregen oder seine Aufmerksamkeit auf andere Dinge lenken.

»Mit den Hoden eines Kapauns«, murmelte John. Dann sagte er deutlicher: »Keine Bastards. Keine Geliebten. Er vergnügte sich mit Küchen*jungen*.«

DeLacey hielt seine Zunge im Zaum.

John richtete sich etwas auf, wobei seine Schultern immer noch eine schräge Linie bildeten. »Wißt Ihr, was das heißt?«

Das zumindest konnte deLacey beantworten, und zudem korrekt. »Das heißt, daß der Thron von England in Gefahr ist, Mylord.«

»Nein.« Das kam barsch. John beugte sich vor und umklammerte die Armstützen. »Nein, das heißt es *nicht*. Ich bin Erbe, Sheriff – es herrscht keine Gefahr, solange ich als Nachfolger zur Verfügung stehe.«

Nicht die korrekte Antwort. DeLacey bezweifelte auf der anderen Seite jedoch, daß John ihm die richtige Antwort anerkannt hätte, da Lackland es vorzog, die Schwächen anderer hervorzuheben, um sich dadurch selbst zu erhöhen. »Natürlich«, murmelte er.

»Natürlich«, echote John verdrießlich. Dann lehnte er sich wieder zurück und knabberte am Daumennagel. Seine dunklen Augen leuchteten im spärlichen Kerzenlicht merkwürdig hell. »Was wollt Ihr, Sheriff?«

DeLacey zögerte nicht mit der Antwort. »Dienen, Mylord.«

Eine dunkle Augenbraue hob sich. *»Wirklich?«*

»Natürlich, Mylord.«

»Und das ist *alles*, Sheriff? Wirklich alles? Oder nur die diplomatische Antwort?« Doch John wartete die Antwort nicht ab. Er lehnte sich bedeutungsvoll vor. »Alle Menschen wollen etwas. Das ist kein schlechter Zug, wißt Ihr... Begehren gebiert Ehrgeiz und

Ehrgeiz Edelmänner.« Er lehnte sich in den Stuhl zurück. »Manchmal sogar *Könige.*«

Locksley verließ das Gebäude, um wieder atmen zu können. Draußen würde er vielleicht Ruhe und Frieden finden und den Erwartungen, seien es die väterlichen oder andere, entkommen.

Der Frühlingsabend war kühl und außergewöhnlich klar; man konnte die ersten Sterne sehen. Der Mond hing über der Mauer, die mit Zinnen und Schießscharten versehen war. Alles war jetzt aus Stein. Er erinnerte sich noch deutlich daran, wann der Bau begonnen hatte, weil er sich dagegen widersetzt hatte. Damals war seine Mutter noch am Leben gewesen.

Locksley blieb stehen. Er streckte beide Arme aus und preßte seine Finger an die Mauer. Er spürte den kalten, dunklen Stein. Den kalten, unpersönlichen Stein, der seinem Fleisch so fremd war. Seiner Seele fremd war.

So viele Male hatte er gebetet – *laß mich wieder heimkehren – alles, was ich will, ist, heimkehren zu dürfen* –, und schließlich war er erhört worden. Und nun *war* er wieder zu Hause. Andere Männer waren es nicht.

Sir Hugh FitzWalter war es nicht.

Ein Zittern durchfuhr ihn. Seine bloßen, schwielenbedeckten Hände krallten sich in die neuen Mauern. In den kalten, dunklen Stein, der sich plötzlich verwandelte

– in einen wärmeren, helleren Stein, der im Licht der Wüstensonne ockergold erstrahlte –

Er versuchte, die Erinnerung abzuschütteln, und warf sein volles Haar zurück.

– Jemand rief ein Gebet, während der Krummsäbel im Sonnenlicht aufblitzte und Luft, Fleisch und Knochen zerschnitt. Erst ein Glied, dann zwei; plötzlich hatte der Mann keine Arme mehr –

»Nein«, krächzte Locksley. Schweiß rann ihm die Schläfen hinab und durchnäßte sein helles Haar. Er fuhr sich mit den gespreizten Fingern durchs Haar und strich es sich aus dem Gesicht. Schließlich wandte er sich um und lehnte sich, ausdruckslos in die Dunkelheit starrend, an die Mauer. Vor ihm ragte der neue Bergfried auf. »Es ist vorbei«, murmelte er. »Ich bin wieder zu Hause – was will ich mehr?«

Es war mehr, als er erwartet hatte. Und weniger, als er gehofft hatte.

DeLacey saß still auf seinem Stuhl und wagte nicht, eine Bemerkung zu machen. John wollte auf etwas Bestimmtes hinaus. Und da sie sehr rasch von Nottinghamshire abgekommen waren, mußte es etwas anderes sein. Etwas, was John für sehr wichtig hielt. Um Zeit zu gewinnen, hob der Sheriff seinen Becher und nippte daran. *Weiß er etwas über mich? Oder will er mich nur auf die Probe stellen?*

»Ehrgeiz ist unerläßlich, wenn ein Mann König werden will.« Das war eine Feststellung. Dann stieß John einen verächtlichen Fluch aus und bearbeitete die Armlehne seines Stuhls mit der Faust. »Bemerkt denn niemand, wie sehr ich mich um das Königreich sorge? Wie sehr es mich danach verlangt, England so zu regieren, wie es regiert werden sollte?« Er blickte deLacey durchdringend an. »Ich bin *hier*, versteht Ihr? Und treibe mich nicht im Heiligen Land herum, um Jerusalem zu erobern!«

DeLacey blieb stumm.

»Wenn mein Vater gewußt hätte, daß Richard sich so schnell und wiederholt außer Landes begeben würde, hätte er *mich* zu seinem Nachfolger ernannt.«

Es war an der Zeit, ihm etwas zu antworten. »Ganz ohne Zweifel, Mylord.«

John lachte. Die Kerzenflamme knickste und verbeugte sich, wobei sie fast verlosch. »Wie seid Ihr an Euer Amt gekommen, deLacey?«

»Ich wurde berufen, Mylord. Vom König, Eurem Vater.«

»Und?«

Worauf wollte John hinaus? »Und so diente ich ihm, indem ich die Gerichtsbarkeit des Königs ausführte.«

»War da nicht noch etwas?« John hörte auf, an einem Fleck auf seinem teuren Umhang herumzureiben. »Wurdet Ihr nicht Eures Amtes verwiesen?«

Kälte breitete sich in deLaceys Bauch aus. Mit Mühe konnte er verhindern, daß sie sich auf seinem Gesicht spiegelte. »Mylord, das wurde ich.«

John unterzog seine Amtskette einer eingehenden Betrachtung. »Und doch seid Ihr hier.«

»Ich wurde bei der Thronübernahme wiederernannt.«

»Nein.« John lächelte. »Ihr wurdet nicht *wieder*ernannt, Sheriff. Ihr habt Euch das Amt zurückgekauft.«

DeLacey saß unbeweglich da. »Kreuzzüge sind sehr kostspielig, Mylord. Der König brauchte Geld.«

»Und um es zu bekommen, verkaufte er das halbe Königreich.« Die Kette klirrte, als John sie fallen ließ. »Oh, seid nicht beunruhigt, deLacey! – Hunderte von *anderen* taten dasselbe. Es war der Einfall meines Bruders ... wie Ihr schon sagtet, Kreuzzüge sind kostspielig.« Johns Gesicht wurde tiefrot. »Er übermachte mir dennoch Nottinghamshire, zusammen mit ein paar anderen Grafschaften – großzügig von ihm, nicht? Dem armen jüngsten Bruder eine kleine Abfindung zu geben?«

John hatte sich durch die Heirat mit Isabelle von Gloucester ein Vermögen erworben, und Richard hatte ihm noch etwas dazugegeben: sechs große Grafschaften – Nottinghamshire, Derby, Dorset, Somerset, Devon und Cornwall – und nicht zu vergessen die Ehre von Lancaster. John war kein »Lackland« mehr, nicht mehr »ohne Land«. Wie auch Henry nicht mehr König war.

John grunzte. Sein Blick war klar, trotz des Weines, den er getrunken hatte. »Was *wollt* Ihr, deLacey?«

In stummer Unterwerfung neigte der Sheriff seinen Kopf. »Euch dienen, Mylord, und Nottinghamshire.«

John schloß die Augen. »Das ist nicht die Antwort, die ich wollte. Aber für den Moment wird es genügen.« Er bedeutete deLacey mit der Hand, sich zu entfernen. »Laßt mich allein, deLacey. Und schickt mir Gilbert de Pisan.«

De Pisan trat ins Zimmer und schloß die Tür hinter sich. »Mylord?«

Er hatte gelernt, daß John, der mehr Wein vertrug als die meisten Männer, oft aus List betrunken tat, um unvorsichtige Bemerkungen aus Verbündeten wie Verfeindeten hervorzulocken. De Pisan war weder das eine noch das andere – er war der Seneschall des Prinzen.

»Nun?« forderte ihn John auf zu berichten. »Was habt Ihr erfahren?«

De Pisan neigte den Kopf. »Der Earl ist weit reicher, als selbst wir vermuteten, Mylord. Diese Burg zu erbauen, hätte jeden anderen Mann an den Bettelstab gebracht.«

John zuckte mit den Schultern. »Er könnte sich alles von den Juden geborgt haben.«

»Die Juden verleihen kaum noch Geld, Mylord.«

Johns dunkle Augenbrauen zogen sich zusammen. »Davon ist noch nichts bis zu mir vorgedrungen.«

»Es geht das Gerücht um, die Juden wollten einen großen Teil des Lösegeldes für den König stellen. Anstatt Geld zu verleihen, sammeln sie es für diesen Zweck.«

John brummelte nachdenklich, dann sah er seinen Kämmerer noch eindringlicher an. »Was noch?«

»Der Earl hält ständig Verbindung mit anderen seines Ranges, Mylord. Die Barone sind unzufrieden.«

»Mit mir? Tatsächlich? Verflucht.« John beugte sich vor und nahm den Weinbecher in die Hand. »Begreifen sie denn nicht, daß ich so gut wie König bin? Könige brauchen Geld.«

»Ja, Mylord.«

John trank, dann setzte er den Becher laut auf dem Tisch ab und zog erregt seinen Umhang zurecht. »Noch etwas?«

De Pisan machte eine mißbilligende Geste. »Da ist ein Mann, Mylord – ein Ritter, wenngleich sein Stand gekauft ist. Sir Guy von Gisbourne. Er ist der Seneschall des Sheriffs.« De Pisan lächelte leicht. »Er bat mich äußerst nachdrücklich, daß ich ihn Euch empfehle.«

»Wirklich?« John schürzte die Lippen. »DeLaceys Seneschall...« Er ließ sich wieder zurücksinken. Ein Lächeln umspielte seinen Mund. »Schickt ihn morgen zu mir.«

Auch drinnen wohnten dunkle Schatten. Befremdet betrachtete Locksley die Festgäste, die gekommen waren, um ihn, seinem Vater zum Gefallen, zu feiern. Er schloß die Augen.

»Robert?«

Mit einem Schlag waren seine Augen offen. Vor ihm stand der Sheriff.

»Vergebt mir, wenn ich störe. Aber es gibt etwas, das wir besprechen sollten.«

Locksley verkrampfte die Schultern. *So fängt es an.*

William deLacey lächelte. »Ich weiß, Ihr seid gerade erst nach Hause gekommen und braucht ohne Zweifel Zeit, um Euch wieder an ein Leben zu gewöhnen, das Ihr zwei Jahre lang unterbrochen habt... aber ich persönlich nehme eine Schwierigkeit lieber gleich in Angriff.«

Locksley lächelte nicht. »Der König hätte Euch in Akko brauchen können.«

Das kurze Aufblitzen in deLaceys Augen zeigte Locksley, daß der Pfeil sein Ziel gefunden hatte. »Gewiß, Robert – aber wenn wir *alle* auf Kreuzzug gefahren wären, was wäre denn dann wohl aus England geworden?«

»Natürlich, Sheriff. Bitte, macht mich mit Eurem Problem vertraut.«

»Offen gesagt, Robert: Meine jüngste Tochter ist unverheiratet.«

Früher einmal hätte er vielleicht gelacht, weil er den plötzlichen Vorstoß des Sheriffs begrüßt hätte. Doch jetzt tat er es nicht. »Und genauso bin *ich* unverheiratet.«

Der Sheriff lächelte weltmännisch.

Ein anderer Mann hätte vielleicht gezögert, wäre nervös geworden oder hätte es geleugnet. Nicht so William deLacey. »Andere werden ebenfalls vorstellig werden, ihren Stammbaum und ihre

Töchter mitbringen. Sicher auch die Mitgift. Aber sie werden erst zum Earl gehen. Ich komme zuerst zu Euch.«

Ein ungewollter Gedanke schlich sich in Locksleys Gehirn. *Ich bin so leicht. Zu leicht. Ich habe keinerlei Gewicht.* »Ich nahm sie ab«, sagte er laut. »Nein – sie nahmen sie mir ab. Dort, da vorne –« Er hielt inne. Er gebot sich Einhalt. Das Gesicht, das ihn anstarrte, war nicht das eines Ungläubigen. Es gehörte einem Engländer, einem in England eingebürgerten Normannen. *Und ich diene diesem normannischen König.*

»Ist etwas nicht in Ordnung?«

Ja, entgegnete ihm Locksley stumm. Laut sagte er: »Nein, nein«, aber nicht mehr.

DeLaceys Blick erforschte sein Gesicht. Schließlich neigte er den Kopf. »Wenn Ihr mich bitte entschuldigen wollt, Robert.«

Nachdenklich sah Locksley dem Sheriff hinterher.

Zu leicht. Kein Gewicht. Und dann kam die Erinnerung wieder, die in seinem Gedächtnis vergraben gewesen war.

Sie hatten ihm die Rüstung ausgezogen, auf dem Schlachtfeld, vor seinen Landsmannen. Er hatte sie nie wieder getragen.

Obgleich Richard ihm eine neue angeboten hatte.

8. Kapitel

Marian erwachte im ersten Morgengrauen. Sie blieb regungslos liegen und dachte nach. Mit Matilda, ihrer alten Amme, befand sie sich in einem Bett. Um sie herum schliefen zahlreiche andere Frauen auf raschelnden strohgefüllten Matratzen.

Ich sollte nach Hause zurückkehren. Der Entschluß stand so unvermittelt wie endgültig fest und machte sie völlig wach. Ihre Unruhe ging in schmerzhafte Erinnerung über: Nur allzu lebhaft erinnerte sie sich an Johns Demütigung. Marian biß die Zähne zusammen. Sie wollte mit John oder ihrem Gastgeber oder dem Sohn des

Gastgebers nichts mehr zu tun haben; und vor allem nicht mit William deLacey.

Aber warum? fragte ihr Gewissen. *Es ist schließlich besser, ihn zu heiraten, den du kennst, als einen gebrechlichen, alten Fremden.* Dennoch war Marian nicht davon überzeugt. Jedesmal, wenn sie an den Sheriff dachte, dachte sie auch an sein Benehmen, an seine unterschwelligen Anzüglichkeiten und seine Heimlichtuerei, die sie allmählich nur allzu deutlich wahrnahm.

Sie warf die Decken zurück. Auf den Knien hockend, schüttelte sie sich das Stroh aus dem Haar und bemühte sich wacker, ihre widerspenstigen Locken zu zähmen, um sie unter die Leinenhaube zu stecken. Nachdem sie dann ihr zerknittertes Kleid und das Untergewand glattgestrichen hatte, war sie innerlich wie äußerlich bereit zum Aufbruch.

Die Höflichkeit erforderte es, daß sie ihren Gastgeber aufsuchte und von ihm Abschied nahm, doch würde der Earl sie wahrscheinlich nicht vermissen, wenn sie einfach verschwand. Marian kam schwankend auf die Füße, zupfte sich das letzte Stroh aus ihrem Haar und drehte sich zur Tür.

Durch diese trat in diesem Moment Eleanor deLacey herein, bleich und mit funkelnden, schwarzumrandeten Augen. Ihr glattes braunes Haar hing wirr und lose aus ihrer fleckigen, schief sitzenden Haube herab; ihr safrangelbes Gewand war verschmutzt, und ein rosafarbener Fleck entstellte die eine Seite ihres Halses. Als sie Marians Blick sah, verdeckte sie den Bluterguß rasch mit ihren Haaren und grinste.

Draußen, im Hof, rief jemand einen Befehl. Ein zweiter Ruf folgte als Erwiderung. Eleanor seufzte tief und stieß die Tür zu. »Der Teufel verdamm ihn«, sagte sie leise. »Der Teufel verdamm ihn *und* seine Jagd!« Sie ließ den Blick durch den Raum schweifen und bemerkte die in die Bettdecken eingewickelten Frauen. Ein paar regten sich; eine nuschelte eine Beschwerde über das rücksichtslose laute Reden. Eleanor lachte nur. »Wenn Ihr findet, daß *ich* zu laut rede, was werdet Ihr dann erst zu den Jagdhunden sagen?«

Eine andere Frau schälte sich gerade mit finsterem Gesichtsausdruck aus dem Bettzeug. »Zu welchen Jagdhunden, Eleanor? Oder meint Ihr damit die Männer, die sich an Eure Fersen heften?«

Doch der Spott verfehlte sein Ziel. Ungerührt von der Unhöflichkeit und dem beißenden Tonfall, lachte Eleanor bloß. »Und wünscht Ihr nicht, *Ihr* hättet auch ein paar, Joanna ... oder zumindest einen.« Sie machte eine Pause und legte ihren Kopf auf die Seite, als die Rufe draußen von einem Hundechor begleitet wurden, die auf das Blasen eines Jagdhorns reagierten. »Da. Das Jagdhorn; was habe ich Euch gesagt? Der Count hat es angeordnet, und nun muß der arme Earl seine Jäger hinaustreiben, ohne ihnen die nötige Zeit dafür zu geben.« Eleanor erhob ihre Stimme. »Und uns auch nicht, könnte ich hinzufügen; denn wir alle sollen John Gesellschaft leisten.«

Auf der anderen Seite der Burgmauern ertönte wieder das Jagdhorn. Das Signal rief in den Frauen weniger Begeisterung als bei den Hunden wach, jedoch genausoviel Pflichtbewußtsein.

Alan, der sich auf der Musikergalerie befand, von der aus man den großen Saal überblicken konnte, beobachtete, wie die Männer und Frauen des englischen Adels sich aus Binsen und Tuch erhoben, während andere von den Treppen aus in den Saal strömten. Alle machten sich in den Burghof auf. Alan stützte seinen Ellbogen auf die hölzerne Balustrade, hatte die Laute mit einem Riemen auf den Rücken geschnallt und lächelte in müßiger Belustigung; sie erinnerten ihn an Kinder, die wild durcheinanderliefen, um einen ungeduldigen Vater davon abzuhalten, gereizt zu brüllen.

Er richtete sich wieder auf und wollte gerade seine Laute abnehmen – dann hielt er jedoch gefesselt inne. Alle waren bereits dem Ruf des Horns gefolgt. Eine kam jedoch zu spät – nein, zwei. Die zweite war jedoch uninteressant.

Ihre Haube saß leicht schief, als hätte sie sich sehr beeilt, und ließ viel von ihrer milchweißen Stirn sehen. Ihr geflochtenes, schwarzes Haar hatte sich gelöst und fiel ihr auf die Schulter. Am unteren Treppenabsatz blieb sie kurz stehen und half ihrer Begleiterin – einer alten, untersetzten Frau –, dann blickte sie sich schnell in der Halle um. *Sie war wie geschaffen für ein Lied.*

»Liebster Alan.«

Hastig drehte sich Alan um. »Liebste Eleanor!« Er hatte genau den richtigen Ton getroffen; die Frau errötete.

»*Liebster* Alan – ich muß mit auf die Jagd gehen. Aber sobald sich eine Gelegenheit ergibt, werde ich mich fortschleichen und zu dir zurückkehren.«

»Hierher?« Doch dann verfluchte er sich für seine Langsamkeit; *natürlich* meinte sie hier. Er lächelte, ergriff ihre ausgestreckte Hand und drückte einen Kuß darauf. »Liebste Eleanor, ich zähle die Stunden.«

»Mach mir ein Lied«, flüsterte sie. »Mach eins nur für mich.«

Alan, der sich gerade hinunterbeugte, um sie auf ihren leicht geöffneten Mund zu küssen, fragte sich, wie er das neue Lied, das er sich für die andere Frau ausgedacht hatte, in eins für Eleanor verwandeln könnte.

Sir Guy von Gisbourne, den Gilbert de Pisan beim ersten Stoß des Jagdhorns recht herrisch aufgefordert hatte mitzukommen, erleichterte sich schnell, zog sich überstürzt an und begleitete dann den Kämmerer des Counts, obwohl er keine Ahnung hatte, weshalb de Pisan ihn sprechen wollte.

Dann fand sich Gisbourne plötzlich vor einer Zimmertür wieder, die von bewaffneten Männern flankiert war. Nicht de Pisan wollte mit ihm sprechen, sondern sein Herr. Auf ein Zeichen de Pisans hin betrat er das Gemach und stand zum ersten Mal in seinem Leben Englands heißblütigem Retter gegenüber.

Oder dem Mann, der es gern *wäre.*

9. Kapitel

Prinz John lächelte gemessen, während Kammerdiener damit beschäftigt waren, ihn anzukleiden. Gisbourne zählte drei Männer, die ihren leichtgebauten Herrn gewandt mit Bliaut, Hose, schultergepolstertem Obergewand, Gürtel, Stiefeln und unzähligen Schmuckstücken zurechtmachten.

»Ach«, sagte der Count. »Ich hoffte sehr, daß Ihr kommen würdet.«

Er wirkte gar nicht wie ein König, dachte Gisbourne. Wenn man einmal von seiner prachtvollen Kleidung absah, wirkte er auch nicht wie ein Prinz. Er war schmächtig, hatte dunkle Haare, dunkle Augen und dunkle Hautfarbe. Seine Nase war ein wenig zu lang, und seine Schultern waren unter der sorgfältigen Wattierung nicht breiter als seine schmalen Hüften.

Er sieht wie ein Vogel aus, mit Schnabel und allem Drum und Dran.

»Ich ließ Euch hierherbestellen, weil es etwas gibt, was ich Euch fragen muß. Es betrifft Euren Herrn«, sagte John unbewegt. »Wie Ihr wißt, ist es meine Aufgabe, das Reich meines Bruders zu verwalten, während der König im Gefängnis sitzt.«

Es folgte eine eigentümliche Pause. Gisbourne beeilte sich, das in der Schwebe hängende, erwartungsvolle Schweigen zu füllen. »Ja, Mylord.«

»Deshalb muß ich Maßnahmen ergreifen, die das Wohlergehen aller Grafschaften garantieren – nein, nicht *den*, du Blödmann... den da!« John nahm einem der Kammerdiener einen Ring weg und steckte ihn sich auf einen Finger. Er begutachtete seine Wahl, dann nickte er und wandte seine Aufmerksamkeit wieder Gisbourne zu. »Ich nehme an, Ihr kennt William deLacey am besten, Sir Guy?«

Feuchtigkeit befleckte die Ärmel von Gisbournes Unterhemd. Er verfluchte seine Nervosität. »Mylord, es sollte so sein – ich bin sein Kämmerer und in seine Geschäfte eingeweiht.«

»Er ist ein bescheidener Mensch, Euer Sheriff, wie es sich für einen Mann von Anstand geziemt – Wir möchten, daß er mit seinem Amt zufrieden ist, so daß er Uns weiterhin so gut dienen mag.« Gisbourne entging der Wechsel zum königlichen »Wir« nicht.

»Deshalb sind Wir bemüht, das wahre Streben Unserer treuesten Untergebenen herauszufinden, damit Wir sie dementsprechend belohnen können.« Seine dunklen Augen funkelten, als er Gisbourne kurz anblickte. »Gibt es etwas, was er mehr begehrt als alles andere? Etwas, was ihm zu gewähren in Unserer Macht steht?«

Gisbourne dachte angestrengt nach. Er wußte, daß deLacey nach Macht und Aufstieg trachtete, aber das tat schließlich jeder. Was das anging, tat er selbst das auch; was sollte er jedoch Prinz John erzählen?

Hastig wischte sich Gisbourne die feuchten Schweißperlen von der Oberlippe und entschied sich für das erstbeste. »Seine Tochter, Mylord.«

John zog die Augenbrauen fragend hoch.

»Seine Tochter«, wiederholte Gisbourne, »möchte er mit Huntingtons Sohn vermählt sehen.«

»Eine treffliche, wenn auch ehrgeizige Verbindung.« John äußerte sich zurückhaltend. »Der Earl ist ein mächtiger Mann. Er könnte sich nach einer besseren Partie umsehen. Er ist ein Huntington.« John lächelte flüchtig. »Und der Sheriff könnte sich nach einem Mann niedrigeren Ranges umsehen, nach einem treuen Kämmerer. Der immerhin Ritter ist und dem eine gewisse Achtung zukommt.«

Das war eine Feststellung. Gisbourne sagte nichts. Es war nicht an ihm, das zu entscheiden. Doch der so plötzlich geborene Einfall verwandelte sich vor seinem inneren Auge in eine Möglichkeit und in ein blühendes Versprechen. *Wenn er vorhat, mir eine Frau zu geben . . .*

John schüttelte die Hände seiner Diener ab und entließ sie mit einer Handbewegung. »Es gebührt Euch Unsere Dankbarkeit«, sagte er aufgeräumt. »Es muß etwas geben, wie Wir Eure Treue belohnen können . . .«

Gisbourne holte tief Luft. »Mylord – wenn ich bitten dürfte –«

John schnitt ihm mit einer Geste der ringüberladenen Hand das Wort ab. »Ich erkläre hiermit, daß Euch heute der erste Stoß gehört, wenn die Jäger den Keiler herausgejagt haben.«

Gisbourne hatte mehr gewollt. Er hatte auf mehr gehofft – auf die Frau, deren Namen er nicht kannte, aber deren Gesicht seine Träume füllte. »Danke, Mylord. Mylord –« Doch Englands Retter war verschwunden, und mit ihm Gisbournes Hoffnungen.

»Keiler?« Dem Weidmann blieb fast der Mund offenstehen. »Aber – es ist Frühling!«

Der Earl machte ein verächtliches Gesicht. »Wäre es möglich, würde unser geehrter Count wahrscheinlich auch die Jahreszeit ändern lassen.«

»Laßt es einen Hirsch sein«, schlug der Jäger Dickon vor. »Es gibt gerade viele –«

»Er sagte Keiler.«

Der Jäger gab nach. »Ja, Mylord. Keiler. Aber –« Er gestikulierte hilflos. »Wenn es keinen Keiler *gibt*?«

»Wir werden in den Feldern frühstücken ... ich werde zusehen, daß die Küche das Essen so lange wie möglich hinauszögert, und dann werde ich mein Bestes tun, daß sich die Mahlzeit so lange wie möglich hinauszieht. Aber wenn keine List erfolgreich ist ...« Huntington seufzte schwer und warf einen finsteren Blick über die Schulter. »Dann hetzt jeden Hirsch, den Ihr finden könnt, und treibt ihn auf uns zu. Eine wahre *Flut* an Hirschen.« Ohne große Überzeugung setzte er hinzu: »Und wenn wir Glück haben, wird vielleicht ein wohlgesetzter Huf uns – und England – unseres gemeinsamen Problems entledigen, bevor es uns ausbluten kann.«

Der Weidmann lächelte, dann verbarg er sein Lächeln hinter der Hand. »Das sind verräterische Gedanken, Mylord.«

Huntingtons Lächeln war eisig. »Auch nicht mehr als Johns Versuch, seinem Bruder die Krone zu entreißen.«

Es versprach ein schöner Tag zu werden. Marian verwandte jedoch nur wenig Aufmerksamkeit auf den Himmel und das Wetter. Statt dessen dachte sie darüber nach, wie sie sich inmitten der Vorbereitungen am besten die Pferde bringen lassen sollte, ohne an der Jagd teilnehmen zu müssen.

Die fette, keuchende Matilda zeigte auf etwas. »Da. Seht Ihr? Der Earl.«

Marian folgte dem Zeigefinger mit ihrem Blick.

»Beschäftigt«, sagte sie und wich geschickt einer Gruppe von Gästen aus. »Erwartest du etwa, daß ich einfach zu ihm gehe und sein Gespräch unterbreche?«

»Ihr seid eine Ritterstochter, mein Mädchen – keine gewöhnliche Küchenmagd.«

»Du vergißt...« Marian schlängelte sich durch die Menge. Sie wünschte, sie hätte länger gewartet. »Für den Earl of Huntington bin ich nicht viel mehr. Warum ist es denn so wichtig? Kann ich nicht einfach *gehen*?«

Matilda, der es unter ihrem grauen Wollstoff warm war, machte halt, wischte sich übers Kinn und sah ihrer Herrin ins Gesicht. Tränen glitzerten in Marians Augen, aber sie flossen nicht. Matilda wußte, daß Marian es haßte zu weinen.

»Euer Vater wollte, daß ich in seiner Abwesenheit für Euch Sorge trage. Und nun, da er tot ist –« Überraschend wurden auch in Matildas Augen Tränen sichtbar. Ihre Stimme war belegt. »Ich möchte es richtig machen.«

»Das hast du«, sagte Marian. »Und das wirst du. Aber wenn wir jetzt gehen, ohne den Earl zu stören, wird es uns in kein schlechtes Licht rücken. Dazu ist es nicht wichtig genug.«

»*Jetzt* gehen? Aber warum denn?« Eine Hand glitt unter Marians Ellbogen. »Bitte, meine Lady, verlaßt mich nicht. Der ganze Tag wäre mir verdorben.«

William deLaceys Griff war sanft, aber Marian trat dennoch zur Seite und befreite ihren Arm mit einer gemurmelten Bemerkung. »All diese Leute...« Sie suchte nach einer Entschuldigung. »Das vergangene Jahr brachte ich durch meine Trauer in Zurückgezogenheit – ich fühle mich in solch großen Menschenmengen unbehaglich.«

»Und deshalb lauft Ihr weg? Die Tochter von Hugh FitzWalter?« DeLacey schüttelte seinen Kopf. Das Morgenlicht fiel auf die Spuren von Silber in seinem gewellten, braunen Haar. »Das sieht dem tapferen Mädchen, das ich kenne, aber gar nicht ähnlich.«

»Genau das habe *ich* ihr auch gesagt.« Matilda ignorierte Marians scharfen Blick.

»Dann sind wir uns ja völlig einig.« DeLacey lächelte unbekümmert. »Wenn ich verspräche, mich um sie zu kümmern, würdest du sie dann meiner Obhut überlassen, Matilda?«

Die alte Amme machte einen unbeholfenen Knicks. »Selbstverständlich, Mylord. Und ich muß sogar zugeben, daß ich nichts dagegen habe, in der Zwischenzeit meine alten Knochen auszuruhen.«

»Warte –« Marian streckte ihre Hand aus, aber deLacey hielt sie schon wieder am Arm und zog sie mit sich.

Marian öffnete ihren Mund, um deLacey anzufahren. Der Sheriff geleitete sie jedoch flink durch die Menge und machte keine Anstalten, ihr seine Aufmerksamkeit zu widmen, bis sie in der Nähe der inneren Mauer standen, am Tor, das hinaus in die Vorburg führte. »Vergebt mir«, murmelte er. »Ich verspürte nicht den Wunsch, meinen Tag Eurer Schönheit zu berauben.«

»Hört auf«, sagte Marian.

Er lachte. »Bin ich durchschaut? Seid Ihr meines Werbens müde?«

DeLacey war plötzlich auf der Hut: wie ein Hund, der eine neue – und möglicherweise gefährliche – Witterung aufnimmt. »Was möchtet Ihr, daß ich Euch sage?«

»Die Wahrheit.« *Daß Ihr sehr wohl wißt, daß mein Vater wollte, daß wir heiraten.* Aber sie traute sich nicht, eine Andeutung zu machen, falls er es *nicht* wüßte.

»Die Wahrheit ist für einen Mann, wie ich es bin, schwierig.« DeLacey hatte ihr Ansinnen nicht weiter erschüttert, und er war nicht mehr bereit, das Spiel zu beenden, als sie es war, es überhaupt zu spielen. Er änderte einfach die Regeln. »Aber hier ist sie, schnörkellos und unumwunden: Ich hätte gern, daß Ihr mir auf der Jagd heute Gesellschaft leistet.« Er machte eine Pause. »Ist das denn zuviel verlangt?«

Sie war gezwungen zuzugeben, daß es das nicht war.

Plötzlich trat ein neuer Ausdruck in deLaceys Gesicht. Suchend schaute sich Marian um und entdeckte in ihrer Nähe Prinz John, der von einem unruhig tänzelnden Pferd auf sie herabblickte. Hastig senkte sie den Blick und stierte auf das Kopfsteinpflaster des Hofes. *Laß ihn weggehen – laß ihn mich nicht wahrnehmen – laß ihn etwas anderes wollen.*

Wundersamerweise tat er das. »Lord Sheriff«, sagte John, »wollt Ihr mich begleiten?« Er machte eine ungeduldige, gebieterische Handbewegung. »Wenn Ihr so liebenswürdig sein wollt. Einige Männer würden es als Ehre betrachten.«

Die meisten Männer würden das. »Natürlich, Mylord. Sofort.« DeLacey neigte den Kopf und warf Marian verstohlen einen Blick zu. Leise versprach er ihr: »Das wird nicht den ganzen Tag dauern. Ich werde Euch später treffen.«

Sie sagte nichts. Sie war sich noch immer Johns Blick bewußt und hielt ihren Kopf weiter gesenkt. Sie zählte die endlosen Momente, bis deLacey sich umdrehte und, sein Pferd verlangend, davonging.

Ein Stallknecht kam und fragte sie, ob sie ihr Pferd wünsche, dann brachte er es ihr. Marian dankte ihm und hieß ihn zu gehen. Ruhig hielt sie das Pferd am Zügel, während die letzten Grüppchen gesattelter Gäste eilig auszogen, um die anderen einzuholen. *Ich danke dir, Gott.*

Hinter ihr klapperten Hufe. »Marian von Ravenskeep!« Es war Eleanor deLacey, die sich ihr eilig näherte. »Ich bin spät dran – viel zu spät... reitet mit mir, wollt Ihr? Bevor er jemanden nach mir schicken läßt.«

»Aber ich war...« Marian beendete den Satz nicht. Eleanor hatte sichtlich nicht die Absicht, auf die Begleitung einer Frau zu verzichten, die sie anstandshalber brauchte. Marians heimlicher

Fluchtversuch war schmachvoll gescheitert. »Natürlich«, sagte sie resigniert.

»Gut.« Eleanor beugte sich vor und gab Marians Pferd einen Klaps. »Also los!«

10. Kapitel

Das Frühstück verlief zwanglos. Während sich der morgendliche Nebel allmählich im schwachen Sonnenlicht auflöste, sammelten sich die Gäste in Grüppchen und lachten und plauschten miteinander. Um sie herum hielten die Bediensteten die nervösen Pferde, breiteten Leintücher auf dem noch feuchten Untergrund aus oder wanderten ziellos umher, bis ihnen jemand sagte, was sie zu tun hatten.

Als zu guter Letzt die vollbeladenen Wagen Brot, Käse und Wein von der Burg zur Wiese brachten, hatten alle großen Appetit. Huntington entschuldigte sich elegant für die Langsamkeit seines Küchenpersonals und wartete persönlich Prinz John auf, während sich die anderen hinsetzten.

Der Count von Mortain setzte sich nicht auf den Boden; einer der Wagen hatte einen Stuhl persönlich für ihn mitgebracht. Zu Pferde wartete er, bis der Stuhl auf dem Boden stand und saubergewischt war. Erst als ihm mitgeteilt wurde, der Stuhl stünde nun bereit, stieg er vom Pferd, nahm seinen ersten Becher an diesem Tag entgegen, der allerdings erst vorgekostet wurde, und setzte sich. Solchermaßen behaglich niedergelassen, nahm er auch ein Stück warmen Brotes entgegen.

»*Ich* würde ja, servierte man mir das Frühstück so spät, dafür Sorge tragen, daß mein Kämmerer die faulen Leibeigenen bestraft«, sagte John zum Earl von Huntington.

»Das werde ich auch tun, Mylord. Aber man muß bedenken, daß die Ankunft einer Persönlichkeit, wie Ihr es seid, gelegentlich

Verwirrung unter dem Haushaltspersonal stiften kann. Sie sind so sehr darum bemüht, Euch zufriedenzustellen, Mylord – aber zu große Bemühung kann, ungeachtet der Aufrichtigkeit des Wunsches, in Unfähigkeit münden.«

John kniff die Augen zusammen, während er an seinem Wein nippte. Er versuchte, die Absicht der Bemerkung abzuschätzen. War letzteres auf ihn gemünzt? Eröffnete der Earl das Spiel?

Huntingtons Gesichtsausdruck paßte zu seinem tadellosen Benehmen: Er stellte vollkommene Gelassenheit und Ruhe zur Schau.

Wie beiläufig bemerkte John: »Man könnte auch denken, daß es für die Landbevölkerung etwas schwierig ist, sich an das Leben auf einer *Burg* zu gewöhnen.«

Huntington zuckte nicht zusammen. »Genau, Mylord.«

John biß ein Stück Brot ab, kaute und schluckte es dann hinunter. »Warum habt Ihr eigentlich eine Burg gebaut?«

Der Earl aß vom Käse und vom Brot und trank Wein. Ruhig erwiderte er dann: »Weil ich es mir leisten konnte.«

Das war offen und herausfordernd: wie ein frisch gewetztes Schwert, das zwischen ihnen in der Erde steckte und auf die Hand wartete, die es wagte, es aufzunehmen.

Johns Edelsteine glitzerten, während seine Hände unaufhörlich das Brot in Stücke rissen, jetzt noch schneller als zuvor. »Ein alter Name, Huntington – ein alter angelsächsischer Name. Und doch habt Ihr eine normannische Burg gebaut.«

Der Earl lächelte schwach. »Die Normannen bauen die besten Burgen, Mylord. Sie sind beinahe uneinnehmbar.«

»In der Tat.« John zupfte unheilverkündend am Brot herum und schnippte die Krumen weg, dann lächelte er wohlwollend. »Natürlich war der Zeitpunkt vielleicht etwas unglücklich gewählt. Das Geld, welches Ihr auf die Burg verwendet habt, könnte nun besser auf das Lösegeld meines Bruders verwendet werden.«

»Ohne Zweifel, Mylord. Aber Huntington Castle wurde noch zu Lebzeiten Eures Vaters begonnen.«

»Zu Lebzeiten meines Vaters herrschte hier noch Frieden.« Mit einem Fingernagel holte John ein hartes Stück Käse zwischen seinen schlechten Zähnen hervor.

Der Earl breitete die Hände aus. »Nur ein Narr vertraut auf ein Dach aus Pergament, wenn es gerade nach einem Wetterumschwung aussieht.« Geschickt machte er eine kurze Pause. »Ich ziehe Stein vor.«

John winkte einen Mann herbei, der seinen Käse in kleinere, mundgerechte Stücke schnitt, dann begann er eines nach dem anderen zu essen, ohne viel zu kauen. »Huntington liegt nicht an der Küste noch in der Nähe der Grenze zu Wales oder Schottland. Darum wundert man sich, warum es überhaupt eine Burg sein mußte.«

Der Earl nahm einen Schluck Wein aus einem Becher, der weniger prunkvoll war als der des Prinzen, dann stellte er ihn beiseite. »Wie Ihr bereits angedeutet habt, Mylord: Nun ja, ich wollte der Welt etwas hinterlassen.«

John aß mit gesenkten Lidern Käse. »Einige Männer würden ihre Hoffnungen in diesem Hinblick auf ihre Söhne setzen.«

Huntington lächelte friedfertig. »Ich setze meine Hoffnungen auf beides.«

Johns schwere Lider hoben sich. »Er wird selbst Söhne brauchen.«

»Selbstverständlich, Mylord.«

»Und eine Frau.« Der Prinz wandte sich träge um und warf einen Blick auf deLacey, der in ihrer Nähe saß. John merkte, daß der Sheriff es gehört hatte; er hatte einen verkniffenen Zug um den Mund. Der Prinz setzte ein falsches Lächeln auf und machte Zeichen, ihm mehr Wein zu bringen. »Ah, aber wir haben Zeit. Er ist ja noch jung, und es gibt so viele Frauen.«

Aus den Tiefen des Jagdreviers von Huntington erscholl das Signal eines Horns. Die Töne wurden, ebenso wie das wütende Gebell der Jagdhunde und die Rufe der Treiber und Jäger, von der Morgenluft klar herangetragen.

Als der Earl seinen Weidmann erblickte, empfahl er sich und

bahnte sich den Weg durch das aufgemunterte Völkchen, das sich um das beschmutzte Tuch herumstellte und auf den Wald blickte. »Nun?« fragte der Earl ruhig. »Keiler oder Hirsch?«

Der Jäger blies in sein Jagdhorn. »Eine frische Fährte«, sagte er. »Ein großer Abdruck, der aber nicht zu schwer ist, und Hauerspuren an den Bäumen; ein junger Keiler, Mylord.« Der Jäger senkte seine Stimme. »Möchtet Ihr ihn wirklich *ihm* überlassen?«

Huntington lächelte nicht. »Er sagte Keiler, Dickon. Ich denke, wir sollten ihm einen Keiler geben.«

Beim Klang des Jagdhorns sprang Eleanor auf ihre Füße. *»Endlich!«* rief sie aus. »*Endlich* kann ich gehen!«

Marian erhob sich, vorsichtig ihre Röcke raffend, und versuchte Eleanor, die sich bereits abgewandt hatte, um nach ihrem Pferd zu verlangen, mit einer Handbewegung aufzuhalten. »Was ist, wenn er später nach Euch fragt?«

Die Tochter des Sheriffs ergriff ungeduldig die Zügel ihrer Stute, die ihr soeben gebracht worden war. »Er wird nicht nach mir fragen. Er ist viel zu beschäftigt damit, sich die Gunst des Prinzen zu erschleichen...« Ohne viel Hilfestellung vom Pferdeknecht schwang sie sich in den Sattel. »Ich kann nicht sofort zurückreiten – wir müssen erst mit in den Wald reiten, dann werde ich umkehren.« Gebieterisch winkte Eleanor den Jungen weg. »Er wird nicht nach mir fragen, aber falls doch – sagt ihm nichts! Erinnert Euch an das Versprechen, das Ihr mir gegeben habt!«

Ein Stalljunge hielt Marian die Zügel ihrer Stute und eine Hand hin, doch sie zögerte. »Eleanor – ich glaube –«

Eleanor beugte sich zu ihr hinunter. »Kommt *jetzt* oder gar nicht, wie Ihr wollt. Aber es ist der einzige Weg, den ich kenne, das zu tun, was *ich* will.«

Marian gab keine Antwort.

Verachtung flackerte kurz in Eleanors Augen auf und wurde dann von etwas verdrängt, was sehr nahe bei Mitleid lag. »Ihr könnt nicht, oder?« fragte Eleanor. »Ihr könnt den Männern nicht nein sagen. Ihr habt kein Rückgrat.«

Und dann war sie auch schon fort.

Wütend schaute Marian ihr hinterher. Dabei dachte sie aber nicht an den Vater der Frau, sondern an Huntingtons Sohn. »Kein Rückgrat«, murmelte sie. »Dann ist es vielleicht an der Zeit, daß ich eins *entwickle*!«

Prinz John ritt bis zum Waldrand, wo er sodann befahl, seinen Stuhl abzuladen. Als der Stuhl bereit stand, ließ er sich auf ihm nieder.

Die Jagdgesellschaft, die sich bereits in das dicht bewaldete Jagdgebiet begeben hatte, löste sich verwirrt auf. Die vorausreitenden Jäger fielen fast wie ein Mann zurück und kämpften sich von neuem durch den ungezähmten Wald, um den Mann zu finden, der in Abwesenheit seines Bruders wahrscheinlich die Krone tragen würde.

Prinz John, der Count of Mortain, hielt ihnen jedoch vor Augen, daß sie sich auf einer Jagd befanden und daß sie nicht gut das Tier jagen konnten, wenn sie um *ihn* herumtanzten wie um einen Maibaum. Was ihn anbelangte, sagte er, würde er abwarten. Wenn der Keiler ausfindig gemacht und eingekesselt wäre, würde er hinzustoßen, um der Tötung beizuwohnen. Solcherart entlassen, zogen alle von dannen, um den Keiler zu suchen – außer einigen wenigen, die dem Prinzen persönlich aufwarten sollten. Einer von ihnen, entschied John, war William deLacey.

Der Prinz lächelte. »Wir haben unsere Unterhaltung über die Verwaltung Nottinghamshires noch nicht beendet.«

DeLacey bezweifelte, ob Nottinghamshire das Thema war.

John lächelte ihn warm an. »Das letzte Mal, als wir uns alleine trafen, stellte ich Euch eine Frage. Erinnert Ihr Euch noch an sie?« Er winkte, und ein Becher Wein, der bereits vorgekostet worden war, wurde ihm in die Hand gedrückt. »Es war gestern abend, Sheriff. Oder habt Ihr das bereits vergessen?«

DeLacey hatte nichts vergessen.

»Die Frage, die ich Euch stellte, war simpel: ›Was begehrt Ihr?‹ Und nun stelle ich Euch die Frage noch einmal, da Ihr ja eine Nacht darüber schlafen konntet.« John nippte am Wein.

Seines Kurses sicher, lächelte der Sheriff schwach. »Ich möchte das, was Ihr für mich für angemessen haltet.«

»Ah.« John erwiderte kurz deLaceys Lächeln, dann verblaßte es. »Niemand *gibt* mir etwas. Was ich haben will, nehme ich mir.«

DeLacey nickte. »Wir leben in verschiedenen Welten, Mylord. Ich bin Euch für meine Handlungen voll und ganz verantwortlich.«

»Während *ich* nur Gott verantwortlich bin – und mir selbst. Und Gott ist, dünkt mich, gütiger als ich. Er *erwartet* weniger von mir.« John nahm wieder ein paar Schlucke Wein, dann reichte er dem wartenden Diener den Becher. Übertrieben beiläufig, was deLacey aufmerken ließ, sagte er: »Ich denke, Gott würde nicht wollen, daß ein Mann König von England ist, der keinen rechtmäßigen Erben hervorbringen kann.«

Ach, dachte deLacey, da war es also heraus. Keine Ausflüchte mehr. Keine Andeutungen mehr. Nun lag es an ihm zu entscheiden, in welche Richtung er gehen wollte.

John beugte sich vor. »Ich glaube, das ist das Wesentliche an der Angelegenheit, deLacey. Richard zieht ins Heilige Land, wann immer er das Gefühl hat, daß Gott ihn zurücksetzt. Er möchte Gott bestechen. Vielleicht hofft er, daß Gott für einen Erben sorgt, ohne daß er dabei vonnöten sein wird...« John ließ sich wieder zurücksinken und kaute müßig an seinem verbleibenden Daumennagel. »Solange er mit Knaben schläft, wird er keinen Erben haben. Und solange Berengaria nicht so klug ist, ihr Bett mit einem Stellvertreter zu füllen und das Ergebnis dann *Richards* Erzeugnis zu nennen, wird er keinen Erben haben.« Er zerriß den Nagel und spuckte den Splitter aus, während er deLacey über den derart brutal behandelten Daumen hinweg betrachtete. Sehr ruhig gab er zu bedenken: »Und solange der deutsche Heinrich seinen geschätzten Gast, meinen Bruder, nicht freiläßt, wird es keinen direkten Erben geben können. Es wird keinen Erben geben außer *mir*.«

DeLacey senkte den Kopf. *Das habe ich nicht vorhersehen können. Kein gesunder Mann würde sich wünschen, eine derartige Entscheidung zu treffen, sich mit einem zukünftigen König gegen den, der es augenblicklich ist, zu verbünden – aber was bleibt mir anderes übrig?*

Nachdenklich bemerkte John: »Huntington hat eine Burg. Eine *normannische* Burg sogar; die, wie er sich selbst ausdrückte, fast uneinnehmbar ist. Und ein Mann wäre ein Dummkopf, würde er sich nicht fragen, warum er sie bauen ließ.«

DeLacey sagte nichts.

John lächelte dünn. »Er hat auch einen Sohn. Einen alleinigen – und unverheirateten – Erben. Und *Ihr* habt eine unverheiratete Tochter, die, wie es unter den gegenwärtigen Umständen aussieht, nicht heiraten wird, bevor ihr die Zähne ausfallen.«

Die Verheißung war stärker als der Kummer. DeLacey fühlte sich benommen. »Mylord, ja. Eleanor.«

»Eleanor.« John nickte. »Ich habe den Namen schon immer gemocht.«

»Oh, Mylord – ja, es ist ein schöner Name –« Der Sheriff biß die Zähne aufeinander, um die Beherrschung wiederzuerlangen. Ruhiger sagte er: »Ich nannte sie nach Eurer Mutter, der Königin-Witwe.«

John interessierte das nicht. »Das taten alle.«

DeLacey holte Luft, um die eine Frage zu stellen, die ihm auf der Seele brannte. Wenn es John ernst wäre mit Locksley und Eleanor ... »Mylord –«

Der Prinz machte eine Geste. »Ich bitte Euch, verliert keine Zeit. Laßt den Keiler nicht länger warten.«

Er war entlassen. DeLacey verkrampfte sich. »Mylord –«

Plötzlich brach der einzig verbliebene Bruder des Königs in Lachen aus. Er hatte unvermittelt seinen Kurs geändert. »Und was werdet Ihr im Privaten sagen, wenn ich wieder weg bin?«

Der Sheriff begegnete Johns begierigem und standhaftem Blick. Seine Zukunft war damit besiegelt. Er hatte John die Wahrheit gesagt: William deLacey war dem Count von Mortain voll und ganz verantwortlich.

Er wußte, was John wollte. Er wollte an die Macht gelangen. Dazu war es nötig, möglichst viele Männer wie den Earl von Huntington in sein Gefolge zu bringen, wohlhabende und mächtige Männer, die sich sonst gegen ihn stellen könnten.

Der Knoten in seinem Bauch wurde fester. Aber Verbindlichkeit war angesagt. Es gab nur Verbindlichkeit – oder Vernichtung. Ruhig erklärte deLacey: »Ich würde sagen, wäre ich denn dumm genug, davon überhaupt zu sprechen, daß ich von Eurer Fähigkeit überzeugt bin, den Thron zu beerben – in jenem unglücklichen Falle, daß der Kreuzzug England des Wohlstands beraubt, den es braucht, um seinen geliebten Herrscher auszulösen.«

»Ah.« John lächelte. »Ich hoffte so sehr, daß Ihr ebenfalls erkennen würdet, daß mein Weg der einzige ist, um unserem geliebten England zu helfen.«

»Ja, Mylord.«

»Erhebt die Steuern, Sheriff.«

DeLacey saß starr da. »Mylord, ich würde meine Pflicht vernachlässigen, wenn ich Euch nicht mitteilte, daß es bereits Klagen bezüglich der Steuern gibt.«

»Natürlich.« John winkte gleichgültig mit seiner beringten Hand ab. »Ich habe es zur Kenntnis genommen, Sheriff.« Ein Flackern zeigte sich in seinen zusammengekniffenen Augen. »Erhebt die Steuern, deLacey. Ich habe Schulden. Nottinghamshire gehört mir. Treibt die Steuern ein und bringt sie zu mir nach Lincoln. Habt Ihr verstanden?«

DeLacey, der spürte, daß er entlassen war, erhob sich. »Es wird einige Zeit in Anspruch nehmen, Mylord.«

»Ich denke nicht.« John lächelte. »Sorgt dafür, daß die Steuern nirgends anders hingehen als nach Lincoln und in meine Schatzkammer. Habt Ihr verstanden?«

Der Sheriff verneigte sich. »Ja, Mylord.«

John ließ sich zurück in seinen Stuhl sinken und wedelte mit der Hand. Die Audienz war beendet.

DeLacey stieg auf sein Pferd, verbeugte sich vor seinem Herrn und ritt dann in den Wald hinein. Seine Hände, mit denen er die Zügel hielt, zitterten.

11. Kapitel

Während sich Marian wie die anderen durchs dichte Unterholz kämpfte, dachte sie an Eleanors entschlossenen und überstürzten Aufbruch – *vermutlich ist sie inzwischen bereits auf halbem Weg zur Burg.* Sie fragte sich, ob sie es ihr nicht gleichtun sollte.

Doch das hätte Eleanor in bezug auf Marians Rückgrat nur recht gegeben. Sie fuhr zusammen, als sich ein belaubter Ast, den sie mit ihrer Hand von sich weggehalten hatte, löste und ihr ins Gesicht schlug. »Ich werde ihn erst aufsuchen – meine Fragen stellen – und dann gehen.«

In der Ferne bellten die Hunde; durch das Dickicht hörte man sie gedämpft. Zu allen Seiten hörte Marian knackendes Gestrüpp. Der nächste Reiter mochte nur zehn Schritte entfernt sein; das Unterholz war so dicht, daß es jeden in einen eigenen und abgeschiedenen grünen Mantel hüllte.

Ein nahes Krachen ließ das Pferd unvermittelt einen seitlichen Satz gegen einen Baum machen. Marian stieß mit dem Knie an den Baumstamm. Sie verzog das Gesicht und lenkte das Pferd vom Baum weg, während sie sich mit einer Hand vom Baum abstemmte, um den Druck auf ihr Knie zu vermindern.

»Lady Marian!«

Beschäftigt sah sie kaum auf. Es war Sir Guy von Gisbourne. Als sie endlich das Pferd davon überzeugt hatte, vom Baum wegzugehen, beugte sie sich vor und rieb ihr Knie. Lauter blaue Flecke, dachte sie, aber wenigstens heil.

»Lady Marian, ich dachte –« Er brach ab. »Seid Ihr in Ordnung? Seid Ihr verletzt?« Besorgt gab er seinem Pferd die Sporen. »Gibt es etwas, was ich tun –?«

Marian winkte ab. »Anhalten! Einfach nur – anhalten!« Als er sein Pferd mit weißem Gesicht zügelte, lachte sie. »Nein – es ist schon in Ordnung... es tut mir leid. Euer Pferd hat meines erschreckt, weiter nichts... Bleibt, wo Ihr seid, und es wird sich wieder beruhigen. Was mich angeht...« Sie zuckte mit den Schultern und lachte ein wenig verlegen. »Meine Reitkunst bedarf noch ein wenig der Verbesserung.«

Er hob dennoch von neuem an: eine Litanei. »Lady, wenn es irgend etwas gibt, was ich tun kann –«

»Nein.« Es kam barscher, als sie beabsichtigt hatte; er war unangenehm hartnäckig. »Mir geht es gut.«

Von weit her, aus den Tiefen des Waldes, ertönte der helle Klang des Jagdhorns. Das Kläffen und Bellen schwoll an.

Auf Gisbournes dunkelhäutigem Gesicht spiegelten sich Zweifel. »Lady –«

Sie unterbrach ihn. »Da! Das Jagdhorn – hört Ihr es? Vielleicht haben sie den Keiler eingekreist.« Marian machte eine Handbewegung. »Wegen mir braucht Ihr nicht hierzubleiben, Sir Guy. Ihr macht Euch besser auf zum Keiler.«

Er richtete sich in seinem Sattel auf. »Prinz John versprach mir den ersten Stoß«, verkündete er. »Aber wenn Ihr – wenn es irgend etwas gibt – was ich tun kann –«

Sie erkannte seine Erklärung als das, was sie war: als einen Versuch, eine gewisse Bedeutung für sich geltend zu machen. Falls er tatsächlich ein derart untauglicher Ritter war, wie Eleanor angedeutet hatte, war eine solche Gnade eine echte Ehre. »Geht«, sagte sie ruhig und lächelte ihn aufmunternd an. »Ich möchte Euch nicht davon abhalten.«

Unentschlossenheit verzerrte sein Gesicht. »Aber ich –«

Das Hundegebell wurde eindringlicher. Die gedämpften Rufe drangen deutlich durch die Bäume hindurch. »Sie brauchen Euch«, sagte Marian. »Ihr solltet sie nicht warten lassen.«

Mit gerötetem Gesicht sagte er: »Es gibt da etwas, was ich Euch sagen muß – etwas, was Ihr erfahren müßt –«

»Sir Guy, bitte ... wir können uns ein andermal unterhalten.«

»Dann habe ich nicht mehr den Mut dazu«, rief er. »Versteht Ihr denn nicht? Aber hier – *jetzt* –«

»Sir Guy –« Ihre Widerrede wurde jedoch unterbrochen, denn plötzlich brach der Keiler mit Schaum vorm Mund aus dem Gebüsch.

Marian hatte nur noch Zeit, die kleinen, grausigen Augen zu sehen; die blutbefleckten, furchterregenden Hauer; den borstigen, massigen Körper. Und dann brachen auch schon angeleinte Hunde durchs Gebüsch, die fluchende Führer am anderen Ende des Lederbandes hinter sich herzogen, und weitere Jäger zu Pferd, die ihre Spieße in die Luft erhoben hatten. Marian roch den Gestank von Angst und Wut und Wildnis, der vom Keiler ausging und sicher auch von den Hunden. Aber auch von den Männern, dachte sie, die sich zum Töten versammelten.

Sie sind genauso gierig wie der Keiler... Doch der Gedanke erstarb, noch bevor sie ihn zu Ende gedacht hatte; er verlor sich im Grunzen des Wildschweins und dem schrillen Gekläff der aufgehetzten Hunde.

»Der erste Stoß«, sagte jemand, und sie sah, wie Gisbourne jäh erbleichte.

»Ich – ich habe keinen Spieß –«, platzte er heraus und griff hilflos an seinen Sattel. »Ich vergaß –«

Gelächter und gemurmelte Bemerkungen folgten. Marian wurde plötzlich zornig. *Welches Recht haben sie...* Aber da stampfte ihre Stute ängstlich schnaubend auf, und der lechzende, grunzende Keiler machte plötzlich einen Schritt auf Marian zu.

»Der erste Stoß«, beharrte jemand mit einer Stimme voller Hohn.

Bleich zog Gisbourne sein Schwert aus der Scheide und schwang sich aus dem Sattel.

»Nein –«, schrie Marian zugleich mit einigen anderen, doch da stürzte sich der Keiler bereits auf Gisbourne.

Die Stute scheute und warf Marian fast aus dem Sattel. Sie kämpfte um Halt und zog sich mit der einen Hand hoch, während sie gleichzeitig an den Zügeln zerrte, um die Stute wieder in ihre Gewalt zu bringen. Sie hörte das rasende Bellen der Hunde, das Fluchen ihrer Führer, die Rufe der versammelten Jagdgesellschaft und das stoßweise Atmen ihrer Stute. Marian zog die Zügel an, riß die Stute zurück und trieb sie dann wieder nach vorne. *Da ist Gisbourne –*

Ein Pferd brach neben ihr durchs Unterholz. Zuerst glaubte Marian, das Pferd sei unberitten, möglicherweise Gisbournes Tier, das vor dem Wildschwein floh – doch dann sah sie den Reiter. Er war in den Farben des Waldes gekleidet und hob sich nicht gegen das Smaragd-, Oliv- und Jadegrün ab. Nur der dichte weiße Haarschopf verriet ihr, wer er war.

»Haltet Euch abseits!« rief er ihr zu und kreuzte ihren Weg. Doch dann hatte sich der blutende Keiler von Ästen und Reben befreit und hielt geradewegs auf beide zu.

Locksley ritt vor ihr. Marian, die ihr Pferd panisch zügelte, sah die blutbesudelten Hauer aufblitzen; hörte Locksleys Reittier aufbrüllen; sah, wie die Vorderbeine abknickten und einsanken, als der Keiler mit seinen Hauern beide Beine durchsäbelte. Blut spritzte auf Fleisch und Laubwerk.

Alles ereignete sich wie in Bruchteilen, als hätte man eine zerfetzte Steppdecke in zufälliger Ordnung wieder zusammengenäht:

– Locksley, ohne sein schwerverletztes Pferd –

– nur ein Messer in seiner Hand –

– weißhaarig, bleich

– er rief etwas Unverständliches in einer Sprache, die sie nicht kannte –

Und dann kamen weitere Männer durchs Gebüsch: der Earl, der Sheriff und andere. Gisbourne war jedoch nicht bei ihnen. *Gisbourne* –? Das Pferd schlug mit seinen zersplitterten Vorderbeinen aus und versprühte Blut in die Luft. *O Gott – nicht Locksley –*

Mit geronnenem Blut verklebte Hauer hieben um sich und versuchten, verletzliches Fleisch zu zerfetzen.

– und Robert von Locksley stieß seine Hand nach unten: ein einzelner mit einer Stahlschneide versehener Spieß schnitt durch Fell, Fett und Muskelfleisch und durchtrennte die Kehle –

Sein weißes Haar färbte sich rot mit Blut. Sein Gesicht war nur noch eine rötliche Maske. *»Ya Allah!«* rief er heiser. *»La ilaha il' Mohammed rasul Allah!«*

Und dann ließ er den Keiler schlaff dahinsinken, auf den blutbesudelten Boden zusammenbrechen.

Ein Schrei erfüllte Gisbournes Kehle, doch es kam nur ein Wimmern heraus. Er zitterte an Armen und Händen. Das Zittern drang bis zu seinen Knochen. Aber er kam nicht dagegen an. Er konnte die Furcht nicht ignorieren. *Ich kann nicht zulassen, daß er ihr etwas antut –*

Ein kleines, dünnes Schwert gegen einen tollgewordenen bösartigen Keiler. Jeder in England wußte, wie gefährlich diese Tiere waren, selbst ein Mann, der sich nie jemals seine Mahlzeit selbst erlegt hatte.

Die kräftige Bestie kam näher und schlug ihm das zitternde Schwert aus der Hand, dann bohrte sie einen Hauer in Hose und Oberschenkel und zerfetzte beides mit einem geübten Hieb. Gisbourne roch den Gestank, fühlte das gedrungene Gewicht, sah die kleinen Augen, die nicht zwinkerten, aber unerklärlicherweise spürte er, als er zu Boden ging, keinen Schmerz.

Ich bin tot, dachte er. Und dann: *Oder doch nicht –?*

Der Keiler riß ihn um wie einen jungen Baum. Er hielt seinen massiven, hauerbewehrten Kopf gesenkt und spießte das verwundbare Fleisch und den Stoff auf, dann brach er über Gisbournes Schulter hinweg, um durch Laub und Farnkraut zu fliehen.

– Nicht tot –?

Hinter sich hörte Gisbourne ein Krachen, das Geheul eines verletzten Pferdes, einen Siegesruf, der durch eine unbekannte Sprache merkwürdig entstellt klang. Er versuchte angestrengt, sich aufzusetzen.

Und dann waren sie bei ihm, alle miteinander. Hände faßten seine Schultern, seinen Bauch und seine Hüften, um ihn zurück auf den Boden zu drücken. Unvermittelt war ihm kalt, und er fröstelte; starrte aus großen Augen und mit offenem Mund die Männer an, die über ihm zusammenkamen und ihm sagten, er solle still liegenbleiben.

Er schrie nicht, aber er hätte es am liebsten getan. Er wollte sie anschreien, aus Angst und aus Panik. »Nicht tot?« flüsterte er. Und dann hörte er in seinem Kopf: *Noch nicht?*

»Sir Guy?« Marian FitzWalter war gekommen, um zu sehen, wie es ihm ging.

»Jesus –« krächzte er. »Lady – nein –« Doch sie war bereits bei ihm, zwischen zwei Männer eingeklemmt, ganz blauäugig, schwarzhaarig und blaß, und in ihrem Schock, als sie seine Wunde betrachtete, vollkommen reglos.

»Ausbrennen«, sagte einer.

»Man wird es ihm abnehmen müssen.« Jemand anders.

»Nein!« schrie er. *»Nein –«*

Raunend geriet die Menge um ihn herum in Bewegung, dann sagte jemand etwas gebieterisch, und jeder, außer einem Mann, der an seiner Seite kniete, und der Frau, die ihren blutbespritzten Umhang umklammert hielt, wich zurück und machte dem Neuankömmling Platz.

Prinz John schritt zu Gisbourne und sah auf ihn hinunter. In der einen Hand hielt er einen Becher. Der Wein im Becher war so rot wie das Blut, das aus Gisbournes Bein rann.

Johns dunkle Augen schauten merkwürdig begierig und seltsam amüsiert. »Ich versprach Euch den ersten Stoß«, sagte er gedehnt, »aber es scheint, der Keiler war schneller.«

Gisbourne wollte lachen, so, wie es ein paar andere taten; das war auch, worauf John abgezielt hatte. Das einzige, was Gisbourne jedoch zustande brachte, war zu wimmern, als sie begannen, sein Bein zu verbinden.

»Einen Wagen«, sagte einer.

Und ein anderer bemerkte, weniger wohlmeinend: »Er ist tot, ehe wir zurück sind.«

Nein, dachte Gisbourne, als sich schließlich der Schmerz einstellte. Das letzte, was er sah, waren Marians Augen, die starr in sein Gesicht blickten, erbarmungslos in ihrem Mitleid.

Der Earl stieß die Ranken zur Seite und schlug das Farnkraut zurück, als er sich von Gisbourne und den Männern um ihn herum entfernte. Nur schwach war ihm der Schmerz des Mannes bewußt und die Tatsache, daß der Kämmerer des Sheriffs noch immer sterben konnte, falls er nicht bereits schon tot war. Für den Earl war Gisbourne irgendein Verunglückter, dessen Schicksal ihn nicht interessierte. Wessen Schicksal ihn dagegen *interessierte*, war das seines Sohnes.

Er verfluchte sein Alter und seine Hilflosigkeit und versprach Gott, ihm ein Kreuz zu errichten, falls sein Sohn noch am Leben sei. »Ein Sohn«, sagte er heiser. »Nimm ihn mir nicht weg... ich verlange doch so wenig –«

Er befreite sich von Kletterpflanzen und dichtgewachsenem Gestrüpp und kam dadurch so außer Gleichgewicht, daß er auf einen Baum zuritt. Als er sich keuchend am Baum festhielt, fiel sein Blick auf seinen einzigen Sohn, der sich gerade, von Kopf bis Fuß von Blut durchtränkt, über den Keiler beugte.

»Robert –« Es kam nicht viel aus seiner Kehle heraus. Er hauchte es nur, erleichtert und fragend. Doch dann setzte er schockiert hinzu: *»Robert –?«*

Locksley trennte, nur mit einem Messer in der Hand, systematisch den Kopf des Wildschweins vom Rumpf. Von der klaffenden Wunde im Nacken aus schnitt und hackte und sägte er um den Hals herum, wobei er leise vor sich hin murmelte und weder seinem Vater Beachtung schenkte noch dem verendenden Pferd hinter ihm oder sonst irgend etwas anderem. Einmal rieb er sich die Augen, wodurch er sich Blut ins Gesicht schmierte. Und dann schnitt er alle Beine ab.

»Robert?« flüsterte der Earl.

Endlich sah Locksley auf. Er hatte sich über den zerstückelten Kadaver gebeugt und hielt ein Hinterbein fest in der Hand. Seine Augen, erkannte Huntington, waren schwarz anstatt braun.

Die Stimme des Earls zitterte. »Ist das – denn nötig?«

Sein Sohn starrte zurück, reglos. Doch dann kam Bewegung in ihn, ganz langsam, und er betrachtete die Keule in seiner Hand.

Er wollte etwas sagen. Seine heiseren Worte waren unverständlich. Er brach ab. Runzelte die Stirn. Versuchte es von neuem. Dieses Mal auf englisch, so daß der Earl es verstehen konnte. »Das macht man so«, sagte er rauh, »im Krieg.«

»Aber –« Der Earl fuhr sich mit der zitternden Hand übers Gesicht. »Robert – du bist zu Hause. In England. Das hier ist England. Es gibt hier keinen Krieg. Was du getötet hast, ist ein Keiler.«

Ein Schauder durchfuhr Locksleys gebeugten Körper. »Das ist es nicht.«

»Doch.« Der Earl atmete tief ein und ordnete den Faltenwurf seines schmutzigen Umhangs, weil das etwas war, was er begreifen konnte. »Robert – es war ein Wildschwein.«

»War es nicht«, wiederholte Locksley stur. »Sie sagten, es wäre eins, aber das stimmte nicht.«

Jetzt ist keine Zeit für so etwas. »Robert – komm da weg. Sofort. Tu, was ich dir sage. Ich werde jemanden herschicken, der sich um das Pferd kümmert.«

»Ya Allah«, murmelte Locksley. Und dann, mit einer Spur von Verzweiflung: »Nein – ich meine *Gott.*«

»Tu, was ich dir sage«, sagte der Earl bestimmt.

Locksley erhob sich steif. Seine Tunika und seine Hose waren von einem dreckigen Rotbraun überzogen.

Der Earl musterte ihn. »Robert...« Er mußte an die anderen denken. »Das hast du gut gemacht, Robert. Die anderen werden dich als Helden preisen.«

»Nein«, krächzte Locksley. »Was stattfand, war – ein Abschlachten.«

Huntington ließ ein rauhes Lachen ertönen. »Das macht man nun einmal mit Keilern!«

Sein Sohn starrte auf den Kadaver hinunter. »Aber nicht mit Menschen.«

12. Kapitel

Eine Hand schloß sich fest um ihre Schulter und riß Marian aus ihrer Versunkenheit. »Kommt«, sagte der Sheriff ruhig und zog sie mit sich. »Es gibt keinen Grund, warum Ihr bei ihm bleiben müßtet. Der Wagen wird ihn zur Burg zurückbringen.«

»Vielleicht könnte ich ihm beistehen ... ihn irgendwie beruhigen –« Sie hatte das Gefühl, das wäre wichtig, so als sei sie schuld an allem.

»Wie denn? Und warum? Es verbindet Euch nichts mit ihm.« DeLacey faßte sie an beiden Schultern und führte sie unbekümmert von der Menge weg, die um Gisbourne herumstand. »Was könnt Ihr ihm schon Gutes tun?«

»Es verbindet mich nichts mit ihm? Aber *ja doch* – er hat den Keiler schließlich meinetwegen angegriffen –«

Er lachte leise. »Ich glaube nicht. Sicher nicht. Ich denke, er fühlte sich durch die anderen dazu herausgefordert ... Ich gestehe Euch etwas, Marian. Männer tun die unglaublichsten Dinge, wenn es um ihren Stolz geht ... und Gisbourne ist kein gewöhnlicher Ritter.«

Ihr Schock wich der Wut. *Vielleicht hat Eleanor recht – er ist härter, als ich dachte.* Marian hob ruckartig beide Schultern und schüttelte seine Hände ab, um sich zu ihm umzudrehen. »Ein *ungewöhnlicher* Ritter, Sheriff? Ungewöhnlich tapfer wohl doch, oder nicht?«

Sie sah, wie sich die Falten in seinem Gesicht vertieften und die braunen Augen strenger wurden. »Er ist mein Kämmerer. Ein fähiger Mann überdies – was die Führung meines Haushaltes betrifft. Aber er ist nicht tapfer.«

»Was, wenn er nun stirbt?«

»Wenn Gott unsere Gebete erhört, wird er das nicht.«

»Wollt Ihr denn nicht mit ihm zur Burg zurückkehren?«

»Aber natürlich. Gerade eben wird mein Pferd gebracht und Eures. Nahmt Ihr etwa an, ich wollte mit Euch im Wald verschwinden?« Der Sheriff lachte. »Nein, Marian. Ich möchte, daß wir ihn beide zur Burg begleiten. Die Jagd ist vorüber. Und nun gestattet mir, daß ich Euch in den Sattel helfe...«

»Mylord Sheriff –« Sie wollte ihm sagen, daß er sich ihr gegenüber zuviel herausnahm, daß er nicht das Recht hatte, sie herumzukommandieren, sie hier- oder dorthin zu schubsen, als wäre sie seine Frau oder eine Bedienstete.

Aber sie brachte es nicht heraus. Sie blickte am Sheriff vorbei und erkannte Robert von Locksley, der zusammen mit dem Earl auf die Lichtung getreten war.

Seine Kleidung war ganz durchweicht. Sein schlohweißes Haar hing ihm, mit rötlichen Fetzen durchsetzt, lang auf die Schultern herab. Sein Gesicht hatte er zwar mit einem Unterarm abgewischt, doch er sah immer noch blutbesudelt und barbarisch aus.

Während sich der Earl mit jemandem unterhielt, bemerkte Locksley ihren Blick. Wie gelähmt starrte er sie einen lang anhaltenden Moment an – und dann wurde das Gesicht unter den Blutschlieren leichenblaß.

Alan saß stirnrunzelnd über die Laute gebeugt und nahm keine Notiz von den Bediensteten um ihn herum, die schmutzige Binsen hinaustrugen und sie durch frische ersetzten. Saubere Tücher wurden auf den Tischen ausgebreitet und das Silber geputzt. Zweimal hatte Alan bereits seinen Platz räumen müssen, worauf er entrüstet gemurrt hatte. Nun saß er auf einem einfachen Stuhl, der neben dem Sessel stand, welcher dem Earl vorbehalten war.

»Alain!« Sein Name hallte durch den Saal.

Den Kopf noch immer voller Noten, blickte er hoch und sah sie auf ihn zueilen, ihr langes Gewand und den Umhang gerafft, damit sie die Kleider beim Laufen nicht behinderten.

Sie warf sich, ohne zu beachten, daß er die Laute in einer Hand hielt, in seine Arme und verschloß seinen Mund mit dem ihrigen.

»Schönste Eleanor«, sagte er keuchend, als sie seinen Mund schließlich wieder freigab. »Ich – hatte dich nicht so schnell zurück erwartet.«

Eleanor kicherte heiser, während sie sich bereits an der Kordel seiner Hose zu schaffen machte. »Nichts kann mich aufhalten, wenn ich solche Lust habe.«

Er hielt ihre Hand fest. »Nicht hier, ich bitte dich –«

Sie war ungeduldig, was ihn einst vielleicht erregt haben mochte. »Dann in einem Zimmer, aber beeil dich. Wir haben zwar Zeit, aber auch nicht wieder so viel, daß ich auch nur einen Augenblick davon ungenutzt verstreichen lassen möchte.«

In der Nacht zuvor hatte er es selbst gewollt. Er hatte sie genommen, weil ihn ihre Lust erregt hatte. Jetzt hatte sie ihren Reiz verloren. Es gab neue Musik zu entdecken; sie kannte er nun schon. »Eleanor –«

»Ein *Zimmer*«, drängte sie ihn. »Oder ich verführe dich hier an Ort und Stelle.«

Das erregte ihn, machte sie anziehender. Doch er wußte es besser. Soviel würden sie nicht riskieren. Nicht beim zweiten Mal; beim ersten Mal war das etwas anderes. Gefahr bei der ersten Begegnung machte den Beischlaf nur um so aufregender.

Nicht hier also. Er wußte jedoch, daß sie nicht lockerlassen würde. Deshalb lachte Alan, küßte Eleanor und brachte sie und seine Laute in das erstbeste Zimmer in der Nähe des Halleneingangs. Es war ein kleiner, abgeschiedener Raum. Es ermangelte eines Bettes, aber das machte nichts. Der Boden würde es genauso tun.

Es war schiefgegangen, wußte deLacey. Er war ein Mann, der sich auf Nuancen verstand, der Veränderungen im Klang einer Stimme oder im Ausdruck eines Gesichts deuten konnte. Instinktiv merkte er, daß er Marian nicht richtig behandelt hatte. Sie war nicht Eleanor, die man hier- und dorthin befehligen konnte, weil es der einzige Weg war, sie zu beherrschen. Sie war Marian und weit mehr Zeit und Mühe wert. Es war ein Fehler gewesen, wenn auch nicht gänzlich seine Schuld. Das Zusammentreffen mit Prinz John hatte ihn tief erschüttert, und das allein beunruhigte ihn schon. Er war es gewohnt, selbst unangenehmen Überraschungen mit Ruhe und Selbstbeherrschung zu begegnen.

Mit John war es jedoch etwas anderes. John war gefährlich. Er wagte es nicht, ein falsches Spiel mit dem Prinzen zu spielen, sonst hätte er sein Leben sicher verwirkt; auf der anderen Seite war sein Leben jedoch im Falle, daß Prinz Johns Versuch, England zu regieren, fehlschlug und König Richard freigekauft wurde, ebenfalls keinen Penny mehr wert. Mit John würde auch er fallen. Wenn er allerdings John half, und John würde König...?

Ein Frösteln lief über seinen Rücken. Gedanken dieser Art waren Hochverrat. Er dachte besser an etwas anderes.

Er riskierte einen Seitenblick. Marian hielt ihren Kopf gesenkt, ihr makelloses Profil wirkte nachdenklich. Ohne Zweifel fand sie ihn zu hart, zu herrisch, und er konnte ihr daraus keinen Vorwurf machen. Er wollte, daß sie aus freien Stücken in sein Bett käme; er wollte ihre Achtung gewinnen, falls das möglich war. Keine andere Frau war ihm je wichtig gewesen, nicht einmal seine ersten beiden Gemahlinnen. Sie hatten ihn eine Weile unterhalten, ihm sogar Kinder geschenkt – *Töchter!* – und seinen Aufstieg unterstützt. Aber sie hatten ihn nicht geliebt, und er hatte sie nicht geliebt. Die Ehen waren zweckdienlich gewesen, mehr nicht. Und obgleich auch diese Ehe ihm materiellen Nutzen bringen würde, war Profit nicht der einzige Grund, warum er FitzWalters Tochter wollte. Nein, er wollte das Mädchen selbst.

Innerlich staunte er. Er hatte mit angesehen, wie sie herangewachsen war. Sie war ein reizloses, lebhaftes und unbeholfenes Mädchen gewesen, das nur aus linkischen Gliedmaßen und verfilztem Haar bestanden hatte. FitzWalter hatte ihr nach dem Tode ihrer Mutter zu viele Freiheiten gelassen. Sie hatte sich immer wie ein Junge benommen anstatt wie eine heranwachsende Dame. Das hatte sich jedoch im vergangenen Jahr geändert. Die Trauer war die Schwelle zum Erwachsenenalter gewesen.

Sie war exquisit. Er konnte sich kein besseres Wort für sie vorstellen. Und er konnte sich keinen besseren Mann für sie vorstellen als ihn, der ihr das Leben bieten konnte, das sie verdiente.

Und der sie lehren konnte, wofür Körper da waren.

Locksley ritt auf Gisbournes Pferd, da sein eigenes tot war. Das trocknende Blut war klebrig. Wie ein Leichentuch haftete der Geruch an ihm und füllte seinen Kopf mit unerwünschten Erinnerungen.

Genauso unerwünscht war die Erinnerung an den Ausdruck auf Marian FitzWalters Gesicht, als er ihr die Botschaft ihres Vaters bezüglich William deLacey überbracht hatte.

Oder daran, als sie gesehen hatte, wie er den Keiler zerstückelt hatte.

Er hatte ihn nur töten wollen. Er hatte nur vorgehabt, ihn zu töten, bevor er mehr Schaden anrichten konnte.

Und dann war sie da gewesen und hatte ihm nur eine Möglichkeit gelassen.

Er hatte nicht die Absicht gehabt, überhaupt auf die Jagd zu gehen. Er war nur ausgeritten, weil sein Vater es erwartet, es *befohlen* hatte, und er war noch nicht in der Verfassung, sich den Wünschen seines Vaters zu widersetzen. Es war immer das Einfachste, nachzugeben. Das hatte ihn die Gefangenschaft gelehrt.

Er war erschöpft. Und ausgelaugt. Schon seit Monaten war er müde, seit über einem Jahr. Müde hatten sie ihn gemacht, ihn geistig ermatten lassen – Saladins Männer, aber auch die anderen. Selbst Männer seines eigenen Volkes.

Sie hatte gerufen, er solle sich in acht nehmen, als sein Pferd verletzt worden und zu Boden gegangen war. *»Seid vorsichtig!«* hatte sie gerufen. *»O Mylord, paßt auf!«* Danach jedoch nichts mehr. Denn zusammen mit dem Brüllen seines Pferdes in seinem Kopf und dem Gestank nach Blut in seiner Nase war das, was er tötete, kein Keiler mehr. Und er war kein Mann mehr, sondern bestand nur noch aus Körper, Geist und Seele, die in dem entsetzlichen Schmelztiegel eines heiligen Wahns neu zusammengeschmolzen und auf dem Amboß des Krieges geschmiedet worden waren.

Er wollte dem Mädchen mitteilen, *wie* ihr Vater gestorben war, damit er nicht länger allein wäre.

Er hatte das Wildschwein benutzt, um es ihr zu zeigen. Aber er wußte, daß er es ihr nie würde sagen können.

Eleanor umklammerte die Hinterbacken des Minnesängers und grub ihre Fingernägel in sein nacktes Fleisch. Es war nicht genug, nicht *genug*...

Sie beschimpfte ihn, dann ließ sie das gestraffte Fleisch los und griff nach seinem Haar. Sie bog ihre Hüften vom Boden weg, um mehr von ihm zu bekommen. Sie hörte, wie er keuchte und etwas gegen ihren Hals und ihre Brüste murmelte, aber seine Worte waren ihr unwichtig. Sie wollte mehr von *ihm*.

»Wo ist deine Lanze?« fragte sie schwer atmend. »Wo ist dein Schwert, *mon petit*? Wo versteckst du dich?«

Alan redete wirr vor sich hin.

»Halte nichts zurück«, befahl sie. »Gib mir alles –«

Er gab ihr, soviel er konnte.

»– *mir* –«, schrie Eleanor.

In dem Moment wurde die Tür zur Kammer aufgestoßen.

Energisch gestikulierend, zeigte der Earl den Weg in die Halle und zu der Tür an, die sich direkt beim Eingang befand. »Diese Tür – *dort*. Schafft ihn hinein und legt ihn ab... *du* da – mach die Tür auf!«

Die Tür wurde entriegelt und aufgeschoben, und die Männer trugen Gisbourne auf den Schultern in die Kammer. Hinter ihnen kamen der Earl, sein Sohn, der Sheriff... und Prinz John, der, obwohl er gerade eben erst selbst angekommen war, übellaunig nach mehr Wein verlangte.

»Hier herüber«, befahl der Earl und deutete auf eine Ecke. Und dann rief er schockiert aus: »Mein *Gott* –«

Abgesehen von Gisbournes Schmerzstöhnen war es völlig still im Zimmer.

Eleanor deLacey, die mit wenig mehr bekleidet war als ihrem wirr hängenden Haar, brach in lautes Schluchzen aus. »Er hat mich *vergewaltigt*!« schrie sie, während sie sich auf den Knien zusammenkauerte. Dann deutete sie auf eine verfärbte Stelle ihrer haarbedeckten Brust. »Seht Ihr, was er mir angetan hat?«

Alan, der kraftlos an der Wand stand, öffnete seinen Mund, um ihr zu widersprechen, um die gejammerten Worte abzustreiten. Als der Sheriff jedoch mit weißem Gesicht und dunklen Augen auf ihn zutrat, wußte er, daß ihn dieses Mal seine flinke Zunge nicht retten würde.

»Verdammtes Miststück«, murmelte er, bevor der Faustschlag seine Lippen aufriß.

William deLacey suchte Zuflucht in der Einsamkeit, in der Dunkelheit erneuter Dämmerung, der düsteren Stimmung schwachen Kerzenscheins. Seinen Zorn hatte er abgelassen, seine Wut war verraucht.

»Eleanor«, murmelte er und ließ sich in den einzigen Stuhl fallen.

Das Zimmer war klein und sehr intim; der Earl hatte es, ohne ein Wort darüber zu verlieren, für angebracht gehalten, ihm dort eine Zeitlang Ruhe zu gönnen, bevor er wieder allen anderen gegenübertreten und die ersten wilden Gerüchte ertragen mußte, zu der die Szene bald Anlaß geben würde.

Es klopfte. Augenblicklich war er wütend, erzürnt darüber, daß jemand es wagte, ihn gerade jetzt aufzusuchen, da er Befehl gegeben hatte, nicht gestört zu werden. Die Wut ließ jedoch nach. Er war zu erschöpft und ausgelaugt.

»Lord Sheriff?« Die Stimme eines Dienstboten. »Lady Marian möchte Euch sprechen.«

Marian? *Hier? Und jetzt?* Er ging zur Tür und entriegelte sie.

Es war tatsächlich Marian – hier und jetzt und ohne ihre Amme. In der Dunkelheit waren ihre schwarzen Pupillen riesig, umschlossen von blauer Iris. Das Licht der Öllampen und Kerzenständer im Korridor beleuchtete sie gnadenlos, aber das tat ihr keinen Abbruch. Ruhig stand sie vor ihm, die Hände über ihrem Rock gefaltet, über dem bestickten Gürtel, den sie sich zweimal um die schmale Taille geschlungen hatte.

Ihr Besuch war höchst unschicklich, aber er tadelte sie nicht dafür. Sie raubte ihm den Atem.

DeLacey trat zur Seite. Es kostete ihn einige Mühe, zu sprechen, ohne etwas von seinen Gedanken preiszugeben. »Möchtet Ihr nicht eintreten?«

Sie schüttelte den Kopf.

DeLacey warf einen raschen Blick auf den Bediensteten, der mit abgewandtem Blick dastand. »Kommt herein«, erklärte er ihr ruhig. »Wenn es Euch kümmerte, was die Leute denken, hättet Ihr Eure Dienerin mitgebracht.«

Dieser Seitenhieb erzielte die beabsichtigte Wirkung. Er sah das bestätigende Flackern in ihren Augen. Sie trat ein, und er schloß die Tür hinter ihr.

»Wein?«

Wieder schüttelte sie den Kopf. Sie fühlte sich sichtlich unwohl, war aber entschlossen zu sagen, weswegen sie hergekommen war. Das verriet ihm einiges.

Er verwendete es, wie üblich, zu seinem Vorteil. »Ihr seid Eures Vaters Tochter, und Euer Herz ist vorhersehbar. Ihr seid gekommen, um Euch für den Minnesänger einzusetzen.«

Röte breitete sich auf ihren feinen Wangenknochen aus. »Was über das Urteil gesagt wird – ist nicht wahr, oder?«

»Es steht in meiner Macht.«

Offensichtlich schenkte sie dem Gerücht keinen Glauben. Sie hatte nicht ernsthaft geglaubt, daß er ein derartiges Urteil aussprechen würde. Es berührte ihn, wenn auch nur sehr kurz, daß sie ihn für einen anderen Mann halten konnte als für den, der er war. *Ein Jammer*, dachte er, *daß ich sie eines Besseren belehren muß.*

Marian holte Luft. »Aber –«

»Aber.« Er ließ sie nicht aussprechen, lächelte nur kurz. »Was soll ich Eurer Meinung nach denn tun? Ich bin der Lord High Sheriff... und die Frau ist meine Tochter.«

Er wartete, ließ ihr Zeit, die Tatsachen zu begreifen. Und das versuchte sie auch. Einen Augenblick lang sah sie ihn nur an und wägte seine Worte, seinen Tonfall und seinen Gesichtsausdruck ab. Er, der wußte, wie man andere anhand solcher Details beurteilte, sah, daß sie es ebenfalls tat, wenn auch mehr instinktiv als mit bewußter Hinterlist.

Die Farbe wich aus ihrem Gesicht. Ihre Hände griffen nach dem Gürtel, als könnte er ihr Kraft geben. »Mylord ...« Er sah, wie ihr Kinn zuckte, sah die sanfte Furche quer über ihren Augenbrauen und sah, wie sich ihre Schultern fast unmerklich anspannten. Ruhig und betont sagte sie, was niemand anderes gewagt hätte. »Ihr habt keinen Grund dazu.«

»Ah.« Er wollte lächeln, lachen und ihr sagen, daß er sehr wohl wußte, was sie meinte, und daß er wußte, wieviel es sie gekostet hatte, es so offen auszusprechen. Sie war anständig und weichherzig und zauderte selbst, einen Mann zu verletzen, dessen Verhalten sie nun, neugierig hinsichtlich seiner Absicht, in Frage stellte. Er würde sich jedoch nicht abbringen lassen. Sie hatte noch keine Vorstellung davon, wie die Welt wirklich aussah. »Meine Tochter behauptet aber etwas anderes.«

Sie umging es. Sie würde Eleanor nicht des Lügens bezichtigen. Statt dessen setzte sie auf eine andere Anklage, darauf, das Urteil selbst anzuzweifeln. »Was Ihr vorhabt, ist barbarisch.«

Er zuckte leicht mit den Schultern. »Es steht in meiner Macht.«

Leidenschaft loderte auf, und die Röte stieg ihr ins Gesicht. »Das macht es noch lange nicht *richtig*!«

DeLacey nippte an seinem Wein. »Der Minnesänger kann sich glücklich schätzen, daß ich ihm nicht mehr nehme als seine Zunge.«

»Mylord –« Sie biß die Zähne zusammen. »Er verliert mehr als Eure Tochter.«

»Ah.« Sein Griff um den Kelch wurde fester. »Seid aufrichtig mit mir, Marian – sagt, was zu sagen Ihr gekommen seid.«

»Ich –« Doch sie konnte es nicht. »Ihr kennt die Wahrheit bereits.«

»Wirklich?« Er lächelte. »Um des Gesprächs willen stimme ich zu. Aber tretet nicht vor mich hin, von rechtschaffener Entrüstung erregt, und behauptet, sie verlor nichts.«

»Eleanor verlor nicht mehr, als sie bereitwillig *gab* –«

Er schnitt ihr das Wort ab. »Das meine ich nicht. Das hat sie schon vor langer Zeit verloren. Ich spreche von etwas anderem. Ich spreche von ihrer Zukunft.« Wut flackerte erneut in ihm auf. »Ich spreche von Sicherheit und Wohlstand und Rang und Privilegien.«

»All die Dinge, die *Ihr* wollt!«

Die Anklage hallte im Raum wider. Einen kurzen Moment lang überraschte und verblüffte es ihn, daß sie ihn derart herausforderte, aber dann überwog der Ärger darüber. Sie verstand es nicht. Sie *konnte* es nicht verstehen. Darum würde er sich bemühen, es ihr so zu erklären, daß sie es begreifen konnte.

Er schleuderte den Becher zur Seite, und Wein spritzte durch das Zimmer. Es ließ sie auf der Stelle verstummen. »Verlangt Ihr etwa, daß ich sie vor allen hier in der Burg eine Lügnerin nenne?« Er machte einen Schritt auf sie zu. »Verlangt Ihr, daß ich bekanntgebe, daß sie ihre Ehre bereits zu einem früheren Zeitpunkt verlor?« Er machte noch einen Schritt. »Verlangt Ihr, daß ich meine eigene Tochter um eines *fahrenden Sängers* willen ruiniere?«

Er stand dicht vor ihr. Er zitterte jetzt vor Wut, vor unterdrückter Demütigung. Er hatte zugesagt, seinem König untreu zu werden, um die Zukunft seiner Tochter zu befördern, auf daß seine eigene gesichert wäre, und Prinz John war um seiner eigenen Vorteile wegen damit einverstanden gewesen. *Ihm* war es gleichgültig, daß der Preis, den er deLacey versprochen hatte, nicht mehr zu zahlen war.

Das Bett, das ich mir bereitet habe, gefällt mir nicht mehr. Verzweiflung und Hilflosigkeit nahmen von seiner Seele Besitz. Und in diesem Moment ließ er Marian gegen seinen Willen sehen, wer er war. Er ließ sie sehen, daß er, obgleich er sehr wohl wußte, was seine Tochter getan hatte, nicht zustimmen konnte und nicht zustimmen würde, das über den Minnesänger verhängte Urteil aufzuheben.

»Wenn es dabei um Stolz geht –«, begann sie.

Er faßte sie hart bei den Schultern, erschreckte sie mit seiner Wucht. »Um Stolz und viel, viel mehr! Wißt Ihr, was sie getan hat? Sie hat mich Huntingtons Sohn gekostet! Glaubt Ihr, er will sie jetzt noch haben? Glaubt Ihr, auch nur irgendein Mann von Stand möchte eine entehrte Frau heiraten?«

Marian gab nicht nach. »Ist das die Zunge eines Mannes wert?«

Er ließ sie so schnell los, daß sie taumelte. »Andere Väter würden sich bei mir bedanken. Sicherlich auch Euer Vater.«

»*Mein* Vater!«

»Was wäre denn, wenn Ihr es gewesen wärt? Was, wenn Ihr Euch durch seine Liebkosungen zu mehr hinreißen ließet, als Ihr bereit wart, ihm zu geben?«

»Ich würde niemals –«

»Eine Frau kann nicht sagen, was sie niemals tun würde.«

Das brachte sie gänzlich zum Schweigen.

DeLacey streckte seine Hand aus und berührte eine Strähne ihres Haars. »Das könnt Ihr nicht wissen«, sagte er ruhig. »Niemand kann das, bis es einem widerfährt. Bis man mit dem Moment selbst konfrontiert ist, mit der Entscheidung, die zu treffen ist, gleich, was das Richtige wäre. Ich behauptete nie, nett zu sein, denn im Amt des Sheriffs ist nur wenig Raum für Liebenswürdigkeiten... aber ich bin konsequent.« Er ließ die Locke wieder hinabgleiten und legte seine Hand an ihre Wange. »Mein Amtssiegel verleiht mir die Macht über Leben und Tod«, flüsterte er heiser, »und alles, was ich tun muß, ist, es auf das Pergament zu drücken. Das, Marian, ist Macht. Aber Macht muß ihr Gleichgewicht haben. Macht muß genutzt werden. Macht muß zur Schau gestellt werden, damit die anderen ihren Wert kennenlernen.«

Ihr Gesicht war sehr bleich. »Ein abschreckendes Beispiel also.«

»Eine Lektion.« Er zog seine Hand weg. »Ihr könnt nur hoffen, daß er seine Lektion lernt, oder er wird mehr als nur seine Zunge verlieren.«

Verzweiflung entstellte ihr Gesicht. »Aber Ihr beraubt ihn seiner Zukunft!«

Sie konnte es nicht begreifen. DeLaceys Mund kräuselte sich. »So wie er meine Tochter der ihrigen beraubte.«

Sie starrte ihn ausdruckslos an, länger, als er ertragen konnte. Dann ging sie zur Tür und war verschwunden.

DeLacey verstand. Er wünschte nur, sie könnte es auch. »Vergebt mir«, murmelte er in das Dämmerlicht des Raums.

13. Kapitel

Kaum war Marian aus der Tür des Sheriffs getreten, blieb sie stehen. *Er wird diesem armen Mann die Zunge herausschneiden, und nur wegen einer Lüge!*

Es erschien ihr mehr als unglaublich, mehr als barbarisch, mehr als ungerecht. Es brach ihr Vertrauen in einen Menschen und in ein Prinzip, an das zu glauben sie erzogen worden war.

Sie kannte deLacey ihr ganzes Leben lang, wenn auch nicht gut; er war der Freund ihres Vaters gewesen, nicht ihrer. Es hatte jedoch nie einen Grund gegeben, schlecht über den Sheriff zu denken oder seine Handlungen in Frage zu stellen. Es war ihr nie in den Sinn gekommen, daß er so ungerecht sein könnte, so *unbarmherzig*, daß er einen Mann stumm machen würde, der von seiner Zunge abhing, um sich Essen und Kleidung zu beschaffen.

Marian schauderte. Ihr Herz schmerzte, und ihr Bauch tat ihr weh; sie würde sich am liebsten ins Bett legen und sich die Decke über den Kopf ziehen.

Doch das war feige. Das war das Verhalten einer Frau, die kein Rückgrat hatte.

»Eleanor«, murmelte sie, als sie sich daran erinnerte, wer das gesagt hatte. Und dann wußte sie, was zu tun war.

Prinz John, der sich nach der verpfuschten Jagd langweilte, wünschte, in der neuen Burg des Earls herumgeführt zu werden. Es kümmerte ihn wenig, daß die Sonne bereits untergegangen war und sich die Dämmerung schnell in Finsternis verwandelte.

Er mußte die Vorzüge der Burg kennenlernen. Er mußte erfahren, wie sie gegen ihn verwandt werden konnte, aber hauptsächlich wollte er den Earl mehr an den englischen Prinzen als an den englischen König binden, wenn das überhaupt möglich war. Die Barone waren, wie John wußte, nicht allzu erfreut über seine Steuerpolitik.

Huntington geleitete John nach draußen in die Hauptburg, dann ins Torhaus und die schmale Wendeltreppe hinauf zum Wehrgang, der entlang der inneren Mauer verlief. Von dort aus konnte man das Vorwerk und die Außenmauer mit ihren Ecktürmen und dem Haupttor mit dem Fallgitter übersehen.

Langsam spazierten sie über die Mauer und redeten über Architektur und die Fortschritte, die mit den normannischen Burgen Einzug gehalten hatten – klugerweise erwähnte der Earl nicht, daß die Existenz normannischer Burgen England von dem Mann aufgezwungen worden war, der das Land erobert hatte; schließlich stammte John von den Normannen ab. Schon bald hatte John das Gefühl, er hätte seinen Gastgeber in die geeignete Stimmung versetzt, um ein anderes Thema anzusprechen.

John machte an einer der Zinnen halt und lehnte sich hinaus. Er nickte anerkennend. »Wirklich eine prächtige Burg.«

Huntington blieb neben John stehen. »Danke, Mylord.«

John musterte den Mann von der Seite. Er war alt, aber er war noch immer sehr kräftig und ungeheuer einflußreich. Dieser Mann war kein Dummkopf. »Ein Jammer«, bemerkte John. »So schnell ist ein Mann durch die Dummheit seines Kindes ruiniert.«

Der Earl wurde sofort steif. »Ja, Mylord. Ein Jammer.«

»Ohne Zweifel hatte der Sheriff auf eine gute Partie gehofft.« John lehnte sich weiter vor und schaute an der massiven Steinmauer hinunter. »Das ist schließlich ganz natürlich – man kann mit klug geschlossenen Verbindungen viel erreichen... allerdings habe ich erfahren, daß sie die jüngste von mehreren Töchtern ist, und von daher hat er noch Aussicht auf Aufstieg.« Er kratzte geistesabwesend mit einem Fingernagel über den Stein. »Andere Männer sind nicht so glücklich dran. Ihr habt natürlich einen Sohn – aber nur einen.«

»Ich hatte mehrere, doch alle starben. Er ist der einzige, der überlebte.« Der Earl nickte. »Ja, ich bin glücklich dran. Gott beliebte es, ihn heil zu mir zurückzuschicken.«

»Und nun seht Ihr Euch einer Aufgabe gegenüber, die der des Sheriffs ähnelt: eine geeignete Partie für Euer einzig verbleibendes Kind zu finden.«

Huntington antwortete nicht sofort.

»Natürlich wird das nicht einfach werden«, fuhr John fort. »Huntington ist ein alter Name, ein feines Geschlecht ... Ihr könnt kaum das erstbeste Mädchen, das Euch angeboten wird, akzeptieren. Außer, natürlich, sie wäre vom selben Stand wie Euer Sohn.«

Huntington rührte sich nicht. »Diese Entscheidung wird ihre Zeit brauchen.«

»Gewiß. Aber er ist im richtigen Alter ... und Ihr seht Euch, wie alle Männer, der Notwendigkeit gegenüber, Euer Haus in Ordnung zu bringen, ehe der altbekannte Feind sich nähert.« John drehte sich um, lehnte sich an die Mauer und verschränkte die Arme. »Ohne Zweifel habt Ihr Pläne für Euren Sohn und seine Zukunft.«

»Beizeiten, Mylord, werde ich ihm vorschlagen –«

Ruhig schnitt ihm John das Wort ab. »Ich verstehe Eure Lage. Ich habe auch Kinder, wenn auch Bastards. Dennoch *sind* sie Kinder von königlichem Blut und von daher bedeutender als andere uneheliche Kinder ...« Seine dunklen Augen glitzerten im schwachen Fackelschein. »Meine Tochter, Joanna – sie ist ein hübsches und aufgewecktes Mädchen ... zwar noch jung, aber eine wahre Pracht.« Er ließ das Gesagte eine Weile lang wirken. »Aber, wie Ihr sagt, alles beizeiten.«

Da. Es war heraus. Ein Köder, zur richtigen Zeit ausgeworfen, würde schließlich seine Wirkung tun.

Mit kräftigem Schwung warf Marian die Tür hinter sich zu. In der Schlafkammer, die sie und die anderen Frauen in der vergangenen Nacht geteilt hatten, war niemand, abgesehen von der einen, die sie am dringlichsten zu sprechen wünschte. »Sagt ihm die Wahrheit«, sagte sie. »Geht *sogleich* zu Eurem Vater und sagt ihm die Wahrheit.«

Eleanors Kleid war schmutzig und zerknittert. Ihr braunes Haar hing ihr zu beiden Seiten ihres blassen Gesichts herab.

Sie hatte sich erhoben, als Marian eingetreten war, und stand nun unbeweglich fünf Schritte von ihr entfernt. Sie war sichtlich von Marians Entschiedenheit verblüfft, aber ihr Erstaunen verwandelte sich fast sofort in Aggression. Sie ging auf Marian zu und holte mit einer Hand zum Schlag aus, doch Marian trat auf sie zu, faßte Eleanors Schultern und hielt die Frau mit ausgestreckten Armen auf Abstand. Dadurch kam Eleanor aus dem Gleichgewicht und stolperte über eine Matratze. Unsanft setzte sich Eleanor hin und starrte schockiert und wütend hoch.

»Wie könnt Ihr es wagen?« fuhr Marian sie an. »Erwartet Ihr etwa, daß ich glaube, daß der Mann, nach dem Ihr so verrückt wart, Euch gegen Euren Willen zwang? Erwartet Ihr, daß ich kein Wort sage, wenn sie ihn aus dem Verlies zerren und ihm die Zunge herausschneiden?«

»Ihr habt meinem Vater davon erzählt –«

»Ich habe nichts erzählt!« schrie Marian. »Ich ehrte mein Versprechen, das ich Euch gab, von Frau zu Frau –«

»Er hätte es sonst nicht wissen können!« gab Eleanor zurück. »Warum sonst wäre er wohl so früh zurückgekommen? Wie hätte er davon wissen können –«

»Er wußte nichts«, fuhr Marian sie an. »Euer Vater kam zurück – sie *alle* kamen zurück! –, weil Gisbourne schwer verletzt wurde. Habt Ihr das etwa nicht gesehen? Saht Ihr nicht all das Blut, als sie ihn in das Zimmer trugen?«

»Ihr habt es ihm erzählt. Ihr könnt mich anlügen, soviel Ihr wollt, aber ich weiß es besser. Ihr seid eifersüchtig auf mich. Ihr habt noch nie bei einem Mann geschlafen, weil Ihr kein Rückgrat habt, und jetzt rächt Ihr Euch –«

Marian lachte eher aus Ungläubigkeit denn aus Erheiterung. »Mein *Gott*, Eleanor – hörtet Ihr selbst, was Ihr da gerade gesagt habt? Ihr sitzt hier vor mir und gebt widerliche Lügen von Euch –«

Röte überzog Eleanors Gesicht. »Ihr seid wie alle anderen auch. Ihr schließt Eure Jungfräulichkeit weg und beschuldigt mich dann, eine Hure zu sein, weil ich den Mut habe, meinen Körper zu genießen.«

Marian schüttelte den Kopf. »Ihr könnt schlafen, bei wem Ihr wollt – *ich* werde nichts dagegen sagen! –, aber Ihr könnt einem unschuldigen Mann nicht den Rücken kehren. Zahlt den Preis, Eleanor. Geht zu Eurem Vater und sagt ihm die Wahrheit. Ich bezweifle, daß er *Euch* die Zunge herausschneiden lassen wird.«

Eleanors Augen funkelten. Sie hob ihr Kinn. »Er hat mich geschändet.«

»Eleanor –«

»Er hat mich geschändet.«

»Denkt daran, was Ihr damit anrichtet!«

Sie wiederholte es mit ausgesuchter Deutlichkeit: »Er – hat – mich – geschändet.«

Als der Bottich endlich mit heißem Wasser gefüllt war, der Schemel hineingestellt und Seife und Handtuch bereitlagen, schickte Locksley die Bediensteten fort und entledigte sich seiner schmutzigen Gewänder. Von verkrustetem Blut überzogen, konnte er seinen eigenen Geruch nicht ausstehen.

»Mein Gott, Robert – *was haben sie dir angetan*?«

Er fuhr herum. Sein Vater war ins Zimmer getreten. Sein Vater hatte ihn gesehen.

Unbeholfen blieb der Earl direkt vor der Tür, die er gerade geschlossen hatte, stehen und starrte seinen Sohn schockiert an. Das alte Gesicht war leichenblaß. »Robert – mein *Gott* –«

Locksley setzte sich sofort hin und ließ die Schultern unter die Wasseroberfläche gleiten, doch der Rückzug kam zu spät.

Der Earl umklammerte mit der Hand sein Gewand und zerknitterte den teuren Stoff. »Robert – *Robert* –«

Locksley biß die Zähne aufeinander. »Ihr solltet es nie erfahren.«

»Aber – Robert ...« Der Earl fuhr zitternd mit der Hand durchs Gesicht. »Sie sind Barbaren!«

Locksleys Feindseligkeit schwand. Auf zynische Weise war er belustigt: Sein Vater – ein Mann, dem von Geburt Reichtum, Rang und Macht zukam, der jedoch erhaben darüber war, körperliche Mißhandlungen auszuteilen, wenn es nicht der Disziplin zugute kam – war in seinem Zorn unberechenbar. »Ich glaube, es machte keinen Unterschied, *wessen* Sohn ich war.«

»Barbaren, alle miteinander.«

»Ja«, stimmte Locksley zu und ließ es dann auf sich beruhen. »Ich wußte nicht, daß Ihr mich sprechen wolltet, Mylord.« Es war ein sanfter Tadel, obgleich er bezweifelte, daß der Earl ihn bemerken würde. Doch daß er wagte, den Tadel auszusprechen, wie subtil er auch immer sein mochte, bedeutete für Locksley eine neue und vorerst noch vorsichtige Befreiung.

Der Earl sank auf die Bank, die an der Wand neben der Tür stand. Er seufzte. »Ich hatte nicht die Absicht, mit dir darüber zu sprechen. Jedenfalls noch nicht. Doch es sprach jemand mit *mir* darüber, und so gebe ich das an dich weiter.« Huntington lächelte schief. »Du wirst wegen vieler Eigenschaften bewundert, Robert. Aber vor allem, weil du noch ledig bist.«

Locksley zog eine Grimasse. Es war schneller gegangen, als er angenommen hatte. »Er hat also bei Euch vorgesprochen.«

Der Earl hob seine weißen Brauen. »Hat er mit dir darüber geredet?«

Locksley zuckte mit den Schultern. »Er hat es gestern angesprochen. Ich habe ihm keine Antwort gegeben. Doch ging ich davon aus, daß es jetzt, nachdem was passiert ist, nicht mehr in Frage kommt.«

Huntington runzelte die Stirn. »Was geschah denn heute, was die Möglichkeit verändert?«

»Sie ist doch öffentlich entehrt oder nicht?«

Der Earl schreckte zurück. »Davon habe ich nichts gehört!«

»Ihr wart doch *dabei*, Mylord.«

Huntington starrte ihn erst an, dann brach er in verblüfftes Gelächter aus. »Guter Gott, Robert! Nicht *deLaceys* Tochter – mein Gott, glaubst du wirklich, ich würde dieses infame Ding für dich in Betracht ziehen?«

Sein Sohn mußte fast lächeln. »Ich wußte nicht, daß sie infam ist. Sie war es noch nicht, als ich fortging.«

»Ganz sicher ist sie das. Wir wollen nicht über dieses Mädchen sprechen«, sagte der Earl streng.

»Sehr wohl. Wie ist es denn dann mit dem Minnesänger?«

»Mit dem Minnesänger? Er interessiert mich nicht. Der Sheriff mag mit ihm anstellen, was er will.«

»Er wird ihm die Zunge herausschneiden, habe ich gehört.« Locksleys Ton war unbewegt.

Der Earl zuckte mit den Schultern. »Der Kerl kann sich glücklich schätzen, wenn man ihn nicht tötet.«

»Und wenn er unschuldig ist?«

»Unschuldig! Ihr wart dabei, Robert... es gab keinen Zweifel daran, was sie taten!«

Locksley schmunzelte beinahe. Bei der Erinnerung wurde dem Earl offensichtlich unbehaglich zumute. Es beleidigte ihn, daß solche Handlungen unter seinem Dach geschahen; daß seine Gastfreundschaft so schamlos ausgenutzt wurde. »Nein, das vielleicht nicht – aber was ist mit der Schuldfrage? Ihr sagtet selbst, daß Eleanor deLacey ein infames Mädchen ist.«

»Das ist mir gleichgültig«, erwiderte der Earl. »Es geht mich nichts an, und dich auch nicht. Wir haben etwas Wichtigeres zu besprechen.«

Und so wurde das Thema gewechselt. »Heirat«, stimmte Locksley ihm zu. »Fahrt bitte fort, Mylord.«

Der Earl nickte. »Es geht um einen Bastard, der aber sehr hoch steht. Zweifellos haben schon viele uneheliche Kinder königlichen Blutes in gute Familien eingeheiratet.«

»Wessen Bastard ist es?«

»Johns. Sie heißt Joanna. Er erwähnte sie nur, nicht mehr. Der Mann ist ein vollendeter Taktiker. Er unterhält sich über Burgen, während er doch gleichzeitig herausfinden will, ob ich vorhabe, mich – nun, da ich dazu in der Lage bin – gegen ihn zu erheben.«

Das war das erste Gespräch, an das sich Locksley erinnern konnte, welches weniger Befehle als Meinungen und Feststellungen enthielt. Er zweifelte daran, ob sein Vater seine Gewohnheiten grundlegend ändern würde, aber zumindest brachte er jetzt der Tatsache, daß sein Sohn erwachsen war, die gebührende Achtung entgegen.

Wenigstens, solange es ihm paßt.

Huntington lehnte sich zurück. »Jetzt preist er dich, während er dich noch gestern beleidigte, indem er unaussprechliche Dinge andeutete. Wie ich schon sagte, ein Taktiker. Er weiß, daß er bei den Baronen nicht sehr beliebt ist. Er weiß, wie sehr er auf uns angewiesen ist. Und deshalb kommt er jetzt angekrochen, wie ein Junge, der einem Mädchen den Hof macht.« Huntington ging auf die Tür zu. »Mach dir darüber keine Gedanken, Robert. Zweifellos läßt er den Namen des Mädchens jedem Baron gegenüber fallen, der einen unverheirateten Erben hat.«

Stumm sah Locksley zu, wie der Earl hinausging und die Tür hinter sich zumachte. »Nein«, sagte er schließlich. »Ich werde mir darüber nicht den Kopf zerbrechen.« Er hatte nicht die Absicht, jemals zu heiraten.

14. Kapitel

Kurz nach Tagesanbruch, als die anderen Frauen im Zimmer sich allmählich träge regten, legte sich Marian ihren Mantel über und hielt dem tadelnden Blick der alten Matilda stand. »Wir bleiben keinen Moment länger hier«, erklärte sie. »Ich habe getan, was ich konnte, um den Willen des Sheriffs zu ändern, aber er hört nicht auf mich. Auch seine Tochter nicht. Also gehen wir jetzt. Wir können unterwegs etwas zu uns nehmen.«

»Der Sheriff reitet heute selbst zurück nach Nottingham. Wir wären sicherer –«

»Wir sind sicher genug«, fiel ihr Marian mit fester Stimme ins Wort. »Die Straße nach Nottingham ist zu befahren, als daß Diebe große Aussicht auf Erfolg hätten.«

Wie immer appellierte Matilda an die Schicklichkeit. »Habt Ihr Euch vom Earl verabschiedet?«

Marian biß die Zähne aufeinander. Sie hatte weder die Zeit noch die Geduld, sich zu streiten, gleich wie löblich der Auslöser war.

»Wir *gehen*, Matilda!« Sie drehte sich auf dem Absatz um und marschierte, ihre Röcke und ihren Umhang raffend, auf die Tür zu. Die alte Amme, die am Morgen steif und langsam war, folgte ihr etwas bedächtiger.

Noch bevor sie die Tür erreichten, wurde sie geöffnet. Ein Dienstmädchen mit großen Augen machte einen linkischen schnellen Knicks. »Lady Marian?« Als Marian nickte, fuhr sie eilig fort: »Der Bader schickt mich. Ihr sollt zu Sir Guy kommen, Lady. Der Bader sagt, er fragt nach Euch.«

Das überraschte sie. »Sir Guy fragt nach mir?«

»Ja, Mylady. Werdet Ihr kommen?«

»Natürlich. Lauf schon voraus und sag ihm, daß wir gleich kommen.«

»Na also«, sagte Matilda, als sie zu Marian in den Korridor trat und die Tür zuzog. »Seht Ihr? Wir sollen eben nicht so schnell gehen.«

»Wir gehen, sobald wir bei ihm waren.«

Gisbourne atmete geräuschvoll zwischen zusammengebissenen Zähnen hindurch und umklammerte mit beiden Händen das Bettzeug. Der Schmerz des Keilerbisses strahlte bis zur Hüfte hoch und bedrohte seinen Magen.

Er wollte sich nicht übergeben. Sich zu übergeben hätte Bewegung bedeutet, und die Bewegung, gleich welcher Ursache, würde wieder neuen Schmerz hervorrufen.

Der Bader hatte das linke Hosenbein von seinem Bein entfernt und dann die schmerzhafte Wunde, so gut es ging, gesäubert und verbunden. Das hatte er jedoch gegen seinen Willen getan; die Wunde, so erklärte er, würde sicher brandig werden. Die beste Überlebenschance hätte Gisbourne, wenn das Bein abgenommen werden würde.

Gisbourne lehnte das ab. Er verkündete, wenn er denn sterben müßte, dann mit zwei Beinen.

Die Tür ging auf, und herein trat Marian, eingehüllt in einen dunkelblauen Umhang. Er erinnerte sich vom vorhergehenden

Tag an ihn; das Blau hatte sich gegen das Grün des Waldes und gegen ihre offen getragenen Haare abgehoben. Jetzt trug sie eine weiße Leinenhaube, und ihr prächtiges Haar hing ihr in einem Zopf bis zur Taille. Aber weder der Umhang noch die Kopfbedekkung verbargen ihre Schönheit. Gisbourne, der plötzlich verlegen wurde, zog eine Decke über sein Bein.

Der Bader nahm Marian beiseite und redete leise und schnell auf sie ein. Gisbourne wußte, was er zu ihr sagte.

Aber da war sie auch schon an seiner Seite und kniete sich anmutig neben ihn. Ihre weiße Haut war ohne einen Makel und von gesunder Tönung. In ihren schwarzen Augen sah er aufrichtige Bestürzung.

»Sir Guy?« Ihre Stimme klang tief und war belegt. Er war nicht leidenschaftlich und überdies sehr zurückhaltend in seiner Lebensführung, doch sie klang wie keine andere Frau, die er kannte, im Bett oder anderswo.

Sein Gesicht wurde sofort heiß. Seine Kehle war trocken, aber er wagte nicht, sie zu befeuchten. Er fürchtete, das Wasser könnte ein Schlafmittel enthalten, und das konnte er nicht riskieren. Er könnte mit einem Bein weniger aufwachen – *falls* er überhaupt wieder aufwachte. »Lady«, krächzte er. »Wie geht es Euch?«

Ein aufrichtiges Lächeln breitete sich auf ihrem Gesicht aus; sie war, sah er, erleichtert, daß seine Worte Sinn ergaben. »Viel besser als Euch, glaube ich.«

Er schluckte. »Ich hatte Angst, der Keiler hätte Euch etwas zuleide getan.«

»O nein. Es bestand keine Gefahr. Robert tötete ihn, bevor er irgend jemand anders verletzen konnte.«

Wieder ging die Tür auf, und eine fette, alte Frau kam herein. Er wußte, es war Marians Dienerin, damit der Anstand gewahrt bliebe. »Robert – von Locksley?« Er fand es seltsam, daß sie so vertraulich seinen Vornamen benutzte, aber ihr selbst schien es nicht aufzufallen.

»Ja. Es war alles sehr schnell vorbei.« Marian machte eine Handbewegung. »Noch nie habe ich einen Mann gesehen, der so schnell und so geschickt war. Es war keine Angst in ihm, nur Entschlossenheit.«

Gisbourne, dem der bewundernde Unterton nicht entgangen war, blickte Marian ins Gesicht. Seine Fähigkeiten lagen mehr im Umgang mit Geld, Gewichten und Maßen. Er konnte eine Burg verwalten, aber keinen Keiler töten. Er wußte sehr gut, was davon Frauen mehr beeindruckte.

Marian warf über die Schulter einen Blick auf den Bader, der im Hintergrund wartete. Als sie sich wieder umdrehte, war ihr Gesichtsausdruck ernst. »Sir Guy, er sagt –«

»Er sagt, er muß mir das Bein abnehmen.« Er nickte angespannt. »Lady – das kann ich nicht zulassen.«

Sie versuchte es vorsichtig. »Er sagt, wenn nichts unternommen wird, könnte es gefährlich werden.«

»Er glaubt, ich werde sterben. Er glaubt, das Bein wird abfaulen.« Gisbourne schüttelte den Kopf. »Ich könnte es nicht ertragen, nur ein Bein zu haben. Und er hat noch nichts anderes versucht, außer mir einen Umschlag zu machen. Es gibt noch Ausbrennen. Laßt ihn erst die Wunde ausbrennen. Wenn das nichts hilft...« Gisbourne fuchtelte mit einer Hand. »Dann ist es besser, ich sterbe. Aber ich sterbe mit beiden Beinen.«

Stumm blickte sie auf ihn hinunter und wägte seine Worte ab. Dann lächelte sie und drückte ihm ihre weiche, kühle Hand auf die heiße Stirn. »Dann werde ich ihm das sagen. Es ist schließlich noch immer Euer Bein – Euren Wünschen muß Folge geleistet werden.«

Sie wandte sich an den Bader. »Habt Ihr mit dem Sheriff gesprochen? Habt Ihr dem Sheriff mitgeteilt, was Sir Guy wünscht?«

Der Bader bewegte sich schnell und ruckartig. »Lady, es hat ihn schwer erwischt. Wenn ich das Bein dranlasse –«

»Ihr *werdet* es dranlassen. Er wünscht es so. Habt Ihr schon mit dem Sheriff gesprochen?«

Der Bader war unglücklich. »Er sagt, ich soll mich nach besten Kräften um ihn kümmern.«

»Dann tut das. Säubert die Wunde und gebraucht Eisen. Pflegt ihn sorgsam, wie Ihr gebeten wurdet... habt Ihr verstanden?« Ihr Ton verriet Unnachgiebigkeit.

»Lady, ja, aber –«

»Nichts aber«, sagte sie mit fester Stimme. »Wenn es Euer Pflichtgefühl erleichtert, werde *ich* zum Sheriff gehen –«

»Das braucht Ihr nicht.« DeLacey war gerade in den Raum getreten. »Ich bin selbst gekommen; was wolltet Ihr mir sagen?«

Gisbourne entging nicht, wie ihre besorgte Haltung schwand und von einer körperlichen Steifheit und einer angespannten Selbstbeherrschung ersetzt wurde. Trotzdem kamen ihre Worte sehr ruhig, wenn auch noch immer mit Nachdruck. »Dieser Mann besteht darauf, Sir Guy das Bein abzunehmen. Das entspricht jedoch nicht Sir Guys Wünschen.«

Sie mag ihn nicht. Es erschien ihm erst unsinnig. Aber er war sich ganz sicher. *Sie mag ihn nicht!* Gisbourne zuckte zusammen, als sich der Schmerz wie ein Pfeil in seinen Schenkel bohrte und in die verblüffende Entdeckung mischte. *Was hat er getan, um sie gegen sich aufzubringen?*

DeLacey verneigte den Kopf vor ihr. Ein schneller Blick auf Gisbourne sollte seine aufrichtige Sorge für die Gesundheit und die Verfassung seines Kämmerers vermitteln.

Gisbourne, der wegen des Schmerzes die Zähne zusammenbiß, sah jedoch noch etwas anderes. *Er benutzt meinen Zustand, um ihre Meinung über ihn zu beeinflussen.*

DeLacey blickte den Bader streng an. »Ihr werdet tun, was die Lady angeordnet hat.«

»Sehr wohl, Mylord.« Der Bader machte eine Verbeugung.

Gisbourne wartete darauf, daß der Sheriff sich nun ihm zuwenden würde, doch abgesehen von dem sehr flüchtigen Blick in seine Richtung sah deLacey nur Marian an. »Wie ich höre, seid Ihr und Eure Dienerin im Aufbruch begriffen.«

»Ja, Mylord.« Das kam sehr steif.

»Dürfte ich Euch dann vorschlagen, in meiner Gefolgschaft zu reisen? Ich bringe Eleanor zurück nach Nottingham.«

Marians Tonfall war eisig. »Und der Minnesänger, Mylord?«

»Ja, ihn natürlich auch. Sie bringen ihn gerade hoch.« DeLacey warf einen Blick auf Matilda. »Ihr und Eure Dienerin seid herzlichst willkommen. Und Eleanor wird ein wenig Gesellschaft haben...«

Marian ließ sich jedoch nicht beeindrucken, was Gisbourne erneut überraschte. Die meisten Menschen gaben deLaceys Wünschen nach. »Ich glaube nicht. Matilda und ich haben bereits unsere Pferde holen lassen. Ich habe die Abreise nur verzögert, um nach Sir Guy zu sehen.« Der Blick, mit dem sie *ihn* bedachte, war freundlich. »Ihr müßt Euch schonen, Sir Guy. Ich werde für Eure Genesung beten.«

»Lady –« Er wollte sie aufhalten, wollte, daß sie noch blieb, aber sie war sichtlich begierig darauf, der Gesellschaft des Sheriffs zu entfliehen. »Ich – danke, Lady Marian.«

»Marian.« DeLacey, der, wie Gisbourne befand, allzu freizügig mit ihrem Vornamen war, streckte seine Hand nach ihr aus, als sie gerade auf dem Weg zur Tür war. »Ich bestehe darauf –« Der Rest des Satzes ging jedoch im Lärm hinter der Tür und den hastigen Worten eines Wachmanns unter.

»Lord Sheriff? Mylord –« Der uniformierte Wachposten blieb, kaum im Zimmer, stramm stehen. Sein Gesicht war ausdruckslos. »Der Mann ist verschwunden.«

DeLacey kniff die Augen zusammen. »Der Minnesänger?«

Gisbourne, der den Gesichtsausdruck kannte, hätte am liebsten gekichert. *Als ob die Skepsis noch etwas an der Tatsache ändern konnte!*

Der Wachmann schluckte sichtbar. »Mylord. Ja.«

»Verschwunden?«

»Ja, Mylord.«

DeLacey war wie vom Donner gerührt. »Der Minnesänger ist aus dem *Verlies* des Earls entflohen?«

Marians Gelächter erfüllte den Raum. Es war ein unverstelltes und natürliches Lachen, das ihre ganze Freude verriet.

»Mylord.« Der Wachmann schaute grimmig drein. »Mylord, der Earl wünscht Euch zu sprechen.«

»Ja.« DeLaceys Tonfall war hart. »Das kann ich mir vorstellen.« Mit einer Miene, die nichts preisgab, warf er einen kurzen Blick auf Marian, dann wandte er sich wieder an den Wächter. »Geleitet die Lady und ihre Dienerin in den großen Saal. Sie wird in meinem Gefolge reisen. Ich möchte, daß Ihr ihren Wünschen nachkommt.«

»Mylord – *nein*!« Sie schüttelte den Kopf. Eine Welle von Röte überzog ihr Gesicht. Sie gewann jedoch rasch ihre Selbstbeherrschung wieder und sagte ruhiger: »Wir können nicht länger warten.«

»Aber natürlich könnt Ihr das.«

»Mylord.« Der Wachmann neigte den Kopf, als der Sheriff den Raum verließ. Dann blickte er zu Marian. »Mylady – wenn es Euch beliebt?«

Gisbourne erstaunte die Heftigkeit in ihrer Stimme. »Nein, es beliebt mir *nicht*. Aber mir bleibt wohl keine andere Wahl, oder?«

Der Wachmann blickte verwirrt, als Marian an ihm vorbeirauschte.

Die Unterredung mit dem Earl war von kurzer Dauer und brachte keine Erklärung für den Ausbruch ans Licht. William deLacey biß sich auf die Zunge, um nicht zu sagen, was er zu gern gesagt hätte. Man beschuldigte den Earl von Huntington nicht solcherart.

Der Earl war, wie der Sheriff wußte, ebenfalls nicht zufrieden, wenn auch aus andern Gründen. Seine neue Burg, auf die er so stolz gewesen war, wies, wie sich nun herausstellte, einen immensen Fehler auf, der sie als Gefängnis unbrauchbar machte: eine Gruppe von Wachleuten, die bestechlich war.

Das war die einzige Erklärung, wie Huntington zuletzt verkündet hatte. Und da drei Wachmänner fehlten, lag die Lösung nahe. Irgend jemand hatte ihnen Geld gegeben, damit sie den Gefangenen freiließen.

Und welcher von all seinen Gästen, fragte der Earl anzüglich, hatte wohl das größte Interesse daran, daß er freikam?

DeLacey biß sich auf die Zunge; er hatte die unterschwellige Anspielung bemerkt, es aber nicht gezeigt. Statt dessen hatte er dem Earl beigepflichtet und sich von ihm verabschiedet.

Aufrührerisch blickte Eleanor deLacey ihrem Vater in die Augen. Sie merkte, daß er wirklich aufgebracht war, denn er ließ sich nur selten so gehen. Er nahm ihren Mantel und warf ihn ihr zu. »Zieh dich an. Wir gehen auf der Stelle.«

Der Umhang blieb kurz an ihrer Schulter hängen, dann glitt er hinunter und landete auf dem Boden. Sie machte keine Anstalten, ihn aufzuheben.

Ihr Vater neigte seinen Kopf. »Nun gut.« Er griff nach ihrem Handgelenk und drückte es fest, während er sie zu sich heranzog. »Hast du sie mit Geld bestochen? Oder mit deinem Körper?«

Die Gehässigkeit seines Tonfalls erschreckte sie. Er war ein leidenschaftlicher Mensch, der ebenso zu guter Laune wie auch zu schlechter Laune fähig war, es aber meistens nicht nach außen zeigte.

»Ich weiß nicht, was –«, begann sie.

»Lüg mich nicht an! Nicht jetzt!« Sein Atem ließ die feinen Haarsträhnchen, die ihr ins Gesicht hingen, wehen. »Hast du deine Beine auch für die Wachleute breit gemacht?«

»Ich habe nichts –«

»Lüg mich nicht an!« Er ließ ihr Handgelenk los und faßte ihr statt dessen an die Kehle. Seine Fingerspitzen lagen auf dem verfärbten Fleck, den Alans Mund hinterlassen hatte.

»Du warst es, habe ich nicht recht?«

Eleanor lachte ihm ins Gesicht. »Ich werde Euch nichts sagen!«

Langsam schüttelte er den Kopf. »Du stellst meine Geduld wirklich auf die Probe, mein Mädchen.«

Er faßte sie am Ellbogen und führte sie unsanft aus dem Zimmer hinaus in den Korridor. Sie versuchte einmal, sich seinem Griff zu entwinden, aber er packte sie nur noch fester, bis sie vor Schmerz aufschrie.

Sie dachte daran, was ihr Vater gesagt hatte: Alan war frei. Vage überlegte sie, daß sie sich eigentlich für ihn freuen sollte. Schließlich war er unschuldig, obgleich sie sich das nicht zu sagen getraute. Und falls sie jemand fragte, würde sie beschwören, daß er sie vergewaltigt hatte. Was blieb ihr anderes übrig?

15. Kapitel

DeLaceys Gefolgschaft bestand nicht nur aus seiner Tochter, ihm selbst, Marian und Matilda. Wie es sich für seine Aufgaben und sein Amt schickte, ritt er mit sechs Mannen, die mit Schwert und Armbrust bewaffnet waren und Rüstung und den normannischen Helm mit entmenschlichendem Nasenschutz trugen. Die Wachleute sollten nicht nur Angriffe von Geächteten abwehren, sondern auch mürrischen Bauern vor Augen führen, daß, egal wie ungerecht sie sich behandelt fühlten, ihnen die Macht fehlte, etwas zu verändern. Die normannische Justiz war, wie die Männer des Sheriffs zeigten, mächtig und allseits präsent.

Der Morgen ging in den Mittag über, und die Wärme trocknete Tau und Dunst. Die Straße, auf der sie nach Nottingham ritten, war stark befahren. Es herrschte mehr Verkehr als sonst, stellte Marian fest, bis der Sheriff sie daran erinnerte, daß heute der erste Tag des Nottinghamer Jahrmarktes war.

»Wir sollten unbedingt hingehen«, bemerkte deLacey und warf Marian kurz einen warmen Blick und ein Lächeln zu.

Sie kannte den Ton nun bereits und fühlte sich zur Widerrede angetrieben. »Matilda und ich müssen unverzüglich nach Ravenskeep zurückkehren.«

»Unsinn.« Er blieb irritierend ruhig. »Wir sind schon fast in Nottingham; Ihr könnt genausogut noch den Tag dort verbringen. Seid meine Gäste!«

»Ich denke nicht, Mylord.«

DeLacey, der zusammen mit seiner schweigsamen, steifen Tochter einen Schritt vorausritt, sah an Marian vorbei nach hinten. »Ich halte es für das beste, Eurer Bediensteten etwas Zeit zum Verschnaufen zu geben.«

Marian warf einen Blick über die Schulter auf die alte Frau, die zurückgefallen war. »Matilda!« Abrupt hielt Marian ihr Pferd an und streckte ihre Hand nach dem baumelnden Zügel von Matildas Reittier aus, um es an ihres heranzuziehen. Die alte Frau ritt mit eingefallenen Schultern; ihre rechte Hand hielt sie auf ihre Brust gepreßt.

Als Marian Matildas Pferd zum Stehen gebracht hatte, schreckte die alte Frau hoch. »Was –? Oh, laßt nur, laßt nur –«

Die gräuliche Gesichtsfarbe der alten Frau ängstigte Marian. »Was ist los? Bist du krank?«

Die alte Amme schüttelte das schweißschimmernde Gesicht. »Nein – nein ... nur ein wenig erschöpft. Es geht bestimmt gleich wieder vorbei.«

DeLacey fiel auf Marians Höhe zurück. »Sie ist krank«, sagte Marian angespannt. »Wir müssen sofort anhalten.«

»Nein, nein.« Kraftlos winkte Matilda ab. »Es wird bereits besser – Ihr braucht nicht wegen mir anzuhalten.«

»Aber natürlich müssen wir das.« Der Sheriff war höchst besorgt. »Wie ich schon gesagt habe, seid Ihr auf meiner Burg herzlich willkommen. Ihr werdet die Nacht über bleiben und Euch ausruhen. Morgen werde ich Euch dann Männer mitgeben, die Euch sicher nach Ravenskeep bringen.«

Marians Entscheidung war angesichts Matildas Schwächeanfall schnell getroffen. Sie hatte schlichtweg keine andere Wahl. »Nein, Matilda ... Wir werden zur Burg reiten und dort die Nacht bleiben, damit du dich ausruhen kannst.« Es fiel ihr schwer, das hervorzubringen, nachdem sie die Einladung des Sheriffs gerade abgelehnt hatte.

»Hier.« DeLacey zog seinen Wasserschlauch hervor, stöpselte ihn auf und beugte sich vor, um ihn Matilda zu reichen. »Trink, alte Freundin. Stärke dich. Du bist nun mein Gast und damit in meiner Obhut.«

Als Matilda getrunken hatte, nahm deLacey das Wasser unter Matildas gemurmelten Dankesworten zurück. Marian, die ihn beobachtete, mußte zugeben, daß er die Güte in Person war, wenn der Moment es erforderte und es seinen Wünschen nicht zuwiderlief. Sie erinnerte sich jedoch nur allzu deutlich daran, wie unwillig er gewesen war, einem unschuldigen Mann die Freiheit zu schenken.

Sie biß die Zähne aufeinander. Wie konnte mein Vater nur eine Heirat mit ihm vorschlagen? *Sicher kennt er – kannte er – diesen Mann recht gut und wußte, zu was er fähig ist!*

Aber vielleicht hatte er ihn doch nicht so gut gekannt. Vielleicht hatte sich William deLacey in der Gesellschaft Hugh FitzWalters immer anständig und schicklich betragen.

Oder möglicherweise mußte der Sheriff seines Amtes wegen gewisse Opfer bringen.

Sie schauderte. Der letzte Gedanke ließ einen Mann vor ihr erstehen, der im Namen von Rang und Amt Dinge tat, die er gar nicht tun wollte. Und sie wollte sich nicht eingestehen, daß das Leben vielleicht so war. *Aber mein Vater hätte nie darüber hinweggesehen, was der Sheriff getan hat. Er wäre niemals damit einverstanden gewesen, einem unschuldigen Mann die Zunge herauszuschneiden.* Und dennoch nagte der Zweifel weiter an ihr: Was wäre gewesen, wenn es sich um sie gehandelt hätte? Was hätte ihr Vater getan?

Während Matilda ihren Mantel zurechtzog und ihnen murmelnd versicherte, sie sei zum Weiterreiten bereit, sah Marian nach vorn zu Eleanor deLacey. Sie mochte die Frau nicht. Eleanor war egoistisch und blind für die Bedürfnisse anderer Menschen. Doch sie hatte aufrichtig gesprochen, als sie gesagt hatte, daß eine Frau ähnliche Bedürfnisse habe wie ein Mann, aber nicht die Möglichkeit, diesen nachzugeben. Was hatte sie anderes getan, als diese Bedürfnisse in den Armen eines Mannes zu befriedigen, der eine solche Freiheit zeitlebens genoß?

Aber sie hätten ihn verstümmelt – und doch war Alan frei. Jemand hatte ihn befreit.

Ein Frösteln fuhr Marian bis in die Knochen. Steif saß sie im Sattel, hielt die Zügel verkrampft in der Hand und starrte auf William deLacey. Ein neuer und verwirrender Gedanke war ihr gerade schmerzlich in den Sinn gekommen.

Was, wenn –? Nein, das konnte nicht sein. Und doch ließ die Frage sie nicht los. *Was, wenn der Sheriff es getan hatte? Was, wenn er nur vor der Öffentlichkeit die Rolle eines Mannes spielte, der seine Pflicht erfüllte –?*

»Marian?« Das war deLacey.

Beschämt sah Marian zur Seite und zog die Zügel straff. Sie konnte sich nicht bei ihm entschuldigen, er hatte ihr keinen Anlaß dazu gegeben. Und wahrscheinlich wollte er auch, daß sein Geheimnis ein *Geheimnis* blieb.

Alan war nervös. Ausgerechnet nach Nottingham ging er. Obwohl der Jahrmarkt viele Musiker anzog, mochte ihn doch jemand erkennen.

Er brauchte Geld; so einfach war das. Man hatte ihm gesagt, er solle nach Nottingham gehen, in eine kleine, ruhige Schenke, die weit entfernt von der Burg lag, und dort würde er Geld erhalten. Als Alan nachfragte, ob es wirklich notwendig war, ausgerechnet in die Stadt des Sheriffs zu reisen, hatte er als Antwort erhalten, deLacey würde nicht sofort dorthin zurückkehren. Prinz John mußte schließlich unterhalten werden und der Earl beeindruckt – William deLacey würde noch ein oder zwei Tage bei Huntington bleiben.

Er kniete sich hinter das Gebüsch an den Straßenrand. Die Mauern von Nottingham ragten drohend vor ihm auf, bunte Fahnen flatterten an ihnen zu Ehren des Jahrmarkts. Alan wußte, daß die Tore bemannt waren, aber die Soldaten würden noch keine Ahnung von dem Vorfall haben. Gefahr ging höchstens von einem Boten aus, den der Sheriff geschickt haben könnte.

Alan rieb sich mit beiden Händen das Gesicht. Von seinem Aufenthalt in der Verlieszelle war er schmutzig und verdreckt. Er hatte ein Bad und eine Rasur nötig, ebenso wie Essen, aber das kostete alles Geld, und er hatte keins. Das einzige, was er tun konnte, war nach Nottingham zu gehen, eine geeignete Ecke zu finden, um sein Talent darzubieten, und seinen Hut an die richtige Stelle zu legen, damit ihm die Zuhörer einen Silberpenny oder zwei geben konnten – hoffentlich mehr, aber ihm würde alles weiterhelfen. Er mußte aus Nottingham wieder verschwunden sein, ehe der Sheriff zurückkehrte.

Er strich seine Tunika so glatt wie möglich, dann stand er auf.

DeLacey war erleichtert, als sie endlich die Stadt erreichten und sich Nottingham Castle näherten. Die Ereignisse der letzten zwei Tage hatten ihn ein wenig mitgenommen: Prinz Johns unerwartete Ankunft, Eleanors kostspieliges Verhalten und Marian FitzWalters unnachgiebige Aufforderung, einen unschuldigen Mann freizulassen oder ihm zumindest eine menschlichere Behandlung angedeihen zu lassen. Dann war da natürlich noch Gisbournes Verletzung, die den Sheriff seines Kämmerers beraubte und ihn solcherart dazu zwang, *sich selbst* mit den ermüdenden Alltagsangelegenheiten zu beschäftigen.

Er würde Gisbournes ängstlichen kleinen Helfer zu sich rufen müssen, um in Erfahrung zu bringen, was alles anfiel. Da gab es zum Beispiel den Mörder – *namens Scathlocke oder so ähnlich* –, wegen dessen Hinrichtung am Galgen Prinz John gekommen war, als auch alltäglichere Beschwerden wie die Durchsetzung der Forstgesetze und ähnliches.

DeLacey folgte seinen Soldaten durch die Straßen der Stadt zur Burg, wo er und seine kleine Gefolgschaft unter dem hochgezogenen Fallgitter in die Vorburg hineinritten.

Locksley schlenderte unauffällig durch die Menschenmasse, die sich in Nottinghams engen Straßen drängte. Der Himmel war wolkenlos, und die milde Temperatur versprach einen schönen Tag. Locksley kam, von anderen Menschen behindert, nur langsam voran und bat leise um Entschuldigung, wenn er jemandem auf die Zehen trat oder gegen jemanden gestoßen wurde. Er trug eine schlichte braune Tunika, einen Ledergürtel, eine Hose und alte Stiefel; auf den ersten Blick war er kaum anders gekleidet als die meisten Bauern auf dem Markt. Doch Schnitt, Stoff und Handarbeit waren von weit besserer Qualität.

Er wollte England hören und riechen, um die allzu lebhaften Erinnerungen an Fremdes gegen das einzutauschen, was er seit seiner Geburt kannte. Hier, inmitten des Marktgewimmels, konnte er neu begreifen, wer seine Landsleute waren.

Die Gerüche waren intensiv. Es duftete nach Gebäck, nach jungem Wein, nach Süßigkeiten und Gewürzen; er roch die Ausdünstungen von Zwei- und Vierbeinern. Seine Ohren dröhnten vom beinahe unverständlichen Geplapper der Nottinghamschen Händler und der Landbevölkerung der Grafschaft, dem Geschwätz der Frauen, die sich Geschichten über ihre Männer erzählten, dem wilden Kreischen der Kinder, den tieferen Stimmen der Männer, die, von den Pflichten der Leibeigenschaft freigestellt, ihre Sorgen in Ale ertränkten.

Er schloß die Augen, und der Lärm ging über ihn hinweg.

Das Gekreisch der spielenden Kinder wurde zum Geheul von Kindern, die starben ... das schrille Gelächter ihrer Mutter verwandelte sich in das ohrenbetäubende Schreien von schleierverhüllten türkischen Frauen, die von Männern, deren Namen er kannte, auf die Straße hinausgezerrt wurden ... die Rufe der Händler, die ihre Ware feilboten, wurden zu den gebrüllten Anweisungen der christlichen Soldaten, die im Namen Gottes, des Barmherzigen und Mitleidigen, der taub und blind gegenüber dem Blutbad war, das in Seinem Namen ausgetragen wurde, eine muslimische Stadt befreiten.

Inmitten des Jahrmarktes von Nottingham roch er Blut und Eingeweide und Gemetzel.

Er suchte Halt und blieb stehen. Schweißtropfen standen ihm auf Lippe und Stirn.

Jemand rempelte ihn von hinten an. Locksley, der aus seinen dunklen Gedanken gerissen und aus dem Gleichgewicht gebracht worden war, erhaschte nur einen flüchtigen Blick auf den anderen: Er war klein, dünn und flink. Dann hatte ihn die Menge bereits wieder verschluckt.

Zu spät erinnerte er sich an etwas, was kein Mensch, der Geld besaß, jemals inmitten so vieler Leute vergessen sollte. Mit den Fingern befühlte er das Ende des Lederbandes, das er sich an den Gürtel geknotet hatte. Es war sauber durchgeschnitten. Sein Geldbeutel war *verschwunden*, und mit ihm der Dieb.

Nachdenklich starrte Locksley auf das durchtrennte Lederband. Die Ausführung der Aufgabe, um derentwillen er gekommen war,

war nun unmöglich geworden, wenn er nicht selbst zum Dieb werden wollte.

Es half nichts; er mußte einen anderen Weg finden.

Als erstes wies deLacey seine Bediensteten an, sich darum zu kümmern, daß Lady Marian und ihre Zofe gut untergebracht wurden. Als zweites befahl er Eleanor, auf ihr Zimmer zu gehen und dort zu warten, bis er sie holen ließ. Und als drittes bestellte er Gisbournes Helfer unverzüglich in sein Privatgemach, wohin sich der Sheriff umgehend zurückzog, um seine Kleider zu wechseln.

In aller Eile fand sich Gisbournes Helfer kurz darauf ein. Er war ein blasser, verschüchterter Mann mit feinem, farblosem Haar, und er schielte wie ein Mann mit schlechter Sehkraft, der mehr daran gewöhnt war, mit Geld umzugehen als mit Menschen. Sein Name war, wie sich deLacey erinnerte, Walter.

»Sir Guy ist für einige Tage, vielleicht sogar Wochen unpäßlich.« DeLacey löste seinen Gürtel, während ein Diener darauf wartete, ihm sein langes Obergewand abzunehmen. »Er hatte einen Unfall und wird auf Huntington Castle bleiben, bis es ihm wieder so gutgeht, daß er reisen kann. Bis dahin werdet Ihr seine Aufgaben übernehmen.«

Walter öffnete seinen Mund, dann schloß er ihn wieder. Leicht schielend, blinzelte er.

Der Sheriff wartete auf eine Antwort. »Nun? Kann ich Euch diese Aufgabe anvertrauen, oder soll ich jemand anders anstellen?«

Walter wischte sich seine Handflächen an der fleckigen Vorderseite seines graubraunen Gewandes ab. »Mylord, Ihr könnt mir diese Aufgabe anvertrauen.«

Nachdem der Sheriff sich seiner Stiefel entledigt hatte, zog er seine Hose aus. »Was ist geschehen, während ich fort war?«

»Da wäre zum einen der Mörder, Mylord. Er sollte heute morgen gehängt werden ... aber da Ihr fort wart, wurde es aufgeschoben.« Nervös spielte Walter mit seiner abgetragenen Robe. »Der Galgen ist fertig, Mylord... aber wann werden wir ihn in Gebrauch nehmen?«

DeLacey deutete auf die frischen Gewänder, für die er sich entschieden hatte, dann tat er die Frage mit einem Schulterzucken ab. »Prinz John ist noch auf Huntington. Da die Männer, die getötet wurden, in seinem Dienst standen, ist es das beste, wir warten mit der Hinrichtung so lange, bis es ihm beliebt, hierherzukommen.« Er streifte sich ein hochgeschlossenes Bliaut über, dann eine frischgewaschene Hose. »Laßt den Mörder unten im Verlies.« Als nächstes kam eine langärmelige Tunika aus feinem, leichtem Stoff in hellem Safrangelb an die Reihe, die an den Ärmelaufschlägen bestickt war. »Noch etwas?«

»Der neue Schreiber ist da. Der, den Sir Guy aus der Abtei kommen ließ.«

»Sir Guy hat nach einem neuen Schreiber schicken lassen?«

»Ja, Mylord. Bruder Hubert starb vor zwei Monaten.«

»Gut.« Solche Dinge lagen in Gisbournes Ermessen. »Wieder ein Mönch, ja?«

»Ja, Mylord. Aus der Croxden Abbey.«

Der Sheriff brummte; er mußte stillhalten, während die Diener ein langes Lederband um ihn wanden, zusammenzogen und knoteten. »Noch etwas?«

»Die üblichen Petitionen um Anhörungen zum Forstgesetz, Mylord ... die Förster haben weitere sechs Wilderer gestellt, während Ihr fort wart ... und dann wäre da noch die letzte Steuererhebung. Einige der Dörfer sind spät dran.«

DeLacey seufzte. »Wann waren sie jemals pünktlich?« Er bückte sich und zog seine frisch ausgebürsteten Stiefel an. »Wir werden die Steuern eintreiben und Strafen verhängen. Und die Zahlungen erhöhen ... die Bauern werden sich natürlich beschweren, aber wir haben keine andere Wahl.« John hatte das sehr deutlich gemacht. DeLacey richtete sich auf, stampfte mit seinen Füßen auf und winkte die Diener weg. »Ein anderes Mal mehr davon, Walter. Sorgt dafür, daß der Schreiber die Briefe erhält, von denen ich eine Abschrift möchte – ich nehme nicht an, daß Gisbourne sie selbst abgeschrieben hat?« Er machte eine Pause. »Oder Ihr?«

Walter wurde bleich. »Nein, Mylord.«

»Nun gut, dann gebt sie – wie ist sein Name?«

»Tuck, Mylord. Bruder Tuck.«

Der Sheriff nickte.

»Wollt Ihr auch einen schriftlichen Erlaß für William Scathlocke?«

»William –?« Aber dann erinnerte er sich: der Mörder.

»Ja. Und sagt ihm, er soll sein bestes Englisch und Latein verwenden ... wir haben es hier immerhin mit Prinz John zu tun.«

16. Kapitel

Marian setzte sich auf den Schemel, der neben dem Bett stand. Die Kammer war winzig und bot nicht mehr Platz, als für ein schmales Bett nötig war. Matilda schien es bereits besserzugehen. Sie lag auf federngefüllte Kissen aufgestützt und murmelte wiederholte Beteuerungen, ihr ginge es gut und Marian brauche sich keine Sorgen zu machen.

Marian lächelte und nickte. Sie behielt ihre Gedanken für sich, während sie der alten Frau half, einen Kräutertee zu sich zu nehmen. *Wie oft hat sie das für mich getan?* Zu oft, um es zu zählen. Seit dem Tod ihrer Mutter hatte Marian wahren Trost und Beruhigung nur bei der untersetzten Amme gefunden.

»Er ist ein guter Mensch«, murmelte Matilda. »Es ist sehr gastfreundlich von ihm, daß er mich so aufnimmt.«

»Der Sheriff? Was hätte er denn sonst tun sollen? Nur ein Mann ohne Herz oder Seele hätte uns die Aufnahme verweigert.«

»Aber Ihr hättet es abgelehnt, wenn es nicht um mich gegangen wäre. Verbergt es nicht vor mir, Mädchen. Ich habe den Blick in Euren Augen gesehen.«

»Ich finde, er hat sich in der Angelegenheit des Minnesängers nicht gut verhalten«, sagte Marian schließlich. Verunsichert fragte sie sich, ob sie deLacey gerade wieder Unrecht tat.

»Väter von Töchtern erkennen nicht immer, was das beste ist.«

»Was wird der Sheriff mit seiner entehrten Tochter nun anstellen?«

Die alte Amme nahm brummend Haube und Schleier ab, wodurch ihr zusammengedrücktes graues Haar zum Vorschein kam. »Wahrscheinlich in ein Kloster stecken oder sie mit einem Mann verheiraten, bei dem die Wahrscheinlichkeit am geringsten ist, daß er dagegen Einwand erhebt.« Ihre blauen Augen leuchteten kurz auf. »Was nun Euch angeht –«

»Mich?«

»Das Jahr ist vorüber, mein Mädchen. Da Euer Vater nun nicht mehr unter uns weilt, ist's das beste, wenn wir einen geeigneten Mann für Ravenskeep suchen.«

Geschäftig legte Marian Wäsche zusammen und beiseite, dann strich sie nichtvorhandene Falten und Knitter aus der Bettdecke. »Damit habe ich keine Eile.«

»Morgen werdet Ihr nicht jünger sein.«

»Aber auch nur ein *wenig* älter. Du hast es doch nicht etwa eilig, mich loszuwerden, oder?«

»Pah, ich würde Euch doch gar nicht loswerden ... außer Ihr wollt mich entlassen. Wer soll sich denn wohl um die Kinder kümmern, die Ihr haben werdet?«

Marian lachte. »Ich glaube, es ist *viel* zu verfrüht, um an Kinder zu denken –« Sie brach ab, als die Tür aufging.

»Marian.« DeLacey, der sich neu angekleidet und erfrischt hatte, lächelte sie an. Doch gleich nachdem er sie begrüßt hatte, steuerte er auf die Frau im Bett zu. »Matilda, wie geht es dir? Benötigst du noch irgend etwas? Etwas zu essen vielleicht oder noch eine Decke?« Er kniete sich nieder, nahm ihre mollige, feuchte Hand zwischen seine beiden Hände und lächelte sie warm an. »Du darfst dich nicht scheuen, mir oder meinen Untergebenen etwas mitzuteilen, Matilda ... Ich möchte nicht, daß du leidest, nur weil du uns keine Umstände machen willst.«

»Mylord –«, hob die alte Frau an.

Mit einer Handbewegung brachte er sie zum Schweigen. »Ich

möchte keinen Einwand hören, Matilda.« Sein Blick wanderte zu Marian. Bedeutungsvoll hob er die Augenbrauen, dann drehte er sich wieder zu der alten Frau um. »Es gibt da allerdings etwas, um das ich dich bitten würde...« Er ließ den Satz absichtlich unvollendet.

Matilda ergriff den Köder. »Mylord, aber selbstverständlich!«

Er lächelte. »Dann überredet Lady Marian dazu, mit mir auf den Jahrmarkt zu gehen.«

Marian schüttelte den Kopf. »Das geht nicht.«

»Aber natürlich könnt Ihr«, entgegnete Matilda. »Es ist das beste, wenn Ihr auf den Jahrmarkt geht, viel besser, als wenn Ihr hier bleibt. Was tut Ihr mir schon Gutes damit, wenn Ihr mein schlafendes Gesicht anstarrt?«

»Ich kann nicht weg.« Uneingeschüchtert von deLaceys hoher Stellung, warf Marian ihm einen tadelnden Blick zu. »Ich kann sie nicht alleine lassen.«

»Aber natürlich nicht«, stimmte er ihr sanft zu, als überrasche ihn ihre Annahme, er würde etwas dieser Art vorzuschlagen wagen. »Ich dachte, daß zwei Bedienstete bei ihr bleiben.«

»Geht«, beharrte Matilda. »Die Luft wird Euren Wangen ein wenig Farbe verleihen.«

Anklagend blickte Marian von einem zum anderen. »Ihr habt Euch gegen mich verschworen.«

DeLacey wechselte lächelnd einen Blick mit Matilda. »Wir verstehen einander.«

»Geht um meinetwillen«, sagte die Amme hartnäckig. »Bringt mir einen bunten Besatz oder ein frisches Parfumdöschen mit Frühlingskräutern mit.«

DeLacey erhob sich. »Ich schicke dir die Bediensteten herein«, sagte er zu Matilda.

Marian warf einen Blick in seine Richtung, dann wandte sie sich an Matilda. »Gegen euch beide komme ich nicht an.«

»Das sollt Ihr auch gar nicht; wir beide wissen, was gut für Euch ist, selbst wenn *Ihr* es nicht wißt. Geht nur, mein Kind. Eine alte Frau braucht Zeit für sich allein.«

Der Sheriff ging um das Bett herum und streckte ihr zum Abschied seine Hand hin. »Sie hat uns galant entlassen, finde ich. Sie erinnert mich an meine alte Amme, Gott sei ihrer Seele gnädig.«

Marian griff nach ihrem verdreckten blauen Mantel und erhob sich. »Mylord, ich denke –«

»Wartet.« Er nahm ihr den Mantel aus den Händen. »Der hat, dank Gisbournes blutiger Tapferkeit, harte Tage hinter sich. Ich werde Euch einen anderen bringen lassen. Einen von Eleanors Mänteln.«

Marian machte den Mund auf, um ihm zu widersprechen, aber er hatte sich bereits von ihr abgewandt und öffnete die Tür.

Später, versprach sie sich selbst. *Nicht hier und jetzt*... Sie blickte flüchtig auf Matilda hinunter, dann fand sie sich plötzlich mit der Situation ab. »Noch vor der Dunkelheit«, sagte sie entschlossen.

Die Augen des Sheriffs glänzten. »Mit Besatz und Parfumdöschen.«

Es war nicht gerade elegant, aber es war das Beste, was möglich war: Von einer Schaubude stibitzte Alan sich, als der Händler gerade wegschaute, einen Holzeimer, schüttete das Wasser aus und stellte ihn umgedreht hin. Dann setzte er sich darauf, nahm seine Laute vom Rücken, legte seine scharlachrote Mütze auf die Erde und begann zu spielen.

Das war zwar nicht, was ihm gesagt worden war, aber was sollte er sonst tun. Die Wirtschaft, in der er sich hatte einfinden sollen, gab es zu seiner großen Bestürzung nicht mehr. Im vergangenen Jahr hatte ein Feuer einige Gebäude, darunter auch das Wirtshaus, zerstört; das brachte Alan auf den zynischen Gedanken, ob sein Retter das vielleicht gewußt und ihn mit Absicht dorthin bestellt hatte, um das versprochene Geld einbehalten zu können.

Eine ganze Weile lang nahm niemand Notiz von ihm. Alan war auch nicht der einzige Musiker, der sich ein paar Münzen verdienen wollte. Aber er wußte, daß er gut war, und ließ seine Stimme von seinem Selbstvertrauen tragen. Schon bald blieb eine ältere

Frau stehen, dann eine jüngere und dann zwei junge Mädchen mit ihrer Mutter. Anschließend kamen ein junger Mann oder zwei hinzu und junge Frauen mit ihren Männern.

Als er gerade eine Pause machte, um seine Finger zu lockern, stieß eine junge Frau dazu und reichte ihm einen Becher süßen, gewürzten Apfelsafts. Sie war nicht hübsch; sie war zu dünn, fast ohne Figur, aber nichtsdestotrotz weiblich, und sie reagierte auf sein Lächeln.

Sei vorsichtig, ermahnte ihn sein Gewissen, während er trank. Doch als ihn das Mädchen dann aufgeregt anlächelte, dachte er: *Das nächste Lied singe ich für sie.*

Leise und melancholisch fing Alan an zu singen, und als er zu Ende war, weinte das Bauernmädchen. Die Tränen liefen ihr über das Gesicht, auch wenn sie keinen Laut von sich gab.

Auf einmal schämte sich Alan. Sie war nicht wie Eleanor. Sie war keine Ehefrau eines reichen Mannes. Sie war nur ein junges, englisches Bauernmädchen, das von der tragischen Geschichte und seinem gekonnten Vortrag gerührt war.

Ich verschwende mein Talent... Doch dann fielen zwei Geldstücke in seine Kappe, gefolgt von drei weiteren.

DeLacey faßte Marian am Ellbogen und zog sie geschickt an einer Urinpfütze vorbei, die ein Pferd hinterlassen hatte. Marian sagte kühl: »Das war wirklich raffiniert.« Sie befreite ihren Ellbogen aus seinem Griff. »Matilda blieb nichts anderes übrig.«

Er gab sofort nach. Er wußte, wann Ausflüchte keinen Sinn mehr hatten. »Ja, es war raffiniert – und der letzte Ausweg eines verzweifelten Mannes. Hätte ich mich an *Euch* gewandt, wären wir jetzt nicht auf dem Jahrmarkt.«

»Nein«, stimmte sie ihm zu. »Und Ihr wißt auch, warum.«

Er nickte. »Matilda ging es aber schon wieder viel besser, Marian. Das habt Ihr selbst gesehen.« Ein leiser Anflug von Ironie schlich sich in seine Stimme. »Seit einem Jahr trauert Ihr nun. Es ist an der Zeit, daß Ihr wieder an Zerstreuung denkt.«

Sie hob den Saum des karmesinroten Mantels, der im Staub

schleifte. Eleanor war größer als sie. Die Körpergröße seiner Tochter, dachte deLacey, war allerdings auch das einzige, in was sie Hugh FitzWalters herrliche Tochter übertraf. Sicher nicht in ihrer Stimme; Marians Stimme war tief und merkwürdig – verführerisch – rauchig. »Mich beschäftigt momentan mehr Matildas Gesundheit.«

»Sie ist alt, Marian. Selbst Ruhe wird ihr nicht mehr die vergangene Jugend ersetzen können.«

Seine Direktheit erschreckte sie, und der Wahrheitsgehalt seiner Worte traf sie schwer. »Mylord –«

»Laßt uns nicht streiten.« Er nahm ihre Hand und legte sie sich sanft um seinen Ellbogen, dann drückte er die Hand mit dem Ellbogen an seinen Körper. »Glaubt mir, wenn ich denken würde, daß sich Matilda in ernsthafter Lebensgefahr befindet, würde ich den besten Arzt von ganz Nottingham rufen lassen. Aber sie ist alt und erschöpft, und das Reisen strengt sie jetzt sehr an. Sie hätte nicht mit Euch kommen sollen.«

»Nein. Nein, das sehe ich genauso ... aber wie hätte ich ihr das beibringen sollen? Seit meiner Geburt ist sie bei mir ... wie hätte ich ihr erklären sollen, daß ich möchte, daß sie zu Hause bleibt?«

»So, wie es sich für die Tochter eines Ritters geziemt«, sagte er mit gleichmäßiger Betonung. »Sanftmütig, mitfühlend, aber absolut unnachgiebig. Wenn Ihr möchtet, daß sie noch lange lebt und *Eure* Kinder großzieht, muß sie zu Hause bleiben.«

Seine Worte lösten anscheinend etwas in ihr aus. Überrascht sah deLacey, wie eine Welle tiefer Röte die keltische Blässe wegwusch. Das verlieh ihr eine Lebendigkeit, die ihm den Atem raubte. Als sie seinen Blick bemerkte, machte sie eine hinreißend schöne Handbewegung, mit der sie die Fragen abwehren wollte.

Der Drang war überwältigend. In jenem Augenblick – *diesem Augenblick!* – wollte er nichts lieber, als ihr den Mantel abstreifen und all die anderen Kleidungsstücke, um das nackte Fleisch bloßzulegen, nach dem es ihn so sehr verlangte. Er wollte ihr die Haube abnehmen und ihr wundervolles Haar befreien, seine Hände darin versinken lassen und sich selbst in der Befriedigung des Fleisches verlieren, die, wenn sie auch nur von kurzer Dauer war, doch so berauschend war wie Macht. Ich möchte alles. *Reichtum. Macht. Und diese Frau.*

»Mylord?« fragte sie.

Er kam wieder zu sich. »William«, sagte er rauh. »Ihr müßt mich William nennen.«

Einen Moment lang musterte sie ihn angespannt. Er fühlte sich auf gräßliche Art entblößt; als lese sie jede Nuance in ihm, sähe das fleischliche Verlangen und wäre davon abgestoßen.

Aber Marian war noch unerweckt. Marian verstand solche Bedürfnisse noch nicht. Nicht so, wie Eleanor es vielleicht tat. »Nein«, sagte sie nur mit ihrer ruhigen, rauchigen Stimme und zog ihre Hand weg.

17. Kapitel

Da Locksley kein Geld für Apfelsaft, Ale oder Wein besaß, blieb er bei einem Brunnen stehen und wartete inmitten der Stadtbewohner und Bauern darauf, daß er an die Reihe kam. Er hörte ihre Gespräche, ihre unzufriedenen Kommentare und die gemurmelten Verwünschungen gegen jene, die sie unmäßig besteuerten und sie zum Hungertod verurteilten, weil ihnen im Namen der Selbstsucht des Königs oder des Privatbesitzes des Earls das Jagen verwehrt wurde.

Der Sheriff, darin waren sich alle einig, war ein harter, unbeugsamer Mann, der sein Amt ausführte, ohne an ihre Lage zu denken. Murrend fragten sie sich, wie er es wohl finden würde, wenn der Lord High Sheriff gezwungen wäre, für ihn zu schuften und ihm verboten würde, Forstwild zu erlegen, das tausend Dorfbewohner während der schlimmsten Winterzeit ernähren könnte? War es denn ein Wunder, daß Bauern zu Wilderern wurden?

Stumm hörte Locksley ihnen zu, während er in der Schlange

stand, und schließlich wurde ihm die Schöpfkelle gereicht. Er setzte seine Lippen an die Schöpfkelle, an die die Landbevölkerung ihre Lippen setzte; trank vom Wasser, das auch die Landarbeiter tranken. Zumindest das Wasser war kostenlos, es verlangte keine körperliche Anstrengung, keine Steuer oder Knechtschaft, und es erforderte keine Erlaubnis des Herrn, der über sie gebot.

Locksley senkte die Kelle und starrte ausdruckslos in den Brunnen, während Wasser sein Kinn hinunterlief. Die plötzliche Erkenntnis verwirrte ihn. *Ich bin wie sie, und sie sind wie ich... es besteht kein Unterschied zwischen uns. Die Sarazenen machten mich zu ihrem Knecht, so wie ich diese Leute zu meinen mache.*

»He, was ist?« Das kam vom Mann hinter ihm. »Was ist – willst du ihn etwa austrinken?«

Als sich Locksley zu ihm umdrehte, fiel der Mann vor Schreck rücklings gegen den Mann hinter ihm, der fluchte, dann aber abrupt seinen Mund schloß, als er ebenfalls Locksleys Gesichtsausdruck sah. Sie waren beide einfache Arbeiter, von Kindheit an darauf geschult, Höherstehende zu erkennen und gebührend zu behandeln. Locksley trug zwar schlichte, schmucklose Gewänder, aber sein Auftreten und die ungreifbare Stärke seiner Persönlichkeit hoben ihn heraus.

Alle strichen sich hastig durch das Haar, während sie sich insgeheim fragten, was er hier tat und warum er in aller Öffentlichkeit von einem Brunnen trank, den die Landarbeiter benutzten.

»Nein«, sagte Locksley kurz angebunden und drückte dem nächsten Mann den Schöpfer in die Hand. »Nein, ich trinke ihn nicht aus. Ihr habt mehr Recht darauf als ich.«

Marian konnte William deLacey nicht ins Gesicht sehen. Er hatte unbefangen davon gesprochen, daß Matilda für ihre zukünftigen Kinder sorgen werde, ohne zu wissen, daß er damit die Worte der Amme wiederholte. Die Worte selbst waren weder erschreckend noch besonders ungewöhnlich, doch sie aus dem Munde des Sheriffs zu hören, den ihr Vater ihr zum Ehemann gewünscht hatte, verwirrte sie.

Sie zog sich den geborgten Mantel fester um die Schultern und verbarg ihre Hände. Auf der Suche nach Ablenkung schaute sie sich um. »Besatzbänder!« rief sie aus. »Ich soll Matilda ja einen Besatz mitbringen –« Rasch lief sie auf die andere Straßenseite, um dort Hände und Geist zu beschäftigen, indem sie die Bänder auf Farbe, Stoff und Länge hin untersuchte.

Wie erwartet folgte er ihr. Doch bis er schließlich neben ihr stand, hatte sich Marian wieder im Griff. Und, wie sie sah, er sich auch; ruhig streckte er eine Hand aus und zog aus dem Korb ein einzelnes karmesinrotes Band heraus. Er legte es ihr über die Schulter auf den hellen Wollmantel. Dann sagte er unvermittelt: »Nein«, und nahm den Stoffstreifen wieder weg.

Es war ganz und gar verwirrend. Marian wandte sich wieder von ihm ab und durchwühlte den Korb. Sie fand viele farbenfrohe Borten, die ihr gefielen; am Ende wählte sie eine weinrote, weil sie wußte, daß die Farbe Matilda gut stand.

Bevor sie etwas sagen konnte, hatte der Sheriff schon bezahlt. Marian machte Einwände, aber er tat sie leichthin ab. »Kommt mit«, sagte er. »Es gibt da etwas, was ich Euch zeigen möchte.«

Sie fügte sich und steckte ihre eben erstandene Borte im Gehen in den Geldbeutel, der unter ihrem Mantel hing. Der Sheriff führte sie zu einer Bude, die lauter feingewebte Stoffe anbot. Die Qualität war sehr gut, die Farben leuchteten. Weder im Gewebe noch in der Farbe gab es Unregelmäßigkeiten.

»Der hier«, verkündete deLacey und hob einen Stoff hoch. Es war ein kräftiges, leuchtendes Blau. »Der hier«, sagte er. »Blau paßt zu Euren Augen und zu Eurem schwarzen Haar.«

»Nein«, erwiderte sie sofort. »Nein, Mylord – das verbiete ich Euch.«

Er lächelte unbekümmert. »Euer Mantel ist ruiniert. Und dieser hier –«, er berührte ihn, »dieser hier gehört Eleanor. Er bringt Euch nicht gebührend genug zur Geltung.«

Sie blieb stur. »Ich habe noch andere Mäntel zu Hause.«

Er gab ebenfalls nicht nach. »Ich werde ihn Euch schneidern lassen und Euch persönlich bringen.«

In diesem Moment wurde Marian bewußt, daß diese Auseinandersetzung sie ihr Leben lang verfolgen würde, wenn sie nicht die Anstrengung auf sich nahm, das zu ändern. Irgend etwas war geschehen. Irgend etwas hatte ihm die Erlaubnis gegeben, um sie zu werben. »Nein«, sagte sie halb flehentlich. »Bitte, Mylord –«

»Es macht mir aber Freude«, sagte er. »Verweigert sie mir nicht.«

Er kauft mich in kleinen Teilen, löst sie Stückchen für Stückchen von mir ab. Egal, was ich sage, egal, was ich tue... Mit fester Stimme sagte sie: »Ich werde ihn nicht tragen.«

DeLacey wandte sich von ihr ab und blickte zum Händler. »Bringt ihn zur Burg. Ich werde die Rechnung später begleichen.«

Marian legte ihre Hand auf sein Handgelenk. Instinktiv wußte sie, daß er dadurch innehalten würde. »Mylord, ich bitte Euch – bringt mich nicht in eine solch schwierige Lage. Ich kann das nicht annehmen.«

»Doch, das könnt Ihr, und das werdet Ihr auch. Ich bestehe darauf. Es ist beschlossene Sache.«

Sie zog ihre Hand wieder weg. Sie wußte, daß die List fehlgeschlagen war. »Habe ich denn kein Mitspracherecht?«

Er lächelte. »In diesem Fall nicht. Marian – bitte macht mir die Ehre. Ich möchte Euch nur meine Anerkennung zollen. Könnt Ihr mir das verwehren?« Er fuhr fort, bevor sie antworten konnte. »Euer Vater und ich waren Freunde. Ich verlange nicht mehr Vertraulichkeit als das, Marian... erlaubt mir, daß ich Euch das im Andenken an seinen Namen schenke.«

Er war geschickt mit Worten und redegewandt. Sie kannte viele Seiten an ihm, die sie nicht alle schätzte, aber sie konnte nicht leugnen, daß seine Worte wirkungsvoll waren. Sein Verhalten war untadelig.

Und dennoch blieb ein kleiner Stachel zurück, der aus der Bitterkeit heraus entstand, daß sie so schwach sein konnte. »Ich frage mich, wie Ihr wohl seid, wenn Ihr ohne Rücksicht auf die Erfordernisse Eures Amtes sprecht.«

Er zog sich zurück, geringfügig nur, aber wahrnehmbar. Sie sah es, weil sie darauf gewartet hatte. »Soll das heißen, ich sei ein Lügner?«

Marian lachte, als sie sein aufrichtiges Erstaunen sah und hörte. »Ein Diplomat, Mylord. Ein Mann, der überaus geschult im Reden ist und der sich weit besser auszudrücken weiß als die meisten Menschen, fürchte ich. Und obwohl ich das Mittel verstehe, so verstehe ich doch nicht seinen Zweck. Warum wollt Ihr Euch bei mir einschmeicheln?«

Endlich hatte sie ihn wirksam unterhöhlt. »Weil«, sagte er schließlich in ungewohntem Ton, »Ihr es nötig macht.«

Locksley hörte das Geräusch und erkannte es sofort. Rasch bahnte er sich einen Weg durch die Menschenmenge und blieb am Rand der Grünfläche in der Nähe des Marktplatzes stehen. Sechs Bogenschützen traten gegeneinander an. Locksley beobachtete sie genau und musterte die Langbögen und die Pfeile, die mit gesprenkelten Gänsefederkielen befiedert waren.

Die Zielscheiben hatten annähernd Menschenform. Sie bestanden aus mit Stroh gefüllten Säcken, die an beweglichen Holzpfosten angebracht waren. Auf der Brusthöhe jedes »Menschen« befanden sich mehrfarbige Ringe und in deren Mitte ein Herz.

Locksley lächelte und verschränkte die Arme. Er schaute zu, wie die sechs Männer die Pfeile zogen, sie auflegten und abschossen. Ein Schaft flog zu weit und beendete damit die Teilnahme seines Schützen. Zwei andere bohrten sich nur ins Stroh, was ebenfalls die Runde für sie beendete. Einer erreichte den äußeren Ring, zwei andere den Ring in der Mitte. Doch keiner traf in das Herz. Keiner der Männer durfte weitermachen.

Locksley nickte geistesabwesend. Der Ausrufer rief nach neuen Schützen. Locksley guckte sich einen Mann aus, und als alle sechs gescheiterten Schützen von der Linie wegtraten, stellte sich Locksley ihm in den Weg. »Ein guter, solider Bogen«, sagte er sanft mit einem veränderten Akzent, der weniger aristokratisch klingen sollte, »aber ein wenig zu lang für dich.«

Wütend starrte der Mann ihn an. Er hatte dunkle Haare, dunkle

Augen und schaute mürrisch drein. Er schielte leicht auf einem Auge. »Glaubste, du kannst es besser?«

Locksley zog die Schultern hoch. »Es gibt nur einen Weg, das herauszufinden. Leih mir deinen Bogen und fünf von deinen Pfeilen. Du bekommst einen Anteil vom Gewinn.«

»Wieviel?«

»Ein Viertel«, antwortete Locksley.

»Die Hälfte«, gab der Mann zurück. »Ohne Pfeil und Bogen gewinnst du überhaupt nichts.«

Locksley zögerte einen Augenblick lang, als würde er darüber nachdenken. »Abgemacht.«

Der Mann schielte ihn an. »Wer bist du eigentlich?«

Er zögerte. »Robin. Robin von Locksley; das liegt in der Nähe von Huntington.«

»Das kenne ich.« Der Mann reichte ihm den Bogen. »Ich bin Tom Fletcher, aus Hathersage.«

»Tretet zur Seite!« rief jemand. »Laßt die Schützen vorbei!«

Zusammen mit fünf anderen Schützen trat Locksley an die Linie. Die Zielscheiben blieben im selben Abstand stehen, da vorhin keiner ins Herz getroffen hatte. Locksley nahm Maß, achtete darauf, wie der Wind ging, und konzentrierte sich. Mit dem fremden Bogen und einem Pfeil, der ihm nicht vertraut war, würde er mehr als ein Mal brauchen.

Die fünf anderen schossen. Locksley legte den geliehenen Pfeil auf, hob seinen geborgten Langbogen und zog seine rechte Hand zum Kiefer. Sehne und Arme spannten sich; sie versprachen süße Kraft. Mehr Monate, als sich zu erinnern ihm lieb war, hatte er keinen Langbogen mehr in der Hand gehabt.

Er zählte, dann ließ er los. Die Sehne summte kurz, als sie den mit Federn geschmückten Schaft durch die klare Frühlingsluft schnellen ließ. Er traf das Ziel gerade außerhalb des herzförmigen Zentrums.

Tom Fletcher grunzte. »Nicht schlecht für den ersten Schuß.«

Aber nicht gut genug. Locksley langte nach dem zweiten Pfeil. Er schoß gleichzeitig mit den anderen. Diesmal bohrte sich der

Pfeil ins Herz. Tom Fletcher schlug ihm auf den Rücken. »Gut gemacht! Und die Hälfte des Gewinns gehört mir!«

»Noch nicht«, sagte Locksley. »Ich habe noch drei Pfeile.«

»Aber du hast gewonnen! Du hast die anderen geschlagen, Robin. Was willst du mehr?«

Herausfinden, ob ich es noch kann. Aber das behielt er für sich.

»Getroffen!« rief jemand. »Zehn Schritte zurück; glaubst du, du schaffst das?«

Locksley legte den Pfeil auf. Als er losließ, steckte im Herz ein zweiter Schaft.

»Treffer!« brüllten einige. Das Ziel wurde weitere zehn Schritte nach hinten versetzt.

Tom Fletcher fluchte. »Junge, das schaffst du nicht. Nimm deinen Gewinn und geh.«

Locksleys Augen funkelten. »Nachdem ich ihn geteilt habe?«

Er spuckte aus. »Wenn du das Herz noch zweimal triffst, mein Junge, dann gehört dir auch meine Hälfte.«

Locksley schoß weitere zwei Male. Beide Male traf er ins Herz. Als die Zuschauermenge jedoch drohte, ihn jubelnd zu zerquetschen, gab der ehemalige Robert von Locksley, Gefährte des Königs, den Bogen zurück, nahm mit gemurmeltem Dank den Beutel entgegen und verschwand in der Menge.

Alan von Dales beendete den Akkord mit einer Verzierung und neigte sich zu einer verkrampften Verbeugung nach vorne. Die Zuhörer um ihn herum applaudierten. Münzen landeten in seinem Hut. Er sah silberne Markstücke glitzern und blickte mit einem Lächeln des Dankes hoch. »Mylord –« Als er jedoch merkte, daß die Anrede tatsächlich paßte, ließ er seine falsche Schmeichelei sein. Statt dessen stand er auf, die Laute baumelte an seiner Seite.

»Ich sagte Euch doch, Ihr sollt zur Wirtschaft gehen.«

Der Ärger ließ ihn Widerrede leisten. »Sie ist letztes Jahr abgebrannt – oder habt Ihr das vergessen, Mylord?«

Nur einen Moment lang überlagerte Erstaunen die kühle Unerbittlichkeit. Dann sagte Locksley unfreundlich: »Letztes Jahr war ich auf Kreuzzug.«

Das war Antwort genug. Alan schämte sich kurz, weil er so grob gewesen war, aber er konnte trotzdem dem Impuls nicht widerstehen, Locksley nochmals anzugreifen. »Ich wußte nicht, ob Ihr es gut mit mir meint oder nicht.«

Locksley warf noch mehr Silber in den Hut. »Ich schlage vor, Ihr nehmt Euren Verdienst und geht, solange Ihr noch die Möglichkeit dazu habt.« Er machte eine Pause. »Oder ist Euch Eure Zunge so wenig wert, daß Ihr sie an William deLacey verlieren wollt?«

Alan hängte sich die Laute über die Schulter und schob sie sich dann auf den Rücken. »Mylord – warum das alles? Ihr habt die Wachmänner bestochen, mich freigelassen... und nun gebt Ihr mir Silber. Wie kann ich Euch das zurückzahlen?«

»Ich weiß aus eigener Erfahrung, was Gefangenschaft bedeutet.« Noch immer lächelte Locksley nicht. »Was das Zurückzahlen betrifft – wählt Eure Gefährtinnen in Zukunft etwas sorgsamer aus und auch die Gemächer, in die Ihr sie führt.«

Alan wurde von einem karmesinroten Fleck hinter Robert of Locksley abgelenkt und schärfte seinen Blick. »O Gott – *sie*. Der Sheriff scharwenzelte die ganze Zeit um ihre Röcke herum – sie wird mich bestimmt verraten –« Hastig beugte sich Alan hinunter, hob den mit Münzen gefüllten Hut auf und verbarg ihn unter seiner Tunika. Er murmelte ein Wort des Dankes und bahnte sich seinen Weg durch die Menge und verschwand in einer Gasse.

Marian mußte beim Gehen Eleanors Mantel raffen, damit er nicht schmutzig wurde. Sie segnete seine Länge, denn dadurch hatte sie eine Ausrede, daß ihre Hände nicht frei waren für deLaceys Vertraulichkeiten.

Zunehmend nahm sie die wachsende Spannung zwischen ihnen wahr. Seine Haltung war steif, und selbst seine Stimme drückte es aus, wenn auch nur im Tonfall und nicht in den Worten.

Er war um sie besorgt und großzügig, spendierte ihr gewürzten Apfelsaft, kaufte ihr Konfekt, kaufte ihr alles, worauf sie nur einen kurzen Blick warf, und ignorierte jeglichen Protest von ihrer Seite. Sein Geldbeutel schien ohne Boden, oder er stand bei allen in großem Ansehen, und Marian ging schließlich dazu über, auf den Boden zu starren, um seine Großzügigkeit nicht weiter herauszufordern. *Wenn er glaubt, daß er mich einfach so kaufen kann…*

»Einen Augenblick.« Er machte halt und wandte sich ab, um etwas an der nächstliegenden Bude zu betrachten, was sich ihrem Blick entzog.

Nicht noch etwas… Marian entfernte sich langsam von ihm, zog den Mantel fester zusammen und wäre am liebsten in der Menge untergetaucht.

Sie schnappte Lautenklänge auf, die Verzierung eines Endakkords. Zwischen den Menschen hindurch erhaschte sie einen Blick auf ihn. Er hatte sich über das Instrument gebeugt, während die Leute ihm applaudierten. Dann trat ein Mann vor den Minnesänger und versperrte ihr die Sicht auf ihn. Er warf Silbermarkstücke in den karmesinroten Hut.

Locksley? Er war es. Das helle Haar, die breiten Schultern, die Körperhaltung. Unverkennbar. Sie erkannte ihn augenblicklich. Und sie wußte, ohne zu wissen, *warum*, daß sie ihn immer erkennen würde.

Locksley. Bei einem Minnesänger.

Marian trat zur Seite und spähte im Versuch, an Locksley vorbeizusehen, durch die Menge. Ja, es war Eleanors fahrender Sänger. Alan von Dales.

Und Locksley war *bei* ihm. Und warf Münzen in seinen Hut. Marian drehte den Kopf, um über die Schulter einen Blick auf den Sheriff von Nottingham zu werfen. *Es war also nicht deLacey gewesen – Huntingtons Sohn hatte ihn befreit.* Eine Erkenntnis drang in ihr Bewußtsein. *Er wird ihn gefangennehmen lassen –*

Ohne an die Folgen zu denken, schmiegte sich Marian in den hell leuchtenden Mantel, stürmte zwischen den Passanten hindurch und lief diagonal über die Straße zum umgedrehten Eimer und zu Locksley, den sie am Arm berührte. Als sie angekommen war, war der Minnesänger verschwunden. »Oh, gut«, sagte sie mit einem Seufzer der Erleichterung. »Der Sheriff ist da drüben – *gleich* da drüben – seht Ihr?« Sie blickte wieder zu Locksley. »Weshalb ist er überhaupt hierhergekommen? Warum war er so dumm?«

Locksleys Gesichtsausdruck war wie immer eine Maske. »Ich gab ihm die Anweisung dazu.«

»Hierherzukommen?« Ihr blieb beinahe der Mund offenstehen, sie hielt nichts von ihren Gefühlen zurück. »Seid dann also *Ihr* ein Narr, einen Mann derart in Gefahr zu bringen?«

Er versuchte, ihre Verzweiflung einzuschätzen, aber es blieb ihr verborgen, zu welchem Ergebnis er kam. Kühl sagte er: »Daran habe ich keinen Zweifel.« Bevor sie sprechen konnte, blickte er zum Sheriff hinüber. »Der Minnesänger sah, wie Ihr zu uns herüberblicktet. Er dachte, Ihr würdet ihn verraten.«

Sie war überrascht. *»Wieso?«*

Locksley sah sie wieder an. »Er sagte etwas unfein, William deLacey scharwenzele um Eure Röcke herum.«

Heiße Demütigung zeichnete sich auf ihrem Gesicht ab. Er musterte sie eingehend. Sie hatte ihm die Wahrheit gesagt, doch er war sichtlich nicht überzeugt davon. Er verließ sich statt dessen auf seine eigene Einschätzung.

»Nein?«

»Nein.« Marian haßte sich selbst dafür, daß sie so weltfremd war. Eine Frau wie Eleanor deLacey hätte mit solch einer Situation viel besser umgehen können. »*Ihr* wart es also, nicht der Sheriff.«

»DeLacey!« Es überraschte ihn. »Weshalb würde wohl ein Mann, der vor aller Öffentlichkeit gedemütigt wurde, den Mann auch noch *befreien*, der all seine Pläne zunichte machte?«

Erklärungen füllten ihren Kopf. Keine schien allerdings ausreichend für Robert von Locksley, der sie unzweifelhaft für etwas dümmlich und wortkarg hielt. *Er wird denken, ich sei dumm.* Nun, vielleicht war sie das ja auch. »Ich dachte, es wäre möglich, daß er heimlich einen Mann freilassen würde, von dem er wußte, daß er unschuldig ist.«

Er zog eine Augenbraue hoch. »Wußte er denn davon?«

Marian nickte stumm. Sie wollte Eleanor nicht noch mehr belasten.

Zum ersten Mal, seit sie ihn auf der Estrade hatte stehen sehen, lächelte Robert von Locksley. Es war ein aufrichtiges, offenes Lächeln, das nicht von seiner sonstigen Selbstbeherrschung zurückgehalten wurde und von dem eine überwältigende Kraft ausging. »Es scheint, als sei jeder hier in dieser Gegend von Eleanor deLaceys Unbesonnenheiten unterrichtet. Vielleicht sollte ich dem Minnesänger dankbar dafür sein, daß er sie auch *mir* enthüllt hat.« Endlich war er ein Mensch.

Ermutigt lachte Marian ihn an. »Der Sheriff ließ es deutlich erkennen, Mylord – er wollte seine Tochter mit Huntingtons Sohn verheiraten.«

»Und so ist mir die Last einer zügellosen Frau erspart geblieben.«

Das Lächeln war verschwunden, aber die gute Laune schimmerte noch durch. *Sag es jetzt ... es wird sich keine bessere Gelegenheit mehr bieten.* Marian holte Luft. »Mylord Robert –«

»Nur Robert«, sagte er. »Oder – Robin.«

»Robin?« Das schien ihr unpassend. Es entsprach nicht einem erwachsenen Mann, einem vormaligen Kreuzzügler, der gerade aus dem Krieg des Königs zurückgekehrt war. Robin nannte man einen *Jungen*, und er war eindeutig keiner.

»Mein Vater nennt mich Robert. Für meine Mutter war ich Robin.«

Marian starrte ihn an. Eine derartige Vertraulichkeit hatte sie nie erwartet, nicht von *ihm*. Die Anspannung, die sie auf dem Podest und hinterher im Raum gesehen und gehört hatte, war verschwunden.

»Mylord –« Sie brach ab, als sie seinen Blick sah: Er zog sich verletzt zurück. »Robin.« Sie schluckte verkrampft. »Ich möchte Euch einen Handel vorschlagen.«

»Oh?«

Sie hob ihr Kinn, um ihn nicht merken zu lassen, wie nervös sie war. »Mein Vater ließ mir eine Botschaft übermitteln. Die, die Ihr mir vorletzte Nacht überbrachtet.«

Die Anspannung kehrte in seinen Körper zurück. Es ging so schnell, daß sie, erstaunt von seiner plötzlichen Steifheit, schwerer atmete. Sein Gesicht erstarrte wieder zur Maske. Die Augen, die gerade noch amüsiert gefunkelt hatten, hörten auf zu glänzen. Selbst der Mund war verkniffen, und die Narbe an seinem Kinn trat hervor. *Mein Gott – was habe ich getan?*

»Ich erinnere mich an dic Botschaft.« Es waren klare, kalte Worte, die kein Gefühl verrieten.

Es war ein Fehler gewesen. Aber nun war es zu spät, um es wieder rückgängig zu machen. Sie hatte mit dem Thema begonnen, jetzt mußte sie es auch zu Ende bringen. »Ein Handel, Mylord.« Gegenüber solchem Ernst und solch eiserner Selbstbeherrschung war Förmlichkeit angesagt. »Ihr sagt dem Sheriff nichts von der Botschaft meines Vaters, und ich für meinen Teil verrate nicht, wo Alan sich aufhält.«

»Ihr wißt nicht mehr, wo sich Alan befindet.«

»Gut«, erklärte sie geradeheraus, selbst überrascht über ihre Worte.

Seine Augen blickten sie fragend an. »Das ist ein schlechtes Geschäft.«

Bekümmert seufzte sie. »Aber das einzige, das mir einfiel.«

»War es denn nötig?«

»Ich glaube schon, Mylord.«

»Um mich davon abzuhalten, daß ich dem Sheriff eine persönliche Botschaft mitteile, die Euer Vater nur Euch zugedachte?«

»Ja, Mylord.« Sie zögerte nicht mit der Antwort, auch wenn sie begriff, daß sie ihm damit Unehrenhaftigkeit unterstellte. Sie kannte die Männer nicht. Sie wußte nicht, wozu er fähig war, und sie begann zu lernen, daß jeder Mann grundsätzlich fähig war, Dinge zu tun, die sie abscheulich fand.

Locksley sah an ihr vorbei, zu der Bude, an der sie ihrem Begleiter fortgelaufen war. »Und Ihr habt nicht den Wunsch, William deLacey zu heiraten.«

»Nein, Mylord.« Das sagte sie mit deutlichem Nachdruck.

Robert von Locksley blickte ihr wieder ins Gesicht. Von seinen Augen konnte man nichts ablesen. »Dann solltet Ihr ihm das vielleicht sagen.«

»Das kann ich nicht.«

Er hob die Augenbrauen. »Weshalb nicht?«

»Nicht, bevor er mich nicht gefragt hat.«

»Wird er?«

»Wahrscheinlich nicht. Er wird es mir höchstwahrscheinlich als Tatsache bekanntgeben.«

Seine Mundwinkel lockerten sich. »Und doch seid Ihr mit ihm hier.«

Die Unterstellung schmerzte, so, wie er das ohne Zweifel auch beabsichtigt hatte. Marian blickte ihn an. »Ihr seid keine Frau. Ihr könnt nicht verstehen, wie sich eine Frau gegenüber einem mächtigen Mann verhalten muß.«

»Nein«, gab er nach langem, ernstem Schweigen zu.

»Und werdet es auch nie wissen.«

»Nein«, sagte er wieder.

Sie sah zu ihm hoch. Er war ein beträchtliches Stück größer als sie. »Ich werde keinen Mann heiraten, der es für richtig hält, unschuldigen Männern die Zunge herauszuschneiden.« Da. Es war heraus. Klar und offen. *Wenn ich es doch dem Sheriff sagen könnte…*

»Der Sheriff?« sagte Locksley.

Marian starrte ihn an.

»Der Sheriff«, wiederholte er.

Diesmal verstand sie. Sie drehte sich um und sah, wie deLacey näher kam. Seine Augen, dunkel wie der Tod, fixierten Robert von Locksley.

18. Kapitel

DeLacey hatte sich schließlich vom Stand abgewandt und bemerkt, daß Marian verschwunden war. Zuerst dachte er nicht weiter darüber nach, er nahm an, sie warte irgendwo in der Nähe auf ihn, vielleicht bei einer benachbarten Bude, aber eine flüchtige Suche erbrachte nichts.

Es ist doch schwer, sie zu übersehen – ah, da ist sie ja. Ein leuchtender Farbfleck verriet ihren Standpunkt nur wenige Schritte von ihm entfernt, auf der anderen Seite der Straße. Sie sprach mit jemandem. *Mit wem spricht –? Locksley!* Er wußte nicht genau, warum, aber die Entdeckung beunruhigte ihn. Und daß er nicht wußte, warum, beunruhigte ihn noch mehr.

Zum ersten Mal hatte er sie ganz für sich gehabt, getrennt von Kindheit, Vater und Amme. Und er brauchte sie für sich allein, so wie er noch nie zuvor eine Frau gebraucht oder begehrt hatte.

»Locksley«, murmelte er angespannt. Locksley war Huntingtons Sohn. Eines Tages, wenn der Earl sterben würde, würde er alles erben. Titel, Reichtum und Macht. Aber Locksley war kein Gegner. Oder vielleicht doch?

Sehr geschickt, dachte Locksley. Ohne übermäßigen Kraftaufwand nahm deLacey Marian am Arm, zog ihre Hand unter dem Mantel hervor und hakte sie bei sich unter.

»Hier seid Ihr«, sagte er. »Ich dachte schon, ich hätte Euch verloren.« Dann, bevor sie etwas sagen konnte, bedachte er Locksley mit einem warmen Lächeln. »Robert! Hätte ich gewußt, daß Ihr zum Jahrmarkt kommen wollt, hätte ich Euch dazu eingeladen, uns Gesellschaft zu leisten.«

»Tatsächlich.« Mehr konnte Locksley nicht erwidern, er war von Marians Gesichtsausdruck abgelenkt. Er bemerkte den Anflug von Ärger, die Anspannung ihres Kiefers, das Funkeln in ihren Augen. Eine bestimmte Spannung in ihrem Unterarm verriet ihm, daß sie ihre Hand wegziehen wollte.

»Dann begleitet uns doch *jetzt*«, sagte Marian mit einem seltsam herrischen Unterton der Verzweiflung.

Darin hörte er überraschenderweise das Echo ihres Vaters, als dieser Locksley darum gebeten hatte, eine Botschaft für ihn zu übermitteln, wenn er an jenem Tag zu Tode kommen sollte. *Sagt ihr*, hatte er gesagt, *sagt ihr, er wird sich um ihr persönliches Wohlergehen kümmern und um Ravenskeep. Sagt ihr auch, daß ich sie vermisse. Und bitte sagt ihr, ich bitte Euch sehr, wie sehr ich sie liebe.*

Das letztere hatte er ihr verschwiegen. Wie auch das davor. Er hatte ihr nur ausgerichtet, daß sie den Sheriff heiraten sollte, der nun vor Locksley stand und sich verbat, daß dieser Anspruch auf etwas erhob, was deLacey für sich vorgesehen hatte.

Sagt ihr das, hatte FitzWalter gesagt.

Aber als Locksley die Tochter des verstorbenen Ritters anblickte, brachte er es nicht über sich.

Bestürzt sah Marian, wie Robert von Locksley – *Robin* sollte sie ihn nennen – auf seinem Absatz kehrtmachte und in der Menge verschwand. Er hatte etwas gemurmelt, was sie aber nicht verstanden hatte, und war dann einfach fort, als ertrüge er ihre Gesellschaft nicht. *Denkt er, ich schwindele? Glaubt er etwa, ich will diesen Mann?*

»Marian.« DeLacey hielt mit seiner Hand die ihrige fest. »Marian – kommt. Vergeßt sein unhöfliches Betragen.«

Er ist froh, daß Robert weg ist. Ärger nahm von ihrer Zunge Besitz. »Dann laßt mich selbst entscheiden, welchen Dingen ich mich zuwenden möchte.« Mit Mühe entzog sie ihm ihre Hand. *Sag es ihm! Sag es ihm doch einfach!* »Mylord, ich glaube, es gibt da etwas, was Ihr wissen solltet.«

Er zog eine Augenbraue nach oben. »Tatsächlich?«

Ihr Mut sank unter seinem ruhigen Blick. *Wie sage ich es, nun, da ich bereits angefangen habe?* Marian benetzte ihre trockenen Lippen. Ihr war klar, daß sie einer Unnachgiebigkeit bedurfte, die seiner ebenbürtig war. Er war, wie sie gesagt hatte, ein mächtiger Mann. »Ich mag keine Überheblichkeiten«, war das Beste, was sie hervorbringen konnte. *Kein Rückgrat. Ich habe überhaupt kein Rückgrat.*

»So wie ich.« Er lächelte schief. »Ich gebe es zu: Ich bin eifersüchtig.«

So rasch war das Thema gewechselt. Oder war es noch dasselbe Thema, nur von der anderen Seite her angegangen? »Eifersüchtig auf Robert?« *Robin* war nur ihr zugedacht; das würde sie nicht mit ihm teilen.

»Auf Robert *von Locksley*, den Sohn des Earls von Huntington.« DeLacey machte eine selbstverurteilende Geste. »Aber wer bin ich denn schließlich als nur ein Mann, der in den Diensten eines anderen steht? Er dagegen ist ein Pair.«

»Und dennoch saht Ihr ihn für Eleanor vor.« Das war eine verzweifelte List, derer sie sich bediente, um noch eine weitere Person mit ins Spiel zu bringen.

»Aber Eleanor ist entehrt.« Seine Augen blickten seltsam gierig. »Marian –«

»Nein.« Sie sagte es mit jedem Gramm Willen, den sie aufbringen konnte. »Ich glaube –« Sie vergaß jedoch, was sie sagen wollte, als sie den Jungen neben dem Sheriff erblickte, einen mageren, schmächtigen Jungen, der mit geschickten Händen an deLaceys Beutel fingerte. »Much!« schrie sie überrascht. Und dann, als der Sheriff seine kräftige Hand um das knochige Handgelenk des Jungen schloß, rief sie: »Tut ihm nicht weh!«

Nun hatte er Geld. Schnurstracks ging Locksley zu einem Weinhändler und erstand einen Becher, den er sogleich austrank. Und noch einen. Der Wein war schwer und mächtig.

Noch einen? Nein, er war kein Trunkenbold. Er verachtete sich bereits für die Schwäche und die Feigheit, die ihn überhaupt dazu getrieben hatte.

Marian FitzWalter.

Abrupt wandte er sich vom Stand weg und marschierte in eines der engen, gebogenen Gäßchen, die von dicht aneinander stehenden Behausungen gesäumt waren. Dort blieb er ebenso abrupt wieder stehen, umarmte sich selbst und lehnte sich an eine Mauer.

Als er mit der Aufgabe betraut worden war, hatte er ihre Ausführung für unnötig gehalten. Sie alle hatten das, Richards Männer; inmitten des Kreuzzugfiebers hatte sich niemand eine Niederlage vorstellen können. Als Hugh FitzWalter ihn gebeten hatte, mit seiner Tochter zu sprechen, hatte Robert von Locksley den Dienst beiläufig angenommen. Innerlich hatte ihn das Ansuchen sogar verärgert, nicht wegen seines Inhalts, sondern weil FitzWalter von einem Ende gesprochen hatte.

FitzWalter erwähnte nie, daß seine Tochter schön ist; das war belanglos. Was tat es schon zur Sache? Eine Frau war eine Frau, eine Tochter eine Tochter. Seit beinahe zwei Jahren hatte er nicht mehr mit einer Frau geschlafen.

Ein Schauder durchfuhr Locksley. Er nahm nichts wahr außer dem Gesicht des Mannes, der seine Zukunft vorhersagte, während er zugleich für sein einziges Kind eine erschuf. *Sagt ihr, sie soll den Sheriff von Nottingham heiraten.* Das hatte er ihr ausgerichtet. Den Rest nicht. *Ich übermittelte ihr die Botschaft falsch herum. Nun ist sie gefangen... welche trauernde Tochter wird den Wünschen ihres Vaters zuwiderhandeln?*

Sie hatte ihre Absicht klargemacht: den Mann nicht zu heiraten. Aber er hatte ihren Blick gesehen. Er hatte ihre Stimme gehört. Er begriff, wie sie, die Tatsachen.

Wie auch ihr Vater am Tage seines Todes.

Es war nur ein Junge. Flink, schmächtig und beweglich. Und sehr fingerfertig. Er war, wie alle Taschendiebe und Diebe, die die Börse durchschnitten, sehr geschickt. Doch diesmal hatte deLacey ihn auf frischer Tat ertappt. Er sah den schmerzverzerrten Mund des Jungen, die schockiert aufgerissenen braunen Augen, das blasse Gesicht, das offenes Erstaunen verriet.

DeLacey packte die andere Hand des Jungen, entriß ihm das Messer und zerrte ihn dann an seinem Arm derartig hoch, daß der Junge sich auf seine Zehenspitzen stellen mußte. »Schneidest Geldbeutel ab, ja?«

»Tut ihm nicht weh!« rief Marian. »Mylord – Ihr werdet ihm noch den Arm brechen!«

»Mehr als das«, versprach er, während er den Jungen anblickte. »Bei Gott, du kleiner Wurm, hast du geglaubt, man würde dich nie erwischen?«

Der Junge hing zitternd da. Die geflickte, weite Tunika war heruntergerutscht und entblößte die Schulter.

»Antworte mir gefälligst!« Der Sheriff drückte das magere Handgelenk.

»Mylord!« Marian schloß ihre Hände um seinen Arm. »Mylord, ich bitte Euch –«

Sie hatte ein weiches Herz, er hatte auch nichts anderes erwartet. Aber in diesem Moment reizte es ihn. »Bei Gott, Marian – soll ich das etwa übergehen? Seine Hand war an meiner Geldbörse! Ich bin der Lord High Sheriff. Brauche ich mehr Beweise? Brauche ich weitere Zeugen?«

Marians Gesicht war beinahe genauso bleich wie das des Jungen. »Ihr tut ihm weh«, sagte sie.

Mit einiger Anstrengung ermahnte sich deLacey zu Höflichkeit. »Vielleicht wäre es das beste, Ihr würdet in die Burg zurückkehren. Dies ist eine unangenehme Aufgabe.«

Das alarmierte sie. »Warum? Was habt Ihr vor?«

Er verlor die Geduld. »Was ich vorhabe? Wieso, ihn so behandeln, wie er es verdient! Jungen, die ihre Hände dort haben, wohin sie nicht gehören, *verlieren* diese Hände.«

»Nein!« schrie sie. »Mylord, ich bitte Euch – tut das nicht! Er ist doch noch ein *Junge* –«

»Er ist ein Dieb, nicht mehr. Und so wird er auch behandelt.« Ihr Protest erregte Aufmerksamkeit. Einige Passanten blieben stehen und versammelten sich raunend in der Nähe. Einer sagte, die Wache sei auf dem Weg, und ersparte ihm dadurch die Mühe, nach Hilfe zu rufen. »Marian –« Er bemühte sich um einen ruhigeren Tonfall. »Geht zurück zur Burg, ich bitte Euch.«

»Nein.« Ihre Hand legte sich auf die nackte Schulter. »Ich kenne diesen Jungen, Sheriff. Das ist Much, der Sohn des Müllers. Solange ich mich entsinnen kann, haben wir von Wat Mehl gekauft – und, wie ich zu behaupten wage, auch Ihr!«

»Das macht keinen Unterschied.« Er warf einen flüchtigen Blick auf die sich sammelnde Menge. »Bei Gott, Marian, achtet darauf, was Ihr sagt. Wollt Ihr meine Autorität vor ganz Nottingham in Frage stellen?«

Er sah, wie sehr sie das traf. Sie hatte ebenfalls bemerkt, wie die Menge jeden Moment größer wurde. Auch sie sah die gierigen Augen und die sich bewegenden Münder. *Nun wird sie das Ausmaß dessen, was sie tut, begreifen.*

Ihre blauen Augen waren sehr hell, als sie ihn wieder anblickte. »Nein«, sagte sie ruhig. »Ich kann das nicht zulassen.«

Die Wache traf ein. Sofort übergab er ihnen den Jungen; er war froh, sich des körperlichen Kontaktes entledigen zu können. Nichts wollte er lieber, als ihm an Ort und Stelle eigenhändig die Hand abzunehmen, doch das vor Marian zu tun, die ihren Standpunkt vor der wachsenden Menge deutlich gemacht hatte, hätte vermutlich jede Achtung, die sie für ihn empfinden mochte, für immer zerstört. Und diese Achtung wollte er. Gewalt war nicht nach seinem Geschmack. Wenn Marian irgendwann in sein Bett kommen sollte, würde sie natürlich mädchenhafte Zurückhaltung zeigen und ein natürliches Zaudern, wie es sich für ihren Rang schickte, aber er verspürte keine Neigung, sich mit einer wütenden oder gleichgültigen Bettgefährtin zu befassen. Er hatte sich an zwei kalte Frauen verschwendet; das würde er nicht noch mal tun.

Aber der Preis ... Was war der Preis dafür? Daß er das Gesicht vor so vielen Leuten verlor? Eleanors Ausschweifung mit dem Minnesänger hatte ihn bereits zuviel gekostet. Er konnte es sich nicht leisten, nachsichtig gegenüber dem Jungen zu sein, oder sie würden es ihm als Schwäche auslegen.

Er blickte den Jungen durchdringend an. Schwäche zu zeigen war gefährlich. Schwäche zu zeigen würde ihn ruinieren.

Much starrte Marian an. Sie war es. Sie war doch nicht weggegangen.

Dieselben blauen Augen. Dieselbe heisere Stimme. Dieselbe schlanke Gestalt, die in einen Wollmantel gehüllt war.

Aber etwas war *doch* nicht genauso: Irgend etwas ängstigte sie. Irgend etwas *erschreckte* sie.

In seinem verwirrten Hirn erkannte Much Angst.

»Es ist Much«, sagte Marian. »Der Sohn von Wat, dem Müller. *Ihr* kennt ihn, Mylord... Ihr wißt, wie man ihn nennt.«

Tölpel und Dummkopf. Much hatte die Worte gehört.

Der Mund des Sheriffs wurde straff. »Und nun auch Dieb.«

Marian? fragte Much. Aber Marian hörte ihn nicht. Keiner hörte ihn jemals.

An einem der Stände kaufte sich Locksley eine Fleischpastete und verzehrte sie an Ort und Stelle, dann schlenderte er ziellos mit dem Strom der Menge zurück zum Marktplatz. Er dachte vage daran, nach Hause zu gehen, aber er hatte nicht genügend Willenskraft, um aufzubrechen. Es war leichter, sich von den anderen treiben zu lassen. Gewohnheit, wenn nichts anderes; zu lange hatten die Sarazenen über sein Leben bestimmt.

Geistesabwesend bemerkte er, wie jemand hinter ihm den Lärm übertönte – »Macht Platz für die Wache« –, aber die Ermahnung interessierte ihn nicht. Erst als eine Speerspitze ihn an der Schulter traf und ihn unsanft zur Seite stieß, begriff er, daß tatsächlich gerade die Wache passierte, ohne darauf Rücksicht zu nehmen, wer ihnen im Weg stand. In der Menschenmenge murmelte jemand etwas über die willkürliche normannische Justiz.

Ein anderer half ihm wieder auf die Füße, klopfte ihm den Rücken ab und zischte etwas Unwiederholbares über die normannischen Tyrannen. Er beobachtete, wie die Speerträger verschwanden, normannische Soldaten mit breiten Rücken und den blauen Uniformen des Sheriffs, und zum ersten Mal fragte er sich, was aus England geworden war, während er im Heiligen Land gekämpft hatte. Zwei Jahre ohne König konnten viele Änderungen mit sich bringen. Er hatte damals ein anderes Reich verlassen.

Oder war er als ein anderer Mann zurückgekehrt? Auch das war ein neuer Gedanke: daß er, und nicht England, sich so auffällig verändert hatte.

Richard war nicht in England. Und würde möglicherweise auch nicht nach England kommen, wenn sein Lösegeld nicht in voller Höhe bezahlt wurde.

Locksley umklammerte hilflos seinen Geldbeutel, den er beim Bogenschießen gewonnen hatte. Es war nur noch wenig Geld übrig. Aber das war, wie er wußte, unwesentlich. Selbst eine Börse voller Silbermarkstücke wäre nicht viel gegenüber den Hunderttausenden, die erforderlich waren.

Und die Menschen, die Richard am meisten brauchten, konnten es sich nur mit Mühe leisten, auch nur einen Silberpenny zu zahlen.

»Es ist Much«, murmelte jemand. Und ein anderer sagte murrend: »– Junge ist dumm, kann der Sheriff das nicht sehen?« Und: »Nur ein Junge«, sagte ein dritter.

Die meisten waren sich einig: »Besser die Börse des Sheriffs als die leere Börse eines Bauern.«

Marian hörte sie alle. Sie wußte, daß auch der Sheriff sie hörte. Die Menge wurde immer lauter. Die Stimmung war drohend, die Spannung wuchs. Marian sah ein, daß sie den Sheriff mit ihrer unversöhnlichen Haltung in eine äußerst prekäre Lage gebracht hatte.

»Sheriff.« Eine tiefe, rauhe Stimme. »Sheriff, laßt ihn laufen. Er ist nur ein Junge. Ihr habt ihn genug erschreckt – beinahe seinen Arm gebrochen, glaube ich –, laßt ihn nun in Ruhe. Laßt ihn über sein Glück nachdenken. Ich wette, das is' das letzte Mal, daß er sich an einer Börse vergreift.«

Marian drehte sich um, wie alle anderen auch. Durch die Menge bahnte sich der größte Mann, den sie je gesehen hatte, den Weg.

Er hatte rote Haare, und seine entblößte Brust war schweißnaß. Selbst seine Gesichtszüge waren, gemäß seiner Statur, überdimensional groß. Er hatte helle, hervorstehende blaue Augen, eine krumme, imposante Nase, und einen breiten Schlitz als Mund, der teilweise hinter einem rötlichen Bart verborgen war. Die weite Wollhose, die er trug, war an den Hüften verknotet und bis fast zu den Knien hoch kreuzweise geschnürt. Genug Stoff, dachte Marian, um zwei Frauen ihrer Größe zu kleiden.

»Um was wettest du?« William deLacey war sichtlich geringschätzig und ebenso ungeduldig. »Willst du *deine* Hand als Einsatz setzen?«

Der sommersprossige Riese grinste. »Ich bezweifle, daß Eure Schwerter scharf genug sind, um sie mir abzuhacken!« Das Handgelenk, das er in die Luft hielt, war von dicken Muskelsträngen umhüllt.

»Eine Axt«, sagte der Sheriff. »Mit einer Axt würde ich das sehr wohl schaffen.«

Der Riese schüttelte seinen Kopf. »Ich bestehe aus Eisen, Mylord – die Axt würde nur stumpf werden!«

Das brachte die Menge zum Lachen. Marian, die zu dem riesigen Mann aufblickte, fühlte, wie die Spannung nachließ. Der Riese hatte die bedrohliche Stimmung in eine neugierige Haltung umgewandelt; alle warteten gespannt, was wohl der nächste Moment bringen würde.

»Wer bist du?« wollte deLacey wissen.

»John Naylor, Mylord. Aus Hathersage. Schäfer von Beruf. Ringkämpfer auf Jahrmärkten.«

Marian starrte ihn an. *Er ist bestimmt der größte Mann von ganz England.*

»Ringkämpfer«, murmelte der Sheriff, als wäre die Beschäftigung die niedrigste der Welt.

»Genannt Little John, Mylord.« Der Riese grinste, er war unbeeindruckt von der Verachtung, die ihm entgegengebracht wurde. »Soll 'n Witz sein, wie man mir sagte.«

Das belustigte deLacey. »So?« entgegnete er. »Ob groß oder klein, das macht für mich keinen Unterschied. Der Junge ist ein Dieb –«

»Er ist nur ein *Junge* –«, wiederholte der Riese schwerfällig. »Sperrt ihn ein oder zwei Nächte ein, damit er über alles nachdenken kann, aber schlagt ihm nicht die Hand ab, Mylord. Vielleicht wird es irgendwann notwendig sein, wenn er hieraus nichts lernt, aber er soll sie erst als Mann verlieren, wenn er alles besser versteht.«

DeLaceys Tonfall war kühl. »Und wirst du für ihn einstehen?«

Der gutmütige Spott in der Miene des Riesen schwand. »Jawohl«, gab er zurück. »Ich werde für ihn einstehen, aber nicht so, wie Ihr Euch das vorstellt. Meine Hand gehört mir – außer ein Mann gewinnt sie.« John Naylor grinste. »Sucht Euch einen Mann aus, Mylord. Irgendeinen Mann; ist mir völlig egal, wen. Ich gebe Euch sogar drei Männer ... wenn einer von ihnen mich besiegt, ist die Hand Euer, und Ihr könnt sie abhacken.«

»Warum?« fragte deLacey. »Was bedeutet dir der Junge?«

Der Riese schüttelte den Kopf. »Nichts, Mylord ... er ist für mich nur ein Lamm in den Fängen eines Wolfes!«

Marian blickte erst auf seine Hände und dann in sein Gesicht. Seine Selbstsicherheit imponierte ihr. »Geht darauf ein«, murmelte sie leise. »Mylord, nehmt seine Wette an.«

Marian begegnete seinem scharfen Blick. *Nun ist meine Gelegenheit gekommen. Diesmal kann ich ihn nicht gewinnen lassen.* Mit fester Stimme sagte sie: »Much hat keine Chance. Er *ist* ein Lamm, Mylord – und Ihr, wie ich zu behaupten wage, der Wolf.«

Sie sah es in seinen Augen: Er hatte begriffen. Es bedeutete ihm etwas, merkte sie, was sie über seine Handlungen dachte.

Langsam breitete sich die Erkenntnis in ihrem Kopf aus. *Endlich habe ich doch etwas gegen ihn in der Hand.*

19. Kapitel

Keiner konnte das Verbrechen des Jungen anzweifeln. Er war auf frischer Tat ertappt worden. Aber der Junge war einer von *ihnen*. Hätte deLacey den Jungen einfach zum Gefangenenblock gezerrt und ihm an Ort und Stelle die Hand abgenommen, hätte keiner es gewagt, etwas dagegen zu sagen. Es war allen wohlbekannt, daß

Diebe und Wilderer die Gliedmaßen, mit denen sie das Verbrechen begangen, verloren.

Marian gehörte jedoch weder zur Landbevölkerung, noch war sie Normannin. Sie war eine von ihnen, war als Engländerin geboren und aufgewachsen, als Tochter eines ehrenhaften Ritters, der im Kreuzzug getötet worden war. Und wenn sie sich zur Widerrede angetrieben fühlte, dann konnten auch sie sich dazu angetrieben fühlen.

Angesichts der wachsenden Feindseligkeit hatte er vorgehabt, den Jungen auf die Burg bringen zu lassen, wo er gezüchtigt werden konnte. Doch nun war der Riese aufgetaucht, zu groß, um ihn zu übersehen, und zu flammend rot, um ihn zu ignorieren. Der riesige Schäfer beherrschte die Situation. Falls der Sheriff einen Teil seiner Selbstachtung wahren wollte, würde er sie mit Mitteln wiedererlangen müssen, die die Menge oberflächlich beruhigen würden.

Sie sind so dumm wie Schafe und ebenso leicht zu lenken. Der Trick war, wie er wußte, ihnen das zu geben, wonach sie verlangten. Und dann die Spielregeln zu ändern, um das Spiel für sich zu gewinnen.

»Ein Mann«, verkündete er. »Wenn du ihn besiegst, ist der Junge frei. Aber wenn mein Mann *gewinnt*, ist die Hand des Jungen – und deine – mein.«

Die Menge stierte gierig auf beide Männer. »Ein Mann?« krächzte der Riese namens John Naylor. »Ihr wagt es mit nur einem Mann?«

»Mehr wäre übertrieben.« DeLacey lächelte kühl. »Ich möchte nicht, daß die rechtschaffenen Bürger von Nottingham mich für unredlich erklären ... ich gehe davon aus, daß du nichts dagegen hast, nur einen Gegner zu haben?«

Der Schäfer Naylor, genannt Little John, grinste, dann beugte er sich vor und spuckte aus. »Das liegt ganz bei Euch. Ein Mann, zwei oder drei. Nacheinander oder alle auf einmal.«

DeLacey zog eine Augenbraue hoch. Ein schneller Blick über die gespannt wartende Menge sagte ihm genug: Es hatten zu viele die Unterredung mitbekommen, als daß sie gegen die blutige

Folge, wenn die Hand des Riesen abgehackt werden würde, einschreiten würden. Außerdem wußte der Sheriff, daß sie seinen Mann bereits für besiegt hielten, so überzeugt waren sie vom Riesen.

Er versuchte abzuschätzen, was anderen in ihrer Faszination von Naylors Größe entging. Sein Umfang war mehr als beeindrukkend, aber William deLacey hatte bereits vor vielen Jahren gelernt, daß man Männer nach anderen Kriterien beurteilen mußte als nur nach ihrer körperlichen Größe. Herz und Überzeugung fielen dabei genauso ins Gewicht.

Ein Jammer, dachte der Sheriff. *Wenn er ganz bliebe, wäre er es wert, ihn Prinz John zu übergeben.* Aber deLacey würde Wort halten. Er war kein Mann mit zwei Gesichtern. »Abgemacht«, sagte er ruhig und wandte sich an einen der wartenden Soldaten. »Holt William Scathlocke her.«

Im Schatten zwischen zwei abschüssig gebauten Häusern zählte Robert von Locksley die restlichen Münzen in seiner Geldbörse. Es waren nicht eben viele. Selbst wenn jeder in Nottingham einen Penny spenden würde, reichte es nicht für die Lösegeldsumme.

Er wußte, wie hoch sie war. Er hatte seinen Vater den Betrag nennen hören. Das Lösegeld eines Königs, hatte der Earl gesagt: einhundertfünfzigtausend Mark.

Doch England war verarmt. Der Mann, der England nun am meisten brauchte, hatte es finanziell ausgeblutet, indem er jeden Penny in die Finanzierung des Kreuzzugs hatte fließen lassen.

»Eine tragische Verkettung«, sagte Locksley trocken, »die Ihr nicht vorhersaht.«

Nein. Richard hatte nie mit einer schmachvollen Festnahme und Gefangenschaft gerechnet, so wie er auch nicht die Auswirkungen seines legendären Temperaments vorhergesehen hatte, als er sich mit Leopold im Heiligen Land überworfen hatte. So viele Leute hatte er verloren, und nicht an den Feind. Philipp von Frankreich, Leopold von Österreich und andere mehr. Sie waren ernüchtert. Des Löwenherz’ überdrüssig.

Vor seinem geistigen Auge erschien Leopolds ernstes Gesicht. Locksley erinnerte sich an Richards Wutausbruch, als er vernehmen mußte, daß Leopold ihn verließ. *Hättet Ihr ihn nicht beschimpft, wäre er wahrscheinlich noch geblieben. Er hätte Euch jedenfalls sicher nicht gefangennehmen lassen und an Heinrich verkauft.*

Richard hatte viele Männer beleidigt. Er, der ohne Zweifel der größte Krieger des Christentums war und der vortrefflichste König, hatte nicht das geringste Gespür dafür, wie er Männer versöhnen konnte, die ebenfalls von königlichem Blut waren. Für den gewöhnlichen Mann von der Straße war Löwenherz ein Gott. Für Männer, die ihm in Rang und Abstammung ebenbürtig waren und die sein erhabener Titel nicht beeindruckte, war er eine selbstsüchtige Bestie, die Jerusalem nur erobern wollte, um *seinen* Namen zu verherrlichen anstatt den Namen Gottes.

»Ein Fehlurteil«, murmelte Locksley, »das Euch teuer zu stehen kommt.«

Er schloß seine Hand um die Münzen und fühlte ihre scharfen Kanten. »Da wäre allerdings noch Locksley...« Finster und in tiefe Gedanken versunken, kaute er auf der Innenseite seiner Wange herum. Locksley war sein persönlicher Herrschaftsbereich, es war *sein* Rittergut und Dorf, das ihm von seinem Vater vermacht worden war, bevor er England verlassen hatte.

Ich bin Locksleys Herr.

Zwei Jahre lang hatte der Earl stellvertretend für ihn die Abgaben eingetrieben. Vielleicht war es an der Zeit, daß er sich die Schatzkammer einmal ansah, in die die Abgaben flossen. Es wäre sicherlich wenigstens *etwas*, was er zu Richards Lösegeld beitragen konnte.

Noch besser war es allerdings, sich jetzt gleich darum zu kümmern, hier in Nottingham. Alles, was er tun mußte, war, einem der Juden einen Besuch abzustatten, der ihm gegen Locksleys Abgaben Gelder vorschießen konnte.

Abgemacht. Er ließ das wenige, was noch von seinem Schützenpreis übrig war, in den Beutel zurückgleiten, steckte ihn aber diesmal unter seine Tunika, statt ihn von seinem Gürtel herunterbaumeln zu lassen, und machte sich dann auf den Weg zur Straße der Geldverleiher im jüdischen Viertel von Nottingham.

William Scathlocke war weder besonders groß noch schwer. Ein ganz normaler Mann, wie Marian und viele andere mit einiger Überraschung feststellten, und nichts hob ihn aus der Masse heraus, außer daß er gefesselt und geknebelt war. Seine Hand- und Fußgelenke waren mit eisernen Gewichten beschwert, und ein Lederriemen lief ihm über Mund und Kinn.

»Er tötete vier Männer«, sagte der Sheriff zu ihr gewandt, während die Soldaten Scathlocke über den Marktplatz zerrten. »Vier von Prinz Johns Männern, nicht weniger; darum kam Prinz John auch hierher, er wollte sehen, wie der Mörder am Galgen hängt. Zwei von ihnen erstach er. Einen prügelte er zu Tode. Der vierte verblutete, weil er das Fleisch seiner Kehle weggebissen hatte.«

Erschreckt starrte Marian den Gefangenen an. Anscheinend hatte deLacey die Absicht, sie einzuschüchtern und zum Verstummen zu bringen, da sie ihn mit Hilfe des Riesen in diese Lage gebracht hatte. Und das war ihm auch gelungen.

»Ich kenne ihn nicht«, murmelte sie.

»Ich glaube, er stammt aus einem kleinen Dorf in der Nähe von Croxden Abbey.« Er zuckte gleichgültig mit den Schultern. »Daß er Will Scathlocke heißt, ist alles, was ich weiß, obgleich die Bauern ihn anders nennen –«, er hielt stirnrunzelnd inne, »Scarlet?« Er starrte auf den mit Ketten gefesselten Mann, der gerade zu ihm geführt wurde. »Marian, Ihr müßt auf die Burg zurückkehren. Ich werde Euch einen Soldaten zum Geleit mitgeben.«

Marian warf einen Blick auf Much, der von uniformierten Normannen festgehalten wurde. Der Gesichtsausdruck des Jungen verriet dumpfe Hoffnungslosigkeit. Es war offensichtlich, daß er das Abkommen zwischen dem Sheriff und dem Riesen nicht verstand. Alles, was er begriff, war, daß man ihm seine Hand abschlagen wollte. *Wenn er überhaupt soviel begreift.* »Nein«, sagte sie resolut. »Nein, ich werde bleiben. Oder Ihr gebt mir Much mit.«

DeLacey blickte auf sie herunter. »Ich halte es für das beste, wenn er zuschaut. Schließlich wird hier sein Schicksal entschieden – findet Ihr nicht, er sollte das mitbekommen?«

Sie blickte zu ihm hoch. Sie sah die Anspannung seines Mundes und die feinen Fältchen um seine Augen. Silbersträhnen durchzogen sein braunes Haar. Er war über zwanzig Jahre älter als sie. Seine Menschenkenntnis war weit besser als ihre, aber sie konnte ihm nicht zustimmen.

»Mylord.« Einer der Soldaten sprach. »Der Mörder, Mylord.«

Er war ihr nah, ganz nah, dieser Will Scarlet. Marian konnte ihn riechen. Der Gestank aus dem Verlies umgab ihn. *Ein ganz normaler Mann.* Nicht anders als irgendeiner der versammelten Zuschauer. Seine Augen und Haare waren fast schwarz, seine Haut dunkel – obgleich das auch Dreck sein mochte –, und bekleidet war er mit den zerfetzten Überbleibseln einer Tunika und einer ausgebeulten Hose. Marian nahm an, daß irgend etwas in seinem Gesicht oder seinen Augen ihn als das kennzeichnen würde, was er war, doch sie konnte kaum etwas erkennen. Das Lederband um Mund und Kinn verbarg die untere Gesichtspartie und entstellte dadurch das ganze. Das einzige, was sie sah, war eine krumme Nase, die auf dem Rücken einen Höcker hatte; stoppelige Wangenknochen, die von blauen Flecken und Schorf übersät waren; zwei beinahe schwarze Augen, die keinerlei Emotion zeigten außer einem gefährlichen Haß und lodernder Wut.

»Seht alle her!« rief der Sheriff. »Hier steht William Scathlocke, der euch auch als Scarlet bekannt ist. Er ist wegen des Mordes an vier Männern zum Galgentod verurteilt worden, über die er mit einer Brutalität herfiel, die man sonst nur von Tieren kennt.«

Wegen des Knebels konnte William Scathlocke darauf nichts entgegnen, aber seine Augen waren frei. Und in diesem Moment sah Marian in ihnen den Mann, der vier Menschen getötet hatte: Gram und Wut, die sich in seinen Augen spiegelten, machten Scathlockes Schuld offenkundig.

Der Sheriff schenkte ihm keine Aufmerksamkeit und fuhr fort. »Aber wisset auch, daß er am heutigen Tag die Gelegenheit erhält, sein Leben zurückzugewinnen ... alles, was er tun muß, um begnadigt zu werden, ist, den Riesen zu besiegen.«

Little John nickte zum Einverständnis. Die Zuschauer raunten.

»Hiermit gebe ich auch bekannt, daß, sollte der Riese unterliegen, ihm die rechte Hand abgehackt wird. Sollte der Riese jedoch siegen, ist der Junge frei.«

Nach dem Raunen des Publikums zu schließen, mochten sie die Spielregeln. Eine faire Chance, schien die Menge zu sagen, und sie nickte zustimmend mit dem Kopf.

Marian warf einen Blick auf Will Scarlet. Seine dunklen Augen funkelten drohend, voll Ohnmacht und einem wilden, brennenden Zorn. Er starrte ihr direkt ins Gesicht.

»Aber – wenn er doch bereits verurteilt wurde ...« Marian blickte vom Mörder zum Sheriff. »Ihr sagtet, er sei bereits verurteilt.«

DeLacey lächelte leicht. »Ihr verwandtet Euch für den Minnesänger, Ihr setztet Euch für den Jungen ein. Seid nachsichtig, fleht Ihr; nun, ist das etwa nicht nachsichtig?«

Marian war weder überzeugt noch beruhigt. Ich kenne ihn jetzt besser. *Irgend etwas will er damit erreichen ... irgend etwas gewinnt er dabei.* Aber sie konnte nicht ausmachen, was.

Er hieß Abraham und war Jude. Robert von Locksley, der auf den kleinen, verhutzelten Mann hinabsah, konnte nichts erkennen, was ihn von anderen Menschen unterschieden hätte. Und doch machten die Leute einen Unterschied. Die Engländer nannten ihn und die übrigen Juden verräterische Wucherer, die den guten Christen das Geld raubten, um sie dadurch in den Ruin zu treiben.

Locksley, der eben erst aus dem Land zurückgekehrt war, aus dem Abraham und seine Familie stammten, verstand diese Unterscheidung zwischen den angeblich guten Christen, die im Namen ihres Gottes mordeten, und den frommen, friedliebenden Juden, die denselben Gott verehrten, nicht mehr. Die Lebensführung der Juden war anders, ja, aber was aus dieser Lebensführung resultierte, war wesentlich weniger gewalttätig. Die Krieger des Kreuzzugs machten Städte dem Erdboden gleich, töteten Sarazenen, vergewaltigten Frauen und ermordeten Kinder. Als ob Gott derartige Greueltaten verlangen würde, um sich ihrer Seelen zu vergewissern.

In England waren Juden getötet worden. In York hatte man sie in einen Turm gesperrt und verbrannt. Und zu Richards Krönung hatten in London Tausende von weiteren Juden daran glauben müssen. Nur aus dem Grund, weil sie Juden waren. Der Sohn des Earls wollte gern sagen, wie leid ihm das tat. Aber wie sollte er sich für die Feindseligkeit eines ganzen Volkes entschuldigen?

Der alte Jude nickte zur Begrüßung und forderte Locksley mit einer Geste auf, sich auf einen Stuhl beim Tisch zu setzen. Locksley war kein Freund leerer Floskeln, mit denen man eine Unterhaltung einleitete. Richard schätzte seine Direktheit, aber Richard war, obwohl er König war, selbst auch nicht höflicher. »Ich brauche Geld.«

Abraham nickte. Das schlaffe Fleisch um seine dunklen Augen herum runzelte sich. »Und wieviel braucht Ihr?«

Er hatte keine Ahnung, aber vielleicht würde Abraham es wissen. »Ich bin Locksley«, sagte er zaghaft. »Robert von Locksley. Mein Vater ist Earl von Huntington.«

Abrahams Gesicht hellte sich auf. »Ah, aber natürlich! Ihr seid der Heldensohn!«

Das war Locksley höchst unangenehm. »Wenn Ihr Beweise wollt, hier habe ich etwas.« Er legte seine rechte Hand auf den Tisch und deutete auf den Siegelring an seinem Zeigefinger.

Abraham lächelte warm. »Ich kenne Euren Vater.«

Er sagte nichts weiter, aber trotz der Subtilität verriet es Locksley etwas: Ein Geldverleiher würde niemals den Namen eines Kunden preisgeben. Und doch hatte sich der Earl offensichtlich Geld geborgt. »Die Burg.«

»Eine schöne, stattliche Burg.« Seine dunklen Augen glitzerten. »Möchtet Ihr eine für Euch?«

»Nein!« rief er spontan und heftig. »Nein, nicht für mich ... Ich brauche das Geld für jemand anders. Ich brauche es – für den König.«

Der erwartungsvolle Gesichtsausdruck des alten Mannes schwand. Mit seinen knotigen Händen strich er sich über die bestickte Halseinfassung seines Gewandes. »Ihr wollt Geld für das Lösegeld des Königs?«

»Ja.« Locksley berührte seinen Ring. »Da ist zum einen dieser Ring hier. Ein paar weitere Dinge habe ich von meiner Mutter geerbt. Und – Locksley.« Er blickte Abraham an. »Könnt Ihr mir Geld im Vorschuß auf meine Einnahmen geben?«

Abraham wirkte beunruhigt. »Das ist mir leider nicht möglich, Mylord. Vergebt mir bitte. Aber seht Ihr – sie wollen die Steuern hochsetzen. Wir haben bereits für den König gegeben, was wir konnten... quer durch England sammelten wir Tausende von Mark – aber was noch übrig ist, müssen wir zurückhalten. Die Steuern, versteht Ihr.« Er gestikulierte wild mit seinen Händen. »Wir wagen es nicht, in Verzug mit den Zahlungen zu kommen, wir Juden – sie werden alles als Vorwand gegen uns benutzen.«

Doch Locksleys Aufmerksamkeit richtete sich auf etwas anderes als auf verspätete Zahlungen. »Die Steuern werden *erhöht*?«

»Es gehen Gerüchte um...« Er sprach vorsichtig. »Da der König gefangen ist, regiert sein Bruder das Reich. Und Prinz John ist... nun...« Abraham seufzte. »Er ist nicht wie sein Bruder.«

»Aber er ist auch nicht König«, erklärte Locksley. »Seit er die Gloucester-Erbin geheiratet hat, ist er reich... und Nottinghamshire gehört ihm. Alles andere gehört Richard. Und der ist in Deutschland, er kann also die Erhöhungen nicht genehmigen.«

»Das vielleicht nicht.« Abraham blickte merkwürdig zuversichtlich drein, so als könnte Heiterkeit seine wahre Meinung verbergen. »Nichtsdestotrotz sind meine Quellen zuverlässig. Innerhalb weniger Tage wird der Sheriff Steuereintreiber ausschicken. Ihr seid lange fern von England gewesen, Mylord. Es hat – Veränderungen gegeben.«

»John«, sagte er matt.

»Da der König keine Söhne hat, ist der Count von Mortain

Erbe«, sagte der alte Mann. »Wenn der König nicht zurückkehrt, wird sein Bruder an seiner Statt regieren.«

Darüber dachte Locksley nach. Er wollte nicht wahrhaben, daß England so korrupt geworden war. »Es kann doch aber sein, daß diese zusätzlichen Steuern für das Lösegeld des Königs bestimmt sind.«

»In der Tat, Mylord, und ein Grund, der, wenn es stimmte, der Mühe wert wäre – aber es ist kein Geld mehr da, um es zu geben. In den letzten zwei Jahren sind dreimal Steuern erhoben worden. Zwcimal, um den Heiligen Krieg zu finanzieren. Wir gaben, Mylord. Dann erhielten wir Nachricht von dem Lösegeld. Wir gaben wieder, Mylord. Und nun wird wieder die Sicherheit des Königs als Grund angegeben...« Abraham seufzte erschöpft. »Es gibt Leute, die behaupten, das Geld wandere in andere Kanäle. Daß der König nichts davon sehen wird, solange sein Bruder Schulden hat.«

»John ist verschuldet?«

Abraham strich sein Gewand glatt. »Selbst die Standeshöchsten leben manchmal über ihre Verhältnisse.«

»Aber wenn Ihr nicht *könnt* – wenn kein Geld mehr da ist...« Locksley schüttelte den Kopf. »Er wird sagen, es sei für seinen Bruder.«

»Ja, Mylord.«

»Und es selbst einstecken.«

Abrahams Schweigen war beredt genug.

20. Kapitel

Ganz in den glänzenden Stoff gehüllt, war sie vor Will Scathlocke eine Glut von Karmesinrot. Das machte es einfach, sie zu sehen. Es machte es einfach, die Frau des Sheriffs herauszuerkennen, die fand, er sollte gehängt werden.

Ihr sagtet, er sei bereits verurteilt. Das verriet ihm sehr direkt, daß sie der Meinung war, ihm sollte die Chance, sich zu retten, verwehrt werden.

Frau, Tochter, Geliebte. Die Anrede war ihm gleichgültig. Sie fand, er sollte hängen. Sie hatte ihn sogar wortlos mit ihren Augen verdammt.

Es war kein Verbrechen, daß er diese vier Männer getötet hatte. Müßte er es noch mal tun, würde er sogar mehr machen als sie nur töten. Er würde sie Glied für Glied zerstückeln und dabei lachen.

Sie war auf keltische Art schön: dunkel und hell zur selben Zeit, mit einem übernatürlichen, unwiderstehlichen Reiz, der die Aufmerksamkeit eines Mannes selbst dann auf sich zog, wenn sie es gar nicht beabsichtigte. Sie war gar nicht so verschieden von der Frau, die er geliebt hatte.

Um ihn herum regte sich Lärm. Vor seinen Augen flimmerte es leicht. Selbst sein Geruchssinn hatte sich verändert: Es war das Vorspiel zum Wahnsinn. In seiner Leistengegend und seinen Achselhöhlen kribbelte es. Er fühlte, wie sich seine Genitalien anspannten. Speichel füllte seinen Mund.

DeLacey gab Zeichen, daß man das Eisen entferne, und schaute dann gleichgültig zu, wie ein Soldat sich bückte, um die Fußgelenke zu befreien, und anschließend aufstand, um sich um die Handgelenke zu kümmern. DeLacey hörte, wie ein Raunen anhob: Nottingham war erstaunt, daß er einen von ihnen so fair behandelte, indem er ihm eine zweite Chance gab, obwohl es sich um einen brutalen Mörder handelte, der bereits vor Gericht gestanden hatte und zum Galgen verurteilt war.

John Naylor, Little John, der Hathersage-Riese und Schäfer, starrte etwas konsterniert auf den Mann, mit dem er kämpfen sollte. Er kannte ihn nicht persönlich, er wußte nur wenig *über* ihn. Jeder in Nottingham hatte gehört, was er getan hatte. Und soweit Little John wußte, machte ihm daraus keiner einen Vorwurf.

Scathlocke, entschied er, sah gar nicht wie ein Mörder aus. Er sah aus wie jeder Engländer, der in einer Zeit der brutalen Gleichgültigkeit, die von erbarmungslosen, selbstsüchtigen Männern beherrscht wurde, versuchte, sich seinen Lebensunterhalt zu verdienen. Little John hatte keine Angst vor dem Mann, der, Gerüchten zufolge, in der Hitze des Gefechts rasend wurde. Little Johns Angst vor körperlicher Mißhandlung hatte in seiner frühen Jugend aufgehört, als er mit Schulter und Kopf selbst die größten Männer zu überragen begann. Natürlich bewahrte ihn seine enorme Größe nicht vor Mißhandlungen anderer Art. Er war mit einer ganzen Flut von Spitznamen aufgewachsen, die ihn oft verletzt hatten.

Den einzigen Ausweg, die einzig echte Möglichkeit, sein eigenes Leben zu führen, hatte er darin gesehen, sich von den Menschen gänzlich abzuwenden und bei den Tieren Zuflucht zu suchen. Sie liebten ihn bedingungslos. Und wenngleich sie auch nicht sprechen konnten, jedenfalls nicht wie Menschen, so boten ihre Laute doch Beruhigung und Trost.

Die Schafzucht gefiel ihm. Er erwartete kein besseres Leben und war damit zufrieden, sich um Lämmer und Schur zu kümmern. Doch als ein schwitzender, kampfeslustiger Mann auf einem Jahrmarkt im Norden des Landes ihn zu einem Ringkampf herausgefordert hatte – er hatte zuvor jeden anderen geschlagen –, entdeckte John, daß er mehr konnte, als nur Schafe zu hüten; er konnte mit seiner bloßen körperlichen Kraft siegen. Sich jedoch seinen Lebensunterhalt auf Jahrmärkten zu verdienen, füllte ihn nicht aus. Immer wieder zog es ihn zu seinen Schafen zurück.

Er war nicht gewalttätig. Er war kein Mensch, der den Wunsch verspürte, andere zu reizen, dennoch hatte er gerade jemanden gegen sich aufgebracht: den Lord High Sheriff persönlich. Doch der Riese hatte nicht tatenlos zusehen können, wie ein Junge seine Hand verlor.

Und jetzt stand er hier und starrte auf den Mann namens Will Scarlet herab. Einen Mann, der halb so groß war wie er, der aber in seiner Raserei vier bewaffnete normannische Soldaten getötet hatte.

Little John fürchtete sich nicht vor ihm, aber er war auch nicht so dumm anzunehmen, ein Mann, der nichts zu verlieren hatte, wäre keine Gefahr für ihn.

Much stand ruhig da und bot keinen Widerstand. Er war zwar flink und geschickt und behende, aber er wußte, wann er in der Falle saß. Er wußte auch instinktiv, wann es das beste war, einfach abzuwarten, denn ein Fluchtversuch zur unrechten Zeit tat nur weh.

Er atmete geräuschvoll durch seinen Mund, der halb offenstand. Es war einfacher, durch den Mund zu atmen, weil ein Schlag in seiner Kindheit – er konnte sich nicht mehr erinnern, von wem; nicht von seinem Vater, oder doch? – seinen Nasenrücken zerschmettert hatte. Mit der Zeit hatte es sich sehr gebessert, aber Frühling und Herbst waren für ihn schwierige Jahreszeiten, weil da seine Nase dauernd verstopft war.

Den Riesen fand er verblüffend. Noch nie hatte er einen derart großen Mann gesehen oder jemanden mit solch leuchtend rotem Haar und Bart. Much legte seinen Kopf in den Nacken und sah, daß er blaue Augen hatte und blasse, rötliche Wimpern. *Riese*, sagte er sich und erinnerte sich an die Phantasiewelt, die er sich ausgedacht hatte und deren Wesen ihn wie einen König behandelten.

Er fügte noch jemanden hinzu. Einen freundlichen, rothaarigen Riesen, der ihn beschützte.

Marian und der Riese. Die Prinzessin und ihr Beschützer.

Much lächelte selig. Seine Welt wurde immer schöner.

»Fangt an«, befahl deLacey.

Marian warf ihm einen scharfen Blick zu, da sie Vorfreude aus seiner Stimme heraushörte; als wüßte er bereits, wie der Kampf ausgehen würde. Sie fand es gleichzeitig anziehend und abstoßend, daß er sich so sicher über den Ausgang war und daß er nicht den geringsten Anteil an den Menschen nahm, über die er keine Kontrolle hatte.

Oder hatte er etwa doch Kontrolle über diese Männer?

Unvermittelt mußte sie an Robin denken. Er war nicht so sehr der heldenhafte Ritter gewesen als vielmehr ein verletzlicher junger Mann, der in ein fremdes Zuhause zurückgekehrt war. *Robin.* Sie bemerkte eine ungewohnte Verwirrung; Sieg und Freude lagen in dem Namen, den niemand anders außer ihr benutzte.

»Marian.« Der Sheriff legte seine Hand auf ihren Arm und zog sie aus der Gefahrenzone.

Auf der kreisrunden Fläche wurde plötzlich gekämpft. Will Scarlet wirbelte auf dem Absatz herum und stürzte sich auf das Schienbein des Riesen. Seine Hände krallten sich an den Knien fest, seine Daumen bohrten sich ins Muskelfleisch. Überrascht knurrte Little John protestierend, dann packte er mit seinen riesigen Händen Scarlets zerlumpte Tunika und zog daran, während er, um die Balance zu halten, nach hinten torkelte.

Es war nur ein einfacher Schubs, nicht mehr, und doch wurde Scarlet von der unwillkürlichen Geste des Riesen zu Boden geworfen und landete mit der Brust unsanft im tiefen Dreck. Die Zuschauer johlten, stießen einander mit den Ellbogen an und begannen, Wetten abzuschließen.

Scarlet hustete, fluchte und kam dann langsam wieder hoch, während er sich mit der Hand über seine aufgeplatzte Lippe fuhr. Die Tunika war schmutziger denn je, sie war nun auch von Mist und Blut befleckt. Sein strähniges und schmutziges dunkles Haar hing ihm ins Gesicht und in die Augen. Er beugte den Oberkörper vor und lief die äußere Linie des Kreises entlang; prüfend beobachtete er dabei den Riesen. In seinen Augen und in seinem Gesicht sah Marian einen kalten, vorsichtigen Ausdruck. Als er sich diesmal auf Little John stürzte, war dieser vorbereitet.

Der Riese packte Scarlet in der Luft wie ein Insekt, das mitten im Flug gefangen wurde, und warf ihn abermals mit Wucht zu Boden, wodurch er Scarlet die Luft aus den Lungen trieb.

Als Scarlet sich keuchend aus dem Schmutz aufrichten wollte, stieß Little John seinen Arm geschickt zur Seite. Der Mörder fiel. Noch mal. Und noch mal, insgesamt viermal.

»Gibst du auf?« fragte Little John. »Ergibst du dich dem besseren Mann?«

Scarlet lag mit dem Gesicht im Dreck und schnappte nach Luft. Der Riese wartete auf irgendeine Regung.

Das Publikum feuerte beide an. Es schien ihnen nicht mehr wichtig, wer von beiden gewann. Verblüfft ließ Marian ihren Blick über die Menge gleiten, die im Kreis um den Platz herumstand. Ihre Gesichter waren fiebrig, und nach ihren seltsam leeren Blikken zu schließen, war ihr Verstand ausgeschaltet.

Little John lachte wieder. Er ließ sich über Scarlets Körper auf Hände und Knie nieder, schlug ihm auf die Schulter und murmelte etwas, was Marian nicht verstand. Sie nahm an, daß es noch eine Aufforderung war, aufzugeben, worauf jedoch wieder keine Reaktion erfolgte. Der Riese wandte sich Much zu, der seine Hand nun behalten können würde, da der Sieg ihm gewiß war.

In diesem Moment bewegte sich Scarlet, er trat mit den Füßen nach Little Johns Fußgelenken und packte gleichzeitig dessen dickes Handgelenk und riß mit einem Ruck daran. Als der Riese daraufhin das Gleichgewicht verlor und etwas Unverständliches brüllte, führte Will Scarlet die große Hand an seinen Mund und biß tief hinein. Little John heulte auf, und Blut begann zu fließen.

»Betrug!« rief jemand.

»Der Kampf ist ungültig!« schrie ein anderer.

»Du hast dich selbst verurteilt!« ein dritter. »Sie werden dich hängen müssen, du Bastard!«

Mit der Faust schlug der Riese Will Scarlet seitlich gegen den Kopf, so daß er quer über den Platz geschleudert wurde.

Marian blickte zu deLacey. »Was wird jetzt aus ihm?«

DeLaceys Gesichtsausdruck war finster. »Es gibt gewisse Spielregeln, an die man sich halten muß, auch wenn sie unausgesprochen sind.« Er schaute sie an. »Das kann nicht geduldet werden.«

»Dann hängt Ihr ihn also trotzdem.« Sie sah an ihm vorbei zum Jungen. »Und was wird aus Much?«

Im Ring stürzte sich Scarlet gerade auf Little John, der ihn bei den Schultern packte und erneut von sich schleuderte.

»Der Junge wird –« Plötzlich streckte deLacey seine Hand nach ihr aus. »Marian – *Achtung!*«

Und dann prallte ein Körper gegen ihre Beine und Füße und warf sie beinahe um. Taumelnd stieß Marian einen Schrei aus und ruderte wild und unbeholfen mit den Armen, um ihr Gleichgewicht wiederzuerlangen.

Jemand krallte sich, an Mantel und Kleid zerrend, an ihr hoch. Hände gruben sich in den Stoff und bohrten sich in ihr zartes Fleisch. Sie roch den Gestank des Mannes. *»Was fällt dir –«*

Doch da schlang sich ein Arm um ihre Rippen und preßte ihr die Luft aus dem Körper. Der andere Arm lag auf ihrer Kehle. Sie fühlte, wie sich der harte Körper eines Mannes in ganzer Länge an sie preßte; ihr Gesäß wurde an seinen Oberschenkel, ihr Kopf gegen seine schwer atmende Brust gedrückt.

»Ich bringe sie um«, versprach Will Scarlet. »Und denkt ja nicht, daß ich das nicht fertigbringe. Ich mag den Geschmack von Kehlen, besonders von normannischen.«

21. Kapitel

Als Locksley aus Abrahams Behausung heraustrat, hörte er gedämpften Tumult. Durch die enge, gewundene Gasse wurden die Geräusche wie durch einen Trichter geleitet und verzerrt. Dadurch war es schwierig herauszufinden, aus welcher Richtung die Schreie und die Beifallsrufe kamen. Er blieb stehen, lauschte und fragte sich, was wohl die Ursache des Tumults war... aber mit einemmal brach der Lärm ab. Die plötzliche Stille war so gespenstisch vollkommen wie der Moment nach einem Donnerschlag, der so laut war, daß einem das Herz stehenblieb.

Durch die Gasse hörte er William deLaceys vor Wut und Angst gellende Stimme: *»Tötet mir diesen Schurken!«*

Und dann ertönte eine zweite Stimme, deren Ausdrucksweise niedere Herkunft verriet, und brüllte einen anderen Befehl: *»Laß die Frau los!«*

Marian FitzWalter war beim Sheriff gewesen. Locksley überlegte nicht lang und rannte los.

Marian konnte den Verliesgestank riechen, der Scathlocke anhaftete, den penetranten Geruch von Schmutz, körperlicher Anstrengung und Angst. Heftig schlug sie um sich, damit er sie losließe. Halb erstickt röchelte sie: »Aber – ich bin keine –«

Dreckige, blutbefleckte Finger schlossen sich um ihren Schleier und Zopf und machten ihren Kopf mit einem Ruck unbeweglich. Der Arm über ihrer Kehle würgte den Rest ihres Protests ab. »Glaubt Ihr, das interessiert mich? Glaubt Ihr, das is' mir wichtig? Für mich seid Ihr nur 'n Stück Menschenfleisch, Lady... die Geliebte des Sheriffs, oder nich'?«

Es war jetzt schwieriger zu sprechen, aber sie stieß die Worte zwischen ihren Zähnen hervor. »Nein – ich bin k...« Doch mit zunehmendem Druck auf ihre Kehle verdunkelte sich ihre Wahrnehmung. Sie würgte und heulte innerlich auf. Sie versuchte, ihn am Arm zu fassen zu bekommen, doch er bewegte sich langsam rückwärts und riß sie dabei von den Füßen. Zappelnd kämpfte sie um Halt, stemmte ihre Absätze in den Boden und versuchte sich aufzurichten, während er ging; aber Scarlet war größer, stärker, schwerer und sogar noch entschlossener als sie. Indem er sie halb hinter sich her zog und halb trug, bahnte sich Scarlet einen Weg durch die murmelnde Menge. DeLacey und seine Soldaten hefteten sich an seine Fersen.

Die Augen des Sheriffs funkelten wild, und sein Mund, der gerade knappe Befehle gab, war in häßlicher Härte verzerrt. Als Marian das sah, spürte sie einen Schauder der Erleichterung. Sicher würde deLacey ihn aufhalten.

Sie stolperte und schrie erschreckt auf. Scarlet hielt mit einem Arm ihre beiden Arme fest, während er mit dem anderen ihren Hals umschlungen hatte. Alle, was sie tun konnte, war, um sich zu treten, in der Hoffnung, ihn am Fußgelenk zu treffen. Doch sie verfing sich mit ihrem leichten Schuhwerk in den dicken Falten des karmesinroten Stoffes, und so wurde ihre Absicht vereitelt.

Er kann mich doch nicht wirklich wegtragen wollen... Aber langsam sickerte es in ihr Bewußtsein: Doch, er *konnte* sie sehr wohl wegtragen, selbst durch ganz Nottingham hindurch. Und das würde er wahrscheinlich auch tun, indem er sie als Geisel benutzte.

»Tötet mir diesen Schurken!« schrie der Sheriff in Raserei.

Und dann brüllte der Riese, das Gesicht blutverschmiert: »Laßt die Frau los!«

Scarlet strauchelte, fluchte und drückte sie noch enger an sich als zuvor, wobei er ihr fast die Rippen brach. Unzusammenhängende und sinnlose Gedanken füllten ihr fieberhaft arbeitendes Gehirn. *Er hatte vier Männer ermordet.* Er hatte sie als die Geliebte des Sheriffs bezeichnet. Er hatte sie sogar Normannin genannt. *Ich bin weder das eine noch das andere!* begehrte sie innerlich auf. Als ob das einen Unterschied gemacht hätte.

Much blieb ungläubig der Mund offenstehen, als seine Hände losgelassen wurden. Er war *frei*. Der Soldat hatte ihn losgelassen, als der Mörder die Frau gepackt hatte.

Marian gepackt hatte.

Benommen stierte Much vor sich hin. Er würde sie doch nicht etwa töten, oder? Nicht Marian. Nicht sie.

Der Sheriff brüllte aufgebracht. Selbst der Riese brüllte.

Much lachte: Er war *frei*.

Er wirbelte auf der Ferse herum und sauste wie ein Pfeil durch die Menge, indem er Arme und Ellbogen an den Körper zog. In einem Augenwinkel behielt er den blutfarbenen Wollmantel.

Eine Frau, tobte der Riese. *Wie konnte er nur eine Frau bedrohen?* Es war eine Sache, einen Mann, der doppelt so groß war wie man selbst, anzugreifen, selbst wenn es ein unfairer Kampf war; aber es war etwas ganz anderes, einer Frau etwas zuleide zu tun.

Little John kämpfte sich schnell durch die Menge, indem er menschliche Hindernisse geübt mit seinen Pranken beiseite stieß. Schafe waren zwar beträchtlich kleiner, aber in ihrem Verhalten ähnelten sie doch den Bürgern von Nottingham, die einem einzelnen folgten wie die Herde dem Leithammel.

Er kannte sie nicht, er hatte sie noch nie zuvor gesehen. Es war ihm egal, ob sie die Tochter des Sheriffs, seine Frau oder Geliebte war. Was für Little John zählte, war, daß sie unfair und viel zu grob behandelt wurde und daß sie nicht die Möglichkeit einer Ausflucht hatte.

Wenn kein anderer die Frau zurückbringen konnte, würde Little John es tun.

DeLacey war kalt, sehr kalt, seelisch ebenso wie körperlich. Ein Teil von ihm sehnte sich danach, sich völlig gehenzulassen und dem Himmel diese unglaubliche Greueltat entgegenzuschreien und dem Geächteten, der ihn derart aus der Fassung gebracht hatte, wütende Schimpfnamen hinterherzubrüllen. Aber das zu tun, hätte Marian in Gefahr gebracht; es würde auch seine gefährdete Machtstellung in Nottingham aufs Spiel setzen.

Er hatte es nur wenige Momente zuvor deutlich gespürt. Die Leute hatten ihn angezweifelt. Sie wagten es, ihn in Frage zu stellen, wenn auch nur innerlich und vielleicht unbewußt. Zuerst war Marian dafür verantwortlich gewesen, aber das war irgendwann vorübergegangen. Als er den Mörder in den Kampf um Muchs Hand eingeführt hatte, hatte er wieder die Oberhand gewonnen. Und der Ausgang des Kampfes sollte seine Macht festigen.

Aber nun hatte der Mörder die Oberhand gewonnen, indem er Marian entführt hatte. Und jeder in Nottingham – eingeschlossen Marian – erwartete vom Sheriff, daß er die Situation lösen werde. *Ich werde sie zurückbekommen*, versprach er sich. *Lebend, unverletzt und unberührt.*

Oder er würde kraft seines Amtes befehlen, Will Scathlocke zu hängen, zu vierteilen und zu köpfen. Vor ganz Nottingham.

»*–Irrtum!*« brachte Marian keuchend hervor. »Ich bin keine ...« Sie schluckte krampfhaft und biß die Zähne aufeinander, um den Schmerz ihrer Kehle nicht zu spüren. »Ich bin nicht, was du denkst –« Doch ihre Stimme war leise und dünn, sie bezweifelte, daß er sie überhaupt über seinen eigenen krächzenden Atem oder das gedämpfte Raunen der Zuschauer hinweg hörte. *Kann denn nicht jemand –? Irgend jemand –?*

Nein, sie konnten nicht. Oder sie würden nicht. Er hatte vier Männer getötet. Und was war sie ihnen schon wert? Die meisten kannten sie nicht, selbst wenn sie von ihr gehört hatten. Aus welchem Grund sollte sich irgend jemand in Lebensgefahr bringen, nur um Will Scarlet aufzuhalten?

Sie verlor einen Schuh, und Strumpf und Fuß kamen zum Vorschein. Marian strampelte unbeholfen im Versuch, Tritt zu fassen, aber Scarlet verstärkte nur seinen Griff und schleifte sie noch schneller mit. Durch die zusammengeschnürten Rippen bekam sie kaum noch Luft. Wenn er den Griff doch nur ein *wenig* lockern –

»Halt gefälligst still!« fuhr er sie an.

Marian biß die Zähne aufeinander. *Wenn er mich so gerne ziehen will, dann soll er mich doch gleich tragen!* Sie machte sich schwer und schlaff, und als Scarlet fluchend stehenblieb, um sie fester zu packen, zog Marian beide Beine an und schlug nach hinten aus. Sie wollte mit den Füßen die empfindlichste Stelle treffen, die sie erreichen konnte, sei es Bauch, Unterleib oder Knie. Alles wäre gut, wenn es ihn nur behinderte.

Er stand jedoch breitbeinig da, was ihren Versuch zunichte machte. Mit einem Fuß streifte sie das Innere seines Schenkels und stieß, ohne Schaden anzurichten, hindurch. Mit dem anderen Fuß, der ohne Schuh war, traf sie ihn kurz am Knie, dann verhedderte sie sich in seiner verbeulten Hose.

Einer ihrer Arme kam frei. Marian griff hinter den Kopf und erwischte sein Ohr. Mit aller ihr verbleibenden Kraft versuchte sie ihm das Ohr abzureißen.

Fluchend packte Scarlet ihr Handgelenk. »Laß es los – laß es *los* –«

Sie wollte etwas erwidern, aber der Schmerz in ihrem Handgelenk zog all ihre Aufmerksamkeit auf sich. Er verdrehte es nicht. Er versuchte nicht einmal, ihre Hand wegzuziehen. Er *drückte* einfach nur zu.

Ihre Finger sprangen von seinem Ohr weg. Scarlet zwang ihren Arm zurück zu dem anderen, packte ihren Mantel und zog ihr die sommerleichte Wolle über den Kopf. Er wickelte sie in den Stoff ein, bis sie von Dunkelheit umgeben war und nichts mehr sah, dann hob er sie hoch und warf sie sich mit dem Gesicht nach unten über die Schulter.

Einmal versuchte sie, sich zur Wehr zu setzen, doch er lockerte nur wortlos seinen Griff, um ihr zu zeigen, welche Gefahr ihr drohte. Wenn sie kämpfte, würde er sie fallen lassen. Mit dem Kopf nach unten auf die Straße, wo sie sich vermutlich das Genick brechen würde.

Marians Gedanken arbeiteten schnell und lenkten sie von ihren Schmerzen, der Demütigung und ihrer überwältigenden Angst ab. Es stand mehr auf dem Spiel, als wie ein Sack Mehl davongetragen zu werden. Sie mußte Pläne schmieden. *Geduld* – sie beschwichtigte ihre bitteren Empfindungen. Es würde sich schon irgendwann eine Gelegenheit ergeben, egal, was sie tat.

Irgendwann würde er stehenbleiben. Irgendwann würde er sie von der Schulter nehmen. Irgendwann würde er sie auswickeln. Und dann würde sie alles in ihrer Macht Stehende tun, um sich aus seiner Gewalt zu befreien.

Locksley drängte sich stoßend und schiebend durch die Menge. Er sah, wie ein rothaariger Riese fast dasselbe tat. Die Straßen waren beinahe unpassierbar, verstopft von Hunderten von Leuten, die sonderbarerweise alle nur noch eins im Sinn hatten: dem Riesen hinterherzulaufen, der dem Sheriff folgte, der wiederum jemand anders nachsetzte.

Locksley packte jemanden am Arm. »Was ist geschehen?«

Der Mann erwiderte Locksleys finsteren Blick. »Der Kampf is' vorbei.« Er zuckte die Achseln. Sein Gesicht war übersät von Pustelnarben. »Scarlet konnte fliehen.«

Locksley runzelte die Stirn. »Scarlet?«

»Will Scarlet, so heißt er. Der Mann, der die vier Normannen getötet hat. Der Sheriff ließ ihn mit dem Riesen um die Hand des

Jungen antreten, aber statt dessen schnappte er sich die Frau, die beim Sheriff war.« Der pockennarbige Mann hob wieder die Schultern. »Hab sie noch nie gesehen.«

Er war barsch, weil die Zeit drängte. »Trug sie Rot?«

»Strahlend wie der Tag war sie. Machte sie zu 'nem einfachen Angriffsziel.«

Marian FitzWalter in der Hand eines Mörders!

Früher einmal wäre er vielleicht davon ausgegangen, daß ein Mann niemals einer Frau etwas zuleide tun würde, aber der Krieg hatte ihn eines anderen belehrt. Der Krieg veränderte die Menschen; jedenfalls hatte er ihn verändert. Und obgleich er damals dagegen angegangen war und versucht hatte, ihnen im Namen Gottes, im Namen des Königs und der Ritterlichkeit Einhalt zu gebieten, hatte ihm nicht ein einziger christlicher Soldat zugehört. Sie hatten getan, was immer ihnen beliebte, dann hatten sie lauthals von Eroberung gesprochen, später von Mission: Die Toten waren Sarazenen, sagten sie, Ketzer und ungläubige Hunde, die Gott vernichtet wissen wollte.

Er hatte zu viele Frauen gesehen, die von christlichen Schwertern entzweit worden waren, um noch zu glauben, daß ihr Geschlecht sie vor Greueltaten bewahrte. Er hatte zu viele Frauen gesehen, die von Gruppen christlicher Männer vergewaltigt worden waren, um noch zu glauben, daß der Sittenkodex sie davor schützte.

Ohne die geeigneten Waffen, um dagegen anzugehen, der Freiheit beraubt und selbst des Willens, es überhaupt zu versuchen, war Locksley gezwungen gewesen, zuzusehen, wie ihr Vater starb.

Diesmal war es jedoch anders. Diesmal hatte er Waffen, Freiheit und Willen. Er würde nicht tatenlos zusehen, wie die *Tochter* starb.

22. Kapitel

Will Scarlet war fremd in Nottingham, er stammte aus einem Dorf in der Nähe der Croxden Abbey. Er kannte nicht Nottinghams Straßen, Gassen oder die gewundenen Wege zwischen den Gebäuden, die so dicht aneinanderstanden, daß sie sich fast berührten. Er wußte nur, wenn er aufgab und sich von den Soldaten ergreifen ließe, würde der Sheriff dafür Sorge tragen, daß er in einer wesentlich langwierigeren und schmerzhafteren Prozedur zu Tode kam als am Galgen.

Nachdem die Frau eine Zeitlang aufbegehrt und seine Geduld auf die Probe gestellt hatte, hatte sie sich beruhigt. Nun hing sie, so schlaff wie ein Mehlsack, über seiner Schulter und jammerte nicht einmal mehr. Sie schluchzte auch nicht unterdrückt, wie eine verängstigte Frau, die sich ihre Angst nicht anmerken lassen wollte. Er wußte sehr gut, wie das klang. Jede Nacht wurde er davon aus der Finsternis seiner Träume geweckt.

Sie war still und reglos und zuckte nicht einmal.

Sie ist aber nicht tot, oder? Unvermittelt verspürte er den Drang, stehenzubleiben, sie sanft auf die Straße hinunterzulassen und den Mantel herunterzuschieben. Um zu sehen, ob sie noch atmete. *Laß sie nicht tot sein.*

Doch er wagte es nicht, stehenzubleiben. Wenn sie ihn erwischten, war *er* tot. Tot wegen vier Morden, wenn man die Geliebte des Sheriffs nicht dazuzählte. Sie würden ihn so oder so hängen, auch wenn sie noch lebte.

Er hatte also keine andere Wahl. Er konnte nur laufen ... und immer weiterlaufen, bis er aus der Stadt heraus war und in der Dunkelheit des dichten Waldes untertauchen konnte.

Keuchend rannte er weiter. Er ignorierte das Zittern in seinen Beinen und die quälende Erschöpfung. Kein anständiges Essen, sehr wenig Wasser und zwei- oder dreimal am Tag Prügel – es war nur noch wenig von ihm übrig, abgesehen von dem, was Haß, Wut und Schmerz hervorbrachten.

Laß sie nicht tot sein.

Das würde er nicht ertragen. Es würde ihn wieder in den Wahnsinn treiben. Und er würde wieder töten, aus Trauer und Schmerz. Töten und töten und töten, bis jemand *ihn* töten würde.

Vielleicht war es das beste. Vielleicht verdiente er es nicht anders. Vielleicht würden die Geräusche, die er in der Dunkelheit seiner Träume hörte, aufhören, wenn er sich töten ließe.

Laß sie leben, dachte er. Aber er sprach es nicht laut aus. Wenn sie tot war, konnte sie ihn nicht hören. Und wenn sie noch lebte, würde sie ihm ohnehin nicht glauben. Nicht mehr als der Sheriff, als Scarlet ihm die wahren Umstände der Morde offenbart hatte.

Alan von Dales packte den Jungen und zog ihn zu sich heran. Der Junge wand sich, aber Alans Hände waren stark. »Warte«, sagte er nur, wobei er den Tonfall mächtiger Männer nachahmte, den sie benutzten, wenn sie etwas erledigt haben wollten.

Der Junge wurde stocksteif. Er protestierte nicht, noch gab er einen Mucks von sich, sondern er wartete nur wie gebeten. Sein braunes Haar hing ihm in die Augen; sie hatten die Farbe von Ale, dunkel mit einem Schuß Rot, wenn das Licht in einem bestimmten Winkel darauf fiel.

»Weißt du, was hier los ist?« Es war wichtig, daß er Bescheid wußte; ein Minnesänger brauchte Stoff für seine Lieder, wenn er weitermachen wollte.

Der Junge starrte ihn mit großen Augen und bleichem Gesicht an.

Alan schüttelte ihn am Arm. »Nur eine Frage, Junge. Weißt du, was passiert ist?«

Der Junge zitterte. Er war mager, zart gebaut und schmächtig. Sein Gesicht bestand aus lauter Vertiefungen, die in schiefen Winkeln zueinanderstanden. Seine Nase war deformiert, sie war über dem Nasenrücken unnatürlich abgeflacht. Ringe lagen wie schmutzige Flecke unter seinen trüben Augen.

Alan hatte ähnliche Gesichter bei den Bettlern anderer Städte gesehen. Er hatte Gott oft gedankt, daß seine Musik ihn vor diesem

Leben bewahrte, in dem es keine andere Aussicht gab, als in den Straßen umherzustreifen. Er hatte Glück gehabt, daß seine Mutter lang genug gelebt hatte, um ihm Unterrichtsstunden beim Lautenspieler des Dukes zu finanzieren. Sein hübsches Gesicht hätte ihm beim Duke ein Auskommen verschafft, wenn er dort geblieben wäre, aber sein Geschmack lag in der anderen Richtung... ach, aber das war lange her.

Er lockerte den Griff. »Ich wollte dir nicht weh tun, Junge. Ich möchte dich nur etwas fragen.« Das brachte auch nichts. Der Junge stand nur völlig reglos da und beobachtete ihn aus zur Seite gedrehten Augen, wie ein Hund, den man auspeitschen wollte. Alan ließ ihn los. »Na, macht nichts. Dann werde ich eben jemand anders fragen.«

Der Junge rannte nicht gleich weg. »Marian«, sagte er leise und undeutlich, dann flitzte er in die Menge und war beinahe augenblicklich verschwunden.

Marian. Marian FitzWalter? Die Frau, die er von Huntington Castle kannte?

Alan zuckte leicht mit den Schultern. Er würde wie alle anderen dem Stadtrand zustreben, in der Hoffnung, auf etwas zu stoßen, was sich als Stoff für ein Lied eignete.

Das richtige Lied würde ihn reich machen, aber er hatte es noch nicht gefunden. Es gab niemanden in England, der es wert war, daß man über ihn sang. Prinz John jedenfalls sicher nicht. Der einzige, der der Mühe wert war, saß gefangen im Burgverlies eines fremden Königs.

»Gib mir einen Helden«, bat er seine Muse. Sie pflegten einen sehr vertraulichen Umgangston miteinander. »Gib mir einen Mann – und eine Frau?« Er dachte darüber nach. »Ja, es sollte eine Frau dabeisein, damit die Liebe eine Rolle spielen kann...« Er nickte. »Gib mir einen Mann und eine Frau, um die sich Legenden ranken können. Und gib mir das Talent, diese Legenden zu ewigem Leben zu erwecken.«

William deLacey tobte. Die von der Burg herbeigeeilte Wachtruppe stand ihm in der Mitte der Straße gegenüber, alle miteinander Nichtsnutze, die sich den Befehlen des Sheriffs wortlos widersetzten.

»Ihr habt Armbrüste«, sagte er matt. »Wenn Schwerter ihn nicht aufhalten, dann Armbrüste.«

»Aber –« Einer der blauberockten Soldaten trat von einem Fuß auf den anderen. »Mylord Sheriff, er *trägt* die Frau. Es besteht die Gefahr, daß wir sie an seiner Statt treffen.«

DeLacey biß die Zähne zusammen, damit seine Wut nicht mit ihm durchging. »Ich ließ euch acht kommen, weil ihr angeblich die besten Bogenschützen in der Burg seid.« Er wartete, daß sie begriffen; als sie es jedoch nicht taten, wurde er ausfällig. »Er hat schließlich Beine, oder etwa nicht? Zielt gefälligst auf seine *Beine*, ihr Idioten!« Wütend starrte er sie alle nacheinander an und sah Verschlossenheit und Verstimmung auf ihren dunklen, normannischen Gesichtern. »Oder fürchtet ihr etwa, eure angebliche Fähigkeit reicht dazu nicht aus? Daß, egal wie vorsichtig ihr seid, ihr so *unfähig* seid, die Frau zu verletzen anstatt den Mann?«

Die Soldaten wechselten Blicke miteinander. Ihr Gesichtsausdruck blieb düster.

DeLacey hätte am liebsten jeden einzelnen von ihnen geschlagen. »Und während wir hier stehen und eure Verdienste erörtern«, sagte er giftig, »entkommt dieser Schuft. Verfolgt ihn gefälligst und haltet ihn auf! Und zwar *sofort*! Alles, was ich verlange, ist, daß ihr euren Job tut.« Gerade als sie sich zu rühren begannen, brachte er sie durch den boshaften Ton in seiner Stimme erneut zum Stehen. »Wenn ihr nicht mal *das* schafft, wäre es vielleicht besser, ihr würdet eure gegenwärtige Position aufgeben und normannische Leibeigene werden.« Er machte eine Pause. »Und bestimmt würden euch die *sächsischen* Leibeigenen liebend gerne zeigen, wo euer Platz ist . . .«

Diese Drohung hatte die erhoffte Wirkung. Hastig liefen die Soldaten davon, um seine Befehle auszuführen.

»Die Beine«, murmelte deLacey. »Sind sie etwa nicht nur dumm, sondern auch noch blind?«

Locksley holte sein Pferd aus dem Stall und schwang sich in den Sattel. Währenddessen überlegte er bereits fieberhaft, wohin Will Scarlet vermutlich laufen würde. Locksley bezweifelte, daß er eine der Behausungen als Unterschlupf wählen würde, aus Angst, der Sheriff würde eine allgemeine Hausdurchsuchung – oder Hüttendurchsuchung – anordnen, wie es sein Recht war.

Locksley trieb sein Pferd durch die Straßen. *Er wird nach etwas Ausschau halten, was zu allen Seiten hin Schutz bietet.* Er ließ die Randbereiche des ärmeren Bezirks hinter sich und lenkte das Pferd aus der Stadt heraus. *Ein Mann, der aus einer ländlichen Gegend stammt und dichten Wald kennt, wird vertrauten Grund und Boden suchen.*

Sherwood Forest. Er umschloß einen großen Teil von Nottingham und auch von der High Road. Ausläufer des Sherwood Forest reichten sogar bis in Huntingtons Grundstück hinein. Es war ein alter, schöner Wald, der in der Grafschaft als Zufluchtsort für Wilderer und Geächtete galt. Soldaten, die dort hineingingen, kamen sehr oft nicht wieder heraus.

Und dasselbe konnte man auch von einigen Geächteten sagen, die dort Schutz suchten. Sherwood behielt seine Geheimnisse für sich, und auch viele Menschen.

Er wird versuchen, den kürzesten Weg zu nehmen. Ohne Zweifel befand er sich dort bereits, denn Locksley war sich sicher, daß Scarlet und seine Gefangene vor ihm die Stadt verlassen hatten. Es war sogar möglich, daß beide schon der Wald verschluckt hatte.

Er nahm den direktesten Weg von Nottingham nach Sherwood. Am Waldrand stieg er vom Pferd, band es an einen Baum und verdeckte den Sattel mit seinem dunkelgrünen Schultermantel. Dann verschmolz er mit der Dunkelheit.

Marian war von mehreren Stoffschichten eingezwängt. Sie konnte ihre Arme nicht bewegen, ihr Gesicht wurde gegen das Gewebe gepreßt, und sie bekam nur wenig Luft. Ihr Kopf fühlte sich leicht an, und sie hatte kaum noch Willenskraft. *Geduld,* ermahnte sie sich wieder. *Laß ihn denken, du seist ihm vollkommen ausgeliefert.* Mit mehr als nur ein wenig Ironie dachte sie, daß ihr das nicht schwerfallen würde. Sie war ihm ausgeliefert.

Er war erschöpft, das merkte sie. Er stolperte, fluchte und trieb sich dann selbst knurrend und atemlos dazu an, weiterzugehen. Sie mußten sich bereits außerhalb der Stadt befinden, weil die Geräusche und die Gerüche sich geändert hatten.

Außerhalb von Nottingham, unterwegs nach –? Es erschreckte sie, daß sie es nicht wußte. Daß er sie in der Stadt als Sicherheit für sich benutzt hatte, hatte sie noch verstehen können, aber warum jetzt? Warum jetzt, da er frei war? Warum ließ er sie nicht einfach an Ort und Stelle fallen, damit er schneller vorankam?

Die Geräusche änderten sich erneut. Sie hörte das Knacken von Zweigen unter seinen Schultern, das Rascheln von zertretenem Gras und Blättern, das rauhe, alarmierte Krächzen einer nahen Krähe. Das Sonnenlicht, das sie gerade noch als getöntes Karmesinrot wahrgenommen hatte, wurde nun zu einem blutigen Purpurrot.

Bäume. Sie runzelte die Stirn. *Sind wir in einem Wald?* Die Antwort darauf erhielt sie, als der erste Ast sich in ihrem Umhang verfing und in ihren Rücken bohrte.

Marian biß sich auf die Zunge, um nicht laut aufzuschreien. Es war nicht ratsam, ihn wissen zu lassen, daß sie bei Bewußtsein war. Er sollte ruhig glauben, sie sei ohnmächtig.

Sein Griff lockerte sich. Marian hielt den Atem an. *Nicht bewegen – ganz still halten.* Er blieb stehen. Sie fühlte, wie sich sein Griff verschob, und dann ließ er sie herunter und legte sie auf den Boden.

Sie atmete geräuschlos ein. *Bloß nichts überstürzen – laß ihn unvorsichtig werden.* Sie lag auf der Erde; sie fühlte den Boden unter sich. Er hatte sie auf die Seite gelegt und dadurch einen Arm eingezwängt. Marian preßte ihre Augen zu. *Warte, bis du mehr Freiraum hast.*

Er kniete sich über sie und grub seine Hände in den Umhang. Sie fühlte, wie der Stoff sich erst straffte und dann zur Seite glitt.

Ein gedämpfter Strahl Lichts fiel durch den Spalt. Die Luft war würzig und kalt.

Sie wartete. Er schob ihr den Stoff aus dem Gesicht. *Es reichte nicht – es reichte noch nicht.* Gott, das Warten würde sie noch umbringen.

Abermals griff er nach dem Mantel und zog ihn ihr endgültig aus. Zusammengeknäuelt lag der Stoff auf ihrem Gesicht. Marian biß die Zähne zusammen. *Noch nicht.*

Mit einer Hand packte er ihren Arm und zog sie auf den Rücken. Ihr Kopf rollte auf eine Seite. Marian hielt die Luft an. *Wenn er mich doch nur als tot aufgeben und verschwinden würde!* Er kniete sich neben sie. Sie hörte seine stoßweisen und heiseren Atemzüge; sie konnte seinen Gestank riechen. *Siehst du denn nicht, daß ich tot bin?*

Mit zitternder Hand strich er ihr eine Haarsträhne aus dem Gesicht. »Bitte sei nicht tot«, bettelte er.

In dem Moment sprang Marian plötzlich auf die Füße und versuchte in der Bewegung, ihm gleichzeitig die Augen auszukratzen und ihn niederzuwerfen. Sie hörte seinen überraschten Ausruf und merkte, wie er ein wenig rückwärts stolperte, aber dann verhärtete sich das Erstaunen auf seinem Gesicht zu einer neuen und grausamen Entschlossenheit.

Marian raffte zerrend Gewand, Untergewand und Umhang und hechtete, ihre Zehen tief in die Erde grabend, von Scarlet weg.

Zwei Schritte, und er hatte sie am Umhang. So schnell ging das, *zu* schnell; Marian schrie etwas, und dann zog sich das Schulterband des Mantels abrupt um ihre Kehle zusammen. Sie zerrte daran und versuchte, es sich über den Kopf zu ziehen, bevor er sie damit einholen konnte wie einen Fisch an der Angel. Die Nadel der Mantelbrosche knickte ab, der Stoff dehnte sich und riß.

Sie rannte los, trotz der sie behindernden langen Kleider, des dichten Laubes um sie herum und der Unsicherheit, in welche Richtung sie laufen sollte. Äste schlugen ihr ins Gesicht, schleiften an ihren Armen entlang und rissen an ihren bestrumpften Fußknöcheln.

Wieder schaffte er es, ihren Umhang zu erwischen und sie

mitten im Laufen aufzuhalten, dann war er in einem Satz bei ihr, packte sie an den Hüften. Sie fiel und riß ihn mit sich zu Boden, wo sie sich in seinem Griff wand und versuchte, einen Ast oder einen Stein zu fassen zu bekommen. »Nein –« Ein Stock. Sie schlug damit auf ihn ein und sah, wie der Stock in viele kleine Einzelteile zerfiel wie Porzellan. *»Nein –«* Sie krallte sich in seine Hände, die sie am Kleid festhielten.

»Hör auf!« fuhr er sie an. »Hör gefälligst *auf*!«

Sie hob eine Handvoll brüchiger Blätter und feuchter Erde hoch und warf sie ihm ins Gesicht. »Laß mich los –«

»Hör endlich auf!« rief er.

Seine Hände umfaßten ihre Taille; er lag auf ihren Beinen und drückte ihren Unterleib mit seinem Körpergewicht zu Boden. Marian stemmte ihre Ellbogen in die Erde und versuchte, sich aufzurichten, während sie sich weiter gegen seinen Griff wehrte.

Ein Stein. Ein kleiner Stein. Er würde zwar nicht ausreichen, um ihn bewußtlos zu schlagen, aber es war besser als *nichts*... Sie nahm den Stein in die Hand, versuchte sich mehr Bewegungsfreiheit zu verschaffen und schleuderte ihm dann den Stein so fest sie konnte in sein ungeschütztes Gesicht. *Ein Auge*, bettelte sie. *Laß es bitte ein Auge sein*...

Der Stein traf ihn am Wangenknochen und hinterließ einen Schmutzfleck. Sie sah seinen Schock, seinen verzerrten Mund, als er fluchte. Nochmals nahm sie Dreck und Schlamm auf und zielte damit auf seine Augen und seinen Mund. Ein Knie kam teilweise frei; damit holte sie so fest sie konnte aus.

»Du kleine Hure...«, spuckte er.

»Ich bin *niemandes* Hure –«

»Hör auf!« zischelte er. »Oder willst du, daß ich dich umbringe?« Er wich ihrem erneut geworfenen Stein aus, dann machte er einen Satz auf ihr Gesicht zu und kam auf ihren Hüften auf. Sein Gewicht zerquetschte sie fast. »Hör endlich auf, du kleine Hure, oder du kannst was erleben –«

Sie schlug mit den Fäusten auf ihn ein – der einzige Gedanke, den sie hatte, war, sich von ihm zu befreien.

Seine Hände waren in ihrem Haar. Wild drehte Marian ihren Kopf hin und her und versuchte, ihre Zähne in seine Hände zu schlagen.

Er hielt sie an Zopf und Kleid fest und zerrte sie auf die Füße, wo er sie wie eine Stoffpuppe hinstellte und mit ingrimmiger Wut anstarrte. Blut aus dem Schnitt in der Wange rann über sein Gesicht.

Marian holte mit dem Fuß aus und traf sein Schienbein, wobei sie ihre nackten Zehen quetschte. Augenblicklich warf er sie in die Luft und stieß sie ihrer ganzen Länge nach gegen den nächsten Baumstamm. Ihr Kopf prallte dumpf gegen das Holz.

»Jetzt hör mir mal gut zu«, sagte er. »Am besten tust du, was ich sage, kleine Hure –« Er zerrte sie vom Baum weg und warf sie mit Wucht zu Boden. Mit verdrehten Armen und Beinen landete sie flach auf dem Rücken. Er setzte sich mit seiner ganzen Masse auf sie. »Und jetzt«, sagte er, »werde ich tun, was ich schon längst hätte tun sollen . . .«

Sie schlug geschwächt um sich. »Ich bin nicht, was du denkst –«

»Is' mir egal. Du genügst mir.« Verbissen machte er das Messer von ihrem Gürtel los, dann schnitt er ihren Mantel in Streifen.

»Ich bin Marian FitzWalt –«

»Is' mir egal, hab ich gesagt.« Ein Streifen war für ihren Mund bestimmt. Er band ihn so fest, daß er ihr in die Mundwinkel schnitt. Dann stand Scarlet auf, drehte sie auf den Bauch und setzte sich wieder auf sie, wodurch er ihr Gesicht in den feuchten, schlammigen Boden drückte. Mit einem zweiten Stoffstreifen fesselte er ihr die Handgelenke auf dem Rücken.

Marian trat erneut um sich und wand sich auf dem Boden hin und her. Er verknotete das Band, erhob sich und zog sie hoch. Dann drehte er sie mit dem Gesicht zu sich herum, während er ihren hüftlangen Zopf festhielt.

»Ich habe zwei starke Hände«, sagte er heiser. »Bring mich nicht dazu, sie zu benutzen.«

Sie atmete keuchend. *Laß ihn nicht merken, daß du Angst hast.* Aber sie hatte Angst. Sie zitterte heftig, obwohl sie es gar nicht wollte. Sie mußte sich anstrengen, durch den Knebel genug Luft zu bekommen, um ihre schwer arbeitenden Lungen zu füllen, aber gleichzeitig starrte sie dem Mann ins Gesicht.

Sie wollte ihn anschreien, daß er sich irrte; daß er ihr zuhören sollte. Sie gehörte nicht zum Sheriff. Und sie war keine *Normannin*! Sie stammte aus einem guten, anständigen englischen Geschlecht, genau wie er.

Er riß ihr den Umhang herunter. »Zu auffällig«, murmelte er.

Wenn ich mich doch nur losreißen und wegrennen könnte –

Seine dunklen Augen blickten sie unheilvoll an. »Los«, sagte er nur und zog sie am Zopf hinter sich her wie eine störrische Kuh an einem Seil.

23. Kapitel

Nottinghams Festungsturm war um ein Vielfaches älter als der neue Turm von Huntington. Sowohl in der Bauanlage wie auch in der Ausstattung war er nach dem Nützlichkeitsprinzip gestaltet; William deLacey, sein momentaner Bewohner, verwandte weder Mühe noch Ausgaben darauf, das zu verändern. Die Burg sollte, hatte er verkündet, Stärke und Uneinnehmbarkeit ausstrahlen und eine brütende, niederdrückende Macht, damit die Besucher – ob freiwillig oder gefangen – sich daran erinnerten, wofür das Gebäude stand: für Justiz und Strafe.

Auch der große Saal war deshalb so schlicht wie möglich: ein Raum mit Steinwänden und hohen Deckenbalken, ohne Wandgemälde, Wandteppiche oder ausreichende Beleuchtung. Am einen Ende war ein Gang abgetrennt, der zur angrenzenden Küche führte. Gegenüber, am anderen Ende, befand sich ein niedriges Podium, auf dem ein massiver Tisch und ein ebenso massiver Stuhl standen, die Furcht einflößen sollten, wenn der Sheriff Entscheidungen traf oder etwas verlautbarte.

Im Saal war es immer ein wenig düster und klamm, damit jene Narren, die dumm genug waren, das Gesetz zu übertreten, kleinlaut wurden. Daß der Raum dadurch aber auch für die Bewohner des Turms, den Sheriff selbst eingeschlossen, nicht gastlicher war, war etwas, was keiner laut aussprach. Sir Guy von Gisbourne hatte in seinem Eifer, Geld zu sparen, verfügt, die Haushaltsausgaben zurückzuschrauben – eine Maßnahme, die Kerzen, Fackeln und Lampen einschloß.

Eleanor blickte auf, als ihr Vater den großen Saal durch eine der Türen betrat. Sie hatte sich auf *seinem* Stuhl hinter *seinem* Tisch niedergelassen. Sie rührte sich nicht. Sie lehnte sich nur zurück und wartete auf seinen Protest.

Er sagte jedoch nichts. Mit finsterem Gesichtsausdruck verlangte er vom ersten Diener, der erschien, Wein und zerrte dann im Gehen an den Broschen seines Schultermantels, ohne die Nadeln zu öffnen.

Er ist wütend. Eleanors Lächeln spiegelte eine eigenartige Befriedigung wider. »Laßt mich raten«, sagte sie leichthin. »Jemand hat Euch beleidigt.«

DeLacey warf ihr einen bitterbösen Blick zu und merkte erst dann, daß sie sich seines Platzes bemächtigt hatte. Aber er sagte immer noch nichts. Er legte den Mantel auf den Tisch und begann vor dem Podest auf und ab zu gehen, wobei er die Binsen und die Überreste einer früheren Mahlzeit beiseite kickte.

Der Wein kam. DeLacey trank den Becher aus, streckte ihn sogleich fordernd wieder aus, um ihn erneut füllen zu lassen, und entließ den wartenden Dienstboten mit einer Geste. Dann begann er wieder auf und ab zu gehen; diesmal trank er weniger hastig.

Eleanor lächelte noch breiter. Sie bemerkte, daß sie eine starke, beinahe sexuelle Lust empfand. Es war amüsant *und* fesselnd, ihren Vater so fassungslos zu sehen; im allgemeinen behielt er solche Stimmungen für sich oder begrenzte sie wenigstens auf die Abgeschiedenheit der Privatgemächer.

Irgend etwas hat ihn aufgebracht... »Jemand hat auf Euch gespuckt«, schlug sie vor. »Oder lud einen Nachttopf über Eurem Kopf aus.«

Er wirbelte herum und verschüttete dabei von seinem blutfarbenen Wein. »Geh auf dein Zimmer.«

Sie hob eine Schulter, eine Geste, die sie sich vorher zurechtgelegt und die sie sich von ihm abgeschaut hatte. »Ihr wart fort – da kam ich heraus.« Eleanor ließ ein triumphierendes Lächeln sehen. »Habt Ihr etwas anderes erwartet?«

Er starrte sie finster an. »Ist dir eigentlich klar, daß, angefangen von deiner Liederlichkeit bis zu der Tat eines Mörders, meine Pläne völlig über den Haufen geworfen wurden?«

Zu schade. »Ist denn irgend jemand zu Tode gekommen?«

»Nein. Wieso?«

»Ihr erwähntet einen Mörder.«

»Er sollte heute morgen gehängt werden, aber da ich auf Huntington Castle war, fand die Vollstreckung nicht statt.« Er nahm noch ein paar Schlucke Wein. Seine Stimme war belegt. »Und nun ist er entkommen und hat Marian mit sich genommen.«

»Marian.« Eleanor merkte auf, sie setzte sich vor. »Meint Ihr diese kleine schwarzhaarige Hure aus Ravenskeep?«

DeLacey sprach zwischen seinen Zähnen hindurch. »Diese ›kleine schwarzhaarige Hure‹, wie du sie nennst, hat mehr Schönheit und Anmut in ihrem kleinen Zeh als du in deinem ganzen Körper.«

Das traf sie, wie er beabsichtigt hatte, aber der Schmerz ließ schnell nach, weil sie ihn willentlich verdrängte. Er hatte sie vorsätzlich provoziert, und von daher zählte es nicht; seit Jahren stichelten sie beständig aneinander herum. Nein. *Was zählte*, war die andere Bedeutung seiner Bemerkung.

»Und Ihr wollt sie für Euch haben. Ist es das? Ihr wollt sie in *Eurem* Bett haben, und er hat sie für seines geraubt.«

»Mehr als das«, knurrte er.

»Mehr als das?« echote sie, halb aufgeschreckt. »Es *gibt* nicht mehr. Ihr wollt sie als Eure Hure, und jemand hat sie Euch weggeschnappt.«

»Ich möchte sie zu meiner Frau.«

Eleanor blieb der Mund offenstehen. Das war schlimmer, weit schlimmer, als sie erwartet hatte.

»Ja«, sagte er ruhig, als er ihren Gesichtsausdruck sah, »das ist, was ich vorhatte.«

»Sie zu ... heiraten?«

»Ja.«

DeLacey trank.

Das kann er nicht wirklich meinen ... bestimmt will er mich damit nur ärgern. Eleanor hatte seit langem die Rolle der Schloßherrin übernommen. Sie hatte sich daran gewöhnt, trotz ihres ledigen Standes größtenteils das zu tun, was ihr beliebte, und ging darin sogar so weit, zu beschließen, daß sie keinen Ehemann brauchte. Eine neue Frau in der Burg würde Ansprüche haben, weil das neue Frauen immer taten. Neue Ehefrauen *veränderten* Dinge. Um dem Mann, der Halle, dem Besitz ihren Stempel aufzudrücken. Eine neue Frau würde ihr viele Freiheiten rauben.

Eleanor klammerte sich an die Tischkante. »Aber – sie ist ebenfalls entehrt. Begreift Ihr das denn nicht? Ihr könnt sie nicht haben. Ihr *könnt sie nicht haben* –«

»Genug«, sagte er.

»Begreift Ihr denn nicht? Wenn ein Mann sie verschleppt, ist sie genauso entehrt wie ich!«

DeLaceys Stimme klang unheilvoll. »Du vergißt dich«, sagte er sanft. »Ein Mann kann sich dazu entschließen, etwas zu akzeptieren, auch wenn es seinen Stolz, seine Ehre und seinen Namen beleidigt. In deinem Fall wollten dich weder der Earl noch Locksley haben ... aber *sie* würde ich immer noch wollen.«

»Aber wenn er sie vergewaltigte –«

»So wie der Minnesänger dich vergewaltigte?« DeLacey zog eine Augenbraue hoch. »Ah, aber ich vergaß mich ... es war ja umgekehrt, oder nicht?«

Hitze brannte ihr im Gesicht. »Ich erzählte Euch, was passiert ist.«

»Du erzähltest mir, was du mir erzählen wolltest, vor all den anderen. Ich sollte dich in ein Kloster schicken. Oder dich mit einem wilden Waliser verheiraten, damit du Demut lernst.«

Eleanor ließ ihren Überbiß sehen. »Ich hoffe, er vergewaltigt sie so oft, daß sie sich nie wieder von einem Mann anfassen läßt –«

»Schweig!« donnerte er. »Bei Gott, ich frage mich manchmal wirklich, ob du mein eigen Blut bist! Ich werde sie bekommen. Da kannst du dir sicher sein, Eleanor!«

Sie schluckte. »Und was wird dann aus *mir*? Was bleibt mir?«

»Jedenfalls keine Jungfräulichkeit. Das kann ich bezeugen.«

Es fiel ihr leichter, wütend zu sein, als ihm ihre verletzliche Seite zu zeigen. »Ihr aber auch nicht!« spie sie ihm entgegen. »Auch ihr nicht!«

DeLacey lachte. »Ja, aber du vergißt etwas. Vorausgesetzt sie lebt noch, wenn er mit ihr fertig ist – oder wenn wir sie rechtzeitig retten können –, wird sie mir durch und durch dankbar sein. Ihre Schande wird von meiner Entscheidung, sie zu heiraten, die ihre Jungfräulichkeit verlor, verringert. Sie wird von allen Seiten bemitleidet werden und ich bewundert.«

»Wenn sie sich nicht aus Scham umbringt.«

Ihr Vater lächelte leicht. »Nicht Marian. Sie hat zu viel von ihrem Vater geerbt ... Und was dich anbelangt, nun ...«, er zuckte mit den Schultern, »man soll die Hoffnung nicht aufgeben.«

Der Mantel lag wie eine Blutlache am Boden. Stirnrunzelnd kniete sich Little John hin und berührte ihn zaghaft. Als er den karmesinroten Stoff leicht anhob, fiel etwas Glitzerndes heraus. Er legte es in seine Handfläche: Es war eine runde, feingearbeitete Silberbrosche, die auf keltische Art gefertigt war.

Einen Augenblick lang starrte er sie an. Sein großer Mund wurde zu einer harten, schmalen Linie, dann schloß er die Hand um die Brosche. »Sie wird sie wiederhaben wollen«, murmelte er und steckte die Brosche in den Geldbeutel, der von seiner Hosenkordel herunterhing.

Plötzlich hörte er etwas in der Entfernung, was sich von ihm wegbewegte. Was tiefer in den Wald vordrang.

Kniend lauschte er, um herauszufinden, in welcher Richtung sie sich genau befanden. Als er sich sicher war, setzte er sich in Marsch. Dabei versuchte er, möglichst leise zu sein. Und für einen Mann von seiner Größe war er tatsächlich überaus leise.

Locksley folgte dem Weg; er war schmal und kaum erkennbar, nicht mehr als ein Wildwechsel. Sherwood war ein riesiges Waldgebiet, das, mit Ausnahme von ein, zwei Straßen und einer Handvoll Forstwege, unwegsam war. Es war nicht unwahrscheinlich, daß er Will Scathlocke, und damit auch Marian, in dem großen Forstbezirk verlor.

Verzweiflung überkam ihn. *Bin ich denn ein solch elender Mensch, daß Gott mich noch mehr strafen will?* Das war gut möglich. Gott konnte launisch sein.

»Insh'Allah«, murmelte Locksley.

Was habe ich nur getan, fragte sich Marian, *daß Gott mich so hart bestraft?*

Ihr Mund blutete, ihre Hände waren taub, ihren zweiten Schuh hatte sie beim Überqueren des Flusses verloren, und ihre Strümpfe waren durchgescheuert. Mit bloßen und zerschundenen Füßen, seelisch und körperlich vollkommen zerschlagen, wollte sie nur noch eines: *aufhören zu laufen.*

Ihre Wut war verraucht. Sie war zwar beim Fluß kurz wieder aufgelodert, als Marian geglaubt hatte, ihm entfliehen zu können, doch er hatte sie abermals erwischt.

Neben ihnen raschelte es im Laub. Eine riesige Gestalt brach durch das Gebüsch und zerteilte Ranken und blühende Schlingpflanzen. Aus dem Knäuel abgeknickter Pflanzen tauchte ein Kopf mit zerzaustem, rotem Haar auf, gefolgt von einer Hand, die Scarlet bei der Schulter packte.

»Laß sie los!« dröhnte eine tiefe Stimme. »Du hast keinen Grund, einer Frau weh zu tun.«

24. Kapitel

Much hockte am Ufer des angeschwollenen Flußstroms und starrte wie gelähmt auf die Fußspuren. Da gab es die schwachen, aber regelmäßigen Abdrücke von schlechtgewebtem Wollstoff, so als habe sich jemand Lumpen um die verfallenden Schuhe gewikkelt. Diese Spuren gehörten Will Scarlet.

Much berührte einen Fußabdruck, den er als Marians erkannte. Lautlos formte er ihren Namen. Anscheinend trug sie keine Schuhe. Die Abdrücke, die sie hinterlassen hatte, stammten deutlich von nackten Füßen.

Much schaute auf seine eigenen Füße hinab, die in plumpen, aber zweckmäßigen Schuhen steckten, die am Knöchel mit Lederbändern zusammengebunden waren.

Eine Prinzessin ging doch nicht barfuß.

Marians Fußspuren verschwanden wie die von Will Scarlet im Wasser. Flink band sich Much die Schnürsenkel auf, zog die Schuhe aus und steckte sie unter seine Tunika. Dann durchquerte er den Fluß und fand wie erwartet am anderen Ufer die verräterischen Abdrücke nackter Füße.

Much nickte. Er tätschelte die Ausbeulung seiner Tunika, unter der die Schuhe verborgen waren. Er würde Marian finden. Und dann würde er ihr seine Schuhe geben.

Scarlet verschluckte fast seine Zunge, als der Riese ihn packte, dann flammte jedoch Wut in ihm auf und ließ ihn seine Furcht vergessen. »Hör auf!« schrie er aufgebracht, während er sich vergeblich bemühte, seine Schulter loszureißen. »Was bedeutet sie dir denn schon, diese Hure?«

Das bärtige Gesicht des Riesen ragte drohend zwischen Blättern und Ästen vor Scarlet auf. »Eine Frau«, brummte der Gigant, »hat bessere Behandlung verdient, Hure hin oder her.« Er nahm Scarlets Handgelenk und drückte seine Hand nach unten, bis sich seine Finger von Marians Zopf lösten.

»Du Dummkopf –« Scarlet wand sich im Griff des Riesen. »Sie ist die Hure des Sheriffs – oder vielleicht die Tochter... sie bedeutet unsere Freiheit, du Dummkopf!«

»Na, so dumm bin ich ja wohl auch wieder nicht, oder?« Der Riese entblößte seine großen Zähne. »Immerhin war ich schlau genug, um dich aufzuspüren. Glaubste nicht, daß der Sheriff das auch schaffen wird?«

Doch Scarlet überging die Frage. Er versuchte wie wild, mit seiner freien Hand die langsam zurückweichende Frau zu erwischen. »Du verstehst mich nicht –«

Der Riese lachte polternd. »Ich verstehe dich sehr wohl.«

Scarlet fluchte, als die Frau, die noch immer an Händen gefesselt und geknebelt war, einen Satz zur Seite machte und aus seiner Reichweite stolperte. Sie lief noch eine Zeitlang rückwärts, dann drehte sie sich plötzlich um und verschwand im Dickicht.

»Nein!« schrie Scarlet mit erstickter Stimme. »Bei Gott, du Narr, weißt du eigentlich, was du da getan hast?«

»Wer ist wohl der größere Narr von uns beiden – der, der einen anderen ermordet? Oder der, der ein Leben rettet?«

»Ich wollte ihr nichts zuleide tun.«

Der riesige Mann schüttelte den anderen. »Meiner Treu, *ich* sorge dafür, daß du das nicht wirst!«

Will Scarlet holte mit seinem freien Arm aus, sammelte alle Kraft, die er noch hatte, und verpaßte dem Riesen einen Faustschlag unter die Nase. Der Riese brüllte auf, und die Nase begann zu bluten.

Doch er ließ sein Opfer nicht los, um sich seiner Nase zu widmen; statt dessen packte er Scarlet noch fester, hob ihn vom Boden hoch und knallte ihn gegen den nächsten Baum, ähnlich wie Will die Frau gezähmt hatte, nur mit größerer Wucht.

Steif hing Scarlet dort, von den riesigen Pranken gegen den Baum gedrückt. »Warte –«

»Du hast Streit mit dem Sheriff. Aber nicht mit seiner Geliebten.«

Scarlet bemühte sich, durch die schmerzende Brust Luft zu

bekommen. Hatte ihm dieser unwissende Tölpel etwa die Rippen gebrochen? Oder gar die Wirbelsäule? »Hör mir zu...«, sagte er heiser keuchend. »*Hör* mir doch mal zu...«

»Also laß die Frau gefälligst in Ruhe!«

Scarlet schrie verzweifelt auf. »Sie werden uns beide hängen, du Narr!« Der Druck wuchs; der Schmerz breitete sich bis zu seinen Nieren aus. »Nein – nein... du bist *kein* Narr. Aber hör mir zu – sie werden uns beide hängen!«

Der Riese spuckte Blut aus. »Ich habe nichts getan.«

»Das werden sie anders sehen.«

»Das werden sie nicht, wenn ich ihnen alles erzählt habe.«

»Du bist nur ein einfacher *Landarbeiter*«, zischelte Scarlet. »Das ist alles, was sie zu hören brauchen.«

Der Griff lockerte sich, aber nur wenig. »Der Sheriff weiß, wer ich bin.«

»Hör mir zu. Ich möchte der Frau nicht weh tun, ich möchte sie nur eintauschen. Gegen meine Freiheit. Gegen *unsere* Freiheit. Laß mich los, und ich werde dir erzählen, wie.«

»Sag's mir jetzt, so wie du bist.«

Die Frau war entkommen, wußte Scarlet. Wenn er sie nicht bald fände... »Sie wird sterben«, sagte er kraftlos. »In Sherwood leben Geächtete. Sie werden sie finden und töten.«

In den hellen Augen des Riesen flackerte es.

»Sie wird sterben«, wiederholte Scarlet. »Ich will sie doch nur eintauschen. Sie dagegen werden Schlimmeres mit ihr anstellen.«

Frei. Marian kämpfte sich durch das dichte Gestrüpp, während sie stumm Fessel und Knebel verfluchte.

Frei. Mit ihren nackten Füßen stieß sie gegen Unterrock und Kleid, ihre zerschundenen Zehen rieben am nassen Stoff.

Frei. Sie strauchelte, stieß mit dem Zeh an einen Stein, ihr zerzauster Zopf verfing sich in einen Ast, und beinahe stach sie sich an einem anderen Ast ein Auge aus. Wütend duckte sie sich, riß ihr Haar los und fiel dann taumelnd gegen einen anderen Baum. Laut atmend lehnte sie sich daran und ruhte sich aus.

Ihr eines Knie schmerzte furchtbar, wann immer sie es belastete. Ihre Fußsohlen taten weh, und im Fußknöchel breitete sich ein stechender Schmerz aus, als sie den Fuß abrollte, um zu sehen, ob sie sich weh getan hatte.

Aber sie war *frei.*

Doch war sie wirklich frei – frei, um was zu tun? Um wohin zu gehen? Der Stoff um Hände und Mund machte es sogar unmöglich, um Hilfe zu rufen, falls es überhaupt Hilfe gab.

Sie spähte in das Dämmerlicht des Waldes. *Wo bin ich?*

Der Saum ihres Unterkleides und ihres Kleides war aufgerissen. Beim nächsten Schritt würde ihr Fuß auf Stoff aufsetzen und sie am Gehen hindern.

Was soll ich jetzt tun? Sie war nicht weit gekommen. Sie konnte noch die männlichen Stimmen hören, die gedämpft und undeutlich, aber barsch vor Anspannung zu ihr herüberdrangen. Sie wußte, daß es sich um den Mörder und den Riesen handelte, der sie befreit hatte.

Marian runzelte die Stirn. Warum unternahm der Riese solche Anstrengungen, sie zu befreien, um sich dann mit ihrem Entführer zu unterhalten? Warum fesselte er ihn nicht einfach, knebelte ihn und rief dann laut, daß sie nun ohne Angst näher kommen könnte?

Suchend ließ Marian ihren Blick über ihre unmittelbare Umgebung schweifen, dann lief sie zu einem überwucherten umgefallenen Baum und kauerte sich dahinter nieder.

Bleib erst mal hier… es hat vorerst noch keinen Sinn, Mutmaßungen anzustellen. Sie legte ihren Kopf in den Nacken und blickte durch die hohen Baumwipfel zum Himmel hinauf. *Wie lange –?* Im Moment war der Himmel noch blau und voll leuchtendem Sonnenschein, doch innerhalb weniger Stunden würde die Welt von der Nacht verschluckt werden.

Much atmete durch den Mund, während er mitten im Schritt innehielt und versunken lauschte. Sein Atem beruhigte sich etwas.

Geräusche.

Woher kamen –? Ah. Vor ihm. Ein wenig schräg. Es waren

männliche Stimmen. Sie stritten sich. Eine tiefe, dröhnende Stimme und eine hellere, drängendere. Er konnte keines der Worte verstehen, hörte nur den Klang der Stimmen: Bedrängnis, Verzweiflung.

Marian. Schuhe.

Leise und mit äußerster Vorsicht schlich sich Much an die Stimmen heran.

Little John packte Will Scarlet fester an der Tunika unterhalb des Kinns und preßte ihn gegen den Baum. »Ich habe keine Lust, mir noch weiter solchen Unsinn anzuhören. In meinem ganzen Leben hab ich noch nie ein so dummes Gewäsch gehört.«

Mit gleichmäßiger Betonung antwortete ihm Scarlet: »Es ist aber wahr. Jedes einzelne Wort.«

Little John schüttelte den Kopf. »Nein.«

»Ich bin vielleicht ein Mörder, aber welchen Grund hätte ich, dich anzulügen? Du könntest mich an Ort und Stelle erwürgen.«

»Ja, das könnte ich.«

Scarlet sprach in leidenschaftslosem Ton. »Dann tu's doch. Du nimmst damit nur *ihnen* die Freude.«

Little John starrte den anderen durchdringend an. Zweifel begannen an ihm zu nagen.

»Erwarte nicht, daß sie dir dafür dankbar sind«, sagte Scarlet. »Du bist 'n angelsächsischer Hund. Den Normannen bleibt kein Spaß, wenn sich die Sachsen gegenseitig umbringen.«

Little John ließ Scarlet los. Er preßte sich den Ärmel seiner verdreckten Tunika unter die noch immer blutende Nase. »Is' ja jetzt auch egal, oder? Sie ist weg.«

Langsam löste Scarlet sich von dem Baum, behielt aber Little John im Auge. »Es sollte nicht schwer sein, sie zu finden.« Er zog die hochgerutschte Tunika wieder nach unten. »Du kennst sie, John Naylor. Du kennst einen von ihnen, und du kennst alle. Normannische Schweine, alle miteinander.«

Little John gab keine Antwort.

Der Mörder ließ nicht locker. »Wie oft haben sie dich verspottet?

Wie oft haben sie dich ausgenutzt? Dich verprügelt? Dich in Schmutz und Schlamm knien lassen, deinen Kopf heruntergedrückt und dich an den Haaren gehalten? Und wie oft hat dir irgendeins dieser normannischen Schweine erlaubt, etwas zu sagen – ein einziges Wort des Widerspruchs, eine Erklärung – oder als Mann gegen sie anzutreten?« Sein ernstes Gesicht wurde böse. »Für sie sind *wir* Schweine! Wir sind nur Tiere, die man zum eigenen Vergnügen hält und die das Land so lange bearbeiten, bis es nichts mehr hergibt, und *unsere* Familien verhungern im Winter!«

Finster stierte Little John auf seinen blutbefleckten Ärmel. Er vermied den Blickkontakt. *Er versucht, mich umzustimmen.*

»Denk mal darüber nach!« stieß Scarlet hervor. »Ja, ich habe vier Normannen getötet ... vier normannische Bestien, die eine sächsische Frau sahen und –« Er brach plötzlich ab, krümmte sich zusammen und fuhr sich mit seiner schmutzigen Hand über sein noch schmutzigeres Gesicht. Einen Augenblick lang dachte Little John schon, er würde zusammenbrechen. Man munkelte, er wäre wahnsinnig. Doch Scarlet brach nicht zusammen. Und als er weitersprach, hatte er sich wieder in der Gewalt. »Was bist *du* schon anderes für sie als ein Stück Vieh, das man einfangen und anschirren kann, ein englischer Ochse, der dem normannischen Pflug vorgespannt wird?«

Little John biß die Zähne aufeinander und klammerte sich an das Argument, das ihn hauptsächlich dazu gebracht hatte, sich in die Angelegenheit einzumischen. »Sie ist doch nur eine Frau –«

Scarlet spuckte das Wort aus, als sei es ein Schimpfname. »Eine Normannin.«

Little John verlor die Beherrschung. »Und was macht das für einen Unterschied? Du sprichst von normannischen Bestien und sächsischen Frauen – und was ist *das* dann, was du tust?«

»Sie ist die Münze, mit der wir uns den Weg freikaufen.« Sein Tonfall wurde beinahe unmerklich heiserer. »Egal, was sie dir gesagt haben, ich bin nicht verrückt. Ich hatte eine Frau, eine gute Frau ... Ich würde auch keiner normannischen Frau etwas zuleide tun, außer, wenn ich mich durch sie retten kann.«

Bedächtig schüttelte Little John den Kopf. »Ich bin ein Schäfer, kein Verbrecher.«

»Er wird uns hierfür töten lassen. Wenn wir sie laufen lassen, werden sie uns jagen und töten.«

Der Riese schlug sich mit seiner massigen Hand auf die Brust. »Ich habe nichts getan –«

»Doch!« rief Scarlet aus. »Du hast Hand an eine Normannin gelegt – glaubst du nich', daß er das gegen dich verwenden wird? Oder glaubst du etwa, er wird sich bei dir bedanken und dich zum Abendessen einladen?« Bitter schüttelte Scarlet den Kopf. »Du bist ein Dummkopf, John Naylor, daß du Gutes von diesem Mann erwartest. Er ist Normanne. Er ist Sheriff. Und sie ist seine Tochter oder seine Frau oder seine Geliebte – aber ist das nicht egal? Glaubst du im Ernst, er läßt dich laufen, wo er dich als abschreckendes Beispiel benutzen kann?«

»Wenn sie ihm sagt, wie es war –«

»Das wird sie nicht. Sie ist eine Normannin. Sie wird ihm erzählen, wir hätten sie beide geschändet, damit sie uns am Galgen baumeln sehen kann.«

»Sie ist doch nur eine Frau.«

»Auch meine Frau war eine Frau. Trotzdem haben sie sie getötet.«

»Ich bin nur ein Schäfer. Ich ringe auf Jahrmärkten.«

»Nicht mehr.«

»Ich sage ihnen die Wahrheit. Ich kam hierher, um der Frau zu helfen.«

»Wir tauschen sie gegen unsere Freiheit ein.«

»Dann *werde* ich ein Geächteter sein.«

»Und was wirst du sagen, wenn sie dich beschuldigen, daß du mir zur Flucht verholfen hast?«

»Damit hatte ich nichts zu tun!«

»Sie werden trotzdem glauben, daß du's getan hast. Sie werden denken, wir hätten das so geplant.«

»Warum sagst du mir das alles? Damit wir beide gejagt werden? Wie mir scheint, hast du mehr zu verlieren als ich.«

»Ich kann dich nicht zurückhalten«, sagte Scarlet. »Dann geh doch zurück und sag ihnen alles. Sag ihnen, du hast die Frau aus meinen Klauen gerettet. Nimm *mich* mit, wenn du kannst, zusammen mit der Frau. Gib den Normannen, was sie wollen.«

Die Erkenntnis kam schnell und unvermittelt. »Du wirst es ihnen erzählen, nicht wahr?« fragte Little John herausfordernd. »Daß *wir* es geplant haben, du und ich. Du wirst dafür sorgen, daß mir dasselbe Schicksal zuteil wird wie dir.«

Will Scarlet zuckte nicht mit der Wimper. »Kein Mensch möchte allein in den Tod gehen.«

Little John verspürte den Drang, Will Scarlet die Faust ins schmutzige Gesicht zu ballern, aber das hätte nichts an der Tatsache geändert, die Scarlet eben so deutlich ausgesprochen hatte.

Oder an der Lüge, die Scarlet beschwören würde.

Es ist nicht richtig. Es ist nicht richtig. Little John fixierte Scarlet mit einem finsteren Blick. »Ich werde aber nicht zulassen, daß man ihr weh tut.«

Will Scarlet verschränkte die Arme. »Dann hol du sie zurück. Ich warte hier solange.«

Little John blickte ihn scharf an. »Und was ist, wenn ich sie finde und doch zu ihnen bringe?«

Er zuckte die Achseln. »Dann bin ich ein freier Mann in Sherwood Forest. Und du bist ein ehrlicher Mann, der von der normannischen Justiz dafür belohnt wird.« Scarlet sprach mit fester Stimme. »Welches dieser Schicksale bietet einem Sachsen eine echte Chance?«

Alle Glieder schmerzten. *Morgen früh wird es noch schlimmer sein* – Doch sie brach den Satz ab. Sie fühlte sich unbehaglich bei dem Gedanken, daß sie nicht wußte, wo sie sich befinden würde, wenn die Nacht der Morgendämmerung wich.

Irgend etwas war ihr ins linke Auge gekommen. Marian machte das Auge zu, aber es wurde nur schlimmer. Hilflos saß sie da, während sich ihre Augen mit Tränen füllten. Sie fragte sich ärgerlich, ob sie schließlich doch noch der weiblichen Schwäche erlag.

Sie weinte sonst nicht so schnell. Es hatte nichts Gutes. Das Auge tränte. Marian schniefte und blinzelte, um den Blick klar zu bekommen. Es drängte sie danach, sich das Auge zu reiben, aber sie hatte keine Hand dafür frei.

Ein Geräusch. Ein äußerst leises Rascheln, als ob ein Lebewesen über das Gras streicht.

Marian wirbelte herum und verlor das Gleichgewicht. An einem liegenden Baumstamm schob sie sich wieder hoch.

Das Wesen trat aus dem Schatten hinaus.

Much. Die Erleichterung war überwältigend. Auf den Knien robbte sie auf ihn zu und drehte sich so, daß er ihre gefesselten Hände sehen konnte.

Langsam schlich Much auf sie zu, so vorsichtig wie ein wildes Kaninchen. Mit nachdrücklichen Lauten, die vom Knebel verzerrt wurden, versuchte Marian ihn anzutreiben.

Seine Berührung war sanft und zögernd. Sie spürte, wie er an den Knoten arbeitete. Seine Finger waren lang und dünn, der Stoff war jedoch naß und festgezurrt. Es würde eine Weile dauern.

Marian bemühte sich, ruhig zu bleiben, aber sie fühlte, wie sie zitterte. *Beeil dich!* Seine Hände hielten in der Bewegung inne. Sie erwartete, daß er sie von ihr nehmen würde und das Band herunterfallen. Aber ihre Handgelenke waren noch immer zusammengebunden.

Sie gab einen auffordernden Laut von sich, doch Much war wie erstarrt. Plötzlich trat der Riese lautstark aus der Finsternis heraus; der Junge sprang auf und sauste davon.

Das rote Haar des Riesen stand ihm wie ein wilder Lichthof zu allen Seiten ab. Blut entstellte sein sommersprossiges Gesicht und seine Tunika. Seine Nase, die bereits vorher auffällig groß gewesen war, sah geschwollen aus.

Er war sichtlich überrascht. »Junge!« rief er. »Nein, Junge – komm zurück!«

Als er sich zu Marian umdrehte, standen ihm Qualen ins Gesicht geschrieben.

Wie gebannt starrte sie zurück. *Er hat Will Scarlet letzten Endes getötet... und nun will er auch Much.*

»Er wird es ihnen erzählen«, flüsterte der Riese. »Versteht Ihr? Mir bleibt jetzt tatsächlich keine andere Wahl mehr, oder? Mir bleibt keine andere Wahl.« Er entblößte seine Zähne und ballte seine massigen Hände. »Der Junge wird ihnen sagen, daß ich's war, und es wird so kommen, wie Will Scarlet gesagt hat!«

Marian richtete sich auf. Der Riese schaute sie an. »Ich wollte Euch gehen lassen. Wirklich. Aber da war der Junge, und Scarlet hat gesagt –« Kummervoll schüttelte er den Kopf. »Nun bleibt mir keine andere Wahl, als das zu tun, was er will. Ihr kommt am besten mit mir mit«, sagte er. »War nich' meine Idee, aber jetzt gibt es kein Zurück mehr. Wir übergeben Euch dem Sheriff, um uns die Freiheit zu sichern.«

Marian blickte ihn wütend an. Sie war den Tränen nahe. Sie war durchnäßt, ausgelaugt und voller Schürfungen und Prellungen. Jeder Knochen schmerzte. *Ich war so nah dran.* Ihre Angst wurde plötzlich von einer rasenden, verzweifelten Wut verdrängt. Mit aller Macht, die sie aufbringen konnte, rammte sie ihm ihren gesenkten Kopf in den Bauch.

Er schwankte nur kurz, und das auch mehr aus Überraschung. Sie hatte sein Zurücktaumeln nutzen wollen, um sich aus seinem Griff zu winden, doch er taumelte nicht. Ohne Anstrengung hob er sie hoch und warf sie sich über die Schulter.

Marian wollte schreien. *Schon wieder ein Mehlsack.*

25. Kapitel

Unentschlossen kauerte sich Much hinter einen Baum und rang mit sich um eine Entscheidung; mit beiden Händen klammerte er sich an die Schuhe. Die Gelegenheit war vorbei, und Marian war noch immer gefesselt. Much biß sich so hart auf die Lippe, daß seine Zähne sie durchbohrten – Blut floß in seinen Mund – die Strafe für sein Versagen.

Er lehnte sich nach vorne an den Baum, preßte seine Stirn gegen die Rinde und knallte dann mit dem Kopf immer wieder dagegen, wobei er verzweifelt stöhnte.

Der Riese hatte seine Prinzessin gestohlen.

Much legte seine Arme um den Baum. Wimmernd wiegte er sich vor und zurück.

Er hatte vergessen, ihr die Schuhe zu geben.

Will Scarlet, einst Scathlocke genannt, saß zusammengekauert auf einem Baumstumpf.

»Meggie«, flüsterte er. Aber Meggie konnte ihm nicht helfen. Er sah sie wieder vor sich, wie sie mit zerfetzten Gliedmaßen wie eine Stoffpuppe vor ihm gelegen hatte, schlaff, ohne Inhalt und leblos.

Das Schlimme war, sie hatte noch gelebt. Eine Nacht lang und den halben Tag.

Die hübsche Meggie Scathlocke.

»Verrückt«, murmelte er, »sie sagen, ich sei verrückt. Und vielleicht bin ich ja *tatsächlich* verrückt, daß ich mir wünsche, ich könnte es wieder und wieder tun... wieder und wieder – und *wieder* –«

Sein Satz verlor sich im Nichts, es war eine vergebliche Bitte um Verständnis. Er grub seine Ellbogen in die Oberschenkel, lehnte sich mit seinem Gewicht darauf und rieb sich mit blutverschmierten Händen das Gesicht.

Er wußte, es war das Blut des Riesen. Kein normannisches Blut diesmal, sondern das eines Engländers. Vergossen, um die Frau zu verteidigen.

»Nein.« Er sagte es laut. Und dann fügte er in verächtlichem Ton hinzu, um jedes Schuldgefühl in ihm zu vertreiben: »Kleine normannische *Hure.*« Sie war nicht vergleichbar mit seiner Meggie, die an der Vergewaltigung gestorben war.

Scarlet machte die Augen auf. Seine Finger schlossen sich um die Waffe, die in der Kordel seiner Hose steckte: das Fleischmesser der normannischen Hure, kaum groß genug für seine Hand.

Meggie. Meggie. *Meggie.*

Er zog das Messer heraus und starrte auf die Klinge, dann setzte er es sich mit unermeßlicher Präzision auf den Unterarm, auf halbem Weg zum Ellbogen.

»Welche Farbe hat mein Blut?« sagte er heiser und schnitt in das Fleisch seines Arms.

Der Weg war eng und gewunden; zu beiden Seiten standen Bäume in zufälligen Gruppen. Es war dunkel in den Tiefen von Sherwood und modrig feucht. Hier war der Frühling noch nicht eingezogen, wenn man von den Knospen und Blüten im Unterholz einmal absah.

Locksley schritt mühelos aus. Die Sohlen seiner Stiefel waren von mehreren Lagen Laub und verwesendem Farn, die noch vom letzten Winter herumlagen, gepolstert. Er war allein in den dunklen Tiefen des Waldes. Doch plötzlich vernahm er Lärm, wo vorher keiner gewesen war. Er blieb unvermittelt stehen und schwang sich in die Richtung herum, aus der das Geräusch kam.

– Das donnernde Hufgetrappel berittener Sarazenen, die ausschwärmten, um die Engländer zu bekämpfen. Das Poltern gewaltiger Belagerungsmaschinen, die zu den Mauern einer Stadt gerollt wurden, die Richard sein nennen wollte –

Locksleys Atem ging stoßweise. Er fühlte den Schmerz in seinem Bauch, als sich seine Eingeweide zusammenkrampften. *Nicht hier... ich bin in England.*

Doch auf einmal war die Erinnerung verschwunden, und er kannte das Geräusch. Hastig trat Locksley zur Seite, um den vorbeireitenden Männern auszuweichen, aber anstatt vorbeizureiten, hielten sie abrupt auf seiner Höhe an.

Sechs Männer. Allesamt Normannen. Blaugekleidete Männer des Sheriffs mit normannischer Uniform, normannischen Waffen und der normannischen Überheblichkeit.

Er war der Sohn eines Earls, und sein Stammbaum war, falls das jemand interessiert hätte, ohne Makel. Aber er war durch und durch Engländer, Angelsachse bis ins Mark. Der Eroberer hatte beinahe alles in England verändert, die höfische Rangfolge eingeschlossen. Und Locksley stammte nicht vom richtigen Blut ab, auch wenn er der Sohn eines Earls war.

Er war ihnen ausgewichen, nicht weil er Engländer war und sie Normannen, sondern weil sechs *Pferde* vorbeiritten; und jeder, der kein Narr war, wäre ihnen ausgewichen, wenn er zu Fuß unterwegs gewesen wäre.

Einer der Soldaten kam auf Locksley zu. Locksley blieb einen Moment stehen und wich dann weiter zurück. Er kannte das Spiel, und er verlor nichts dabei, wenn er ihnen großmütig auswich.

Der Normanne blickte ihn von unterhalb seines konischen Helms an, seine Augen wurden vom Nasenschutz, der sein Gesicht vertikal in zwei Hälften teilte, beschattet. In gebrochenem Englisch sagte er: »Ein Mann und eine Frau in Rot.«

Locksley schüttelte den Kopf.

Der Normanne im Sattel rückte dichter an ihn heran. »Es ist wichtig, daß du uns die Wahrheit sagst.«

Locksley lächelte höflich, dann antwortete er in gutem normannischem Französisch: »Ich habe niemanden gesehen, seit ich Nottingham verließ, weder den Mann namens Scarlet noch die Frau in Rot.«

»Aber du kennst sie!« Nur ein schwaches Flackern in den Augen hatte die Überraschung des Soldaten verraten, als er seine Muttersprache vernommen hatte und noch dazu so flüssig aus dem Mund eines Mannes, der offensichtlich Engländer war und von daher niedriger gestellt. »Woher kennst du sie? Wer bist du?«

Er zögerte einen Moment. »Robin«, sagte er dann bloß.

Eine Krähe flog aus dem Unterholz auf.

»Für einen Bauern drückst du dich recht gewandt aus.«

Locksley lächelte schwach; ihm war die Beleidigung nicht entgangen. »Es war für uns notwendig, die Sprache der Eroberer zu lernen, damit wir nicht von denen, für die das die Muttersprache ist, irrtümlich für Bauern *gehalten* werden.«

»Aber du *bist*...« Der Normanne runzelte die Stirn. Die fünf Männer hinter ihm unterhielten sich leise miteinander.

»Ich bin Engländer«, sagte Locksley immer noch auf französisch. »Mehr braucht Ihr nicht zu wissen.«

»Aber du könntest ein wenig Benehmen gebrauchen«, fuhr der Soldat ihn an. »Wir sind aus der persönlichen Leibgarde des Sheriffs. Wir verfolgen einen Mann, der wegen Mordes an vier Männern von Prinz John gesucht wird. Er hat eine Frau entführt.«

»Prinz John?«

»Der Mörder, du Idiot!« Der Normanne lenkte sein Pferd noch näher an ihn heran, bedrohlich nahe. »Sie ist *Engländerin*. Möchtest du, daß einer von euch etwas zuleide geschieht?«

Locksley sprach leise, damit der Mann sich bemühen mußte, ihn zu verstehen. »Nein, das möchte ich nicht. Doch ich würde auch keinem Normannen etwas tun, außer, um ihn davon abzuhalten, mir oder meinen Leuten etwas zu tun. Vielleicht war das der Grund, warum der Mörder Prinz Johns Männer tötete.«

Das Gesicht des Normannen war starr. Er musterte Locksley eingehend und verglich Akzent, Ausdrucksweise und Benehmen mit der schlichten Kleidung.

»Wer bist du?« wiederholte der Soldat. »Robin und wie weiter? Und aus welchem Dorf kommst du?«

»Locksley«, antwortete er leichthin. »Das ist in der Nähe von Huntington Castle.«

»Das Gebiet des Earls.« Der Tonfall war jetzt weniger feindselig; die Erwähnung von Huntington und seinem Earl hatte die Sache beträchtlich geändert.

Locksley, der das wußte, lächelte. »Ja.«

»Es sollte dir doch etwas bedeuten, daß er eine englische Frau entführt hat«, verkündete der Soldat. »Du hilfst ihr nicht, wenn du verbirgst, was du weißt.«

»Ich weiß nicht mehr, als ich Euch gesagt habe.«

Der Normanne biß die Zähne zusammen und sagte leise zu sich: »Dann vergeuden wir hier keine weitere Zeit. Kümmer dich um deine Angelegenheiten.«

Die sechs Pferde donnerten davon und stoben feuchte Erde auf. Locksley wischte sich das Gesicht sauber, dann blickte er in das Gestrüpp auf der anderen Seite des Pfades. »Du kannst da jetzt rauskommen.« Much erstarrte. Sollte er rennen? Sollte er versuchen zu fliehen?

Der blonde Mann sprach weiter: »Du scheinst keine Normannen zu mögen, sonst hättest du dich zu uns gesellt. Und da du uns zugehört hast, weißt du, daß ich nicht mehr Zuneigung für sie empfinde als du.«

Much wartete. Er wünschte, er könnte unsichtbar werden und sich unbemerkt davonmachen. Doch es war zu spät. Er hätte laufen können, aber das konnte der Mann auch.

Much rieb sich über den flachen Nasenrücken. Dann kroch er aus dem Blätterwerk heraus und trat auf den Pfad.

Die Augenbrauen des Mannes hoben sich in milder Überraschung, dann lächelte er. »Man konnte dich im Versteck kaum sehen. Die Normannen haben dich nicht entdeckt. Ich habe nur an der Krähe bemerkt, daß du da bist.«

Much starrte ihn an. Er kannte den Mann von irgendwoher; diese braune Kleidung und der blonde Schopf.

Als es ihm einfiel, erstarrte er.

Der Mann, der das sah, überquerte den Weg, um ihn am Arm zu fassen, bevor er fliehen konnte. »Warte.«

Much sträubte sich und versuchte sich zu befreien, aber der Mann ließ ihn nicht los.

»Ich sagte, warte. Ich werde dir nicht weh tun. Wenn ich das wollte, hätte ich dich den Normannen übergeben.«

In der Erwartung eines Schlages zog Much den Kopf ein. Er hob eine Schulter hoch, um sein linkes Ohr zu schützen.

»Was machst du hier?« fragte der Mann. Er hatte helles Haar, doch seine Haut war dunkel gegerbt von einer Sonne, die wesentlich stärker war als die, die nun auf sie herabschien.

»Warum versteckst du dich vor den Normannen?«

Much sagte nichts. Er wartete auf den Schlag.

»Lebst du hier in Sherwood Forest?«

Much schwieg immer noch.

»Ich bin auf der Suche nach jemandem. Nach denselben zwei Menschen, die auch die Normannen suchen. Ein Mann und eine Frau. Sie trägt einen karmesinroten Mantel, obgleich er ihn ihr vermutlich, wenn er auch nur etwas Verstand hat, bereits ausgezogen hat.« Sein Griff lockerte sich leicht, als Much noch immer nicht antwortete. »Die Frau ist in Schwierigkeiten. Ich möchte sie finden, damit ich sie zurück nach Nottingham bringen kann.«

Der Mann ließ sich auf ein Knie herab. »Mein Name ist Robin. Ich will dir nichts zuleide tun. Ich weiß, daß du sie entweder gesehen hast oder daß du sie kennst. Was von beidem stimmt?«

Much hielt seine Zunge im Zaum.

»Sie verdient es besser«, sagte Robin ihm ruhig. »Sie wurde gegen ihren Willen verschleppt.«

Much atmete durch den Mund, entschlossen, nichts zu sagen.

Schließlich ließ Robin ihn los und erhob sich. »Na gut. Dann geh. Mach, was du willst.« Er drehte sich um und folgte dem Pfad in derselben Richtung wie die Normannen.

Much sah ihm hinterher. Er dachte an Marian. Er dachte an den Riesen. Er dachte an den Verrückten und an die Normannen, die auf der Suche nach ihnen waren; Normannen, die ihm die Hand abhacken würden, wenn sie die Gelegenheit dazu bekämen.

Robin, flüsterte Much lautlos. Und dann sagte er so laut, daß Robin ihn hören mußte: »Marian.«

Robin wandte sich um. Seine Miene war durch die Entfernung nur verschwommen erkennbar, aber seine Stimme war laut und deutlich. »Ja. Marian.«

Er war kein Normanne. Und er mochte die Normannen nicht, wie sein Verhalten auf dem Pfad bewiesen hatte, als ihn die Männer des Sheriffs angesprochen hatten. Er wollte Marian finden, um sie vor dem Wahnsinnigen zu retten und vor dem Riesen von Hathersage.

Much winkte Robin, näher zu kommen. Robin tat, wie ihm geheißen, und blieb dann erwartungsvoll stehen. Much deutete in eine Richtung. »Da.«

»Warum erst jetzt?« fragte Robin. »Warum nicht gleich?«

Much senkte seinen Blick. Dann streckte er seine hurtigen Finger aus und berührte den Gürtel, von dem der Geldbeutel des Mannes herunterhing.

»Ah«, sagte Robin in einem Ton, der zeigte, daß er begriffen hatte.

»Marian«, sagte Much.

Robin lächelte. »Führ mich zu ihr.«

26. Kapitel

Marian war übel. Ihr Magen wurde gegen das Rückgrat des Riesen gedrückt, und das beständige Schwanken, während er ging, verstärkte ihr Unwohlsein nur noch.

Der Riese kämpfte sich durch einen Pflanzenvorhang und blieb dann stehen. »Hier«, sagte er barsch. »Ich habe dir das Mädchen gebracht. Aber du krümmst ihr kein Haar.«

Der Riese packte sie grob und hob sie von seiner Schulter herunter. Als sie stand, drehte er sie mit dem Rücken zu ihm. Eine Pranke hielt sie an der Schulter fest.

Es war der Mörder – Will Scarlet. Er war gar nicht tot, nicht einmal verwundet, und er hatte ein Messer in seiner Hand. Ihr Messer, wie Marian erkannte. Er blutete an einem Arm. *Er will mich umbringen.* Augenblicklich dachte sie an Flucht, aber der Riese verstärkte seinen Griff.

»Du wirst ihr nichts tun«, sagte der Riese.

Marian hörte den herausfordernden Unterton. Trotz seiner ungehobelten Art hatte er sie tatsächlich immer recht gut behandelt; sie erkannte, daß die Bedrohung nicht so sehr von dem Riesen als von dem Mann ausging, der ihr gegenüberstand.

Scarlet stand vom Baumstumpf auf und deutete darauf. »Setz sie dahin. Ich werd sie nicht anrühren.«

Der Riese führte sie zum Stumpf und zwang sie dazu, sich zu

setzen. Sie bewegte sich steif und unbeholfen, unsicher, was sie mit ihr vorhatten.

Scarlet ging auf sie zu und zeigte ihr das Messer. »Das gehört dir.« Marian nickte nicht einmal. »Dir«, wiederholte er.

»He, was ist«, sagte der Riese besorgt. »Ich werde nicht zulassen, daß du sie quälst.«

»Nein«, sagte Scarlet finster, dann steckte er das Messer in die Kordel zurück, die seine Hose zusammenhielt. »Du kennst mich nicht. Keiner kennt mich. Was ich getan habe, habe ich getan; was ich tun *werde*, muß noch getan werden. Aber beurteilt mich nicht nach dem, was ich getan habe. Urteilt nach dem, was ich jetzt tue.«

»Na gut.« Wieder meldete sich der Riese zu Wort. »Aber was willst du von uns?«

Will Scarlet stand vor Marian. Die Lichtung war klein und von Bäumen gesäumt, an denen sich Klettergewächse hochrankten. Farn bedeckte den Boden. »Wir sind Geächtete«, sagte er. »Weißt du, was das ist?«

Sie sagte nichts; der Knebel hinderte sie am Sprechen.

»Geächtete sind Menschen, die außerhalb des Gesetzes leben«, fuhr er fort, »weil sie das entweder wollen oder weil sie nicht anders können.« Er starrte sie durchdringend an, dann ging er vor ihr in die Hocke. »Weißt du, wie das ist? Wie Männer dazu gebracht werden, wie Tiere im Wald zu hausen, weil es ihre einzige Chance ist, in Freiheit zu leben? Wie die Tiere im Wald – aber es ist immer noch besser, als unter dem Joch der normannischen Schweine zu leben, wie du eins bist!«

Scarlet starrte Marian an, seine schmutzigen Fingerspitzen lagen an ihrem Kinn. »Ihr kennt mich nicht«, flüsterte er. »Ich würde nie einer Frau was zuleide tun.«

Du Lügner, hätte sie ihm am liebsten in das stoppelige Gesicht geschrien, das ihrem so nahe war.

Scarlet erhob sich und wandte sich dem Riesen zu. »Der Weg nach Nottingham liegt in dieser Richtung.« Er deutete darauf. »Sie werden also von dort kommen. Am besten legst du dich dort auf die Lauer, und wenn du sie siehst, kommst du her. Wir entscheiden dann, was zu tun ist.«

Nein. Marian versuchte, den Blick des Riesen einzufangen. *Laß mich nicht allein mit ihm!*

»Nein«, sagte der Riese. »Du gehst und legst dich auf die Lauer.«

Will Scarlet lächelte leicht. »Mich bringen sie ohne abzuwarten um, dir dagegen werden sie zuhören. Das sagtest du doch selbst.«

Marian starrte den Riesen durchdringend an, um ihm zu bedeuten, in welche Gefahr er sie brachte, wenn er sie hier mit Will Scarlet zurückließ. Doch der Riese nickte.

Mit fester Stimme sagte Scarlet: »Sag ihnen, wenn sie dir folgen, töte ich die Frau. Laß sie am Weg warten, dann kommst du hierher.«

Der Riese stellte sich drohend vor den Verrückten. »Du tust ihr aber nicht weh, Will Scarlet.«

Einen langen Moment standen sie sich von Angesicht zu Angesicht gegenüber. Dann nahm Scarlet Marians Messer aus der Hose und übergab es dem Riesen.

Das genügte dem Riesen. Er nickte, warf einen letzten Blick auf sie und schritt dann durch den Wald in die angegebene Richtung.

Will Scarlet starrte sie böse an. »Ich werde dir erzählen, was sie getan haben. Ich möchte, daß du es weißt. Bis in jede Einzelheit. Ich möchte, daß du es *weißt*.«

Verständnislos blickte sie ihn an.

Auf Will Scarlets Gesicht breitete sich langsam ein Lächeln brutaler Vorfreude aus. »Du kleine normannische Hure.«

Robert von Locksley – Robin – blieb stehen, als der Junge ihm das Zeichen dazu gab. Er wartete und betrachtete das schmutzige, knochige Gesicht des Jungen, während er seinen stotternden Erklärungen zuhörte, Marian und der Riese seien ganz in der Nähe. Daß Much ein Dorftrottel war, wußte er; es war ihm schon kurz nachdem sie sich aufgemacht hatten, um Marian zu suchen, klargeworden. Der Junge hatte nur sehr wenig gesprochen, und wenn, dann nur in halben Satzfetzen. Er war klein und schmächtig für sein Alter, sein Bauch und sein Gesicht waren eingefallen, und er hatte den starren, hoffnungslosen Blick eines Menschen, der Fürsorge und Nahrung bedurfte, in einem Land, das ihm nichts davon geben konnte.

Robin legte dem Jungen die Hand auf die schmale Schulter. »Finde soviel heraus, wie du kannst, dann komm schnell zurück und erzähl mir alles. Ich werde mir einen Plan zurechtlegen müssen.«

Der Sohn des Müllers nickte und ging.

Locksley schaute ihm hinterher. Dann betrachtete er prüfend die ihm am nächsten stehende Gruppe Schößlinge, um einen zu finden, der seinen Zwecken am besten entsprach. Er hatte schließlich nur ein Messer dabei und weder Schwert noch Pfeil und Bogen. Das Beste, was er tun konnte, war, sich aus den Materialien, die er zur Hand hatte, selbst eine einfache Waffe zu fertigen. »Ein Knüppel«, murmelte er, »ist das Richtige, um sich einen Riesen vom Leib zu halten, der Ringkämpfer ist, oder einen Mann, von dem sie sagen, er sei verrückt.«

Die Schatten wurden länger.

Scarlet stand vor Marian. Er sah ihre nackten Zehen, die sie versuchte unter dem Gewand zu verbergen, sah ihr verdrecktes Kleid und den zerrissenen Unterrock, die noch immer feucht und schwer vom Schlamm waren. Und von neuem fühlte er den Schmerz, die Angst, die Ohnmachtsgefühle und die wilde, hilflose Wut, die ihn vor dem damaligen Tag nie befallen hatte. Seit damals lebte sie jedoch in ihm.

Will Scarlet kniete sich nieder und streckte schweigend seine Hand nach ihrem Kleid aus.

Sie erstarrte.

»Verstehst du denn nicht?« schrie er. »Es blieb mir gar nichts anderes übrig!«

Doch sie war geknebelt und antwortete nicht. Er sah, wie es ganz leicht in ihrem Gesicht zuckte.

Scarlet knetete den Stoff mit beiden Händen, während er vor der Frau kniete wie vor einem Priester. »Sie war jung«, flüsterte er, »und sie war schön. Jeder Mann begehrte sie, selbst standeshöhere. Aber sie nahm Will Scathlocke – sie entschied sich für *Will Scathlocke*. Obwohl viele andere um sie warben – Männer, die besser waren als er ... aber sie heiratete Will Scathlocke. Weil – sie ihn liebte, sagte sie ... weil sie ihn *liebte*. Weil – sie ... *ihn* liebte.«

Das Gesicht der Frau war blutleer.

Sein eigenes war schmerzverzerrt. »Ich bin kein – Mann, den Frauen mögen. Sie hätte jeden Mann im Dorf haben können, jeden Burgherrn – so schön war sie. Wie du ... wie – du ...« Er blickte zu ihr auf. »Hübsche Meggie Scathlocke.«

Marian zwinkerte nicht einmal.

»Sie trug mein Kind in ihrem Leib, noch bevor der Winter vergangen war.«

Marian schluckte schwer und versuchte, durch den Knebel Luft zu bekommen.

Unter den Bartstoppeln und dem Dreck war er ebenso blaß wie sie. »Und dann – kamen Normannen. Sechs Stück, verstehst du? Prinz Johns Männer in normannischer Rüstung mit normannischen Waffen.« Seine dunklen Augen suchten den Blickkontakt. »Verstehst du, was passierte? Die hübsche Meggie Scathlocke – allein in der Hütte, die wir zu unserem Heim gemacht hatten.«

Ihre Brust hob und senkte sich stoßweise.

Er zerrte an ihren Röcken und zerknitterte den Stoff in seinen zitternden Händen. »Meine Meggie, ganz allein – und sechs normannische Soldaten –«

Will Scarlet hielt inne und hing seinen Worten nach. Dann nahm er unvermittelt seine Hände von ihr, sprang auf die Füße und ging drei Schritte weg, wo er stehenblieb.

»Die hübsche Meggie Scathlocke mußte den Normannen zu Diensten sein. Wieder und wieder haben sie die *sächsische* Meggie Scathlocke zur Hure gemacht, bis sie nichts mehr für sie tun konnte, da die Männer aufgebraucht waren, und so überlegten sie sich eine neue Idee, auf die kein anständiger Mann kommen würde, um weiter ihren Spaß mit der sächsischen Hure zu haben.« Er zitterte am ganzen Leib. »Weißt du, was man einer Frau mit dem Griff eines Schwertes antun kann?«

Sie fuhr zusammen. Er sah, wie Tränen aus ihren Augen traten und über ihre Wangen liefen, wo sie Schmutzschlieren hinterließen.

»Ja«, zischelte er, »versetz dich ruhig in ihre Lage. Versetz dich in die hübsche Meggie Scathlocke, die ein Kind in ihrem Bauch trug und dazu gezwungen war, solche Dinge für sechs normannische Bestien zu tun.« Er ballte seine Fäuste und klopfte sich damit auf die Brust. »Und dann versetz dich in *meine* Lage, als ich nach Hause kam und sie so fand in unserer Hütte, die unser Zuhause war. Sie lag auf dem Boden und blutete – sie starb durch die Hände dieser gottlosen Bestien, die dem Teufel dienen, dem Teufel in der königlichen Maske.«

Ihre Tränen durchnäßten den Knebel.

In drei Schritten war er bei ihr, packte sie an den Armen und zerrte sie auf die Beine. »Versetz dich in meine Lage, kleine normannische Hure, und frag dich, warum ich vier von deinen Landsleuten getötet habe. Versetz dich in meine Lage, kleine normannische Hure – und sag mir, warum ich dir nicht dasselbe antun sollte, was sie ihr angetan haben!«

Little John lief am grasbewachsenen Flußufer entlang. Hier gab es nur noch wenige Bäume; er erreichte eine Lichtung, die vom schnell dahinfließenden Gewässer in zwei fast gleich große Hälften geteilt wurde. Das Wasser strömte über die glatten, runden Steine, doch das beruhigte Little John auch nicht.

Er hatte die Absicht gehabt, die Frau heil und wohlbehalten zum Sheriff zurückzubringen. Doch der Junge hatte ihn bei der Frau gesehen, und zum jetzigen Zeitpunkt wußte der Sheriff bestimmt schon, wer noch bei Will Scarlet war. Keiner, der Little John einmal gesehen hatte, würde ihn mit jemand anderem verwechseln. Dank dem Jungen zählte er nun zu den Feinden.

Er blieb stehen und starrte ins Wasser. Sechs Schritte stromaufwärts lag ein Baumstamm als Brücke im Wasser; er war mit Steinen, Schlamm und Kleinholz befestigt, damit er besser begehbar war. Auf dieser Flußseite führte ein Pfad tiefer in den Sherwood Forest hinein, auf der anderen Seite ging es nach Nottingham.

Aus den Augenwinkeln nahm er eine Bewegung wahr. Angestrengt spähte er umher, um herauszufinden, wer oder was sie verursacht hatte. Bei Einbruch der Dunkelheit war vieles nur verschwommen erkennbar, aber den Mann auf der anderen Seite des Flusses konnte er recht deutlich sehen. Sein dicker blonder Haarschopf leuchtete in der untergehenden Sonne, und in der einen Hand trug er einen Wanderstab, den man allerdings auch gut als Knüppel benutzen konnte.

Es ist soweit. Little John holte tief Luft, um seinen massigen Brustraum zu füllen. »Du da!« rief er dann herausfordernd. »Bist wohl wegen der Frau gekommen, ja?«

Der blonde Mann blieb stehen, musterte ihn und stützte sich dann auf den Knüppel. »Ja, bin ich.«

Little John holte erneut tief Luft. »Gehörst du zum Sheriff?«

»Nein, ich bin auf eigene Faust hier.« Der Fremde erhob seine Stimme nur so weit, daß sie gerade über das Rauschen des Wassers hinwegtrug. »Du bist mir gegenüber im Vorteil ... du weißt, wo sie ist.«

Little John lächelte. *So schwer wird es vielleicht doch nicht werden.*

Der Blonde zog eine Augenbraue hoch. »Wirst du mich zu ihr bringen?«

Little John verschränkte die Arme. *Das wird ja immer besser.*

»Ich nehme nicht an, daß du sie zu *mir* bringst, oder?«

Diesmal mußte Little John grinsen.

»Das dachte ich mir.« Der andere nahm sein Gewicht vom Spieß und hob ihn hoch. »Sollen wir dann kämpfen? Wenn ich gewinne, bringst du mich zu ihr. Wenn ich verliere, verschwinde ich.«

Little John zog die Augenbrauen hoch. *Mit dem werde ich kein Wort zuviel vergeuden.* »Die Normannen haben dich also hergeschickt?«

»Ich bin aus eigenem Antrieb gekommen.«

Little John dachte eine Weile darüber nach und betrachtete den Mann eingehend. Seine Kleidung war braun und einfach geschnitten, aber er trug sie wie ein Lord. Er sprach etwas holperig, so als ahme er absichtlich einen Akzent nach. Little John wußte, daß es Sachsen gab, die den Normannen aus Profitgier zu gefallen suchten.

Little John beugte sich vor und spuckte aus, dann fletschte er seine Zähne zu einem unfreundlichen Grinsen. »Ich ringe mit dir um sie.«

Der andere schien weder verblüfft noch erschreckt von dem Angebot. Er lächelte leicht. »Besser nicht. Ich bin nicht so anmaßend, zu glauben, daß ich den Hathersage-Riesen darin besiegen kann.«

Little John runzelte die Stirn. »Aber mit dem Stock willst du es mit mir aufnehmen?«

»Ich bin nur ein mittelmäßiger Ringkämpfer. Mit dem Stock bin ich besser.« Er schaute an Little John vorbei. »Wir sollten gleich anfangen. Die Sonne geht bald unter.«

Little John lachte bellend. »Du hast dir ja schon einen Stock geschnitten!«

Der andere warf seinen über den Strom hinweg auf die andere Seite und nickte Little John zu, als der ihn fing. »Da. Ich schneide mir einen anderen.«

»O nein.« Little John schleuderte ihn zurück. »So blöd bin ich nicht. Ich werde mir meinen eigenen Stock suchen, danke.«

Sein Gegenüber rammte den seinen in den Boden und lehnte sich wieder darauf. »Ich warte solange«, sagte er ruhig.

Leise und vorsichtig schlich sich Much durch den Wald. Er wußte, daß sie sich ganz in der Nähe befinden mußten, weil er den Mörder, Will Scarlet, etwas rufen gehört hatte. Er hatte nicht die Worte verstehen können, sondern nur den Klang der Stimme gehört, der Schmerz, Wut und bröckelnde Selbstbeherrschung offenbarte.

Marian ist in Gefahr.

Langsam pirschte er sich durch die Bäume heran, bis er eine Bewegung wahrnahm und wieder die Stimme hörte. Der Mörder stand vor Marian.

Much kauerte sich hin. Robin hatte ihm eingebleut, daß er den richtigen Moment abwarten mußte. Robin wollte den Kerl ablenken.

Marian, murmelte er lautlos und spähte durch das Farnkraut und Gebüsch auf den Stumpf, auf dem sie saß. Seine Prinzessin war ganz schmutzig. Und sie war immer noch barfuß.

Locksley beobachtete, wie der Riese sich einen Knüppel anfertigte, der seinem ähnlich war. Die physische Kraft des Mannes beeindruckte ihn, doch er hütete sich davor, es zu zeigen; seine Miene war unbewegt. Ohne ein Messer oder ein anderes Werkzeug zu Hilfe zu nehmen, lief der Hathersage-Riese zur nächsten Gruppe junger Schößlinge, wählte einen aus, der ihm gefiel, und brach ihn dann ab.

Locksley seufzte insgeheim.

Mit seinem Messer schnitt der Mann geschickt Äste und Laub ab, prüfte das Gewicht und grinste dann drohend. »Bist du sicher, daß du kämpfen willst?«

Ich bin sicher, daß ich das nicht will... aber ich glaube, es ist die einzige Möglichkeit. Locksley zuckte mit den Schultern. »Ein kleiner Zeitvertreib.«

»Dann los, laß uns nicht länger warten.« Der Riese lief entschlossen auf die Brücke zu, stellte sich davor und winkte auffordernd mit der Hand. »Komm doch rüber – wenn du kannst.«

Das kann leicht ins Auge gehen... Locksley näherte sich der Brücke bedächtig, wobei er die Länge des Stabs des Riesen begutachtete. Dann blieb er stehen, setzte einen Stiefel auf das Ende der Brücke und prüfte, ob sie standhielt.

»Na, komm schon, oder willst du etwa die ganze Nacht hier verbringen?« schimpfte der Riese.

Locksley ignorierte die Stichelei und fuhr fort, die Brücke zu testen.

»Nun komm schon«, sagte der Riese. »Willst du nun das Mädchen oder nicht?«

Ich will sie. Locksley drehte den Stock in seiner Hand, um den angenehmsten Griff zu finden. *Aber nicht so, wie du denkst, nicht aus dem Grund.*

Der Riese schüttelte den Kopf. »Sie wird 'ne alte Frau sein, bevor wir hiermit fertig sind.«

Locksley trat auf die Brücke. »Und du durch und durch naß.«

27. Kapitel

Da die Sonne bereits fast untergegangen war und nur die notwendigste Anzahl von Kerzen brannte, wirkte der Burgsaal Nottinghams wie eine dunkle Höhle. William deLacey erhob sich aus seinem Stuhl auf der Estrade, stützte beide Hände auf den Tisch und lehnte sich mit seinem Gewicht auf seine Arme. *»Wo sind sie?«* donnerte er.

Der Kastellan war ein großer, untersetzter Mann. Er hatte dunkle Haare und ein Gesicht, das immer ernst war; nun nahm es angesichts der unverhüllten Wut des Sheriffs eine bronzene Farbe an. »Mylord –«

»Wo sind sie?« wiederholte deLacey, jetzt sehr sanft. »Sechs Eurer besten Leute, Archaumbault...«

Peinlich berührt, verlagerte Archaumbault sein Gewicht. »Mylord, sie sind noch immer im Wald. Im Sherwood Forest ist es schwer, jemanden zu verfolgen, der sich auskennt –«

»Er ist doch kein Fuchs«, stellte deLacey klar. »Er ist ein Mensch, der eine Frau mit sich schleift. Und außerdem stammt Will Scathlocke nicht aus Nottingham, er stammt aus einem Dorf *östlich* von hier; wollt Ihr also wirklich behaupten, er kennt sich in Sherwood aus?« Er sah Archaumbault böse an. »Er ist zu Fuß unterwegs; sie sind beritten. Er hat keine Waffen; sie haben Armbrüste. Sie hätten ihn bereits fangen sollen, ehe er überhaupt Sherwood *erreichte.*«

»Ja, Mylord.«

»Wohlan.« DeLacey richtete sich auf und verschränkte die Arme. »Was schlagt Ihr jetzt also vor?«

»Stellt mir mehr Männer zur Verfügung, Mylord. *Fähigere* Leute, Mylord – offensichtlich werden die, die bereits auf die Suche angesetzt sind, mit der Aufgabe nicht fertig. Ich werde persönlich dafür sorgen, daß nur die Besten eingesetzt werden.«

»Tut das.« DeLacey lächelte. »Und führt sie persönlich an, Archaumbault.«

Der Mann zuckte nicht einmal. »Ja, Mylord.«

Der Sheriff schnippte mit den Fingern. »Geht.«

»Mylord.« Der Burgvogt drehte sich auf dem Absatz um und marschierte aus der Halle.

»Narr«, murmelte deLacey und ließ sich abgespannt in seinen Stuhl fallen. »Seine Unfähigkeit bestürzt mich...« Doch er ließ den Satz unvollendet, da Gisbournes mausgrauer Helfer, Walter, in den Saal gekommen war. »Was gibt es?«

»Der Schreiber, Mylord. Bruder Tuck. Er hat einen Brief für Euch bei sich, der seine Anstellung hier betrifft. Vom Abt von Croxden, Mylord.«

»Gut. Schickt ihn herein.«

Walter nickte und eilte geschäftig hinaus.

»Mylord Sheriff?«

DeLacey bedeutete ihm, näher zu treten. »Ihr seid Bruder Tuck, ja?«

»Ja, Mylord. Ich habe einen Brief für Euch, Mylord.«

»Von Abt Martin, ich weiß.« DeLacey streckte eine Hand aus.

Der Mönch kam näher. Als er auf das Podest stieg, um deLacey das versiegelte Pergament zu überreichen, keuchte er. Schnell stieg er wieder hinab und steckte seine Hände in die Ärmeln seiner schwarzen Soutane.

DeLacey erbrach das Siegel und überflog den Brief, dann musterte er den Mönch: Er war ein junger, korpulenter Mann mit demütiger Haltung, dessen frischrasierte Tonsur von lockigem, braunem Haar umrandet wurde. Seine Augen glichen denen einer Kuh: Sie waren groß, braun und sanft. »Hier steht, daß Ihr Schwierigkeiten mit der Disziplin habt.«

Der junge Mönch lutschte nervös an seiner Oberlippe. »Lord Sheriff, ich bekenne mich zu einer großen Sünde, die ich bis jetzt nicht überwinden konnte.« Er lächelte traurig. »Ich esse zu viel.«

»In der Tat.« Es war augenscheinlich.

»Viel zuviel, Mylord.«

»Abt Martin schreibt hier, Ihr sollt auf halbe Ration gesetzt werden.«

Bruder Tuck seufzte. »Ich habe gebetet und gebetet, Mylord ... aber bis jetzt hat nichts geholfen.«

DeLacey zog eine Augenbraue hoch. »Und da nimmt man an, daß *ich* für die Disziplin sorgen kann, bei der Euer Glaube versagt?«

»Abt Martin glaubt, daß Ihr fähig seid, jeden zu erziehen.«

»Ach ja?« DeLaceys Lächeln war dünn.

»Solange ich meine Sünde nicht überwunden habe, darf ich nicht in die Abtei zurückkehren und die heiligen Weihen empfangen.«

»Und das ist es, was Ihr wollt?«

Tucks Gesicht hellte sich selig auf. »O Mylord – *ja!* Mehr als alles andere!«

»Gut. Wenn Ihr alles zu meiner Zufriedenheit ausführt – und meine züchtigenden Anordnungen akzeptiert –, sende ich Euch zu Abt Martin mit einer Empfehlung zurück, die er nicht wagen würde zu übergehen.«

»Mylord, dafür wäre ich Euch äußerst dankbar!«

»In der Zwischenzeit schreibt mir einen Hinrichtungsbefehl für William Scathlocke. Laßt das Datum aber noch offen.«

»Ja, Mylord.« Tuck verneigte sich und wandte sich um.

»Bruder Tuck.«

Er schwang zurück. »Ja, Mylord?«

»Ihr dürft demnach keine Eheschließungen ausführen, oder?«

»Ja, Mylord. Nicht so lange, bis ich die Priesterweihe empfange.«

»Ja. Das dachte ich mir.«

Der Sheriff schaute zu, wie der untersetzte Geistliche den Saal verließ. Als er wieder allein im Dämmerlicht saß, faltete er das Dokument zu einem handflächengroßen, exakten Quadrat. »Abt Martin«, murmelte er, »ich danke Euch: Ihr habt mir einen gutgläubigen Narren geschickt. Dieser Mann ist leicht zu benutzen.«

Little John lachte laut auf. »Naß – ich? Nein, das glaube ich wohl nicht.«

Der Fremde gab keine Antwort. Sein Gesicht war starr wie eine Maske, sein Blick jedoch wachsam, während er immer weiter auf Little John zukam.

»Ich heiße Robin«, sagte er ernst. »Von Locksley. Meine Mutter lehrte mich, vor dem Kampf immer den Namen meines Gegners in Erfahrung zu bringen.«

»Ach ja? Nun, Robin Redbreast, ich heiße John Naylor, aber mein Spitzname ist ›Little‹ John. Doch nach diesem unbeholfenen Tanz darfst du mich ›Mylord‹ nennen.«

Robin nickte. »Und wie wirst du *mich* nennen, wenn der Tanz vorbei ist?«

»Dich? Einen nassen Vogel – so werde ich dich nennen! Und nun komm schon!«

Robin blieb auf halbem Wege auf der Brücke stehen, einen Fuß vor den anderen gesetzt und mit leicht gebeugten Knien. Die Ellbogen hielt er gegen die Seiten gedrückt, um das Gleichgewicht nicht zu den Enden des Spießes hin oder zu weit von seinem Körperzentrum weg zu verlagern. Er konnte sich beim Kampf nicht auf den Halt unter ihm verlassen, sondern nur auf seine Arme und Schultern.

Little John nickte anerkennend. *Ein Mann, der Ahnung hat.*

Robin hob sein Kinn. »Na, kommst du?«

»Nein, *du* mußt schon kommen.«

»Es erscheint mir aber ungerecht, daß du auf festem Boden stehst und ich auf der Brücke, die bei einem einzigen Fehltritt wahrscheinlich herumrollt.«

Ich weiß, wozu das dienen soll, Freund Robin. Little John grinste, als er auf den Baumstamm trat. »Nachdem du die Brücke schon geprüft hast, so wie ich es jetzt tue, weißt du so gut wie ich, daß der Stamm sich nicht drehen wird. Und was die Gerechtigkeit anbelangt – schließlich bist *du* es, der etwas von mir will.«

Der jüngere Mann zuckte mit den Schultern und holte zum ersten Schlag aus.

Ein Scheinangriff. Little John merkte es im selben Moment, als sein Körper reagierte. Nur mit schierer körperlicher Kraft schaffte er es, sich in seinem eigenen Schwung zu bremsen und für den zweiten Schlag zu wappnen, der kein Scheinangriff war und der ihm bei einem Treffer den Schädel gespalten hätte. Doch Little John konnte ihn noch rechtzeitig abwehren.

»Ha!« rief er, dann ließ er seinen Stab vorschnellen, bekam aber nur einen ebenso starken Hieb zurück.

Der blonde Robin grinste. »Es wird dunkel sein, bis wir fertig sind.«

»Ja, stimmt.« Little John versuchte es wieder. Und sein Schlag wurde erneut abgewehrt.

Innerhalb weniger Augenblicke hatten die beiden sich gegenseitig ausgelotet, aber keine Schwachstellen gefunden. Wo Little John reine Kraft einsetzte, benutzte Robin Geschicklichkeit.

's wird die ganze Nacht dauern, dachte Little John säuerlich. Er war es gewohnt, allein durch Einschüchterung schnell zu gewinnen.

Robin zielte auf Fußgelenke, Knie und Kopf, aber seine Angriffe wurden jedesmal zurückgeschlagen. Wie Little John keuchte er, und der Schweiß rann ihm von der Stirn.

Sie stemmten ihre Knüppel gegeneinander. »Bist ein hübscher Junge«, höhnte Little John, »aber zum Spießkampf braucht es eben einen *Mann.*«

Robin verzerrte wegen des ungeheuren Drucks, den Little John ausübte, das Gesicht. »Warum hast denn *du* dann einen?«

»Ich erhielt mein Recht zum Spießkampf bereits, da lagst du noch in der Wiege.«

Robin stöhnte vor Anstrengung, das Gleichgewicht zu halten. »Besser in der Wiege als im Kuhstall.«

»Schafe.« Little John grinste. »Ich bin Schäfer, kein Kuhhirte.«

Unvermittelt riß Little John seinen Spieß zurück, wirbelte ihn schnell herum und versuchte dann ein Manöver, das Robin die Knochen hätte brechen können. Doch Robin fing den Hieb ab, dann schwang er seinen Knüppel flach vor; der Knüppel streifte Little Johns Stab, glitt ab und knallte ihm dann mit Wucht gegen die Rippen.

Little John grunzte. *Nichts passiert, aber eine Warnung.* Die Spieße klackerten und verkeilten sich. »Deine Mutter war bestimmt traurig, als sie dich in die Welt setzte – sie muß einen Sohn gewollt haben anstelle einer so hübschen Tochter.«

Robin lachte. »Da du Schafe hütest, ist es kein Wunder, daß du Junge und Mädchen nicht auseinanderhalten kannst.«

Little John, der diesen alten Witz bereits hundertmal gehört hatte, ging auf die herausfordernde Frotzelei nicht ein. Er startete einen Scheinangriff, wich dem Gegenschlag aus, unternahm einen zweiten Scheinangriff, bei dem er niedrig zielte, und dann richtete er sich zu voller Größe auf und schlug auf Kopfhöhe zu. Robin, der den Hieb nicht mehr rechtzeitig abwehren konnte, wurde oberhalb des rechten Ohrs getroffen, genau dort, wo Little John hingezielt hatte. »Da, mein hübsches Mädchen – das Bad wird dir guttun!«

Augenblicklich rann Blut aus dem mißhandelten Schädel. Aus dem Gleichgewicht gebracht, ließ Robin seinen Spieß fallen, klammerte sich hilflos an Little John und stieß sich schließlich von der Brücke ab, als er die Körperbeherrschung verlor. Er landete flach auf dem Rücken. Die Fontäne, die aufspritzte, war zwar nur klein, befriedigte Little John aber durchaus.

Little John stützte sich auf seinen Knüppel. »Wasch dir dein hübsches Gesicht, bevor dich deine Mutter sieht.«

Robin kam beinahe sofort wieder hoch. Er spuckte Wasser und schüttelte die Haare aus den Augen, dann ließ er sich einen Augenblick lang treiben.

»So, und wer ist jetzt der Nasse, hä?« fragte Little John mit weniger Häme als beabsichtigt. »Aber ich habe dich ja gewarnt, Robin.«

»Ja, hast du.« Robin stand auf. Das Wasser reichte ihm bis an die Oberschenkel.

Zäher, als ich dachte. Little John spähte angestrengt in die zunehmende Dämmerung. »So. Jetzt gehst du zum Sheriff und erzählst ihm, wo du mir begegnet bist, damit er seine Normannen auf mich loslassen kann.«

»Nein.« Robins Stimme klang keinesfalls belustigt. In seinen Augen lag eine beinahe wilde Besorgtheit. »Ich habe dir gesagt, ich bin in eigener Sache gekommen, nicht in der des Sheriffs. Ich bin der Frau etwas schuldig.«

»Ach, wirklich?« Little John grinste. »Du bist also fast schon Normanne, ja, daß du dir eine normannische Geliebte nimmst? Oder ist sie deine Frau und verkehrt mit dem Sheriff, damit er dir einen kleinen Gefallen erfüllt?«

»Nichts dergleichen«, sagte er matt. »Sie ist Marian von Ravenskeep. Ihr Vater war Ritter und mit Löwenherz auf Kreuzzug, bevor er – starb.«

Little Johns Lächeln schwand. »Was tat sie dann beim Sheriff?«

»Sie leistete ihm Gesellschaft gegen ihren Willen, aber er ließ ihr keine andere Wahl.« Robins Arme hingen schlaff von seinen breiten Schultern herunter. »Er würde sie heiraten, wenn er könnte. Aber die Lady ist Angelsächsin und will ihn weder so noch so.«

Und die Frau –? »Angelsächsin …«, gab er zurück.

»Wie du. Und wie ich.«

Little John ließ seinen Spieß fallen. »Sie ist bei Will Scarlet.«

»Ich weiß. Darum bin ich hierhergekommen.«

»Er nennt sie –« Little John schluckte hart. »Er nennt sie eine normannische Hure.«

Robin zog die hellen Augenbrauen hoch. »Und das läßt sie zu?«

Little John war übel. »Sie ist geknebelt.«

Robin fuhr sich mit den Fingern durchs Haar. »Ich wollte sie zurückholen. Wenn du noch mal mit mir kämpfen willst, laß uns am besten keine Zeit verlieren.«

»Nein. Nicht nötig.« Little John schüttelte gequält den Kopf. »Er sagte, man würde mich einen Geächteten nennen.«

Robin heftete seinen Blick auf ihn. »Und, bist du einer?«

»Nein! Das sagte ich ihm auch. Aber der Junge sah mich bei ihr, und er wird es den Normannen erzählen.«

»Much.« Robin nickte. »Er hat es nicht den Normannen erzählt. Sie würden ihm wegen Diebstahls die Hand abschlagen. Er sagte, du hättest ihn heute gerettet. Glaubst du, er wäre wirklich so undankbar, den Normannen alles brühwarm zu erzählen?«

Little John streckte Robin die Hand entgegen und half ihm aus dem Wasser. »*Der* Junge ...« Er runzelte die Stirn. »Du meinst, die ganze Zeit war es nur er?«

»Much hat dich bei Marian gesehen. Er dachte, du würdest ihm vielleicht etwas zuleide tun, deshalb rannte er davon.«

»Dann komm. Ich führe dich zu ihr. Auch wenn ich nicht sagen kann, was Will Scarlet machen wird – er wollte sich mit ihr beim Sheriff die Freiheit erkaufen.«

»Darauf würde William deLacey ohnehin nicht eingehen. Er würde vielleicht zunächst aus taktischen Gründen zustimmen, aber niemals Wort halten. Er würde ihn festnehmen lassen und töten.« Robin bückte sich langsam und hob Little Johns Spieß hoch. »Aber bitte noch vor der Dunkelheit.«

Little John blickte zu ihm hinab. »Du bist also kein Normanne. Und kein Landarbeiter.«

»Nein.« Robin lächelte schief. »›Hübsches Mädchen‹, hast du gesagt.«

Little John brummte. »Hab' mich schon manches Mal geirrt.«

Marian widersetzte sich ihrem Drang, die Augen zuzumachen. *Er kann tun, was er will – aber ich werde ihm meine Angst nicht zeigen.* Ein Teil von ihr wollte sich ängstlich zusammenkauern. Aber der größere Teil von ihr war wütend und erbost, daß sie nicht deshalb vergewaltigt werden würde, weil er ein Mann war, der gerne Frauen vergewaltigte, sondern nur aufgrund eines *Irrtums.*

Seine Augen waren beinahe schwarz. Er umklammerte ihre

Arme, und seine Finger bohrten sich in ihre Haut. Sie konnte seinen Gestank riechen, hörte das Zischeln seiner Stimme und sah den Schmerz und das Ohnmachtsgefühl, die ihn so unbarmherzig sein ließen. »Meggie«, flüsterte er.

Das Knacken eines Zweiges verriet, daß sich ihnen jemand näherte. Gerade als Scarlet erstarrte und seine Finger sich tiefer in ihre Haut gruben, landete ein primitiver Spieß zwischen seinem und ihrem Körper.

»Du wirst sie *sofort* loslassen.« Robert von Locksley trat, Seite an Seite mit dem rotmähnigen Riesen, aus dem Schatten der Bäume in das goldene Licht des Sonnenuntergangs.

28. Kapitel

Will Scarlet ließ Marian so schnell los, daß sie das Gleichgewicht verlor und einen Schritt zurücktaumelte, wo sie sich am Baumstumpf schmerzhaft die nackte Ferse anstieß und unsanft hinsetzte. Splitter drangen durch den Stoff in ihre Haut, aber das war Marian gleichgültig.

»Zurück mit dir«, sagte Locksley sanft und klopfte Scarlet sachte mit dem Spieß gegen die Rippen.

Er wich zurück.

»Setz dich«, sagte Robin.

Scarlet setzte sich. Die stumpfe Spitze des Spießes senkte sich auf seine Kehle. Wütend funkelte Scarlet den Riesen an. »Wieviel hat er dir gezahlt? Und was hat er dir versprochen?«

Der Schäfer schüttelte den Kopf. »Ich hab's nicht für Geld getan, Will Scarlet. Sondern wegen der *Wahrheit.*«

»Wegen der Wahrheit? Es gibt keine Wahrheit. Die Normannen sind lügnerische Schweine –«

»Das sind sie«, stimmte Robin ihm in klarem sächsischem Englisch zu, »wenn ihnen danach ist. Aber es gibt auch angelsächsische

Lügner und angelsächsische Schweine ... ich frage mich, was du bist?«

Marian starrte ihn an. Locksley kam ihr auf einmal so verändert vor, aber sie konnte nicht sagen, inwiefern. Er war lebendiger, *lebhafter* als der Mann, den sie auf dem Podest von Huntington Castle gesehen hatte. Und weniger verletzlich als der Mann, der den Eber getötet und Gebete – oder Flüche – in einer Sprache gesprochen hatte, die sie nicht kannte.

»Dann schnapp sie dir doch!« sagte Scarlet heiser. »Nimm dir die Hure und hau ab.«

»Und dich soll ich hierlassen?«

Will Scarlet spuckte Robin vor die Füße. »Willst mich also dem Sheriff verkaufen?«

Robin legte die Spitze des Knüppels an Scarlets Kehle und übte sanften Druck aus. Einen endlos scheinenden Moment lang rührte sich der Mörder nicht, sondern starrte Robin nur finster an. Schließlich legte er sich flach auf den Boden.

Der Spieß blieb auf ihn gerichtet. »Bei Gott«, schrie Scarlet rauh, »ob Sachse oder Normanne, ihr seid doch alle gleich! Ihr behandelt uns wie Hunde, die um eure Füße herumschleichen müssen, um mit eingeklemmtem Schwanz auf ein paar Abfälle zu hoffen –«

»Genug«, sagte Robin.

»– und das alles nur, weil ihr in eine reiche Familie hineingeboren wurdet, während der Rest von uns vom Tag an, da wir den ersten Atemzug tun, bis zum Tag, da wir den letzten tun, im Staub herumkriechen –«

»Es reicht.«

»– und das *kümmert* euch noch nicht einmal. Keinen von euch kümmert das. Ihr erwartet das einfach von uns, so daß ihr –«

Robin hob den Spieß. Ein Hieb würde reichen, die Kehle zu zermalmen.

Will Scarlets Gesicht wurde erst rot und dann kalkweiß. »Du bist wie alle anderen –«

»Ich bin *nicht* wie die anderen.« Robin rammte das dicke Ende des Spießes in den Boden neben Scarlets Kopf und stützte sich darauf. »Was du mit den vier normannischen Schoßtierchen von Prinz John gemacht hast, ist mir egal. Das war – und ist – deine Angelegenheit. Aber was du mit dieser Frau getan –«

»Ich hab' ihr nichts getan!« fuhr Scarlet ihn an. »Frag den Riesen. Ich mußte es ihm versprechen.«

Robin lächelte grimmig. »Und was ist ein Versprechen von dir wert?«

Scarlets Augen glitzerten böse. »Ich würde es wieder tun, wenn ich müßte.«

»Das ist wenigstens aufrichtig.« Robin warf Marian einen Blick zu. »Diese Frau –«

Doch da warf Scarlet mit dem Fuß den Knüppel um, dann trat er mit Schwung gegen Robins rechten Fußknöchel und warf ihn dadurch zu Boden. »*Jetzt* werden wir ja sehen –«, zischelte er.

DeLacey lehnte im Stuhl und rieb sich erschöpft die brennenden Augen. Er war müde und brauchte dringend Schlaf, aber die Angelegenheit mit Marian und Will Scathlocke würde ihn wach halten, bis sie geregelt, auf die eine oder andere Art, war.

»Mylord?«

DeLacey spähte in die Dunkelheit. »Ja, Walter?«

»Mylord, die alte Frau verlangt nach einem Priester.«

»Welche alte Frau?«

»Die Bedienstete Lady Marians, Mylord.«

»Matilda. Wir haben aber keinen Priester.«

»Bruder Tuck –«

»Er ist nur ein Mönch, kein Priester. Er kann keine Beichte abnehmen.« DeLacey stützte sich auf einen Ellbogen. »Liegt sie denn im Sterben?«

Walter zuckte mit den Schultern. »Mag sein, Mylord. Die Bediensteten, die bei ihr sind, sagen, ihr Zustand verschlechtere sich.«

DeLacey machte ihm ein Zeichen, sich zu entfernen. »Dann schick Bruder Tuck zu ihr. Wenn sie dem Tode nahe ist, wird sie den Unterschied nicht merken. Soll er sich deshalb herumquälen.« Er tippte mit einem Fingernagel auf den Stuhl. »Und Walter … laßt mehr Kerzen aufstellen.«

»Aber –«

DeLacey sah ihn mit böse funkelnden Augen an, damit Walter es nur ja nicht wagte, Gisbournes lächerlichen Beschluß anzusprechen.

Und Walter sprach das Thema nicht an. Unter vielen Verbeugungen verließ er die Halle.

Die alte Frau lag im Sterben. Bruder Tuck erkannte es sofort.

Es machte ihm angst. Sein Platz war nicht an der Seite einer sterbenden Frau, die dringend eines Priesters bedurfte.

Aber es gab niemand anderen. Und die Frau hatte gesehen, wie er in das Zimmer getreten war.

Zögernd kam er näher. Er zog sich einen Stuhl heran und setzte sich. Mit der Hand machte er das Segenszeichen. *»In nomine Patris, Filii et Spiritus Sancti –«*

Ihre Augen öffneten sich. Ihre Stimme war kaum zu verstehen. »Ihr müßt mir die Beichte abnehmen.«

Tuck brach ab und ließ seine Hand sinken. »Es tut mir leid, aber –«

»Ihr … müßt mir zuhören …« Sie hustete und griff sich an die Brust. »Hört mich an … bitte …« In wenigen Momenten würde sie tot sein.

Was würde es schon schaden? Was schadete es, ihr ein wenig Trost zu spenden?

»Hört mich … bitte …«

Schweigend lauschte Tuck ihrer Liste von Sünden, die so belanglos waren, daß nur eine gute und fromme Frau sie einer Beichte wert fand. Doch was Gott als Buße wünschte, würde sie nun im Himmel sühnen müssen. »Vergib *mir*«, murmelte er, als er ihre leblosen Hände über der Decke faltete.

Locksley fühlte, wie alle Luft aus seiner Brust wich. Doch es kam keine neue nach. An seinem Hals waren Hände und blockierten die Luftwege.

Er lag auf Will Scarlet. Er hatte vorgehabt, Scarlet vom Boden hochzuzerren, doch das war ihm nicht gelungen. Scarlet hatte ihn beim Hals gepackt und bohrte ihm die Fingernägel in die Haut.

Mit einer Hand krallte sich Locksley in Scarlets Hand, um seinen Griff zu lockern. Die andere Hand ballte er und schlug damit nach Scarlets Nase.

Scarlet brüllte. Locksley rammte ihm den Ellbogen unter die Rippen, dann stieß er ein Knie zwischen seine gegrätschten Beine.

Nicht fest genug – doch es reichte, um den Griff um seinen Hals zu lösen. Locksley wand sich, rollte zur Seite und rappelte sich, gleichzeitig mit Scarlet, wieder auf. Der Tanz begann von neuem, wenngleich nun blutiger als zuvor und verzweifelter. Schwankend kam Locksley erst auf die Knie, dann auf die Füße und bohrte seine Fäuste in Scarlets Tunika.

Scarlet erschlaffte und ließ sich leblos mit seinem ganzen Gewicht in Locksleys Arme fallen, dann versuchte er, Locksley zu Fall zu bringen, indem er einen Fuß um sein Fußgelenk schlang. Locksley taumelte, konnte aber sein Gleichgewicht lange genug halten, um Scarlet ebenfalls den Fuß wegzuziehen. Sie stolperten zwei Schritte zur Seite und fielen in einen Busch.

Locksley knallte den Kopf seines Gegners gegen den von verwitterten Blättern gepolsterten Boden. Will Scarlet rächte sich, indem er nach einem Ast griff und ihn Locksley ins Gesicht schmetterte. Doch das Holz war morsch, und Rindenstücke und vertrocknetes Mark regneten auf Locksley herab.

Locksley schüttelte die Bruchstücke des Astes ab und überlegte, ob er es Scarlet nachtun sollte. *Ein Stein würde viel ausrichten.* Aber er wollte den Mann nicht töten, sondern nur überwältigen.

Will Scarlet langte von unten hoch und griff Locksley ins nasse Haar. *Was –?* Der Mörder brüllte etwas Unverständliches und ließ Locksleys Kopf gegen seine Stirn knallen.

Locksley schwanden die Sinne. Nur noch verschwommen

merkte er, wie sich Scarlet unter ihm wand und ihn, als er sich gerade zu bewegen versuchte, zur Seite stieß.

Hustend kroch Scarlet unter Locksley hervor. Er spuckte Blut, spuckte noch einmal, dann bückte er sich und hob einen schweren Stein auf.

Die Kapelle in Nottingham Castle war winzig, düster und feucht. DeLacey lächelte grimmig, als er eintrat.

Der Benediktiner kniete in Gebetshaltung vor dem Altar. Das Lächeln des Sheriffs verlor seine Grimmigkeit. »Bruder Tuck.«

Tuck beendete sein Gebet, während deLacey ungeduldig wartete, und stand dann auf.

Mein Gott, er hat geweint –! Wegen Matilda? DeLacey lächelte liebenswürdig. »Gott muß einen Mann wie Euch gewiß sehr schätzen.«

»Ich bin – unwürdig. Man hat mich wegen meiner Gefräßigkeit hierhergeschickt, und jetzt habe ich schon wieder eine Sünde begangen.«

»Ich würde zu behaupten wagen, daß Gott Eure Tat versteht.«

»Abt Martin wird das aber nicht so sehen. Und er wird dafür sorgen, daß ich nie meine Weihen empfange. Was vielleicht auch tatsächlich besser ist – wenn man bedenkt, was ich getan habe.«

DeLacey sagte sanft: »Bestrafungen, falls man sie denn verdient, überläßt man am besten Gott.«

»Abt Martin glaubt an irdische Strafe.«

Woran Abt Martin glaubt, ist, sich an der unmäßigen Züchtigung anderer zu erlaben. DeLacey schüttelte den Kopf. »Reinen Gewissens habt Ihr die Angst einer sterbenden Frau gelindert. Stellt Euch den Zustand ihrer Seele vor, wenn sie ohne Beichte gestorben wäre.«

»Das habe ich mir auch gesagt.« Aber Tuck wirkte nicht überzeugt.

»Dann seid Ihr klug genug, um zu verstehen, daß man gelegentlich das Beste aus einer schlechten Situation machen muß, ungeachtet dessen, was erwartet oder verlangt wird.«

»Ja, Lord Sheriff.«

Der Sheriff lachte freundlich. »Ah, Bruder Tuck, seid doch nicht so mißmutig. Das wird vorübergehen, das verspreche ich Euch ... aber wenn es Euch beruhigt zu wissen: Selbst Abt Martin mußte schon andere ... Dienste tun als die, die er vielleicht vorgezogen hätte.«

Tuck blinzelte. »Abt Martin?«

»O ja. Abt Martin. Und sogar ich.« DeLacey spreizte seine Hände. »Das Leben macht manchmal bestimmte Dinge *erforderlich.* Wir handeln, so gut wir können, und dann schließen wir unseren Frieden mit Gott.«

Seufzend nickte Tuck. »Ja, Mylord – Ihr habt zweifellos recht.«

Der Sheriff lächelte zufrieden. »Das habe ich, Bruder Tuck. Da könnt Ihr sicher sein.«

Marian war kalt, sie hatte eine Gänsehaut. Der Kampf zwischen Robert von Locksley und Will Scarlet war brutal und bösartig, gewalttätiger als alles, was sie jemals gesehen hatte. Sie wollte sich abwenden und fortgehen, ihre Augen und Ohren vor der Gewalt verschließen, aber etwas in ihr sperrte sich dagegen. Unbewußt merkte sie, daß sie nicht der Anlaß für den Kampf war, sondern nur die Ausrede.

Sie warf einen kurzen Blick auf den Riesen. Er betrachtete die beiden Männer, und die Haut seines sommersprossigen Gesichtes spannte sich. Um seine Augen herum hatten sich Fältchen gebildet, als hätte er Schmerzen. Marian erwartete Ermunterung für Will Scarlet von ihm; schließlich gehörte der Riese wie Scarlet zur Landbevölkerung. Aber was sie sah, überraschte sie. Der Riese verstand, worum es bei diesem Kampf ging, aber er hieß es nicht gut.

Warum bereitet er dem Ganzen dann nicht ein Ende? Jemand berührte sie am Handgelenk. Panisch riß Marian den Kopf herum, um zu schauen, wer hinter ihr stand. Was sie sah, überflutete sie mit solcher Erleichterung, daß ihr die Knie zitterten: Es war Much, der sich geschickt an ihren Fesseln zu schaffen machte.

Sie würden sich noch gegenseitig umbringen.

So beeil dich doch, Much!

Sie sah nur noch ein Knäuel von Armen und Beinen und Körper, die sich hin und her wälzten. Erst war der eine oben, dann der andere. Sie konnte nicht ausmachen, wer wer war. *Much – bitte –*

Ein Kneifen, ein Kratzen und ein kurzer Druck. Dann wurde das Tuch weggezogen, und Marians Hände waren frei.

Sie zerrte am Knebel und zog ihn sich über das Kinn. Instinktiv war ihr klar, daß nichts, was sie dem Riesen sagen, und nichts, was sie Locksley oder Scarlet zurufen würde, etwas bewirken würde.

Es waren zwei Schritte bis zum Stock, die einzige Waffe, die sie sah, dann weitere drei bis zu den Männern am Boden. Ihre Gesichter, die von der Anstrengung und dem Kraftaufwand verzerrt waren, waren nicht auseinanderzuhalten.

Der Schock fuhr ihr in alle Glieder. *Er hat einen Stein.* Im nächsten Augenblick würde er ihn benutzen, um Locksleys Gesicht damit zu zerschmettern und es in Brei zu verwandeln.

Sie zielte auf das Haar: Scarlets war braun, fast schwarz; Locksleys war zwar von der Nässe dunkel, aber dennoch heller als Scarlets.

Marian wußte, was sie zu tun hatte. *Er wird Robin töten.*

»He, Mädchen –« Der Riese hatte sie gesehen.

Ich muß ihn aufhalten! Marian hob den Stock.

»Mädchen, *nicht –*«

Denk nicht nach – Tu's einfach – Sie schmetterte den Stock gegen Scarlets Hinterkopf.

»Mein Gott –«, entfuhr es dem Riesen.

Marian schaute auf den schlaffen Körper nieder, der auf Robin lag. Ihre Worte waren klar und deutlich zu vernehmen. »Ich bin keine Hure«, sagte sie, »und ich bin keine *Normannin!*«

29. Kapitel

Unfähig, sich zu bewegen, *atmete* Locksley einfach nur und war dankbar, daß er zumindest das noch konnte.

Ich bin nicht tot.

Erleichterung trat an die Stelle der ersten Überraschung. Will Scarlet hatte aufgehört mit seinen Versuchen, ihn zu zerfleischen, ihm die Augen auszustechen oder seinen Schädel in Stücke zu schlagen.

Scarlets lebloser Körper machte ihn allerdings größtenteils bewegungsunfähig. Er konnte Scarlets geschlossene Augen sehen, die gebrochene Nase – *meine Tat* – und die stoppelige Verliesblässe.

Was habe ich getan –? Aber nein. Er hatte nichts getan. Da war er sich ganz sicher. Jemand anders also. *Little John –?*

Wieder ein Nein; er erinnerte sich sehr deutlich daran, daß der Riese nur zugeschaut hatte.

Etwas rührte sich in ihm. Er kannte seinen Namen: Es war Schmerz, der unerwünschte alte Bekannte. Locksley stöhnte. Er hatte nur wenig Bewegungsfreiheit, konnte kaum den Kopf drehen oder hochheben. Mit zusammengekniffenen Augen spähte Locksley über seine Schulter und sah Marian in der Nähe, den Stock mit beiden Händen umklammert.

Sie war ebenso bleich wie Will Scarlet und nicht weniger unansehnlich. Ihr Gesicht war schlammverschmiert und verkratzt. Ihr feuchtes, aber bereits trocknendes schwarzes Haar, das sich aus ihrem einst ordentlichen Zopf gelöst hatte, formte einen verschlungenen Teppich zu beiden Seiten ihres Gesichts. Und ihr Gewand war durchweicht und zerfetzt; ihre nackten Zehen schauten unter dem ausgefransten Saum hervor.

Stumm starrte sie ihn aus aufgerissenen blauen Augen an, und er starrte zurück.

Plötzlich durchdrang ihn eine äußerst schmerzhafte Erkenntnis. *O – Gott –* In diesem Moment glich sie ihrem Vater, der einer

Notsituation mit derselben Entschlossenheit und Heftigkeit begegnet war.

»Ist er tot?« fragte sie.

Es erschütterte ihn, wie sehr sie sich ähnelten.

»Ist er *tot?*« wiederholte sie.

Und Robert von Locksley lachte. Es war ein leises, kehliges Geräusch, kaum wahrnehmbar, aber nichtsdestotrotz ein Lachen. Er lachte darüber, wie sich alles so umkehren konnte, daß am Ende Marian FitzWalter ihn rettete. *Sühne?* fragte er sich. *Ich habe versagt, ihren Vater zu retten, und deshalb rettet seine Tochter mich?*

»*Ist* er tot?« fragte sie nochmals, und er merkte schließlich, daß sie völlig von der Furcht aufgezehrt wurde, ihr Hieb könnte Will Scarlet getötet haben.

Er war ihr die Antwort schuldig. Locksley hörte auf zu lachen. »Nein.«

Mit klarer Stimme fragte sie: »Seid Ihr sicher?«

Sie meinte es aufrichtig. Er hörte den ängstlichen Unterton. »Ja«, sagte er.

Augenblicklich entspannte sie sich. »Gott sei Dank«, hauchte sie.

Sie ist ihrem Vater so ähnlich.

Als er sich abmühte, Scarlets Körper von seinem abzuwälzen, kam ihm Little John zu Hilfe. Little John schleifte den bewußtlosen Mann zur Seite und drehte ihn auf den Rücken.

»Er lebt«, murmelte der Riese.

Ein flüchtiger, seltsamer Ausdruck huschte über Marians Gesicht, schwand aber, sobald sie sich niederkniete, um den Knüppel wegzulegen. Dann stellte sie sich neben Robin. »Ihr seid verletzt.«

Das stimmte, aber er wollte es nicht zugeben. Statt dessen erhob er sich in die Hocke, hielt dort inne und holte durch die zusammengebissenen Zähne Luft. Er stand kaum, da wünschte er sich schon, er wäre geblieben, wo er war, aber nun war es einmal geschehen, und er zog es vor, daß sie ihn nicht bemutterte. Das hätte ihn an seine Mutter erinnert und an Kindheitserinnerungen, die besser vergessen blieben.

Marian war vergeblich damit beschäftigt, die zerfetzten Überbleibsel ihres Kleids zu richten. »Habt Ihr Pferde?«

Ihre jetzige Unschlüssigkeit widersprach der Entschiedenheit, mit der sie nur wenige Augenblicke zuvor Will Scarlet erledigt hatte. Eine Verwundbarkeit zeigte sich, die er bis jetzt noch nicht an ihr bemerkt hatte.

Sie war doch nicht wie ihr Vater.

Er starrte Marian an. Sie war noch dieselbe, genau dieselbe wie vorhin. Mit geschwollenen Händen stand sie vor ihm, sagte kein Wort, sondern sah ihn nur schweigend an, mit zerkratztem und schmutzigem Gesicht, ihr Haar eine verfilzte Masse, ihr Gewand zerrissen und schlammbedeckt. *Nicht wie – ihr Vater.*

Sie war genauso. Und doch war sie ganz anders.

Die Einsicht schmerzte ihn. Sie veränderte seinen Blick auf sie. Sie entblätterte die Schichten, die er über sein Begehren, sein Verlangen gestülpt hatte, damit er Frauen anschauen konnte, ohne die Gewalt über sich zu verlieren. So etwas war riskant. So etwas war gefährlich. *Sie* war gefährlich.

Er machte eine schroffe Handbewegung und erinnerte sich an ihre Frage nach den Pferden. Es war das beste, sie würden sofort aufbrechen, und wäre es nur, damit er abgelenkt und beschäftigt war. »Wir brechen sofort auf.«

Marian nickte und begann verlegen die Knoten in ihrem Haar zu lösen. »Wo ist –?« Sie blickte sich suchend um. »Fort«, murmelte sie und seufzte. »Das hätte ich mir denken können.«

Locksley ließ ebenfalls seinen Blick schweifen. »Ach, der Junge«, murmelte er, als er begriff. Er sah zu Little John. »Ich bringe sie zurück. Oder hast du etwas dagegen einzuwenden?«

Der Riese erhob sich. Seine Hände hingen schlaff zu beiden Seiten herunter. Auf seinem Gesicht spiegelte sich eine Mischung aus Hilflosigkeit und trostloser Ergebung in die Situation. »Geht nur«, sagte er rauh. »Ich werd mich um ihn kümmern.«

»Du brauchst nicht hierzubleiben. Ich werde dem Sheriff die

Wahrheit sagen.« Robin bemerkte, wie Marian überrascht zusammenzuckte.

Little John hob die Hand, dann ließ er sie wieder fallen. »'s ist geschehen.«

»Wirklich?«

Der Riese nickte. »Erzählt dem Lord High Sheriff, was Ihr mögt. Wenn er Euch zuhört, bin ich Euch dankbar. Wenn nicht, nun...« Er zuckte mit den Schultern.

Locksley lächelte schwach. »Ich werde dafür sorgen, daß er die Wahrheit erfährt. Mein Wort darauf als –« Er überlegte.

»Als was?« fragte Little John ihn grob. »Als Edelmann?«

»Als Opfer«, sagte Locksley schließlich und berührte die Beule an seinem Kopf.

Der Hathersage-Riese lachte, dann versetzte er beiden mit der Hand einen Klaps. »Dann geht. Und nehmt das Mädel mit Euch. Will Scarlet wird anderes im Kopf haben, wenn er wieder zu sich kommt.« Dann wandte er sich ernster an Marian: »Es wiegt bestimmt nicht viel auf – aber er wußte nicht, daß Ihr Angelsächsin seid.« Er errötete. »Ich wußte es auch nicht.«

»Ich hätte es euch gesagt«, antwortete sie ruhig, »wenn einer von euch beiden mich gefragt hätte.«

Versteckt hinter Pflanzen saß Much still da. Er sah und hörte ihnen zu. Es war vorüber. Seine Welt war wieder in Ordnung, seine Prinzessin nicht mehr in Gefahr. Der Bösewicht war überwältigt, der Riese reumütig, und zu guter Letzt war der heldenhafte Prinz erschienen.

Der Prinz hieß *Robin*.

Much nickte stumm; seinen Teil der Arbeit hatte er getan. Leise drehte er sich um und wollte weggehen, da fühlte er wieder das steife Lederbündel, das in seiner Hose steckte. Er zog es unter seiner Tunika hervor.

Die Schuhe. Sie hatte noch immer keine Schuhe.

Beunruhigt rieb sich Much das Gesicht. Sie brauchte *unbedingt* Schuhe.

Er hockte sich erneut hin, um durch die schützenden Blätter zu spähen. Wenn sie da wäre – aber sie war nicht mehr da. Der Prinz hatte die Prinzessin mit sich genommen und den Riesen mit dem bösen Mann zurückgelassen.

Mit gerunzelter Stirn biß sich Much auf die Unterlippe. Sie brauchte *unbedingt* Schuhe.

Er führte sie durch den Wald und drückte Äste und Grünzeug für sie zur Seite. In Anbetracht der Umstände belustigte sie das ein wenig: Ihre Kleidung war schmutzig, naß und zerrissen; ihr Haar war zerzaust; ihr Gesicht war zerkratzt und voller blauer Flecke. Und doch behandelte er sie, als trüge sie die feinste Seide.

»Beeilt Euch«, sagte er barsch.

Das versetzte ihr einen Stich. *Glaubt er etwa, ich trödelte herum?* Finster raffte sie ihr Kleid hoch. Sie wollte ihm widersprechen; ihm vorschlagen, etwas langsamer zu gehen, damit sie wieder zu Atem kommen könnte, aber etwas an seiner drängenden Art hielt sie davon ab.

Dornen rissen an ihrem Gewand und zerfetzten den feuchten Stoff. Ihre Füße blieben an Wurzeln hängen, und sie verletzte sich die Zehen. Ranken und Zweige verfingen sich in ihrem Haar. Ihr rechtes Knie schmerzte bei jedem Schritt. Sie hätte eine Ruhepause nötig gehabt; nur einfach ruhig dasitzen und die Freiheit genießen…

»Beeilt Euch«, sagte er wieder. Er ging drei Schritte vor ihr.

»Ich *beeile* mich ja –« Doch sie wurde unterbrochen, als sie umknickte und hart auf Händen und Knien landete. Stoßweise sog sie Luft ein und schmeckte Blut in ihrem Mund. *Wenn er mir doch nur einen Moment Zeit geben würde –*

»Da.« Er streckte ihr seine Hand entgegen und packte sie am Arm, dann zerrte er sie wie ein geschlachtetes Schwein in die Höhe. Marian strich sich mißgelaunt die Haare aus dem Gesicht und versuchte, nicht zu zeigen, wie erschöpft sie war. »Ihr sagtet, die Pferde seien nicht weit entfernt.«

»Pferd«, sagte er.

Plötzlich begriff sie. »*Ein* Pferd?«

»Eins.«

Argwohn beschlich sie. »Und? Gibt es noch etwas?«

Schuldgefühle flackerten kurz auf. »Was die Nähe anbelangt...«

»Ja?«

»Ich – log.«

Wie einem Dorftrottel blieb ihr fast der Mund offenstehen. »Ihr habt gelogen?«

Er wirkte finster, fast grob. Er erinnerte sie daran, wie sie ihn in Huntington Castle zum ersten Mal gesehen hatte. »Wir haben nur ein Pferd, nicht zwei... und in einiger Entfernung von hier.«

»Aber...« Noch während sie sprach, merkte sie bereits, daß es keinen Sinn hatte zu widersprechen. »Nun«, sagte sie schließlich, »dann sollten wir nicht warten.«

Ein Anflug von einem Lächeln erschien auf seinem Gesicht und verschwand sofort wieder. »Nein. Aber die Frage ist, ob Ihr das schafft.«

»Ach ja?« Sie zog die Augenbrauen hoch. »Die Frage stellt sich Euch doch genauso!«

Für einen kurzen Moment kehrte das Lächeln zurück. Etwas leuchtete in seinen Augen auf, strahlte unerwartet hell. »FitzWalters – Blut«, murmelte er.

Die Intensität seines Blickes raubte ihr den Atem. Sein Blick verwirrte sie und löste eine merkwürdige Unruhe in ihr aus. Aber das würde sie ihm nicht zeigen. »In der Tat«, brachte sie krampfhaft ironisch hervor. »Aber ich versichere Euch, es wird sich abwaschen lassen.«

Das ernüchterte ihn. »Ich meinte nicht...« Doch er brachte den Satz nicht zu Ende, so als könnte er sonst zuviel verraten. »Wir müssen weiter.«

»Ich weiß«, pflichtete sie ihm bei, »aber es ist beinahe dunkel. Wie weit *ist* es denn bis zum Pferd?«

Er spähte in die Dunkelheit. »Zu weit«, sagte er grimmig. »Wir riskieren, vom Pfad abzukommen –«

»Dann bleiben wir am besten hier.«

Abrupt drehte er sich zu ihr um. »Was?«

Sie blieb ruhig. »Wir sollten besser hierbleiben.«

»Die ganze Nacht?« Es war nicht so sehr eine Frage als eher taktvolle Ungläubigkeit.

»Bis zur Morgendämmerung«, sagte Marian. »Wenn es wieder hell genug ist, suchen wir den Pfad und das Pferd.«

»Ich kann Euch nicht –«

»Doch, das könnt und werdet Ihr«, sagte sie bestimmt.

Sein Gesicht war undurchdringlich wie eine Maske, dann glitzerten seine Augen belustigt. Trocken gab er ihr zu bedenken: »William deLacey wird etwas enttäuscht sein, wenn er von Eurer Begründung erfährt.«

»Und Ihr?«

»Ich bin – überrascht.« Er wich ihr aus. »Frauen sind sonst mehr auf Anstand bedacht.«

»Ich finde wichtiger, daß wir beide überleben.«

Er blieb skeptisch. »Nur wenige Frauen wären Eurer Meinung.«

Vielleicht Eleanor DeLacey. »Es sind auch nur wenige Frauen von einem verurteilten Mörder in die Tiefen des Sherwood Forest verschleppt worden«, gab sie zurück.

Er legte beinahe nicht wahrnehmbar seine Stirn in Falten, während er ihren Standpunkt abwägte. »Ich glaube, Ihr unterschätzt möglicherweise die Auswirkungen –«

»Ich unterschätze nichts.« Das Licht der untergehenden Sonne wurde schwächer. »Worüber Ihr so galant vermeidet zu sprechen, ist meine Ehre.«

Ich bin jetzt in derselben Lage wie Eleanor, obwohl ich nichts dafür kann. Marian seufzte. »Ich danke Euch für Eure Besorgnis, aber ich glaube, im Augenblick ist meine Ehre nicht so wichtig. Sollen die Leute von mir denken, was sie wollen.«

Rauh sagte er: »Ihr braucht aber noch nicht alle Hoffnungen zu begraben.«

Es war ein gutgemeinter Trost, den sie annahm, weil es unhöflich gewesen wäre, ihn zu übergehen oder abzutun. Er wollte ihr nur helfen, obgleich nichts mehr zu retten war. »Natürlich nicht. Ihr werdet mich nach Ravenskeep bringen –«

Er unterbrach sie. »Ich hatte vor, Euch nach Nottingham zu bringen.«

Das traf sie unerwartet. »Zum Sheriff? Nach dem, was ich Euch erzählt habe?« Sie wußte nicht, warum, aber es versetzte ihr einen Stich. »Ich bitte Euch, bringt mich nach Ravenskeep.«

»Er wird erwarten, daß ich Euch zu ihm bringe.«

»Er mag erwarten, was er will. Ich bin weder seine Frau noch sein Mündel noch seine Tochter.« Sie schluckte. »Dieses Mißverständnis ist mich bereits teuer zu stehen gekommen ... wollt Ihr, daß ich dafür noch mehr bezahle?«

Sein Gesicht war bleich und angespannt, wieder starr wie eine Maske. Einen Moment lang war nur in seinen Augen Leben. Sie dachte, er würde sich wieder zurückziehen, nichts sagen und nichts unternehmen. Doch sie irrte sich.

Er streckte seine Hand nach ihr aus. Ungläubig sah sie, wie seine Finger zitterten, wenn auch nur leicht, und dann ruhig wurden. Er wartete.

Sie dachte an die Hand ihres Vaters, die er so oft nach ihr ausgestreckt hatte. *Aber er ist nicht mein Vater.*

»Hier entlang«, sagte er, als sie seine Hand berührte. »Der Weg geht nicht mehr sehr viel weiter, wenn ich mich recht erinnere. Wir werden zumindest bis dahin gehen –«

»Das brauchen wir nicht.« Sie bot ihm eine Ausflucht an, weil sie, ohne zu wissen, warum, merkte, daß sie sie für sich brauchte. »Ich sagte Euch, es ist egal –«

Sein Händedruck verstärkte sich und verhinderte ein Zurückweichen. »Es *ist* aber wichtig«, erklärte er schroff.

Das brachte sie zum Verstummen. Sie sah ihn an und bemerkte seinen starren Gesichtsausdruck und seinen leeren Blick. Plötzlich begriff sie. *Das tut er nicht für mich. Tut er es etwa – für sich?*

»Hier entlang«, sagte er.

Und Marian ließ sich von ihm führen.

30. Kapitel

Little John hockte neben Will Scarlets bewußtlosem Körper. Das Tageslicht schwand. Die Wärme des Frühlingstags wurde allmählich von der abendlichen Kälte verdrängt.

Er fühlte sich elend. Es war nur wenige Stunden her, daß er beim Jahrmarkt von Nottingham im Ring gestanden hatte. Nach dem Jahrmarkt hatte er wie üblich zu seinen Schafen zurückkehren wollen.

Ihm fielen wieder Will Scarlets Worte ein, der, vom Feuer des Hasses erfüllt, gesagt hatte, daß Little John nun geächtet sei, ein Mann ohne Zukunft. Es würde nur kurze Zeit dauern, bis der Sheriff erführe, daß der rothaarige Riese Will Scarlet geholfen hatte: Im Handumdrehen wäre Little John ein weiterer sächsischer Wolfskopf, ein für vogelfrei erklärter Mann.

Streng blickte er auf Will Scarlet. Der Mann lag reglos auf dem Boden. »Wolfskopf«, murmelte John. »Was wird denn nun aus *dir*?«

Eine Stimme drang aus dem Buschwerk in der Nähe. »Vielleicht mag er zu *uns* kommen.«

Erschreckt griff Little John nach dem Knüppel, den Marian hatte fallen lassen, dann erhob er sich hastig. »Komm da gefälligst heraus!« donnerte er, um mit der Lautstärke seine Furcht zu übertünchen, die er nicht zugeben wollte. »Ich kämpfe nicht gegen einen Schatten, wenn sich dahinter ein Mann verbirgt.«

Stille. Dann bat die Stimme: »Friede.« Sie klang belustigt. »Du wirst mit niemandem kämpfen. Ich habe Bogenschützen bei mir – kannst du vielleicht einen Pfeil mit einem Knüppel abfangen?«

Das konnte Little John nicht, aber er ließ in seiner Wachsamkeit nicht nach. »Komm da raus und beweis es mir.«

Wieder Stille. Dann traten drei Männer aus dem Schatten heraus. Zwei von ihnen hielten tatsächlich Pfeil und Bogen schußbereit. Sie trugen dunkle, unauffällige Kleidung, die der Kleidung einfacher Bauern entsprach: mit Ledergürtel zusammengebundene Tunikas, einfache Hosen und schlichte Lederstiefel. Sowohl Kleidung als auch Ausdrucksweise wiesen sie als Engländer niedriger Abstammung aus, die aber, weit entfernt von einem Dorf, vermutlich einer Beschäftigung nachgingen, die nicht mit dem Gesetz in Einklang stand.

Der dritte Mann trug ein Messer an seinem Gürtel und hatte einen Langbogen über der Schulter hängen. Lässig verschränkte er die Arme und grinste Little John an. »Was führt dich zu uns?«

Little John verbesserte Griff und Stand, um sich gegen einen Angriff von hinten zu rüsten. »Zu euch?«

»Sherwood Forest. Es war nicht unsere erste Wahl – wir hatten ein richtiges Zuhause, früher einmal, bis die Normannen uns daraus verjagten.« Er warf einen Blick auf Will Scarlet. »Du nanntest ihn einen Wolfskopf. Wieso?«

»Er ist einer.« Little John versuchte zu hören, ob sich ihm jemand von hinten näherte, ohne dabei jedoch seine Wachsamkeit vorne zu verringern. »Der Sheriff hat ihn zum Galgen verurteilt.«

Der Gesichtsausdruck des Mannes veränderte sich nicht. »Und warum hat er ihn dann nicht gehängt?«

Ich muß sie ablenken. Little John leckte sich die Lippen. »Eine lange Geschichte«, erklärte er. »Die es wert ist, bei einem Ale erzählt zu werden.«

»Ah, aber wir haben hier leider kein Ale.« Der unbewaffnete Mann war so dunkelhäutig wie ein Waliser, schlank und auf ruhige Art aufmerksam. Seine hellbraunen Augen und schnellen Bewegungen erinnerten Little John an einen Fuchs. »Ihr seid zu *uns* gekommen ... warum habt ihr euer Zuhause verlassen?«

Little John seufzte. Er erzählte ihnen alles über sich und das wenige, was er über Will Scarlet wußte.

Es genügte den anderen offenbar. Der dunkelhäutige Mann nickte. »Unterscheidet sich nicht sehr von den Geschichten, die wir sonst so hören.« Er machte eine Handbewegung, und die Bogensehnen wurden lockergelassen. »Meine zwei Freunde sind Clym of the Clough und William of Cloudisley. Mein Name ist Adam Bell.«

Little John fuhr auf. »Adam Bell – ? Aber – ich habe schon von dir gehört! Ihr seid Geächtete, Männer, die gesucht werden.«

Die Bogenschützen wechselten einen Blick. »Wolfsköpfe«, sagte Adam Bell sanft. »Früher waren wir nur einfache Landarbeiter, jetzt sind wir Könige in Sherwood Forest und erlaben uns am Wildbret des Löwenherz.«

Little John schaute zu den anderen beiden hin: Clym of the Clough hatte sandfarbenes Haar, eines seiner blauen Augen stand schief, und ihm fehlte ein kleiner Finger; der dunkelhaarige William of Cloudisley war viel jünger als die anderen beiden und lächelte so lieblich wie eine Maid.

In Will Scarlet, der noch immer auf dem Boden lag, kam Bewegung. Er hustete und spuckte. »Könige – ihr?« sagte er krächzend. »Ich sehe weder Juwelen noch Geld.«

Die Bogen wurden erhoben, zwei Pfeile aufgelegt. Adam Bell zuckte mit den Schultern. »Wir sind doch keine Dummköpfe, oder, uns beim Jagen unnötig zu beschweren?«

»Was jagt ihr denn?« fragte Scarlet. »Etwa mich, wegen des Kopfgeldes, das auf mich ausgesetzt ist?«

Adam Bell grinste. »Du bist wohl erst seit kurzem geächtet? Schmeichle dir nicht so. Ich bin eine Menge älter als du und weit mehr wert. O nein, ich sage nicht, daß wir noch nie Männer verkauft haben, aber nur, wenn sie sich als unwillig erwiesen.«

Das ließ Little John aufmerken. »Unwillig?«

»Ja. Es kostet Wegzoll, unser Gebiet zu durchqueren.«

Little John nickte, er verstand nur zu gut. »Und wenn wir kein Geld haben?«

»Bessere Männer, als ihr es seid, haben diesen Schachzug versucht.« Bell warf einen kurzen Blick auf seine Kumpane. »Wir verlangen nicht viel. Nur einen Hungerlohn. Soviel, daß wir Cloudisleys Frau etwas Nettes kaufen können.«

Der hold lächelnde William of Cloudisley nickte. »In zwei Tagen mache ich mich nach Carlisle auf. Eine Borte würde ihr gefallen.«

Langsam setzte Scarlet sich auf und befühlte vorsichtig seine

Nase. »Ich hab nix«, sagte er kraftlos. »Ich hatte schon nix, *bevor* der Sheriff mich einbuchtete; glaubt ihr etwa, er hat mir für die Logis in seinem Verlies 'nen Penny gegeben?«

Ungerührt zuckte Adam Bell mit den Schultern. »Dann werdet ihr eben etwas stehlen.«

Marian stand auf der Lichtung und schaute zu, wie der Mond über die Baumwipfel kletterte. Er war noch nicht ganz voll. Sein silbergoldenes Licht zog sich glühend über Baumstämme und Äste und Blätter. *Ich wünschte* – doch sie brach ab, untersagte sich, den Gedanken selbst nur innerlich auszusprechen.

Sie hatte sich während der Zeit bei Will Scarlet nicht überlegt, was wohl passieren würde, noch hatte sie sich erlaubt, auch nur mit einem Gedanken an die allzu lebhaften Vorstellungen zu denken, die sie seit ihrer Kindheit plagten. Sie war völlig eingenommen gewesen von der Gefangenschaft und dem Bedürfnis, ihr zu entkommen. Sie hatte sich verboten, an die Zeit danach zu denken.

Nun stand sie unter dem mondhellen Himmel, gerade noch rechtzeitig aus den Klauen des geistesgestörten Will Scarlet gerettet, dessen Frau zu Tode vergewaltigt worden war, und dachte nur an das Jetzt und an die Nacht, die vor ihr lag.

Eine einzige Nacht, nicht mehr, und doch waren hundert verschiedene Enden möglich – im Geiste, wenn nicht im Leben; in der Zukunft, wenn nicht in der Gegenwart. Nur eine Nacht – ohne Anstandsbegleitung in der Gesellschaft eines Mannes verbracht – würde ihre Aussicht auf ein geordnetes Leben zerstören.

So mußte es William deLacey gegangen sein, als er erfuhr, daß seine sorgfältig geschmiedeten Pläne für Eleanor nur durch die lustvolle Schwäche des Augenblicks zerstört worden waren... Sie verzieh ihm seine Methoden nicht; beinahe wäre auf sein Geheiß hin ein unschuldiger Mann zum Krüppel geworden. Aber sie konnte ihn nun verstehen.

Marian biß sich auf die Unterlippe. *Ich würde es lieber nicht verstehen.* Doch sie begriff es nur zu gut. Alle Unschuld war verbannt.

Sie hatte keine andere Wahl, gewiß. Wenn sie weitergingen, riskierten sie, sich zu verlaufen oder, schlimmer, den menschlichen Bestien zum Opfer zu fallen, die in den Tiefen des Sherwood Forest lauerten.

Sie würde sich nicht beklagen. Sie würde nicht einmal darüber sprechen, nicht einmal beiläufig; Locksley – *Robin* – würde sich nur Vorwürfe machen, daß er sie nicht früher aufgespürt hatte. Um seinetwillen, nicht ihretwillen, denn ihr Instinkt sagte ihr, daß das wichtig war, würde sie ihren Mund halten und es mit sich selbst ausmachen.

Marian schloß die Augen. *Laß mich stark genug sein.*

Laute drangen zu ihr. Robin schnitt zarte Zweige, um ihr ein Bett daraus zu bereiten.

Marian seufzte leise, damit er sie nicht hörte. Ihre Kleidung war klamm, sie hatte Schmerzen, Hunger und war erschöpft. Ihre Augen brannten. Ich werde heute nacht bestimmt nicht schlafen, gleich wie gut das Lager sein wird. *Mir ist kalt, und mein Kopf ist voller Gedanken*... Doch das behielt sie für sich. Es zu sagen, wäre unhöflich und taktlos gewesen.

»Fertig«, sagte er schließlich.

Sie drehte sich um. Er stand neben einem armseligen Hügel aus Blättern und Laub, die zu einem Bett aufgehäuft waren. Das Mondlicht schmeichelte seinem zerschundenen Gesicht, es vergoldete die wunderbare Symmetrie seiner Knochen.

Ich habe ihn einmal dazu gebracht, mich zu küssen, damals unter dem Mistelzweig.

Sie verbannte den Gedanken jedoch sofort wieder, plötzlich schamerhitzt. Ohne etwas zu sagen, legte sie sich auf das Bett. Reglos lag sie da, die Augen zugedrückt, den Unterkiefer angespannt, und versuchte, ruhig zu atmen. Sie hoffte, die Dunkelheit würde ihr Gesicht verbergen.

Stille.

»Nun?« fragte er schließlich. »Es wäre natürlich bequemer, wenn ich einen Mantel darüber hätte werfen können, aber ich ließ meinen beim Pferd.«

Sie konnte ihm nicht die Wahrheit sagen: Selbst ein Mantel würde ihr nur wenig Ruhe bieten. »Es wird es tun«, sagte sie ruhig.

Er nickte. »Steht auf.«

»Aber ich habe mich doch gerade erst –«

»Bitte.«

Sie stand wie verlangt auf und zupfte sich Blätter und Zweige aus Haar und Kleid. Schweigend schaute sie zu, wie er sich hinlegte, um das Bett zu prüfen. Er war still. Dann sagte er mit unendlicher Ironie: »Ihr seid sehr höflich.«

Er bewegte sich nicht, dennoch knackten einige Zweige. »Das ist das unbequemste Bett, auf das ich jemals mein Haupt gebettet habe.«

»Ja«, gab sie zu und lachte.

»Und da rechne ich den harten Boden im Heiligen Land mit, wo der Sand nachts lebendig wird und zwischen Zehen und Augenlider schlüpft.« Er setzte sich auf und schüttelte sich das Haar aus dem Gesicht. »Ich fürchte, das wird eine etwas ungemütliche Nacht, in der keiner von uns schlafen wird.«

Nun konnte sie ihm die Wahrheit sagen. »Ich bin zu erschöpft zum Schlafen. Mir schwirrt der Kopf.«

Locksley nickte, die Ironie war verschwunden. »Die Nacht wird dadurch aber lang.« Er erhob sich, ohne dem noch etwas hinzuzufügen, aber sie fragte sich, was für Nächte das gewesen waren in dem Land, das so weit von England entfernt war.

Sie wollte etwas sagen. Irgend etwas. Sie wollte ihn reden hören. Und so stellte sie ihm eine einfache Frage, die ihr am angebrachtesten schien. »Wart Ihr in Jerusalem?«

Vollkommene Reglosigkeit. Robert of Locksley war wie aus Stein.

»Vergebt mir«, platzte sie erschrocken heraus. »Wenn ich etwas Falsches gesagt habe ... ich wollte Euch nicht ... es tut mir leid –« Die wiederholten Beteuerungen machten es nur noch schlimmer, deshalb brach sie sie plötzlich ab.

Sein Gesicht war wieder starr wie eine Maske. Seine Stimme klang tot: »Ich war nicht in Jerusalem.«

Die Hände auf dem Rücken, schritt William die volle Länge der Halle ab. Er hoffte, irgend etwas zu finden, was er bemängeln konnte. Aber er fand nichts. Walter hatte getan, was von ihm verlangt worden war. Kerzen von guter Qualität füllten selbst die Ecken mit Licht.

Ein Mann trat auf ihn zu, seine Rüstung schimmerte matt. »Mylord.« Es war Archaumbault, der Kastellan.

DeLacey warf ihm kurz einen Blick zu und nickte gedankenverloren, dann begann er langsam, zurück zum Podest zu gehen. Er machte Archaumbault ein Zeichen, ihm zu folgen. Der Soldat wartete, bis deLacey die Estrade erreicht hatte und sich in seinen großen Stuhl setzte. DeLacey machte eine auffordernde Geste.

»Mylord.« Der Veteran beugte seinen Kopf. »Ich bin sicher, daß wir, sobald es Morgen ist, diesen Scarlet sehr bald ausfindig machen werden –«

»Morgen?« fragte deLacey. »Dann habt Ihr sie also noch nicht gefunden?«

Archaumbault zögerte. »Noch nicht, Mylord, aber –«

»Der Abend ist bereits hereingebrochen, und dennoch treibt sich Will Scarlet noch immer mit Lady Marian herum?«

Archaumbault, der endlich begriff, hatte den Anstand zu erbleichen. Er schwieg.

»Ah.« DeLacey nickte. »Ich sehe, Ihr versteht.«

Archaumbault wagte einen neuen Vorstoß. »Am Morgen werden wir in den Wald zurückkehren –«

»Und wen vorfinden?« Der Sheriff beugte sich angespannt vor. »Sagt schon, Archaumbault... wen genau werdet Ihr vorfinden?«

»Mylord, den Geächteten –«

»Und Lady Marian?«

»Und die Lady, ja, natürlich... Lady Marian –«

DeLaceys Stimme war so scharf wie ein Peitschenhieb. »Und in welchem *Zustand*, Archaumbault?«

Archaumbault holte tief Luft. »Was den Zustand der Lady anbelangt, werden wir natürlich jede Vorsichtsmaßnahme ergreifen, um sie zu schützen –«

DeLacey umklammerte die Armstützen. »Vor was, Archaumbault? Was ist denn dann noch übrig, was Ihr schützen könnt? Bis morgen früh kann sich jeder Geächtete unter ihren Röcken erfreut haben!«

DeLacey lehnte sich wieder zurück. Abschätzig betrachtete er seinen Kastellan. »Sie bedeutet mir viel, Archaumbault. Ihr Vater, Sir Hugh, und ich waren gute Freunde. Könnt Ihr Euch vorstellen, wie es ist, in dem Bewußtsein zu leben, daß Ihr mit Eurem Versagen das Leben einer schönen, jungen Frau zerstört habt?«

»Wenn sie sie nicht umbringen –«

»Sie wird wahrscheinlich Selbstmord begehen.«

Archaumbault bekreuzigte sich. »Gott verbietet so eine Sünde, Mylord –«

»Ja, ja.« DeLacey winkte ab. »Es gibt natürlich eine andere Lösung.«

»Die Kirche, Mylord.«

Wenn sie sich der Kirche verschreibt, gehen ihre Ländereien mit ihr. DeLacey lächelte grimmig. »Wenn sie sich der Kirche verschreibt, gibt sie das auf, was einer Frau wie Lady Marian äußerst kostbar ist. Ihre Freiheit, Archaumbault. Nein, ich glaube, es obliegt mir, für die Tochter meines besten Freundes in dem Augenblick der größten Not zu sorgen. Bringt sie zu mir, wenn Ihr sie findet. Egal, was sie sagt, bringt sie zu mir.«

Mit ihrer unschuldigen Frage hatte Marian die Erinnerungen wieder heraufbeschworen. Das hatte sie nicht gewollt; es tat ihr leid. Und er wußte das. Dennoch war es ihm wieder gegenwärtig: die Sonne, die Hitze, der Sand und der Gestank nach frischvergossenem Blut. Die Schuld und die Scham.

Ihr Gesicht war bleich. »Es ist zu vertraulich«, stieß sie krampfhaft hervor.

»Ja.« Das war alles, was er herausbrachte.

Marian nickte steif. Schweigend ging sie zu dem primitiven Bett. Es war furchtbar unbequem, aber sie würde sich darauf legen, um sich für ihre Taktlosigkeit zu bestrafen.

Sie hatte jedes Recht zu fragen, und er jedes Recht, ihr die Antwort zu verweigern.

Marian legte sich hin. Er betrachtete sie einen Augenblick; er wußte, daß er sie verletzt hatte, wußte aber nicht, warum; und er wußte, daß sie mehr verdiente, als seinen Schmerz zu sehen, aber er konnte ihr nichts geben, außer der Wahrheit, und die wäre noch schmerzlicher.

Sie lag mit geschlossenen Augen auf dem Rücken. Er bezweifelte, daß sie schlafen würde. Er wußte, daß er es jedenfalls nicht würde.

Er wandte sich von ihr ab und setzte sich unter einen Baum, lehnte sich mit dem Rücken an den Stamm. Zwei Schritte trennten ihre Körper. Viel mehr als ihre Seelen.

Sie sollte es erfahren. Aber er konnte es ihr nicht sagen.

Erneut regten sich seine Schuldgefühle. *Jemand sollte es erfahren.*

Jemand *hatte* es erfahren. Doch Richard lag in einem Verlies.

Wieder sah er zu FitzWalters Tochter, die steif auf dem Boden lag. Die Stimme ihres Vaters hallte dröhnend in seinem zerschundenen Schädel. *Und bitte sagt ihr, ich bitte Euch sehr, wie sehr ich sie liebe.*

»Robin.« Ihre Stimme klang sanft. »Ich habe ein Recht darauf, es zu erfahren.«

Jäh spürte er seine Erregung, die ihm so lange fremd gewesen war, die er unterdrückt hatte, damit sie zu keinem Mißbrauch führen konnte. Ihre Stärke raubte ihm den Atem. »Nein –« Sie würde sein Nein mißverstehen, natürlich, sie würde ihn abweisend finden; und das stimmte ja auch, wenngleich aus einem anderen Grund. Er verweigerte sich ihr in Rede und fleischlichem Verkehr, weil, wenn er sich die Freiheit nähme, würde das zu einem vollständigen Verlust seiner Selbstbeherrschung führen: seelisch und körperlich.

Locksley biß die Zähne aufeinander. Was würde ihr Vater wohl sagen, wenn er wüßte, daß der Mann, an dessen Stelle er gestorben war, sich danach sehnte, mit seiner Tochter zu schlafen?

Was würde Richard dazu sagen?

31. Kapitel

Will Scarlet lag auf dem Rücken und starrte in den blätterverhängten Nachthimmel. *Meggie,* klagte er, *das is' nicht, was wir gewollt haben. Das is' nicht, was wir geplant haben.*

Doch es änderte nichts. Zuviel war geschehen. Er war zu etwas geworden, was diejenigen aus ihm gemacht hatten, die sich für etwas Besseres hielten, aber die Zeit für eine Änderung war gekommen. Nun war es an *ihm*, aus sich das zu machen, was er sein würde.

Dieb, sagte er im stillen und versuchte zu spüren, wie sich das anfühlte.

Es war nicht, was er gewollt hatte. Es war nicht, was er geplant hatte. Der Wurm der Scham regte sich schmerzhaft und nagte an seinem Gehirn.

Plötzliche Tränen in seinem Rachen erschwerten das Schlukken. Ich wünschte, du wärst hier, meine Meggie. Bei Gott, ich wünschte, du wärst hier.

Aber Meggie war für immer von ihm gegangen.

Marian holte zitternd Luft und unterdrückte das Verlangen, Robert von Locksley anzuschreien. Er war nicht der einzige, der bekümmert war, der den Schmerz und die Verwirrung des Verlusts kannte.

Ruhig wiederholte sie: »Ich habe ein Recht, es zu erfahren.«

»Er ist tot«, sagte Locksley schroff. »Reicht das nicht?«

Das tat es, aber sie bohrte trotzdem weiter, weil sie es wissen wollte. Weil sie wollte, daß er darüber sprach, daß er das Wissen mit ihr teilte, das ihn so unbarmherzig peinigte. »Ihr sagtet, er starb an Eurer Stelle.«

Ein mattes »Ja«.

»Und daß die Sarazenen Euch gefangengenommen hatten.«

»Ja, das sagte ich.«

Marian schloß die Augen. Sie war sich bewußt, daß sie sich

gerade an einem Abgrund entlanghangelte. »Manche Männer stellen etwas... Manche *Menschen* stellen etwas so dar, wie es ihrem Wunschbild entspräche. Selbst wenn ihre Erinnerung nicht der Wahrheit entspricht.« Sie hoffte, das war genug, ohne zuviel zu sein.

Seine Worte offenbarten, daß er sie verstanden hatte. »Ich ließ ihn im Stich. Er starb.«

Nicht mehr. Keine langen Entschuldigungen, keine Bitte um Verständnis, kein Aufschrei um Vergebung.

Sieben einfache Worte. Wegen der ersten fünf war ihr Vater tot.

Ruhig sagte sie: »Männer sterben nun mal im Krieg. Mein Vater wußte das sehr wohl. Jedesmal, wenn er davonritt, bat ich ihn zurückzukommen. Er sagte, er würde es, wenn er könnte.«

Locksley schwieg.

»Ich vermisse ihn, ich trauere um ihn – ich würde alles darum geben, ihn wiederzuhaben –, aber wie kann ich mir Vorwürfe machen, daß *ich* es nicht schaffte, ihn zurückzuhalten? Ihr überlebtet, er starb. *Was* könnt Ihr Euch vorwerfen?«

Seine Stimme war belegt. »Ihr seid kein Priester.«

»Und deshalb kann ich Euch keine Absolution erteilen?« Wenn es nicht so ernst gewesen wäre, hätte Marian gelacht. »Aber darum seid Ihr hierhergekommen. Euch hat nicht der Sheriff geschickt; für ihn stellt Ihr eine Bedrohung dar.« Sie fragte sich flüchtig, warum es ihr so wichtig war, daß er seine Selbstverachtung aufgebe. »Nein, Ihr kamt, um Eure Schuld zu tilgen und um die Absolution zu finden, die Ihr sucht.« Sie holte tief Luft, um sich zu beruhigen. »Wäre ich nicht FitzWalters Tochter, wärt Ihr noch in Nottingham.«

»Hört bitte auf!« sagte er.

Marian gab nicht nach. »Ich vergebe Euch, Robert von Locksley. Ich erteile Euch hiermit die Absolution. Und ich bin, auch wenn ich kein Priester bin, die einzige, die das vermag.«

Als er nicht antwortete, sah sie zu ihm hinüber. Sie konnte ihm nicht ins Gesicht blicken, weil er die Hände davorgelegt hatte.

Endlich hob er den Kopf. Sein Gesicht gab den inneren Aufruhr preis, den Jungen im Mann, der in seinem Schmerz so verwundbar war. »Es war auszuhalten, weil es sein mußte, weil man sich irgendwann daran *gewöhnt* – es geht nicht anders, wenn man weiterleben will.« Er zog eine gequälte Miene. »Tot ist tot, nicht mehr; Fleisch, das verwest. Denn wenn man darüber nachdenkt...« Er atmete tief durch. »In den ersten Tagen meiner Gefangenschaft hatte ich es *vergessen*... ich vergeudete keinen Gedanken an ihn, denn ich konnte nur an mich denken, den weißhaarigen Liebling des Löwenherz –« Er erstarrte und schlug mit dem Kopf gegen den Baum. »Als ich mich dann wieder daran erinnerte, konnte ich nicht mehr *aufhören*, daran zu denken. Er war mehr als irgendein toter Mann. Er hatte mich um eine *Gefälligkeit* gebeten – er hatte mir von seiner Tochter erzählt und von seinen Hoffnungen, seinen Plänen für sie ... versteht Ihr? Er hat mich den Menschen sehen lassen, nicht den Ritter...« Er schauderte. »Schließlich kehrte ich zurück, nach *Hause* – und da war sie. Sir Hugh FitzWalters Tochter. Sie stand vor mir, *atmete*, war nicht tot, sondern so *lebendig*... die letzte Spur des Mannes, der an Richards Seite starb, weil ich nicht an meinem Platz war. Weil *ich* versagt hatte.«

Tränen rannen ihr über die Wangen, und sie biß sich auf die Unterlippe.

»Ihr ähnelt Eurem Vater sehr. Ihr wißt nicht – Ihr *könnt* nicht wissen, wie es war... wie Ihr vor mir standet, die Botschaft nicht kanntet – Euch zu sehen und zugleich *nicht* zu sehen, sondern statt dessen ihn, in dem Augenblick, bevor sie ihn töteten.«

Marian schloß die Augen.

Es kam völlig unerwartet. »Er wollte, daß ich Euch sage, wie sehr er Euch liebt.«

Verständnislos starrte sie ihn an.

»Ich konnte es Euch nicht sagen«, erklärte er. »Ich sollte es Euch sagen... aber –« Er fuhr sich durchs Haar. »In der letzten Zeit hat es vieles gegeben, was ich nicht aussprechen konnte. Gegenüber meinem Vater, gegenüber anderen –« Er seufzte.

»Aber vor allem Euch selbst gegenüber.«

Er sah sie an. Sein Gesicht war starr. Dann wandte er sein Gesicht ab und verschloß sich vor ihr. Sie wußte, ohne zu wissen, warum, daß er wieder seine Mauer um sich herum aufbaute, Stück für Stück.

Marian blickte zu den Sternen hoch. *Dann werde ich sie eben einreißen müssen.*

»Es ist nicht richtig«, verkündete Little John in der Dunkelheit. Anders als Scarlet tat er nicht so, als schliefe er, sondern saß an einen Baum gelehnt.

Scarlet antwortete nicht. *Was gibt es denn sonst für eine Möglichkeit? Soll ich mich etwa von Pfeilen durchbohren lassen?*

Adam Bell und seine zwei Männer waren nur wenige Schritte von ihnen entfernt, sie redeten miteinander, zweifellos entging ihnen aber nicht die Unnachgiebigkeit des Riesen, die sie, so fühlte Scarlet, auf ihn übertragen könnten. Deshalb sprach er zu ihren Gunsten, ebenso wie zu seinen. »Was macht es schon, wenn du jemandem etwas wegnimmst, was er auf unrechtem Wege erworben hat?«

»Aber was ist, wenn ich jemanden bestehle, der nicht reicher ist als wir? Was ist, wenn es ein Bauer ist, der dem Sheriff Steuern schuldet –«

»Das macht auch nichts«, unterbrach Scarlet ihn.

»Besser wäre es, wir würden den Sheriff ausrauben.«

»Wer kann das schon schaffen? Selbst *du* hast keine Chance gegen ihre Armbrüste.«

»Dann rauben wir die normannischen Lords aus.«

Adam Bells Stimme drang deutlich durch die Dunkelheit zu ihnen herüber. »Bei Kaufleuten ist es einfacher.«

»Und Juden«, fügte Cloudisley hinzu.

Clym of the Clough lachte. »Außerdem wären da noch die Geistlichen.«

Little John fragte erschrocken: »Ihr überfallt Geistliche?«

»Warum denn nicht?« fragte Bell. »Sie bestehlen uns doch auch, oder nicht? Sie bereichern sich an uns.«

Der Riese raufte sich die Barthaare. »Ich bin Schäfer. Ich werde nach Hathersage zurückkehren. Ich werde nicht einen einzigen Penny stehlen.«

»Aber *ich*«, fuhr Scarlet ihn an, wütend, daß er, anders als der Riese, nichts hatte, zu dem er zurückkehren konnte. »Dann geh doch heim zu deinen Schafen. Sei ein anständiger Mann, bis der Sheriff kommt und dich holt.«

Der Riese sagte leise: »Er hat gesagt, er würde für mich sprechen.«

»Wer – dieser Bauer?« Scarlet lachte heiser.

»Er ist kein Bauer«, erklärte Little John.

»Was dann ... ein Lord? Ein *Lord* wird also für uns sprechen?«

»Er ist kein Normanne«, sagte Little John. »Er ist Engländer wie wir.«

»Er wird jedenfalls *nicht* für uns sprechen«, erklärte Scarlet. »Warum sollte er? Auch wenn er Engländer ist, wenn er ein Lord ist, dann steckt er mit den Normannen unter einer Decke. Dummkopf!«

Der Riese lachte. »Denkst wohl, ich spinne, ja? Aber keiner weiß, daß ich hier bin. Hinter *mir* ist niemand her.«

»Morgen schon«, gab Scarlet zurück.

»Morgen gehe ich zurück.«

»Ach ja?« Adam Bell sprach sanft. »Aber erst *nachdem* du deinen Wegzoll bezahlt hast.«

»Ich gehe, wohin ich will, und *tue*, was mir paßt –«

»Ja«, pflichtete Scarlet ihm bei. »Aber nur so lange, bis der Sheriff etwas anderes sagt.«

»In zwei Tagen«, sagte Adam Bell. »In zwei Tagen wissen wir es.«

»Was wißt ihr dann?« fragte Little John argwöhnisch.

»Ob du nach Hause zu deinen Schafen gehst oder bei uns bleibst.«

»Bei *euch* –«

»Oder bei einer anderen der fröhlichen Banden, die außerhalb des Gesetzes leben.« Bells Tonfall war ruhig und trocken, aber sehr bestimmt. »Ich habe meine Mittel, herauszufinden, was der Sheriff vorhat. In zwei Tagen wissen wir es.«

»Und ich?« fragte Scarlet barsch. »Was ist mit mir?«

Bell antwortete nicht sofort. Schließlich sagte er: »Ein Mann wie du ist uns willkommen. Wir können jeden gebrauchen, der gerne Normannen tötet.«

Scarlet grunzte zustimmend. Doch tief innerlich schämte er sich.

Das is' nicht, was wir gewollt haben. Das is' nicht, was wir geplant haben.

Aber Meggie antwortete nicht.

William deLacey saß in einem seiner Privatgemächer. Daß er noch nicht im Bett war, lag an Prinz John, der ihn beauftragt hatte, zusätzliche Steuern zu erheben und diese nach Lincoln zu bringen, wo John persönlich dafür sorgen wollte, daß das Geld als Lösegeld nach Deutschland geschickt würde, um König Richard auszulösen.

Das würde John natürlich nicht machen, denn er schlug zwei Fliegen mit einer Klappe, wenn er es nicht tat: Er füllte seine eigene Schatztruhe, und er hielt Richard aus England fern.

John an der Macht hieß irgendwann John als *König*; die Leute würden nicht länger einen Stellvertreter akzeptieren, als sie mußten, und außerdem war da noch William Longchamp, der Bischof von Ely, den Richard mit der Amtsführung betraut hatte. Longchamp war Kanzler, aber er hatte John unabsichtlich die unangenehme Arbeit abgenommen, die Steuern einzutreiben, die für Richards Lösegeld nötig waren. Nun haßte das Volk Longchamp und wollte, daß er verschwand, was John im Moment von Nutzen war; aber würden sie John mehr akzeptieren? Zumindest arbeitete Longchamp ehrenhaft, wenn auch zu beflissen, im Interesse des Königs.

Ein Klopfen an der Tür riß ihn aus seinen Gedanken. »Lord Sheriff?«

DeLacey seufzte. »Ich bin bereits zu Bett gegangen.«

»Mylord, ich habe Neuigkeiten. Bezüglich des Mannes, den wir festnehmen sollten.«

»William Scathlocke?« DeLacey erhob sich eilig und ging zur Tür, die er entriegelte und aufstieß.

Archaumbault stand im Korridor. »Mylord, nein – nicht *den* Mann, Mylord. Den anderen. Den Minnesänger.«

DeLacey war verstimmt, auch wenn er das Archaumbault nicht zeigte. Der Mann, der seine bereits entehrte Tochter geschändet hatte, interessierte ihn nicht mehr besonders. »Gut. Welche Neuigkeit?«

»Er wurde in einer Wirtschaft gesehen, Mylord. Ich schickte die Wache nach ihm aus.«

»Sehr gut. Gebt mir Bescheid, falls sie ihn haben.« DeLacey schloß die Tür.

»Der Minnesänger«, murmelte er, »ein passendes Hochzeitsgeschenk für die Frau, die so redegewandt dafür eintrat, daß ich seine Zunge erhalte. Und dazu noch gerade zur rechten Zeit. Morgen vielleicht – oder übermorgen.« Er ging zum Tisch und hob den glänzenden Kelch. »Auf Marian FitzWalter – schon bald deLacey.« Er lächelte in Vorfreude. »Sehr, sehr *bald*.«

32. Kapitel

Der Wald war kalt, feucht, dunkel und voller Geräusche der Nacht. Much kniete versteckt im Gebüsch und starrte auf die Frau, die seine Prinzessin war. Sie lag reglos da, verkrampft, als hätte sie Angst zu atmen. Much hatte ihre letzten Sätze gehört, doch deren Sinn nicht verstanden.

Much umklammerte seine Schuhe. Er wollte sie ihr geben. Doch er brachte nicht den Mut dazu auf. Der Narr des Königs stand zu niedrig, als daß er zur Prinzessin sprechen durfte.

Irgendwann würden sie schlafen. Dann würde er sich an ihre Seite schleichen und die Schuhe dort abstellen.

Der Earl von Huntington schlief tief und fest, als sein Diener ihn aufweckte. Ein Blick auf Ralph vertrieb jeden Gedanken daran, ihn auszuschimpfen.

Der Earl setzte sich auf und langte nach seinem Morgenrock. »Was ist?«

»Mylord.« Ralphs Gesicht war bedrückt und ohne Farbe. »Mylord, Alnwick ist hier.«

»Alnwick ... Eustace de Vesci ist hier? *Jetzt*?«

»Ja, Mylord. Was soll ich ihm ausrichten?«

»Mein Gott«, hauchte der Earl. »Sag ihm, ich bin sofort bei ihm. Gleich!«

»Mylord.« Ralph verbeugte sich und hastete zur Tür.

»Und Ralph ...« Der Earl stieg aus dem Bett. »Bei Gott, Ralph, sag ihm, daß der *Count of Mortain* hier ist!«

Die Wirtschaft wurde nur von trübem Kerzenschein erleuchtet. Die Wände bestanden aus mit Lehm beworfenem Flechtwerk, das Stroh des Daches war schütter wie das Haar eines alten Mannes. Alan of the Dales war an beträchtlich Besseres gewöhnt, aber er hatte das Gefühl, daß es unter diesen Umständen diese Wirtschaft genauso tun würde wie jede andere, da es unwahrscheinlich war, daß der Sheriff oder seine Männer einen solchen Ort aufsuchen würden.

Er hatte sein Ale halb ausgetrunken, den Krug noch an den Lippen, als eine Hand sich auf den Krug senkte und ihn auf den Tisch zurückdrückte. »Freund«, erklärte der Mann, »du machst dich besser auf den Weg.«

Aggressives Verhalten war Alan fremd, der Beleidigungen auf diplomatische Art entgegentrat, aber das war zu viel. »Nein«, erwiderte er matt und hob seinen Becher wieder.

Erneut drückte der Mann den Krug zurück, so heftig, daß Ale über den Rand lief. »Freund«, sagte er angespannter, »ich versuche, dir das Leben zu retten. Die Wache wurde nach dir ausgeschickt.«

Ein Angstschauder durchfuhr Alan. »Woher weißt du denn das? Wer bist du überhaupt? Und warum sollte ich dir glauben?«

Der Mann lächelte, jedoch ohne Humor. Er war dunkelhäutig,

dünn und hatte nur noch eine Hand. »Ich weiß es, weil ich es weiß; weil ich dafür bezahlt werde, es zu wissen. Wer ich bin, tut nichts zur Sache. Und warum du mir glauben sollst – dann tu's halt nicht, Freund Minnesänger... aber du wirst dafür bezahlen, das versprech ich dir.«

Alan konnte den Blick nicht von dem halbverheilten Stummel des rechten Arms wenden, den ihm der Mann unter die Nase hielt.

»Ich habe meinen Preis bezahlt«, sagte er kühl. »Trag deinen Burgverliesgestank woanders hin.«

Der Mann zucktc mit den Schultern. »Wie du willst, mein hübscher Junge. Aber du wirst keine Lieder mehr singen können, wenn der Sheriff fertig mit dir ist, noch wirst du die Laute mit nur einem Stumpen statt einer Hand spielen können. Du wirst gesucht. Dem Sheriff bedeutet seine Tochter viel.«

Niemand konnte davon wissen. Niemand außer dem Sheriff und Eleanor – und Robert von Locksley und dem FitzWalter-Mädchen. Er zweifelte, ob der Sheriff oder Eleanor ein Wort darüber verlieren würden, und Locksley hatte zuviel für Alan getan, um das Gerücht auszustreuen; blieb also nur noch Marian. Und die war selbst in Gefahr, wenn das, was man erzählte, stimmte.

»Woher weißt du das alles? Und warum erzählst du es mir?«

»Du bist einer von uns«, erklärte der Mann. »Auch wenn du das noch nicht weißt. Und nun werde *ich* verschwinden, bevor mich die Wache ergreift und ich auch noch die andere Hand verliere.«

»Alnwick ist hier?« John starrte de Pisan an. »Seid Ihr Euch da sicher?«

»Ganz sicher, Mylord. Gerade eben wurde der Earl geweckt.«

»Bei Gott, er empfängt einen Verräter...« Alnwick war zwar bis jetzt noch nicht angeklagt worden und würde es wahrscheinlich auch nicht werden, aber so genau nahm es John damit nicht. »Was ist mit den anderen? Ist Robert FitzWalter hier? Und was ist mit Geoffrey de Mandeville?«

»FitzWalter ist nicht da, auch der Earl von Essex nicht. Nur Alnwick, Mylord.«

»Bei Gott, das hätte ich nicht von Huntington gedacht. All diese Lügen über die Burg ...« Er blickte de Pisan finster an. »Sie wollen den Thron für sich.« Wütend kaute er auf seinem Daumennagel herum, obwohl kaum noch etwas davon übrig war. »Allein de Vesci und FitzWalter –« Er hielt inne. »Das Mädchen. Ist sie keine FitzWalter?«

»Vielleicht eine Verwandte, Mylord.«

»Und vielleicht hat sie teil an der Verschwörung.«

De Pisan runzelte die Stirn. »Eine Frau, Mylord?!«

»Ja, eine Frau, de Pisan ... wer könnte sich schließlich besser meine Gunst erschleichen? Findet über sie heraus, was Ihr könnt, Gilbert. Wenn sie mit dem Lord of Dunmow zusammenhängt ... wird sie es bereuen.«

»Ja, Mylord.«

»Findet heraus, warum de Vesci hier ist. Findet heraus, was Huntington weiß. Findet heraus, was Marian FitzWalter mit *Robert* FitzWalter, dem Lord of Dunmow, zu tun hat.«

»Mylord.« Gilbert de Pisan machte eine tiefe Verbeugung.

»Immer diese Verschwörungen«, murmelte John. »Werden sie denn nie müde, sich zu verschwören?«

Er lag auf dem Bauch im Sand, verbrannte lebendig in seiner Rüstung. Sand drang in seinen Mund, in seine Nase, in seine Augen, sogar während er ausspuckte. Er atmete, versuchte, Luft zu bekommen, und inhalierte statt dessen Sand. Er hustete, würgte, schluckte und wurde dazu gezwungen, noch mehr Sand zu schlucken, weil ihnen das so gefiel.

Dann packte ihn eine Hand am Haar und zerrte seinen Kopf hoch. Jemand stand auf seinem Kreuz, damit sein Rumpf liegenblieb, während der Kopf nach hinten gebogen wurde.

Sie würden ihm die Kehle durchschneiden.

Krampfhaft schlug er um sich und hörte das animalische Grunzen, das aus seiner Kehle drang. Seine Lippen zogen sich vor Anstrengung zurück und entblößten seine zusammengebissenen Zähne, auf denen der Sand klebte.

Ein Fuß glitt unter seine Hüfte und stieß gegen seine Genitalien.

Wieder schlug er um sich, während er dachte, daß sie sie ebensogut abschneiden könnten und seine Männlichkeit und Blut unter der sarazenischen Sonne vergießen.

Auf einmal erblickte er ihn – Sir Hugh FitzWalter, der Richards Seite entrissen war. So wie er von ihm getrennt worden war, von einem Schlag auf den Kopf niedergeworfen, so auch Hugh FitzWalter. Die Engländer scharten sich um ihren König und zerrten ihn aus der Gefahrenzone heraus, während Robert von Locksley und Hugh FitzWalter von den Sarazenen gefangengenommen wurden.

Er war Richards Liebling und deshalb für sie viel wert. FitzWalter war nur ein Soldat: Sie nahmen ihm seine Rüstung ab und hieben ihn in Stücke, zerstückelten ihn, noch bevor er richtig tot war.

Den Kopf warfen sie Locksley zu, dabei schrien sie etwas auf arabisch. Der Kopf landete nah bei ihm, und das Blut spritzte über ihn. Er konnte die Augen sehen, die vor Schock geweitet waren, die flach und stumpf und tot waren, aber ihn trotzdem noch anstarrten.

Locksley fuhr zusammen und wachte auf. Schweiß perlte auf seiner Stirn, und er zitterte. Es passierte *von neuem.*

Dann sah er die Gestalt neben Marian. Locksley sprang auf die Füße, unter ihm knackten Zweige ... Die geduckte Gestalt wirbelte herum, dann war sie auf den Beinen und rannte zwischen die Bäume, während Marian erwachte. »Was –?« begann sie.

Doch Locksley war verschwunden. Er war sich einer tödlichen Ruhe gewahr. *»Insh'Allah«*, murmelte er. Die Überreste seines Traums waren Wirklichkeit geworden.

33. Kapitel

Eustace de Vesci war, körperlich wie seelisch, ein Bulle von Mann. Manche verglichen ihn mit dem König, nur daß de Vesci, Lord of Alnwick, ein dunkler Typ war, sowohl was Haut als auch was das Haar anging. Als der Earl von Huntington die Kammer betrat, war

Alnwicks Gesicht jedoch kränklich bleich. »Er ist *hier*?« sagte er nur.

Der Earl machte die Tür fest zu. Sie hatten nicht viel Zeit; die Burg war voll von Johns Leuten, und er traute keinem von ihnen. Er hatte sich in der Zwischenzeit wieder etwas beruhigt und seine Atemzüge unter Kontrolle. »Er hat mich nicht vorgewarnt«, sagte er ruhig. »Glaubt Ihr, ich hätte Euch sonst nicht benachrichtigt?«

De Vesci fluchte und ging im Zimmer auf und ab. Seine starken Schultern dehnten sein dunkelgraues Gewand, das für seine Stellung sehr schlicht, für eine Reise am Abend aber angemessen war. »Das ist, bei Gott, das Schlimmste, was uns passieren konnte. Man möchte meinen, er wußte –«

»Er weiß nichts.«

»Wir müssen die anderen aufhalten.«

»Und wie?« Der Earl ließ sich auf einen Stuhl sinken. »Ich kann schließlich nicht gut bei Tagesanbruch Männer zu allen Straßen ausschicken, damit sie die anderen aufhalten. Das würde doch sehr verdächtig wirken.«

»Aber wir können uns auch nicht treffen, solange er *hier* ist«, bellte de Vesci. »Das würde unseren Tod bedeuten.«

»Vielleicht nicht. Ihr wurdet eingeladen, um die Rückkehr meines Sohnes zu feiern – wer könnte schon beweisen, daß das nicht der wahre Grund Eurer Gegenwart hier ist? John wird uns mißtrauen, aber John mißtraut *jedem* –, wir müssen nur standhaft bleiben, und er wird keinen Grund und keine Rechtfertigung finden, uns wegen irgend etwas zu verdächtigen.«

»John Softsword bedarf keines Grundes«, erklärte de Vesci. »Glaubt Ihr, er würde auch nur zögern, uns alle gefangennehmen zu lassen?«

»Er braucht uns aber noch. Außerdem gibt es kein Gesetz, das verbietet, daß sich Freunde treffen und über die Lage des Reiches sprechen –«

»Er wird es Verrat nennen. Das wißt Ihr.«

Huntington seufzte. »Ja, ich nehme an, das wird er. Aber er ist noch nicht König, und Richard übergab Longchamp das Siegel, welches für eine derartige Festnahme erforderlich ist.« Er lief zur Tür und öffnete sie. »Ralph«, sagte er leise, »geht bitte und holt meinen Sohn.« Er schloß die Tür und wandte sich um.

»Euren Sohn.« De Vesci kniff die dunklen Augen zusammen. »Was weiß Euer Sohn von uns?«

»Bis jetzt nichts. Aber wenn wir John etwas vorspielen wollen, weihen wir am besten alle ein, die mitspielen.«

»Mylord Earl? Mylord!« Gilbert de Pisans anmaßend gebieterische Stimme ertönte von der anderen Seite der Tür. »Mylord Earl, darf ich Euch den Count of Mortain ankündigen?«

Alan nahm seine Laute und folgte dem Mann so leise wie möglich in einen engen Gang hinaus. Er hatte die Absicht, ihm heimlich zu folgen, um zu sehen, ob der einhändige Mann ihm tatsächlich eine Falle stellen wollte. Allerdings dauerte es nicht lange, da stolperte er über eine hervorschießende Katze und fluchte laut. Seine Laute gab einige Mißklänge von sich, als er sie umklammerte.

Schwaches Mondlicht schimmerte auf der Klinge, als der einhändige Mann aus der Dunkelheit hervortrat. »Na, hat er sich meine Warnung zweimal überlegt?«

Alan war angewidert. »Zweimal *und* dreimal«, stimmte er ihm verbittert zu. »Das Messer brauchst du nicht.«

Das Messer verschwand. »Du machst dich jetzt am besten auf den Weg. Mit deiner feinen Kleidung und deiner vornehmen Art paßt du hier nicht her ... selbst wenn die Wache dich nicht findet, wird dich jemand an sie verraten.« Der einhändige Mann wandte sich von ihm ab. Schon war er verschwunden.

»Warte –«, begann Alan, brach jedoch ab, als er einen vertrauten Ruf hörte:

»Macht Platz für die Wache!«

Alan ließ sich an die Wand fallen. Er schluckte krampfhaft und machte sich Vorwürfe, weil er nicht sofort aufgebrochen war.

»Macht Platz für die Wache!«

»Du Narr«, sagte eine Stimme. »Hast du etwa vor, hier in aller Seelenruhe auf sie zu warten?«

»Nein – *nein* –« Alan fühlte unerwartete Erleichterung, als sich der einhändige Mann wieder zeigte. »Aber – ich kenne mich hier nicht aus –«

»Hätte ich dran denken müssen.« Der Mann streckte ihm seine Hand entgegen. »Gib mir die Laute.«

Alan umklammerte sie fester. »Weshalb?«

»Bei Gott, Kerl, sie sind fast an der nächsten Ecke ... sie werden dich an ihr *erkennen*, du Dummkopf, und an deiner schönen Tunika.« Er machte eine ungeduldige Handbewegung. »Ich sorge schon dafür, daß deiner Laute nichts passiert.«

»Aber –« Sie waren *tatsächlich* an der nächsten Ecke. Alan fluchte und gab die Laute aus der Hand, dann zog er sich hastig die Brokattunika über den Kopf. »Warte auf mich –« Der Stoff dämpfte seine Worte. »Wo finde ich dich?«

»In Sherwood«, entgegnete der Mann und verschmolz mit der Dunkelheit, »und ich werde *dich* finden.«

»In *Sherwood* –« Aber da war schon die Wache, kam um die Ecke herum, als er gerade zu sprechen anhob. Mondlicht ließ Spieße und Schwerter glänzen. Alan stopfte seine verräterische Tunika in ein Loch in der abbröckelnden Wand der Kneipe. Nun trug er nur noch seine Hose, Schuhe und ein zerknittertes Leinenhemd, das von seinem Aufenthalt im Verlies verdreckt war.

»Sherwood«, murmelte Alan und hastete dem Fremden hinterher. »Mein Gott – da gibt es *Geächtete*!«

Bitte nicht Will Scarlet – Marian taumelte auf ihre Füße und streckte ihre Hand suchend nach dem Stock aus, den Locksley mitgenommen hatte.

Dann war Locksley plötzlich *zurück*.

»Nun?« wollte sie wissen.

Er blieb abrupt stehen und starrte sie an. Sie sah, wie sich sein Gesichtsausdruck veränderte.

Robert von Locksley grinste. Und dann begann er zu lachen.

»Was ist?« fragte Marian.

Das Lachen ließ sein Gesicht freundlicher erscheinen. Es dauerte nur einen Moment an, dann glänzten nur noch seine Augen. »Ihr«, verkündete er. »Ich hätte gar nicht zu kommen brauchen.«

»Ich verstehe ni...« Aber dann begriff sie. Marians Gesicht brannte, als sie ihr Kinn anhob und den Stock fester umklammerte. »Es gibt doch keinen Sinn, *nichts* zur eigenen Verteidigung beizusteuern, nur weil man eine Frau ist.«

»Überhaupt keinen Sinn«, pflichtete er ihr bei. »Ich dachte bloß, daß ich mich überhaupt nicht hätte einmischen müssen. Ihr scheint mir besser ausgerüstet für einen Kampf als ich ... schließlich wart Ihr es, die Will Scarlet überwältigtet nicht ich.« Er zuckte mit den Schultern. »Ich hätte genausogut in Nottingham bleiben können und mir dadurch eine Menge Mühe erspart.«

»Das hätte ich auch«, erwiderte sie nüchtern, »aber Will Scarlet war da anderer Meinung.« Um das Thema zu wechseln, deutete sie mit dem Kopf in Richtung der Bäume. »Da Ihr so schnell wieder zurück seid, nehme ich an, Ihr habt ihn nicht erwischt.«

»Ich hab ihn erwischt, aber ich hab ihn laufen lassen.« Er kehrte zu seinem Baum zurück und setzte sich wieder. »Es war der Junge.«

»Much?« Unendlich erleichtert legte Marian den Stab ab, dann kniete sie sich aufs Lager. Sie zitterte noch und schalt Locksley schärfer als beabsichtigt. »Ihr hättet ihm ruhig sagen können, daß er sich zu uns gesellen kann.«

»Das habe ich. Aber er duckte sich nur und verschwand, wie ein Kaninchen.«

Marian nickte seufzend. »Much vertraut niemandem.«

»Euch scheint er zu vertrauen.«

Sie zuckte mit den Schultern und widmete sich ihrem verfilzten Haar. »Ich sprach mit ihm, wann immer ich früher zur Mühle kam. Eines Tages war er nicht mehr da. Bis zum heutigen Tage habe ich ihn nicht wiedergesehen.«

Locksley lehnte den Kopf an den Baum und blickte über ihren Kopf hinweg. Ein Schauder durchfuhr ihn, dann rieb er sich das Gesicht und fuhr sich durchs Haar, als schmerze ihn seine Haut. »Die Gefangenschaft verändert das Zeitgefühl.«

Marian rührte sich nicht. Sie hatte Angst, fortzufahren, wollte aber nichts lieber als das. »Hat sie das Eure auch verändert?«

Sein Gesicht war abermals starr wie eine Maske, doch nicht mehr so hart. Er war noch immer reserviert, aber doch nahbarer. *Oder scheint mir das bloß so, weil ich ihm gerne näherkommen würde?*

»Zuerst zählte ich die Tage. Dann die Wochen. Nach zwei Monaten war nichts mehr von Bedeutung, außer daß ich die einzelne Stunde totschlage.« Nach einem Augenblick der Stille blickte er ihr ins Gesicht. Sein Blick schwankte nicht, noch zitterte seine Stimme. »Euer Vater wäre stolz.«

»Auf –« Sie schluckte, überrascht vom unerwartet heftigen Ausbruch von Qualen, »mich?«

»So wie Ihr stolz auf ihn sein solltet.« Ein Muskel zuckte in seiner Wange. »Er starb, während er seinen König verteidigte. Er starb, während er seinen Gott verteidigte.«

Marian faßte sich ans Kleid. »War es sehr – schlimm?«

Er zögerte nicht. »Nein. Es war sofort vorbei.«

Marian wußte, daß er log.

Der Earl von Huntington hatte sich gefaßt, als die Tür aufflog. Er hoffte, daß de Vesci sich ebenfalls gesammelt hatte.

Gilbert de Pisan trat zur Seite. Prinz John rauschte vollständig angezogen ins Zimmer. »Alnwick!« schrie er. »Wenn ich daran denke, daß ich Euch verpaßt hätte, wenn Ihr nicht heute abend hergekommen wärt!«

»Mylord Count.« De Vesci machte eine elegante Verbeugung. Er wirkte gelassen. »Es tut mir leid, Mylord, aber ich verstehe leider nicht ganz – wenn ich heute abend nicht hergekommen wäre?«

»Ja.« John nickte. »Ich beabsichtige, morgen mittag abzureisen.« John starrte de Vesci an. »Ihr habt das Fest verpaßt.«

»Ja, Mylord. Unglücklicherweise – ich hatte eigentlich vorgehabt, Sir Robert meine besten Wünsche zu übermitteln.«

John kniff die Augen zusammen. »Seltsam, daß Ihr nicht besser plantet, um sicherzugehen, daß Ihr rechtzeitig eintrefft.«

De Vesci kräuselte die Lippen, um ein Lächeln zu unterdrükken. »Wir wurden durch einen Überfall aufgehalten.«

»Einen Überfall.« John nickte wissend. »Ja, der Wald steckt voller Diebe.«

»Mylord?« Ralph kam in die Kammer gelaufen, blieb jedoch stehen, als er Prinz John und seinen Kämmerer erblickte, und verneigte sich hastig. »Mylord, es tut mir leid – Euer Sohn läßt sich entschuldigen, er ist krank.«

»Krank?« Huntington runzelte die Stirn. »Was fehlt ihm denn?«

Ralphs Gesicht war bleich. »Übermäßiger Weingenuß.«

»Wie drollig«, erklärte John. Er ließ seinen Blick durch das Zimmer wandern, dann lächelte er den Earl angespannt an. »Eine schöne Burg, wirklich, Mylord. Sehr massiv, sehr sicher. Äußerst bemerkenswert.«

»Und kostspielig.« Der Earl neigte seinen Kopf. »Ich schulde den Juden ein Vermögen.«

»Was? Ihr seid verarmt?« Johns Augen glitzerten. »Aber natürlich habt Ihr zum Lösegeld meines Bruders beigetragen.«

»Gewiß, Mylord. Großzügig. Sogar mehrmals.«

»Mmmm.« John interessierte das Thema plötzlich nicht mehr. »Erwartet Ihr denn noch weitere Gäste, Mylord?«

»In der Tat, ja. Zwei – Geoffrey de Mandeville und Henry Bohun.«

»Essex und Hereford.« Johns Gesicht wurde aschgrau. »Noch jemand, Mylord? Vielleicht Robert FitzWalter? Oder Robert de Vere?« Er rümpfte die Nase. »So viele mächtige Männer, Mylord – und alle an einem Ort!«

Der Earl erlaubte sich ein stolzes Lächeln. »Der dürftige Versuch eines Vaters, seinen einzigen Sohn und Erben willkommen zu heißen.«

»In der Tat.« John warf de Vesci einen bösen Blick zu, dann rauschte er zur Tür. »De Pisan. Ich gehe zu Bett. Bis morgen dann, Mylord.«

Der Earl machte eine tiefe Verbeugung, während John hinausmarschierte.

»Mein Gott!« sagte de Vesci keuchend, als sich die Tür laut schloß. »Er kennt uns. *Alle*!«

»Er hat nur einen Verdacht«, sagte der Earl. »Kommt, Eustace – der Mann ist kein Dummkopf. Er hat seine Spione, genau wie wir. Wir müssen uns nur in acht nehmen, damit niemand erfährt, wie viele von uns mitmachen und was wir planen. Ralph, wo ist mein Sohn?«

»Nicht in der Burg, Mylord. Er ritt heute morgen aus. Seither hat ihn niemand mehr gesehen.«

»Ist das denn wichtig?« fragte de Vesci gereizt. »Er braucht es nicht zu erfahren. Es ist besser, wenn er es nicht weiß.«

Der Earl warf ihm einen kühlen Blick zu. »Er ist mein alleiniger Erbe. Und außerdem«, er lachte leise, »hat der Count of Mortain mir zu verstehen gegeben, wäre mein Sohn ein würdiger Ehemann für seine Tochter.«

»Er hat doch keine Tochter.« Doch plötzlich fügte er erregt hinzu: »Ihr meint das Bastardmädchen?«

»Joanna.«

»Sie ist doch noch ein Kind!«

»Ich bezweifle, daß John sich darum schert, wie alt sie ist. Wenn er es für vorteilhaft befindet, wird er sie zu dem Zeitpunkt verheiraten, den er für geeignet hält.«

»Mein Gott.« De Vesci ließ sich in den nächsten Stuhl fallen. »Wißt Ihr, was das heißt?«

»Es heißt, wenn wir John stürzen, wird mein Sohn daraus Nutzen ziehen.«

»*Und* Ihr.«

Der Earl lächelte. »Und wir *alle*, mein lieber Lord of Alnwick.«

»Mein Gott«, wisperte de Vesci.

34. Kapitel

Locksley erwachte mit steifem und schmerzendem Körper. Er spürte einen inneren Widerstand, auch nur ein Augenlid zu bewegen. Er hatte nicht erwartet, daß er einschlafen würde, aber zu irgendeinem Zeitpunkt gegen Tagesanbruch hatte der Feind Erschöpfung sein Bemühen, sich wach zu halten, besiegt.

Er hörte das Rascheln von verwelktem Laub und Zweigen und die ruhige und wache – *zu wach für diesen Morgen* – Stimme, in der eine Spur Trockenheit mitschwang: »Es kann Euch unmöglich bequem sein.«

Das war es natürlich nicht, aber er untersagte sich, es vor ihr zuzugeben. Sie trat in sein Gesichtsfeld. »Ich habe ein paar Nüsse gesammelt. Es sind nicht viele, fürchte ich – die Eichhörnchen haben die meisten abbekommen.«

Jetzt bewegte er sich. Er versuchte, seinen Kopf in eine natürlichere Haltung zu bringen. Jedes Gelenk tat ihm weh. Selbst seine Augen schmerzten. Er verlagerte sein Gewicht und schob sich in eine aufrechte Position. Mit schwachem Entsetzen blickte er auf die paar Nüsse in ihrer Hand.

»Nein«, sagte er sofort.

»Es gibt nichts mehr, bis wir Ravenskeep erreichen.«

»Nein«, wiederholte er mit mehr Nachdruck. Er bemerkte ein wachsendes Unwohlsein. Er fühlte sich zittrig und dumpf, ganz und gar *bleiern* – und auf einmal fiel ihm mit nicht geringer Bestürzung ein, was der Grund dafür war.

Er schloß die Augen, rieb sich das stoppelige, schmerzende Gesicht und fühlte den ersten Schauder des erwarteten, bis in die Knochen dringenden Fröstelns, das seinen Körper bald zugrunde richten würde.

»Seid Ihr sicher?« fragte sie.

»Ganz sicher.« Er war darauf gefaßt gewesen, daß seine Prellungen schmerzen würden. Er war darauf gefaßt gewesen, daß er seine Beulen spüren würde. Doch über Nacht hatte sich das immer wiederkehrende Fieber, das so viele auf dem Kreuzzug bekommen hatten, in seinen Gelenken und seinem Gehirn eingenistet. »Wir sollten besser aufbrechen.«

»Ja, aber –«

Er richtete sich auf, wobei er ihr den Rücken zuwandte, damit sie nicht seine schmerzverzerrte Grimasse sah. »Das Pferd ist noch ein ganzes Stück weit entfernt. Wir sollten besser sofort aufbrechen.«

»Die Nüsse sind wenigstens *etwas* –«

»Dann eßt sie«, fuhr er sie an und lief los.

»Laßt mich zumindest noch meine Schuhe anziehen!«

Er blieb stehen und drehte sich um. »Ich dachte, Ihr hättet Eure Schuhe verloren.«

»Habe ich auch.« Sie setzte sich und kämpfte mit dem alten Leder. »Sie standen neben mir, als ich heute morgen aufwachte.«

»Schuhe?«

»Ich glaube, Much hat sie dagelassen. Das würde auch erklären, warum er uns folgte. Er hat mir schon früher manchmal Dinge hingelegt.«

»Wie eine Katze einen toten Vogel.«

»Nein, so nicht.« Sie runzelte flüchtig die Stirn.

Es mißfiel ihm zu wissen, daß ihr jemand, auch wenn es nur der Junge gewesen war, so nahe hatte kommen können, daß er, nur wenige Schritte von Locksley entfernt, neben Marian die Schuhe hatte abstellen können.

Marian stand auf. Ihr zartes, schönes Gesicht war mit häßlichen Flecken und fahlen Striemen übersät.

Er fragte sich, ob er eine andere Frau kannte, die in einem solchen Zustand nicht jammern würde. Er fragte sich, ob es noch eine Frau gab, die die Schuhe eines Landarbeiters anzog.

Ihre schwarzen, geschwungenen Augenbrauen hoben sich fragend. »Was ist denn?«

Nichts, antwortete er im stillen. *Nichts.* Aber das war eine himmelschreiende Lüge... in Wirklichkeit war es *alles* – alles, sie anzusehen und zu sehen, was ein Tag mit Will Scarlet bewirkt hatte, wie ihre Schönheit gelitten hatte, während ihre Seele seltsamerweise noch schöner geworden war. *Ich bin im Delirium.* Und doch wußte er, daß er das nicht war. Das käme noch.

»Verrat, Gilbert. Ich kann es riechen.« Er schüttelte einen Bediensteten, der ihn gerade ankleidete, von seinem Arm ab.

»Es mag sich aber so verhalten, wie er sagt.« De Pisan spielte wie immer den Advocatus diaboli, weil es John beim Denken half.

»Ich habe keine Zweifel daran, daß auch Oxford hier auftauchen wird – und Mowbray? Natürlich, Mowbray...« Seine dunklen Augen glitzerten. »Was werden sie sagen, frage ich mich, wenn *ich* König bin?«

De Pisan sprach in einem äußerst sachlichen Tonfall. »Ohne Zweifel werden sie Euch ihre vollkommene Ergebung und Lehnstreue ausdrücken.«

»Ohne Zweifel. Ich sollte noch bleiben, Gilbert. Ich sollte hierbleiben und ihre Pläne durchkreuzen... glaubt Ihr, sie können etwas ausrichten, solange ich hier bin?«

»Nein, Mylord.«

»Aber da ist das Geld. Ich muß nach Lincoln und auf den Sheriff warten... ich werde ihm etwas in Aussicht stellen müssen, um mich seiner Ergebenheit zu versichern.« Johns Blick wurde schärfer. »Ist dieser Mann denn noch hier? Dieser ungeschickte Tolpatsch, der die Jagd vereitelte?«

»Ja, Mylord.«

»Dann geht und befragt ihn, Gilbert. Er wird es wissen.«

De Pisan nickte geduldig. »Was wünscht Ihr zu wissen?«

»Den Preis des Sheriffs.«

De Pisan verneigte sich tief. »Sofort.«

»Ach, Gilbert –«, John fixierte de Pisan mit einem bösen Blick. »Ich möchte, daß das Ganze zum Einhalten gebracht wird. Bei *Gott* – diese Sache kann den Grundstein für eine wesentlich ernstere Bedrohung legen.«

»Sie sind sehr mächtig, Mylord.«

»Dann ist es an der Zeit, daß wir ihnen die Flügel stutzen.«

Es war ein gutes Pferd, sah Much. Er beobachtete es aus einiger Entfernung und wartete darauf, daß jemand aus dem Wald heraustrat und es bestieg, aber niemand kam. Und so schlich er sehr leise aus dem Gebüsch heraus, näherte sich dem Pferd von vorne und legte seine kleine, geschickte Hand auf die Zügel. Das Pferd sträubte sich nicht.

Much strich ihm über die Nüstern. Es war ein schönes, hochgewachsenes Pferd. Er lächelte und band die Zügel los. Er würde es den Pfad entlang und dann zum Hintereingang von Nottingham Castle führen, wo er jemanden kannte, der für ein solches Pferd mit Silber bezahlen würde.

Gisbourne hörte, wie die Tür geöffnet wurde.

»Sir Guy.« Es war nicht der Bader.

Bin ich etwa schon tot? Er öffnete die Augen. Nein, er war nicht tot. Die Stimme gehörte Gilbert de Pisan.

»Sir Guy. Ich habe Befehl, das tiefste Mitleid meines Herrn für Eure Verwundung auszudrücken.«

»Ich danke ihm dafür. Und ich danke Euch«, fügte er hastig hinzu, »dafür, daß Ihr es ausgerichtet habt.«

De Pisan lächelte kühl. »Gewiß. Werdet Ihr genesen, Sir Guy?«

»Ich werde schon in Kürze wieder völlig gesund sein.«

»Ich bin höchst erfreut, das zu hören«, sagte de Pisan ungerührt, »wie auch mein Herr sehr erfreut darüber sein wird. Es gibt da einen Gefallen, den Ihr ihm tun könnt, aber natürlich müssen wir warten, bis –«

»Einen Gefallen?«

»Ihr erinnert Euch an Euer Gespräch mit ihm, in dem es darum ging, den Sheriff für seine gewissenhaften Dienste zu belohnen.«

»Natürlich.« Gisbourne schluckte. »Ich sagte ihm, der Sheriff würde sich besonders darüber freuen, seine Tochter mit dem Sohn des Earl von Huntington verheiraten zu können.«

»Ja. Eine gute Partie – bis vor zwei Tagen.«

»Vor zwei Tagen –?« Gisbourne erinnerte sich an wenig aus den vergangenen zwei Tagen, abgesehen von seinem Kampf mit dem Eber.

»Die Lady ist entehrt.« De Pisan winkte ab. »Das ist aber nicht länger von Bedeutung, außer daß mein Herr sich nun eine andere Belohnung für den Sheriff ausdenken muß. Und da Ihr ihn so gut kennt, seid Ihr ohne Zweifel besser darüber im Bild, was den Sheriff sonst erfreuen könnte.«

Gisbourne biß die Zähne zusammen. »Dürfte ich etwas Wasser haben?« sagte er, um de Pisan hinzuhalten.

Widerwillen flackerte kurz in de Pisans Augen auf, war jedoch augenblicklich verflogen. Er goß Wasser in ein Glas und reichte es Gisbourne.

Gisbourne wartete und beobachtete, wie de Pisan wartete. Er würde de Pisan gerne erzählen, was er wußte, aber als Gegenleistung würde er mehr dafür verlangen als das Privileg, von einem wilden Keiler übel zugerichtet zu werden.

Er reichte de Pisan erwartungsvoll seinen leeren Becher zurück. Ein Muskel zuckte in de Pisans Gesicht, aber dann nahm er den Becher entgegen und stellte ihn neben dem Krug ab.

Gisbourne lächelte. Allmählich lernte er, wie man jemanden dazu brachte, das zu tun, was man von ihm wollte. »Ich bin ein Ritter«, sagte er, »von respektablem Namen und aus guter Familie. Aber ich habe ältere Brüder – ich werde kein Erbteil bekommen, sondern ich besitze nur das, was ich mir selbst schaffe.«

»Ja«, sagte de Pisan; anscheinend verstand er den ersten Schachzug und wußte, was nun folgen würde.

»Um aufzusteigen, müßte ich gut heiraten. Und da gäbe es eine Frau...«

De Pisans Ton verriet keinen seiner Gedanken. »Ja, Sir Guy. Die gibt es meistens.«

Und Gisbourne erzählte ihm von ihr. Er verriet ihm ihren Namen. Er erzählte ihm von ihrem Besitz. Und dann sagte er de Pisan, was den Sheriff am meisten freuen würde.

35. Kapitel

Irgend etwas stimmte nicht mit ihm. Er hatte eine kranke Gesichtsfarbe, wirkte verkniffen und hielt seinen Kopf so vorsichtig, als würde ihm jede Bewegung weh tun. *Der Kampf mit Will Scarlet.* Marians Mund straffte sich. Er würde, wie ihr Vater, kein Wort darüber verlieren. Deshalb sprach sie es nicht an, sondern schnitt statt dessen ein anderes Thema an. »Wie weit ist es noch?«

Er schauderte und rieb sich dann einen Arm, als wollte er das Frösteln abwehren. »Nicht mehr weit. Wir sind nicht mehr weit von Nottingham entfernt.«

»Ravenskeep«, sagte sie mit Nachdruck.

Er zog den einen Mundwinkel zu einem schwachen Lächeln hoch. »Ravenskeep.« Die dünneren Haarsträhnen an seinen Schläfen klebten vor Feuchtigkeit zusammen. »Ich habe aber nur ein Pferd.«

»Ja, das sagtet Ihr.« Marian lächelte. »Dann muß eben eins reichen.«

Er zog eine Augenbraue hoch. »Man wird es für Intimität halten.«

»*Ich* halte es für eine Notwendigkeit.« Sie grinste. »Und außerdem, wer wird uns schon sehen? Und falls uns doch jemand sieht, wer wird uns erkennen? Euer Gesicht ist beinahe purpurrot, und meines ist nicht besser, fürchte ich.«

»Nein«, stimmte er ihr zu. »Hier entlang.«

Sie setzte sich wieder in Bewegung, dankbar für Muchs Schuhe, als heruntergefallene Äste unter ihr brachen. »Warum habt Ihr das Pferd nicht an einer näheren Stelle zurückgelassen?«

Er bog einen Ast zurück. »Sherwood beherbergt ganz andere Geächtete als Will Scarlet. Man muß nur einen Pfad entlangreiten, und schon ist das Geld weg – wenn nicht gar das Pferd und das Leben. Ich wollte unauffällig bleiben.«

Marian duckte sich unter einem Ast weg. »Aber Ihr *kennt* Euch hier aus.«

»Ein wenig. Ich durchstreifte des öfteren die äußeren Gebiete, als ich klein war. Das Dorf Locksley liegt am Rand, in der Nähe von Huntington.«

»Wie ist es dort?«

Die Stille zwischen ihnen dehnte sich, nur ihre Schritte knisterten. »Ich bin noch nie dort gewesen.«

»Aber – Euer Name...« Sie vollendete den Satz nicht, weil sie Angst hatte, aufdringlich zu wirken.

»Mein Vater schenkte mir Locksley, bevor ich auf Kreuzzug ging, so daß ich mehr wäre als nur Huntingtons Sohn, sondern auch ein eigener Herr. Ich hätte es mir einmal ansehen sollen, aber...« Er zuckte mit den Schultern. »Ich war zu ungeduldig, fortzukommen. Ein Dorf und ein kleines Gut auf englischem Boden interessierten mich nicht, wo doch Jerusalem – und der Ruhm – winkte. Ich hätte aber wenigstens die Menschen, wenn schon nicht die Abgaben, schätzen sollen.«

»Ihr habt jetzt die Gelegenheit dazu.«

»Ja.« Er hielt eine Pflanze zur Seite. »Hier. Mein Pferd ist –«, er blieb stehen, »verschwunden.«

»Euer Pferd?« Marian blieb neben ihm stehen. »Seid Ihr sicher, daß das die –«

»Ja. Ganz sicher.«

Er seufzte tief und murmelte etwas, was sie nicht verstand. Er klang so verärgert und bestürzt, daß Marian lächeln mußte. Sie setzte sich auf einen moosbewachsenen Baumstumpf. »Wir ruhen uns etwas aus, und dann gehen wir weiter.«

Er lehnte sich mit dem Rücken an einen Baum, dann ließ er sich langsam herunterrutschen, bis er auf dem Boden saß. Er schien völlig erschöpft zu sein. Er rieb sich das Gesicht wie ein kleines Kind, das Schlaf braucht.

»Habt Ihr Schmerzen?« entfuhr es ihr. »Ich meine – schlimmer als das, was man sieht?«

Seine Augenbrauen zogen sich zu einer abweisenden Linie zusammen.

Marian streckte beruhigend eine Hand aus. »Oh, ich weiß –

Männer sagen nie, was ihnen weh tut und was nicht... Das habe ich von meinem Vater gelernt. Aber von meiner *Mutter* habe ich gelernt, daß Männer für gewöhnlich lügen, weil sie es als unmännlich empfinden, zuzugeben, daß sie Schmerzen haben.« Sie zupfte eine langstielige Blume aus und steckte sich das Ende in den Mund. »Wie schwer hat er Euch verletzt?«

Der Anflug eines schiefen Lächelns milderte den Ernst seines Gesichtsausdrucks. »Nicht so schlimm wie Ihr gerade.«

»Es stimmt aber, und das wißt Ihr auch.«

»Dann werdet Ihr mich, wenn ich sage, daß ich nicht so schlimm verletzt bin, beschuldigen, daß ich lüge.«

»Wenn es eine Lüge *ist* – obgleich es das meistens ist.« Sie grinste um den Stengel herum. »Schön in der Zwickmühle, Robin. Also die Wahrheit, bitte.«

Er starrte sie eine Weile an, und zwar so intensiv, daß ihre seltsam gute Laune schwand. Wieder rieb er sich das Gesicht.

»Es ist nicht so sehr, was Will Scarlet tat –«

»Seht Ihr?«

»– als das, was das Heilige Land mir antat«, beendete er den Satz, ohne ihre Bemerkung zur Kenntnis zu nehmen.

»Das – oh.« Sie nahm den Stiel aus dem Mund. »Ich wollte Euch nicht aushorchen.«

»Doch, das wolltet Ihr. Warum fragtet Ihr wohl sonst?« Er milderte den Satz mit Ironie, was sie überraschte; er hatte bis jetzt sehr wenig Humor gezeigt. »Gebürtigen Engländern tut die Hitze und die Sonne nicht gut. Es gibt dort Fieber –« Er zuckte mit den Schultern. »Ich habe, wie viele andere auch, eine Fieberkrankheit mit nach Hause gebracht.«

Sie setzte sich aufrecht. »Dann seid Ihr nicht nur verletzt, Ihr seid *krank* –«

»Aber es geht vorbei. Das tut es immer.«

»*Immer*«, echote sie. »Dann hattet Ihr es bereits öfter?«

»Mindestens dreimal. Richard hatte es zweimal –« Unvermittelt erstarrte sein Gesicht wieder zur Maske. »Es ist nicht wert, darüber zu reden.«

Was bedeutet, daß er nicht darüber reden wird. Marian seufzte und warf die langstielige Blume zur Seite. »Dann solltet Ihr vielleicht besser hierbleiben, während ich –«

»Nein.«

Sie tadelte ihn, wenn auch sanft. »Ihr wißt ja nicht einmal, was ich sagen wollte.«

»O doch. Ich habe versucht, Euch ein wenig einzuschätzen, Marian« – das überraschte und fesselte sie zugleich –, »und ich weiß sehr gut, was Ihr sagen wolltet und was Ihr gerne tun würdet.« Er stand auf und schnippte Rindenstücke von seiner Tunika. »Ich bin nicht so krank oder schwach, als daß ich zulassen würde, daß eine Frau sich ohne Begleitung durch Sherwood schlägt.«

Das verlangte nach einer Erwiderung, und wenn auch nur, um zu verbergen, wie besorgt sie war. Sie sah, wie er wieder fror. »Als ob *Ihr* überhaupt etwas dagegen tun könntet«, erklärte sie verschmitzt. »Wer war es denn, der Will Scarlet überwältigte?«

Zum zweiten Mal innerhalb von zwei Tagen hörte sie Robert von Locksley lachen. Sie fand es ungeheuer anziehend.

Alan of the Dales stolperte über eine Wurzel und fiel ausgestreckt in den Farn. Dort lag er einen Moment und fluchte erst auf französisch, dann auf englisch, weil er Englisch gröber und von daher befriedigender fand. Französisch paßte besser zu Musik und Frauen.

Er setzte sich im hüfthohen Farnkraut auf und blickte die Wurzel, die an seinem Sturz schuld war, böse an. Er gestand sich nur ungern ein, daß die ganze Unternehmung dumm und schier unmöglich war. Und er gestand sich ebenfalls nur ungern ein, daß es sogar noch dümmer von ihm gewesen war, den Pfad zu verlassen. Er hatte allerdings Hufschläge gehört – oder *geglaubt*, sie zu hören –, und nun war er noch verdreckter als vorher. Grüne Flecken verunzierten seine Kleidung, und an seinen Ellbogen klebte Erde.

Er stand auf und bürstete sich soviel Dreck von seiner Kleidung wie möglich. Dann machte er einen Schritt zum Pfad zurück, hörte aber wieder Hufgetrappel und duckte sich in den Farn.

Reglos kauerte Alan da und wagte kaum zu atmen. Da die FitzWalter-Tochter vermißt wurde, hatte er keinen Zweifel, daß die Männer des Sheriffs in Sherwood nach ihr suchten, wo Scarlet sie, Gerüchten zufolge, hinverschleppt haben sollte. Er wartete. Das morgendliche Tageslicht schimmerte durch das Frühlingsgrün.

Normannen. Wie erwartet, handelte es sich um deLaceys Männer, die mit Schwertern und Armbrüsten bewaffnet waren. Alan beobachtete, wie sie an ihm vorbeiritten.

Als die Normannen verschwunden waren, wartete er noch ein wenig, dann bahnte er sich langsam seinen Weg durch das Gebüsch zum Pfad. Dort ging er weiter, drang tiefer in den Sherwood Forest ein. Er nahm an, daß an irgendeinem Punkt der Einhändige auftauchen würde.

Das schwache Geklirr von Pferdegeschirr und Zaumzeug drang an sein Ohr. Es kam von hinter ihm, aus der Richtung, in die die Normannen geritten waren... Alan erstarrte und sprang wieder vom Weg herunter.

Er duckte sich hinter dem hohen Farn und spähte, so gut er konnte, durch die Ritzen. Nur zehn Schritte entfernt kam ein Junge mit einem Pferd den Weg entlang – der Junge *führte* das Pferd, und er machte keine Anstalten, das Pferd zu besteigen, obwohl es nicht lahmte.

Alan runzelte die Stirn und nagte an seiner Lippe. Es war ein sehr edles Pferd, der Junge dagegen sah nicht edel aus. Sie gehörten nicht zusammen. *Wenn ich ihm klarmachen könnte, daß ich mir das Pferd unbedingt leihen muß* –

Doch als er gerade noch überlegte, ob er auf den Weg hinaustreten sollte, kam ihm jemand zuvor – ein dunkelhaariger Mann mit dunklen Augen, blauen Flecken im Gesicht und dem gequetschten, blassen, verzweifelten Aussehen eines Mannes, der ums Überleben kämpfen mußte.

Er bot dem Jungen eine wesentlich einfachere Erklärung, als Alan sie sich ausgedacht hatte. »So«, sagte er rauh, »das Pferd gehört jetzt mir.«

John, der an seinen Fingernägeln gekaut hatte, ließ seine Hand sinken, als de Pisan eintrat. »Nun?«

»Alles entwickelt sich ganz nach Wunsch, Mylord. Wir können nach Lincoln aufbrechen, wann immer Ihr wollt.«

Die Miene des Prinzen war wütend. »Was ich will, ist Bescheid zu wissen.«

De Pisan neigte seinen Kopf. »Das Mädchen ist eine Verwandte von Robert FitzWalter, Lord of Dunmow. Sir Hugh FitzWalter, ihr Vater, war ein entfernter Cousin von ihm. Es gibt aber keine Anzeichen dafür, daß irgendeine Verbindung zwischen ihnen besteht, sei es, um eine Verschwörung auszuhecken oder zu anderen Zwecken.«

»Ihr Vater ist tot. Was ist mit ihren Ländereien?«

»Nach dem Gesetz gehören sie ihr; sie ist ein Mündel der Krone.«

»Dann hat mein Bruder die Verfügungsgewalt über ihre Mitgift.«

»Ja, Mylord.«

John grübelte schweigend, während er an einem anderen Fingernagel herumbiß. »Ist sie reich?«

»Nicht sonderlich, Mylord ... Ravenskeep ist ein bescheidenes Gut mit bescheidenen Einkünften. Aber sie ist das einzige Kind, und beide Eltern sind tot.«

John nickte. »Bringt soviel Ihr könnt über ihren Vermögensstand in Erfahrung. Mein Bruder war im vergangenen Jahr etwas beschäftigt ... und falls dieses Gut tatsächlich so bescheiden ist, wie Ihr behauptet, hat man es möglicherweise während der letzten Lösegeldeintreibung übersehen.« Er spuckte ein Stück Fingernagel aus. »Falls wirklich, müssen wir dafür sorgen, daß sie zu *dieser* Sammlung beiträgt.«

»Sehr wohl, Mylord.«

»Was ist mit der Belohnung des Sheriffs?«

De Pisan lächelte leicht. »Sir Guy erwartet, ebenso belohnt zu werden wie der Sheriff. Ich fand es äußerst faszinierend, von *Gisbournes* gewünschter Belohnung zu erfahren. Er sagte mir sehr genau, was er möchte. Und dann erzählte er mir, was der Sheriff sich wünscht.«

»Und?«

»Es ist ein und dasselbe, Mylord. Das sagte er zwar nicht – er behauptete im Gegenteil sogar, es sei etwas anderes; er erzählte irgend etwas über eine reiche, alte Frau aus Nordengland –, aber es war eindeutig. Er log, was den Sheriff anbelangt, weil er sehr gut weiß, daß ein einfacher Ritter wenig Chancen hat gegen einen Mann wie William deLacey.«

John saß ruhig da. »Ja?«

»Es ist besagtes FitzWalter-Mädchen.«

»Für Ritter *und* Sheriff?«

»Es scheint so.«

John kniff die dunklen Augen zusammen.

De Pisan strich sein Gewand glatt. »Mylord, wenn Ihr Eurem Seneschall gestattet, Euch einen Vorschlag zu machen, könnte es Euch zugute kommen, Euch der FitzWalter zuzuwenden, und zwar im Hinblick darauf, ihren Besitz einem geeigneten Mann zukommen zu lassen. Man sagt, sie sei schön – und daß selbst ein Mann von hohem Stand kaum an ihrem Besitz interessiert sei, wenn er die Lady nur in sein Bett brächte.«

John gab keine Antwort.

De Pisan holte Luft. »Männer wie Alnwick, Hereford und Oxford sind bereits reich ... Ich nehme an, daß ihnen das fleischliche Vergnügen mehr bedeutet als ein weiteres, anstrengendes Gut.«

Der Bruder des Königs sagte nichts.

»Ravenskeep schließt sich auf der anderen Seite an Nottingham an, Mylord. Ein Mann, dem Land zu beiden Seiten der Stadt gehörte – wie zum Beispiel Huntington und Ravenskeep –, wäre in der Lage, Nottinghams Stärke zu beeinflussen.«

»Ja«, sagte John schließlich. »O ja, ich verstehe ...« Er blickte de Pisan an. »Es wäre höchst bedauerlich, eine Frau, die in so hohem Ansehen steht – und solch wertvolles Land besitzt –, an einen Sheriff zu verschwenden.«

»Ja, Mylord. Genau das dachte ich auch.«

»In der Tat...« John lächelte. »Der Earl von Huntington hat trotz seiner neuen Burg keine Frau, die ihm den Haushalt führt.«

36. Kapitel

Much gaffte den Räuber an. Er kannte ihn: Es war Will Scarlet, der gegen den Hathersage-Riesen gekämpft und dann Marian entführt hatte.

»So«, wiederholte Scarlet. »Wenn dir deine Hand lieb ist, gibst du mir das Pferd.«

Much wich zurück, während er am Zügel zog; das Pferd hob protestierend den Kopf. Much ließ das Leder dennoch nicht los.

»Laß *los* –« Scarlet griff ebenfalls in die Zügel. »Bei Gott, Junge, sonst muß ich dir leider weh tun –«

Much trat Scarlet vors Schienbein, dann bückte er sich, nahm eine Handvoll Dreck auf und schleuderte ihn Scarlet ins Gesicht. Gleichzeitig versuchte er, das Pferd wegzuziehen. *»Meins!«* schrie Much.

Scarlet wischte sich den Dreck aus den Augen, dann stürzte er sich auf Much. Erschreckt machte der rotbraune Hengst einen Satz nach hinten und wirbelte Erde auf. Scarlet packte Much an der Schulter und bekam eine Handvoll Tunika zu fassen. »Du kleiner –«

Much bleckte seine Zähne und zerrte erneut am Zügel. Das braune Tier ging wiehernd nach hinten durch und riß Much und Scarlet mit sich mit, wie Fische an der Angel.

»Meins –«, zischte Much.

»Du kleiner Bengel –« Scarlet bemühte sich, das Pferd zum Stehen zu bringen, was ihm aber nicht gelang.

Da schoß plötzlich jemand zwischen den Bäumen hervor, stürzte sich auf das Pferd und schwang sich in den Sattel. Mit den

Zehen suchte er nach den Steigbügeln. »Ich beende den Streit«, sagte der Mann atemlos. »*Ich* nehme das Pferd –«

»Bei Gott, das wirst du *nicht* –« Scarlet zerrte an seinem Bein. »Komm da gefälligst runter –«

»Meins!« rief Much.

Der Mann im Sattel rammte seine Fersen in die Flanken des Pferdes, ergriff einen losen Zügel und riß den Kopf des Pferdes herum.

Scarlet sprang hoch, um den Kerl am Arm zu fassen zu bekommen. »Ich kriege dich da schon runter –«

Much trat nach Scarlet, als der Mann mit dem goldenen Haar gerade lachte und erwiderte: »Ein Pferd braucht einen Reiter, keinen Ochsentreiber.«

»Ich, ein Ochsentreiber? – Bei Gott, Junge, hör auf, nach mir zu treten...« Dann wandte sich Scarlet wieder an den Reiter: »Ich *werde* dich da schon runterkriegen –«

Much klammerte sich an den Zügel und gab wütende, unartikulierte Laute von sich. Der Hengst wieherte und setzte wieder zurück. Dabei riß das Tier seinen Kopf himmelwärts, um sich loszumachen.

Der Reiter straffte die Zügel. So brutal gelenkt, schlug das Pferd mit den Hinterbeinen aus und hätte beinahe Much niedergetrampelt. Will Scarlet zog den rechten Fuß des Fremden aus dem Steigbügel, dann versuchte er ihn an der Hose aus dem Sattel zu zerren, während der Reiter sich an Mähne und Zügel festhielt.

»Meins!« kreischte Much.

Das Pferd scheute und warf seinen Reiter ab. Much, der noch immer den Zügel umklammert hielt, wurde hochgerissen, ließ aber nicht los. Er wurde mehrere Schritte mitgeschleift, bevor das erschreckte Pferd zitternd und schnaubend stehenblieb.

»Halt!« schrie eine Stimme.

Dreck spuckend, wandte Much seinen Kopf.

Vier Männer traten aus den Bäumen heraus. Drei von ihnen hatten Bogen; einer nicht. Es war der Hathersage-Riese.

Will Scarlet, der auf dem Weg mit dem goldhaarigen Fremden

gerauft hatte, ließ den Mann plötzlich los. »Das Pferd gehört *mir*«, kläffte er. »Es ist mein Wegzoll.«

»Ach ja?« entgegnete Little John. Er marschierte zu dem Fremden, packte ihn an Tunika und Schulter – und einer Handvoll Haar –, dann zerrte er ihn auf die Füße und drehte ihn zu den drei Männern herum. »Dann gehört der da mir! Sein Geld ist *mein* Wegzoll!«

»Warte –«, protestierte der Mann, aber Little John schüttelte ihn nur unsanft. »Du gibst keinen Mucks von dir! Das geht dich nichts an.«

»*Doch*, das –«

»Keinen Mucks, sagte ich!«

Much erhob sich auf Hände und Knie. Er behielt alles genau im Auge, während er langsam rückwärts auf das Pferd zukroch. Wenn er aufstehen könnte, ohne daß sie es merkten, und dann das Tier besteigen –

Einer der aufgelegten Pfeile zielte in seine Richtung. Much hielt in der Bewegung inne. »Hierher«, befahl der Geächtete. »Und bring das Pferd mit.«

Der Earl von Huntington wartete im Hof, während die beiden Männer abstiegen und ihre Pferde den Stalljungen übergaben. Sie sahen sich ähnlich: Beide waren hochgewachsen und schlank, und beide waren sie mächtige Barone aus alteingesessenem Geschlecht und mit altem Titel: Geoffrey de Mandeville, Earl of Essex, und Henry Bohun, Earl of Hereford.

Mandeville war der älteste von ihnen, ein ergrauter, würdevoller Mann. Bohun war jünger, ein dunklerer Typ mit geschmeidigen Bewegungen. Beide traten nach vorn und boten dem Earl und seinem Begleiter, Eustace de Vesci, zur Begrüßung die ausgestreckte Hand.

»Gut abgepaßt«, sagte de Vesci. »Prinz John ist gerade abgereist.«

»Ja«, sagte de Mandeville. Er hatte strenge Züge. »Wir haben ihn unterwegs getroffen.«

De Vesci löste sich aus dem Händedruck. »Hat er etwas gesagt?«

De Mandevilles Tonfall war frostig. »Zu mir recht wenig.«

Bohuns Miene war nüchtern, aber weniger ernst. »Wie zu erwarten, hat er Angst vor Essex. Mir gegenüber war er jedoch freundlicher. Er legte uns nahe, uns zu beeilen, falls wir Huntingtons Sohn noch unsere besten Wünsche übermitteln wollten.« Trocken fügte er hinzu: »Er ließ keinen Zweifel an seinem Argwohn.«

»Das würde er auch nicht«, stimmte Huntington zu. »Es ist Johns Art, Zwietracht zu säen. Wohlan. Kommt herein. Wir haben viel zu besprechen.«

Die anderen folgten ihm und murmelten im Gehen Kommentare über die Burg. De Vesci, der bedrückter war als die anderen, äußerte seine Angst, John könnte einen Weg finden, von ihrer Zusammenkunft zu erfahren. Huntington bedeutete ihm zu schweigen und führte sie in ein Zimmer der Privatgemächer.

»Ralph wird uns Wein bringen«, sagte er. Dann wandte er sich mit trockener Bedächtigkeit an de Vesci: »Wenn Ihr *wollt*, daß John etwas erfährt, dann sagt das auf den Fluren.«

Der sanfte Tadel saß. Mit rotem Gesicht starrte de Vesci finster zurück: »Traut Ihr Eurem Personal etwa nicht?«

»Genausoviel, wie Ihr Eurem traut.«

Bohun lachte barsch. »John entzweit uns sogar in seiner Abwesenheit.«

De Mandeville blickte einen nach dem anderen mit seinen grauen Augen an. »Ich finde es wichtig, daß wir keine Zeit verlieren. John macht schnell –«

»Softsword«, bemerkte de Vesci verächtlich.

»Aber er ist aufgeweckt«, entgegnete de Mandeville. »In vielerlei Hinsicht ist er der Sohn des alten Königs, und Henry war kein Dummkopf.«

»Wegen ihm hätten wir so etwas aber nicht veranstalten müssen.« De Mandeville ließ Mantel und Handschuhe auf einen Stuhl fallen. »Und auch wegen Geoffrey nicht; er war weniger eigensinnig als John.«

Bohun spottete höflich. »Aber ein selbstgefälliger Narr. Bei einem Turnier zu sterben –«

»Ein Unfall«, sagte Huntington.

»Das ist nicht erwiesen. Er war älter als John und wäre zu Richards Nachfolger ernannt worden ...« Bohun wandte sich um, sah einen Stuhl und setzte sich. »Aber wir sind nicht hier, um über tote Männer zu sprechen –«

De Vescis Stimme war schroff. »Geoffrey hinterließ einen Sohn. Arthur of Brittanny könnte unsere größte Hoffnung sein.«

»*Richard* ist unsere größte Hoffnung«, sagte de Mandeville scharf. »Vergessen wir uns nicht gerade etwas? Unsere Loyalität gilt schließlich dem König, wir wollen John ja nicht nur um unseretwillen stürzen.«

Huntington drehte sich um, als Ralph mit einem Tablett hereinkam. »Danke, Ralph.« Ralph setzte das Tablett ab und wandte sich sogleich wieder zum Gehen, doch Huntington hielt ihn mit einer Handbewegung zurück. »Mein Sohn?«

Der Bedienstete schüttelte den Kopf. »Nein, Mylord.«

Huntington verzog kurz den Mund. »Schick ihn sofort zu mir, wenn er wiederkommt.«

»Ja, Mylord.« Ralph zog die Tür hinter sich zu.

Huntington ging zum Tisch und begann, die Kelche zu füllen. »Nun. John hat Philipp von Frankreich eine Nachricht zukommen lassen, es sei in ihrem beiderseitigen Interesse, Löwenherz' Gefangenschaft zu verlängern. Und er soll dem deutschen Heinrich Geld geboten haben, damit er Richard dort behält.«

»Aber –« De Vesci legte die Stirn in Falten. »Solange der König lebt, kann John nicht an die Macht gelangen. Jeder weiß, daß Richard in Gefangenschaft ist.«

De Mandeville zuckte mit den Schultern. »Alles, was Heinrich tun muß, ist, die Lösegeldforderung zu erhöhen. Das Reich ist beinahe bankrott – wenn das Volk merkt, daß es Heinrichs Forderungen nicht nachkommen kann, wird es vielleicht aufgeben.«

Bohun nickte. »Und falls Richard dann vielleicht einen Unfall hat –«

De Vesci schüttelte den Kopf. »Das würde doch niemand glauben.«

»Nein. Aber tot ist *tot* – und England bräuchte einen König. Und da Berengaria kein Kind geboren hat...«, Bohun unterstrich seine Worte mit einer Geste, »ist John die naheliegendste Wahl.«

»Da wäre noch Arthur«, beharrte de Vesci. »Richard selbst soll Arthur angeblich den Vorzug geben. Deshalb gab er John auch die Erbin von Gloucester und all ihre Ehren, damit er für den Rest seines Lebens still wäre.«

Huntington schüttelte den Kopf, während er die Kelche verteilte. »Arthur ist acht Jahre alt. Ein Kind hätte im Kampf um die Thronfolge keine Chance.«

»...und falls wir Erfolg haben, brauchen wir Arthur auch gar nicht. Denn dann ist Richard wieder zu Hause und England sicher.«

De Vesci war sichtlich skeptisch. »Ihr seid Euch da so sicher. Ihr tragt den König als Euer Banner.«

De Mandeville geriet in Wut. »Bei Gott, das sollte ich schließlich auch! Er hat mich zum Justitiar von England gemacht!«

In die plötzliche Stille sagte Huntington mit ruhiger Stimme: »Alter Freund«, meinte er an den Earl of Essex gewandt, der, zusammen mit dem Bischof von Durham, England in der Abwesenheit des Königs führte, »das vergißt niemand. Ihr riskiert mehr als wir anderen.«

Der alte Mann setzte sich plötzlich hin und umklammerte die Armlehne. »Dieser idiotische Kreuzzug – er hat uns den König genommen, wo das Land ihn am dringendsten braucht.«

»Der Kreuzzug ist vorbei«, sagte Bohun. »Unsere Soldaten kehren bereits heim – so wie Huntingtons Sohn.« Er warf dem Earl einen Blick zu. »Wollt Ihr ihn in Kenntnis darüber setzen, was wir vorhaben?«

»Er muß es erfahren. Er stand dem König sehr nahe.« Huntingtons Gesicht war starr wie eine Maske. »Schließlich war es Löwenherz persönlich, der ihn von Saladin auslöste.« Er lächelte dünn. »Und nicht sein Vater.«

Locksley war hungrig und fühlte sich krank, aber er verlor kein Wort darüber, weil Marian die Schwernisse mit einer Unerschütterlichkeit und einem Mut ertrug, die er bei einer wohlerzogenen, vornehmen Frau nicht erwartet hätte.

»Das war ja ein feines Pferd...«

Ihre Bemerkung traf ihn hart. »Ja.«

»Vielleicht findet es ja seinen Weg nach Hause zurück.«

Sie bemühte sich, freundlich zu sein. Er hingegen weniger. »Vielleicht. Ich glaube aber eher, es wird im Stall von jemand anders landen.«

»Wenn sie wissen, daß es Euch gehört, werden sie es vielleicht zurückbringen.«

Er blickte sich zu ihr um. »Glaubt Ihr das wirklich?«

Sie sah ihn eine Weile an, dann seufzte sie. »Nein. Ich wollte nur Eure Stimmung heben.«

Er lächelte schief. »Mir geht es gut genug, auch ohne Unterhaltung.«

Ihr Gesichtsausdruck war skeptisch, aber sie sprach ihre Zweifel nicht aus, sondern wechselte das Thema. »Wie steht's mit Eurem Fieber?«

»Auch das erfordert keine Unterhaltung.«

»Ihr klingt wie mein Vater.« Der Saum ihres Kleides blieb an etwas hängen. Sie riß ihn los. »Über was *würdet* Ihr denn dann gerne sprechen?«

Er bog einen Ast zurück, damit er nicht ihr Gesicht streifte. »Wir brauchen überhaupt nicht zu sprechen.«

»Es macht aber keinen Sinn, uns selbst zu strafen, nur weil jemand Euer Pferd stahl... wir können doch genausogut das Beste daraus machen.«

Das Laub unter seinen Stiefeln raschelte. »Ich fand noch nie, daß Sprechen das Beste ist.«

Sie warf ihm unter gesenkten Lidern einen Blick zu. »Stimmt. Daran erinnere ich mich – Ihr sagtet an jenem Heiligen Abend sehr wenig.«

Es dauerte einen Moment, bis ihm einfiel, was sie meinte. Er war bewegt zu schmunzeln, aber er verbot sich, es ihr zu zeigen. »Vielleicht war ich nur irgendwie etwas überrascht von der Keckheit einer Ritterstochter, die mich unter den Mistelzweig lockte.«

Marian schoß die Röte ins Gesicht.

»Oder nicht?« stichelte er. »Ihr locktet mich.«

»Ich sagte Euch doch«, murmelte sie befangen, »daß ich alle anderen schon geküßt hatte.«

»Es bestand aber keine Notwendigkeit, auch *mich* zu küssen, außer um mich als eine weitere Eroberung zu sehen.«

»Es war keine – Ihr wart keine –« Sie zuckte verlegen mit den Schultern. »Schon gut.«

Er fuhr sich über die Stirn, leicht amüsiert, daß er es geschafft hatte, sie aus der Fassung zu bringen. »Und ich dachte, daß es beim Mann liegt, sich eine Frau auszusuchen.«

Sie warf ihm einen Seitenblick zu. Ihre verfilzten Haare umrahmten ein Gesicht, das selbst trotz der Prellungen exquisit war. »Das hättet Ihr aber nicht getan. Ihr spracht ja kaum mit irgend jemandem. Ihr standet abseits und habt nur alle *beobachtet*...« Als hätte sie gemerkt, daß sie ihn damit verletzt haben könnte, ließ sie den Satz in der Luft hängen, als sei er belanglos. »Ich dachte nur...«

Merkwürdigerweise interessierte ihn, was sie gedacht hatte. »Ja?«

»Ich dachte, es würde Euch guttun«, murmelte sie, mehr zu sich.

»Guttun.« Eine seltsame Bemerkung.

»Ihr saht sehr allein aus. Sehr – einsam.«

»Die Einsamkeit ist gar nicht so schlimm. Es gibt einem eine gewisse Sicherheit, wenn man sich selbst genügt.«

Sie wurde wieder rot. »Ihr genügtet Euch nicht. Ihr standet inmitten all der vielen Leute, die zusammen Weihnachten feierten und glücklich waren, aber Ihr standet abseits. Ihr bliebt dort, selbst als meine Mutter versuchte, Euch aus der Ecke hervorzulocken.« Marians Gesicht verzerrte sich kurz. »Es war ihr letztes Weihnachten.«

Er verstand, was in ihr vorging. *Beide Eltern tot. Und keine Brüder oder Schwestern. Keine Familienfeiern mehr.*

Er wollte sich entschuldigen. Er wollte ihr sagen, daß er sich nicht daran erinnern konnte, warum er sich so dagegen gesträubt hatte, am Fest teilzunehmen. Und er wollte ihr sein Beileid aussprechen, daß ihre Mutter kein weiteres Weihnachten mehr erleben konnte.

Am meisten aber, als er sie so anblickte, wollte er ihr sagen, daß er sich *jetzt* einen Mistelzweig wünschte, so daß diesmal er derjenige sein könnte, der den Preis dafür von ihr einforderte.

Der Hathersage-Riese wirbelte Alan zu sich herum. »Hast du Geld?« bellte er. »Hast du irgend etwas von Wert, womit ich meinen Wegzoll bezahlen kann?«

Als ob ich ihm das auf die Nase binden würde! Alan schüttelte den Kopf und blickte auf die anderen. Er kannte keinen von ihnen.

Der Mann mit den sandfarbenen Haaren winkte den Jungen heran. Nur drei Finger hielten den Bogen, der vierte Finger fehlte. »Bring das Pferd *hierher zu mir.*«

Der Junge kam näher. Alan war ein wenig überrascht, daß er ihn kannte: Es war der Dieb aus Nottingham, der ihm erzählt hatte, daß Marian FitzWalter entführt worden war. Was tat *der* denn hier mit einem so guten Pferd?

Der zweite Schütze senkte seinen Bogen und ließ die Sehne locker. Er war jung, jünger als Alan und fast so hübsch, wenn auch dunkel statt goldblond. Er grinste den Riesen an. »Little John«, sagte er, »in Sherwood *nehmen* wir uns das Geld einfach und fragen vorher nicht lang!«

Will Scarlet war erregt. »Habe ich meinen Wegzoll dann abgegolten? Das Pferd dürfte ja wohl genügen, nehme ich an.«

Der Junge klammerte sich an die Zügel. *»Meins.«*

Der schlanke, dunkle Mann machte eine Geste. »Clym.«

Ein Pfeil wurde abgeschossen. Er sauste die kurze Entfernung entlang und bohrte sich dann zwischen die nackten Füße des Jungen in die Erde.

Alan fuhr hoch. »Er ist doch nur ein *Junge* –«

Der Schütze Clym lächelte nicht. »Das war ich auch, früher einmal.«

Little John ließ Alan los. »Bei Gott, Adam Bell, ich werde nicht zulassen, daß dem Jungen auch nur ein Haar gekrümmt wird! Hast du verstanden? Er hat dir nichts getan.«

Alan starrte den schlanken Mann durchdringend an. Adam Bell? Adam *Bell*? »Warte«, sagte er atemlos.

»Hast du mich verstanden?« wiederholte Little John.

»Genügt das jetzt?« fragte Scarlet.

»Meins«, verkündete der Junge.

In der Nähe ertönte ein leiser Pfiff. Adam Bell und die zwei Bogenschützen wandten sich abrupt dem Laut zu. Einen Augenblick später trat ein Mann aus dem Dickicht.

»Du!« rief Alan aus, und dann fügte er drängender hinzu: »Ist meine Laute noch ganz?«

Der Einhändige grinste und hielt das Instrument hoch. »Kauf es zurück, und du weißt es!«

»Wat.« Adam Bell warf dem Schützen namens Clym einen kurzen Blick zu. »Schnapp dir das Pferd. Cloudisley wird unserem neuen Freund die Brieftasche abnehmen.«

Adam Bell. Clym – of the Clough? Und Cloudisley. Alan glotzte. *Mein Gott – ich mußte natürlich ausgerechnet den berüchtigtsten Geächteten in ganz England über den Weg laufen!*

William of Cloudisley trat auf ihn zu und fuchtelte mit der Hand herum. »Du kannst es mir entweder geben – oder ich nehme es mir selbst.«

»Er ist nicht von der sanften Sorte«, verkündete Clym. »Doch da du so hübsch bist, könnte ich es auch übernehmen.«

Alan wich einen Schritt zurück, aber der Riese hinderte ihn an einem weiteren Rückzug. »Das ist nicht fair«, sagte er. »Ich bin nicht reich. Ich bin kein Lord. Ich bin kein Normanne. Ihr raubt einen Engländer aus!«

»Einen Lautenspieler!« Clym klang geringschätzig. »Du lebst von normannischem Geld!« Er blickte zu Much, der mit dem Pferd nur langsam und zögerlich näher kam. »Junge, was habe ich dir gesagt?«

Der Junge bückte sich und zog den Pfeil aus dem Boden. Mit

einer stummen, aber rebellischen Geste schleuderte er ihn Clym zu.

»Laß ihn in Ruhe«, knurrte Little John.

»Das Pferd ist mein Wegzoll«, erklärte Scarlet.

Adam Bell schaute noch immer den einhändigen Mann an. »Hast du den Lautenspieler hier angeschleppt?«

»Ich hab ihm die Laute abgenommen, weil sie ihn bei der Wache verraten hätte.« Der Mann namens Wat ging auf den Pfad zu, den Hals der Laute in seiner Hand. »Er ist einer von uns, Adam. Er ist der Narr, der die Tochter des Sheriffs besprang.«

Clym lachte rauh. »Der so dumm war, sie zu bespringen? Oder so dumm, sich dabei erwischen zu lassen?«

Adam Bell nickte. »War sie es wert, dafür gehängt zu werden?«

»Er wollte mich nicht hängen. Er wollte mir die Zunge herausschneiden.« Alans Blick wanderte langsam zu Wats Stummel. »Zumindest kannst du noch stehlen ... ich könnte mich nicht mehr ernähren.«

Wat grinste. »Ja, aber ich stehle überhaupt nur *deswegen* ...« Er schaute an Alan vorbei zu Little John. »So, du bist also auch hier? Na ja, kannste ruhig – der Sheriff sucht dich nämlich.«

Alles Blut wich aus dem Gesicht des Riesen.

»Was gibt es Neues?« fragte Adam Bell. »Was hast du über den Sheriff in Erfahrung bringen können?«

»Er sandte die Wache nach dem hübschen Kerl aus, der seine Tochter vergewaltigt hat« – Wat warf Alan ein Grinsen zu –, »und läßt nach dem Riesen und nach Scarlet suchen. Hat mit einer Frau zu tun – einer *anderen* Frau –«

»Der Geliebten des Sheriffs«, sagte Scarlet höhnisch.

»Nein.« Der einhändige Wat schüttelte den Kopf. »Nein, sie ist die Tochter eines Ritters. Marian FitzWalter. Mit dem Sheriff hat sie nichts zu tun.«

»Siehst du?« beschwerte sich Little John. »Sie ist keine Normannin und auch nicht die Geliebte des Sheriffs –«

Cloudisley nickte nachdenklich. »Darum sind die ganzen Normannen also unterwegs.«

»Jedenfalls ist sie jetzt in Sicherheit«, sagte Little John. »Wahrscheinlich schon auf halbem Weg nach Hause.«

Alan hielt Wat die Hand hin. »Kann ich jetzt meine Laute wiederhaben?«

»Erst dein Geld«, sagte Cloudisley und hielt ihm *seine* Hand hin.

»Marian«, wisperte Much. Dann weiteten sich seine Augen. »Pferd«, rief er aus.

»Ja, Pferd«, stimmte Clym ihm zu und setzte sich dann in Bewegung, um Much die Zügel aus der Hand zu nehmen.

Much schien es nicht zu bemerken. *»Robins.«*

»Nun ist es meins, Junge.«

»Nein!« Much schrie es heraus. *»Robins –«* Er riß die Zügel herum, und das Pferd machte einen Satz zur Seite.

Cloudisley rammte Little John den Bogen in den Magen. »Halt«, sagte er sanft.

»Er ist doch nur ein *Junge* –«

»Meine Laute?« wiederholte Alan und sah Wat an.

Der einhändige Mann warf Adam Bell einen Blick zu. »Ich würde sagen, er kann sie wiederhaben.«

»Er kann sie kaufen«, antwortete Bell. Dann sagte er plötzlich gehetzt: »Reiter – hört ihr?«

Cloudisley fuhr herum, während gedämpfte Hufschläge ertönten. »Normannen? – Na, was denn sonst –!«

»Clym!« Das war Bell. »Clym – laß den Jungen los –«

Wat war fort, mit Alans Laute im Blätterwerk verschwunden. Cloudisley und Clym stellten sich nebeneinander auf den Weg und legten einen Pfeil auf. Bell trat zur Seite.

»Normannen –?« Doch Alan wartete nicht erst ab, bis er es sah, sondern sprang sofort ins Gebüsch.

Little John schnappte sich Much. »Laß es los – laß das Pferd los –«

»Meins«, verkündete Much.

»Weg!« zischte Adam Bell.

William of Cloudisley und Clym of the Clough ließen zwei Pfeile los, als die Reiter in Sicht kamen: sechs Männer aus Nottingham in blauen Mänteln und mit normannischen Helmen. Zwei fielen, vom Pfeil getroffen, augenblicklich vom Pferd.

»Alle«, sagte Bell knapp. »Keiner soll überleben.«

Much versuchte, aufs Pferd zu steigen, aber vor Schreck tänzelte es seitwärts. Little John hielt den Jungen am Arm und zog ihn weg. »Laß es *los* –«

»Ein Fehlschuß!« rief Cloudisley, während er nach einem neuen Pfeil langte. »Da kommt einer – *Clym* –«

Der Normanne zog sein Schwert aus der Scheide und ließ es durch die Luft zischen. Die beiden Bogenschützen mußten ausweichen. Sie ließen sich zu Boden fallen, wälzten sich herum, kamen wieder hoch und fischten dann nach neuen Pfeilen.

Little John drückte das Handgelenk des Jungen so fest, daß dieser die Zügel losließ. Befreit wich das Pferd zurück; Little John schwang den Jungen herum, duckte sich unter der vorbeipfeifenden Klinge durch und schob Much dann auf die Bäume zu. »Lauf zu, Junge –« Dann fuhr er wieder herum und rammte dem Pferd des normannischen Reiters die Faust auf die Nüstern.

Alan, der mit dem Gesicht nach unten im Farnkraut lag, schaute auf, als der Hieb das Pferd scheuen ließ, während es den Kopf heftig hin und her warf, so daß der Reiter seine volle Konzentration dem Pferd zuwenden mußte anstatt dem Töten von Geächteten.

»Noch zwei!« rief Adam Bell. »Und es kommt noch einer durch!«

Cloudisley und Clym schossen zwei weitere Pfeile ab.

Will Scarlet wich einem Pferd und einem Armbrustbolzen aus, dann stürzte er sich auf die Zügel. Er ließ sich mit dem Gewicht daran hängen, während der Reiter vergebens versuchte, sein Pferd unter Kontrolle zu bekommen, und einen neuen Bolzen lud. Der Bolzen fiel ins Leere, dann die Armbrust. Der Normanne griff nach seinem Schwert.

»Scarlet!« schrie Cloudisley und schoß einen weiteren Pfeil ab.

»Noch einen!« rief Bell. »Bei Gott, Riese – so paß doch *auf*!«

Little John warf sich zu Boden, als das Schwert wieder in

einem glitzernden, tödlichen Bogen nach unten schwang. Er fluchte, als ein Huf auf sein Bein trat, wälzte sich zur Seite, richtete sich dann langsam auf und schleppte sich zu den Bäumen.

»Clym«, sagte Bell angespannt.

»Ich«, stimmte der Schütze ihm zu, aber der Pfeil flog nicht gut. Er bohrte sich in den oberen Rücken des Normannen, in die Nähe der linken Schulter. Clym fluchte.

Der Normanne riß sein Pferd herum und blickte auf die Geächteten zurück. Sie durften ihn nicht am Leben lassen.

»Cloudisley!« rief Bell.

Doch der Normanne gab seinem Pferd die Sporen, schwang es wieder herum und trieb es in Richtung Nottingham. Robins Hengst folgte ihm galoppierend.

»Nein!« brüllte Scarlet. »Bei Gott – nicht das *Pferd* –«

Alan erhob sich vorsichtig, und auch Little John trat durch das Farnkraut auf den Weg. »Gut gemacht –«, begann Alan.

Doch der Riese packte ihn an der Schulter, damit er nicht weglaufen konnte. Mit der anderen Hand griff er nach dem Geldbeutel, der unter der Tunika hing, aber nun durch einen Riß im Stoff sichtbar war. »Hätte ich die Wahl«, sagte der Riese heiser, »würde ich dir das Geld lassen.« Er zerrte die Börse vom Gürtel herunter. »Aber ich habe keine andere Wahl.«

»Warte –«, rief Alan.

Little John drehte sich um und warf Adam Bell Alans Geldbeutel zu. »Da! Mein Wegzoll. Kann ich nun gehen?«

Bell fing die Börse auf, wog sie in seiner Hand und nickte zufrieden. Der Blick, den er dem Riesen zuwarf, war jedoch merkwürdig mitleidig. »Warum gehen?« fragte er. »Was bleibt dir denn noch, außer in Sherwood zu leben?«

»Ich habe bezahlt!« brummte Little John. »Ich habe einen unschuldigen Mann ausgeraubt und euch seine Börse gegeben.«

»Und du hast berüchtigten Geächteten geholfen, was der normannische Soldat bezeugen kann, der überlebt hat.«

Entsetzt starrte Little John ihn an.

Will Scarlet lachte auf. »Geh doch heim zu deinen Schafen«,

sagte er höhnisch. »Geh heim nach Hathersage, damit sie dich dort hängen können!«

Der einhändige Wat drückte Alan unsanft die Laute in die Hand. »Und *du*«, sagte er fröhlich, »wirst bereits gesucht!«

Much kam auf den Weg und rieb sich mit dem Handgelenk über die Nase. Er sagte nichts, sondern starrte alle nur schlechtgelaunt an.

Wieder lachte Scarlet auf und füllte den Wald mit seinem Klang. »Wolfsköpfe, allesamt – bis hin zu einem Jungen und einem hübschen Minnesänger!«

»Nein«, sagten Alan und Little John.

Der einhändige Wat grinste. »Willkommen in Sherwood Forest, wo nicht die Gesetze des Königs, sondern *unsere* eigenen Gesetze gelten!«

Marian bog Gebüsch zur Seite. »Da«, sagte sie, »die Straße.« Sie lag in Sichtweite vor ihnen, eine ausgefahrene Straße, die in westlicher Richtung nach Nottingham führte, in östlicher nach Ravenskeep. »Jetzt ist es nicht mehr weit.«

»Wollt Ihr –« Doch er unterbrach sich, als er den Klang galoppierender Pferde hörte, und wandte sich wie Marian zum Waldweg um, der nur wenige Schritte von ihnen entfernt lag.

Marian konnte ein reiterloses Pferd erkennen, als der Weg einen Bogen machte. Mit ihm kam noch ein anderes, auf dem ein blaulivrierter Mann gebeugt im Sattel saß. Der Schaft eines Pfeiles ragte aus einer Schulter des Soldaten heraus. »Robin –«

»Ich sehe es«, sagte er kurz angebunden und ging eilig auf den Weg zu. »Es ist ein Normanne – Warte… *Charlemagne* –«

Doch der verwundete Soldat ritt weiter, als wagte er es nicht anzuhalten, und der Hengst rannte mit ihm.

Marian schaute zu, wie sie verschwanden. Dann setzte sie sich und begann die Schnürsenkel aufzubinden.

Zutiefst enttäuscht, wandte Locksley sich ihr zu. »Was macht Ihr da?«

»Sie ausziehen.«

In seiner Stimme schwang Neugier mit. »Warum zieht Ihr –«

»Blasen«, antwortete sie munter. »Wenn wir nach Ravenskeep laufen wollen, werde ich es barfuß tun müssen.« Sie stand auf und band die Schuhe aneinander. »Das werde ich Much aber nicht erzählen.«

37. Kapitel

Die Vogelkäfige in Nottingham Castle bargen Vogelstangen verschiedener Größe und Höhe, auf denen eine Vielzahl von Habichten und Falken saßen. William deLacey war zu Recht stolz auf seine Käfige, denn er hatte viel Zeit und Geld darauf verwendet, Falknerexperten anzustellen. Er genoß es, bei den wilden Raubvögeln zu weilen.

Als ein Soldat mit übermäßiger Eile in die Käfige gestürzt kam und dabei mit der Schulter gegen die schmale Tür prallte, war deLacey aufgebracht. DeLacey nahm den Soldaten am Arm und schob ihn aus der Tür hinaus.

»Kommt nie hier herein zu mir. Wartet gefälligst so lange draußen, bis ich herauskomme. Versteht Ihr mich?«

Der Soldat nickte hastig. Er war jung, hatte rotbraunes Haar und war sichtlich erregt. »Es geht um den Kastellan, Mylord. Er kam verwundet zurück. Wir haben ihn in das Wachhaus gelegt und nach einem Arzt rufen lassen ... ein Pferd war bei ihm. Da – der Hengst dort.«

DeLacey sah in die Richtung, in die der Soldat zeigte, während sie über den Hof auf das Wachhaus zuliefen. Der Hengst war ein prächtiges Tier, aber deLacey kannte es nicht. »Kümmert Ihr Euch um das Pferd. Wir werden es später auf dem Markt ausrufen lassen.« Er ging an dem Soldat vorbei zur Tür des Wachhauses.

Der ältere Mann lag mit dem Bauch auf einem Strohlager und atmete schwer. Sein Kopf lag auf der Seite. Sie hatten ihm bereits

Mantel und Obergewand ausgezogen, aber die Halsberge der Rüstung hatte er noch an. Der Schaft eines Pfeils stak in seiner Schulter.

DeLacey kniete sich hin. Archaumbault war bleich, und er schwitzte, aber seine Wunde schien nicht tödlich zu sein. »Was ist mit den anderen, die mit Euch unterwegs waren?«

»Tot.« Archaumbault hustete und fluchte. »Geächtete – mit Langbogen –«

Verachtung flackerte in deLaceys Augen auf. »Eure Männer hatten Armbrüste.«

Der Kastellan hustete erneut. »Alle, Mylord ... der Junge, der Riese – Will Scarlet –«

Er war überrascht. »*Sie* waren dort?«

»Ja.« Seine behandschuhten Finger zuckten. »Adam Bell und andere – aber auch der rothaarige Riese und der Junge –«

Grimmig ergänzte deLacey: »– und Scarlet –«

»– und der Lautenspieler.« Archaumbault hielt den Atem an. »Es waren noch mehr –«

»*Noch* mehr?«

»Auf der Straße – auf dem Weg ... ich traute mich nicht anzuhalten – war die Frau, Mylord ... das FitzWalter-Mädchen ...«

Marian – Archaumbault, der überleben würde, interessierte deLacey nicht länger. »Bei den anderen?«

»Nein. Auf der Straße nach Ravenskeep –«

»Ah.« Die Erleichterung überwältigte ihn und vermischte sich mit Freude. »Also nicht mehr in der Gewalt Scarlets –«

»Bei einem anderen Mann.«

»Einem *anderen* ... wem?«

Ein Mann kam ins Wachhaus gelaufen. Er war groß, sehr dünn und grauhaarig. Er trug eine Ledertasche bei sich. »Mylord Sheriff, dürfte ich –«

Der Arzt. DeLacey würdigte ihn kaum eines Blickes. »Wer war der Mann, Archaumbault?«

Der Arzt war auf zaghafte Weise beharrlich. »Mylord – wenn Ihr bitte –«

DeLacey bedeutete ihm zu schweigen. *»Wer?«*

Archaumbault keuchte. »Groß – sehr hell ... die Haare beinahe weiß –«

DeLacey gefror das Blut in den Adern. »Robert von Locksley.« *Was hatte der denn mit der Sache zu tun?*

DeLacey machte, an den Arzt gewandt, eine gebieterische Handbewegung. »Macht Euch an die Arbeit. Ich habe andere Dinge zu erledigen.« Der Sheriff erhob sich und ging auf direktem Wege zu den Ställen, wo er sich den Hengst vorführen ließ. Er betrachtete ihn eingehend.

»Mylord?« Ein Junge trat mit einem Kleiderbündel auf ihn zu. »Mylord – das war am Sattel festgemacht.«

DeLacey nahm den Stoff und faltete ihn auseinander. Ein Männermantel aus gutem Gewebe, aber nicht besonders aufwendig gearbeitet.

Etwas fiel ins Stroh. Der Junge bückte sich und reichte es deLacey.

DeLacey legte es in seine Handfläche. Es war eine schlichte, silberne Mantelbrosche mit einem einfachen Wappenmuster.

Er umschloß sie mit seiner Hand. »Huntington«, murmelte er. »Robert von Locksley.« Der Name seines Feindes.

»Mylord?«

Der Sheriff blickte den Jungen finster an und drückte ihm die Zügel in die kleinen Hände. »Da. Bring's zu den anderen. Und dann mach mein Pferd fertig und führ es in die Vorburg.« Fast hätte er den Jungen für seine Langsamkeit geohrfeigt. »Sofort!«

Der Morgennebel löste sich auf, und der Himmel war wolkenlos und hell. Es versprach ein schöner Tag zu werden. Doch Locksley war nicht in der Stimmung, sich über das Wetter zu freuen. Er wollte stehenbleiben, sich hinsetzen, sich hin*legen*, solange das nur hieß, daß er seine Augen schließen und sich ausruhen könnte, sich von Schwäche, Schmerzen, Schüttelfrost und der geistigen Verwirrung befreien, die das Fieber begleitete, das Richards Armee gepeinigt hatte.

Locksley hatte überlebt. Er hatte sogar Schlimmeres überlebt. Auch das hier würde er überleben.

Währenddessen lief er mit wachsender Steifheit neben FitzWalters Tochter her, die in ungetrübter Heiterkeit ihr Kleid und ihr Untergewand gerafft und an ihrem Gürtel festgesteckt hatte und barfuß ging.

»Es ist nicht mehr weit«, sagte sie.

Es schüttelte ihn. Er fragte sich, ob sie hören konnte, wie seine Knochen klapperten.

»Wie ist er denn?« Sie schien die Freiheit zu genießen; er begann sich zu fragen, ob es wohl schwierig gewesen war, sie als Kind von jungenhaftem Verhalten abzubringen. »Wer?«

»Der König«, sagte Marian.

Natürlich. Das fragten alle. Keiner von ihnen kannte Richard. Sie dachten nur, sie würden ihn kennen, dabei waren es nur Schlußfolgerungen, die auf Gerüchten und Andeutungen beruhten. Diejenigen, die Richard *wirklich* kannten, mußten nicht fragen.

Marian hatte die Frage gestellt. Der Grund war harmlos: Wie war der Mann, dem ihr Vater gedient hatte?

»Er ist es wert, für ihn in den Tod zu gehen«, antwortete er.

Er merkte, daß er nicht die Antwort gegeben hatte, die sie gewollt hatte. Aber nun, da es ausgesprochen war, sann sie eingehend darüber nach.

»Das sollte er auch, oder nicht?« Ihr Ton war eigenartig, ein wenig gehetzt, ein bißchen angespannt, mit einem Anflug von Schüchternheit. »Könige, die Männer in den Krieg führen, sollten es wert sein, daß man für sie in den Tod geht, da es so viele Männer tun.«

Ja. Das sollten Könige. Aber nur wenige waren es.

»Mein Vater sagte, er wäre ein kluger Feldherr.«

Die Sonne war für England sehr warm. Alles klang für ihn unnatürlich laut. »Ja«, sagte er. »Das war eines der Dinge, die Leopold nicht an ihm mochte.«

»Leopold von Österreich?«

»Und Philipp von Frankreich.« Es half ihm ein wenig, zu reden. »Philipp ist in jeder Hinsicht schwach, außer in seiner Meinung über sich selbst. Es war nur natürlich, daß die Männer Richard höher achteten – er ist durch und durch ein Krieger, bestens dafür geeignet, zu begeistern und Männer in die Schlacht zu führen. Philipp liegt es mehr, zu Hause zu bleiben und Ränke zu schmieden, was er ja schließlich auch zu tun beschloß. Richard bat ihn zu bleiben, aber Philipp blieb hart. Er packte seine Sachen und ging.«

»Und Leopold? Was tat der König, daß auch *er* heimging?«

Locksley lächelte schief, während er sich die harschen Worte, die zwischen den zornigen Männern ausgetauscht worden waren, ins Gedächtnis rief. »Leopold ist nicht schwach. Er hielt sich für einen ebenso guten oder gar besseren Soldaten und Führer als den berühmten Löwenherz, und das nicht gänzlich ohne Grund. Aber kein anderer sah das auch so – Richard hat die Angewohnheit, alles zu beherrschen, sei es eine Unterhaltung, Spiele oder rohe körperliche Ertüchtigungen –, und Leopold war beleidigt. Er packte ebenfalls seine Sachen zusammen und kehrte heim.«

»Aber es muß noch mehr vorgefallen sein. Nur aus diesem einen Grund hätte er ihn doch nicht gefangengenommen, in ein Verlies geworfen und ihn dann an den deutschen König verkauft.«

Er mußte zugeben, daß Richard viel getan hatte, was Leopolds Haß ausgelöst und verstärkt hatte. »Es war Leopolds Art, das wiederzuerlangen, was er verloren hatte.«

»Seinen Stolz?« Marian lachte kurz auf. »Männer tun so viel im Namen ihres Stolzes.«

Das traf ihn, zumindest ein wenig; er hatte auch seinen Stolz, was ihn eben jetzt davon abhielt, zuzugeben, daß er zu krank war, um noch viel weiter zu gehen. »Und findet Ihr das schlecht?«

Sie warf ihm einen Seitenblick zu, als verwundere die Frage sie. »Nein. Ich frage mich nur, ob es Zeiten gibt, in denen eine Schwierigkeit mit etwas anderem als mit Stolz bewältigt wird.«

Der darin enthaltene Vorwurf ernüchterte ihn. »Vielleicht für eine Frau.«

Die unterschwellige Herablassung schien sie nicht aus der Fassung zu bringen, falls sie sie überhaupt bemerkte. »Ah, aber eine Frau, der man Stolz nachsagt, gilt als eitel.«

»Weil der Stolz einer Frau oft an der falschen Stelle sitzt.«

»Wie meint Ihr das?« Ihr Ton war jetzt schärfer.

»Der Stolz einer Frau gilt ihrer Schönheit –«

Sie unterbrach ihn. »Schönheit wird oft mit Wert gleichgesetzt. Eine Frau muß an ihren Wert denken, da sonst wenig bleibt, wofür sie gut ist.«

Er war nicht darauf vorbereitet, sich darüber auseinanderzusetzen. »Ein Mann ist stolz darauf, seine Familie beschützen und seinem König dienen zu können.«

»Natürlich.« Sie übernahm seinen herablassenden Ton. »Er ist stolz, daß er eine Frau besitzt, Kinder zeugen kann und daß er in den Diensten des Königs steht, der seine Treue unter Umständen mit Beförderungen, wie zum Beispiel der Ernennung zum Ritter, belohnt.«

Sie wollte ihn provozieren, natürlich – ihn, der auf dem Schlachtfeld vom König von England zum Ritter ernannt worden war. Ihn interessierte, was hinter ihren Bemerkungen stand. »Ist es das, was Ihr glaubt? Daß ein Mann stolz ist zu *besitzen*?«

»Ein Mann besitzt eine Frau tatsächlich. Ein Mann *kauft* sich eine Frau –«

»Es ist aber die Frau, die die Mitgift einbringt, nicht der Mann, der für sie zahlt. Man könnte eher behaupten, daß die Frau sich den Mann kauft.«

Es schreckte sie nicht ab, sie ließ nicht locker. »– oder daß er ihr bestimmte Dinge bietet, gewisse Sicherheiten wie zum Beispiel, daß er sie beschützt oder sie durch ihn gesellschaftlich aufsteigt, im Austausch dafür, daß er sie ihrem Vater abnimmt.«

»Eine unbarmherzige Sichtweise. Ist es die Eure?«

Marian runzelte die Stirn. »Ich bin nicht sicher. Aber ich bin auch nicht sicher, ob sie falsch ist.« Sie biß sich auf die Unterlippe. »Eleanor deLacey hat vieles gesagt, was mich zum Nachdenken brachte.«

Er schnaubte. »Eleanor deLacey ist eine der selbstgefälligsten

Frauen, die mir jemals begegnet sind – und dabei hat sie nur wenig Grund dazu.«

Marian lachte. »Ihr sagt das aus gekränktem Stolz.«

»Ach ja?«

»Weil sie die einzige Frau auf Eurem Fest war, die nicht hinter Euch her war. Im Gegenteil, sie ließ sehr deutlich erkennen, daß sie den Minnesänger vorzog.«

Er grinste schief. »Wenn es nicht unverschämt wäre, würde ich sagen, daß ich ihr dafür sehr dankbar bin.«

»Ihr habt Euch bereits als unverschämt erwiesen, indem Ihr Euch über ihre Selbstgefälligkeit und den Mangel an Grund dafür geäußert habt«, stellte Marian schalkhaft fest, dann wurde sie grüblerisch. »Aber was sie sagte, ergab durchaus Sinn. Die Väter vermählen uns, mit wem sie wollen. Man wacht streng über unsere Keuschheit, damit unser Wert steigt.«

»Über Eleanor deLaceys nicht.«

Marian lachte. »Sie tat, was sie wollte, und schenkte demjenigen ihre Zuneigung, den sie anderen vorzog, anstatt zuzulassen, daß ihr Vater sie an den erstbesten übelriechenden, alten, verderbten Mann verheiratete, der das geeignete Vermögen – und den passenden Titel – für sie hatte.«

Locksley dachte darüber nach. »Ich bin weder alt noch verderbt, und gebadet habe ich erst gestern.«

»Was habt Ihr –? *Oh!*« Sie lachte wieder. »Vergebt mir – *Ihr* solltet es werden, nicht wahr?«

»Und ich würde sagen, daß zwei Frauen auf mein Fest kamen, die nicht hinter mir her waren.« Er warf ihr einen übertrieben strengen Blick zu. »Außer Ihr habt gelogen, als ich Euch dessen beschuldigte.«

»Nein.« Marian lächelte. »Nein, ich habe nicht gelogen. Ich wollte nur wissen, ob Ihr meinen Vater gesehen habt.«

Viel mehr als das. Aber das wußte sie erst jetzt.

Er wechselte das Thema. »Eleanor deLacey hat die Freiheit, welche immer das war, verloren, weil sie sich den Minnesänger auswählte. Glaubt Ihr, das war es wert?«

»Ob *ich* glaube, daß es das wert war?« Marian seufzte. »Hättet Ihr mich das gestern gefragt, *vor* der Sache mit Will Scarlet, hätte ich gesagt, es hängt davon ab, wie gern sie diesen Mann hat. Aber jetzt kann ich nicht länger urteilen. Ich bin selbst vor der Öffentlichkeit ebenso entehrt wie Eleanor. Daß Will Scarlet nicht versucht hat, intim zu werden, ändert nichts daran ... sie werden mich trotzdem verurteilen. Sie werden hinter meinem Rücken flüstern, Gerüchte über mich verbreiten und so lange übertreiben, bis es überall heißen wird, daß jeder Geächtete in Sherwood Forest die Gelegenheit hatte, meine Röcke zu heben.«

Sie war wild und stolz, selbst in ihrem zerrissenen Kleid, das die brutale Wahrheit dessen, was sie gerade gesagt hatte, unterstrich. Und in dieser Wildheit, diesem Stolz, diesem Kleid fand er sie schöner als die Frau, die ihm damals auf dem Podium von Huntington Castle gegenübergestanden hatte.

Sein Kopf schmerzte. Seine Augen brannten. »Was werdet Ihr tun?« fragte er. »Habt Ihr noch Verwandte?«

Sie zuckte mit den Schultern. »Es gibt noch andere FitzWalters, aber es sind nur entfernte Verwandte. Der Bruder meines Vaters starb ohne Nachkommen und *mein* Bruder mit sechzehn ... Mein Vater hinterließ niemanden, der den Namen weiterführt. Ich bin ein Mündel der Krone. Vor diesem Vorfall hatte ich keinen Zweifel daran, daß der König mich demjenigen Mann geben würde, der um mich wirbt. Jetzt habe ich keinen Wert mehr.« Sie lächelte verbittert. »Eleanor handelte nach ihrem eigenen Willen, und nun muß sie dafür büßen. Ich habe nicht gehandelt, aber das Resultat ist dasselbe.« Marian hob ihren Kopf und blickte ihm herausfordernd ins Gesicht. »Jetzt sagt mir noch einmal, Sir Robert, daß sich eine Frau nicht mit solch männlichen Werten wie Stolz beschäftigen muß.«

Er sagte es ihr nicht. Sie verdiente die Wahrheit.

William deLacey.

Plötzlich war der Name in seinem Kopf. Er fragte sich, ob er zuletzt doch schon delirierte, daß der Sheriff ihm einfach so aus dem Nichts heraus einfiel.

Aber dann wußte Locksley auf einmal, daß es doch einen *Zusammenhang* gab: Der Sheriff würde sie noch immer nehmen, ungeachtet ihrer befleckten Ehre.

38. Kapitel

William deLacey schwang sich den bernsteinfarbenen Mantel um die Schultern und steckte ihn ungeduldig mit einer schweren, keltischen Brosche zusammen, die mit einem goldfarbenen Rauchquarz besetzt war. Wenngleich sie sich von der heraldischen Brosche Huntingtons unterschied, erinnerte sie ihn nur um so mehr an Robert von Locksleys unvorhergesehene und gänzlich unerwünschte Hilfe bei der Errettung Marians. Daß Archaumbault versagt hatte, machte deLacey nur noch wütender; er hatte damit gerechnet, daß er als Sheriff sich der Rettung würde rühmen können. Er stieß die Nadel durch den Stoff, dann schritt er zielstrebig aus dem Zimmer auf den schmutzigen Gang hinaus und stierte wütend die Frau an, die den Boden vor seiner Tür ohne große Lust wischte.

Mehr als alles andere war die Rettung einer Frau dazu angetan, ihren Retter anziehender für sie zu machen, und er hatte auf Marians Dankbarkeit gezählt, um ihre Hand zu erlangen. Aber nun war es Robert von Locksley, dem sie danken würde.

Eine vertraute Stimme drang schrill an sein Ohr. Sie durchschnitt seine übelgelaunten Gedanken wie eine Sense. »Wohin geht Ihr?«

Er fuhr in kalter Wut herum. »Du solltest doch in deinen Gemächern bleiben.«

Eleanor erwiderte seinen finsteren Blick und ging den Korridor entlang auf ihn zu. »Wohin geht Ihr?«

»Das geht dich nichts an, Eleanor.«

»Ist es diese FitzWalter?«

Er zog sinnierend eine Augenbraue hoch. »Vielleicht sollte ich deine Ohren mal von einem Arzt untersuchen lassen.«

Sie wurde kreidebleich. »Sie ist nicht besser als ich – und doch behandelt Ihr mich wie ein Küchenmädchen!«

»Du benimmst dich auch so.«

Ihre Hände umklammerten ohnmächtig ihr Kleid und knüllten den Stoff zusammen, bis ihre Knöchel weiß schimmerten. »Ich kam, um Euch zu fragen, ob Ihr vorhabt, sie gleich hierherzubringen.«

Er beäugte sie. »Ich sehe nicht recht, warum dich das etwas angeht. Du hast dir deine Suppe selbst eingebrockt, jetzt löffel sie aus.«

»Und wie oft habt *Ihr* so etwas gemacht?« schrie Eleanor. »Ihr und alle anderen Männer, die eine Frau beschlafen, wann immer ihr euch danach fühlt! Warum ist es annehmbar für Euch, aber nicht für mich?«

»Der Wert einer Frau besteht in ihrer Keuschheit und ihrer Fähigkeit, legitime Erben hervorzubringen«, gab er kalt zurück. »Ein sittenwidriges Beilager zerstört ihre Keuschheit – *und* ihren Wert –, und ein Mann hat es lieber, wenn er mit vollkommener Gewißheit weiß, daß das Kind, das sie austrägt, von ihm ist.«

»Ach«, antwortete sie, »also deshalb habt Ihr nie einen Sohn gezeugt – Ihr hattet Angst, er könnte nicht von Euch sein.«

Mit erhobener Hand machte er einen großen Schritt auf sie zu, aber der Ruf von hinten hielt ihn davon ab, sie zu schlagen.

»Mylord?« Es war Walter. »Im Hof gibt es Aufruhr.«

DeLacey wandte sich zu ihm um. »Was ist, Walter?«

Der mausgraue kleine Mann spielte mit seinen Händen. »Ich weiß es nicht.«

»Jetzt bin ich wirklich gebührend aufgeklärt«, sagte deLacey mit beißender Ironie. »Schon gut. Ich werde mich selbst darum kümmern.«

Marian gefiel Robins Zustand ganz und gar nicht. Er war bleich, hohlwangig, mit einer verkniffenen Anspannung um seine Augen herum. Er bewegte sich mit der behutsamen Steifheit, die sie bei alten Männern gesehen hatte.

Sollte ich ihn nicht doch noch einmal fragen, wie es ihm geht? Aber sie wußte die Antwort nur zu gut. *Nein. Er wird mich anlügen. Oder das Thema wechseln.*

Sie beobachtete ihn verhalten aus den Augenwinkeln. Auf dem Weg hatte sie getan, was sie konnte, hatte so oft um eine Ruhepause gebeten, daß er sie zweifellos für eine schwache Frau hielt. Oder vielleicht nur für fußkrank; und das war sie tatsächlich ein wenig. Aber sie fühlte sich nicht schwach. Sie war hungrig und durstig und steif, aber entschieden nicht schwach. Sie fand das Gehen auf der Straße, wo sich ihre Zehen in die kühle Erde gruben, ermunternd. Sie fühlte sich so frei, wie sie sich seit einem Jahr nicht mehr gefühlt hatte.

Sie verlor jedoch kein Wort über ihr Freiheitsgefühl, da er es offensichtlich nicht teilte. Sie war selbst schon krank gewesen. Das Glitzern in seinen Augen verriet ihr die Wahrheit: Das Fieber würde seinen Verlauf nehmen.

Er wird natürlich so närrisch sein und, sobald wir Ravenskeep erreichen, sagen, er müsse sofort zurückkehren. Er wird sagen, seine Aufgabe sei beendet, und er möchte nicht, daß mir durch seinen Aufenthalt noch mehr Schaden zugefügt wird. Und wenn ich ihn gehen lasse, wird er wahrscheinlich fünf Schritte vor meiner Tür zusammenbrechen, irgend jemand wird mich holen, und man wird ihn zu mir bringen müssen, damit er in dem Bett schlafen kann, das ich ihm auch so gegeben hätte. Marian seufzte. *Warum sind Männer nur so stur?*

Plötzlich unterbrach Robin die Stille. »Ich erinnere mich nicht an Euren Bruder. Was geschah mit ihm?«

Es gab keinen Grund, warum er sich an ihren Bruder erinnern sollte. Obgleich Sir Hugh FitzWalter ein Ritter mit allen dazugehörigen Ehren war, standen er und seine Kinder doch um ein beträchtliches niedriger als ein Earl und sein Sohn. »Es ist zehn Jahre her, und deshalb haben es die meisten vergessen.« Seine Frage mutete sie seltsam an. Sie hatte weder erwartet, daß er sich für ihre Familie interessieren würde noch daß er eine belanglose

Unterhaltung beginnen würde, nur um sich die Zeit zu vertreiben. »Er ertrank im Mühlteich.« Sie trat auf einen Stein und zuckte zusammen. »Es war nur drei Wochen nach dem Tod meiner Mutter. Es brachte meinen Vater beinahe um, daß er beide so kurz hintereinander verloren hatte. Darum schwor er, er werde auf Kreuzzug gehen, um Gottes Gunst zurückzugewinnen.«

Robin blickte sie scharf an. »Was war mit Euch? Er hatte immerhin noch für eine Tochter zu sorgen.«

Marian ernüchterte in der Erinnerung. Tagelang hatte sie Qualen ausgestanden, denn ihr Vater hatte sich aus Trauer zurückgezogen und sie allein gelassen, aber das konnte sie Robin nicht erzählen. »Ich hatte noch Matilda, meine Amme –« Sie brach unvermittelt ab. »Das hätte ich ja beinahe vergessen! Sie ist noch immer in Nottingham – ich werde ihr ein Geleit schicken, das sie nach Hause bringt.«

Er wartete geduldig, dann lenkte er das Gespräch zum Thema zurück. »Ihr erzähltet gerade von dem Tod Eures Bruders und wie es danach weiterging.«

Sie nickte. »Mein Vater verbrachte anschließend soviel Zeit mit mir, wie er nur konnte. Ich war schon immer ein eigenbrötlerisches Kind gewesen ... Ich vermißte sie beide natürlich, aber Hugh hatte das Alter erreicht, in dem ihm seine kleine Schwester lästig fiel, so daß es nicht schwierig war, mich daran zu gewöhnen, allein zu sein.«

Das entsprach größtenteils der Wahrheit; sie hatte sich schließlich irgendwann hineingefunden und einen Weg entwickelt, wie sie mit dem Schmerz umgehen konnte.

Eine Weile ging er schweigend. »Ich war auch ein eigenbrötlerisches Kind.«

»Das weiß ich.« Sie lächelte ihn schelmisch an. »Das war an dem einen Heiligen Abend deutlich zu merken.«

Überraschenderweise errötete er. Er schien nicht die Art von Mann, dem etwas peinlich war oder der eine Blöße zeigte. »Werdet Ihr mich ewig danach beurteilen?«

»Solange Ihr mir keinen Grund gebt, meine Meinung zu ändern, werde ich das ohne Zweifel.« Marian war erstaunt über ihre Kühnheit; zwei Tage zuvor war sie kaum in der Lage gewesen, mit diesem Mann zu sprechen, so empfänglich war sie für seine Reserviertheit und seinen hohen Rang gewesen. Jetzt fiel es ihr leichter, weil das, was sie in Sherwood Forest erlebt hatte, die Benimmregeln außer Kraft gesetzt hatte. Das gab ihr eine ungewohnte Freiheit. »Aber ich glaube, Ihr habt meine Meinung geändert. Für das, was Ihr tatet, um mich von Will Scarlet zu befreien, danke ich Euch sehr, auch wenn mein Dank nicht viel wiegt.«

Er zog eine Grimasse. »Ich tat sehr wenig dazu. Ihr wart es –«

»Spielt das eine Rolle?« unterbrach sie ihn. »Ihr erscheint mir nicht wie ein Mann, den die Meinung anderer über ihn beeinflußt, am allerwenigsten die Meinung einer Frau. Ich weiß, daß es Männer gibt, die sich bemühen würden, eine Geschichte zu ersinnen, die sie in vorteilhafteres Licht setzt, aber Ihr seid keiner von ihnen.«

»Nein?«

»Nein.«

»Dann könnt Ihr ja meinem Vater erzählen, daß ich weder jetzt noch jemals ein Held gewesen bin. Ich war ein Soldat, mehr nicht... Ich tat, wie mein König mir geheißen. Ich rettete keine Leben – ich *nahm* sie.« Sein Blick war fest, als er ihr den Kopf zuwandte. »Das macht einen Mann nicht zum Helden. Das macht ihn zum Mörder.«

Während William deLacey sich auf dem Absatz umdrehte und eilig den Korridor herunterlief, ging seine Tochter in ihr Gemach zurück. Es war ein kleines, viereckiges Zimmer, das nur wenig Wärme oder Bequemlichkeit aufwies und nur mit einem Bett, zwei Truhen und einem Kerzenständer möbliert war. Eleanor mochte es nicht.

Um sich gegen ihren Vater durchzusetzen, würde sie mit seinen Mitteln arbeiten müssen. Sie würde sich auf ihren Verstand und ihre Lebenserfahrung verlassen müssen, damit sie gegen seine Entscheidung, sie zu verheiraten, ankäme.

Frauen hatten keine Macht. Frauen waren nichts *wert*; das hatte er sehr klar geäußert. Deshalb würde sie wie ein Mann denken, planen und handeln müssen.

Dazu brauchte sie einen Mann.

Sicher gab es da jemanden. Sicher konnte sie jemanden kaufen. Sie hatte jedoch nur wenig Geld, und ihr Schmuck war kaum der Rede wert.

»Wer?« fragte sie. »Wo ist ein Mann, den es ebensosehr nach Rache gelüstet wie mich und der die Befriedigung seiner Rachegelüste anstelle von Schmuck oder Geld akzeptieren wird?«

Ihr fiel niemand ein. Viele haßten ihren Vater, aber nur wenige wären bereit, sich mit ihm anzulegen.

DeLacey ging in den Hof hinaus. Er war fest entschlossen, mit der Störung so schnell wie möglich fertig zu werden oder die Verantwortung jemand anderem zu übergeben, damit er sich auf den Weg machen könnte. Er hatte keine Zeit mehr zu verlieren; jeder Augenblick, den Marian mit Robert von Locksley verbrachte, verminderte *seine* Chancen.

Er hielt Ausschau nach seinem Pferd, das jedoch in einer großen Menge von Pferden und umherlaufenden Stalljungen nicht zu finden war.

Eine schlimme Ahnung befiel ihn und verursachte ihm Magengrimmen. Er blieb stehen, erwischte einen vorbeilaufenden Stalljungen am Ärmel und zog ihn zu sich heran. »Was ist los?« zischte er.

Der Junge starrte ihn an. »Mylord –?«

»Was *ist* –?« Doch er vollendete die Frage nicht; er wußte die Antwort bereits. Er ließ den Stalljungen los und hieß den Mann, der die aufgeregte Menge teilte wie Moses das Rote Meer, ruhig und höflich willkommen.

»Mylord Sheriff.« Gilbert de Pisan begrüßte ihn kühl und auf seine arrogante Art, die deLacey so verabscheute; aber er würde den Mann immer verabscheuen, gleich wie er sich verhielt. »Wie Ihr seht, ist Prinz John angekommen.«

DeLacey gelang es, seine Bestürzung nicht zu zeigen. »Ich dachte, Ihr wäret nach Lincoln unterwegs.«

»Gewiß, das werden wir auch bald sein. Doch hier soll jemand gehängt werden, und dem wollte der Prinz beiwohnen.«

Das wird mich unglaublich aufhalten ... o Gott, hättest du mir diesen königlichen Tölpel nicht ersparen können? DeLacey neigte seinen Kopf. »Und so soll es geschehen. Wenn es Prinz John beliebt, werde ich dafür sorgen, daß der Mörder morgen früh bei Tagesanbruch gehängt wird.«

Die Augen des Seneschalls verengten sich augenblicklich. »Nicht bei Tagesanbruch«, erwiderte er. »Mein Herr findet es schauerlich, den Tag so zu beginnen. Nein –«, de Pisan legte nachdenklich die Stirn in Falten, »besser zum Frühstück. Er hat gerne etwas Unterhaltung beim Essen.«

»Beim –« Doch deLacey brach die Frage ab. »Selbstverständlich. Wie Prinz John wünscht. Würdet Ihr mich jetzt bitte kurz entschuldigen, ich muß mich darum kümmern, daß mein Kämmerer ordnungsgemäß den Hinrichtungsbefehl ausstellt.«

DeLacey wandte sich um und marschierte zurück zum Festungsturm, wo er nach Walter rufen ließ. Als der kleine Mann erschien, fixierte ihn deLacey mit einem bösen Blick. »Wen haben wir im Verlies?«

Walter blinzelte verwirrt. »Verbrecher, Mylord.«

»*Welche*, verflucht? Ich muß morgen vormittag einen Mann hängen lassen, und zwar während des Frühstücks. Findet mir jemand passenden.«

»Jemand passenden«, echote Walter, deutlich unangetan von der Aufgabe.

»Und vergewissert Euch, daß auf der Anweisung der Name William Scathlocke steht.«

»Scathlocke?«

»Tut es«, befahl deLacey, der das Entsetzen in Walters Augen sah, »oder ich nehme Euch an seiner Stelle.«

Was das hieß, begriff Walter nur allzu gut.

39. Kapitel

Bruder Tuck saß an einem wackeligen Tisch in einer winzigen Kammer und versuchte, die Tischfläche so ruhig zu halten, daß er nichts verschmieren würde.

Die Tür ging auf. »Bruder Tuck?« Es war Walter, der ohne viel Aufhebens ins Zimmer glitt.

Tuck war für eine Ausrede, seine Finger und Augen kurz auszuruhen, dankbar, und noch mehr freute er sich über die Gesellschaft. Abgesehen von Walter und ein paar Bedienten der Küche kannte er niemanden in der Burg.

Er legte den Federkiel beiseite. »Ist es schon Zeit fürs Abendbrot?«

»Nein.« Walter sah ernst aus. »Noch nicht.«

»Ich bin fast fertig mit den Abschriften«, sagte Tuck und zeigte auf den Stapel sandfarbenen Velinpapiers.

Walter winkte müde ab und stellte sich neben Tuck. »Da wäre noch etwas zu erledigen. Ein Hinrichtungsbefehl.«

»Ich hatte nicht gedacht, daß das zu meinen Pflichten gehört.«

»Eure Pflicht ist es, alles zu schreiben, was der Sheriff anordnet. Sonst hat er keine Verwendung für Euch und schickt Euch zur Abtei zurück.«

Tucks Augenbrauen schoben sich über seiner Stummelnase zusammen. Das würde zu einer Ausweisung aus der Abtei führen oder zumindest die Chance, Priester zu werden, verringern.

»Ihr müßt ja nicht dabeisein«, sagte Walter schnell, »sondern nur die Anweisung schreiben. Er möchte sie auf morgen früh ausgestellt haben.«

Tuck nickte langsam. »Um welches Vergehen handelt es sich?«

»Er hat vier Soldaten ermordet.«

Unwillkürlich bekreuzigte sich Tuck. »Möge Gott ihrer Seelen gnädig sein.«

»Es sind normannische Seelen«, sagte Walter trocken. »Falls Soldaten überhaupt eine Seele haben.«

Tuck betrachtete den Mann näher. Walter waltete seines Amtes zwar in einer etwas glanzlosen Art und Weise, aber Tuck hatte ihn für dem Sheriff treu ergeben gehalten. Jetzt war er sich da nicht mehr so sicher. »Dann werde ich beten, daß Gott dem Mann vergibt, der sie ermordete.«

»Ja, warum nicht?« fragte Walter. »Er wird ohnehin nicht gehängt.«

»Ich verstehe nicht –«

»Das braucht Ihr auch nicht. Tut einfach, was der Sheriff verlangt.«

Tuck war hartnäckig. »Ihr sagtet gerade, er würde *nicht* gehängt werden.«

»*Er* nicht«, stimmte Walter ihm zu. »Sondern ein anderer armer Tropf, denn Will Scarlet konnte fliehen. Aber das traut sich der Sheriff Prinz John nicht zu sagen.«

»Aber –« Plötzlich verstand Tuck. »Das kann ich nicht *tun*! Den Namen eines anderen Mannes eintragen? Meint Ihr damit, sie hängen ihn als Will Scarlet, auch wenn er es gar nicht ist?«

»Er wird gehängt«, erklärte Walter ihm, »egal, wie er heißt. Was macht das schon für einen Unterschied?«

»Das kann ich nicht *tun*«, wiederholte Tuck.

Walter seufzte müde. »Dann geht und sagt es dem Sheriff. Ich werde Abt Martin bitten, uns einen neuen Schreiber zu schicken.«

»Der Sheriff wird einen Unschuldigen hängen lassen?«

»Es gibt Unschuldige und Unschuldige.« Walter öffnete die Tür.

»Ich werde es *nicht* tun«, verkündete Tuck. Doch Walter war bereits gegangen.

Locksleys Welt war jetzt sehr klein, sie wurde nur von zweierlei Dingen zusammengehalten: dem Wegstück, das direkt vor jedem Schritt lag, und der Frau an seiner Seite. Sein Blickwinkel hatte sich verengt, als das Fieber in seinem Kopf zu brennen begann; er traute sich nicht einmal mehr aufzuschauen, aus Angst, er würde ohnmächtig in ihrem Hof niedersinken.

Falls er überhaupt so weit käme.

»Wir sind fast da«, sagte sie.

Merkte sie etwas? Nein. Das konnte sie nicht. Er hatte sorgfältig darauf geachtet, seinen wahren Zustand vor ihr zu verbergen, damit Marian sich nicht um den Mann sorgen mußte, der sich aufgemacht hatte, um sie zu retten.

»Hier ist der Hintereingang.« Sie hantierte mit dem Riegel. »Hier durch und dann noch über den Hof... es ist keine große Burg.« Das Holz knarrte. Die Angeln quietschten. »Öl«, murmelte sie geistesabwesend. Dann sagte sie mit mehr Nachdruck: »Nehmt Euch in acht – die Pflastersteine sind etwas locker.«

Er stolperte beinahe sofort. Er zitterte, fühlte sich schwach und verschwitzt. »Ravenskeep?«

»Ravenskeep«, bestätigte sie und nahm ihre Hand von seinem Arm. »Möchtet Ihr mit hineinkommen? Die Essenszeit ist zwar schon vorbei, aber bestimmt ist noch etwas vom Abendbrot übrig. Ihr könnt die Nacht über bleiben und Euch dann ein Pferd borgen. Ich werde Euren Vater benachrichtigen lassen –«

»Nein, nicht meinen Vater –« Er hatte nicht so schroff klingen wollen. »Schickt ihm keine Nachricht. Ich werde gleich zurückreiten.«

Marian verriegelte das Tor. »Es besteht keine Notwendigkeit, sofort zurückzueilen.«

»Ich würde es aber vorziehen.« Er wollte ihr nicht enthüllen, wie krank er sich fühlte. »Wenn Ihr mögt, könnt Ihr nach Brot und Wasser schicken lassen, aber es besteht kein Grund, Euch zu beunruhigen.«

Marian seufzte. »Gut. Dann wartet hier... Ich werde ein Pferd satteln lassen und Wasser und Brot hinausbringen.« Sie deutete auf eine Bank. »Setzt Euch.«

Er wartete, bis sie gegangen war, dann setzte er sich hin und ließ sich an die Wand sinken. Er fühlte sich elend, schwach und dumpf. Die Steine in der Mauer bohrten sich schmerzlich in seine Haut. Alle Gelenke schmerzten, und das Licht tat seinen Augen weh.

Ravenskeep. Er erkannte es nicht wieder, obwohl sie behauptete, er sei an einem bestimmten Heiligen Abend vor vielen Jahren einmal hier gewesen.

Er fragte sich, wie viele Jahre es her war. Im Moment konnte er sich nicht daran erinnern, ihm fiel nur noch ein, daß sie gesagt hatte, er hätte sie unter dem Mistelzweig geküßt.

Nein. Sie hatte *ihn* geküßt.

Merkwürdigerweise war das nicht egal. Es bedeutete, daß er ihr noch einen Kuß schuldete.

»Robin?«

Robin. So nannte sie ihn, genau wie seine Mutter. Und wie Richard.

»Robin?« Er blickte zu ihr auf und sah das Bündel und den Becher in ihrer Hand. Ein seltsamer Glanz leuchtete in ihren Augen. »Sim bringt das Pferd.«

Er konnte die beschlagenen Hufe über das Pflaster hallen hören.

Sie hielt ihm den Becher hin. »Wasser.«

Er nahm ihn und trank gierig. Er hatte nicht gewußt, wie durstig er gewesen war, bis das Wasser seine Kehle hinunterrann, und er schluckte und schluckte und schluckte, bis der Becher leer war; doch das Wasser hatte seinen Zweck erfüllt. Er fühlte sich wieder etwas lebendiger.

Sim kam mit dem Pferd. Robin schenkte ihm kaum Beachtung, er bemerkte nur, daß es ein Hengst war, gesattelt und gezäumt.

Marian steckte das Bündel mit Lebensmitteln in die Satteltasche. Dann drehte sie sich um und stand aufrecht da. Ihr zerzaustes Haar hing ihr beinahe bis zum Gürtel herunter. »Bloße Dankbarkeit ist nicht genug, aber ich weiß, daß es das einzige ist, was Ihr annehmen werdet. Deshalb sage ich es: ›Danke.‹« Ihre Hände lagen in den Falten ihres ruinierten Kleides. »Wenn es irgend etwas gibt, womit ich Euch einen Gefallen tun kann –«

Er lachte und unterbrach sie. »Lady Marian, das habt Ihr bereits.«

Sie war verwirrt. »*Was* habe ich getan?«

»Erlaubt mir, Euch in Erinnerung zu rufen, daß es solche Frauen gibt … und solche.« Für ihn ergab es Sinn, obgleich sie verwirrt schien. Er stand steif auf und reichte ihr den Becher zurück. »Das wird leicht vergessen, wenn Männer gemeinsam in den Krieg ziehen.«

»Ich verstehe nicht.«

»Es gibt keine Erklärung dafür.« Er nahm die Zügel von Sim entgegen und schlang sie dem Pferd um den Kopf, dann hob er ein Bein und steckte eine Stiefelspitze in den Steigbügel. Er zog sich, unbeholfener als sonst – und mit erheblich mehr Schmerzen –, in den Sattel. Er war froh, daß das Pferd ruhig blieb. »Was ich tat, war nicht genug ... nicht mehr, als es für Euren Vater an jenem Tag genug war. Aber daran läßt sich nichts ändern ... zumindest lebt Ihr.«

»Robin ...« Doch sie überlegte es sich anders, hielt nur den Becher umklammert und nickte, als er das Pferd in Richtung Haupttor wendete.

Der Sheriff hob den Riegel hoch, schwang die Tür auf und schaute, eine Hand am Türpfosten, ins Zimmer. Seine Tochter saß an die Wand gelehnt auf dem Bett und starrte vor sich hin. »Du mußt heute nacht woanders schlafen.«

Erschreckt fuhr Eleanor zusammen, dann setzte sie sich gerade hin. »Wieso? Welches Recht –«

Er unterbrach sie. »Ich brauche dein Bett.«

Sie bedachte ihn mit einem finsteren Blick. »Was stimmt denn mit Eurem nicht?«

»Prinz John wird in meinem schlafen ... und ich in deinem.« Er hob eine Augenbraue. »Und zwar vorzugsweise ohne dich, obgleich dein lüsternes Betragen den Verdacht aufkommen lassen könnte, du würdest selbst das genießen.«

Röte wallte ihr ins Gesicht. »Wie könnt Ihr es wagen –«

»Raus hier«, sagte er kurz angebunden.

»Und wo soll *ich* –«

»Beim Dienstpersonal, wenn du magst – aber bei den Mägden!« Er schloß die Tür hinter sich und schob den Riegel vor.

»Mylord? Mylord Sheriff?«

Seufzend blieb deLacey stehen. »Was ist denn jetzt schon wieder?« murmelte er und wandte sich, gewappnet, einer weiteren Krise gegenüberzutreten, um. Er blinzelte leicht überrascht. »Bruder Tuck?«

»Mylord.« Der fette Mönch war im dämmrigen Gang nur undeutlich zu erkennen. »Mylord, es gibt da etwas, was mich zutiefst beunruhigt. Bestimmt werdet Ihr mich deswegen zur Abtei zurückschicken, aber ich muß es Euch trotzdem fragen.«

»Ja?«

Der Mönch blieb stehen. Er füllte den engen Gang mit seinen breiten Schultern fast aus. »Lord Sheriff«, begann er nervös, »Walter sagte mir, ich sollte anstelle des *richtigen* Namens Will Scarlets Namen eintragen. Aber – versteht Ihr – so etwas kann ich einfach nicht tun.« Er gestikulierte hilflos.

DeLacey behielt seinen freundlichen Gesichtsausdruck bei. »Walter sagte – *was*?«

Tuck wiederholte, was Walter zu ihm gesagt hatte.

»Mein Gott!« brach es aus dem Sheriff heraus. Dann sagte er reumütig: »Vergebt mir, Bruder Tuck – ich bin nur so schockiert. Ich kann einfach nicht glauben, daß ein Mann in meinen Diensten etwas derart Abscheuliches vorschlagen würde. Den Namen eines anderen eintragen? Seid Ihr ganz sicher, daß er das sagte?«

Tucks aufgedunsenes Gesicht war aschfahl. Seine Stimme klang gepreßt. »Ja, Mylord.«

DeLacey rieb sich das Gesicht. »Das kann ich einfach nicht glauben... Bruder Tuck, ich versichere Euch, ich habe nichts Derartiges befohlen. Ich bin der Lord High Sheriff – würde ich so etwas tun? Würde ich einen frommen Mönch bitten, mich bei einem solchen Verbrechen zu unterstützen?« Er schüttelte den Kopf, seine Gesichtszüge hatten sich verhärtet. »Ich werde ihn auf der Stelle entlassen.«

»Mylord, *nein*!« schrie Tuck. »Ich meine –« Seine Pein war offenkundig. »Vielleicht irrte sich Walter nur. Vielleicht hat er Euch falsch verstanden.«

»Ich finde es höchst unwahrscheinlich, daß ein Mann eine

derartig schändliche Sache *mißverstehen* könnte, Bruder Tuck.« DeLacey schüttelte den Kopf. »Kommt mit mir. Wir werden uns sogleich darum kümmern.«

»Mylord –« Tuck schien beschämt. »Mylord, ich flehe Euch an – entlaßt ihn nicht. Er wüßte nicht, wohin er gehen soll.«

»Angesichts einer solchen Niedertracht berührt mich das nicht.«

Tränen schimmerten in Tucks braunen Augen. »Ich bin sicher, es war nur ein Mißverständnis.« Er spielte an seiner Soutane herum. »Nun, da ich das weiß, werde ich den Hinrichtungsbefehl natürlich berichtigen.«

DeLacey merkte auf. »Ihr habt ihn bereits geschrieben?«

»Ja, Mylord, aber kaum hatte ich ihn fertig, wußte ich, daß ich die Wahrheit wissen mußte.«

»Aber natürlich wolltet Ihr das.« Lächelnd nickte deLacey. »Ich finde Eure Vorsorge sehr löblich, Bruder Tuck – stellt Euch nur vor, was passiert wäre, wenn der falsche Mann anstelle von Scarlet gehängt worden wäre!« DeLacey klopfte Tuck vertraulich und gleichermaßen überheblich auf die Schulter. »Ich versichere Euch, ich werde mich persönlich darum kümmern, daß dieser Fehler behoben wird. Aber gebt mir den Hinrichtungsbefehl. Wenn ich Walter darüber befragen soll, muß ich Beweise haben.«

»Ja, Mylord.« Tuck lächelte zitternd. »Ich bin sicher, es war nur ein Irrtum.«

DeLacey führte Tuck den Gang hinunter. »Er hätte uns aber teuer zu stehen kommen können, Bruder. Sehr teuer sogar. Ihr tatet gut daran, zu mir zu kommen. Wendet Euch mit solchen Dingen immer zuerst an mich.« Er öffnete die Tür zum Saal, der mit Johns lärmendem Gefolge gefüllt war. »Doch nun muß ich mich um den Prinzen kümmern.«

»Ja, Mylord.« Tuck befeuchtete seine Oberlippe. »Ich werde Euch den Befehl bringen.«

Während der Mönch sich seinen Weg durch das Durcheinander von Johns Gefolge bahnte, ließ deLacey endlich die Maske fallen. »Walter«, murmelte er, »Ihr enttäuscht mich zutiefst. Aber bis Gisbourne zurück ist, habe ich niemand anderen.« Sein Blick fiel auf Gilbert de Pisan, der in der Mitte der Halle stand und die Bedienten hin und her scheuchte. Das rief deLacey in Erinnerung, daß er in Eleanors Bett und John in seinem schlafen würde. »Hoffentlich gibt es dort Mäuse«, murmelte er. Im nächsten Moment lächelte er de Pisan mit äußerster Gelassenheit an, als dieser ihm winkte.

Marian sah Robin nach, als er durch das Haupttor von Ravenskeep ritt. Robin hielt sich im Sattel, er saß sehr steif auf dem Pferd, ohne seinen Kopf im mindesten zu bewegen.

Er fürchtet zusammenzubrechen. Sie wäre beinahe aus Mitleid zusammengezuckt. So hatte sie sich auch schon gefühlt.

Das Tor wurde hinter ihm geschlossen. Es quietschte entsetzlich. Hier war mehr als nur Öl vonnöten.

Männer und ihr Stolz. Seufzend wandte sich Marian an Sim. »Hol Hal«, trug sie ihm auf, »und folgt ihm dann *leise.* Ich bin sicher, er wird nicht einmal bis zur Straße kommen.«

40. Kapitel

Eleanor wartete, bis es dunkel war und sich das königliche Gefolge im Saal niedergelassen hatte, wo sie zu mehreren um die Feuerstelle herum oder paarweise in den Ecken schliefen.

Leise schloß sie die Tür hinter sich, dann schlich sie den Gang entlang zum Zimmer ihres Vaters. Dort blieb sie stehen, wischte sich die feuchten Hände am Kleid ab und holte tief Luft, bevor sie an die Tür klopfte. Sie murmelte ein kurzes Stoßgebet.

Nach einem Augenblick wurde der Riegel hochgehoben. Ein Gesicht tauchte im Spalt zwischen Tür und Rahmen auf. Es war nicht Prinz John, sondern offensichtlich Gilbert de Pisan; sie hatte gehört, wie ihr Vater ihn beschrieben hatte.

»Mylord? Mylord Prinz?« Es würde nicht schaden, dem Seneschall zu schmeicheln, indem sie ihn »irrtümlich« für den Prinzen hielt.

»Nein«, sagte er. »Mein Herr ist drinnen; was wollt Ihr?«

»Oh, es tut mir leid...« Eleanor ließ ihre Hand hilflos umherflattern und legte sie sich dann auf den üppigen Busen. »Ich bin Eleanor deLacey, die Tochter des High Sheriffs. Ich –« Sie biß sich auf die Lippe, lächelte in unschlüssiger Angst und senkte ihren Blick. »Wäre es wohl möglich, Prinz John zu sprechen?«

Eine ergrauende Augenbraue hob sich geziert. »Jetzt?«

»Falls es möglich ist«, sagte sie sanft. »Es hat mit meinem Vater zu tun – ich befürchte, versteht Ihr, daß er nicht ganz aufrichtig zu Prinz John war.«

De Pisan sagte kühl: »Und Ihr habt vor, ihn zu verraten?«

Eleanor hob ihr Kinn. Ihr versagten die Worte; wer war de Pisan denn, sie wegzuschicken? Das stand nur Prinz John zu. »Ist es Verrat, einen Prinzen von England über Verrat in seiner Mitte aufzuklären?«

De Pisans Lippen wurden schmal. »Gewiß nicht«, verkündete er eisig. »Kommt herein.«

Eleanor wartete mit in ihrem Kleid vergrabenen Händen, bis de Pisan zur Seite getreten war und die Tür aufgezogen hatte, so daß sie hineingleiten konnte. Er schloß die Tür und machte den Riegel vor, dann bedeutete er ihr, zu warten, während er sich dem verhangenen Bett näherte.

»Mylord, hier ist eine Frau, die Euch sehen möchte. Eleanor deLacey.«

Hinter dem Vorhang erklang gedämpft eine Stimme. »Habe ich nach ihr geschickt?«

»Nein, Mylord. Sie sagt, es ginge um Verrat – und um ihren Vater.«

Eine Hand kam durch den Spalt zwischen den Vorhängen und schob ihn beiseite. »Hier!« bellte John.

De Pisan gab Eleanor ein Zeichen, und sie hastete nach vorn. »Mylord.« Sie machte eine kurze Verbeugung. »Mylord, es tut mir sehr leid, daß ich zu einer solchen Stunde störe, aber ich halte es für äußerst wichtig.«

»Das ist Verrat üblicherweise.« John trug einen hochgeschlossenen Bliaut aus Batist, der am Halsausschnitt und an den Ärmelaufschlägen mit goldenem Garn und winzigen Perlen bestickt war. Seine dunklen Augen glitzerten. »Was habt Ihr zu sagen?«

Sie warf de Pisan einen Blick zu. »Mylord – Ihr werdet sicher verstehen, daß ich ungern vor einem anderen Mann von der Schuld meines Vaters spreche.«

John gab seinem Seneschall einen Klaps. »Raus, wenn Ihr beliebt. Wir müssen das Feingefühl der Lady ehren.«

»Mylord.« Eine kurze Verbeugung, und der Mann war verschwunden.

Eleanor lächelte John warm an. »Mylord –«

Er unterbrach sie. »Wenn Ihr mich verführen wollt, finde ich das uninteressant. *Ich* suche mir die Frauen aus; nicht sie mich.«

Er nahm ihr nur für einen Moment den Wind aus den Segeln. Dann hatte sie sich wieder gefaßt. »Aber nein, Mylord! Oh, Mylord –« Sie legte eine Hand vors Gesicht, als wollte sie ihre Verwirrung verbergen. »Ich wollte Euch nur erzählen –«

»Ja, ja.« John war sichtlich ungeduldig. »Verrat, ja?«

Eleanor holte tief Luft. »Er tötete meine Mutter, Mylord.«

Johns Blick war unnachgiebig. »Ich bin ein Mann von unendlicher Geduld und sehr großem Verständnis, was persönliche Zurücksetzungen und Beleidigungen betrifft... Ihr müßt glauben, daß Ihr bei mir auf Mitgefühl stoßt.« Er musterte sie, ohne zu lächeln. »Was hat er vor? Euch mit jemandem zu verheiraten, den Ihr abstoßend findet?«

»Nein, Mylord.« Sie sagte es steif. »Zumindest – noch nicht.«

Seine Züge heiterten sich auf. »Ah. Ich glaube, ich weiß. *Er* hat vor zu heiraten – Marian FitzWalter, nicht? Und das findet nicht Eure Zustimmung?«

Eleanor versuchte, den Kloß in ihrem Hals hinunterzuschlukken. Die Wasser waren tiefer, als sie gedacht hatte. »Nein«, antwortete sie kurz. »Er könnte eine bessere Partie machen.«

John lächelte. »Lügt nicht, ich bitte Euch. Lügner haben die schlechte Angewohnheit, sich unbeliebt zu machen.«

Ihre Anspannung wuchs. »Sie ist eine Hure, Mylord.«

»Tatsächlich? Das aus Eurem Munde zu hören, ist die niederträchtigste Verleumdung.« John lächelte und lehnte sich in die Kissen. »Ich war zugegen, Lady, als Ihr diesen unglückseligen Minnesänger beschuldigtet, er hätte Euch vergewaltigt. Aber wenn ich als Mann sprechen darf, der ebenfalls schändete, kann ich nur sagen, daß es so schien, als hättet Ihr es in höchstem Maße genossen.« Er zog eine Augenbraue hoch. »Oder *mögt* Ihr es einfach nur, wenn Männer wegen Euch verstümmelt werden?«

»Nein!« entfuhr es ihr. »Nein – ich schwöre –«

»Auf was?« fragte John. »Auf Eure Keuschheit?«

Sie wollte weglaufen, aber ihre Füße waren wie angewurzelt. De Pisan stand vor der Tür; wenn sie floh, würde er es im Saal verbreiten, und man würde über sie lachen. Ihr Ruf hatte bereits genug gelitten. *Ich muß es durchstehen.*

Eleanor hob ihren Kopf. »Wohlan. Ich möchte, daß die Heirat verhindert wird.«

John lachte leise. »Eifersucht macht eine Frau nicht gerade schöner.«

Sie biß die Zähne zusammen. »Sicher versteht *Ihr*, wie ich mich fühle! Ihr wart der jüngste Sohn, und ich bin die jüngste Tochter ... sie lassen uns nichts übrig, Mylord, außer ein paar Brocken, die sie uns hinwerfen, damit wir, gegen die Hunde ankämpfend, zu ihren Füßen danach herumkriechen! Mylord, diese Frau –«

»– ist ein Mündel der Krone.« John blickte sie unter gesenkten Lidern an. »Deshalb ist es die Entscheidung des Königs, ob sie heiratet oder nicht und wen.«

»Ja, Myl –«

»Und was das übrige betrifft«, sagte er mit schmeichlerischer Stimme, »glauben wir nicht, daß unsere Umstände sich auch nur im entferntesten ähneln. Unsere Frau Mutter ist Königin; unser Vater war König.«

Eleanor war zu weit gegangen. »Vergebt mir, Mylord.«

»Ich weiß sehr gut, daß Euer Vater das FitzWalter-Mädchen heiraten möchte. Ich weiß über sehr viele Dinge Bescheid, nicht zuletzt, daß Ihr verzweifelt seid. Aber meiner Erfahrung nach sind verzweifelte Menschen zu vielem bereit, wenn sie sich damit ihren Platz in der Welt sichern können. Stimmt das nicht?«

»Ja, Mylord.«

»Darum wünsche ich, daß Ihr fortführt, wofür Ihr eine natürliche Neigung zu haben scheint: Euren Vater wachsam im Auge zu behalten. Weil er, wie jeder Mensch, tatsächlich des Verrats fähig wäre, sollten sich die Mittel dazu finden und sich die Zeit als günstig erweisen. Versteht Ihr?«

»Ja«, wisperte sie. Eleanor neigte den Kopf. Sie wollte nur noch entlassen werden.

John lachte gellend. »Vergewissert Euch nur, daß Ihr mir nur die Wahrheit zukommen laßt, Lady Liederlich.« Er winkte mit einer Hand. »Hinweg.«

Sie machte einen schnellen Knicks, dann drehte sie sich um und ging steif zur Tür.

Als sie den Riegel hob, wandte er sich noch einmal an sie. »Ist das die Kammer Eures Vaters?«

Sie nickte, ohne sich zu ihm umzudrehen.

»Und er schläft in Eurem Bett?«

Wieder nickte Eleanor.

»Und Ihr habt keins.«

Sie drehte sich mit wachsender Hoffnung zu ihm um. Wenn *John* ihr beilag –

»Gilbert mag Euch dienlich sein«, sagte er und zog den Vorhang zu.

Er lag mit dem Rücken im Sand. Die Sonne versengte sein Gesicht und stach auf seine empfindlichen Augenlider herab. Die Hitze und das Licht fraßen seine Augen auf. Er fühlte, wie sein Körper verdörrte, sich schälte, um danach wieder von neuem zu braten, Schicht für Schicht, bis nichts mehr von ihm übrig war als Muskeln und Sehnen, und dann wurden auch sie verbrannt, und es blieben nur noch Knochen zurück. Das Skelett namens Locksley buk in der Hitze und grinste in den Himmel, wo der Gott der Hölle residierte.

»Ya Allah«, murmelte er. *»La ilaha il' Mohammed rasul Allah.«*

Gott schwieg.

»Insh'Allah«, wisperte er. »Ist das nicht, was Ihr wollt?«

Der Sarazene antwortete in gutem sächsischem Englisch. »Ich möchte, daß es Euch wieder gutgeht.«

Das war falsch, ganz falsch. Es gab Sarazenen, die Englisch konnten, aber es waren keine Frauen unter ihnen. Auf englisch erkundigte er sich: »Sagte ich es nicht richtig?«

»Ruht Euch aus«, sagte die Stimme. »Es besteht keine Veranlassung zu sprechen.«

Er bewegte sich unruhig. Die Sonne mußte seine Augen aufgefressen haben, denn sonst würde er sie sehen. *»Ya Allah«*, murmelte er erneut.

»Pst«, sagte sie sanft. »Wenn Ihr die Nacht durchschlaft, werdet Ihr Euch morgen besser fühlen.«

Wieder Englisch. Wo war das Arabisch? Er hatte sich so lange abgemüht, es zu lernen, damit sie ihm, dem Ungläubigen, der ihren Gott lästerte, nicht die Zunge herausschnitten.

Er strengte sich an, klar und deutlich zu sprechen, so daß sie merken würden, wie gut er es gelernt hatte. *»La ilaha – il' Mohammed rasul... Allah.«*

»Schlaft«, murmelte die Frau. Ihre kühle Hand legte sich auf seine Stirn und nahm die Hitze von seinem Gesicht.

Marian saß auf dem dreibeinigen Schemel neben dem Bett und versuchte, die Knoten aus ihrem Haar zu lösen.

Sie hätte dringend ein Bad gebraucht, aber sie würde nicht von Robins Seite weichen. Er war unruhig und im Delirium; wer wußte schon, was er für einen Unsinn von sich geben würde? Es wäre nicht gut, wenn die Diener Persönliches hörten.

Ich würde auch gerne sein Haar kämmen – Marian unterbrach sich, erstaunt, daß sie es wagte, an so etwas überhaupt zu denken... und dann dachte sie seltsamerweise an Eleanor deLacey, die behauptet hatte, daß Frauen dieselben Bedürfnisse hatten wie Männer. Marian schalt sich dafür, daß sie sich weigerte, sich ihre wahren Gefühle einzugestehen.

Ja, ich würde ihm gern das Haar kämmen. Ich möchte es kämmen, meine Hände darin vergraben, es riechen, es mit meinen Lippen berühren – Marian ließ den Kamm fallen. Schamerfüllt krümmte sie sich auf dem Schemel zusammen und bedeckte ihr Gesicht mit beiden Händen. Sie versuchte, das Verlangen danach, ihn zu berühren, ihn so lange zu berühren, bis er aufwachte und *sie* berühren konnte, zu unterdrücken.

41. Kapitel

Es war heiß, schrecklich heiß, aber Löwenherz schien es nicht zu bemerken. Während andere Männer in Rüstung unter der erbarmungslosen Sonne schmolzen, schwitzte Richard, König von England, nicht einmal.

»Hah! Robin, seht Ihr? Die Mauern von Akko vor uns, die nur auf meine Küsse warten... was denkt Ihr, mein Robin? Sollen wir die Mauern mit Hörnern einreißen, so wie Joshua Jericho? Oder sollen wir statt dessen Verstand und Gewalt gebrauchen?« Der König war ein derber, grobschlächtiger und lauter Mann. »Nun, was sagt Ihr dazu, mein Robin?«

Sein Robin stand in der kargen Ebene und starrte auf den cremefarbenen Stein, der der Eroberung trotzte. Dahinter lag eine Stadt, die eine Pforte zu Jerusalem bedeutete, denn wenn Akko fallen würde, wäre dem Kreuzzug das Gelingen sicher.

»Nun? Was sagt Ihr?« Der König schlang einen muskulösen Arm um Robins Nacken. »Sagt Ihr, die Mauern werden fallen, oder nicht?«

Robin lächelte. »Die Mauern werden fallen, Mylord. Und was Joshua anbelangt – warum befehlt Ihr nicht, daß die Hörner geblasen werden, wenn wir die Belagerungsmaschinen anrollen, damit die Sarazenen glauben, daß Gott auf unserer Seite steht?«

Richard grinste. Sein rotbraunes Haar loderte in der strahlenden Sonne wie geschmolzenes Gold. »Gut gesagt, mein Robin! Wir werden die verfluchten Ungläubigen dazu bringen, die Mauern selbst einzureißen!« Er nahm seinen Arm weg und ging mit entschlossenen Schritten auf sein Feldzelt zu. Richard lief nirgends langsam hin, noch verschwendete er Zeit auf irgendwelche Überlegungen. »Nun gut – kommt. Wir müssen Pläne schmieden und Wein trinken ... wo ist Blondel? Blondel!«

Robin beobachtete, wie der Minnesänger um das farbige Zelt herum zum Vorschein kam, das durch den Wimpel, der darauf wehte, und das Wappenschild neben der Zeltöffnung, das drei englische Löwen auf einer scharlachroten Fläche zeigte, als Richards kenntlich gemacht war. Blondel sah schläfrig aus und rieb sich geistesabwesend mit dem Ärmel einer Tunika, die einst fein gewesen war, über den Mund. Er war schlank, zierlich, redegewandt und hatte die Hände und Haare einer Frau, weiß und sehr fein. Blondel war auf allen Gebieten sein eigener Herr, außer was den König anbetraf, den er sehr verehrte. Nur wenige in der Armee konnten den Minnesänger leiden, weil der König ihn so gerne mochte.

»Blondel! Wir möchten Musik zum Abendessen! Bring deine Laute, Junge ... oder hast du sie wieder verloren?«

In der Armee kursierte der Witz, daß Blondels Tagträumerei ihn seine Laute gekostet hatte; sie wurde ihm nur gegeben, wenn der König es befahl. Robin wußte aber, daß die Laute vorsätzlich gestohlen worden war, nur um den Minnesänger zu ärgern, doch niemand hatte es dem König je gesagt. Niemand wagte auch nur einen Ton über die Entschlossenheit der Armee zu verlieren, den König von seinen Günstlingen zu trennen.

Ein Frösteln durchfuhr Robin. Werden sie dasselbe von mir sagen? Einige tun es bereits – wenn sie den König dazu bringen, daß er sich von seinem geliebten Lautenspieler abwendet, werden sie es danach auf mich abgesehen haben.

»Robin!« rief Richard. »Ihr werdet Euch noch das Hirn in der Sonne versengen – kommt herein und speist mit mir! Ich hätte gerne meine beiden Zwillinge da, bitte.«

So ähnlich sahen sie sich gar nicht, aber Richard bildete sich gern ein, daß sie sich auf jedem Gebiet ähnelten. Robin war größer und schwerer als

Blondel, aber das schien niemand zu bemerken. Alles, was sie zur Kenntnis nahmen, war der blonde Haarschopf, der von der Sonne noch mehr ausgebleicht worden war; das und die königliche Begünstigung machten sie in den zynischen Augen der Armee für immer unzertrennbar.

»Robin!«

Es gab Männer, die töten würden, um mit dem menschlichen Mittelpunkt des Kreuzzugs speisen zu können. Robin ging in das Zelt, während Blondel gerade seine Laute stimmte.

Robin sprach von Mauern und Hörnern und vielen anderen Dingen, die Marian nicht verstehen konnte. Im Delirium sprach er nicht immer englisch. Sein Haar war naß und sein Gesicht tiefrot.

Marian zweifelte nicht eine Sekunde daran, daß der Kreuzzug sie alle hart mitgenommen hatte. Sie hatte Geschichten gehört, wie Männer mit nur einem Bein oder gar ganz ohne Gliedmaßen nach Hause gekommen waren; sie hatte von Krankheiten gehört, die erwachsene Männer wieder in Kinder verwandelt hatten. Es war möglich, daß Robin sehr krank war, aber er hatte gesagt, daß er das Fieber bereits mehr als einmal gehabt hatte und daß der König es ebenfalls gehabt hatte.

Sie tunkte ein weiches Tuch in eine Schüssel mit kaltem Wasser und betupfte vorsichtig sein Gesicht, wischte ihm den Schweiß ab. Er fühlte sich heiß an, aber dennoch fröstelte er.

»Insh' Allah«, murmelte er und wälzte sich auf der Matratze hin und her. Dann folgte ein Schwall fremder Worte.

Er beruhigte sich wieder, sein Kinn spannte sich kurz, dann lockerte er sich. Sein Kinn gab die gezackte Narbe preis, die sich wie eine Schlange entlang dem Knochen wand. Es gab noch eine andere Narbe, eine häßliche Einkerbung an seinem Haaransatz, die ihr bislang noch nicht aufgefallen war.

Wie viele mehr? fragte sie sich. *Oder sollte ich einfach dankbar dafür sein, daß alle deine Glieder noch dran sind, und nicht fragen, was dir sonst noch zugefügt wurde?*

Marian betupfte wieder sein Gesicht und saugte mit dem Tuch

den Schweiß an seinem Hals auf, der seine Tunika durchweichte. Seine trockenen Lippen bewegten sich leicht, aber es kam kein Laut. »Pst«, sagte sie sanft. »Verschwendet Eure Kraft nicht auf Worte. Schlafen wird Euch besser tun.«

Seine hellen Wimpern bewegten sich, dann öffneten sich seine Augenlider. Sie sah den Fieberglanz in seinen braunen Augen, die dunkel erweitert waren. »Mylord...«, murmelte er.

Sie grinste und unterdrückte ein Lachen. »Nein, Lady genügt. Oder, vielleicht noch besser: *Marian*.«

»Mylord«, sagte er klar und starrte sie aus glasigen Augen an. »Ohne Euch wird der Kreuzzug mißlingen... Laßt Leopold gehen, wenn es sein muß, aber verliert nicht den Mut –«

»Pst«, sagte sie, während ihr die Frage durch den Kopf ging, wie krank er war, wenn er sie irrtümlicherweise für einen Lord hielt. »Ihr seid in England, Robin. *England.* Ihr seid zu Hause. Ihr seid sicher. Ihr seid *zu Hause.*«

Seine Augenbrauen zogen sich kurz zusammen. »Richard...« Er sprach den Namen vorsichtig aus. »*Richard* – es tut mir leid...«, er schluckte krampfhaft, »leid.«

Natürlich meinte er den König: Richard Cœur de Lion. Sie hatte schon gehört, wie er den Vornamen verwendete. Was sie verwirrte, waren die Nuancen, die sie in seinem Ton wahrnahm: Verzweiflung, Zuneigung, Bewunderung und einen leisen Hauch von Bedauern.

Sein Atem ging ruhiger, und sie wußte, daß er wieder in tiefen Schlaf gefallen war.

Marian schüttelte langsam den Kopf. Sie wurde einer langsam wachsenden Verzweiflung gewahr, die mit Verdruß gepaart war. Es war nicht gerecht, nichts von alledem; am liebsten hätte sie ihn angeschrien.

Sie stand auf und ging zur Tür zu, in der Absicht, die Kammer zu verlassen und eine Bediente zu ihm zu schicken, die sich um ihn kümmern sollte. Doch als ihre Finger den Riegel berührten, hielt sie inne. Sie murmelte leise einen Fluch, den ihr Vater nur in äußersten Notfällen geäußert hatte. Kraftausdrücke waren ihr verboten gewesen, aber jetzt rechtfertigten die Umstände solche Worte.

Marian drehte sich um und stand mit dem Rücken zur Tür. »Es *ist nicht* gerecht«, erklärte sie herausfordernd.

Robert von Locksley gab ihr keine Antwort.

Zweifel flackerte einen Moment in ihr auf. *Ich sollte gehen ... ihn Joan überlassen. Sie würde nicht an solche Dinge denken.*

Nein. Das würde Joan nicht. Das konnte sie auch nicht. Im Gegensatz zu ihrer Lady hatte sie keine Erinnerung an das erste Mal, als Robert von Locksley in Marians Leben getreten war, noch an irgendein Mal danach: in der Halle von Ravenskeep, unter dem Mistelzweig; vor dem Podium in Huntington Castle; in den Straßen von Nottingham; in den Schatten von Sherwood Forest.

Und jetzt. Marian lachte liebevoll. Sie fand es an der Zeit, daß sie es ihm erzählte.

»Ich war ein Mädchen. Und du nicht so viel älter ... aber sehr zurückhaltend. Sehr kühl, mit unmißverständlich reservierter Ausstrahlung, bis es selbst meiner Mutter auffiel und sie versuchte, dich hineinzuziehen. Aber du widerstandest ihr; du widerstandest meiner *Mutter*... die dich in jenem Moment besser verstand als irgend jemand anders.«

Sie verschränkte ihre Arme unter ihren Brüsten. »Ich sah einen stillen, wachsamen Jungen, dessen Haar im Kerzenschein leuchtete, was ihm das Aussehen eines Engels verlieh ... oder das bildete ich mir zumindest ein, nur für einen Augenblick – ich war zehn Jahre alt.« Ihr Lächeln schwand. »Dann entschied ich, daß du kein Weihnachtsengel wärst, da du niemals lächeltest ... und so beschloß ich, dich zum Lächeln zu bringen, egal, was es kosten würde.«

Marian machte einen Moment Pause, dann fuhr sie fort. »Und so – ging ich zu dir, nahm dich bei den Händen und zog dich unter den Mistelzweig, weil ich dich zum Lächeln bringen wollte. Jeder Mann lächelt, wenn er eine Lady unter dem Mistelzweig geküßt hat. Und so küßte ich *dich*.« Sie lachte und schüttelte den Kopf. »Aber du hast nicht gelächelt.« Sie beobachtete das Heben und

Senken seines Brustkorbs, vergewisserte sich, daß er atmete. »Ich erzählte es meiner Mutter am nächsten Tag, als du und dein Vater abgereist wart. Sie sagte mir, daß deine Mutter erst seit sechs Monaten tot war und dein Vater sehr streng wäre – daß du ein einsamer Junge seist, der viel Liebe bräuchte. Und so – beschloß ich, dich zu lieben.«

Seine Augen waren noch immer geschlossen, sein Atem ging gleichmäßig. Er hörte keines ihrer Worte, aber das hatte sie auch nicht wirklich beabsichtigt. Sie hatte es nur, zum ersten Mal in ihrem Leben, laut aussprechen wollen.

Marian lachte wieder, sehr leise. Sie lehnte ihren Kopf an die Tür, dann schüttelte sie ihn resigniert hin und her. »Es ist nicht gerecht«, sagte sie, »daß ich dich nach so langer Zeit wieder lieben muß.«

Der Krummsäbel war in seiner Tödlichkeit wahrhaftig schön, eine glänzende, silberne Hostie von verführerischer und tödlicher Krümmung, aus Damaszener Stahl. Die Silhouette hob sich gegen das Sonnenlicht ab, während er, wenn auch nur einen kurzen Moment, über allem schwebte, ein Polarstern über dem Schlachtfeld, Gott zu Ehren gehalten, den er als Allah kennenlernen würde. Dann hatte die Hand des Sarazenen auch schon die Klinge gewendet, sie glitzerte, und er wußte, sie würde durch die Luft sausen, um Kopf und Gliedmaßen von einem Mann abzutrennen, den er kannte und achtete.

»Nein!« schrie er, aber die Sarazenen hielten ihn nur auf dem Sand fest, seinen Kopf so hart zurückgebogen, daß er es sehen konnte, und dann schnitt der Krummsäbel den Mann in Stücke, als wäre er ein Rind oder eine Ziege, die auf der königlichen Tafel aufgetragen werden sollte. Der Kopf wurde ihm entgegengeschleudert, so daß er neben seinem Gesicht aufkam, wo das Blut in seinen lebendigen Mund spritzte, der sich gerade zu einem Schrei geöffnet hatte, und in aufgerissene Augen, die sich vor diesem Anblick nicht verschließen konnten, denn das einzige, woran er denken konnte, war die Tochter, die der tote Mann so geliebt hatte und der er ausrichten mußte, daß ihr Vater sie liebte.

»Marian.« Er sprach es deutlich aus, denn nun war es mehr für ihn als nur ein Name. Damals hatte er ihm nichts bedeutet. Er hatte nicht mehr an ihn gedacht, bis er den Namen wieder auf dem Podest des Huntington Castle gehört hatte, wo er in dem ausdrucksstarken Gesicht der Frau den toten Mann hatte leben sehen.

42. Kapitel

Die Öllampe warf gedämpftes, ockerfarbenes Licht und bemalte das Zelt mit einem Helldunkel von Safrangelb und Zinnoberrot, das mit umberfarbenen Schatten unterlegt war. Richard, König von England, saß in einem Feldstuhl, nippte an einem Weinglas und dachte über sein Schicksal nach. Er war sechsunddreißig Jahre alt, aber sein rotbraunes Haar zeigte die ersten Silberfäden.

»Malik Ric«, *sagte er. »So nennen mich die Türken.«*

Robin befreite ihn aus der Rüstung und ließ den schweren Panzer auf Richards Bett fallen. Der König stand jetzt noch in einem gefütterten Wams da, einem Leinenhemd und ledergeschnürten Hosen, aber Robin machte keine Anstalten, den König weiter zu entkleiden. »Ja, das stimmt«, bestätigte er ruhig, während er sich Wein einschenkte und auf einem Schemel Platz nahm. »Dank Saladin werdet Ihr in die Legende eingehen.«

»Nicht, wenn sie Jerusalem einnehmen.« Richard nahm einen Schluck Wein, dann wischte er sich den Mund mit dem Handgelenk ab. Seine blauen Augen waren rotgerändert und gespenstisch blutunterlaufen, von einem heißen und sandigen Tag ausgetrocknet. Akko lag schon einige Tage hinter ihnen, und sie wollten erst nach Arsuf, dann nach Jaffa und dann weiter nach Jerusalem.

»Ihr habt Akko in einem Monat eingenommen«, sagte Robin. »Guy of Lusignan gelang das in zwei Jahren nicht. Das sollte Euch etwas trösten.«

»Und der Preis?« Richards Augen bohrten sich in Robins. »Zu welchem Preis – was werden die Chronisten über mich schreiben, dafür, daß ich die Sarazenen getötet habe?«

Robin kam es so vor, als beschäftige den König sehr, wie man seine Taten beurteilen würde; auf der anderen Seite war seine düstere Stimmung jedoch nicht ungewöhnlich für einen Krieger, der nur Tage zuvor über einen Sieg gejubelt hatte, den jeder als Wunder bezeichnet hätte. Und in einer gewissen Weise war es das auch gewesen: Richards Belagerung einer Stadt, die bereits zwei Jahre lang anderen Bemühungen widerstanden hatte, hatte sich auf phantastische Weise als erfolgreich erwiesen.

Der Jubel war vorüber; der König hatte nun Zeit, über die häßlichere Seite des Sieges nachzudenken, als er die Enthauptung von 2600 gefangenen Sarazenen angeordnet hatte.

Was würden *die Chronisten sagen?*

Robin holte tief Luft. »Sie werden höchstwahrscheinlich ihre Leser daran erinnern, daß Saladin sein Wort gebrochen hat.«

Richard brummte. »Möglich. Aber es war schon eine kostspielige Rache, oder nicht?« Er trank Wein. »Ich denke, die Berichte werden unterschiedlich ausfallen, je nach Schreiber.«

»Wahrscheinlich, Mylord.«

»Ziemlich sicher von Philipps Feigheit und Leopolds Abzug schreiben.«

»Und wie Ihr Euch dennoch nicht abschrecken ließet.«

Richard schnaubte. »Ich sollte Euch zu meinem Chronisten ernennen. Ihr würdet dafür sorgen, daß ich gerecht behandelt werde, gleich, was es Euch kosten würde.« Seine Augen leuchteten. »Ihr seid ein wahrer Freund, mein Robin – und man hat nur wenige, wenn man König ist.«

»Könige können sich keine Freunde leisten.« Robin blickte auf das schwere normannische Schwert, das in seiner Scheide am Bett des Königs lehnte. Damit waren bei der Einnahme Akkos unzählige Menschen getötet worden. »Könige müssen sich auf solche Dinge verlassen wie Macht, Verstand und List.«

»Aber wenn sie die selbst nicht haben, suchen sie bei anderen danach.« Richard seufzte schwer und rieb sich das Gesicht. Er war jetzt dünner als zu der Zeit, als er aus Zypern eingetroffen war, und sein Gesicht weniger rund, es zeigte die Form seines Kinns. »Ihr habt Euch wacker geschlagen in Akko, mein Robin. Die Ritterswürde habt Ihr Euch wahrlich verdient.«

Er lächelte schief. »Einige mögen vielleicht behaupten, ich sei vor-

schnell zum Ritter ernannt worden und die Prüfung sei nicht hart genug gewesen.«

»Hart genug, um Euch niederzuwerfen«, gab der König sanft zurück, »aber Ihr seid auch so dünn wie ein Strich.«

»Das schlechte Essen.«

»Nein. Ihr seid gewachsen. Es fehlt nur noch ein Fingerbreit, daß Ihr so groß seid wie ich.«

Robin zögerte; der König war bekannt für seine Größe.

»Steht auf!« rief Richard, der eine Herausforderung witterte. »Beim Himmel, das will ich geklärt haben!«

»Mylord –«

»Steht auf!« Der König sprang auf seine Füße, packte Robin an der Tunika und zerrte ihn hoch. Sein Becher fiel zu Boden. Der Wein bildete eine Lache in der Farbe alten Blutes. »Wohlan – laßt uns uns mit dem Rücken zueinander stellen ...« Richard machte jedoch keine Anstalten, seinen Standort zu verändern, und seine Hände ließen Robins Tunika nicht los. Seine blauen Augen, die herausfordernd aufgeleuchtet hatten, wurden sanfter. Sein strenger Mund wurde weich.

Robin erstarrte. »Ich bin kein –« Doch er unterdrückte seine Worte.

Die Zärtlichkeit schwand und wurde von einem harten Funkeln ersetzt. »Sagt es«, sagte Richard schroff.

»Mylord –«

»Sagt es! Ob auf französisch, englisch oder Latein – ich werde schon verstehen, was Ihr sagen wollt!«

Robin atmete flach. Seine Antwort war auf englisch. »Ich bin nicht wie Blondel.«

Marian erwachte mit einem Schreck, als der Riegel angehoben wurde. Es dauerte einen Moment, bis sie sich erinnerte, wo sie war: in Ravenskeep, auf einem Schemel neben dem Bett, in dem Robin tief und fest schlief und sich unruhig in Fieberträumen wälzte. Sie hatte nicht schlafen wollen, war anscheinend jedoch eingenickt.

Nun öffnete sich die Tür gerade weit genug, daß Kopf und Schulter einer Frau hineinpaßten. »Mylady? Lady Marian – bitte ... werdet Ihr zu Bett gehen? Ich bleibe bei ihm.«

Marian blinzelte. Ihr Kopf fühlte sich wundersam leicht an. »Nein – nein, Joan ... ich bleibe bei ihm.«

Joan war eine ältere Frau mit braunen Augen und Haaren, einem gütigen, runden Gesicht und einem beständig lächelnden Mund. »Lady, bitte ... Ihr werdet gleich vom Schemel fallen und Euch den Kopf anschlagen. Wollt Ihr denn *zwei* Invaliden?«

Das wollte Marian nicht, aber sie wollte auch nicht, daß die Bedienten von Robins Worten erfuhren. Im Delirium würde er vielleicht etwas sagen, von dem er nicht wollte, daß andere es wußten.

»Ich bleibe, Joan.«

Die Frau ließ die Tür angelehnt und stellte sich nur wenige Schritte neben Marian. »Sim kam zu mir, nachdem er Sir Robert hochgebracht hatte, und sagte, ich sollte Euch ebenfalls ins Bett bringen und daß Ihr Euch wahrscheinlich anstecken werdet, wenn Ihr die ganze Nacht bei ihm bliebet. Und behauptet nicht das Gegenteil – man muß nur in Euer ausgemergeltes Gesicht schauen, um zu wissen, wie Ihr Euch fühlen müßt.«

Marian blinzelte ein paarmal. Sie merkte, daß sie aus reiner Erschöpfung einer Ohnmacht nahe war. Mit müden Augen betrachtete sie Robin. Er schlief tief und fest, nur seine Augenlider flatterten. Sein Gesicht war immer noch gerötet, und der Schweiß durchnäßte noch immer seine Tunika, aber er atmete normal. Sie legte eine Hand auf seine Stirn und fühlte die erwartete Hitze, aber sie erschien ihr nicht gefährlich hoch. Wenn überhaupt, fühlte er sich etwas kühler als vorher an.

»Lady –«

»In Ordnung.« Marian machte eine Geste der Ergebung, dann raffte sie ihre zerfetzten Röcke und erhob sich schwankend. »Nein – ich bin nur erschöpft. Ich versichere dir, ich habe kein Fieber.«

Joan nickte und begleitete sie aus der Tür. »Möchtet Ihr, daß ich Euch zu Bett bringe?«

»Nein«, brachte Marian mühevoll heraus. »So weit komme ich noch, danke.« Im Flur blieb sie noch einmal stehen und drehte sich um. »Er war auf Kreuzzug«, sagte sie mit bemüht deutlicher

Aussprache. »In seinem Fieber sagt er vielleicht Dinge, die keinen Sinn für dich ergeben.«

Marian hatte nur wenige Worte über ihre Schicksalsprüfung verloren, und nichts davon hatte der Wahrheit entsprochen: Das Pferd, hatte sie erklärt, war von einem Eber erschreckt worden, war durchgegangen und hatte sie in den tiefsten Wald getragen und dann in einen Fluß abgeworfen.

Was Sir Robert von Locksley anbelangte, so war er gekommen, um sie zu retten, war aber von einem Fieber niedergestreckt worden, während er sie nach Hause begleitet hatte. Das war wahr genug.

Joan war sichtlich verärgert, als Lady Marian schwankend stehenblieb, um einen letzten Blick auf Robin zu werfen. »Lady – geht zu *Bett.* Ich sorge schon dafür, daß es ihm gutgeht.«

Der Instinkt sagte ihr, daß Joan nicht dumm war. Mit Mühe nickte Marian und wandte sich von Robin ab.

Ein Klopfen an der Tür weckte William deLacey. Im ersten wirren Moment war er erzürnt; er hatte sein Personal dazu erzogen, ihn nur in äußersten Notfällen zu stören. Dann erinnerte er sich jedoch, daß Nottingham Castle gerade Prinz John beherbergte, dessen Launen sprichwörtlich waren und der mehr als jeder andere – außer dem König – das Recht hatte, jeden, den er wollte, zu jedem Zeitpunkt, den er wollte, zu wecken.

Demzufolge richtete sich deLacey im Bett auf und bat einzutreten.

Der Riegel wurde hochgehoben. »Mylord Sheriff.« De Pisans ernstes Gesicht erschien in der Tür. »Mylord, der Prinz befiehlt, den Mann sofort zu hängen.«

DeLacey blinzelte, rieb sich kurz das linke Auge, dann schaute er auf die Kerze neben seinem Bett. Sie hatte Markierungen für jede Stunde; gerade zeigte sie die Zeit kurz vor Tagesanbruch an.

Er war nicht in der Stimmung, den Tanz der Diplomatie zu tanzen. »Ich war der Meinung, Prinz John habe befohlen, den Mann zum Frühstück hängen zu lassen. In der Tat erinnere ich mich genau daran, de Pisan; *Ihr* sagtet so.«

»Gewiß.« De Pisans ruhiger Gesichtsausdruck blieb unverändert. »Der Prinz hat seine Meinung geändert.«

DeLacey seufzte. Es hatte keinen Sinn zu streiten. »Gut. Wärt Ihr bitte so freundlich, dem Count of Mortain auszurichten, daß ich in Kürze bei ihm bin. Ich muß vorher noch einige Anordnungen treffen.«

»Selbstverständlich.« De Pisan zog sich zurück und machte die Tür hinter sich zu.

Der Sheriff saß noch einige Augenblicke aufrecht im Bett und überlegte. Dann seufzte er, murmelte einen Fluch und stieg aus dem Bett.

Endlich wach und bei vollem Verstand lag Robin im Bett und starrte wie gelähmt an die Zimmerdecke in Ravenskeep, Sir Hugh FitzWalters Zuhause. Von neuem hatten ihn die Träume heimgesucht und ihn mit Dingen konfrontiert, die er lieber vergessen hätte.

Er schluckte schwer, einer Ausgedörrtheit und Schmerzen gewahr. Er wußte, es würde vorübergehen, zusammen mit dem dumpfen Kopfweh und dem Rest Fieber.

Sein Rücken und seine Gliedmaßen waren steif. Wie üblich fühlte er sich matt und ausgelaugt, aber das Schlimmste hatte er überstanden. Er weilte wieder unter den Lebenden und war entschlossen, es auch zu bleiben.

»Mylord?« Die Stimme einer Frau. »Mylord, darf ich Euch etwas Wasser reichen?«

Auf einen schmerzenden Ellbogen aufgestützt, richtete er sich etwas auf und war beschämt zu sehen, wie seine Hand am Becher zitterte. Sie mußte sie führen, sonst hätte er das Wasser verschüttet. Er trank, nickte zum Dank und fiel auf die Kissen zurück. Die Erinnerungen verblaßten allmählich und wurden von der Wirklichkeit ersetzt und dem Wissen, wo er sich befand.

»Marian.«

Die Frau lächelte. »Sie schläft hoffentlich. Sie braucht den Schlaf so sehr wie Ihr.«

Das stimmte ohne Zweifel, aber er merkte, daß er enttäuscht war.

»Ich werde Euch etwas Brühe bringen.« Die Frau stellte den Becher neben sich auf den Boden und faltete die Hände in ihrem Schoß. »Wir sind Euch alle dankbar«, erklärte sie ihm geradeheraus, »für das, was Ihr tatet, um sie zu retten. Sie ist alles, was wir noch haben, die Lady... und wir lieben sie alle sehr.«

Robin zog die Augenbrauen hoch. »Was *ich* tat?«

»Ja. Sie erzählte uns vom Eber, und wie ihr Pferd durchging, und wie Ihr kamt, um sie zu retten, nachdem das Pferd sie in den Fluß geworfen hatte.« Lächelnd öffnete sie die Tür. »Gott segne Euch, Sir Robert.«

Sie war verschwunden, bevor er ihr antworten konnte. Die Augen fielen ihm zu. Während er in Schlaf sank, nahm er sich vor, der Dienerin die Wahrheit zu sagen, sobald sie mit seiner Brühe zurückkommen würde.

43. Kapitel

Die Hinrichtung des Mannes, der als Will Scarlet in den Tod ging, im Leben aber als Edward Carter bekannt gewesen war, vollzog sich ohne viel Tamtam und in noch weniger Zeit. Noch bevor seine Beine aufhörten, um sich zu treten, befanden sich Prinz John und seine Gefolgschaft schon auf dem Weg nach Lincoln und ritten durch die Tore zur Stadt hinaus, und William deLacey konnte sich endlich sein Pferd bringen lassen und nach Ravenskeep aufbrechen.

Die Straße zwischen der Stadt und dem Rittergut bewältigte er so schnell er konnte, als er jedoch von der Hauptstraße auf den Weg zum Gut abbog, verlangsamte er sein Reittier zu einer würdevollen Gangart.

Der Weg schlängelte sich durch eine saftige Wiese, die von

einem Eichenwald gesäumt war. Aus der Entfernung sah das Gut so wohlhabend und vorteilhaft aus wie immer, aber als er darauf zuritt, sah deLacey die ersten Anzeichen von Verwahrlosung.

Das Guthaus selbst war eine geräumige, schmucklose und rechteckige Halle aus schlichtem, unbehauenem Stein, der in regelmäßigen Abständen von hohen, schmalen Fenstern unterbrochen war, die nachts von Fensterläden geschützt wurden; am Tage wurden sie, wenn es warm genug war, offengelassen. Das Dach bestand aus Holz, und Efeu bewuchs die Wände und umhüllte die scharfen Kanten in jadegrüne und olivgrüne Wolken. Auch die Hofmauer war von Efeu überzogen, und die Strauchrosen, die Sir Hughs Frau so gewissenhaft gepflegt hatte, waren völlig verwildert und wuchsen mit ihren dornbewehrten Ranken sowohl über Wände und Bänke als auch auf den Pfad.

Er brachte sein Pferd am Haupttor zum Stehen, etwas überrascht, daß es geschlossen war. Bevor Sir Hugh auf Kreuzzug gefahren war, hatte das Tor tagsüber immer offengestanden. Er stieg vom Pferd; das Tor hing schief und gefährlich lose.

Mit dem Klopfen erreichte er schließlich, daß die kleine Luke im großen Tor geöffnet wurde und ein Paar Augen herausspähten. DeLacey kannte diese Augen. »Sim«, sagte er. »Ich bin gekommen, um Eure Lady zu sprechen.«

Die Augen blinzelten. »Jetzt, Mylord?«

Er zögerte einen Augenblick. »Nein, ohne Frage gestern.« Doch wie zu erwarten, war die Ironie an diesen Mann sinnlos vergeudet. »Sim, öffne das Tor. Ich habe etwas mit Lady Marian zu besprechen.«

»Sie ruht gerade, Mylord.«

»Was sie auch sollte nach ihrem Erlebnis. Aber sicher kann sie etwas Zeit für mich erübrigen; ich bringe ihr Neuigkeiten von ihrer alten Amme.«

»Matilda? Aye, Mylord – sie wollte jemanden nach Nottingham schicken.« Die Luke wurde geschlossen. Sim entriegelte das Tor, dann zog er es auf. »Kommt herein, Mylord. Ich werde mich Eures Pferdes annehmen.«

»Das Gut bietet ein Bild des Jammers, Sim. Kümmert sich denn niemand darum?« Er führte sein Pferd durch das Tor und ließ seinen Blick über den Hof schweifen.

»Seit Sir Hugh weg ist –«

Er unterbrach ihn streng. »Willst du damit etwa sagen, daß Lady Marian das zuläßt?«

»Nein, Mylord – aber als er auf Kreuzzug ging, rannten einige Leibeigene davon, und die Freisassen denken zuerst an sich und erst dann an die Lady, Mylord.«

»Zu *mir* hat sie darüber kein Wort verloren.«

»Nein, Mylord – das würde sie auch nicht. Aber sie hat ein sehr weiches Herz, Mylord – wenn ein Freisasse sagt, daß er seine Pacht nicht bezahlen kann, weil die Steuern erhöht wurden, erläßt sie sie ihm. Und so ist nur wenig da, wenn *sie* ihre Steuern zahlen muß, Mylord.« Sim zuckte mit den Schultern. »Sie tut alles, was sie kann. Sie ist eine gute Lady, Mylord.«

»Besser, als du sie verdienst.« Er ignorierte Sims Zusammenzucken und warf noch einen letzten kritischen Blick auf den Hof. »Sie hätte damit zu mir kommen sollen. Ich hätte schon dafür gesorgt, daß diese entlaufenen Leibeigenen gefangen und bestraft worden wären, und ich hätte mit jedem einzelnen von ihnen ein ernstes Wörtchen geredet. Bei Gott, alles, was sie braucht, ist ein Mann... eine Frau ist nicht in der Lage, Disziplin durchzusetzen.«

Sim kratzte sich an der Brust. »Nein, Mylord.«

»Nun denn; mein Pferd.« Er reichte ihm die Zügel. »Sag den übrigen Bediensteten, daß ich mit ihnen reden will, bevor ich gehe.« DeLacey drehte sich auf dem Absatz herum und schritt zur Tür, entschlossen, die Sache mit der Heirat abgeklärt zu haben, bevor er das Gut wieder verließ.

Marian stand vor der Tür zum Zimmer, in dem Robin schlief. Es drängte sie danach, einzutreten und nachzusehen, wie es ihm ging, aber sie bemerkte eine fast lähmende Verlegenheit an sich. In Sherwood waren sie allein gewesen, hier befand sie sich jedoch unter Menschen, die sie kannte, und damit würde sie an die Erwartungen erinnert, die ihre Mutter und ihr Vater in sie gesetzt hatten. Sie hätten von ihr erwartet, daß sie sich mit Anstand und Geschick benahm und den Erben Huntingtons mit dem ihm gebührenden Respekt behandelte.

Doch es war nicht nur das. Sie hatte Angst, sie würde einem Mann zu viel von sich preisgeben, der womöglich an ihr nicht interessiert war.

Hastig beschloß Marian, ihn so zu behandeln, wie sie jeden anderen Mann behandelt hätte, trotz seines Standes und ihrer Törichtheit, und öffnete die Tür, bevor sie es sich wieder anders überlegen konnte.

Er schlief. Sie sah auf einen Blick, daß sein Zustand sich sehr gebessert hatte. Seine Gesichtsfarbe war weniger fieberrot, er schwitzte nicht mehr, und er schlief ruhig. Sogar sein Atem ging nicht mehr so schwer. Sein Gesicht war nicht mehr angespannt, seine spitzen Züge waren dadurch weicher. Er sah jünger aus, weniger hart, fast verletzlich.

Joan nickte ihr zur Begrüßung zu. »Es geht ihm viel besser«, wisperte sie. »Ich brachte ihm Brühe, aber da schlief er schon wieder.« Sie deutete auf die Schüssel auf dem Boden.

Marian bedachte weder Joan noch die Brühe mit einem Blick, sie sah nur Robin an. »Ich werde mich darum kümmern, daß er ißt. Du kannst jetzt gehen.«

»Jawohl, Lady.« Joan stand auf und ging aus dem Zimmer, während Marian an die Bettseite trat.

Beinahe sofort schlug Robin die Augen auf. Sie waren hell und klar. »Ich mag Brühe nicht besonders.«

Erschreckt fuhr sich Marian mit der Hand an die Brust, dann nahm sie sie wieder weg. *Was sage ich? Wie verhalte ich mich?... Er wird denken, ich sei närrisch, was ich auch bin, aber* – Doch dann hielt sie sich, leicht verächtlich, vor: *Du Feigling – du hast selbst Will Scarlet widerstanden!*

Er lag da und blickte sie an, er wartete darauf, daß sie etwas sagte. Beschämt über ihre Zaghaftigkeit, legte Marian die Stirn in

Falten und nahm einen Befehlston an: »Wie lange seid Ihr schon wach? Und was macht es schon, wie sehr Ihr Brühe mögt? Uns interessiert nur, daß sie bleibt, wo sie hingehört, und nicht, wie sehr sie Eurer Zunge mundet.«

Robin lächelte leicht. »Der nächtliche Schlaf hat *Eure* Zunge jedenfalls verfeinert.«

Marian rümpfte bewußt die Nase, obgleich sie innerlich erfreut war zu hören, daß er so normal, so frei klang. »Männer haben die Angewohnheit, zu verbergen, wie schlecht sie sich fühlen, und zwar sowohl bevor sie krank werden als auch kurz danach. Woher soll ich wissen, daß Ihr nicht im Sterben liegt?«

»Weil ich es nicht tue. Ich hatte dieses Fieber schon früher, was mehr ist, als Ihr behaupten könnt.« Sein Ton wurde trockener. »Ein Geschenk des Kreuzzugs.«

Sie nickte bedächtig. »Und wird es nun England erobern?«

»Ich hoffe nicht«, sagte er inbrünstig, dann zog er sich hoch und ließ sich in die aufgestapelten Kissen fallen. »Ist sie kalt?«

»Was – die Brühe? Ich dachte, Ihr wollt sie nicht.«

»Ich sagte, ich mag sie nicht besonders. Ich sagte nicht, daß ich sie nicht essen würde. Schließlich ist sie das einzige, was mir angeboten wurde, seit ich hier ankam –«

Marian entspannte sich; er machte es ihr leicht. »Und *das* mit außerordentlicher Schwerfälligkeit«, schalt sie ihn. »Ihr hättet Euch den Schädel aufschlagen können.«

»Bin ich denn hinuntergefallen?« Er dachte darüber nach. »Vielleicht tut mir deswegen meine Schulter so weh.«

»Ja, Ihr fielt zu Boden ... Sim und Hal brachten Euch hierher ins Bett.« Erfreut über seinen Ton, setzte sie sich auf den Schemel. Sein Zynismus und seine Schwermut waren zusammen mit dem Fieber verschwunden und hatten einen anderen Mann zutage gebracht. »Ihr solltet uns lieber dankbar sein, als unsere Gastfreundschaft zu beleidigen.«

»Und das Bett ist auch voller Klumpen ... oder liegt das an meinem Rücken?« Stirnrunzelnd verlagerte er das Gewicht. »Nein – es ist das Bett.«

»Es ist aber nicht so schlimm wie das, das Ihr *mir* bereitet habt«, gab sie zurück.

Robin lächelte reumütig. »Dann sind wir jetzt quitt.«

Marian hob herausfordernd ihr Kinn. Sie mußte sich sehr zusammenreißen, damit sie nicht vor Freude in Lachen ausbrach. *Es ist doch nicht so schwierig.* »Anscheinend –«

Ein Klopfen an der Tür unterbrach sie. Joan steckte ihren Kopf hinein. »Lady Marian? Es tut mir leid, daß ich Euch störe – aber der Sheriff ist hier und möchte Euch sprechen.«

Sie war wie betäubt. Augenblicklich war ihre gute Laune verschwunden. *»Jetzt?«*

Joan nickte.

»Er verliert wirklich keine Zeit«, murmelte Robin.

Tuck schrieb gerade den letzten Brief des Sheriffs, als Walter in die Kammer kam. Mit einem Lächeln wandte sich Tuck Walter zu und sah, daß er aschfahl war. »Was ist?« fragte er hastig.

»Dieser Mann ...« Walter schluckte schwer und ließ sich schwer gegen die Tür fallen. »Ich weiß, ich sagte, er würde es tun, aber – irgendwie ... ich *glaubte* einfach nicht, daß er es tun würde.«

Tuck runzelte die Stirn. »Was tun würde?«

»Den Mann hängen.«

Alle Luft wich aus Tucks Lungen, als das Entsetzen von ihm Besitz nahm. Der Sheriff von Nottingham, dem er persönlich den Hinrichtungsbefehl übergeben hatte, hatte den Mann doch hängen lassen.

»Nein«, wisperte Tuck.

»Doch«, entgegnete ihm Walter. »Kurz nach Tagesanbruch.«

Tucks aufgerissene Augen brannten. »Einen unschuldigen Mann ...«

Walter rieb sich das Gesicht. Seine Stimme klang jetzt wieder normaler, als hätte es ihm geholfen, sein Entsetzen mit Tuck zu teilen. »Nicht unschuldig, nicht *wirklich* unschuldig, aber auch nicht Will Scarlet.«

Zitternd bekreuzigte sich Tuck. »Möge Gott ihm vergeben ...«

Er faltete die Hände und senkte den Kopf. »Vater, o gütiger Herr –«

Walter seufzte. »Schon gut. Ich lasse Euch beten.« Laut hob er den Riegel und schlüpfte wieder zur Tür hinaus.

Zu deLaceys Erleichterung war das Innere von Ravenskeeps Halle nicht so heruntergekommen wie der Hof und die umgebenden Mauern. Der Erdboden war noch festgeklopft, mit sauberen Binsen versehen und mit duftenden Kräutern versetzt; die vertraute doppelte Linie von Holzpfosten lief noch immer von hinten nach vorne und teilte den Saal in drei abgetrennte Bereiche, obgleich nur einer wirklich abgeschirmt war, um als Unterkunft für das Gesinde zu dienen. Eine im Schatten liegende Treppe führte in den ersten Stock, wo die Familie lebte: jetzt nur noch Marian.

Da Sir Hugh nur ein Ritter und kein Lord oder Sheriff gewesen war, stand kein Stuhl oder Tisch auf dem erhöhten Podest. Tatsächlich befand sich nichts auf der Estrade außer einer Bank, die zurück an die Wand geschoben war.

Er mußte warten, aber das war ihm sogar lieber so; es gab ihm Zeit, die richtige Annäherungsweise vorzubereiten. Marian hatte zunehmend Anwandlungen von Unabhängigkeit gezeigt als auch sehr geradeheraus gesprochen; es war an der Zeit, daß er die Oberhand wiedergewann und sie zur Vernunft brachte.

Ihre Stimme war klar und kühl. Sie verriet nicht mehr als bloße Höflichkeit. »Mylord Sheriff – vergebt mir. Ich wollte Euch nicht warten lassen.«

Hastig wandte er sich um, und ein aufrichtiges Lächeln breitete sich auf seinem Gesicht aus, als Marian die letzten beiden Stufen heruntertrat. Doch dann schwand sein Lächeln, als er ihr Gesicht sah, das voller Kratzer, blauer Flecke und Striemen war.

Mein Gott – »Marian.« DeLacey kam taumelnd auf sie zu und packte ihre Hände, die er aus den Falten ihres Rockes hervorzog. Er wollte so viel sagen, um sie zu trösten und sie zu beschützen, aber er war sprachlos von der Ungeheuerlichkeit seiner Erkenntnis: Ein anderer Mann hatte Hand an die Frau gelegt, die *er* wollte.

»Marian –«

Sie riß sich los und machte einen Schritt von ihm weg, alle Farbe wich aus ihrem Gesicht. Ihre Augen begannen hart zu glitzern, was er wenig anziehend fand. »Mylord –«

»Mein Gott – was erwartet Ihr von mir –?« Er ging ihr nach, wobei ihm das Aufflackern von Angst in ihren Augen entging, und faßte ihr Kinn. *»Mein Gott –«* In seiner Wut jagten ihm unzusammenhängende Gedanken durch den Kopf, und er faßte einen verzweifelten Entschluß: Er wollte Will Scarlet finden und die Kehle dieses Bauern zermalmen. »Was dieser Mann *tat* –«

Marian ergriff seine Handgelenke und zog seine Hände herunter. Mit Bedacht sagte sie: »Faßt mich bitte nicht an.«

Es schürte seine Flamme nur um so mehr. Sie versengte seinen Schock, und darunter kam eine heißere, gleißendere Wut zum Vorschein: Das war Scarlets Werk. Und Scarlet würde dafür büßen. »Ich werde ihn eigenhändig töten.«

In Marians Augen funkelten eisige Selbstbeherrschung und Verachtung. *»Falls* Ihr ihn überhaupt ergreifen könnt.«

Der Stoß war so zielbewußt wie ein Messer, das mit einer geschickten, kaltblütigen Drehung in die lebenswichtigen Organe gestoßen wurde. *Mein Gott – sie macht mir Vorwürfe –*

Nun, dazu hatte sie auch das Recht.

Der Schmerz war niederschmetternd. In diesem Augenblick fielen all seine Pläne in sich zusammen.

Sein Mund wollte ihm kaum gehorchen. »Marian – ich bitte Euch –«

»Um was?« Ihre Geringschätzung war nun offenkundiger. »Um meine Vergebung? Aber ich kann Euch kaum beschuldigen, Lord Sheriff. Wie hättet Ihr vorhersehen können, daß ein zum Galgentod verurteiler Mann so verzweifelt wäre, daß er eine Frau entführt, um sich mit ihr die Freiheit zu erkaufen?«

Zum ersten Mal seit vielen Jahren sprach er aus dem Herzen. »Ich bitte Euch, haßt mich nicht... mein Gott – *Marian* –«

Sie war kalt und sehr beherrscht; in diesem Moment war sie so, wie *er* immer gewesen war. »Mir geht es gut«, sagte sie. »Die Schnitte und Prellungen werden heilen.«

»Das meine ich nicht«, sagte er. »*Das* meine ich nicht.«

»Ach?« Sie hob ausdrucksstark die Augenbrauen. »Dann erkundigt Ihr Euch also, ohne Worte dafür zu gebrauchen, nach dem Zustand meiner Jungfräulichkeit.«

Er erlitt Todesqualen. »Marian, *bitte* –«

Ihr Gesicht war sehr weiß. »Ich bin dieselbe, die ich war, Mylord. Ist das Antwort genug?«

DeLacey spürte, daß er zitterte. »Ihr versteht nicht –«

»Doch, ich glaube schon. Ihr wollt dasselbe wissen, was alle wissen wollen. Der einzige Unterschied ist, daß Ihr glaubt, das Recht dazu zu haben, danach zu fragen.«

Etwas von dem Zorn kehrte wieder zurück, entfacht von ihrer Kälte. »Ich war mit Eurem Vater befreundet! Gestattet mir bitte, einen Augenblick um *ihn* zu trauern; zu sehen, was aus seinem geliebten kleinen Mädchen geworden ist.«

Marian zog sich zurück. Nun war sie schockiert von der Schärfe seines Tonfalls. »*Das* schleudert Ihr mir ins Gesicht –«

»Ich schleudere nichts. Gar *nichts*.« Ungeduldig wischte er sich die Feuchtigkeit von seiner Oberlippe ab. »Mein Gott, Marian, macht Ihr mir einen Vorwurf?« sagte er krächzend. »Jeder Mann würde dasselbe fühlen, wenn er sehen würde, was geschehen ist. Und was *mich* anbelangt –« Sein Lächeln war grausig. »Ich kenne Euch nun schon seit Eurer Geburt. Gestattet mir einen Augenblick – nicht mehr, nur *einen* Moment, das schwöre ich –«, milde Ironie mischte sich in seinen Ton, »– meine Schuld wiedergutzumachen.«

Marian starrte ihn wie gelähmt an, dann schluckte sie schwer. »Schuld?«

Mühsam sagte er: »Ihr wart in meiner Obhut.«

Es dämpfte ihre Verächtlichkeit. Sie sprach nun mit weniger Heftigkeit und weit weniger Herausforderung. »Und ich sagte Euch doch schon, Mylord – daß man Euch keinen Vorwurf machen kann –«

»Doch.« Er unterbrach sie barsch, noch nicht darauf vorbereitet, sich den Gefühlen zu überlassen, dann wandte er sich ab und starrte auf die nur wenige Schritte entfernte Tür. »Daß ich das zugelassen habe…« Er schloß die Augen und versuchte, sich wieder in den Griff zu bekommen. »Ihr habt ein zu gutes Herz, um mir einen Vorwurf zu machen, selbst wenn ich es verdiene.«

Sie gab keine Antwort. Er wirbelte zurück, erwartete Verachtung; statt dessen fand er unvergossene Tränen. »Ich habe nichts dergleichen«, sagte sie ungleichmäßig. »Ich bin keine Heilige, Mylord – und ja, ich mache Euch Vorwürfe… aber macht mich nicht zu etwas, was ich nicht bin.«

Sie wehrte ihn nicht mehr länger ab, sondern war wie Lehm in seinen Händen. »Marian.« Er holte tief Luft und rief sich die Pläne ins Gedächtnis, die er auf dem Ritt nach Ravenskeep geschmiedet hatte. Sie hatte eine Seite von ihm kennengelernt, die er nicht zu offenbaren gewünscht hatte, aber es war eine aufrichtige Seite, und er bereute es nicht. Sie würde jetzt vielleicht die wahre Tiefe seiner Gefühle besser verstehen… aber es war an der Zeit, wieder die Oberhand zu gewinnen und sie dazu zu bringen, sich so zu benehmen, wie er es wünschte. Er durfte nicht noch einmal die Selbstbeherrschung verlieren. »Das ist für uns beide schmerzlich… laßt uns nicht mehr darüber sprechen und zu einem anderen Thema übergehen.« Er sah sich im Saal um. »Können wir uns hinsetzen?«

Nach einem Moment nickte sie. Er folgte ihr zur Bank und setzte sich auf ihr Zeichen hin. »Und Ihr?« Er wiederholte ihre Geste.

Marian schüttelte den Kopf und hielt sich auf Distanz. »Ich glaube, ich würde lieber stehen.«

»Nein«, sagte er traurig, »gleich nicht mehr. Ich bringe schlechte Nachricht von jemand, der Euch sehr nahesteht.«

»Aber wer –« Ihre Augen weiteten sich schockiert. »O Gott – nicht *Matilda*…«

DeLacey nickte nur. Jetzt war sie an der Reihe, sich zu entblößen.

Marian setzte sich unbeholfen hin und starrte ausdruckslos in den Saal. Ihre Stimme klang seltsam hohl. »Eine Weile lang vergaß ich sie, inmitten all der Vorfälle… und dann wollte ich jemanden nach ihr schicken –« Sie schloß die Augen. »Ich hätte mich selbst aufmachen sollen. Ich hätte schon früher gehen sollen.«

Er bot ihr nichts an, weder Mitgefühl noch Güte. Er beobachtete sie mitleidslos. Er wollte abschätzen, in welcher Verfassung sie war, um sich dementsprechend daran anzupassen. Seine Wut war nun abgekühlt; das hier war zu wichtig, als daß er es durch unmäßige Gefühle gefährden dürfte.

Er wartete. Schließlich wischte sich Marian die Tränen weg. »Werdet Ihr sie hierher überführen?«

»Sie wurde bereits beerdigt.«

»Dort?« Diese Nachricht quälte sie. »Sie war *hier* zu Hause!«

»Niemand konnte absehen, wann Ihr – zurückkehren würdet.« Er drückte sich absichtlich ausweichend aus. »Ich hielt es für das beste, die Frau so bald wie möglich zu beerdigen.«

Ein Zucken entstellte ihr zerschundenes Gesicht. »Ich hätte sofort nach Nottingham zurückkehren sollen.«

Er hatte keine Lust, noch mehr Zeit auf Matilda zu vergeuden. »Marian.« Er wartete, bis sie ihn anschaute. »Das ist zwar nicht der Grund, warum ich kam« –, obwohl er das war –, »aber nun muß ich es, wie taktlos es Euch auch scheinen mag, ansprechen. Denn es gibt eine Lösung.«

Sie starrte ihn aus trüben Augen ruhig an. Es kümmerte sie nicht sehr, was er noch zu sagen hatte.

»Seht Ihr, ich habe ebenfalls Kummer ... ich empfinde väterlichen Zorn und Hilflosigkeit, ähnlich wie ich für Euch empfinde.« Er lächelte traurig. »Meine Tochter ist öffentlich entehrt. Ich kenne die wahre Begebenheit, wie ich Euch bemühte zu erklären, aber ungeachtet der Wahrheit, muß ich meiner Tochter den Schutz eines Vaters gewähren, und die Liebe und die Fürsorge ...« DeLacey seufzte. »Es müssen Vorkehrungen getroffen werden, falls ein Kind unterwegs sein sollte.«

Einen Moment lang war ihre Trauer vergessen. Marians Blick wurde schärfer. »Mylord –«

Er ging jedoch über sie hinweg. »Ich habe beschlossen, Eleanor mit meinem Kämmerer, Sir Guy of Gisbourne, zu verheiraten.«

Sie antwortete nicht sofort, starrte ihn nur eine Weile an. Dann sagte sie mit einem atemlosen Lachen, das bitterer Erkenntnis entsprang: »Und wen dachtet Ihr für *mich*, Mylord? Ist das nicht, weshalb Ihr herkamt?«

»Ja«, antwortete er zärtlich, ein befriedigtes Lächeln unterdrükkend. »Ihr sollt mich heiraten.«

44. Kapitel

Das Bett war schmal und gab in der Mitte nach, so daß Robin in einer Kuhle lag. Mit einiger Mühe stemmte er sich zum Sitzen auf und schwang beide Beine über den Bettrand. Er betrachtete das als einen Sieg.

Eine Weile sann er in dieser Position über sein Leben nach, dann beugte er sich zur Schüssel hinunter. Etwas ratlos betrachtete er ihren Inhalt, der abgekühlt und an der Oberfläche mit Schaum überzogen war, aber das war seine eigene Schuld; er hatte gar nicht *wirklich* so viel gegen Brühe, doch er hatte damit Marian aufziehen können, und das hatte er sehr genossen.

Er seufzte, nahm den Löffel und aß mit ernster Bedächtigkeit fast alles auf, während er an die Zeiten im Heiligen Land dachte, wo es nichts zu essen gegeben hatte; dann spülte er den Geschmack mit Wasser herunter.

Er blickte zur Tür. »William deLacey«, murmelte er, »Ihr werdet allmählich zu einer Plage.«

Langsam stand er auf und fluchte auf englisch und arabisch und machte sich zur Tür auf. Das Fieber hatte wie üblich morgens nachgelassen; es ging ihm viel besser, aber er war noch steif, und alles schmerzte.

Auf dem Weg nach unten begegnete er keinem Bedienten. Als er den unteren Abschnitt der abgeschirmten Treppe erreichte, hörte er Stimmen: deLacey und Marian.

Er blieb stehen, einen Fuß in der Luft. *Das gehört sich nicht.*

Dennoch stieg er einige Stufen weiter hinab. Fast unten angekommen, blieb er erneut stehen, lehnte sich an die Wand und lauschte dem vertraulichen Gespräch.

Die Stimme des Sheriffs war kummervoll. »Es müssen Vorkehrungen getroffen werden, falls ein Kind unterwegs sein sollte.«

Robins Augen verengten sich. *Er verliert keine Zeit –*

»Mylord –«, begann Marian.

»Ich habe beschlossen, Eleanor mit meinem Kämmerer, Sir Guy of Gisbourne, zu verheiraten.«

Robin blinzelte überrascht – er hatte geglaubt, der Sheriff spreche von Marian –, und dann folgte der zynischen Erleichterung die wirkliche: zunächst, daß er selbst kein Ziel mehr für Eleanor deLacey war; und zweitens, daß es nicht um Marian ging.

Doch dann hörte er den Laut, den sie hervorstieß: ein atemloses, bitteres Lachen, das seine Erleichterung verbannte; er hatte nicht die gesamte Unterhaltung verfolgt. »Und wen dachtet Ihr für *mich*, Mylord? Ist das nicht, weshalb Ihr herkamt?«

»Ja«, antwortete der Sheriff. »Ihr sollt mich heiraten.«

So – es geht also doch darum. Robin biß die Zähne aufeinander. Gebannt starrte er ins Nichts, während er auf ihre Erwiderung wartete. Marian machte jedoch keine, was ihm mißfiel; er deutete ihr Schweigen als Nachdenken. Grimmig schüttelte er den Kopf.

Er sah in die Dunkelheit über sich. Was sollte sie schon anderes tun? Eine Frau in ihrer Lage hatte keine andere Wahl: Entweder ging sie ins Kloster, oder sie heiratete einen Mann, der dazu bereit war, einem Bastard seinen Namen zu geben, falls einer aus dem Vorfall hervorging. Ihm selbst hatte der Mut gefehlt, Marian zu fragen, ob Will Scarlet sie geschändet hatte. Er fand es anstößig, und es stand ihm nicht zu; William deLacey hatte sie anscheinend gefragt. Auch wenn Robin begann, den Mann zu verabscheuen, hatte der Sheriff doch recht. Es war ungewöhnlich direkt vielleicht, aber Offenheit brachte die Wahrheit ans Licht. Takt vernebelte sie häufig nur.

Er schloß die Augen. Am liebsten wäre er die letzten beiden

Stufen hinuntergegangen, um sich einzumischen, doch das stand ihm nicht zu. Es war nicht seine Angelegenheit. Er sollte wieder zurück ins Bett gehen, wo er sich über Marian FitzWalters Zukunft keine Gedanken zu machen brauchte.

Geh, sagte er zu sich. Doch er zögerte. Er mußte es wissen.

Endlich antwortete Marian mit klarer, deutlicher Stimme. »Ich bin ein Mündel des Königs.«

»Der König befindet sich augenblicklich in Gefangenschaft.«

»Das ändert nichts daran, daß ich unter seinem Schutz stehe, Mylord. Er ist schließlich nicht *tot* – und wird es auch nicht sein, solange er Geld wert ist.«

»Das vielleicht nicht«, stimmte deLacey ihr zu, »aber Ihr könnt es Euch kaum leisten, so lange zu warten, bis der König wieder frei ist, *falls* er überhaupt irgendwann freikommt. Es könnte in Anbetracht der schlechten finanziellen Situation Englands Jahre dauern – und Ihr, fürchte ich, könnt nur ein oder zwei Wochen Zeit vergeuden.«

»Mit was *vergeuden*, Mylord?« fragte sie scharf. »Darüber nachzudenken, wie ich es verhindern kann, Euch zu heiraten?«

Das mißfiel ihm offensichtlich. »Marian –«

Sie unterbrach ihn geschmeidig, mit sanfter Höflichkeit und dennoch mit einer gewissen Schärfe. »Vergebt mir, Mylord ... ich bin nach den Neuigkeiten von Matildas Tod untröstlich. Ich bin menschlicher Gesellschaft nicht gewachsen. Bitte – erlaubt mir, daß ich Euch zur Tür geleite.«

»Marian –«

»Ich bitte Euch, Mylord – gebt mir Zeit zu trauern –«

Seine Worte waren beißend und setzten ihren höflichen Ausflüchten ein Ende. Stahl schimmerte durch die Seide hindurch. »Ihr habt genug getrauert. Es ist Zeit, daß Ihr an Euch denkt.«

Mit außerordentlicher Nüchternheit sagte sie: »Mylord, ich versichere Euch, daß ich an mich denke.«

Robin lachte tonlos, er konnte es nur mit Mühe unterdrücken.

»Marian.« DeLaceys Tonfall änderte sich. Er war kalt, unheilvoll, sicher. »Ihr wißt sehr gut, daß das ist, was Euer Vater wollte.«

Stille legte sich über die Halle.

»Mylord«, sagte Marian schließlich, »ich werde Euch, sobald es mir möglich ist, Antwort geben.«

»Kommt mit nach Nottingham. Jetzt gleich.«

»Nein.«

»Dann kommt morgen.«

»Nein. Das ist zu früh.«

»Marian –«

»Laßt mir Zeit!« schrie sie. Der Ausruf hallte im Saal nach.

Robin schüttelte den Kopf. *Sie wird es tun, deswegen … weil ihr Vater es gewünscht hat. Und ich war es, der es ihr gesagt hat.*

»Nun gut«, stimmte deLacey ihr zu. Dann forderte er sie sanft auf: »Begleitet mich zu meinem Pferd.«

Marian sagte nichts. Einen Moment später hörte Robin, wie die Tür zufiel.

Er stand an der Wand. Er ging nicht in sein Zimmer zurück. Statt dessen stieg er die letzten Stufen zum Saal hinab.

Marian stand im Hof und beobachtete, wie William deLacey endlich davonritt. Ohne sich zu bewegen, wartete sie, bis Sim das Tor geschlossen und verriegelt hatte; dann bückte sie sich und hob einen losen, dicken Stein auf. Mit all ihrer Kraft schleppte sie ihn zum Tor.

Als er gegen das Holz krachte, biß Marian ihre Zähne aufeinander. »Ich hoffe, daß Euch das Pferd *durchgeht.«*

Sim war überrascht. »Lady Marian!«

»Doch, das hoffe ich«, beharrte sie; und dann setzte sie, ebenso böse, hinzu: »Nein, vielleicht doch nicht – sonst verletzt er sich und muß hierhergebracht werden, damit ich ihn pflege.«

Des leichten Windes wegen hielt sie ihr feuchtes Haar fest, machte auf den Fersen kehrt und marschierte zum Saal zurück. Sie schlug die Tür hinter sich zu, während sie gegen Tränen der Erniedrigung und des Schmerzes ankämpfte. Matilda war tot, und William deLacey berief sich auf die Wünsche ihres Vaters, um ihre Hand zu erzwingen.

DeLacey. Marian hatte ihn jetzt viel besser kennengelernt. Er würde alle ihm zur Verfügung stehenden Mittel einsetzen – falls er es nicht so schaffen würde –, um seine Wünsche zu befriedigen.

Ich werde ihm sagen – Plötzlich blieb sie stehen. »Was macht Ihr denn hier?«

Robin saß gelassen auf dem binsenbestreuten Boden und lehnte an einem der massiven Holzpfeiler, die das Dach trugen. Er sah ungewöhnlich entspannt aus mit seinen angezogenen Knien, die Füße in den Binsen begraben. Seine braunen Augen blickten sie fest an, während er seine Ellbogen über seine Knie legte. »Auf Euch warten«, sagte er. »Ich würde ebenso gern wie der Sheriff wissen, was Ihr vorhabt.«

Marian deutete auf die Treppe. »Legt Euch wieder ins Bett.«

»Nein.«

Sie hatte in Anbetracht des Aufruhrs in ihrem Kopf nicht die nötige Kraft, um mit ihm fertig zu werden. Sie ließ den Arm sinken und bemerkte einen seltsamen Zug um seinen Mund. Es war kein Lächeln, sondern eher eine kühle, subtile Aufforderung, als warte er auf etwas. Zusammen mit deLaceys Benehmen machte es sie wütend. »Ich werde die Bedienten rufen, damit sie Euch die Treppe hochschleifen.«

»Das werden sie verweigern«, sagte er. »Der Sohn des Earl von Huntington steht höher als ihre Lady.«

So leicht entwaffnet er mich. Sie wollte weinen, aber sie tat es nicht; das würde sie nicht vor ihm tun. »Matilda ist tot«, sagte sie erstickt. »Sie war krank, und ich habe sie allein gelassen ... und jetzt ist sie tot.«

»Eure alte Amme?«

»Ich ließ sie in Notthingham Castle zurück, als er mich zum Jahrmarkt schleppte, und dann entführte mich Will Scarlet –« Marian biß die Zähne aufeinander, als der Zorn den Schmerz überwältigte. »Ich wünschte, ich wäre ein Mann. Ich wünschte, ich könnte kämpfen wie ein Mann. Ich wünschte, ich könnte jemanden schlagen. Ich wünschte – oh, ich weiß nicht, *was* ...«

Er musterte sie ernst, als erwarte er, daß sie noch etwas sagte.

Marian machte schwankend einen Schritt auf den nächsten Pfeiler zu. Sie ließ sich an ihm zu Boden gleiten und saß Robin jetzt gegenüber. »Alles ist zerstört. Mein Vater, meine Amme... und jetzt *das*.« Wie er zog sie ihre Knie an, denn sie wußte, daß die Röcke ihre Sittsamkeit bewahrten; es war eine bequeme Haltung und setzte etwas zwischen sie: zwei Kniepaare und drei weite Schritte. Sie lehnte ihren Kopf an den Pfeiler, denn sie fühlte sich ausgelaugt und abgespannt und hilflos. »Warum kann er es nicht gut sein lassen? Ich habe ihn nicht um seine Anteilnahme gebeten. Warum kann er es nicht *sein* lassen?«

Er gab ihr nicht sofort eine Antwort. Sie blickte ihn nicht an, aber ihre Sinne schrien nach seiner Nähe. Er war nur drei Schritte entfernt – und doch fühlte es sich mehr an als drei Meilen, dann wieder nur wie drei Zentimeter; welche Entfernung es auch immer war, ihr fehlte der Mut, sie zu überwinden.

Er sprach in einem sonderbaren Tonfall, einer Mischung aus Zurückhaltung und zarter Überzeugtheit. Er ging weder auf ihre Frage ein noch unternahm er einen Versuch, seine Worte in ritterliche Höflichkeit zu kleiden. »Er will Euch, Marian.«

Sie seufzte. »Das sagt er, wo er doch die Ländereien will –«

»Nein.« Er unterbrach sie. »DeLacey will *Euch*.«

Sie zog eine Grimasse. »Aufgrund dessen, was ich besitze –«

»Aufgrund dessen, was Ihr seid.«

Sie starrte ihn finster an. »Und was bin ich? Sir Hugh FitzWalters Tochter, Mündel König Richards –«

»Marian.« Die Maske war gefallen. Was sie jetzt sah, war loderndes, reines Gefühl. »Was Ihr seid, ist eine Frau, die er gern in seinem Bett hätte. Und ich glaube, er würde alles tun, um sicherzustellen, daß er Euch dorthin bekommt.«

»O nein!«

»O *doch*.«

Sie starrte ihn, von seiner Überzeugtheit vernichtet, an. »Ich – verstehe nicht...« Und das tat sie auch nicht, nicht wirklich, nicht im vollen Maße. Sie begann es erst allmählich zu begreifen, und es machte ihr große Angst.

Er lächelte frostig. »Ich bin nicht derjenige, der Euch in allen Einzelheiten erzählen kann, warum ein Mann, irgendein Mann, so fühlt wie deLacey.«

»Wieso nicht?«

Robin seufzte. »Helena von Troja.«

Es verwirrte sie vollends. »Was?«

»Helena von Troja. Kennt Ihr etwa die antike Literatur nicht?«

»Doch, natürlich; mir wurden alle Geschichten erzählt. Helena wurde mit Menelaus von Sparta verheiratet, bis Paris aus Troja sie erblickte und sich sofort in sie verliebte. Er entführte sie und nahm sie mit nach Troja. Agamemnon und Menelaus verfolgten ihn, um sie zurückzuholen, und Troja wurde zerstört.«

Robin nickte. »Um der Liebe zu einer schönen Frau willen.«

»Ja, aber –« Sie hielt inne. »O *nein* –«

»Doch.«

»Aber – ich bin *nicht* –«

»Fragt irgendeinen beliebigen Mann«, sagte er.

Ihr Herz schlug heftig. Sie bekam kaum Luft. »Ich bin nicht Helena ... und William deLacey ist *nicht* Menelaus.«

»Wenn man ihn läßt, wird er es sein.«

Marian war kalt. Sie fröstelte. »Das ist zu viel für mich. Matilda – und nun das –« Mit einer zitternden Fingerspitze berührte sie eine Strieme auf ihrer Wange. Leise sagte sie: »Ich könnte nie Helena sein.«

»Und ich wäre lieber nicht Kassandra, die lauthals den Untergang im Land verkündet.« Robin rollte seinen Kopf am Pfosten hin und her. »Was werdet Ihr ihm sagen?«

Marian lächelte grimmig. »Daß ich nicht seine Helena sein werde.«

»Es mag Euch keine andere Wahl bleiben.«

»Ich bin ein Mündel des Königs, nicht seins. Nicht Prinz Johns. Niemand kann mir sagen, was ich zu tun oder zu lassen habe.«

»Der Anstand«, sagte er. »Und die Gesellschaft. Eleanor heiratet Gisbourne. DeLacey Euch.«

»Ihr habt gelauscht«, warf sie ihm vor.

Er leugnete es nicht.

Marian strich sich das Haar aus dem Gesicht. »Aber es besteht keine Notwendigkeit dazu – Will Scarlet hat nichts getan!«

»Er wird es als Ausrede benutzen. Das – und die Wünsche Eures Vaters.«

Marian schloß die Augen. »Ihr hättet sie mir niemals ausrichten sollen!«

Robin antwortete nicht.

Sie blickte ihn an. Sein Gesicht war starr und blaß. »Ihr seid krank.« Sie sprang auf. »Ich werde Sim und Hal –«

»Nein.« Er rührte sich nicht. »Ich bin nicht krank.«

»Männer sagen oft –«

»Laßt es gut sein«, sagte er ihr. »Ich bin nicht krank.«

Unschlüssig zauderte sie. »Ich kann Euch hier nicht sitzen lassen.«

»Warum nicht? Es ist bequem.«

»Ihr seid der Sohn des Earl of Huntington – eines Tages werdet Ihr Earl *sein* ... und Ihr sitzt hier in einer staubigen Halle inmitten von Binsen, die dringend gewechselt werden müßten.«

Er lächelte. »Es ist bequem.«

Sie wußte, daß sie gehen sollte und ihn hierlassen, um sich wieder zu fassen und über die Dinge nachzudenken, die er ihr gesagt hatte. Doch sie zögerte noch einen weiteren Moment, steif, unbeholfen und unglücklich. »Ihr sagtet – jeder Mann.«

Das Licht erlosch in seinen Augen. »Ich bin nicht wie andere Männer.«

Plötzlich schämte sie sich, daß sie es gefragt hatte, daß sie es *angedeutet* hatte. Sie hatte gar nicht ihn im besonderen gemeint, sondern die Männer im allgemeinen; sein Vergleich mit Helena flößte ihr Furcht ein.

»Ich meinte nicht –«, hob sie an, doch sie hielt plötzlich inne. *Nein – vielleicht doch.* Und vielleicht hatte er das gemerkt.

Ohne Grazie drehte sich Marian um und ging auf die Treppe zu.

William deLacey gefiel weder der Himmel noch die Luft. Ein kalter Wind blies aus dem Eichenwald über die offene Grünfläche hinweg. Ihm gefiel der Tag nicht, aber noch weniger gefiel ihm der Geschmack in seinem Mund: bittere Galle. Marian begann, Eleanor zu einem alarmierenden Grad zu ähneln; sie erwartete offensichtlich, daß ihre eigenen Wünsche in der Heiratsangelegenheit Berücksichtigung fänden. Es war vollkommener Unsinn, daß einer Frau erlaubt wäre, ja oder nein zu ihm zu sagen. Sie brauchte einfach eine feste Hand.

DeLaceys Pferd tänzelte seitwärts, als Laub vorbeiwehte. Der Wind wurde stärker, zerrte an seinem Mantel. Er zügelte das Pferd, spähte in den Himmel und überlegte, ob es das beste wäre, zurück nach Ravenskeep zu reiten und dort den Sturm abzuwarten.

Er ließ die Idee sofort wieder fallen. Marian brauchte Zeit, um zu erkennen, daß er nur das Beste für sie wollte. Wenn er jetzt zurückkehrte, würde er das Feuer nur schüren.

DeLacey seufzte müde. »Gib mir Geduld im Umgang mit Frauen.«

Robin lehnte am Pfeiler, während Marian hinausging. Er spürte keine Neigung, sich zu erheben und ihr zu folgen oder aufzustehen und hinauszugehen oder sonst irgend etwas zu tun, außer hier zu sitzen, während er wieder gegen den Dämon ankämpfte. Dieser erhob sich vor ihm, dann schlug er ihm flach und hart in die Lenden, als wollte er ihn kastrieren.

Das hatten sie bereits getan.

Er zog seine Beine fest an, dann schlang er seine Arme um die Knie und preßte seine Stirn mit aller Kraft in den Stoff seiner Hose.

Sein Körper war noch ganz. Sie hatten kein Messer gebrauchen müssen, denn die bloße Drohung war ihm genug gewesen: Wie würde Malik Ric es wohl mögen, wenn er die männlichen Teile seines am meisten geliebten Gefährten als Geschenk erhielte? Und so hatte er alles ausgeschaltet, Mauern und Masken und Fassaden errichtet, sich selbst geistig kastriert, bis er tot war und leer und geschlechtslos, unfähig, eine Frau anzuschauen, an eine Frau zu denken und eine Frau *wahrzunehmen*, selbst wenn sie direkt vor ihm stand.

Seit fast zwei Jahren hatte er nicht mehr bei einer Frau gelegen. Er hatte nicht einmal davon geträumt.

Bis zu der Nacht im Sherwood Forest hatte er es nicht mehr für möglich gehalten, daß er überhaupt jemals wieder Verlangen haben würde. Er hatte sein Werk zu gut getan.

Schwitzend hob er seinen Kopf. Der Schmerz war stechend. Schroff sagte er: »Ich bin nicht wie andere Männer.«

45. Kapitel

William deLacey empfing Tuck in seinem Privatgemach, einer kleinen Kammer im ersten Stock auf der Westseite von Nottingham Castle. Es hatte zwei große Fenster, so daß der Raum die meiste Zeit am Tag hell war; jetzt allerdings war es wegen des aufziehenden Sturmes düster, was jedoch zur Stimmung des Mönches zu passen schien.

Der Sheriff ließ Tuck herein, bot ihm Wein an, den dieser jedoch höflich ablehnte, und bedeutete ihm, auf einer gepolsterten Bank Platz zu nehmen. Dem Sheriff entging nicht, daß Tuck außerordentlich nervös war.

DeLacey setzte sich ebenfalls und lächelte warm. »Es bereitet mir die größte Freude, mit Euch, Bruder Tuck, gute Neuigkeiten teilen zu können. Kennt Ihr Lady Marian FitzWalter, Sir Hugh FitzWalters Tochter?«

Tucks kuhgleiche Augen drückten Verwirrung aus. »Mylord – ich bin nicht aus Nottingham. Ich stamme aus einem Dorf im Süden Englands.«

DeLacey nickte. »Gestattet mir denn, sie Euch als eine fromme, bezaubernde Lady zu beschreiben, so gutherzig und lieblich, wie eine junge Frau nur sein kann.«

Tuck nickte, immer noch verwirrt, zum Zeichen dafür, daß er das zur Kenntnis genommen hatte.

»Sie willigte ein, meine Frau zu werden.«

Die dicken, braunen Augenbrauen des Mönchs schossen in die Höhe. »Mylord, meinen Glückwunsch. Wenn sie so ist, wie Ihr sagt, seid Ihr ein glücklicher Mann.«

»Sehr glücklich«, stimmte deLacey ihm zu. »Ich war mit ihrem Vater gut befreundet. Es freut mich sehr zu wissen, daß ich derjenige bin, der sich um ihr Wohlergehen kümmern wird.«

»In der Tat, Mylord.«

DeLacey war zufrieden. Die Dinge entwickelten sich ganz nach Wunsch. »Besonders in Anbetracht der Umstände.«

»Mylord –?«

Der Sheriff setzte einen kummervollen, mit Wut durchsetzten Ausdruck auf. »Lady Marian war das Opfer unglücklicher Umstände, Bruder Tuck – sie war es, die der Mörder, Will Scarlet, entführte. Sie ist jetzt wieder sicher zu Hause – ich komme gerade von dort –, aber ist verständlicherweise durcheinander. Sie ist überaus beunruhigt, was die Leute sagen werden – es gibt so viel Klatsch, wie Ihr wißt –, und so beschlossen wir, daß ihr am besten damit geholfen wäre, wenn sie mich früher heiraten würde als vorgesehen.«

Tuck sah, falls das überhaupt möglich war, noch verwirrter aus als vorher. »Natürlich, Mylord. Es muß schrecklich für sie gewesen sein.« Plötzlich erbleichte er und holte tief Luft. »Was diesen Will Scarlet angeht –«

Der Sheriff unterbrach ihn. »Natürlich ist es mein Wunsch, die Lady zu beruhigen und die übereifrigen Zungen verstummen zu lassen. Deshalb habe ich der Lady angeboten, sie sofort zu heiraten.« DeLacey beugte sich vor, ehe Tuck wieder zu sprechen anheben konnte. »Und deshalb brauche ich Eure Dienste, Bruder Tuck. Wir haben eine heikle Situation, die durch eine unvorhergesehene Abwesenheit und eine Krankheit verschlimmert wird.«

»Mylord?«

»Seht Ihr, in Nottingham gibt es zwei Priester ... aber einer ist auf Wallfahrt, und der andere ist ziemlich krank. Vielleicht stirbt er sogar.« Der Sheriff schüttelte den Kopf. »Betet zu Gott, daß er wieder gesund wird.«

Tuck bekreuzigte sich.

DeLacey lehnte sich wieder zurück. »Ihr seht die Schwierigkeit, nicht wahr? Hier ist eine Lady, deren Ehre beschmutzt wurde und die sie nur zurückgewinnen kann, indem sie eine anständige Ehe eingeht, und das schnell ... Ihr versteht natürlich, daß dieses unglückliche Mißgeschick gewisse – *Folgen* – haben kann.« Er seufzte schwer und schüttelte den Kopf. »Die arme Lady ... könnt Ihr ihr einen Vorwurf daraus machen, daß sie alles so weit in Ordnung bringen will, wie sie nur kann?«

»N-nein, Mylord. Aber –«

»Deshalb fällt es Euch zu.« Wieder beugte er sich vor und preßte seine Hände zwischen die Knie. »Natürlich müßt Ihr verstehen, Bruder Tuck ... es wäre keine richtige Trauung, sondern nur eine stellvertretende Zeremonie. Selbstverständlich gäbe es keine Vollziehung der Ehe, denn keiner von uns möchte die Sünde der Unkeuschheit begehen.« Entsetzen huschte über sein Gesicht. »Es tut mir leid, Bruder – ich weiß, das muß Euch Sorgen bereiten –, aber bedenkt, wie die Lady sich fühlt. Alles, was sie im Moment wünscht, ist, sofort zu heiraten. Da das nicht geht, biete ich ihr erst einmal eine vorübergehende Lösung an: Ich lasse sie *glauben*, sie sei verheiratet – und alle anderen werden das ebenfalls glauben –, so daß sie sich beruhigen kann. Dann, wenn die Aufregung sich erst mal gelegt hat und sie sich wieder besser fühlt, wird uns eine richtige Trauung, die von einem richtigen Priester vollzogen wird, im Angesicht Gottes aneinanderbinden.«

Schweiß schimmerte auf Tucks Gesicht. »Aber – Mylord ... wird sie meine Anwesenheit nicht in Frage stellen?«

»Nicht wenn wir ihr erzählen, Ihr wärt Priester.«

»Das wäre eine *Lüge*.«

»Gott wird uns diese kleine Lüge sicher verzeihen.«

»Mylord ...« Tuck seufzte, und seine breiten Schultern hingen schlaff herab. »Mylord, das ist nicht recht –«

»Ich würde das ja auch nicht für mich verlangen«, sagte deLacey sanft. »Es ist für die Lady, eine aufrichtige und sanfte Seele, die Besseres verdient als das, was ihr zustieß.«

Tuck schien beinahe zu schrumpfen. »Nun gut«, wisperte er. »Aber ich flehe Euch an, findet einen Priester, noch ehe eine Woche vergangen ist.«

»Ich versichere Euch, Bruder, ich werde unverzüglich Abt Martin schreiben.«

Robin erklomm mühsam seinen Weg zurück zum Obergeschoß. Er zögerte unentschlossen an der offenen Tür, die in sein Gästezimmer führte, dann machte er sich auf die Suche nach Marian. Er wollte ihr Lebewohl sagen. Er sah keinen Sinn darin, noch länger zu bleiben. Es war nun für beide schwierig geworden, daran war er mit seiner Offenheit schuld.

Er hatte nicht vorgehabt, so offen zu sein, ihr zu sagen, was sie bei einem Mann bewirken konnte. Doch es war die schlichte Wahrheit: Sie war eine keltische Helena mit all der Schönheit und Macht, die die Erzählungen der Königin von Sparta zuschrieben. Daß sie sich ihrer Wirkung nicht bewußt war, machte sie nur um so unwiderstehlicher. Er wußte nicht, wie er es auf dem Podest in Huntington Castle hatte übersehen können. Damals war er das willige Opfer seines Widerstands gegen die Natur gewesen, seiner Unterdrückung von körperlichen oder seelischen Wünschen; jetzt war er das unfreiwillige Opfer seiner Sehnsucht, von der selbigen Unterdrückung frei zu sein und sowohl körperlich als auch seelisch sein Verlangen nach einer Frau ausdrücken zu können.

Richard würde lachen. Richard würde – sich anbieten. Tief in Robins Bauch wand sich die Selbstverachtung.

Er fand Marian in einer kleinen Kammer, die nicht weit von seiner entfernt lag. Sie wühlte in einer Truhe. Die Tür war angelehnt; er stand in der Öffnung und beobachtete sie. Sie hielt eine Tunika vor sich hoch. »Nein«, sagte sie leise, »Hugh war kleiner.«

Da verstand er, was sie tat. »Das ist nicht nötig«, sagte er. »Was ich gerade trage, genügt mir.«

Erschrocken zuckte sie zusammen und starrte ihn an. Dann lächelte sie leicht und schüttelte den Kopf. »Bis vor kurzem kam ich auch nicht auf die Idee. Aber ich weiß, was für ein Gefühl es war, als der Schmutz und Dreck ab waren... Ich dachte, Ihr würdet vielleicht auch gerne ein Bad nehmen und frische Kleidung anziehen.« Sie hielt die ausgebleichte Tunika hoch. »Ihr seid größer als Hugh.« Ihr Gesicht hellte sich auf. »Ach ja! Ich habe da noch die Sachen von meinem Vater...« Sie legte die Tunika zurück in die Truhe und stand auf. »Er war größer und breiter als Ihr, aber besser zu groß als zu klein. Hier – kommt hier entlang.«

»Marian –« Doch da stand sie schon neben ihm, näher, als sie ihm jemals gewesen war, wenn auch nur kurz. »Marian –« Er drehte sich um und folgte ihr. Er wollte ablehnen und sie stattdessen um ein Pferd bitten. Aber sie war bereits voraus und öffnete eine Tür, die auf verrosteten Angeln quietschte. Marian ging hinein.

Er folgte ihr. »Marian, ich möchte nur ein Pferd.«

Es war direkter, als er beabsichtigt hatte. Sie hielt sich am Rand der Truhe fest und starrte ihn wild an. Er fand ihren Gesichtsausdruck unendlich anziehend: stolz und mit einer Spur von Zorn. »Wenn Ihr gestattet, ich bin seit dem Tod meiner Mutter die Burgherrin von Ravenskeep. Mein Bruder und mein Vater sind beide tot – werdet Ihr mir wenigstens erlauben, meinen Pflichten als Gastgeberin nachzukommen, so wie es sich gehört?«

Robin seufzte. »Ich wollte nur –«

»Ich weiß.« Sie nickte. »Ich weiß.«

Das tat sie nicht, wie er wußte. Sie konnte es nicht wissen.

Sie erhob sich und schloß den Truhendeckel. In ihren Händen hielt sie Hemd, Tunika und Hose. »Das ist leider nicht Huntington Castle.«

»Bei Gott, Marian – ich war Gefangener der Türken!« Für ihn war das genug; er hoffte, das war es auch für sie. Er hatte ihr nicht so viel von sich zeigen wollen.

Die Röte schoß ihr ins Gesicht. »Es tut mir leid.«

»Es tut *mir* leid.« Er nahm ihr die Kleidung aus der Hand. »Dann laßt das Bad herrichten, aber ich will keine Bediente, die mir den Rücken waschen. Das mache ich selbst.«

Sie nickte stumm und ging an ihm vorbei in den Gang. Sie rief leise nach Joan.

Robin stand da und fragte sich, wie er die passenden Abschiedsworte finden konnte. Er hatte kein Talent für schöne Worte. Er zog seine eigene Gesellschaft Festen vor, denn er wußte, was sie für einen unverheirateten Mann seines Standes bedeuteten. Er war noch nie ein Lüstling gewesen; der wenige Charme, den er einst besessen haben mochte, war im Heiligen Land ausgebrannt, und die Asche überschwemmte sein Blut.

Das Tageslicht schwand, vom Wind getrübt. *»Insh'Allah«*, murmelte er und dachte daran, daß es beinahe die Tageszeit war, zu der der Muezzin das Abendgebet ausrief.

»Nein – das hier ist *England* –«, und ihm wurde mit einem Schreck bewußt, daß er noch immer Gefangener war; daß Richard zwar seinen Körper mit Geld ausgelöst haben mochte, aber nur einen Teil seiner Seele.

Bebend klammerte er sich an die Kleidungsstücke; er hätte sie am liebsten in Stücke zerrissen. »Laßt mich davon frei sein – laßt mich *frei*!« Und dann fügte er hinzu: »Es gibt keinen Gott außer Gott –«

46. Kapitel

Der Wind heulte mit einer ohrenbetäubenden, durchdringenden Raserei wie ein Wolf über Ravenskeep und über die Hügel hinweg. Sim und Hal kamen, mit Stroh und Blättern bedeckt, in die Halle herein. Ihre Augen tränten vom feinen Staub. Sie unterrichteten Marian davon, daß sie die Pferde sicher untergebracht und die

Ställe sowie das Hühnerhaus verschlossen hatten. Ein schwerer Sturm zöge auf; ob sie es nicht hören könnte?

Doch, das konnte sie. Er pfiff über das Holzdach hinweg und fegte Binsenkörnchen und stechenden Staub durch die geöffneten Fensterläden in die Halle. Marian versammelte die Dienstboten um sich und wies sie an, die Fensterläden zu schließen und zu verriegeln. Abgeschlossen war die Halle, aber immer noch kaum winddicht. Sie verteilte zusätzliche Kerzen gegen die frühe Dunkelheit und ermahnte die Bedienten, sie nicht an Stellen brennen zu lassen, die der Wind erreichen könnte. Da das Obergeschoß hauptsächlich aus Holz bestand, durfte man kein Feuer riskieren.

»Lady Marian?« Es war Joan. »Er ist nach dem Bad eingeschlafen, aber ein Fensterladen steht offen. Soll ich in sein Zimmer gehen und es zumachen?«

»Nein. Nein – ich werde gehen. Kümmer dich um die Küche, Joan.« Sie raffte ihre Röcke und erklomm die Stufen zum ersten Stock. Wieder bekämpfte sie die vertraute Nervosität, wenn sie daran dachte, Robin gegenüberzutreten. *Das muß aufhören*, dachte sie. *Du benimmst dich wirklich wie ein Tölpel.*

Marian blieb vor der Tür stehen und lauschte, dann öffnete sie langsam und leise die Tür. Sie fand alles vor, wie Joan gesagt hatte: er schlief tief und fest, während der Wind ins Zimmer fuhr. Der Wind zerrte ihm die Bettdecke von den Beinen und blies ihm das Haar aus dem Gesicht.

Sogleich durchquerte sie das Zimmer, machte die Fensterläden zu und schob den Riegel vor. Der Wind rüttelte hartnäckig daran, er wollte den Verschluß aufbrechen.

Marian wollte gehen... doch sie hielt inne, um ihn anzuschauen. Jeder Mann, hatte er gesagt, würde sie in seinem Bett wollen. Aber er wäre nicht wie andere Männer.

Die Demütigung brannte; nicht, daß er sie nicht wollte, sondern daß sie daran auch nur denken konnte. Schnell verließ Marian das Zimmer, machte die Tür hinter sich zu und ging hinunter in den Saal.

Er fuhr zusammen, als die Steine gegen Akkos Mauern prallten. Die Sappeure hatten sorgfältig die Mauern untertunnelt, so daß durch die geschleuderten Steine das Fundament von unten her wegbrach. Die Christen stürmten nun die bröckelnden Mauerbreschen, sie kletterten in ihrer Hast, sich Eintritt zur Stadt zu verschaffen, über herausgebrochene Steine und zerschmetterte Körper.

Und dann griff Robin ebenfalls an, rief Gott, Richard und England an und gab seinem Pferd die Sporen. Sein Schwert hatte er hoch in die Luft erhoben, während die christlichen Hörner bliesen. Joshua vor Jericho.

Er ritt über einen Haufen Stein und Schutt hinweg. Sein Pferd suchte inmitten all der niedergestreckten Körper Halt.

Im Gedenken an den Kriegerkönig und an den Ruhm, den sie Gott darreichten, fühlte Robert von Locksley, wie in ihm Stolz und eine Sehnsucht aufstiegen, die ihn fast platzen ließen. Er bemerkte kaum, daß sein Pferd lebende Körper unter seinen Hufen zerquetschte oder daß Frauen schreiend durch die Straßen rannten. Er ritt weiter, immer seinen Schwur vor Augen, dazu beizutragen, Jerusalem zu befreien; das Heilige Grab zu sehen.

Warmes, klebriges Blut spritzte Robin ins Gesicht. Er fühlte, wie jemand an seinen Stiefeln zerrte, ihn am Bein packte; er schwang seine Klinge nach unten und spürte, wie sie in einen Arm schnitt. Überall um ihn herum riefen und schrien Männer.

Die Mauern von Akko stürzten weiter ein. Stein um Stein um Stein prallte auf die einstürzende Mauer und füllte seinen Kopf mit Lärm –

– und dann war er auf, wühlte sich aus dem Bett und tastete nach seinem Schwert, das nicht länger neben ihm lag. *»Insh'Allah«*, entfuhr es ihm, dann stockte ihm der Atem.

Er stand in einem dunklen Zimmer. Wind wehte ihm ins Gesicht, und ein unverriegelter Fensterladen schlug immer und immer wieder gegen die Wand.

Ravenskeep.

Die Erleichterung schwächte seine Kraft. Zitternd brach er auf der Bettkante zusammen. Er fuhr sich mit der Hand durchs Gesicht. Dann stand er langsam auf und ging zum Fenster. Er schloß und verriegelte die Fensterläden, ging zum Bett zurück und ließ sich wieder darauf fallen.

Er schloß die Augen. *Ich muß gehen* – Aber der Schlaf war nicht gnädiger mit ihm als die Sarazenen.

Zur Halle von Ravenskeep hatte ursprünglich kein Andachtsraum gehört, denn das Gebäude hatte bereits Generationen von FitzWalters beherbergt, die nicht alle den Wunsch nach einer nahen Beziehung zu Gott empfunden hatten. Sir Hugh FitzWalters Frau hatte jedoch den Wunsch nach einem abgetrennten Raum verspürt, in den sie sich zu Gebet und Andacht zurückziehen konnte. Deshalb hatte ihr Gemahl einen Andachtsraum für sie erbauen lassen, an der Seite der Halle in der Nähe eines kleinen, von einer Mauer umgebenen Gartens. Es war keine richtige Kapelle, denn es gab keinen Altar und keine Piscina, aber der Raum war ruhig und abgeschieden und bot denjenigen, die die Gemeinschaft mit Gott – oder sich selbst – suchten, die nötige Stille.

Sir Hugh hatte den Betraum an die Halle anbauen lassen, aus Sparsamkeit und aus Zeitgründen, aber keine Verbindungstür eingerichtet. Deshalb war der einzige Eingang zum Andachtsraum die niedrige Holztür in der Gartenmauer; jeder, der in den Raum wollte, mußte erst aus der Halle hinaus und durch den Garten gehen.

Marian raffte den Schultermantel, verschalte die Lampe, ging in den Sturm hinaus und kämpfte gegen den heftigen Wind an. Stürme hatten ihr noch nie angst gemacht. Vorsichtig lief sie um die Ecke der Halle herum, machte das Tor zum Garten auf, dann öffnete sie die niedrige Tür zum Betraum. Die Angeln quietschten, und Marian trat ein.

Sie zog den Mantel aus und warf ihn über eine Bank, dann trug sie die Lampe zu den Kerzenstumpen, die in den Nischen standen. Geschickt zündete sie alle Kerzen an, dann stellte sie die Lampe auf den Boden neben die Wand, die die Kapelle von der Halle trennte. Sie sog die regenbeschwerte Luft ein. Es gab keine Fenster; einfache Scharten, die in den rauhen Stein gehauen waren, ließen Luft in den Raum. Die Mauern waren feucht und kalt.

Die zwei Bänke waren für sie die Ritter gewesen, die geflochtene

Matte hatte als der runde Tisch gedient, der Thron war der wacklige Stuhl gewesen, der mit Seilen zusammengehalten wurde. Hier war sie in ihrer Kindheit Königin gewesen: Ginover, Arthurs Gemahlin, oder Eleanor von Aquitanien; später, ähnlich wie ihre Mutter, eine richtige Burgherrin, die mit dem ritterlichsten und gutaussehendsten Lord von ganz England verheiratet war.

Marian lächelte traurig. »So viel Eingebildetes«, sagte sie. »Ist es das, woraus die Kindheit besteht?«

Was war denn das Erwachsenleben anderes als ein Leben, das auf bitterer Realität beruhte: Die Kindheitsträume waren unerreichbar und vergeudeten nur sinnlos die Zeit einer Frau.

Marian ging in dem winzigen Raum herum und ließ dabei ihre Finger über den rauhen Stein gleiten. Das letzte Mal war sie nach der Nachricht vom Tode ihres Vaters hergekommen.

Sie hörte auf zu gehen und setzte sich auf den Stuhl. Das Wehklagen des Wirbelsturms war so jammervoll wie der *Bean Sidhe*, der, irischen Volkssagen zufolge, einen Todesfall ankündigte.

Marian zog ein Knie an und legte einen Arm darum, dann legte sie ihr Kinn auf das Knie und starrte in das dämmerige Kerzenlicht.

Draußen ertönte ein Knall, gefolgt von einem Klappern. Aufgescheucht stand Marian auf und lief zur nächsten Scharte, die zum Hof hinausging. Aber alles, was sie sah, war eine frühzeitig hereinbrechende Nacht: eine aschgraue, indigoblaue Dunkelheit.

Trotzdem hörte sie ein Klappern: beschlagene Hufe dröhnten auf den Pflastersteinen.

Ein frei herumlaufendes Pferd? »– *nein* –«, platzte sie heftig heraus, »– nicht in dieser –« Sie lief hinaus in den wehklagenden, herrschsüchtigen Wind, der die Tür des Betraums packte und gegen die Mauer schlagen ließ. Marian mühte sich ab, sie zuzumachen, aber der Druck war zu stark. Sie ließ ab und schob die Gartentür auf.

Der Sturm wütete um sie herum und dämpfte ihre Sinne, während sie sich bemühte, aufrecht stehenzubleiben. Das Haar riß sich peitschend aus ihren Händen los und verdeckte ihr die Sicht; sie packte es wieder, drehte es geschickt ein, dann stopfte sie es in den Rückenausschnitt ihres Kleides.

Marian schirmte ihre Augen mit beiden Händen ab. Sie war ein Narr, hier draußen zu stehen, aber sie war sich sicher, ein Pferd gehört zu haben. Sim hatte gesagt, daß sie die Ställe gesichert hatten, und hätte der Sturm das Tor dennoch aufgebrochen, wäre mehr als ein Pferd freigekommen.

Da – da vorne war es undeutlich sichtbar: der rotbraune Wallach, den sie Robin geliehen hatte... mit Robin im Sattel. Der Wind peitschte durch sein helles Haar: ein Leuchtsignal in der Finsternis.

Er wachte mit einem Schrei auf; der Schweiß lief an ihm herunter. Um ihn herum tollten manisch grinsende Körper. In vorderster Reihe war Hugh FitzWalters Leichnam, der seine wilde Trauer über Robins Versagen, ihn am Leben erhalten zu haben, klagte; sein Versagen, die Botschaft an Marian zu übermitteln.

»Aber ich habe es ihr ausgerichtet!« rief er. »Ich *habe* –«

Die Körper fielen in einem obszönen Geschlechtsverkehr übereinander her, Sarazenen und Christen, Männer und Frauen, Richard und Blondel, der Richard und er waren –

»Nein«, flüsterte Robin.

Das Heulen des *Bean Sidhes* erfüllte den ganzen Raum und rüttelte an dem Fensterladen. Noch mehr Körper kämpften, um in den Raum zu gelangen, um in den Moriskentanz, den makabren Tanz des Todes, einzufallen.

FitzWalter zerfiel in lauter Einzelteile. Sein Kopf flog blutspritzend quer durch den Raum.

»Gott –«, sagte Locksley erstickt, schnappte sich Stiefel und Mantelumhang, dann entriegelte er die Tür und zerrte sie auf. Der *Bean Sidhe* folgte ihm auf dem Fuße, schlug ihm die Krallen in seine Schulter und riß seine Tunika weg, das Hemd und das Fleisch darunter. Blut rann über seinen Rücken. Hinter ihm heulte FitzWalter.

Gesichter tauchten vor ihm auf, während er durch die Halle lief; und dann war er im Sturm, wo die Leichen schrien und herumtollten, und er wußte, seine einzige Rettung lag darin, Ravenskeep zu verlassen.

Endlich fand er das Stallgebäude. In angespannter Stille machte er das Pferd fertig, dann schwang er sich in den Sattel und ritt aus dem Stall in den heulenden Wind hinaus.

Seine Augen tränten vom Sand: Er befand sich auf dem Weg nach Arsuf, spuckend und fluchend und sich abmühend, fest im Sattel sitzenzubleiben. Ein Ast, der vom Stamm weggerissen worden war wie der Arm eines Mannes von seiner Schulter, wurde an ihm vorbeigeweht.

»Robin!« rief Marian.

Das rotbraune Tier tänzelte auf den Pflastersteinen.

»Robin –«, schrie sie.

Er blickte zurück, während sie, gegen den Wind ankämpfend, auf ihn zulief. Er sah ihr Haar, das sich um sie herumschlang, und ihr blasses Gesicht: ein Schädel wie FitzWalters, der in den Sturm grinste. Aus der Schwärze ihres Mundes schrie der *Bean Sidhe* Robins Namen.

»Nein –«, formte er mit den Lippen. Dann sagte er in verzweifelter Raserei: *»Es gibt keinen Gott außer Gott –«*

Marian konnte sein Gesicht nicht sehen, nur die hellen Flecken seines Haars und seiner Hände. Er hatte die Kleidung ihres Vaters an. Der dunkle Umhang wehte im Wind, wickelte sich um seinen Körper.

Wie Hughs und Mutters Leichentuch – Und plötzlich stieg aufs neue der Schmerz in ihr hoch. *Nicht noch einen Toten –*

Sie erblickte seinen Gesichtsausdruck, als sie das Pferd einholte. Sein Gesicht und seine Lippen waren weiß, seine Augen aufgerissen und schwarz. Falls er sie überhaupt wahrnahm, schien er sie jedenfalls nicht zu erkennen, denn er trieb das Pferd weiter auf das Tor zu.

»Wartet!« sagte sie. »Robin – *wartet* –« Sie langte nach den

Zügeln und zog das Pferd zu sich herum.

»– nicht in diesem Sturm –«

Der Riegel des Haupttors gab mit einem gedämpften Knacken nach. Das Tor ging krachend auf, dann brachen auch noch die verrosteten Scharniere.

Der Knall des Holzes auf Stein ließ das Pferd vor Schreck durchgehen. Es bäumte sich auf und trat um sich, während Robin darum kämpfte, es unter Kontrolle zu bringen. Marian, der das Haar die Sicht nahm, streckte abwehrend die Hand aus. Sie torkelte einen Schritt zurück, verfing sich mit einem Absatz im Pflaster, dann schrie sie laut auf, als sie ein Huf am Kopf traf und an einem Knäuel peitschenden Haares zerrte.

Es warf sie zu Boden. Marian lag ausgestreckt und keuchend da, während das Pferd sich erneut aufbäumte. Sie hielt eine Hand über sich. »Robin – *NEIN* –«

Das Pferd fiel von oben aus dem Himmel.

47. Kapitel

Robin sah, wie Marian zu Boden fiel, sah das Aufleuchten ihrer Hand, hörte den verzerrten Aufschrei, den der Wind mit sich forttrug. *Akko noch einmal von vorne – wieder eine Frau zerschmettert –*

Mit größter Anstrengung kämpfte er mit dem Pferd, das seinen Kopf von einer Seite zur anderen warf. Er wagte es nicht, das Pferd am selben Standpunkt herunterzulassen ... Er zog die Zügel an, grub seine linke Ferse einmal, zweimal, dreimal in die Flanken, damit das Pferd ein oder zwei oder drei Schritte machte ... verfluchte den Wind und das Heulen und die Stärke des Pferdes. In der Luft zerrte er das Pferd zur Seite, dann kickte er die Steigbügel weg und sprang herunter, an Sattel und Rumpf hinabgleitend. Der Mantel blieb hängen, dann riß er sich frei, als Robin sich über FitzWalters Tochter beugte.

Seine Hände umschlossen ihre schlanken Handgelenke. Robin zog sie hoch, strich ihr das Haar aus dem Gesicht und erwartete, Blut zu sehen und ein zerfranstes Loch, so wie die, die er in Akko gesehen hatte.

Kein Blut, nur Haare und ein bleiches Gesicht, das wie ein gehäuteter Schädel schimmerte, wie die Gesichter im Zimmer, die ihn mit klapperndem Unterkiefer angegrinst hatten.

»Robin – *Robin* –« Sie klammerte sich an ihn.

Er hielt ihre Schultern fest, während ihm ihr schwarzes Haar ins Gesicht flog und sich dort mit seinem mischte.

»Robin –« Sie schüttelte das Haar zurück, aber der Wind zerrte von neuem daran. Er konnte nichts von ihrem Gesicht sehen, abgesehen von weißen Streifen zwischen peitschenden Strähnen und einem blitzenden keltisch-blauen Auge. »Kommt aus dem Sturm heraus.«

»Ich kann nicht –«, sagte er wieder, »kann nicht *hierbleiben* –«

Sie nahm sich die Haare aus dem Mund. »Ihr würdet keine zehn Schritte weit kommen bei dem Wind... hier, hier entlang –« Sie machte sich aus seinem Griff frei und packte ein Handgelenk, an dem sie unnachgiebig zog.

Der Alptraum ließ nicht nach. »Richard –«, sagte er, dann gequält: *»La ilaha – la ilaha il' Mohammed –«*

Sie zog ihn zu einem mit einer Mauer umgebenen Garten, durch das Tor hindurch und dann in einen winzigen Raum mit Lampenlicht und hellem Stein, eine milchige Helligkeit in der Düsterheit des Sturms. »Hier«, sagte sie außer Atem und zerrte die dünne Tür zu, an der der Wind rüttelte.

Er atmete geräuschvoll. *»Bean Sidhe«*, murmelte er.

Marian lächelte. »Dasselbe dachte *ich* auch –« Ihr Lächeln verblaßte. »Robin –«

Ein Schritt, und er hatte sie bei den Armen gepackt, als klammere er sich an seine einzige Rettung: den Preis seines Überlebens auf den blutübersudelten Ebenen von Arsuf, denn er wußte, er mußte es ihr sagen; er hatte den *Auftrag*, es ihr zu sagen. Aber es genügte ihm nicht, nicht mehr; zu viel lag ihm auf dem Herzen.

Wie ein fauliges Krebsgeschwür schwoll es an, dann barst es durch entzündetes Fleisch, um endlich dem Druck nachzugeben.

»Warum kann er es nicht verstehen? Warum kann er mich nicht in Ruhe lassen? Ich sagte Euch, was er wollte – ich richtete Euch seine Nachricht aus ...« Sein Gesicht war steinern, sein Mund hart und verzerrt. »Ich tat, was er von mir verlangte – ich tat, was *Richard* von mir verlangte, außer der einen Sache ... Ich konnte nicht – ich *konnte* einfach nicht ... und all diese Toten – all diese hingemetzelten Menschen ... Sarazenische Frauen und Kinder, Mädchen, die zu Tode vergewaltigt wurden, Mütter, die von Schwertern aufgespießt wurden – die Brüste abgehackt ... nackt ausgezogen, um in den Straßen zu sterben ...« Ein Schauder durchlief ihn von Kopf bis Fuß. »Akko war *abscheulich* – es war kein Sieg, es war ein Massaker – eine Schande ... Er befahl, alle zu töten, allen die Köpfe abzuschlagen – mehr als 2600 Türken ... weil Saladin sein Wort gebrochen hatte –« Er biß die Zähne aufeinander. »Eine Ausrede, nicht mehr – er hätte es ohnehin getan ... er konnte hart und grausam und brutal sein –« Er mußte ihr die Augen öffnen, aber er machte alles ganz falsch; Richard war kein Ungeheuer, er war ein *Mann*. »Und doch war er niemals grausam mir gegenüber ... selbst als ich nein sagte, sagte, daß ich es nicht könnte – da ich kein Mann für so etwas wäre – dafür, mit Männern zu schlafen, auch nicht mit Königen, nicht einmal mit *Richard* –« Er entblößte seine Zähne. »Ich versagte in meiner Lehnstreue – alles, was ich für ihn tun konnte, war, sarazenische Seelen zu schlachten, aber nicht die Bedürfnisse seines Körpers zu befriedigen –« Er starrte blind in ihr Gesicht. »Die Bedürfnisse seines Körpers – *Ya Allah!* –, die Bedürfnisse meines *eignen* –« Der Atem entwich zischend zwischen seinen Zähnen. »Und ich kann nicht – ich *kann* nicht ...« Er lachte, dann hörte er abrupt damit auf. »Was würde Richard sagen? Was würde eine Frau sagen?« Seine Finger fanden ihr Haar, wühlten darin und berührten die Biegung ihrer Wange. »Was würde *Helena* sagen zu einem Paris, der sie nicht lieben kann?«

Tränen standen ihr in den Augen, die hell im Kerzenlicht

schimmerten, dann bahnte sich eine Träne den Weg über das Unterlid und lief ihre geschundene Wange herunter auf seine Fingerspitze. »Marian –«, krächzte er. »O Gott – *Marian* –«

»Ich bin nicht –« Sie schluckte schwer. »Ich bin nicht diejenige, die ich sein müßte, für Euch ... ich bin nicht, was *Ihr* braucht –«

»Das ist niemand. Keiner kann das sein ... nicht einmal – Richard –« Robin schloß die Augen.

»Ich wäre – es gern –«, sagte sie abgehackt. »Aber ich weiß nicht, wie.«

Eine der Kerzen erlosch. Er schämte sich für das, was er getan und was er gesagt hatte, denn keiner, der nicht selbst Soldat war, konnte ihn verstehen, und selbst ein Soldat mochte ihn verspotten, so viel daran zu denken, zu erlauben, sich davon beherrschen zu lassen; seinen Träumen zu gestatten, daß sie sein Leben beherrschten.

Robin blickte auf Marian herunter und vergegenwärtigte sich wieder, wo er war; es war immer noch besser als wo er *nicht* war: nicht in Akko, Arsuf oder Jaffa, oder in Huntington. Mit Mühe zog er seine Hände von ihr zurück. »Ihr geht jetzt besser.«

»Robin –«

Er trat zur Seite – er mußte –, und kehrte ihr den Rücken zu. »Ist das eine Kapelle? – Nein.« Er schaute sich um. »Ein Andachtsraum ... gut. Ich muß beten ... und mehr als das, glaube ich ...« Schließlich wandte er sich ihr wieder zu, riskierte es – riskierte sich – und betrachtete das Lichtspiel auf ihrem blassen, geprellten Gesicht. Verzweiflung übermannte ihn. »Marian – *geht.*«

Sie hob das Kinn. »Werdet Ihr wieder fortlaufen?«

Das schmerzte ihn mehr als erwartet. Er schüttelte den Kopf. »Nein.«

»Dann – lasse ich Euch mit Gott allein.« Sie drehte sich um und hob den Riegel. Er sah Tränen in ihren Augen schimmern, aber sie war verschwunden, noch ehe er etwas sagen konnte.

Much kauerte in der Dunkelheit. Er schützte sich vor dem Wind, indem er sich in ein Loch drückte, das ein Tier nicht weit von

Ravenskeep zwischen den offenen Wurzeln einer riesigen Eiche gegraben hatte.

Er hatte die anderen Geächteten verlassen, weil er gespürt hatte, daß ein Sturm in der Luft lag. Er hatte keinen Sinn darin gesehen, es den anderen zu sagen; sie waren allesamt erwachsene Männer. Sicher merkten sie am Geruch und an den Geräuschen, daß der Sturm schlimmer werden würde als die meisten.

Seine Welt war bedroht, und die Frau, die er seine Prinzessin nannte.

Much rieb sich die Nase. Er entsann sich, daß es schon einmal einen solchen Sturm gegeben hatte, als er ein kleiner Junge gewesen war: Ganze Dörfer waren verwüstet worden; die Windmühle seines Vaters war zerborsten; die Ställe in Ravenskeep waren flachgedrückt worden – alle Pferde herausgetrieben –, und alle Fensterläden waren abgerissen. Es waren sogar Menschen in dem Sturm getötet worden, von umgeknickten Bäumen erschlagen oder von einstürzenden Häusern erdrückt.

Er schmiegte sich dichter an den Boden. Er würde die ganze Nacht bleiben, wenn es sein müßte, um sicherzugehen, daß seiner Prinzessin nichts passierte.

Marian ging in den Sturm hinaus und verriegelte die Tür des Betraums hinter sich; ihre Hände zitterten heftig. Sie ballte sie zu Fäusten und drückte sie an ihre Brüste. Ihr war gleichzeitig heiß und kalt, sie war voll von Gefühlen, die so nackt waren, daß sie schmerzten. Da waren Trauer und Qual, daß Robin so gepeinigt wurde; Schock und Übelkeit, daß der Krieg so brutal sein konnte; und schließlich die quälende Einsicht, was ihm angetan worden war oder was er sich selbst angetan hatte oder was Richard *ausgelöst* hatte durch seinen Wahn – des Begehrens.

Er hatte gesagt: *» – nicht die Bedürfnisse seines Körpers zu befriedigen –«*

Noch seine eigenen.

Marian schloß die Augen. Sie wußte jetzt, was es war, diese merkwürdig erregende Spannung; das nicht eingestandene Verlangen; die Lust auf seine Berührung. Sie war ebenso ein Opfer wie der König, oder wie Eleanor deLacey, die ihr gesagt hatte, was es war und daß eine Frau ebenfalls Bedürfnisse hatte.

Sie hatte ihn angelogen: *»Ich bin nicht, was Ihr braucht«*, hatte sie gesagt. Sie hatte damit gemeint, nicht gut genug, zu unschuldig, nicht in der Lage, seine Not zu lindern. Doch sie hatte sich geirrt. Sie *war*, was er brauchte; eine Frau, die seine Not, seine Bedürfnisse befriedigen konnte, ihm das zurückgeben konnte, was er verloren hatte. Das spürte sie instinktiv.

Panik übermannte sie. Ich kann nicht – Will Scarlets Gesicht schwebte vor ihr, seine beinahe schwarzen Augen starrten sie an; sein Mund verkündete ihr die schrecklichen Wahrheiten, was die Normannen seiner Frau angetan hatten, und seinen Wunsch, ihr dasselbe zuzufügen.

Aber da drinnen war *Robin*. Nicht Will Scarlet.

Erneute Panik brandete in ihr auf. Ich *kann nicht* – aber sie war gegen körperliche Bedürfnisse nicht besser gefeit als *er* oder der König.

Da drinnen ist Robin, nicht Will Scarlet... und Robin braucht mich.

Der Wind verbog die Äste und brach sie beinahe entzwei; er fegte Little John feuchte Blätter und stechende Zweige ins Gesicht. Little John fluchte und duckte sich, um den Zweigen zu entgehen, die sich in der Kleidung verfingen. Den anderen erging es ein wenig besser als ihm, weil sie nicht so groß waren.

Direkt vor ihm lief Will Scarlet. Er mußte brüllen, um gegen den Wind anzukommen. »Wohin gehen wir?«

Einer der Männer vor ihnen wirbelte herum. Little John sah Cloudisleys hübsches, wegen des Sturms verzerrtes Gesicht; sein dunkles Haar war regendurchnäßt. »Eine Höhle!« rief Cloudisley; Little John mußte es ihm größtenteils von den Lippen ablesen. »Nicht weit von hier – sie wird uns etwas Schutz gewähren!«

»Schafe«, murmelte Little John, »zum Wärmen –«

Aber das gehörte der Vergangenheit an. Die Gegenwart würde auch seine Zukunft sein.

Marian fuhr herum und machte kurzentschlossen die Tür auf. Eine Bö fegte sie hinein. Eine weitere Kerze ging aus; nur die Lampe brannte noch. Sie warf ein gespenstisches Licht auf Robins strenges Gesicht. Er saß unbeweglich auf dem zusammengebundenen, antiken Thron: wie Arthur vor seinen Rittern, als diese die Königin des Ehebruchs bezichtigten; bleich und ausgezehrt und zornig, in Furcht davor, die Wahrheit zu erfahren.

»Alles eingebildet«, sagte sie rauh, »alle Träume sind Einbildung. Wir *machen* uns zu dem, was wir sind . . . die Magie liegt nicht in Träumen, sondern darin, was wir uns nehmen.«

Er war erschöpft, voller Flecke und Beulen. Er sagte nur: »Laßt es gut sein.«

»Nein.« Marian machte die Tür zu und schloß Wölfe und den *Bean Sidhe* aus.

Er wußte, warum sie gekommen war und was sie vorhatte. Seine Augen waren in der Dunkelheit schwarz. »Ich bin nicht ritterlich. Laßt es mich denn also offen sagen: Was ich Euch antun würde, sollte man keiner Maid antun. Es ist – zu lange her.«

Sie wußte nicht genug über Männer, um das vollständig zu verstehen, aber ihre Erfahrung mit Will Scarlet – und Brocken von Geschichten, die sie aufgeschnappt hatte – überzeugten sie davon, daß die Gemeinschaft zwischen einem Mann und einer Frau gewalttätig sein konnte. Das wußte Robin offensichtlich, wenn er befürchtete, ihr weh zu tun.

Doch sie war bereits zu weit gegangen. Die Angst war jetzt zweitrangig. Nun wollte sie ihn provozieren, ihm die Qual nehmen. »Will Scarlet nahm mich.«

Sein Gesicht verkrampfte sich. »Lügt nicht.«

Sie konnte an nichts anderes denken als an ihn. »Dann sollt Ihr es sein. Robin von Locksley.«

Auf seinem Gesicht spiegelte sich ein Zerrbild seiner Gefühle, als er seinen Kopf schüttelte. »Zuviel von ihm ist tot. Zuviel Blut wurde vergossen –«

Nicht länger bereit, es zu beschönigen, fiel Marian ihm ins Wort. »Ihr lebt«, sagte sie. »*Mein Vater* ist derjenige, der tot ist.«

Er fuhr zurück, wie sie beabsichtigt hatte, denn sie wollte die Mauer endgültig niederreißen. »Ist das meine Buße?« rief er. »Werdet Ihr mir die Absolution erteilen?«

Sie stand jetzt vor ihm. Sie berührte ihn: mit Fingerspitzen, die auf der harten Linie seines Mundes zitterten. *Ich habe keine Angst vor ihm.*

Er stand auf, ließ Arthurs Thron hinter sich. Er war Paris, der Helena gegenüberstand, die leeren Höflichkeitsfloskeln von Sanftmut und Mitgefühl abstreifend, den äußeren Anstrich und die Fassade zerbrechend. Er war Akko gegenüber Richard: Die Mauer, die er mühsam errichtet hatte, wurde von einem menschlichen Katapult zerstört, die den Stein an seine Seele warf.

Er vergrub seine Hände in ihrem Haar und zog sie hart zu sich heran. »Ich will –« Aber er konnte nicht weitersprechen.

»Ich weiß«, flüsterte Marian.

48. Kapitel

Marian fuhr aus dem Schlaf hoch und bemerkte, daß der Wind aufgehört hatte; der Wolf war vertrieben und der *Bean Sidhe* verstummt. Alles war vollkommen still, bis auf Robins Atem.

Sie lag auf der Seite auf der gewebten Matte. Zwei Mäntel waren über sie geworfen, eine Ecke war in ihre Beine verwickelt. Robin lehnte schwer an ihrem Rücken und schlief fest; wenigstens das hatte sie ihm geben können.

Die Abwesenheit des Windes war gespenstisch, die Luft neblig und feucht. Im Andachtsraum war es kalt, bereift durch den Morgendunst, der durch die Fensterritzen hereinkroch. Die Öllampe brannte niedrig; sie tauchte den Stein in Auster- und Elfenbeinweiß und Gold.

Von der Nacht am Boden tat ihr alles weh, sie war steif und erschöpft. Reglos lag sie auf der Matte, damit sie Robin nicht aufweckte, und sann darüber nach, wie sich ihr jetzt die Welt darstellte, die angeblich, hinter vorgehaltener Hand geäußerten Gerüchten zufolge, am Morgen nach einer solchen Nacht, wie sie sie gerade verbracht hatte, sehr verändert aussehen sollte.

Er hatte es sehr offen ausgedrückt: *Was ich Euch antun würde, sollte man keiner Maid antun.* Und sie nahm an, daß es stimmte, aber es war geschehen. Die Mädchenjahre schwanden dahin, mühelos aufgegeben in dem kurzen schmerzhaften Augenblick zwischen Jungfräulichkeit und fleischlichem Wissen; jetzt war sie eine Frau, und wenn er zu grob und überstürzt gewesen war, konnte sie es den Grausamkeiten des Krieges zuschreiben, den Schrecken der Gefangenschaft und nicht dem Mann selbst.

Sie kannte ihn gut genug; sie schrieb es nicht ihm zu. Und später, ein wenig später, hatte er ihr eine andere Seite von sich gezeigt; er hatte ihr einen anderen Mann gezeigt, der sie erregen konnte, so wie sie ihn erregt hatte, und bewies, daß weder Eile erforderlich war noch Grobheit noch Besitzergreifung, sondern begehrliche Zärtlichkeit und die langsame Erfüllung von Körpern, die erwacht waren: ihrer zum ersten Mal, seiner nach beinahe zwei Jahren.

Seine Nähe beruhigte sie. Sie machte ihr aber ebenso auch angst, es waren neue Nöte entstanden, die sie in der Gefahr des Sturms und dem Verlangen ihres Körpers nicht voll bedacht hatte. Jetzt drang die Wirklichkeit ein: Sie hatte mit einem Mann im Andachtsraum geschlafen und lag noch immer bei ihm, und nicht in ihrem Zimmer, in das Joan käme, um sie zu wecken.

Er regte sich kurz, murmelte etwas in ihr Haar, dann wurde er wieder still. Gefühle überwältigten sie, überfluteten sie mit einem Hunger, der nicht im mindesten dem des Bauches oder des Geistes entsprach. Sie verspürte den Wunsch – sie *sehnte* sich danach –, sich umzudrehen, ihm ins Gesicht zu sehen, ihn zu berühren, so daß er aufwachen und sie berühren würde. Sie wollte so sehr gerne noch bleiben, bis der Tag ganz angebrochen war, und dann den ganzen Tag über, der der Morgendämmerung folgen würde; wollte ihn wieder zu der unglaublich vielschichtigen Intimität verführen, die aus zwei Menschen einen machte.

Doch es gab Arbeiten zu erledigen, Dienstboten, denen sie gegenübertreten mußte, ein Vordertor, das ausgebessert werden mußte, und Gott allein wußte, wie viele Tiere versorgt, gesucht oder geschlachtet werden mußten.

Das Leben geht weiter, dachte sie.

Die gestrigen Gefahren waren heute noch genauso gegenwärtig: Der Sheriff von Nottingham hatte sie gebeten, ihn zu heiraten. Nein – er hatte es ihr *befohlen*.

Marian runzelte die Stirn und lauschte. Der Hahn hatte noch nicht gekräht, was bedeutete, daß es noch nicht ganz Morgen war – oder der Hahn war tot.

Sie hatte das Gefühl, als sei es Morgen.

Marian setzte sich vorsichtig auf und rutschte so von der Matte herunter, daß sie Robin nicht störte. Sie deckte ihn mit den Mänteln zu, so daß nur noch das Gesicht, ein Stiefel und eine Hand herausschauten.

Sie hoffte, daß der Hahn tot war, damit Robin noch eine Weile schlafen konnte.

Der Sonnenaufgang vergoldete den Dunst, Strahlen staubgefüllten Safrangelbs schienen durch die Fensteröffnungen herein und erhellten den kleinen Raum. Der unbehauene Stein glänzte feucht. Robin wachte an einem ihm unbekannten Ort auf und fragte sich einen Augenblick, ob er während der Nacht gestorben war und nicht länger auf der Erde wandelte.

Dann erkannte er den Andachtsraum und erinnerte sich an die vergangene Nacht.

Augenblicklich saß er aufrecht und schleuderte die Mäntel zur Seite. Sie hatte ihn allein gelassen, ohne daß er aufgewacht war, was ihn wunderte; seit Akko hatte er nicht mehr gut schlafen können, und selbst leise Geräusche und kleinste Bewegungen hatten ihn normalerweise geweckt.

England... Vor Erleichterung erschlaffend, ließ sich Robin wieder auf die Matte fallen und starrte auf die niedrige Holzdecke über ihm. Er lag auf dem Rücken, die Beine angezogen, die Hände entspannt auf dem Bauch, und versuchte, das Gefühlsknäuel zu entwirren, welches an die Stelle der schmerzenden Leere getreten war.

Die Erkenntnis kam zögernd und tastend, um nicht den schwachen, so dringend benötigten Glauben zu verjagen: daß er doch noch ein Mann war, trotz der Bemühungen anderer, ihn der Fähigkeit zu berauben, das unter Beweis zu stellen; und auch trotz seines erfolgreichen Versuchs, seine natürlichen Triebe aus einem Gefühl der Erniedrigung in der Gefangenschaft heraus zum Verstummen zu bringen, und aus der persönlichen Scham heraus, daß ein Mann, selbst ein König, ihn an Stelle einer Frau begehrte.

Solche Gelüste waren, obgleich sie aus der Sicht Gottes pervers waren, in der Armee nicht unbekannt. Mit dem Bedürfnis nach einer Frau, aber ohne eine zur Hand, außer denen, die sie gefangennahmen und vergewaltigten, versuchten einige Männer, sich selbst Erleichterung zu verschaffen, während andere ihren Blick auf die Kameraden richteten. Einige, nahm er an, zogen es ohnehin vor; er hatte begonnen zu glauben, daß das auch für Richard zutraf.

Was jedoch *sein* Bett anbelangte und die Frau darin...

Er lachte glücklich, als jubelndes Wohlbefinden in ihm aufstieg. Er war wieder ganz, oder doch beinahe; ohne Frage wieder ein Mann. Es blieb ihm nur noch, sicherzustellen, daß sein Vater das zur Kenntnis nahm, so daß der Erbe des Earls von Huntington nie wieder Angst vor ihm haben würde müssen.

»Ya Allah.« Er grinste die Decke an. Ob auf arabisch oder englisch, Gott war barmherzig.

49. Kapitel

Marian stand in der Halle und versuchte, in eine Welt wieder Ordnung hineinzubringen, die von Regen und Wind halb zerstört war. Während sie und Robin den Sturm nicht beachtet hatten, hatte Ravenskeep gelitten. Fensterläden waren aus den Wänden gerissen worden, so daß der hereinwehende Regen Betten und Binsen durchnäßt hatte. Die festgetretene Erde war zu hart, um Schlamm genannt zu werden, aber sie war schlüpfrig und heimtükkisch.

Die Küche und die Speisekammer hatten ebenfalls Schaden genommen, denn unter den Türen war Wasser eingedrungen und hatte die Mehlsäcke und auch andere Lebensmittel ruiniert; die Herdfeuer waren erloschen und die Kohlestücke in schwarze Suppe verwandelt worden. Das Dach war an drei Stellen völlig undicht, an vier anderen nur leicht beschädigt.

Die Halle sah schon schlimm genug aus, aber draußen war es noch schlimmer. Sim war gekommen und hatte erzählt, wie das Hühnerhaus zusammengebrochen war und sowohl totes als auch lebendes Federvieh in den ummauerten Hof getrieben hatte. Auf unerklärliche Weise wäre auch die Stalltür aufgegangen und hatte den rotbraunen Wallach befreit – Marian erzählte ihm nicht, daß jemand das Schloß absichtlich geöffnet hatte und warum – und hatte so viel Wind und Regen hereingelassen, daß das Getreide durchweicht und ruiniert war, und das Lagerstroh überallhin verweht. Das Haupttor war niedergefegt worden und mußte ersetzt werden.

Das war der Anfang. Marian verteilte die Aufgaben der Wichtigkeit nach: Sie schickte Sim zur Mühle, um Mehl zu holen; Hall sollte die gelösten Pflastersteine einsammeln und an einer Seite des Hofes auf einen Haufen zusammenlegen, bis der Schlamm getrocknet wäre und man sie wieder verlegen konnte; Joan überließ sie die Aufsicht über das Trocknen der durchweichten Betten und über das Putzen der Küche.

Stephen und Tam berichteten, die Schafe wären über die gesamte Wiese verstreut; einige wären tot, einige Lämmer ersoffen und der Leithammel halb verrückt, was den Rest der Herde gefährdete, aber sie könnten sich recht gut um sie kümmern. Marian setzte sie für diese Aufgabe ein im Bewußtsein, daß beide Männer sich so sehr um die Schafe sorgten, daß sie ohnehin für irgendeine andere Aufgabe unnütz wären, bis nicht die Herde in Sicherheit wäre. Dann ließ sie Roger holen und bat ihn, herauszufinden, wie viele Schindeln sie vorrätig hatten; falls sie keine mehr hätten, müßte er sie und außerdem neue Fensterläden machen.

Dann setzte sie drei der Küchenmädchen dafür ein, die nassen Binsen aus der Halle zu rechen, was wahrscheinlich den ganzen Tag dauern würde, wies sie jedoch an, die Binsen noch nicht zu ersetzen, falls es wieder regnen würde, bevor Roger mit den Fensterläden und den Schindeln fertig war.

In all der Unordnung tröstete sie nur ein Gedanke: Robin war im Andachtsraum. Sie fragte sich, was er wohl sagen würde, wenn er hereinkäme, und was *sie* sagen würde, doch als er schließlich in die offene Tür trat, fand sie keine Worte der Begrüßung, sondern lächelte nur dümmlich. Sein Lächeln spiegelte ihres wider.

»Lady«, sagte er dann, »wollt Ihr mit mir nach draußen kommen?«

Und sie kam, denn sie konnten einander an einem Ort, wo andere sie hören konnten, nichts sagen außer den höfischen Floskeln.

Ihr Herz war voll von einem unvorhergesehenen schüchternen Zaudern und einer ebenso überraschenden Erwartung. War das Liebe? Zu wollen und nicht zu wollen, zu begehren und nicht zu begehren, die körperliche Nähe zu genießen, während man sich zur selben Zeit vor ihr fürchtete?

Sie atmete tief durch, während sie aus der Halle traten. »In den Andachtsraum?«

Er war vorsichtig, darauf bedacht, sie nicht vor ihrer eigenen Tür zu kompromittieren. Sein Lächeln jedoch war schief, als er ihr einen Seitenblick zuwarf. Das Timbre in seiner Stimme war anders, es fehlte seine kühle Selbstbeherrschung. Er klang völlig natürlich und irgendwie sehr jung, nicht mehr von Vorsicht kontrolliert. »Ich würde vergessen, was ich zu sagen habe.«

Sie grinste. »Was *hast* du denn zu sagen?«

»Daß ich gehen muß.«

Das hatte sie nicht erwartet. Nicht so bald.

»Ich muß, Marian – wenn ich die Dinge mit meinem Vater klären will, kann ich sie nicht aufschieben.«

Sie hielt es den Versuch für wert. »Ich bot dir an, ihm eine Nachricht zu schicken. Du lehntest ab. Und dann kam der Sturm.« Es ergab keinen direkten Zusammenhang. Marian wollte ihm sagen, wie sehr sie sich wünschte, daß er bliebe, aber die Worte versagten ihr. »Ich könnte Sim *jetzt* mit einer Nachricht losschicken.«

Er wirkte niedergeschlagen. »Du kennst meinen Vater nicht – er ist kein Mann von großer Geduld, wenn er einmal etwas beschlossen hat... das letzte, was er mir mitteilte, war, daß Prinz John seine Tochter als Köder ausgelegt hat, um mit ihr Huntingtons Erben einzufangen. Wenn ich warte, mag die Sache entschieden sein, noch ehe ich etwas dagegen sagen kann.«

Ihre Freude war plötzlich erloschen. »Johns Tochter«, sagte sie hohl.

»Ja.« Er war jetzt sehr ernst. »Ich hatte schon kein Interesse an dieser Heirat, als sie das erste Mal erwähnt wurde, und jetzt noch weniger. Das schwöre ich dir.«

Ihr fiel nichts ein, was das ausdrückte, was sie fühlte. Zu viele Worte tummelten sich in ihrem Kopf. Und sie hatte nicht das Recht, ihn zu tadeln – sie hatten keinen Anspruch aufeinander, über das hinaus, wozu sie beide Lust hatten.

Sie holte tief Luft. »Du wirst nach Huntington gehen, dann –«

»Und zurückkommen.« Das sagte er sehr entschieden; das Lächeln in seinen Augen war warm. »Es mag ein oder zwei Tage dauern – oder *drei*, ich kenne meinen Vater! –, aber ich werde zu dir zurückkommen. Das verspreche ich dir, Marian.« Er warf einen flüchtigen Blick auf den Hof, wo Hal die Steine einsammelte. Sein Mund wurde augenblicklich hart. »Ich kann jetzt nichts tun –«

»Hier.« Sie machte eine Geste. »Das Tor ist offen, Mylord – soll ich Euch hinausbegleiten?«

Der Glanz in seinen Augen war deutlich. »Tut das, Lady Marian.«

Sie drehte sich um. »Hal – würdest du ein Pferd für Sir Robert bringen? Er reitet nach Huntington.«

»Jawohl, Lady Marian.«

»Wir warten solange«, sagte sie. Dann wandte sie sich glücklich, daß er sie nicht für immer verließ, an Robin: »Es wäre nicht gut, wenn er das Pferd brächte, wenn wir es am wenigsten erwarten.«

»Nein«, stimmte er ihr ernst zu. »Marian – ich werde zurückkommen. Er ist nicht einfach, aber ich werde alles tun, daß er mich versteht.«

Sie war erstmals beunruhigt. »Würde er verbieten, daß du mich siehst?«

Sein Gesicht war wie versteinert. »Er verbietet alles mögliche – das war immer schon seine Art. Aber ich bin kein kleiner Junge mehr.«

»Du bist sein Erbe. Was ist, wenn er sich entscheidet, dich zu enterben?«

»Ich bin sein einziger Sohn – sein einziges *Kind.*« Trocken fügte er hinzu: »Und es gibt niemand anders, der diese Scheußlichkeit, die er erbauen ließ, erben könnte.«

Marian lachte. »Die Burg ist sehr beeindruckend.«

Sein Tonfall war verächtlich. »Ein Tribut an die Selbstgefälligkeit... Seine schöne normannische Burg spricht von seinem Wohlstand, sagt jedoch nichts von seinen Absichten, außer daß sie jeglicher Belagerung standhalten kann. Sie ist ein Versprechen, Marian – ›Tut, was ich sage, oder gebt acht, wie ich mich dem widersetzen kann, was ich nicht gutheiße.‹«

»Eine Mitteilung«, stellte sie fest. »Es ist eine Mitteilung an John!«

»Und an jeden anderen, der es wagt, sich gegen ihn zu stellen.« Robin seufzte und fuhr sich mit der Hand durchs schimmernde

Haar. »Bete zu Gott, daß sie Richard freikaufen, denn sonst könnte das Reich an John fallen. Und wenn John über England herrscht, dann weil Frankreich es duldet; er ist mit Philipp verbündet. Das erzählte mir der König.«

Das überraschte sie. »Wenn der König es *weiß* –«

Robin schüttelte den Kopf. »Was kann er von Deutschland aus schon ausrichten?«

Das leuchtete ihr ein. »Aber das Lösegeld wird sicher zusammenkommen. England verehrt Löwenherz.«

»England kann nur so viel beisteuern, wie es noch hat. Richard leerte die Kassen, um den Kreuzzug zu finanzieren – ich bezweifle, daß noch genug da ist, um das Lösegeld des deutschen Heinrich zu zahlen.« Sein Gesichtsausdruck war verbittert. »Hätte mein Vater sich mehr um die Freilassung des Königs gekümmert als um seine eigene Selbstgefälligkeit...« Aber er ließ den Satz in der Luft hängen, als Hal mit dem Pferd auf sie zukam. »Danke.« Er nahm die Zügel. Melancholisch sagte er: »Ich verspreche, dem Pferd diesmal bessere Behandlung angedeihen zu lassen.«

Marian hatte ihn nicht gefragt, was ihn in den Sturm hinausgetrieben hatte, und sie fragte es auch jetzt nicht. Eine Nacht in den Armen eines Mannes gab ihr nicht das Recht, all seine Geheimnisse oder seine innersten Gedanken zu kennen.

Der Earl von Huntington setzte sich an den Tisch und wandte sich der ersten Mahlzeit des Tages zu, die Ralph gerade auftrug. »Wer?«

Ralph wiederholte es. »Sir Hugh FritzWalters Tochter, Lady Marian von Ravenskeep. Ihr Vater starb vor einem Jahr, auf dem Kreuzzug; sie kam zum Fest zu Sir Roberts Ehren. Sie war es, die Euer Sohn vor dem Eber rettete.«

Diese Frau; er erinnerte sich noch gut an sie. Der Earl brummte bestätigend. »Und du sagst, sie wurde entführt?«

»Sie wurde während des Jahrmarkts von einem Mann entführt, der wegen des Mordes an vier Männern von Prinz John hängen sollte. Irgendwie konnte er jedoch entkommen und entführte die Lady als Geisel. Er schleppte sie in den Sherwood Forest.«

Huntingtons Mund war verkniffen. Es war höchst betrüblich, daß so etwas überhaupt passieren konnte, aber der Earl war davon überzeugt, daß der Vorfall durch eine unterschwellige Duldung ermutigt worden war, die er verabscheute. Es ließ nicht nur den Sheriff von Nottingham in schlechtem Licht erscheinen, sondern auch das Verhalten von Frauen im allgemeinen.

»Was ist nur aus der Keuschheit der Frauen geworden?« fragte er. »Erst deLaceys Tochter und nun die Tochter des toten Ritters. Sie sollten mehr Rücksicht auf ihre Familien nehmen.« Der Earl nahm sich einen Apfel und biß vorsichtig hinein, da ihm einige Zähne fehlten. »Es ist nur gut, daß ihr Vater tot ist, nehme ich an – sie ist entehrt, natürlich.«

»Ohne Zweifel, Mylord. Aber sie wurde auf der Straße von Nottingham mit Eurem Sohn zusammen gesehen.«

»Meinem Sohn! Was tat denn mein Sohn bei ihr?«

»Man sagt, er hat sie gerettet.«

»Schon wieder so etwas, ja?« Seine Augenbrauen hoben sich. »Ein hilfsbereiter Mensch, mein Sohn – oder sollte es sich da um mehr handeln?« Er legte den Apfel hin, lehnte sich zurück und trommelte mit den Fingern auf dem Stuhl herum. »Hat er sich zu ihrem Beschützer ernannt, frage ich mich? Oder hegt er einfach nur den Wunsch, der Furche, die ein anderer Mann bereits grub, auf bequeme Weise zu folgen?« Auf seinem Gesicht spiegelte sich flüchtig seine Abscheu. »Lassen wir den jungen Mann seinen Samen dorthin verschwenden, wo er Lust hat, aber er hätte sich eine besonnenere Frau aussuchen können.« Er seufzte. »Er sollte sich auf Frauen seines Ranges beschränken, wenn er schon Hund gegenüber Füchsinnen spielen muß ... diese FitzWalter ist nur eine Behinderung.«

»Sie stammt aus guter Familie, Mylord. Sir Hugh wurde von König Henry persönlich zum Ritter ernannt.«

»Traf er keine Vorkehrungen für sie?«

»Ich habe von keiner gehört, Mylord. Ihre Mutter ist ebenfalls tot; Lady Marian ist angeblich ein Mündel des Königs.«

Huntington schüttelte den Kopf. »Kein Wunder, daß das Mädchen leichte Beute ist... sie sollte sofort verheiratet werden, bevor noch jemand ihre Charakterschwäche merkt und sie auszunutzen versucht. Sie hat immerhin einigen Wert; Ravenskeep ist für den richtigen Mann ein recht anständiger Besitz.« Er beugte sich vor und nahm seinen Apfel wieder in die Hand. »Na ja, es geht mich nichts an. Aber schick Robert sofort zu mir, wenn er kommt. Ich habe Wichtiges mit ihm zu besprechen, bevor de Vesci und die anderen abreisen.«

»Ja, Mylord.« Ralph schenkte ihm verdünnten Wein ein.

Much drückte sich tief in das dunkle Loch und starrte gebannt auf die Prinzessin, die, höchst überraschend, vom Prinzen geküßt wurde. Und den Kuß erwiderte. Er wartete mit weit aufgerissenen Augen, aber alles, was der Prinz und die Prinzessin taten, war einander zu küssen, dann trennten sie sich. Der Prinz setzte sich auf das Pferd, und die Prinzessin begab sich unverzüglich wieder in das Innere der Mauer, als hätte sie Angst, den Prinzen davonreiten zu sehen.

Seltsam, entschied Much. Wann würden sie sich verbinden?

Offensichtlich zu einem anderen Zeitpunkt; der Prinz wendete sein Pferd und lenkte den rotbraunen Wallach ohne Hast in Richtung der Straße nach Nottingham.

Much schoß unter dem Baum hervor und stellte sich erwartungsvoll an den Wegrand. Wie beabsichtigt, sah Robin ihn und zügelte sogleich das Pferd.

»Much«, sagte er überrascht. »Ich dachte, du wärst nach Nottingham zurückgekehrt.«

Much schüttelte den Kopf. »Marian.«

Ein unerwartet breites Lächeln verwandelte Robins Gesichtszüge. »Marian«, stimmte Robin ihm zu. »Sie ist endlich in Sicherheit, Much.«

Much nickte, grinste scheu, dann warf er einen schnellen, bedeutungsvollen Blick auf den Weg.

Robin zog seinen Fuß aus dem linken Steigbügel. »Magst du aufsteigen?« lud er ihn ein. »Es ist ein langer Marsch nach Nottingham. Das muß ich schließlich wissen – ich lief gestern die halbe Strecke.«

Much blickte auf den leeren Steigbügel. Hinter seinem Robin zu reiten, war ihm ein unbegreiflicher Gedanke; sie wohnten in verschiedenen Welten.

Robin lächelte warm. »Komm hoch«, wiederholte er. »Ich halte überall an, wo du magst.«

Die Entscheidung war gefällt. Much sauste zum Pferd und kletterte gewandt, ohne Robins Arm zu Hilfe zu nehmen, in den Sattel. Er setzte sich hinter Robin auf den breiten Rücken des rotbraunen Tiers.

»Robins Pferd«, sagte er. Dann fügte er in einem der vollständigsten Sätze, die der Junge seit langem geäußert hatte, hinzu: »Scarlet wollte es.«

»Ach ja?« Robin steckte seinen Stiefel wieder in den Steigbügel und lenkte das Pferd zum Weitergehen. »Nun, das letzte Mal, als ich Charlemagne sah, war er mit einem verwundeten Normannen zusammen nach Nottingham unterwegs. Will Scarlet mag sich ruhig einen Schlag auf die Nase einhandeln; Charlemagne duldet grobes Anpacken nicht.«

Much dachte zurück an seine eigene Grobheit, als Will Scarlet, der Minnesänger und Clym of the Clough das rotbraune Pferd gewollt hatten, das rechtmäßig ihm gehörte, denn er hatte es Robin zurückbringen wollen.

»Charl-mane«, nuschelte er.

»Ein großer Führer«, sagte Robin. »König der Franzosen und römischer Kaiser. Er lebte vor langer Zeit – vor nahezu vierhundert Jahren.«

Much nickte.

»Ich bewundere Könige«, sagte Robin. »Das habe ich schon immer getan, besonders in deinem Alter, als ich mir immer vorstellte, ich wäre einer. Damals war Henry II. König, ich habe also in meinem Leben zwei kennengelernt. Sie kamen mir immer so heldenhaft vor. Nun, da ich König Richard persönlich kenne, weiß ich, daß das auch stimmt.«

Much schien es unfaßbar, daß Robin den König vielleicht wirklich *kannte.* »Löwenherz?«

»Richard Plantegenet; Duke of Aquitaine; König der Engländer; Cœur de Lion; Malik Ric«, stimmte Robin ihm zu, als würde er einen Zauberspruch aufsagen. »Wenn England Glück hat, wird es ihn wiederbekommen. Aber nur, wenn wir genügend Lösegeld zusammenbekommen.«

»Geld«, sagte Much.

»Mehr Geld, als *ich* habe.«

Much dachte darüber nach. Dann versenkte er seine Hand in die Hose, zog den Lederbeutel heraus und löste geschickt die Knoten. Er langte um Robin herum und hielt ihm die Börse hin.

Robin nahm sie. »Was ist –? Much!« Er brachte das Pferd zum Stehen und drehte sich im Sattel um. »Das ist meine Börse.«

Much nickte entschieden. »Löwenherz.«

50. Kapitel

Im schattigen Sherwood Forest hielt sich die Feuchtigkeit länger als auf den offenen Feldern und Wiesen. Die Schritte wurden vom feuchten, glitschigen Blätterkompost gedämpft, der auf der schwarzen Erde aufgehäuft lag.

Little John setzte sich auf einen nassen, mit Flechten überwachsenen Stein und starrte düster in das Dickicht junger Birken. Drei oder vier Schritte entfernt hatten sich, verdeckt von Farnkraut und Gestrüpp, die anderen versammelt: Adam Bell, William of Cloudisley, Clym of the Clough, Will Scarlet und Alan of the Dales. Wat Einhand war zur Nottingham Road geschickt worden, um dort Ausschau zu halten und ihnen Zeichen zu geben, falls sich jemand näherte, der wie ein vielversprechendes Opfer aussah. Dieser Plan behagte Little John jedoch nicht besonders.

Er wollte mit diesem Leben nichts zu tun haben, und doch

verstand er nur zu gut, daß er keine Wahl hatte. Der verwundete Normanne, der den Kampf überlebt hatte und nach Nottingham zurückgeritten war, würde mit Sicherheit nicht vergessen, den großen rothaarigen Mann zu erwähnen, der dabeigewesen war.

Er hörte, wie ein Mann durch den Farn brach. Einen Augenblick später erschien der Minnesänger, die Laute über der Schulter. Von seiner Pracht war nur noch wenig übrig. Sein einfaches Hemd war verdreckt und zerrissen, seine goldenen Locken hingen in feuchten Strähnen herab, und seine hübschen Gesichtszüge waren von Stoppeln und Härte verunstaltet.

Doch trotz seines nachlässigen Äußeren lächelte Alan noch immer einnehmend. »Willst du etwa gehen?«

Little John brummte. »Warum bleibst *du* hier? Du hast die besten Chancen von uns allen.«

Der Minnesänger lachte und wiegte seine Laute. »Ich mag meine Zunge doch recht gern.«

»Du könntest in einen anderen Teil Englands gehen.«

Alan zog eine Schulter hoch. »Ich habe eine Vorliebe für das elegante Leben. Ich könnte in den Norden ziehen, das stimmt, aber die Lords dort sind rauh und entbehren der Eleganz. Nein, da ziehe ich die Herzlichkeit von großen Lords und Ladies wie dem Earl von Huntington vor –«

Little John grunzte skeptisch. »Sherwood ist noch rauher als Nordengland.«

Alan nickte. »Eine gute Beobachtung, Riese – aber denk doch mal nach. Wo, glaubst du, kommt meine Musik her?«

Little John zuckte gleichgültig mit den Schultern.

Alan lachte. Er lehnte sich an einen Baum und strich zart über die Saiten. »Musik muß *inspiriert* sein, um die Seele wirklich zu berühren. Sherwood Forest ist ein magischer Ort, der einem Minnesänger viel bietet. Was die Inspiration anbelangt, nun, da brauche ich nur die drei Männer dort drüben anzuschauen ... Adam Bell und die anderen sind der Stoff für Legenden. Hast du noch nicht von ihnen gehört, bevor du ihnen begegnet bist?«

Little John gab zu, daß er schon von ihnen gehört hatte.

»Na also. Verstehst du? Das Volk erzählt sich Geschichten über sie. Sie sind berühmt, Little John... und das ist die Wurzel meiner Magie.«

Little John schielte ihn ungläubig an. »Und *deshalb* bleibst du hier?«

Alan zuckte mit den Schultern. »Ich fürchte, ich habe keine große Wahl. Der Sheriff wird dafür sorgen, daß alle edlen Lords – und alle weniger edlen – von meinem ›Verbrechen‹ erfahren. Ich werde nirgends mehr willkommen sein.«

Little John beugte sich vor und spuckte aus, dann blickte er Alan an. »So – und was wird aus einem Minnesänger, der sein Handwerk nicht ausüben kann?«

Alan seufzte und lächelte leicht. »Es gibt noch anderes Publikum. Es ist keins, an das ich gewöhnt bin, da ich Seide der Wolle vorziehe, aber Bettler können schließlich nicht wählerisch sein. Ich kann meinem Beruf in Kneipen und Lokalen nachgehen...«

Little John grunzte. »Da kannst du aber nicht viel Geld mit machen.«

Ein Vogelruf ertönte. Einen Moment später stießen Adam Bell und die anderen zu Little John und Alan. »Auf!« sagte Bell kurz angebunden. »Es gibt Arbeit.«

Little John stand schwerfällig auf und folgte den anderen zur Straße.

In Ravenskeep hatte der Sturm viel vom Efeu, dem kletternden Geißblatt und den Strauchrosen heruntergerissen, die Marians Mutter so viele Jahre gepflegt hatte. Marian flocht sich das Haar zurück, suchte ihre Schere und machte sich daran, die Unordnung in den Ranken zu zähmen.

Während sie arbeitete, ging sie im Geiste noch einmal durch, welche Schäden der Gutsbesitz erlitten hatte. Drei Viertel der Hennen waren tot oder versteckten sich, und auch der Hahn war tot aufgefunden worden. Die noch verbleibenden Hühner würden vermutlich einige Tage keine Eier legen, was hieß, daß die Bewohner Ravenskeeps die Eier, die sie brauchten, kaufen oder eintauschen müßten. Die Milchkühe waren in Sicherheit wie auch die Pferde und Schweine, aber die Schafe waren noch immer verstreut.

»Wir bräuchten Wildbret«, murmelte Marian. »Wäre ich ein Schütze, würde ich in den Wald gehen und ein Reh erlegen.« Doch sie wußte, daß sie das nicht tun würde. Wildern war ein schweres Verbrechen. Sie und ihre Leute waren schließlich auch noch nicht am Verhungern, aber viele einfache Bauern nagten am Hungertuch. Und falls der Sturm jetzt ihre primitiven Hütten hinweggefegt hatte, hätten sie noch weniger als zuvor. Königliches Wild zu jagen, würde für viele unausweichlich werden.

Und der Sheriff würde versuchen, so viele zu erwischen, wie er konnte, und ihnen die Hand abschlagen oder die Augen ausstechen oder sie in das Verlies von Nottingham Castle werfen, wo keiner von ihnen arbeiten konnte, um seine verhungernde Familie zu ernähren.

Marian hielt inne. »Sie werden die kleinen *Jungen* ausschicken.« Sie dachte an Much, der beinahe seine Hand verloren hatte. Sie dachte an andere Jungen, die, bevor sie überhaupt ausgewachsen waren, schon verstümmelt waren und Straßenräuber wurden, weil ihnen gar nichts anderes übrig blieb.

Sie dachte an den Sheriff, der sie heiraten wollte. Und dann dachte sie an Robin.

Ich möchte eigentlich gar nicht hier sein. Ich möchte bei ihm sein.

Marian griff in die abgeknickten Zweige. Die Dornen stachen, aber sie bemerkte es nicht. Sie bemerkte überhaupt nichts, außer der einen Gewißheit in ihrem Kopf, die aufloderte wie ein Scheiterhaufen. »Ich muß unbedingt nach Nottingham.«

Es gab keine andere Möglichkeit, das war eindeutig; warum hatte sie nur so lange gebraucht, um das zu erkennen? *Ich werde sofort gehen und wieder zurück sein, ehe Robin kommt. Wir haben beide etwas zu klären.*

Nichtsdestotrotz war bereits ein Teil geklärt; sie war nicht mehr die Frau, die William deLacey kannte. Sie war jemand anders. Jemand, den sie bei weitem vorzog.

Marian lachte laut auf. *Eleanor sagte, Frauen hätten kein Recht auszuwählen... aber ich habe meine Wahl getroffen.*

Nun blieb ihr nur noch, es bekanntzugeben.

Robin spürte eine merkwürdige Zuneigung für den Jungen, der auf dem Reitkissen saß. Daß Much einfältig war, wußte er, aber es störte ihn nicht. Der Junge war geschickt und flink und lebte aus den Bedürfnissen des Augenblicks heraus. Daß viele dieser Bedürfnisse damit zusammenhingen, die Beutel von nichtsahnenden Opfern abzuschneiden, interessierte Robin nicht übermäßig; auch er selbst hatte sich unter beschwerlichen Umständen immer irgendwie behelfen müssen.

»Charl-mane«, murmelte Much.

»Char-*le*-mane«, verbesserte ihn Robin. Dann berichtigte er sich noch einmal: »Char-le-*man*-ya, aber Charlemagne ist schon ausreichend. Wir Engländer verfälschen andere Sprachen... Es heißt Salah-al-Din, Salah al-Din Yusuf ibn Ayyub, nicht Saladin.« Wie lange hatte er gebraucht, bis er es richtig ausgesprochen hatte?

»Sal-din«, echote Much.

»Salah al-Din –«

Der Junge nahm es sofort auf und ahmte das Gehörte nach. »Salah al-Din Yusuf ibn Ayyub.«

»Ya Allah!« Robin lachte. »Wir werden noch einen richtigen Sarazenen aus dir machen –« Abrupt brach er ab, als das Pferd aufgeregt schnaubte, da eine Gruppe Männer hintereinander aus dem Waldrand heraustrat und die Straße blockierte.

Will Scarlet entblößte in einem Grinsen der Vorfreude seine Zähne. »Das Pferd gehört uns«, sagte er. »Und *diesmal* behalten wir es auch.«

Insgeheim seufzte Robin. Scarlets Gesicht wies ebenso viele Prellungen auf wie seins und war wahrscheinlich auch genauso entzündet – vor allem die geschwollene Nase –, aber der Mann zeigte keinerlei Anzeichen, daß er Widerwillen dagegen hatte, ihren unterbrochenen Kampf wiederaufzunehmen.

Robin warf der Männergruppe einen Blick zu. Zwei von ihnen

kannte er: Little John und Alan of the Dales, die beide widerwillig und bekümmert aussahen. Zwei der anderen Männer hielten Langbögen mit aufgelegten Pfeilen. Ihr Gefährte starrte ihn mit vor der Brust verschränkten Armen an.

»Ihr bekommt mein Pferd nicht«, erklärte ihnen Robin. »Ihr hättet meins bekommen können, aber ihr habt eure Chance nicht genützt; es lief nach Nottingham mit diesem Normannen, den ihr verwundet habt.«

»Zu dumm«, sagte Scarlet spöttisch. »Wir nehmen es trotzdem.«

Little John runzelte die Stirn. »Ist das der Junge hinter dir?«

»Much«, bestätigte Robin, als der Junge sich um ihn herum beugte, um die anderen wütend anzustarren.

Alan of the Dales setzte einen eigentümlichen Gesichtsausdruck auf. »Das ist Adam Bell, Mylord –« Er zuckte zusammen, als ihm die Anrede herausgerutscht war. »Adam Bell und Clym of the Clough und William of Cloudisley.«

Die Namen sagten Robin nichts. Ungeduld stieg in ihm auf. Er war es müde, immer nachzugeben, nur um Frieden zu halten. In der Tat sehr müde. »Ich war zwei Jahre nicht in England. Wurde in meiner Abwesenheit etwa ein neuer König gekrönt, so daß ich jetzt ohne Widerrede ein Pferd aushändigen muß?«

Die Mienen verdüsterten sich, obgleich Alan leicht belustigt wirkte und Little John nur mißmutig. »Jawohl«, sagte Clym barsch. »König von *Sherwood*, Knecht –«

»Nein.« Adam Bells ruhige Stimme unterbrach ihn. »Kein Leibeigener... dafür spricht er zu gut, und der Minnesänger sagte ›Mylord‹ zu ihm.«

Einen Moment lang herrschte Stille. Dann machte Will Scarlet ein finsteres Gesicht und murmelte einen Fluch, während Cloudisley und Clym Robin nachdenklich anstarrten.

Daran gewöhnt, die Handlungsweise von Männern im Kampf zu beurteilen, achtete Robin darauf, wie sie ihre Bögen hielten. Er warf einen flüchtigen Blick auf Alan, dann auf Little John und versuchte, auch sie einzuschätzen; sie zeigten keine Bereitschaft, Gewalt anzuwenden. Das war ja schon einmal etwas.

Ruhig sagte er: »Mein Name ist, wie ich dem Riesen schon sagte, Robin. Robin von Locksley.«

Clym brummte. »Locksley liegt in der Nähe von Huntington.«

»Robin.« Alan sprach es seltsam aus, als fühlte er sich mit Titeln und Ehrbezeichnungen wohler. »Robin – Rob*ert*.« Er vermied es, Robin anzuschauen, während er errötete. »Er hat bestimmt Geld.«

Grinsend fuchtelte Wat mit den Fingern seiner einzigen Hand herum. »Dann schmeiß es mal rüber.«

»Und steig vom Pferd«, knurrte Scarlet.

»Nein!« rief Much.

»O Gott – nicht schon wieder der *Junge* –« Scarlet trat vor und griff die Zügel des rotbraunen Pferdes. »Diesmal breche ich dir das Genick –«

»Nein«, sagte Robin.

»Bei Gott, du wirst *mir* nicht sagen, was ich zu tun und zu lassen habe!« Scarlet stieg die Zornesröte ins Gesicht, so daß die schmutzigen, roten Flecke noch dunkler wirkten. »Hier habe ich das Sagen –«

Little John lachte barsch. »So wie damals, als du gegen ihn gekämpft hast? Jawohl, *das* war wirklich beeindruckend!«

Adam Bell blickte zu Robin. »Das warst also du?«

Clym beugte sich vor und spuckte aus. »Das Schoßhündchen der Normannen.«

Robin lächelte leicht. »Ich habe sehr scharfe Zähne.«

»Komm da *runter*!« fuhr Scarlet ihn an. »Bei Gott –«

»Wartet.« Robin unterbrach ihn mit einem scharfen, gebieterischen Befehlston, der sie alle instinktiv verstummen ließ. Er hatte diesen Ton im Krieg kennengelernt; sie in der Knechtschaft. Robin schaute Cloudisley und Clym an. »Ich habe eine Idee, wie wir das klären können.«

Clym fluchte leise, murmelte Schimpfnamen.

Robin zuckte mit den Schultern. »Die weniger schmerzlich sein wird, garantiere ich, als mich voll Pfeile zu schießen – oder selbst verletzt zu werden.« Bevor sie widersprechen konnten, sagte er: »Ich werde mich mit euch um das Pferd messen.«

Cloudisley lachte. »Wie mit uns messen?«

Er bot ihnen Bedingungen, mit denen sie einverstanden sein würden. »Wählt euren besten Schützen.«

Cloudisley und Clym wechselten verblüfft einen Blick, dann zeigte sich auf ihren Gesichtern Belustigung; sie kamen nicht auf den Gedanken, ein anderer würde ihr Geschick übertreffen. Schließlich gab Adam Bell als Antwort: »Ich werde gegen ihn antreten.« Er wandte sich an Cloudisley: »Geh und mach uns ein Ziel.« Dann sprach er zu Robin in trügerischer Ruhe: »Ich wüßte vorher aber gern deinen Namen.«

Robin zog lässig eine Schulter hoch. »Robin von Locksley.«

»Und dein richtiger Name?« Bell hielt grinsend inne. »Wie du sagst, *Robin* also – auch um deinen Namen werden wir kämpfen.« Er sah sich um, als Cloudisley, der ein Herz in einen Baumstamm geritzt hatte, ausrief, daß alles bereit war.

»Du bekommst Cloudisleys Bogen«, sagte Bell. »Du sollst keinen Nachteil haben.«

Robin fing Bogen und den Köcher mit Pfeilen auf, die Cloudisley ihm zuwarf. Er schüttelte sich das Haar aus dem Gesicht und nickte bekräftigend. »Die Regeln?«

Bell lächelte. »Drei Pfeile ins Herz, oder du hast verloren.« Er deutete mit ausgestrecktem Arm darauf. »Siehst du die weiße Kerbe in der Mitte des Herzens? Wer ihr am nächsten kommt, gewinnt.«

»Dann behalte ich das Pferd«, sagte Robin, der sich gar nicht die Mühe machte, hinzusehen. »Und das Geld.«

»Und dein Leben«, spottete Bell. »Du verwirkst alles, wenn du verlierst.«

Robin drehte sich zu Much um. Er lächelte den Jungen an, dann befeuchtete er Daumen und Finger seiner rechten Hand und blies dagegen. Er zeigte sie Much. »Magie«, sagte er.

Muchs mageres Gesicht hellte sich auf.

51. Kapitel

Der Sheriff war zufrieden, daß sein Besuch bei Abraham dem Juden zur erwarteten – und dringend benötigten – Zahlung führen würde, die er anschließend zu Prinz John nach Lincoln senden würde, und er kehrte gutgelaunt nach Nottingham Castle zurück. Sein gesamtes Augenmerk lag nun auf der bevorstehenden »Hochzeit« mit Marian. Daß es nur eine fingierte Zeremonie wäre, störte ihn in keiner Weise; es würde Marian in sein Bett bringen. Er verstand sehr wohl, daß sie sich ihm nicht ohne Zögern hingeben würde; im Gegenteil, er war nach ihrem letzten Treffen zu dem Urteil gekommen, daß sie vielleicht überhaupt nicht einwilligen würde und daß Betrug die einzige Möglichkeit war.

Er ritt unter dem Fallgitter des Tors hindurch. *Ich werde sie trotz ihrer Proteste in eine falsche Eheschließung locken.* Er lächelte in Vorfreude. *Durch den lieben Bruder Tuck habe ich die Oberhand.* Der fette Mönch würde alles tun, um nicht aus der Abtei verstoßen zu werden. *Marian mag protestieren, es wird ihr nichts nützen – sie wird glauben, sie sei richtig verheiratet, wenn die Zeremonie vorbei ist.* Die echte Trauung würde später erfolgen, wenn Marian kein anderer Ausweg mehr blieb.

Ein Stalljunge kam auf ihn zugerannt, als deLacey sich vom Pferd schwang. Er übergab ihm die Zügel und bemerkte den Karren und das Zugpferd, die im Hof standen. Er kannte weder Wagen noch Pferd. Etwas gereizt rief er den Soldaten zu sich, der am nächsten stand, damit er ihn aufkläre.

»Sir Guy ist wieder da«, sagte der Soldat zu ihm. »Der Earl of Huntington ließ ihn in diesem Karren herbringen; der Fuhrmann hilft ihm gerade hinein. Mylord –«

DeLacey, der gerade im Begriff war zu gehen, hielt inne. »Ja?«

»Wollt Ihr Hauptmann Archaumbault einen Besuch abstatten?«

»Liegt er denn im Sterben?«

Der Soldat bekreuzigte sich. »Nein, Mylord, aber –«

»Dann geht es ihm besser ohne meine Gegenwart.« Der Sheriff

drehte sich auf dem Absatz um und ging in die Burg. Er dachte an Gisbourne. *Er wird sich wegen der Kerzen beschweren*... Dann mußte er schmunzeln: *Außer, er wird zu beschäftigt damit sein, an seine bevorstehende Hochzeit zu denken.*

Adam Bell wies Little John an, dreißig Schritte von dem gekennzeichneten Baum wegzugehen. Robin lächelte und stützte sich lässig auf den von Cloudisley geborgten Langbogen, während der rothaarige Riese bedächtig die Entfernung vom Baum bis zu ihnen abschritt. Dann zog Bell mit dem abgenutzten Absatz seines Stiefels eine Linie.

»Dahinter stellen wir uns auf.« Er machte eine Geste. »Der erste Schuß gehört Euch, *›Mylord‹*.«

Robins Ungeduld war verflogen. Er zog eine Augenbraue hoch. »Es wäre doch unverschämt von mir, vor dem König von Sherwood zu schießen.«

»Jetzt also –«, begann Clym.

»Das hast du selbst gesagt.«

»Stimmt«, pflichtete Bell ihm bei und warf Clym einen vernichtenden Blick zu. »Also gut – fangen wir an.« Er trat an die Linie, legte den Pfeil auf und hob den Bogen. »Drei ins Herz«, sagte er und ließ einen nach dem anderen losfliegen.

Cloudisley, der neben dem markierten Baum stand, hob seine Faust in die Luft, als der letzte der Pfeile sich ins Holz bohrte. »Drei ins Herz!« rief er. »Drei in die Kerbe!«

Nicht überrascht, nickte Robin leicht. Er hatte von dem kleineren Mann, der seinen Bogen mit dem Sachverstand eines selbstsicheren Schützen handhabte, nichts anderes als hervorragende Schießkünste erwartet. Bell prahlte nicht und stachelte ihn nicht auf, was erkennen ließ, daß er mehr an den Ergebnissen als an Äußerlichkeiten interessiert war.

»Mach das Ziel frei«, rief Bell, dann trat er von der Linie weg und forderte Robin mit einer Handbewegung auf.

Robin wartete, bis Cloudisley die Schäfte herausgezogen hatte, dann trat er an die Linie und ahmte Bells entspannte Haltung nach.

Einen nach dem anderen schoß er alle Pfeile ab, indem er die Bogensehne bis zu seinem Ohr zurückzog und dann geschmeidig losließ. Als der letzte Pfeil abgeschossen war, senkte er den Bogen und wartete auf den Zuruf.

Cloudisley zögerte nicht. »Zehn Schritte weiter, Riese! Die Runde ist unentschieden!«

Bell nickte zustimmend und warf Little John einen Seitenblick zu.

Little John kam der Aufforderung nach, und die nächste Linie wurde gezogen.

Bell trat an die Linie. Wieder legte er gekonnt und behende drei Pfeile auf und schoß sie ebenso schnell ab.

»Drei ins Herz«, kam der Ruf. »Und drei in die Kerbe!«

»Hol sie raus!« rief Bell, während Robin nickte und auf die Linie zuging.

Er schoß dreimal. Das Ergebnis war dasselbe: Drei Schäfte steckten in der weißen Kerbe. Robin blickte zu Little John. »Noch zehn Schritte?«

Alan beäugte die Entfernung und schüttelte den Kopf. »Schwierig, von hier aus was zu erkennen.«

Adam Bell lächelte. »Meine Pfeile haben Augen.« Und er schien es bewiesen zu haben, als Cloudisley das Resultat ausrief: Bei fünfzig von Little Johns Schritten bohrten sich alle drei Schäfte in die Kerbe.

Robin nickte, seine Bewunderung war aufrichtig. »Gute Schüsse.« Aber er hatte keine Zeit mehr zu verlieren. Er hob seine Stimme, damit Cloudisley ihn hören konnte. »Laß die Pfeile stekken.«

»Sie *stecken lassen*!« Selbst Bell runzelte die Stirn. »Du verdirbst dir die Schüsse.«

Scarlet schrie höhnend: »Dann laß ihn doch, Adam.«

»Laß sie stecken«, wiederholte Robin und stellte sich hinter die Linie. Er warf Bell einen Blick von der Seite her zu. »Ich denke, das sollte es entscheiden.«

Bell grunzte. »Wie du willst.«

Robin nickte geistesabwesend, blickte noch einmal flüchtig zu Much hinüber, dann hob er den Bogen. »Jeder einzelne«, sagte er ruhig und ließ mit ernster Bedächtigkeit drei Pfeile fliegen.

Cloudisley bewegte sich, um nachzusehen, dann wandte er ihnen ein verblüfftes Gesicht zu. »Bei Gott«, stieß er hervor, »er hat sie gespalten! Jeden von Adams Pfeilen!«

Robin spürte einen Stich der Erleichterung im Bauch; er war sich nicht sicher gewesen, ob er es nach so langer Zeit noch konnte. Er hatte Talent, mehr nicht; unglaublich scharfe Augen, die er durch jahrelanges Üben geschärft hatte.

Die anderen waren ungläubig. »Nein«, murrte Scarlet, und Clym fluchte. Adams Mund war verkniffen, als er auf den Baum zulief.

Keine Zeit zu zaudern – Robin warf Bogen und Köcher Little John zu, der sie ungeschickt auffing, dann winkte er Much mit dem Pferd zu sich. Er griff dem Jungen unter die Achseln und warf ihn auf den breiten rotbraunen Rücken, dann stieg er selbst auf.

Alan blickte zu ihm hoch. »Mir ist noch nie zuvor ein so guter Schütze untergekommen, und ich habe auf Turnieren und Jahrmärkten schon viele Wettkämpfe gesehen.«

»Mein Vater fand es seines Erben für unwürdig, gegen gewöhnliche Freisassen anzutreten.«

»Ihr hättet gewonnen«, erklärte Alan.

Robin nickte. »Das hätte meinen Vater nur um so wütender gemacht, daß ich es wagte, Geld zu *gewinnen*, wo er mir doch alles bieten konnte, was ich wollte.«

Alan kniff die Augen zusammen. »Aber Ihr wollt es gar nicht, oder?«

Robin zuckte mit den Schultern. »Was ich will, kann man nicht kaufen.«

»Ihr seid in den Kreuzzug gezogen.« Der Minnesänger begann zu lächeln. »Ihr wolltet also Ruhm und Ehre ... und die Ritterswürde, die Euch anerkannt wurde.«

»Nein.« Robin, der sich selbst nicht für guten Balladenstoff hielt, blickte zu den anderen Geächteten, die um den markierten Baum herumstanden, in dem sechs Pfeile steckten: drei von ihnen in zwei Hälften gespalten. »Was ich wollte, war Freiheit.«

Alan blieb vor Überraschung der Mund offenstehen: *Ihr?«*

Robin lenkte das Pferd in Richtung Nottingham. »Ihr kennt meinen Vater nicht.«

»He!« Das war Clym, der barsch und kämpferisch auf die Straße lief, um dem Pferd den Weg abzuschneiden. »Hey, wo hast du es gelernt, so zu schießen?«

Robin, der keine Zeit mehr verlieren wollte, antwortete ihm kurz angebunden. »Ist das so wichtig?«

»Ja.« Der Mann legte eine Hand auf die Zügel. »Ja, das ist es. Adam Bell ist der Beste!«

»War«, konterte Robin. »Aber er ist immer noch König von Sherwood.«

Cloudisley kam heran und nahm Little John Bogen und Köcher ab. »Und über was bist *du* König?«

»Mich.« Robin sah das Glitzern in Clyms harten Augen und den verbissenen Zug um seinen Mund, was Robin ein oder zwei Dinge verriet – vor allem, daß Robin wahrscheinlich nicht gehen können würde, ohne es zu erzwingen. Und das machte ihn wütend. Zu viele Jahre, während seiner Kindheit und im Erwachsenenalter, hatten andere Leute zuviel Zeit darauf verwandt, ihm zu sagen, was er tun sollte. *Ich bin es leid.* Er würde versuchen können, einfach durch die Gruppe der Geächteten durchzureiten, sie mit der reinen Masse des Pferdes zur Seite zu drängen, aber Much saß hinter ihm. Ruhig sagte er: »Nimm deine Hände von meinem Pferd.«

Clym of the Clough grinste. »Komm doch runter und bring mich dazu.«

Die anderen kamen von der Zielscheibe zurück. Nun machte Little John eine finstere Miene: »Laß ihn gehen, Clym. Er hat sich das Recht dazu erstritten.«

»Niemand hat gesagt, daß *ich* ihn dann gehen lassen muß.« Clym zog an den Zügeln und blickte Robin angriffslustig an. »Komm da runter, Junge – laß uns sehen, wie es dir mit mir ergehen wird.«

Laß uns endlich diese Farce beenden. Robin sah zu Adam Bell. »Hast du Schwerter?«

»Schwerter? Nein.« Bell runzelte die Stirn. »Ich war Freisasse, bevor ich geächtet wurde... aber ich habe noch nie ein Schwert berührt – noch hat das irgendein anderer von uns.«

»Dann gibt es keinen Kampf.« Robin blickte zu Clym hinunter. »Such dir ein Schwert, und ich werde mich dir, wo immer du willst, stellen. Für jetzt läßt du mich ziehen.«

»Laß ihn gehen«, sagte Alan ruhig. Clym ging jedoch noch näher heran, als wollte er Robin am Bein packen. »Clym – sei kein Dummkopf! Er ist ein *Ritter* –«

Eine schwere Stille senkte sich herab. Adam Bell kniff die Fuchsaugen zusammen. »Ein Ritter, ja?«

»*Sir* Robin?« fragte Cloudisley. »Dafür siehst du nicht alt genug aus.«

Alan warf Robin einen bedeutungsvollen Blick zu, dann grinste er die anderen an. »In der Schlacht wird man jung zum Ritter ernannt.«

Scarlets gebelltes Lachen wirkte bedrohlich. »Schlacht! *Was für eine* Schlacht –« Aber dann brach er ab. Seine Gesichtsfarbe verblaßte ein wenig. »Kreuzfahrer?«

»Zum Ritter ernannt«, murmelte Bell.

Alan lächelte strahlend. »Von Löwenherz höchstpersönlich.«

52. Kapitel

Sir Guy of Gisbourne lag kaum in seinem Bett, als William deLacey sein kleines Zimmer betrat und den Fuhrmann des Earl of Huntington entließ. Gisbourne, der vor Schmerzen schwitzte, war nicht in der Stimmung, dem Sheriff gegenüber die übliche Art von Unterwürfigkeit zu zeigen; außerdem fühlte er sich nicht mehr so ehrerbietig wie früher. Jetzt verfolgte er seine eigenen Ziele.

Als deLacey etwas von freudigen Überraschungen erwähnte, versuchte Gisbourne ein freundliches Gesicht aufzusetzen. Er hatte das Gefühl, als stünde ihm der Verrat an den Interessen des Sheriffs auf der Stirn geschrieben.

»Willkommen daheim«, sagte der Sheriff und ließ seinen Blick über die kleine Kammer und das wenige Mobiliar gleiten: ein Bett, eine Kleidertruhe, ein Kerzenständer. »Wir haben Euch vermißt, Gisbourne«, gab deLacey großmütig bekannt.

Er ist hier, um mir etwas Bestimmtes zu sagen... Gisbourne nickte und dachte zurück an Gilbert de Pisan. Er schaffte es, selbstverständlich zu lächeln. »Ich bin der Seneschall, Mylord – es ist meine Pflicht, dafür zu sorgen, daß Euren Bedürfnissen angemessen nachgekommen wird.«

DeLacey hob einen Finger. »Ah, aber das tut Ihr mit unübertroffenem Geschick. Ich habe keinen Zweifel daran, daß Ihr Euch mit Gilbert de Pisan messen könnt.«

Gisbournes Herz setzte einen Schlag aus. Er hatte nichts von de Pisan gesagt, nur an ihn gedacht. *Was weiß er?*

Der Sheriff fuhr geschmeidig fort. »Wirklich, ich glaube, es ist an der Zeit, Euch mit etwas Besonderem zu belohnen, Sir Guy – etwas, das von den anderen als Zeichen meiner Gunst Euch gegenüber betrachtet werden wird.«

Gisbourne hatte das Gefühl, den Boden unter den Füßen zu verlieren. Einst hätte er sich vielleicht über die unerwarteten Bemerkungen und die versprochene Belohnung gefreut, aber jetzt wollte er nur wieder Klarheit in seinem Kopf.

DeLacey nickte und legte die Arme auf den Rücken. »Um Euch also meine Verbundenheit zu zeigen, habe ich beschlossen, Euer jährliches Einkommen zu erhöhen und Euch die Hand meiner Tochter zu geben.«

Gisbournes Zunge fühlte sich dick an. »Eure Tochter?«

DeLacey nickte lächelnd. »Ihr werdet mein Sohn, Sir Guy, vor Gott und dem Gesetz...«

Gisbournes Lächeln war eingefroren. *Warum begräbt er mich nicht einfach gleich?*

DeLacey musterte Gisbournes Miene und setzte ein wohlwollendes Gesicht auf. »Aber Ihr braucht erst einmal Erholung. Ich möchte Euch momentan nicht mit Gesprächen ermüden. Wenn Ihr Euch morgen besser fühlt, werde ich Euch Eleanor vorbeischicken. Ich weiß, daß sie höchst erfreut sein wird.«

Gisbourne nickte steif, während deLacey sich umwandte und ging. Als die Tür zufiel, war es Gisbourne, als hörte er seinen eigenen Sargdeckel zuklappen.

Er zog das Kissen unter seinem Kopf hervor und legte es sich übers Gesicht. *Ich wünschte, ich könnte mich selbst ersticken.*

Will Scarlets Gesicht nahm eine eigentümliche, aschfahle Färbung an. »Stimmt das?« krächzte er. »Der *König* hat Euch zum Ritter ernannt?«

»In Akko.« Robin beließ es dabei.

Alan nickte lächelnd. »Wo Löwenherz die sarazenischen Mauern einriß.«

»Du«, sagte Clym; es war ebenso eine Feststellung wie Skepsis. »Ein so hübscher Junge wie du?«

»Hör auf«, sagte Adam Bell, wandte dabei aber seinen Blick nicht von Robin ab. »Wenn das wahr ist –«

»Das ist es«, warf Alan ein.

Ungerührt fuhr Bell fort. »– und Ihr ein Ritter *seid*, was tatet Ihr dann in den Tiefen des Sherwood Forest?«

»Die Frau«, knurrte Scarlet. »Ihr kamt wegen ihr, nicht?«

Robin lächelte. »Ich hielt es für richtig, eine Jungfrau in Not zu retten.«

Da kam Bewegung in Much. »Marian.«

Scarlet blickte Robin von der Seite her an: wie ein Hund, der kampfbereit lauerte, aber noch unsicher war und jederzeit bereit war aufzugeben. »Ich habe sie für die Geliebte des Sheriffs gehalten.«

»Ich sagte dir doch, daß sie das nicht ist!« rief Little John erregt. »Und selbst wenn sie es gewesen wäre, hätte sie *das* nicht verdient –«

»Normannen«, verkündete Scarlet, »haben es verdient!«

»Also tötest du sie!« Der Riese war aufgebracht. »Vier, sagten sie – deshalb solltest du hängen.«

»Ja«, fuhr Scarlet ihn an. »Das steht schon in der Bibel: Auge um Auge, Zahn um Zahn. Sie haben meine Meggie getötet!«

Darauf erwiderte niemand etwas. Robin wurde einer merkwürdigen Spannung gewahr. Clym hatte ein rotes Gesicht, und seine Augen glitzerten; William of Cloudisley wirkte nachdenklich; Adam Bell kaute geistesabwesend an seinem Daumennagel. Robin fragte sich, ob sich jeder von ihnen noch an das Verbrechen erinnerte, für das er geächtet worden war.

Er blickte zu Cloudisley, der vermutlich nicht älter war als er. *Ein Wilddieb?* Vielleicht. Wat Einhand, ja, der war vermutlich Wilderer. *Er zahlte dafür.* Und möglicherweise Bell auch, obgleich er ein Freisasse war und wahrscheinlich im Dienst eines reichen Lords gestanden hatte. *Ein Mann, der so geschickt mit dem Bogen umgehen kann, ist es wert, daß man ihn bei sich behält.* Aber vielleicht war es auch nicht Wildern gewesen. »Wen hast du getötet?« fragte Robin.

Bell kniff die Augen zusammen. Dann zuckte er mit einer Schulter. »Ein Streit im Wirtshaus«, antwortete er. »Ein Mann, der in meiner Begleitung war. Kein Verlust; er war ein *Angelsachse.* Sie wollten mich zum Krüppel machen wie Wat, aber ein Freund hat mich befreit.«

Robin nickte. »Die Normannen müssen sich selbst die Schuld für die Menschen in Sherwood Forest geben.« Dann schaute er zu Clym, der ihn drohend anblickte. *Er will immer noch kämpfen.* »Wenn du nach Huntington kommst, werde ich dafür sorgen, daß du ein Schwert bekommst.«

»In die Klauen des Earls?« Clym entblößte seine gelben Zähne. »So dumm bin ich nicht.«

»In die Klauen des Earls? – Nein.« Robin entspannte sich und nahm seine Zügel; Clym war nicht länger ein Problem. »Er würde sich nie die Hände schmutzig machen. Und was *mich* anbelangt, nun –« Er zuckte mit den Schultern. »Ein Mann, der im Blut der Sarazenen badete, ist bereits schmutzig genug.«

Etwas flackerte in Clyms harten Augen. »Ich werde mich doch nicht an einem Ritter des Königs vergreifen.« Er ließ die Zügel los. Widerwillig murmelte er: »Ich wäre selbst auf Kreuzzug gegangen, aber ich war bereits geächtet.«

Robin schüttelte den Kopf. »Der König hätte dich brauchen können. Er hätte euch alle brauchen können.« Er blickte jeden einzelnen an. »Es gibt Mittel und Wege, sich Begnadigungen zu erkaufen.«

Scarlet lachte bitter. »Was bringt das schon? Der König ist in Deutschland!«

Robin drückte beide Fersen in die Flanken des Pferdes. »Es gibt Mittel und Wege, Könige zu kaufen.«

Er machte sich nicht die Mühe zu galoppieren. Clym, Cloudisley oder Bell hätten, ganz unabhängig von seinem Tempo, seine Abreise mit einem einzigen, gezielten Pfeil aufhalten können.

»Nottingham?« fragte er.

Much rückte näher an ihn heran. »Nott-ham.«

Vor ihren Vater gerufen, damit er ihr seine Pläne für ihre Zukunft unterbreiten konnte, schloß Eleanor ihren Mund nur mit Mühe wieder, nur um ihn gleich darauf wieder zu öffnen und eine knappe Weigerung zu kläffen. »Diesen Blödmann heiraten? Ihr müßt verrückt sein.«

»Ich habe es Gisbourne bereits gesagt. Er war natürlich sehr erfreut; wie könnte er sich seine Stellung besser sichern bei einem Brotgeber, der gerade im Begriff steht, wesentlich höher zu steigen, als selbst *er* voraussah?«

Das erregte ihre Aufmerksamkeit. Irgend etwas heckte er wieder aus. Ohne Zweifel würde Prinz John davon wissen wollen.

Eleanor zügelte ihren Ärger. »Wie*viel* höher denn?«

»Sehr hoch.« Ihr Vater lächelte.

Innerlich tobte sie. *Warum kann er denn nicht offener sprechen? Ich traue mich nicht, ihn zu fragen – er wird sonst mein Spiel durchschauen.* »So«, plapperte sie, »Ihr habt also Aussicht auf etwas Besseres als das Amt, das Ihr jetzt innehabt.«

»Ich habe nie geplant, für ewig Sheriff zu sein«, sagte er. »Du kennst mich gut genug, Eleanor...«

»In der Tat«, stimmte sie ihm zu.

»Aber natürlich habe ich familiäre Verpflichtungen, um die ich mich als erstes kümmern muß, wie zum Beispiel die Heirat meiner jüngsten Tochter zu arrangieren. Selbstverständlich hoffte ich auf Besseres, aber deine Torheit mit dem Minnesänger hat meine Pläne verändert. Du wirst Gisbourne heiraten. Ich glaube, Ihr paßt ganz gut zusammen.«

»Ich habe nicht den Wunsch, Gisbourne zu heiraten.« *Und das werde ich auch nicht. Ich werde einen Weg finden, das zu verhindern.*

»Was du wünschst, interessiert mich nicht mehr. Laß mich jetzt allein, Eleanor. Ich habe über vieles nachzudenken.«

»Gisbourne«, murmelte sie mit tiefster Verachtung.

Amüsiert hatte ihr Vater, als sie gerade die Tür aufzog, das letzte Wort. »Ihr paßt ja *so* gut zusammen.«

Sie knallte die Tür hinter sich zu.

Die Straßen von Nottingham waren aufgeweicht und mit Abfall übersät. Robin brachte das Pferd am Marktplatz inmitten der gewohnten Geschäftigkeit zum Stehen.

Flink kletterte Much vom Pferd herunter. Robin hatte keine Zweifel, daß Much recht leicht unauffällig untertauchen konnte, aber es beunruhigte ihn dennoch, daß Much von den Männern des Sheriffs festgenommen werden könnte. »Nimm dich in acht vor den Normannen.«

Much blickte zu ihm auf. *»Löwenherz.«*

Robin lächelte und tätschelte den Stiefel, in den er seinen wiedererlangten Geldbeutel gesteckt hatte. »Löwenherz«, stimmte er ihm zu.

Much grinste strahlend, dann flitzte er davon. Augenblicklich war er außer Sichtweite.

Robin starrte ihm nach. Er verstand sehr gut, was Much wollte: Der Junge wollte, daß er das zurückgegebene Geld dem Lösegeld für Löwenherz zukommen lassen sollte, wozu er auch bereit war.

Doch da lag mehr in den Worten des Jungen und in seinen Augen. Was erwartete Much noch von ihm?

Stehlen? fragte er sich. Robin lächelte schief. *Richard mit gestohlener Münze freikaufen*... das *würde den König amüsieren!*

Tuck schwitzte nervös und trat von einem Bein auf das andere, als Walter an die Tür vor ihnen klopfte. Der Sheriff hatte ihn mit seinen unanständigen Worten und seiner Anspielung völlig außer Fassung gebracht, aber er war trotzdem nicht sicher, ob es wirklich das beste war, es Sir Guy of Gisbourne zu erzählen.

Eine launische Stimme bat sie einzutreten. Walter schob die Tür auf. Der Mönch folgte ihm zögernd.

Sir Guy of Gisbourne lag auf Kissen aufgestützt und starrte beide finster an. »Was ist denn?« fragte er gereizt.

»Das ist Bruder Tuck. Erinnert Ihr Euch noch? Wir schrieben Abt Martin, als Bruder Hubert starb... das ist sein Nachfolger.«

Gisbourne brummte. »Ich verstehe.«

Walter wandte sich erwartungsvoll an Tuck. »Erzählt es ihm, Bruder. Erzählt ihm alles.«

»Aber – ich –«

»Alles.«

Und Tuck erzählte Gisbourne alles.

Eleanor blieb vor der Tür stehen. Es war unangenehm und höchst unangebracht, was sie vorhatte, aber sie war nicht im mindesten geneigt, Rücksicht auf den Anstand zu nehmen, um diese Angelegenheit zu regeln. Die Angelegenheit war ernst.

Sie holte tief Luft und setzte ein angemessen freundliches Gesicht auf, dann klopfte sie an die Tür. Nach einem Augenblick wurde sie geöffnet. »Sir Guy –«, begann sie, dann brach sie überrascht ab. »Walter«, sagte sie, »was tut Ihr denn hier?«

Beinahe sofort bereute sie die Frage, da sie ein schlechtes Licht auf ihren gesunden Menschenverstand warf; Walter war schließlich Gisbournes Helfer und hatte mehr Grund dazu, sich in seinem Zimmer aufzuhalten als jeder andere, vor allem sie.

Doch Walter schien sich dazu nicht äußern zu wollen. »Lady Eleanor?«

»Ich bin gekommen, um mit Sir Guy zu sprechen.«

Walter nickte. »Ja, er ist da. Und Bruder Tuck.«

»Wer?«

»Bruder Tuck.« Walter hielt ihr die Tür auf. »Der Nachfolger von Bruder Hubert.«

Der Mönch war immens fett, hatte braunes Haar und braune Augen und war anscheinend sehr beunruhigt. Er schien kurz davor zu stehen, in Tränen auszubrechen. Eleanor würdigte ihn nur eines kurzen Blickes; sie war wegen Wichtigerem hier.

Sie wandte ihren Blick dem Seneschall zu. »Sir Guy. Es gibt da etwas, was wir besprechen müssen.«

Eleanor war noch nie an ihn herangetreten, nicht einmal im großen Saal. Daß sie nun sogar in sein *Zimmer* kam, war äußerst ungewöhnlich; es verschaffte ihr einen klaren Nachteil. Sie sah seine Verblüffung und dann das Begreifen.

»Lady Eleanor«, sagte er. »Bitte, kommt herein.«

Sie richtete sich starr auf. »Das ist eine vertrauliche Angelegenheit.«

»Ich weiß.« Er schien den Moment auszukosten. »Walter, ich danke Euch, daß Ihr Bruder Tuck vorbeigebracht habt. Ich versichere Euch, ich denke darüber nach.«

Eleanor trat zur Seite, als Walter und der fette Mönch aus dem Raum gingen, dann trat sie näher. Sie überlegte, die Tür offenzulassen, dann zuckte sie innerlich mit den Schultern – was machte es schon wirklich? – und machte die Tür zu.

»Ist mein Vater in bezug auf mich bereits an Euch herangetreten?«

Sein dunkles Gesicht war fahl, aber seine Augen strahlten hell. »Das ist er in der Tat.«

Eleanor faltete steif ihre Hände. »Wir wären keine gute Partie füreinander.«

Gisbourne lächelte breit, was sie überraschte. »Nein, das wären wir nicht.«

Das brachte sie völlig außer Fassung. Sie ließ die Höflichkeitsfloskeln fallen und sprach direkter. »Ich halte es für eine vollkommen verachtenswerte Idee.«

»Ich auch.«

Sie runzelte die Stirn. Das hatte sie nicht von ihm erwartet. »Wieso?«

»Weil wir nicht zueinander passen.«

»Nein«, stimmte sie ihm unsicher zu. »Das habe ich auch meinem Vater gesagt –«

»Euer Vater läßt sich nichts sagen. Er würde mir nicht mehr zuhören als Euch. Er hat es so beschlossen, deshalb wird es so laufen.«

Sie nickte. »Wir müssen dafür sorgen, daß das verhindert wird.«

»Das habe ich auch vor.«

Argwohn stieg in ihr auf. »Wie?«

»Ich habe gerade eben einiges erfahren, das sich als wertvoll erweisen könnte.«

»Was hat Walter Euch erzählt?« Und dann sagte sie schärfer: »Was hat der fette Mönch damit zu tun?«

Gisbourne faltete seine Hände über dem Bauch. Abgesehen von seinem aufgestützten Bein strahlte er die Haltung eines Mannes aus, der mit seinem Schicksal einverstanden ist. Das machte sie wütend. »Euer Vater«, begann er rundheraus, »hat dafür gesorgt, daß ein Mann gehängt wurde.«

Sie ließ ihren Ärger an die Oberfläche. »Er hängt die ganze Zeit irgendwelche Männer, Gisbourne. Er ist der Sheriff.«

Sein stoppeliges Gesicht rötete sich matt. »Er hängte den *falschen*. Mit Vorsatz. Nur Prinz John zu Gefallen, so daß der Prinz nicht erfahren würde, daß Scarlet entkommen ist.«

Eleanor lachte. »Ein gerissener Mann, mein Vater – der Prinz könnte ihn seines Amtes entheben, dafür, daß ihm ein Mann entkommen ist, der vier seiner Männer tötete.« Ihre Belustigung erstarb. »Ihr schlagt also vor, Prinz John diesen Vorfall mitzuteilen?«

»Nein. Ich schlage vor, daß *wir* Euren Vater davon in Kenntnis setzen, daß wir alles darüber wissen. Es besteht keinerlei Notwendigkeit, den Prinzen ins Spiel zu bringen. Das könnte nur zu weiteren Schwierigkeiten führen.«

Eleanor nickte langsam. *Zu Euren eigenen, ohne Zweifel.* »Ich verstehe. Ihr seid also dazu bereit, nur aus dem einfachen Grund, daß Ihr mich *nicht* heiraten wollt.«

Er war wie versteinert. Insgeheim amüsierte es sie zu sehen, wie ihm allmählich die Erkenntnis kam, wie es für sie klingen mochte, daß er sie nicht zu heiraten wünschte. Es war ein verdammendes Eingeständnis gegenüber einer Frau, die den Verstand hatte, das für sich auszunutzen. Er hatte sich sein eigenes Grab geschaufelt, wenn sie sich entschied, dem weiter nachzugehen.

Eleanor lachte. »Das macht nichts«, sagte sie. »Ich möchte Euch sogar noch weniger als Ihr mich.« Sie musterte ihn mit einem offenen Blick, mit dem sie ihre Abneigung unterstrich. »Aber da gibt es noch etwas. Wir müssen auch verhindern, daß mein Vater das FitzWalter-Mädchen heiratet.«

Farbe wallte in sein Gesicht. Seine dunklen Augen glitzerten. »In der Tat«, sagte er ruhig.

Plötzlich verstand Eleanor. Es erfüllte sie mit hilflosem Zorn und Neid – wollte denn jeder Mann auf Erden diese Frau in seinem Bett haben? –, doch sie zeigte es nicht. »Ich möchte es nicht«, sagte sie. »Ich will sie hier nicht sehen.«

»Ihr werdet sie hier nicht sehen.« Gisbourne fand eine neue Position für sein Bein. »Ich habe mit dem Mönch gesprochen.«

Eleanor runzelte die Stirn. »Was hat denn der Mönch damit zu tun?«

Gisbourne lachte. »Alles.«

DeLacey erhob feierlich seinen Kelch, nachdem seine erboste Tochter gegangen war. Die Lösung war ideal. Er hätte schon früher darauf kommen sollen, nur, daß er damals noch auf Besseres, in Gestalt des Sohnes des Earl von Huntington, gehofft hatte. Nun war diese Hoffnung zwar verschwunden, aber Eleanor war noch hier, und *Gisbourne* war hier; die perfekte Lösung war, sie einfach einander zu geben.

Er grinste. Er nahm ein paar Schlucke vom Wein. Dann wurde seine Schwelgerei von einem Klopfen an der Tür unterbrochen.

DeLacey fluchte schrecklich – würde man ihn denn nie in Ruhe lassen? »Herein«, rief er.

Die Tür quietschte. Eine zögernde Stimme sagte ihm, er habe Besuch.

DeLacey seufzte. »Ich habe andauernd Besuch. Ich bin der Sheriff.« Er wandte seinen Kopf. »Wer ist es denn diesmal?«

»Lady Marian FitzWalter.«

»Marian...« Er setzte den Kelch hart ab, ohne darauf zu achten, daß er den Wein verschüttete. »Schickt unverzüglich den Mönch zu mir.«

Der Diener stutzte. »Mylord?«

»Den Mönch, den *Mönch* – den fetten Mann, Bruder Tuck!«

»Jawohl, Mylord.« Unter Verbeugungen ging der Diener aus dem Zimmer und zog die Tür hinter sich zu.

DeLacey starrte in die Ferne. Dann richtete er sich aus dem Stuhl auf und reckte einen Siegesarm in die Luft. »Marian!« rief er jubelnd.

53. Kapitel

Marian stieg vom Pferd und reichte es im Hof des Nottingham Castle weiter. Sie wartete ungeduldig, bis Joan dasselbe getan hatte.

Wind blies in den Hof und zerrte an ihrer Kapuze. Marian zog sie sich wieder über das gebürstete und geflochtene Haar, dann ging sie im Geiste noch einmal alles durch, was sie sagen wollte und wie sie es sagen wollte.

Marian ging voran in die Halle. Sie fühlte sich seltsam zerbrechlich, wie eine Blase aus Glas: Sie würde schwach werden und nachgeben; sie würde unfähig sein, ihm ihre Gefühle zu erklären; sie würde ihm in die Hände spielen. Doch dann dachte sie wieder daran, wie er versucht hatte, über ihre Zukunft zu bestimmen, und kalte Wut erfüllte sie.

Im Gebäude blieb Marian stehen, schob sich die Kapuze vom Kopf und erklärte einem Bediensteten, sie wünsche den Sheriff zu sprechen. »Es wird nicht lange dauern«, sagte sie, an Joan gewandt, in entschlossenem Ton, um sich davon selbst genauso zu überzeugen wie die Frau.

DeLacey kam eilig in den Saal gelaufen, beide Hände zu einem herzlichen, entwaffnenden Willkommensgruß vorgestreckt. »Marian!« Geschmeidig näherte er sich, warf Joan einen kurzen Blick zu und sah dann wieder Marian an. »Ich kann Euch nicht sagen, welch große Freude das für mich ist! Als ich Ravenskeep verließ, erwartete ich, daß Ihr mehr Zeit brauchen würdet, bevor Ihr Eure Entscheidung treffen würdet.«

Er glaubt, er hat gewonnen. Erstaunt blickte Marian ihn an; sie dachte, sie hätte sich in Ravenskeep klar ausgedrückt. *Er nimmt einfach an, daß er gewonnen hat, weil er immer der Sieger ist.* Die Einsicht erschreckte sie. Die Kühnheit William deLaceys ließ ihre Angst vollständig schwinden, an ihre Stelle trat Verärgerung.

»Mylord, ich fürchte, das ist ein Mißverständnis. Ich bin weder gekommen, um Euch einen netten Besuch abzustatten, noch, um Euch die Antwort zu bringen, die Ihr anscheinend für eine bereits im voraus getroffene Entscheidung haltet.«

»Marian.« Er blickte zu Joan. »Willkommen in Nottingham Castle«, sagte er. »Die Küchengemächer liegen dort, hinter der Abtrennung – ich werde nach dir schicken, wenn deine Lady und ich unsere Angelegenheit geklärt haben.«

Das war eine abrupte Entlassung. Marian öffnete den Mund, um zu protestieren, aber Joan nickte nur und kehrte sich ab. *Laß ihn nicht als erster anfangen.* »Mylord –«

»So.« DeLacey nahm ihre Hand, legte sie sich um den Ellenbogen und drehte Marian zum Podest, auf dem sein Stuhl und ein

Tisch standen. »Ihr seid ganz außer Euch, wie ich merke … vergebt mir also, daß ich so übereilt war. Unser Treffen gestern war natürlich sehr verwirrend, und das tut mir leid. Es ist nicht viel länger als ein Jahr her, daß Euer Vater starb –«

Marian blieb unvermittelt stehen und machte ihren Arm frei. *Laß ihn nicht sehen, daß du verärgert bist … er nützt es sonst als Waffe.* Sie kannte ihn inzwischen recht gut, gut genug jedenfalls, um ihre Waffen nach seinen Blicken und seinem Verhalten auszuwählen. »Mein Besuch hat nichts damit zu tun.«

Er wirbelte zu ihr herum und fiel ihr wie so oft ins Wort. Er stand nah bei ihr, zu nah, als wollte er sie mit seiner Nähe einschüchtern. »Aber natürlich hat es das. Ihr wißt sehr wohl, daß Euer Vater unsere Heirat gewollt hätte, es bringt Euch nur aus der Fassung, daß Ihr in dieser Angelegenheit scheinbar nichts mitzureden habt.« Sie begann die Anzeichen seiner Fassungslosigkeit zu sehen: eine gewisse Spannung im Rücken und in den Schultern und das schwache, kühle Lächeln.

Verlier keine Zeit – »Mylord –«

Er wandte sich von ihr ab, als wollte er sinnierend hin und her gehen, dann hielt er in der Bewegung inne. »Aber Marian, wann hat eine Frau denn ein Mitspracherecht in solchen Angelegenheiten? Und ich sage, warum sollte sie auch?« Er machte eine Geste, die die brutalen Worte abmildern sollte. »Ich möchte Euch nicht betrüben, aber Frauen sind phantasiebegabte Wesen, die sich Träumen hingeben … Das ist mit ein Grund, warum Männer den Wunsch haben, sie zu beschützen.« Er sprach in unbeschreiblich liebenswürdigem Ton. »Ich bitte Euch, seht Euch meine Tochter an. Eleanor ist beinahe unbeherrschbar, eine entehrte Frau, die nur darauf aus ist, ihre körperlichen Bedürfnisse zu befriedigen.« Er tat es mit einem Schulterzucken ab; er hatte es aufgegeben, seine Tochter gegenüber Angriffen loser Zungen zu verteidigen. »Schaut, was es ihr eingebracht hat«, sagte er ruhig. »Sie ist ein Schandfleck. Ruiniert. Kein achtbarer Mann möchte sie zur Frau haben.«

Marian wollte lachen. Es klang so falsch; wie lange war sie

eigentlich taub gewesen? Mit feinem Spott sagte sie: »Außer Gisbourne natürlich.«

Sie sah Ärger in seinen Augen aufblitzen. »Gisbourne tut das, was ich ihm sage.«

»Dann hat er nicht mehr Freiheit als Eleanor oder ich.« Sie befeuchtete ihre trockenen Lippen. »Ich glaube, Ihr tut den Gedanken ab, eine Frau könnte, was die Ehe anbelangt, eigene Gefühle und Vorlieben haben –«

»Die hat sie *ohne Zweifel*«, unterbrach er sie, »aber das ist nicht, worauf es ankommt. Eine Frau muß verstehen, daß andere Dinge bestimmen, wen man heiratet.« Er zeigte auf eine Tür, die aus dem Saal führte. »Kommt mit. Wir werden uns in mein Privatgemach begeben. Das sollten wir besser vertraulich besprechen.«

Marian rührte sich nicht von der Stelle. »Wir werden das hier besprechen.«

Nach einem kurzen Zögern drehte er sich wieder um. Seine Verstimmung verstärkte sich, aber das veränderte sein Verhalten in keiner sichtbaren Weise, nur in den kleinen Anzeichen, die sie gelernt hatte zu erkennen. »Nun gut. Dann laßt mich ganz offen sprechen.« Sein Lächeln war kühl, sein Blick eindringlich. »Wir wollen es für den Moment einmal als gegeben ansehen: Ihr mögt Euch als eine gerechte Richterin darüber sehen, wen Ihr heiratet.«

»Wie großzügig.« Sie wünschte, sie könnte wie ein Mann fluchen.

»Eure Situation ähnelt der Eleanors«, sagte er unverblümt. »Vergebt mir meine Offenheit, aber welcher Mann in England würde sich für die entehrte Tochter eines toten Ritters entscheiden?«

Er griff sie nicht persönlich an; denn das hatte sie erwartet. Sie war darauf vorbereitet gewesen, seine versteckten Anspielungen abzuwenden. Doch er hatte ein anderes Ziel anvisiert. »Ravenskeep hat damit nichts zu tun!«

Die Leidenschaftlichkeit ihrer Erwiderung gefiel ihm, was sie nur noch wütender machte. »Aber doch. Versteht Ihr das denn nicht?« Er lachte leise. »Ihr vernachlässigt bereits, sehr frauenmäßig, einen sehr wichtigen Aspekt der Eheschließung.« Sein Gelächter verstummte. Seine Stimme klang jetzt eisig. »Männer von Stand beziehen alles mit ein, Lady Marian. Den Namen einer Frau, ihren Stand, ihre Person, ihren Besitz, ihre Mitgift. Was habt Ihr da schon zu bieten?«

Biete ihm nichts an – sei ein Spiegel – reflektiere, was er anbietet. Marian lächelte ebenso kühl und führte vor, was sie von ihm gelernt hatte. »Das wenige, was ich zu bieten habe – so entehrt ich bin, so heruntergekommen Ravenskeep ist –, scheint immer noch mehr als genug, um Euch zu interessieren.«

Sie sah, daß ihn das getroffen hatte, aber sie freute sich nicht. Sie würde ein guter Spiegel sein.

Er leitete seinen Angriff schnell um und versuchte eine andere Richtung. »Euer Vater bedeutete mir sehr viel –«

»Oh, *nicht schon wieder das!*« fuhr sie ihn an, wütend auf sich selbst, daß sie jemals so dumm gewesen war, an irgend etwas, was er sagte, zu glauben; und genauso wütend auf deLacey, der sie für so formbar hielt. »Das hat nichts mit meinem Vater zu tun. Das hat mit mir zu tun.«

»Marian –«

Jetzt war sie an der Reihe, ihn zu unterbrechen. »Ich bin also entehrt? Nun gut, Mylord – laßt es mich offen ausdrücken: Eine entehrte Frau mag vielleicht ihre Keuschheit verloren haben, aber nicht ihren Verstand. Ich bin kein Dummkopf, trotz Eurer gegenteiligen Überzeugung, und Ihr werdet mich nicht dazu bringen, daß ich mich Euch unterwerfe. Ich weiß, was Ihr wollt. Und ich weiß auch, daß es nur sehr wenig mit Ravenskeep oder meinem Namen zu tun hat.« Unbeirrbar schüttelte Marian den Kopf. »Ich habe es zu lange nicht bemerkt, von Unschuld geblendet – zähltet Ihr vielleicht darauf, Mylord? –, aber das ist nicht mehr. Ich weiß, was Ihr wollt – ich weiß *genau*, was Ihr wollt« – sie wählte ihre Worte mit Bedacht –, »und ich weigere mich absolut, Euch auch nur irgend etwas davon zu geben.«

Endlich hatte sie ihn erreicht. DeLaceys Gesicht flammte auf. »Das ist *meine* Entscheidung, nicht Eure. Ich stütze sie nicht auf

Stand und Namen und Besitz, sondern auf eine schlichte Tatsache – sie beugte sich näher an ihn heran, wie er das sonst tat – »ich habe kein Verlangen – und nicht die geringste Absicht –, Euch beizuliegen.«

Der Sheriff wandte sich leicht um und erhob seine Stimme. »Walter!«

Ein Mann erschien eilig. »Mylord?«

»Holt Tuck«, befahl deLacey ihm kurz angebunden. »Holt meine Tochter und sechs Wachen.«

Walter war erkennbar verwirrt. »Mylord – wohin?«

»Hierher«, verkündete deLacey. »Und bitte sofort. Lady Marian und ich haben eine Angelegenheit zu klären.«

»Ja, jawohl, Mylord.« Walter verschwand.

»Wozu Wachen?« fragte sie argwöhnisch.

Der Sheriff seufzte. »In Sherwood Forest gibt es Geächtete. Ich wäre ein schlechter Freund Eures Vaters, wenn ich Euch nicht wieder sicher nach Hause bringen würde.«

»Mich nach *Hause* bringen –« Das hatte sie nicht erwartet.

»Selbstverständlich«, sagte er ruhig. »Ich bin kein Ungeheuer, Marian, gleichgültig, was Ihr glauben mögt. Ich überlasse die Entscheidung Euch« – er lächelte traurig –, »um Euch mein Vertrauen in Euch zu beweisen. Ihr könnt über Nacht bleiben, wenn Ihr mögt, so daß Ihr und Eure Dienerin nicht vom Regen überrascht werdet... oder, sobald die Wache kommt, aufbrechen.«

Marian starrte ihn an. »Bedeutete Euch das, was ich sagte, denn nichts?«

»*Doch*, in der Tat. Es bedeutete mir alles.« Sein Gesichtsausdruck war eigentümlich unbewegt. »Wie Ihr in einem Augenblick sehen werdet.«

Robin ritt in den Burghof von Huntington ein, schwang sich vom Pferd, reichte die Zügel einem auf ihn zulaufenden Pferdeknecht und ging dann zum Burgfried.

»Mylord«, es war Ralph, der aus der im Schatten liegenden Tür trat, »Euer Vater wünscht Euch zu sehen.«

Robin blieb stehen. »Das kann ich mir vorstellen.« Er lächelte den stillen Mann an, den er kannte, solange er sich erinnern konnte. »Na gut, und wo ist er denn?«

Ralph zeigte auf eine Stelle in der Mauer. »Da, auf dem Wehrgang.«

Robin sah in die angegebene Richtung und kniff die Augen leicht zusammen: Sein Vater und drei andere Männer hoben sich als Silhouetten gegen den fahlen Himmel ab. »Wer sind die Männer, die bei ihm sind?«

»Ich nehme an, das wird er Euch selbst sagen wollen.«

»Ah. Natürlich.« Robin war gereizt und geneigt, die Aufforderung zu ignorieren. Er konnte nur an Marian denken und wollte nichts lieber, als seinem Vater von ihr zu erzählen. Aber seinen Vater jetzt zu verärgern, würde ihm nichts einbringen. »Ralph –« Er drehte sich zu ihm um, einer wachsenden Anspannung und Bitterkeit in sich gewahr. »Wie komme ich da hoch?« Es war quälend, zugeben zu müssen, daß er es nicht wußte.

Ralph deutete auf eine Treppe. »Die Treppe ist dort, Mylord.«

Da war sie tatsächlich: eine schräge Treppe, die vom Steinpflaster zum Wehrgang führte und vom Tor aus nicht sichtbar war.

Er erreichte den Wehrgang und blieb einen Moment lang stehen, um seine Gedanken zu sammeln, denn seinem Vater vor Zeugen wütend entgegenzutreten, würde seine Pläne vereiteln – und die Aussicht auf Erfolg zerstören.

Ruhig ging er auf die vier Männer zu und versuchte, die Laune des Earls abzuschätzen. Die anderen Männer kannte er; aber keiner von ihnen war nur gekommen, um ihn zu Hause willkommen zu heißen.

Robin neigte den Kopf. »Mylords.« Zuletzt wandte er sich an seinen Vater, mit einer kühlen Korrektheit, die in keiner Weise widerspiegelte, was er dachte. »Mylord Earl.«

»Robert!« Das war de Vesci, der mit rauher Herzlichkeit gesprochen hatte und nun vortrat, um ihn an die Schulter zu drücken. »Welch große Neuigkeit es war, daß Ihr den Klauen der Sarazenen entkommen konntet!«

»In der Tat«, pflichtete ihm de Mandeville ruhiger bei, »und als Held noch obendrein.«

»Unser Lehnsherr ehrte mich großzügig.« Er wußte, daß sie alle Richard treu ergeben waren. De Mandeville war bei Richards Krönung dabeigewesen. »Mylord Vater, vielleicht wäre es gut, wenn ich mich jetzt entschuldigen würde. Offensichtlich ist das Treffen von großer Bedeutung, und es würde besser ohne mich stattfinden.«

»Nein, nein.« Wieder de Vesci. »Es hat auch mit Euch zu tun, Robert.«

Bohun nickte. »Und dem Count of Mortain.«

Robin blickte jeden einzelnen von ihnen einen Moment lang an. Wind erhob sich und zerzauste ihr Haar und hob den Saum ihrer Mäntel. Vier Männer: vier äußerst reiche und einflußreiche Lords. Sie konnten den Kurs Englands bestimmen.

Er sah keinen Grund, am Wesentlichen vorbeizureden; das hatte er den größten Teil seines Lebens getan. »Handelt es sich um Verrat, Mylord?«

Von der Kühnheit nicht abgeschreckt, lächelte der Earl. »Der Mann, den wir stürzen möchten, ist nicht der König, Robert... sondern der Mann, der gerne König *wäre*. Das ist ein Unterschied.«

»So.« Es war schlimmer, als er angenommen hatte. »Und Ihr wollt, daß ich mitmache.« Er nickte. »Vielleicht betrachtet Ihr mich ja endlich doch als Mann – oder noch als einen Jungen, den man hier- oder dorthin schubsen kann.«

»Robert!« Die Gesichtsfarbe des Earls wurde dunkler.

Robin warf einen flüchtigen Blick auf die anderen und bemerkte ihr Entsetzen. Hatten sie bereits mit ihm gerechnet? Fürchteten sie, er würde sie verraten? »Vergebt mir, Mylords«, sagte er sanft. »Der Krieg schärfte meine Zunge und machte sie schroff. Wenn ich so offen spreche, dann deshalb, weil der König es so wünschte.« Er rief ihnen absichtlich Richard in Erinnerung; das würde diese Männer ins Grübeln bringen. »Versprach mich mein Vater Euch bereits? Schwor er auf meine Bereitwilligkeit?« Ihr Schweigen und ihre Blicke waren die Bestätigung. »So. Was soll ich also sein? Eine heldenhafte Galionsfigur? Der auf den König verschworene Ritter? Ein Mann, der für andere als Vorbild dasteht, deren Treue vielleicht nachläßt?«

Der Earl verspürte kalte Wut. »Verstehst du denn nicht? Wir tun das für England!«

»Vielleicht beurteile ich die Angelegenheit falsch; ich war zu lange fort.« Er streifte alle mit einem Blick; dann wandte er sich an seinen Vater. »Was wollt Ihr von mir?«

Der Ton des Earls war unnachgiebig. »Daß du John irreführst.«

»Und wie?«

»Indem du seine Tochter heiratest.«

Seltsamerweise verspürte Robin keinen Ärger. Es leuchtete ihm ein: Das war der einfachste und wirksamste Weg.

Er war in dem Augenblick völlig von sich losgelöst und sah das Problem mit den Augen seines Vaters, schätzte die Möglichkeiten ab, die es gab. *Es gibt keinen anderen Weg. Das löst alles.*

Robin lächelte grimmig, erwiderte aber nichts. Die Worte, die ihm auf der Zunge lagen, waren weder ziemend noch angenehm, sondern voll des Zornes eines Mannes, der seine Zukunft von den Händen eines Mannes geformt sah, der ihn nicht verstand.

Ein Windstoß wehte Robin die Haare aus dem Gesicht und legte die Narbe an seinem Haaransatz frei. Er sah, wie sie darauf blickten; sah, wie sie darüber nachdachten, sich daran erinnerten, wo er gewesen war, was er getan hatte und mit wem er dort gewesen war. Mit einem Mal wurde er Sir Robert von Locksley für sie.

»Vergebt mir. Der Gedanke ist mir neu.« Sein Gesicht wurde wieder einmal starr wie eine Maske.

»Natürlich ist er das«, sagte de Vesci lachend. »Schließlich sieht sich ein Mann nicht jeden Tag der Möglichkeit gegenüber, in die königliche Familie einzuheiraten!«

Robin bedachte ihn mit einem festen Blick. »In der Tat.«

»Irreführung«, sagte der Earl angespannt. »Wenn du seine Tochter heiratest, wird John denken, er hätte uns für sich gewonnen.«

Henry Bohun lehnte sich mit der Hüfte an einen Zinnenzahn. »England ist in einem erbärmlichen Zustand«, sagte er. »John beraubt unser Land –«

»Der König tat fast dasselbe«, unterbrach ihn Robin. »Der Grund dafür war der Kreuzzug, nicht persönliche Bereicherung, aber das Ergebnis hat er genauso zu verantworten wie John.«

De Vesci blickte ihn wütend an. »Unterstützt Ihr Softsword etwa? Nachdem Ihr mit seinem Bruder geritten seid?«

»Ich unterstütze John nicht. Ich habe geschworen, dem König zu dienen, und das tue ich mit ganzem Herzen. Was ich in Frage stelle, ist der Beweggrund.«

»Du warst zu lange fort.« Robin kannte diesen Ton: Sein Vater war höchst verstimmt. Sein Sohn hatte sich erdreistet, ihn vor seinen Pairs zu kritisieren. »So lange sogar, daß du überhaupt nicht begreifst, wie die Dinge in England stehen.«

Das stimmte, aber er konnte ihnen trotzdem kein Zugeständnis machen. »Ich begreife, daß England in der Tat sehr arm ist. Und ich verstehe ebenfalls, daß es noch ärmer gemacht werden muß, wenn wir unseren König zurückkaufen wollen.«

»Verdammt!« Der Earl zitterte vor Wut. »Lehnst du dich etwa gegen deinen Vater auf? Lehnst du dich gegen die auf, die über dir stehen?«

»Nein«, antwortete er kühl. »Nur gegen Eure Pläne für mich.«

De Vesci schimpfte. »Bei Gott, Ihr wart schnell genug, den Eid des Kreuzzugs abzulegen und ins Heilige Land zu ziehen! Aber nun, da wir diese einfache Sache von Euch erbitten –«

»Einfach? Johns Tochter heiraten?« Robin schüttelte den Kopf. »Es ist seine Intrige, Mylords ... warum es zu Eurer machen?«

»Weil man John nur mit seinen eigenen Waffen schlagen kann«, fuhr ihn der Earl an. »Er ist kein Narr, Robert; denk nicht, er hat keine Mittel. Aber wenn wir seinen Wünschen zu entsprechen scheinen, können wir das für uns ausnützen.«

Robin zuckte mit den Schultern. »Wenn es England helfen wird, daß einer von Euch Johns Bastardmädchen heiratet, dann tut es doch. Aber ich möchte nicht das Opferlamm sein.«

»Robert!« Huntington war beinahe purpurrot. »Bei Gott, Junge –«

»Mylords, ich entschuldige mich hierfür, aber ich hege keinen Zweifel daran, daß es andere Möglichkeiten gibt. Bis vor zwölf Tagen wußtet Ihr noch nicht einmal sicher, ob ich lebe; bis vor *vier* Tagen wußte noch niemand, daß John sein Mädchen als Köder auswerfen will.« Er verbeugte sich mit besonnenem Anstand. »Wenn Ihr mich bitte entschuldigen wollt... Ich war vergangene Nacht krank.« Bevor sein Vater etwas dagegen einwenden konnte, machte Robin auf dem Absatz kehrt und schritt den Wehrgang entlang bis zu den Stufen.

Tuck war in der Kapelle und betete, als Walter die Tür öffnete. Mühselig rutschte Tuck auf den Knien zu ihm herum und hatte Angst vor der Nachricht.

Walters Gesicht war starr. »Er verlangt nach Euch«, sagte er. »Es ist soweit, Bruder Tuck.«

54. Kapitel

Robin ging in den großen Saal von Huntington Castle und blieb in der Mitte stehen. Ernst betrachtete er die gewaltigen Steinmauern. Bemalte Seide hing an den Wänden, und die verzierte Musikerempore erstreckte sich von einer Seite zur anderen wie ein Weg zum Himmel.

Als letztes blickte er zur Estrade, wo er mit dem Earl gestanden und die vielen Menschen empfangen hatte, die seine Rückkehr feierten.

Robin lächelte. *Und Marian.*

Er musterte den Saal mit einem verächtlichen Blick. *Mein Vater hätte seine Burg ruhig kleiner machen und den Überschuß dem Lösegeld zukommen lassen können* – Doch dann dachte er über den Gedanken nach. Locksley hatte wenig eigenes Geld, und Abraham der Jude hatte ihm gesagt, daß der Pachtzins des Dorfes Locksley bereits aufgebraucht war; was blieb also übrig?

Langsam erinnerte er sich. »Meine Mutter...«, murmelte er. »*Ya Allah*, das hatte ich ja ganz vergessen –«

Er hatte noch Mittel: das Schmuckkästchen mit Juwelen, das sie bei ihrem Tod ihrem einzig noch lebenden Sohn vermacht hatte. Sie hatte es eigentlich für seine Frau bestimmt, aber Robin glaubte, daß Marian nichts dagegen hätte.

Schließlich ging er aus dem Saal. Ohne Zweifel würde Abraham ihm einen guten Preis für die Edelsteine geben und wissen, wie er das Geld verschicken müßte.

DeLacey stand in einem schrägen Winkel zu Marian, seine Schulter leicht von ihr weggewandt. Wie beiläufig ließ er seinen Blick umherschweifen, als wollte er die Sauberkeit seiner Halle überprüfen. In keiner Weise zeigte er seine Vorfreude. Am liebsten hätte er seinen Jubel hinausgeschrien.

Das Geräusch von Fußtritten hallte knirschend durch den Saal, als die sechsköpfige Wache ihn betrat. Aus dem Augenwinkel sah deLacey, wie Marian sie mit höflichem Desinteresse anblickte, weil sie dachte, sie wären nur gekommen, um sie nach Hause zu begleiten.

Dann erschien Tuck, trat aus der Finsternis in den Kerzenschein. Sein Gesicht war blaß, aber sein Blick war klar und fest.

Gut. Er ist bereit. DeLacey zeigte Tuck mit einer kleinen Handbewegung, wo er sich hinstellen sollte. Er holte tief Luft und atmete langsam wieder aus. *Jetzt.*

DeLacey lächelte entwaffnend und beobachtete das Spiel der Gefühlsregungen auf Marians Gesicht: Neugierde, Vorsicht und ein leichtes, unwillkürliches Zurückschaudern. Die Prellungen und Kratzer auf ihrem Gesicht, die ihre Schönheit beeinträchtigten, waren noch immer sichtbar, aber diese Verunstaltungen würden nachlassen.

Er blieb vor ihr stehen, verstärkte die Herzlichkeit seines Lächelns und nahm ihre Hände in seine. Er ließ es nicht zu, daß sie sich losriß. »Marian«, sagte er zärtlich, »Ihr wißt sehr gut, daß Euer Vater einverstanden wäre.«

In dem Augenblick begriff sie. Ein Aufblitzen in ihren Augen ließ ihn innerlich zurückschrecken, es war aber nicht Wut, wie man hätte erwarten können, sondern Schuldgefühle. Sie waren schnell wieder verschwunden, durch heftigen Zorn ersetzt.

Plötzlich verstand er. »Bei Gott –«, entfuhr es ihm, »er wollte das wirklich –«

»Nein.« Erneut versuchte sie erfolglos, ihre Hände von ihm loszumachen. »Hätte er gewußt, wie Ihr wirklich seid, hätte er eine Freundschaft nie unterstützt, ganz zu schweigen von einer Heirat.« Sie zerrte vergebens. »Laßt mich *los* –«

DeLacey war wie benommen. »Jetzt verstehe ich. Ich sehe es jetzt alles ganz deutlich ... er sagte Euch das, bevor er ging, aber Ihr beschloßt, mich abzuweisen –«

Ihre Augen waren fieberhell vor Wut. »Er hat nichts dergleichen –«

»Oder er ließ Euch Nachricht geben.« Sein Schock ließ allmählich nach; sein Gehirn arbeitete schnell, um den Sachverhalt abzuschätzen und seine vereitelte Annäherung wiederaufzunehmen. Jetzt begriff er. »Ihr müßt schon eine ganze Weile gewußt haben, was Euer Vater wollte ...«

»Es ist keine Torheit, mir zu wünschen, meine eigenen Entscheidungen zu treffen«, erklärte sie. Dann setzte sie wütend hinzu: »Werdet Ihr jetzt endlich *los*lassen –?«

»Ja.« Und er tat es, aber nur kurz; er verlagerte seinen Griff auf ihren Arm und drehte sie so, daß die Wachen hinter ihr waren und Tuck vor ihr stand. »Marian, das ist Pater Tuck. Ich gebe zu, daß ich hierin völlig egoistisch handeln wollte, nur um meine eigenen Interessen zu befriedigen, aber nun sehe ich, daß es um wesentlich mehr geht.« Er nickte Tuck zu. »Beginnt mit der Zeremonie.«

Der Mönch starrte Marian an. Schweißtropfen perlten auf seiner Oberlippe. Seine Lippen zitterten.

»Pater«, sagte deLacey bedeutungsvoll. »Bitte, beginnt die Zeremonie.«

Tuck blickte ihn an. »Nein.«

DeLacey war bestürzt. »Bei Gott – Ihr *werdet* –«

»Bei Gott, ich werde nicht.« Tuck lächelte Marian nervös an. »Entspannt Euch, Lady – ich bin ein Mönch, kein Priester. Nichts hier ist bindend.«

Marian riß sich los. DeLacey ließ Tuck nicht aus den Augen. »Du Narr«, sagte er leise. »Du dummer, fetter Narr, der einst Mönch war und nun seine Tage als ein Nichts beenden wird.«

Tucks Augen füllten sich mit Tränen, aber sein Blick blieb standhaft. »In der Tat«, sagte er mit schwankender Stimme. »Ich hätte mich schon vorher verweigern sollen.«

DeLacey wandte sich an die uniformierte Wache. »Geleitet Lady Marian zu den Privatgemächern und haltet vor der Tür Wache.« Er warf ihr einen mitleidigen Blick zu. »Euer Benehmen beweist nur, daß Ihr die feste Hand eines Mannes braucht. Euer Vater wäre entsetzt.«

Marian war wütend.»Über Euer Verhalten, ja.«

»Nehmt sie fest«, sagte er der Garde. »Und quartiert sie bequem ein.« Er winkte in Tucks Richtung, als würde er eine ekelhafte Substanz wegschnippen. »Geht«, sagte er leise. »Aber seid versichert, daß Abt Martin davon erfahren wird.«

Ein rebellisches Funkeln blitzte kurz in den Kuhaugen des Mönchs auf. »Gibt es denn hier jemanden, der schreiben kann?«

DeLacey lachte. »Da gibt es immer noch Gisbourne. Und es wird *immer* einen Gisbourne geben.«

Der Earl stand still im offenen Türrahmen und beobachtete seinen Sohn. Daß Robert seine Anwesenheit noch nicht bemerkt hatte, war unverkennbar, sonst hätte er augenblicklich mit der Leerung seiner Truhen aufgehört. Verschiedene Deckel standen offen; der Inhalt quoll zu den Seiten heraus und war auf dem Boden verstreut; ein ungeordneter Haufen persönlicher Gegenstände lag in der Mitte des Bettes.

»Robert, was machst du da?«

Erschreckt hielt Robert sofort im Wühlen inne und riß den Kopf hoch.

»Ich suche etwas«, antwortete Robert. Dann fügte er betont deutlich hinzu: »Etwas von meinen Sachen fehlt.«

»Nichts fehlt«, gab der Earl ihm zurück. »Alles wurde von Huntington Hall hierher überführt. Wenn du etwas verloren haben solltest, mußt du das deiner Unordentlichkeit zuschreiben.«

»Die Juwelen meiner Mutter fehlen.«

Der Earl blinzelte. Eine Zeitlang hatte er weder an den Schmuck noch an die Frau, die ihn getragen hatte, gedacht. »Ich gab sie vor einiger Zeit weg. Vor zwei Jahren, um genau zu sein.«

»Ihr gabt sie weg –« Richard erbleichte. Die Narbe entlang seines Unterkiefers wurde deutlich sichtbar. »Aber welches Recht hattet Ihr dazu?«

»Das Recht eines Ehemannes, dem alle Besitztümer dem Ehesakrament gemäß zufallen.«

Robert klammerte sich an die Truhe. »Sie vermachte ihren Schmuck mir, damit ich ihn der Frau gebe, die *ich* heirate.«

»Glaubst du nicht, daß Prinz John seine Tochter besser ausstattet als mit einer Handvoll Schundjuwelen?«

Einen Moment lang erwiderte Robert nichts. Dann sagte er in unheilvollem Ton: »Sie gehörten *ihr.* Als sie starb, gehörten sie mir; das sagte sie mir, Mylord. Das sagte sie mir, bevor sie starb.«

Das hatte sie wahrscheinlich tatsächlich; es sah ihr ähnlich, so impulsiv etwas wegzugeben, was ihrem Mann gehörte. »Sie war immer zu weichherzig.« Der Earl schüttelte den Kopf. »Was macht das schon, Robert? Wenn du Geld brauchst, mußt du nur fragen.«

»Gut.« Sein Tonfall war trocken. »Dann leiht mir einhunderttausend Mark.«

»Einhunderttausend! Was soll der Unsinn, Robert? Bist du verrückt geworden?«

»Nicht für mich, Mylord. Um den König von England freizukaufen.«

Das war vollkommen lächerlich. »Eine bloße Laune, Robert«,

sagte er nachdrücklich. »Glaubst du etwa, ich habe nichts zum Lösegeld beigetragen? Glaubst du, die Kasse von Huntington hat keinen Boden?«

»Nein. Das ist offenkundig, da Ihr etwas verkaufen mußtet, was gar nicht Euch gehörte.« Robert knallte den Truhendeckel zu und erhob sich. »Mylord, wenn Ihr mich jetzt entschuldigen wollt – es wird etwas Zeit in Anspruch nehmen, mein Zimmer wieder aufzuräumen.«

Er war unverkennbar entlassen. *Wenigstens das hat er von mir gelernt,* dachte der Earl. »Robert, die Juden sind nicht immer die geduldigsten –«

»Ihr gabt also die Juwelen meiner Mutter als Teilzahlung weg.«

Es ist an der Zeit, daß Robert sich wieder daran erinnert, wer hier der Herr im Hause ist. »Ich tue, was ich für richtig halte, ohne daß ein Nachkomme meiner Lenden auffahren kann und mir widersprechen.«

Die Geringschätzigkeit war flüchtig, aber offen. »Nein, Mylord.«

»Bei Gott – lehnst du dich noch immer gegen mich auf? Was ich tue, tue ich für England!«

»Wenn Ihr Streit mit Prinz John habt, wäre es dann nicht klüger, Euer Geld für die Rückkehr des Königs auszugeben? Das, was diese Burg gekostet hat, hätte vermutlich mehr als die Hälfte des Lösegelds dargestellt.«

»Der Bau wurde begonnen, bevor Richard festgenommen wurde«, entgegnete er. »Er wurde begonnen, bevor du auf Kreuzzug gingst, wie du sehr wohl weißt.«

Roberts Gesicht war angespannt. »Mich mit Johns Bastard zu vermählen, wird England nicht helfen.«

»*Das* ist es also?« Der Earl lachte hart. Er schüttelte den Kopf und seufzte. »Du nimmst gleich das Schlimmste an, ohne alle Fakten mit einzubeziehen.«

»Mylord –«

»Wenn John dich für die beste Partie für seinen Bastard hält, wären wir Narren, ihm nein zu sagen. Es besteht immerhin die

Möglichkeit, daß der König nicht zurückkehrt und sein Bruder statt dessen an die Macht kommt –«

»Wieso sagt Ihr, daß der König vielleicht nicht zurückkehrt?«

»Weil John Heinrich bestechen wird, König Richard weiter gefangenzuhalten.« Der Earl war gereizt. *Wie kann mein eigener Sohn nur so naiv sein?* »Bei Gott, Robert, gebrauch doch deinen Verstand... John ist ein erbarmungsloser, machtbesessener Mann, der England regieren will! Er wird alles zerstören, was er muß, um den Thron besteigen zu können, aber er weiß sehr gut, daß das nicht möglich ist, solange Richard lebt... und da der König jetzt verheiratet ist, muß John sich beeilen, um sich des Throns zu bemächtigen, ehe ein Erbe geboren wird. Und John *braucht* uns! Wenn genügend von uns versuchten, ihm einen Strich durch die Rechnung zu machen, könnten wir ihn stürzen.«

»Dann ist es also eine echte Verschwörung.«

»John würde es als solche ansehen. Richard würde es begrüßen; sie ist dazu gedacht, sein Königreich zu retten.« Der Earl schüttelte den Kopf. »Es ist viel passiert, während du fort warst.«

»In der Tat, es scheint so.« Trostlosigkeit bemächtigte sich seiner und trat an die Stelle des Zorns. »England ist in größerer Gefahr, als Ihr glaubt. Wenn es keinen männlichen Erben gibt, wird Richard England seinem Bruder überlassen.«

»Der König wird selbstverständlich dafür sorgen, daß es einen Sohn geben wird«, verkündete der Earl.

Robins Schweigen brachte den Earl auf. »Bei Gott, Robert, du läßt mich glauben –« Er brach ab, seine Bestürzung vermischte sich mit Wut. »Bedeutest du mir etwa, daß an diesem lächerlichen Gerücht etwas Wahres ist?«

»Es gibt sogar Leute in der Armee, die beschwören würden, daß ich mit dem König im Bett lag.«

Das Thema war höchst widerwärtig. »Du sagtest John, er hätte dich mit dem Lautenspieler verwechselt –«

»Das hat er auch.« Robert war sehr blaß, er betonte die Worte. »Es war Blondel, nicht ich – aber der König und ich waren vertraut miteinander. Es gibt Leute, die sagen, was immer ihnen beliebt.«

Der Earl preßte eine der altersfleckigen Hände auf die Brust. »Mein Gott, Robert – wenn der König keinen Erben zeugt...«

»Ich finde es zweifelhaft, ob er das könnte, Mylord. Er lebt seit beinahe einem Jahr im Gefängnis.«

»Wenn er zurückkehrt –«

»*Falls* er zurückkehrt – das legtet Ihr mir doch gerade nahe?«

Der Earl atmete stoßweise. »Könige begreifen, daß sie Erben zeugen müssen. Das ist unerläßlich. Er würde diese Verantwortung nicht übergehen, Robert. Da bin ich mir sicher.« Er mußte sich dessen sicher sein. Mit dem Gedanken an Perversität konnte er nicht umgehen.

»Er heiratete Berengaria nur aus zwei Gründen, Mylord.« Robert blieb unbeugsam. »Dem Genörgel seiner Mutter Einhalt zu gebieten – *Ya Allah*, kann die nörgeln! – und in König Sancho von Navarre einen Verbündeten zu gewinnen. Sancho hätte so lange nichts unternommen, bis seine Tochter verheiratet war... also heiratete Richard sie, Mylord. In Zypern, nachdem er es erobert hatte. Wäre Berengaria nicht in den Sturm gekommen, der ihr Schiff nach Zypern trieb...« Er zuckte bedeutungsvoll mit den Schultern. »Hätte Isaac Comnenus Richard nicht durch wiederholte Anspielungen in bezug auf eine zukünftige Königin Englands beleidigt, bezweifele ich, ob die Hochzeit überhaupt stattgefunden hätte. England wäre weit besser dran, wenn es seinen König sofort freigekauft hätte.«

»Es ist kein Geld da«, beharrte Huntington. »Die Steuern haben uns ausgeblutet.« Er sah, wie sich sein Sohn mit bedeutungsvollem Blick im Raum umsah. Gereizt erklärte er: »Die Burg ist nun einmal gebaut, Robert. Ich kann sie nicht einreißen lassen, nur um deinem empörten Feingefühl entgegenzukommen.«

»Beschuldigt John nicht für Eure Selbstgefälligkeit. Ihr habt diese Burg für *Euch* gebaut.«

»Und wer wird sie eines Tages erben?« Mit zitternder Hand machte er eine ausholende Geste, die sich auf den Raum bezog. »Wer von uns wird mehr Jahre in diesen Wänden verbringen?«

»*Ich* wollte diese Wände nie!«

»Robert. *Robert* –« Der Earl breitete seine Hände aus. »Sieh mich an. Ich bin alt. Alle meine Kinder außer dir sind Asche und Staub. Und ich fürchtete, du seist das auch, als ich von deiner Gefangenschaft erfuhr –« Er schluckte mühsam. »Ich hatte niemanden mehr. Keine Frau, keine Söhne, keine Töchter... das einzige, was mir blieb, war der Rohbau dieser Burg.«

Die Maske begann, rissig zu werden. »Ihr begannt mit dem Bau, *bevor* ich ging!«

Huntington nickte. »Und vollendete sie in deinem Namen. Das war alles, was ich noch hatte, Robin.« Er benutzte absichtlich den Kosenamen. »Stein anstelle von Fleisch. Erinnerungen anstelle von Wirklichkeit –«

»Aber ich war nie *hier* –«, schrie Robert. »Wenn es wirklich Erinnerungen waren, die Ihr wolltet, hättet Ihr in Huntington Hall bleiben sollen!«

Der Earl fühlte sich sehr alt. Es war Gottes Ironie, daß die wunderbare Burg an einen vollkommenen Narren fiel.

55. Kapitel

Tuck packte seine wenige Habe zusammen. Nachdem er das beendet hatte, wollte er in die winzige Burgkapelle gehen und sich in einer letzten Andacht an Gott wenden.

Schwerfällig durchquerte Tuck den Saal und lief zur Tür des Turms. Dort traf er eine Frau: die Tochter des Sheriffs, die ihm einen Korb mit eingewickelten Päckchen gab. Essen, sagte sie, und dann wies sie ihn an, vor dem südlichen Wachhaus zu warten.

Neugierde machte sich neben seiner Verzweiflung breit. Nie wieder würde er einfach etwas für bare Münze nehmen. »Weshalb?«

Eleanor, offensichtlich durch die Verzögerung, die seine Frage bedeutete, beunruhigt, warf einen flüchtigen Blick über ihre

Schulter. »Tut, was ich sage«, fuhr sie ihn an, streng wie ihr Vater. »Es besteht guter Grund dazu, das schwöre ich ... Ich tue das zwar für mich, aber die Tat wird mich zudem in ein gutes Licht stellen ... erinnert Gott in Euren Gebeten heute abend daran.«

Er war verwirrt. »Lady –«

»Geht«, zischte sie. »Wartet vor dem Tor, wie ich es Euch gesagt habe.« Dann fügte sie beißend hinzu: »Oder habt Ihr etwa etwas Besseres vor?«

Das hatte er natürlich nicht. Tuck nickte verdrießlich und ging aus dem Festungsturm.

DeLacey setzte der Dienerin Marians, Joan, gegenüber einen angemessen besorgten Gesichtsausdruck auf. »Ich halte es für das beste, wenn sie so lange hier bleibt, bis sie wieder völlig genesen ist. Nur ein leichtes Fieber, aber so etwas kann sich als gefährlich erweisen, wenn man nicht aufpaßt.«

»Sie fühlte sich vorhin noch recht wohl.«

»Es gibt Fieber, die ganz plötzlich ausbrechen«, sagte er ruhig. »Es ist wirklich das beste, wenn du zurückkehrst.«

»Aber sollte *ich* sie nicht pflegen? Mich kennt sie, und sie würde sich wohler fühlen, wenn ich neben ihr sitze.«

DeLacey schüttelte den Kopf. »Lady Marian sorgt sich mehr darum, daß Ravenskeep nach dem Sturm in Ordnung gebracht wird ... und sie fürchtet, daß die Leibeigenen vielleicht müßig sind, während sie fort ist.«

Das wurde von den Augen der Frau bestätigt. »Roger«, murmelte sie grimmig. »Bei so viel Arbeit, die ansteht, wird er vielleicht wieder weglaufen.«

Innerlich frohlockte er. »Na also, siehst du? Es wird sie beruhigen, wenn sie weiß, daß du dort bist.«

Joan zog die Augenbrauen zusammen. »Ich wette, sie hat es von ihm.«

DeLacey runzelte die Stirn. »Von wem?« Ein echtes Fieber demnach, und wahrscheinlich das eines Leibeigenen; möglicherweise sogar von dem schwierigen Roger. Marian gehörte zu den

Personen, die sich persönlich dafür interessierten, wie es ihren Arbeitern ging. *Ein weiterer Grund, warum sie besser daran täte, mich zu heiraten.*

»Sir Robert«, antwortete die Frau. »Er blieb die Nacht über mit Fieber bei uns, nachdem er sie von der Eberjagd zurückbrachte.« Mit blauen Augen blickte sie ihn arglos an.

»Sir Robert von Locksley?«

»Ja, Mylord. Er reiste heute morgen ab – nicht lange danach entschied sie sich, hierherzukommen.«

Die zeitliche Aufeinanderfolge konnte kein Zufall sein. Jetzt verstand er die Stärke, mit der sie sich selbst den Wünschen ihres Vaters widersetzte.

Sie bildet sich ein, sie sei verliebt.

Er hatte es von Anfang an gewußt, von dem Moment an, als er von Archaumbault erfahren hatte, daß es Locksley gewesen war, der sie gerettet hatte. Kalte Wut nagte an seiner Seele.

Abraham, der Jude, war ein gütiger Mann von unendlicher Geduld, der keinem Böses wollte. Es war weit wirksamer, fand er, seinen Peinigern gegenüber freundlich zu sein. Abraham war als – für einen Juden – anständiger Mann bekannt, der niemanden unnötig wegen einer Zahlung belästigte, selbst wenn sie bereits überfällig war.

Sir Robert von Locksley – *Robin,* hatte er gesagt – stieß mit dem Finger gegen den Lederbeutel auf dem Tisch zwischen ihnen. Sein Mund war eine dünne, grimmige Linie. »Nicht genug also.«

Abraham fühlte aufrichtiges Mitleid. Sanft sagte er: »Ich bitte Euch, mein junger Herr, es liegt nicht an der Summe, sondern am Geschäft. Der Schmuck wurde mir nicht als Sicherheit gegen spätere Zahlung gegeben, sondern als Teilzahlung.«

Das helle Gesicht wurde bleicher. »Ihr verkauftet ihn.«

Abraham machte eine geübte Geste der Hilflosigkeit, die in diesem Fall aber ernst gemeint war. »Es gibt gewisse Umstände, unter denen alles, was ein Kunde mir anbieten kann, etwas aus seinem Familienbesitz ist – Silberteller, Juwelen – und was ich nur dazu verwende, um seine Schuld zu begleichen, nicht für mich persönlich.«

Robin nickte angespannt. »Ich verstehe.«

»Es tut mir leid, Mylord.« Das tat es ihm wirklich. Viele kamen mit redegewandten Lügen zu ihm, die dazu bestimmt waren, sein Vertrauen oder sein Mitgefühl zu gewinnen, aber er hatte sich bereits von jung auf darin geübt, zwischen Wahrheit und Lüge unterscheiden zu können. Huntingtons Erbe sagte die Wahrheit, und er erwartete keine Freigebigkeit. Er wollte seine Erbschaft ehrlich zurückkaufen. »Ich kann leider nichts tun.«

Robin nickte wieder. »Ich wollte sie nicht für mich«, sagte er ruhig. »Ich hatte vor, sie dem Kanzler Longchamp zu schicken, für das Lösegeld des Königs.«

»Ah.« Erst spürte er einen Überraschungsschreck, dann mischte sich Angst darunter, die Abraham jedoch zu unterdrücken versuchte. Mild sagte er: »Dann würdet Ihr besser daran tun, Euer Geld dem Sheriff zu geben.«

»Dann möchte man meinen, daß William deLacey Longchamp als Kanzler ersetzt hat.«

Die Antwort überraschte den Juden. Er hatte aus dem Ton des jungen Mannes bislang noch keinen Zynismus herausgehört. »Nein, Mylord«, sagte Abraham höflich zögernd, »aber man möchte meinen, daß der Sheriff in der letzten Zeit etwas übereifrig im Namen Longchamps arbeitet.« Er offenbarte ein wenig von seiner Verbitterung. »Würdet Ihr mir die Börse im Austausch für den Schmuck geben, hätte der Sheriff bald beides.« Er blickte Robin fest an, ohne sich für seine Offenheit zu entschuldigen. »Wir haben nur drei Tage Zeit, wurde mir gesagt; er ließ daran keinen Zweifel offen.«

»Ich würde nicht einmal einen Penny darauf wetten, daß die Steuern nach London gehen. Wahrscheinlicher in *deLaceys* Kasse...« Er runzelte die Stirn, die Augen verengten sich. »Oder möglicherweise in Johns.«

Robin langte nach dem Beutel. »Dann werde ich das für mich selbst behalten –« Doch er brach mittendrin ab und starrte Abraham gebannt an. »Ihr habt bereits für das Lösegeld des Königs Geld gesammelt...« Der Jude nickte. »Was wäre, wenn Ihr Euer Geld nach London schickt, zu Longchamp, anstatt zum Sheriff?«

Abraham zuckte mit den Schultern. »Wir würden bestraft werden, Mylord. Und Longchamp würde es nie erfahren.«

»Dann zahlt nur einen Teil dessen, was fällig ist. Legt einen Teil zur Seite und schickt den nach London.« Robin hob die Börse auf, dann ließ er sie mit einem metallischen Klirren der Endgültigkeit wieder zurückfallen. »Der *Sheriff* braucht es nie zu erfahren.«

Abraham lächelte traurig. »Wir können jederzeit durchsucht und unser Eigentum kann dabei beschlagnahmt werden.«

Robin schüttelte den Kopf. »Ihr macht doch sicher Geschäfte mit Euren jüdischen Brüdern in London... wo Longchamp sitzt, der an Richards Statt herrscht.«

»Natürlich, Mylord. Regelmäßig.«

»Mischt sich der Sheriff in solche Angelegenheiten ein?«

»Nicht, solange wir die Steuern rechtzeitig zahlen.«

»Dann zahlt sie.« Robin schob seinen Stuhl zurück und erhob sich. Mit einem Finger deutete er auf die Börse. »Legt das beiseite, Abraham. Wenn ich Euch mehr gebracht habe, müßt Ihr es an William Longchamp schicken.«

Abraham machte eine unsichere Handbewegung. »Alles schön und gut, Mylord – aber wie wollt Ihr mehr beschaffen?«

Robins Gesichtsausdruck war hart. »Mein Vater hat mich bestohlen. Dieselbe Gefälligkeit werde ich nun ihm erweisen.«

Gisbourne fuhr aus seinem Halbschlaf hoch, als jemand – oder etwas – laut an seine Tür klopfte. Schnell ordnete er mit einer Handbewegung seine Haare, richtete sich in den Kissen auf, suchte wieder eine bequeme Position für sein Bein, dann bat er, wer es auch immer war, einzutreten.

Eleanor kam mit einfachen Krücken herein.

Er verstand augenblicklich. »Nein!«

»Ihr müßt.« Sie schlug die Tür mit einem Fußtritt zu. »Er läßt sie bewachen.«

Er blickte die Stützen entsetzt an. Er erinnerte sich nur allzu lebhaft daran, welche Schmerzen ihm die Fahrt in dem Karren und die Strecke vom Wagen ins Bett bereitet hatten. »Die Wachleute werden nicht auf mich hören.«

»Bei Gott, seid Ihr denn derart unfähig? Ihr seid Seneschall, Gisbourne... Ihr seid vielleicht kein Mann, der sehr viel persönliches Ansehen hat, aber Ihr habt einige Autorität.« Sie hielt ihm die Krücken hin. »Wenn Ihr Euch eine plausible Lüge ausdenkt, wird der Mann Euch glauben.«

Er nagte am Daumennagel.

Eleanor schlug mit den Krücken ungeduldig auf den Boden. »Der Mönch hat seinen Teil getan. Jetzt seid Ihr dran.«

Er wischte sich über das schweißbedeckte Gesicht. »Ich bin wohl kaum im richtigen Aufzug, um irgend jemanden von irgend etwas zu überzeugen.«

Eleanor lehnte die Krücken an das Bett und ging zu der Truhe, aus der sie einen frischen Bliaut hervorzog. Sie warf ihm das Gewand zu. »Da«, sagte sie giftig. »Oder wollt Ihr, daß ich es Euch auch noch anziehe?«

Sein Gesicht brannte. »Nein.«

»Gut. Ich ziehe es auch vor, Männer zu *ent*kleiden. Bummelt nicht, Gisbourne. Der Mönch wartet. Ich möchte, daß Marian FitzWalter sofort von hier verschwindet.« In ihren Augen stand Wut, wie er sah; so sehr haßte sie sie. »Wenn es Euch das leichter macht, Gisbourne: Diesen Dienst wird sie Euch hoch anrechnen. Welche Frau würde nicht den Mann, der ihr zur Flucht verhalf, mit Wohlwollen betrachten?«

So hatte er das noch gar nicht gesehen. Hastig langte er nach dem Bliaut; Eleanor lachte.

Die Straßen von Nottingham waren noch immer morastig. Robin gab acht, wo er sein Pferd hintreten ließ, als er vom jüdischen Viertel zum Marktplatz ritt. Plötzlich schoß eine schmale Gestalt aus einer Gasse und ihm direkt in den Weg, und er mußte das Tier hart zügeln. Eine flinke Hand schnappte nach den Zügeln.

»Much!« Robin beugte sich drängend vor. »Zeig dich nicht so in der Öffentlichkeit!«

Der Junge grinste. Er streckte die zusammengeballte Hand aus. »Ro-bin.«

Robin langte hinunter. Ein Beutel mit durchschnittenen Lederbändern wurde ihm in die Hand gedrückt. *»Much –«*

Doch der Junge grinste nur noch breiter. »Löwenherz.«

»Much, *warte* ...« Er schwang sich aus dem Sattel. »Hier – komm mit mir mit.« Er führte sein Pferd in eine Gasse, und Much folgte ihm. Dort drückten sie sich an ein Gebäude, und das Pferd stand als Abschirmung vor ihnen. »Wie oft machst du das?«

Much zuckte mit den Schultern, als sei er ganz arglos und unwissend.

Robin unterdrückte ein Schmunzeln. »Und wenn ich dir sagen würde, du sollst das unterlassen, würdest du es dann trotzdem tun?«

Die dunklen Augen des Jungen glitzerten. Ein trauriger Gesichtsausdruck breitete sich auf seinem Gesicht aus. Seine dünnen Schultern krümmten sich nach vorne.

Robin schüttelte den Kopf. »Nein, Much, ich bin nicht dein Vater. Ich werde dir nicht sagen, was du zu tun oder zu lassen hast.« Er lächelte schief, als er sah, wie sich die Züge des Jungen entspannten. »Wenn du Löwenherz dienen willst, wer wäre ich denn, dir da dreinzureden? Und Richard braucht Geld.« Er warf einen Blick auf den Marktplatz, um sicherzugehen, daß sie nicht gesehen wurden. »Much.« Er war jetzt sehr ernst und sah, daß der Junge es merkte. »Es gibt da einen Mann, einen Juden namens Abraham. Er ist ein Geldverleiher. Kennst du ihn?«

Much nickte sofort; wahrscheinlich kannte der Jungen jeden hier.

Robin zeigte ihm die Börse. »Bring sie zu ihm. Sag ihm, ich hätte dich geschickt; es sei für Löwenherz.«

Much zog seinen Kopf zwischen die Schultern, was seinen Widerstand anzeigte.

»Er wird dir nichts zuleide tun, Much. Das verspreche ich dir. Er wird das Geld nach London bringen lassen, damit Löwenherz freigekauft werden kann.«

Der Junge blieb unschlüssig. Er starrte den Beutel schief an, dann wich er leicht zurück.

Ich brauche etwas, was ihn überzeugt. Robin nagte einen Moment an seiner Lippe, dann lächelte er. Ohne Rücksicht auf seine Hose kniete er sich auf die Straße und legte beide Hände auf Muchs schmale Schultern. Feierlich erklärte er: »Ich schwöre dir bei meinem Eid als Kreuzfahrer und als Ritter, der von König Richard selbst vereidigt wurde, daß das, was du tust, um ihm zu dienen, niemals gegen dich verwandt werden kann. Daß, wenn dir ein Mann Schaden zufügt, er damit auch mich angreift.« Er sah die tiefe Hingabe in den Augen des Jungen und schlug einen ernsten Ton an. »Aber du mußt auf der Hut sein, Much. Du darfst nichts unnötig riskieren.«

Much nickte. Er schnappte sich die Börse aus Robins Hand und flitzte davon.

Der rechtmäßig vereidigte Ritter beobachtete, wie Much davonlief, dann stand er auf und betrachtete nüchtern seine Hose. Die Knie waren von einer dicken, übelriechenden Schmutzschicht bedeckt.

»Für Gott und König Richard«, murmelte er. Dann grinste Robin. »Und für Much.«

56. Kapitel

Marians Stolz hielt sie davon ab, durch die Tür hindurch den Wachmann anzuschreien. Egal, was sie sagte, er würde sich weigern, ihrer wütenden Forderung, herausgelassen zu werden, Aufmerksamkeit zu schenken, und sie wollte sich nicht sinnlos entwürdigen. Falls er einmal hereinkäme, würde sie ihm den nächstbesten Gegenstand über den Kopf hauen. Bis dahin konnte sie nichts anderes tun, als ruhig und geduldig dazusitzen, was sie jedoch nicht schaffte, oder nervös von einer Seite des Raums auf die andere zu laufen.

Sie erstarrte, als der Riegel knarrte. Einen kurzen Moment erneuter Panik war sie unfähig, zu denken oder sich zu bewegen. Dann ging die Panik vorüber, und sie langte wie geplant nach dem erstbesten greifbaren Objekt: einem hölzernen Kerzenständer.

Sir Guy of Gisbourne stand in dem schmalen Türrahmen. Sein ernstes normannisches Gesicht war stoppelig und eingefallen. »Lady Marian«, sagte er feierlich, »wir haben nur wenig Zeit.«

Lady Marian setzte den Leuchter ab und trat, keine der wenigen Zeit vergeudend, zu ihm in den Korridor hinaus.

Zufrieden mit der Welt und sich ging deLacey ohne Eile zum Wachhaus, das gegen eine Wand des Hofes gesetzt war. DeLacey ließ einen uniformierten Mann vortreten. »Euer Name?«

Er war jung, hatte rötliches Haar, dunkelbraune Augen, einen breiten Mund und ein entschlossenes Kinn. »Philip de la Barre.«

DeLacey lächelte kurz. »Ein guter französischer Name, de la Barre.«

Angesichts der herzlichen Bemerkung ließ sich der Soldat zu der Vertraulichkeit eines erwidernden Lächelns verleiten. »Ja, Mylord... meine Familie ist recht alt.«

DeLacey ließ das Thema fallen, denn sonst würde noch zur Sprache kommen, daß deLaceys Name lange nicht so gut und alt war. Genaugenommen war deLaceys Erbe zum großen Teil gar nicht französisch. »Ihr reitet Eskorte nach Ravenskeep, dem Gut der FitzWalter.« Er drückte de la Barre einen kleinen Beutel in die Hand. »Dort gibt es einen Leibeigenen namens Roger. Nachdem Ihr dafür gesorgt habt, daß die Bediente dort sicher angekommen ist, findet diesen Roger und horcht ihn aus. Ich möchte wissen, wie unzufrieden er ist und ob er genug Verstand hat, um für uns von Nutzen zu sein. Gebt ihm das Geld, aber sagt ihm nichts. Wir müssen ihm erst den Mund wäßrig machen.«

»Ja, Mylord.«

»Gut. Ich erwarte Euch vor Sonnenuntergang wieder zurück.«

Robin verweilte noch kurz in Nottingham und überlegte ernsthaft, nach Ravenskeep zu reiten. Es interessierte ihn nicht besonders, was die Gäste des Earls von seinem Verhalten denken würden. Er unterstützte den König auf allen Gebieten, aber sein Vater, fand er, war voreilig und folgte der falschen Spur. Wenn die englischen Adligen ihren Blick darauf richten würden, Richard zu befreien, anstatt John zu bekämpfen, würden sich die Staatsprobleme vielleicht lösen lassen, ohne daß ein Tropfen Blut vergossen werden müßte.

Er kniff nachdenklich die Augen zu, während er in den Sattel stieg. *Aber da ist noch Geoffrey de Mandeville.*

Der Earl of Essex war kein Schwarzseher, und er schloß sich keiner Verschwörung gegen John an, wenn er nicht wirklich glaubte, daß das unumgänglich war. Als Justitiar wußte de Mandeville über Dinge Bescheid, die nur wenigen Männern vorbehalten waren. Wenn de Mandeville dabei war, mußte die Sache ernst sein.

Sehnsüchtig blickte er in Richtung Ravenskeep. *Schnell könnte er dort sein*... Doch er hatte Marian versprochen, erst mit seinem Vater zu sprechen. Das schuldete er ihr.

Gisbourne beklagte innerlich zutiefst seine verhärmte Erscheinung und seinen unangemessenen Aufzug. Das Bliaut war sauber und gewiß ordentlich genug, aber das war kaum die Kleidung, die er unter anderen Umständen gewählt hätte.

Marian blieb in dem dunklen Flur stehen und wandte ihm den Kopf zu. Er sah, daß ihr Gesicht zerschunden war und an manchen Stellen tiefe Kratzer aufwies, was in ihm ein überwältigendes Gefühl hervorrief: Er wollte mit aller Macht dafür sorgen, daß nie wieder jemand sie mißhandelte.

Ich möchte – Gisbourne schluckte schwer und versagte Körper und Seele das Bekenntnis, nach dem beide drängten. »Am besten laßt Ihr keine Zeit verstreichen.«

»Was ist mit Euch?« fragte sie. »Er weiß natürlich nichts davon.«

Er wollte lachen. Das »natürlich« hatte sie verraten; sie kannte den Sheriff nun wirklich. »Nein. Ich werde dafür sorgen, daß er die Wahrheit nicht erfährt.«

»Sir Guy –« Marian lächelte angespannt; sie hatte noch einmal innegehalten, bevor sie entfloh. Es war sichtbar, daß sie deLacey nicht unterschätzte. »Ich bin Euch für Eure Hilfe sehr dankbar.«

Er wollte mehr als das, aber das war alles, was sie ihm momentan geben konnte. »Geht zu dem südlichen Wachhaus«, sagte er ihr. »Der Mönch wartet dort auf Euch. Ihr geht jetzt besser, Lady Marian. Gedenkt meiner heute abend wohlwollend, wenn Ihr Gott dankt.«

»Und morgen«, erklärte sie inbrünstig. »Jeden Tag meines Lebens!«

»Geht«, sagte er kurz angebunden, unfähig den Blick in ihren Augen länger zu ertragen, da er wußte, daß er es für sich selbst tat und nicht für sie.

Marian ging davon. Gisbourne wartete noch einen Augenblick, dann schwang er sich auf seinen Krücken herum und humpelte wieder in das Zimmer. Vorsichtig lehnte er die Tür halb an, dann biß er fluchend die Zähne zusammen, während er sich auf den Boden herabließ. Er schleuderte die Krücken von sich, ballte seine Faust und schlug sich damit fest auf den wunden Oberschenkel. Frisches Blut befleckte seinen Verband und durchweichte ihn. Der Schweiß brach ihm aus. Laut keuchend, brach er halb ohnmächtig zusammen.

Heiser murmelte er: »Du schuldest mir mehr als nur Gebete.«

Much lief ins jüdische Viertel. Er fand Abrahams Behausung und lehnte sich an eine nahe gelegene Wand. Er machte sich selbst klein, weniger als nichts, und beobachtete die Leute auf der Straße, die die Schäden des Sturms aufräumten. Er wartete, bis sie seine Gegenwart bemerkten, über ihn sprachen und ihn dann unter der Last der Arbeit wieder vergaßen: Er war ein Junge, nicht mehr; ihnen allen ein Fremder.

Als er sich sicher war, daß er sie nicht mehr interessierte, schlenderte Much lässig über die Straße und trat mit dem Fuß gegen einen losen Stein. Zweimal kickte er ihn noch, bis der Stein an Abrahams Tür prallte. Much lief zu ihm, bückte sich, als wollte er den Stein begutachten, dann machte er die Tür auf und schoß ins Innere.

Der alte Jude fuhr auf, als die Börse vor seine gefalteten Hände auf den Tisch plumpste. »Löwenherz«, verkündete Much entschlossen, von rechtschaffenem Feuer verzehrt. Dann, als der alte Mann ihn verwundert anblickte, führte er es etwas schüchterner aus. »Von *Robin*.«

Nach reiflicher Überlegung stülpte Abraham langsam den Beutel um und ließ die Münzen herausfallen.

Er sah Much an und lächelte, während er mit den Fingern die Münzen zählte. »Und warum auch nicht?« fragte er. »Er ist Herrscher über uns alle, Christen wie Juden, Adlige oder Leibeigene.« Er nickte Much zu. »Sag Robin, ich sei einverstanden.«

»Mehr«, schlug Much vor.

»Mehr«, stimmte ihm der Jude zu.

Nachdem er sich eine frische Tunika in einem kräftigen Blau angezogen hatte, die im östlichen Stil mit goldener Borte verziert war – und mit einem Hauch von Nelke seinen Mundgeruch verbessert –, ging deLacey in die winzige Burgkapelle. Sie war leer, natürlich; Bruder Tuck war entlassen worden.

Aus Gewohnheit, nicht aus Überzeugung, beugte er seine Knie, dann glitt er auf eine Bank im hinteren Teil der Kapelle. Es war feucht und kühl und roch nach Mäusen; er würde jemanden zum Putzen herschicken müssen. Marian könnte sich als fromm erweisen.

DeLacey lächelte. Er zügelte sich zu einer Gemütsruhe, die nicht seinem Inneren entsprach. Die Vorfreude war süß. Sie würde sich sträuben, natürlich, denn Marian war in der letzten Zeit nur allzu schnell bereit gewesen, ihn herauszufordern.

Das hat sie sich alles selbst zuzuschreiben.

Selbstverständlich hatte er nicht vor, sie zu vergewaltigen; er war ein Mann, der schon mit vielen Frauen geschlafen hatte, eingeschlossen so kalten wie seine Ehegemahlinnen, und er wußte genau, was es brauchte, um die Leidenschaft einer Frau zu entfachen. Marian war eine leidenschaftliche Frau – das hatte sie bereits durch ihre plötzliche Vernarrtheit in Robert von Locksley bewiesen – und würde für seine Zuwendungen entflammen, ohne daß er auf Gewalt zurückgreifen müßte.

Er blickte zum Altar auf. »Hugh, alter Freund«, sagte er, »wir hätten das beide nicht gewollt, aber was bleibt sonst anderes übrig? Sie hat sich als eine starrköpfige und ungehorsame Tochter erwiesen, viel zu eigensinnig, als daß man sie über sich selbst bestimmen lassen könnte. Das Gut ist in beklagenswertem Zustand und ihr Betragen höchst suspekt... wenn Euer Name auch nur ein wenig in Ehren gehalten werden soll, muß ich mich der Sache annehmen.«

In der Kapelle war es still.

Sir Hugh äußerte sich natürlich nicht. Einen Augenblick in Erinnerungen versunken, starrte deLacey das Kruzifix an und beschwor vor seinem inneren Auge das Bild seines alten Freundes herauf. Es war nichts von Marian in ihm, außer dem eigensinnigen Zug um das Kinn.

»Wenn ich bei ihr schlafe«, sagte er, »wird sie mich heiraten müssen.«

Unerwartet kamen Schuldgefühle. Schnell stand deLacey auf und verließ die kleine Kapelle.

Marian atmete tief durch, nachdem sie das Wachhaus durchquert hatte. Mit den Soldaten hatte es keine Schwierigkeiten gegeben. Sie hatte ihr Haar und den größten Teil ihres Gesichts unter der Kapuze verborgen, sich jedoch bemüht, nicht verstohlen zu wirken.

Das Tor wurde hinter ihr geschlossen. Marian blickte sich eilig nach dem Mönch um und sah ihn mit zwei Pferden nicht weit vom Tor warten. Schnell lief sie zu ihm und schob die Kapuze zurück. »Bruder?«

»Tuck«, fügte er mürrisch hinzu. Sein aufgedunsenes Gesicht wirkte gequält. »Lady Marian, ich bitte Euch um Vergebung.«

Sie berührte ihn flüchtig am Arm. »Was immer Ihr getan habt – und was immer Ihr in Zukunft tun mögt –, ist Euch bereits mehr als zehnmal verziehen.« Sie warf einen Blick über ihre Schulter, dann betrachtete sie die Pferde, die Tuck am Zügel hielt. »Kommt Ihr mit mir?«

Er nickte. »Das ist das beste, sagte Sir Guy... aber – ich bin noch nie auf einem Pferd geritten. Nur auf einem Maultier – und jetzt bin ich zu fett dafür. Von Croxden hierher ging ich zu Fuß.«

Marian tat der Mönch leid, aber sie konnten es sich nicht leisten, zu Fuß zu laufen. »Es tut mir leid, Bruder... vielleicht, wenn wir erst einmal aus Nottingham heraus sind, aber bis dahin müssen wir reiten. Ein guter Mensch hat sich in schwierige Umstände gebracht.« Sie dachte an Gisbourne, als sie Tuck die Zügel aus der Hand nahm, sie über den Kopf der rotbraunen Stute zog und einen Fuß in den Steigbügel setzte. »Bruder Tuck, ich bitte Euch – helft mir mit Euren Händen!«

Das tat er, wenn auch ungeschickt. »Bitte«, drängte sie ihn. »Ihr wißt, was er vorhat; möchtet Ihr, daß man mich wieder gefangennimmt?«

Unglücklich schüttelte er den Kopf. »Nein, Lady –«

»Ein Pferd ist nicht soviel anders als ein Maultier.« Innerlich schalt sie sich, daß sie einen Mönch anlog. »Ich reite voraus, Bruder – aber, ich bitte Euch, beeilt Euch. Ich möchte so schnell wie irgend möglich in Huntington ankommen.«

»Huntington? Ich dachte, wir reiten nach Ravenskeep. Das sagte mir Sir Guy.«

»Sir Guy irrte sich. Ravenskeep ist der erste Ort, wo der Sheriff suchen wird.«

Mit großer Anstrengung steckte Tuck eine Sandale in den Steigbügel, griff nach Mähne und Zügel und zog sich daran hoch; der Wallach schwankte erst, dann spreizte er seine Beine und brummte. *»Lady –«*

»Beeilt Euch, Bruder Tuck.« Sie hielt es nicht für klug, ihm zu sagen, daß sie fürchtete, der kastanienbraune Wallach würde zu Boden gehen, wenn Tuck noch länger zwischen Sattel und Boden hing.

»Jawohl –« Er hievte sich in den Sattel. Sein Gesicht brannte rot, entweder von der Anstrengung oder aus Verlegenheit; sie vermochte es nicht zu sagen. Vielleicht war es beides. Mit erstickter Stimme fragte er: »Wie weit ist es bis nach Huntington, Lady Marian?«

»Nicht so weit.« Noch eine Lüge; es würde ihm bestimmt wie eine Ewigkeit vorkommen.

Gisbourne schreckte auf, als er an den Schultern gepackt und in eine sitzende Position gehoben wurde. Der Schmerz war qualvoll. Er öffnete seinen Mund zu einem Schrei, unterdrückte ihn jedoch, als sein Blick auf das harte Gesicht des Sheriffs fiel.

»Nun?« fragte deLacey. Er stand in der Tür, während ein Wachmann auf dem Boden kniete und Sir Guy aufrichtete.

Den Ton kannte Sir Guy: Er war eiskalt und flach und eigenartig leblos, als ob deLacey nur Gleichgültigkeit empfände. Das wäre jedoch eine verhängnisvolle Annahme gewesen, wie Gisbourne wußte. Ein derartiger Irrtum hatte andere Männer das Leben gekostet.

In schmerzbetäubter Verblüffung, die er nicht vortäuschen mußte, fuhr sich Gisbourne mit zittriger Hand über das Gesicht. »Mylord –«

»*Nun*, Gisbourne?«

»Mylord – ich –« Er befeuchtete seine Lippen. »Sie *brachte mich zu Fall*, Mylord... sie stieß mir die Krücken aus der Hand!«

DeLacey warf den Krücken nicht einmal einen Blick zu. »Das sehe ich, Gisbourne. Und ich habe keinen Zweifel daran, daß es unglaublich weh getan hat. Was ich jedoch bezweifle, ist, ob Ihr Grund hattet, überhaupt hier zu sein.«

Gisbourne atmete schwer. Seine Wunde brannte. »Ich kam, um ihr zu danken, Mylord –«

»Ihr zu *danken!*«

»– und ihr meine Aufwartung zu machen ... in Huntington war sie nach der Eberjagd sehr freundlich zu mir.«

DeLaceys Gesicht wirkte so straff gespannt wie ein Trommelfell. »Das hätte gewiß Zeit gehabt, Gisbourne ... sicher, bis Eure Wunde weniger geschmerzt hätte. Es betrübt mich, Euch in solchem Mißbehagen zu sehen.«

Gisbourne verkniff sich die Antwort, die er gerne gegeben hätte. Statt dessen wagte er ein gequältes Lächeln. »Mylord, die Wahrheit ist, ich hörte, sie sei krank –«

DeLaceys Tonfall wurde schärfer. »Was?«

»Krank, Mylord.« Er blinzelte unschuldig. »Tratsch des Dienstpersonals natürlich ... ich weiß, ich sollte nicht darauf hören, aber als ich vernahm, es handele sich um Lady Marian ...« Er hustete schwach. »Alles, was ich vorhatte, war, ihr für ihre Güte zu danken und ihr meine Hoffnung ausdrücken, daß ihr Unwohlsein vorübergehen würde.« Er schluckte mühsam, dann riß er die Augen auf. »Aber sie war gar nicht krank! Sie muß es *vorgetäuscht* haben ... aber warum würde sie so etwas wohl tun?«

DeLaceys Augen funkelten. »Frauen sind unberechenbar.« Er blickte zum Wachmann. »Helft Gisbourne in sein Zimmer zurück. Man hat ihn mißhandelt.«

Gisbourne ließ sich erleichtert zurückfallen, als der Sheriff gegangen war. *Ich habe ihn endlich einmal geschlagen.*

Der Griff des Wachmanns schmerzte. »Ein hübsches Ding«, murmelte er. »Ich kann es Euch nicht verdenken, Sir Guy.«

Er schlug die Augen auf. *»Was –?«*

»Die Frau, Sir Guy; ich bezweifele nicht, daß sie Euch im Bett dafür danken wird, daß Ihr sie vor dem des Sheriffs errettet habt. Ich wußte, was Ihr vorhattet, als Ihr mich fortschicktet, um auszutreten.« Er zerrte Gisbourne hoch. »Aber macht Euch keine Sorgen – wenn Ihr meine Börse immer gut füllt, verrate ich dem Sheriff nichts.«

Robin hielt sein Pferd auf dem kleinen Hügel an, von dem aus man auf Huntington Castle hinunterblicken konnte. Er konnte die Burg auch jetzt nicht besser leiden als beim allerersten Anblick, als er nach zwei Jahren im Heiligen Land zu einem fremden Festungsturm zurückgekehrt war. Auch England war ihm damals fremd gewesen, kalt und naß.

England war ihm nicht mehr fremd, aber Huntington Castle war es noch immer. Der Burgherr war leider noch genauso wie erwartet; so wie er Robins ganzes Leben lang gewesen war.

Seine Mutter war anders gewesen, eine zu gütige Seele für den Earl. Sie war unter dessen Gefühlskälte dahingeschwunden und dahingesiecht.

Es begann zu regnen: ein trüber Frühlingsnieselregen, der die Welt milchig färbte. Robin zog seinen Mantel fester um die Schulter, dann trieb er sein Pferd zum Galopp an. Anstatt jedoch auf direktem Weg auf die Burg zuzureiten, ritt er an der Außenmauer entlang. Genau über dem Hügel dahinter lag Huntington Hall, das sein Zuhause gewesen war. Dorthin würde er reiten, um seiner Mutter zu gedenken, bevor er zu seinem Vater zurückkehren würde.

Der Earl von Huntington saß mit seinen einflußreichen Freunden zu Tisch. Er hob seinen Kelch. »Nun denn, wir haben schon unzählige Male auf die Gesundheit des Königs getrunken ... sollen wir diesmal auf einen gesunden Thronerben trinken?«

De Vesci kicherte. Henry Bohun zog eine Augenbraue leicht hoch, während Geoffrey de Mandeville errötete. Nichtsdestotrotz erhob der Earl of Essex seinen Becher. »Auf einen klugen und gesunden Erben, so Gott will!«

»Und auf die Fruchtbarkeit der Königin.« Bohuns Tonfall war sachlich.

De Vesci kicherte wieder. »*Falls* der König sich dazu hinreißen läßt –«

»Eustace!« fuhr Huntington ihn an. »Ich werde in meinem Hause keine zweideutigen Anspielungen oder unbegründete Gerüchte dulden.«

»*Unbegründet* –«, begann de Vesci.»Mich dünkt –«

»Eustace.« Bohun erhob warnend die Hand. »Wir sind seine Gäste.«

De Vesci verstummte übelgelaunt, gerade als Ralph in den Saal kam und sich neben den Earl stellte. »Mylord. Besuch ist eingetroffen, von Wind und Regen gepeinigt.«

Huntington warf den anderen, die erstarrt waren, einen Blick zu. »Einer von uns, Ralph?«

»Nein, Mylord.«

Erleichtert wedelte der Earl mit der Hand. »Dann schick ihn in die Küchenräume. Ich werde später mit ihm sprechen.«

»Es mag Euch betreffen, Mylord. Aber nur einer von ihnen ist ein Mann; ein Mönch. Der andere ist eine Frau.«

De Vesci grinste. »Bitte sie herein, Ralph. Die Gesellschaft einer Frau versüßt das Mahl.«

Vorsichtig ignorierte Ralph Alnwick. »Mylord, es ist Lady Marian FitzWalter.«

Der Earl runzelte die Stirn. »Marian Fitz –« Er fuhr hoch. »*FitzWalter!* Bei Gott...« Er hielt inne und nahm vor den erstaunten Mienen seiner Gefährten steif wieder Platz. »Und ein Mönch, sagst du?«

»Ein Benediktiner, Mylord. Bruder Tuck.«

»Gut. Zumindest ist sie so einsichtig, zuzugeben, daß sie der Absolution bedarf.« Er ließ seinen Blick über die Länge der Tafel schweifen und bemerkte drei aufmerksame Gesichter. Dann wandte er sich mit feierlicher Bedächtigkeit wieder Ralph zu. »Laß sie beide herein. Er kann später hier auf einer Bank nächtigen; sie kann bei den Küchenmädchen schlafen.«

De Vesci fuhr schockiert auf. »Die Tochter eines Ritters, Mylord? Sie verdient gewiß bessere Behandlung!«

Der Earl wandte sich ihm mit einem kalten Blick zu. »Die Frau ist geschändet. Ein entflohener Mörder verschleppte sie in den Sherwood Forest... wärt Ihr daran interessiert, zu wetten, wie viele Geächtete sie hatten?«

De Vesci ließ ein schallendes und rauhes Gelächter ertönen. »Wer hätte wohl den Mut, sie danach zu *fragen?*«

Geoffrey de Mandeville runzelte mißbilligend die Stirn. »Bestimmt handelt es sich um einen höchst unglücklichen Vorfall, Robert... Ich begegnete ihrem Vater einmal, als der alte König Henry ihn in den Ritterstand erhob. Er war ein guter und edler Mann – ich finde es schrecklich, daß sie ohne ihr eigenes Verschulden solcherart beschmutzt wurde.«

»Das vielleicht«, räumte Huntington säuerlich ein. »Aber wolltet Ihr sie jetzt bei Tisch dabeihaben, während wir Pläne schmieden, wie wir den königlichen Prinzen stürzen können?«

De Vesci grinste. »Nicht bei Tisch – aber später, in meinem Bett –?«

Huntington blickte Ralph an. »Schick sie in die Kapelle, da ich annehme, daß sie beide sie nötig haben. Ich werde später mit der Frau sprechen; sie wird einen Grund dafür haben, daß sie hergekommen ist.«

Ralph verbeugte sich. »Ja, Mylord.«

Der Earl nickte abschließend. »Und sag der Küche, sie sollen ihnen Essen bringen.«

57. Kapitel

Eleanor öffnete die Tür, ohne sich die Mühe zu machen, vorher anzuklopfen, denn es interessierte sie nicht sonderlich, ob Gisbourne sie zu sehen wünschte oder nicht. Sie schlug die Tür zu und ging schnell auf das schmale Bett zu. Er schlief.

»Gisbourne.«

Sofort erwachte er wie ein aufgeschreckter Hund. »Was wollt Ihr denn?«

»Wir müssen etwas unternehmen, um sicherzustellen, daß der Wachmann erledigt ist.«

Sein trüber Gesichtsausdruck wurde mürrisch. »Ich habe kein Geld, um mir sein Schweigen zu erkaufen.«

Eleanor zuckte in eleganter Geringschätzung mit den Schultern. »Dann bringt ihn um.«

Sein Gesicht wurde erst weiß, dann rot. Wie ein in die Enge getriebener Hund fletschte er die Zähne. »Tötet *Ihr* ihn doch! Ihr habt einen Großteil Eures Lebens damit verbracht zu intrigieren, um das zu bekommen, was immer Ihr wolltet, ohne Rücksicht auf den Schaden, den Ihr damit vielleicht anrichtetet. Wenn Ihr meint, er sollte getötet werden, dann arrangiert *Ihr* die Tat!« Jetzt war es an ihm, Verachtung zu zeigen. »Ihr seid schließlich Eures Vaters Tochter.«

Eleanor seufzte und verkniff den Mund. »Also gut, Gisbourne.« Ruhig lief sie auf die Tür zu, dann blieb sie mit der Hand am Riegel stehen. »Ihr haltet Euch für einen guten Mann, nicht wahr? Für einen Mann, der ganz anders ist als mein Vater?« Er gab ihr keine Antwort, natürlich nicht; aber das hatte sie auch gar nicht erwartet. »Ihr beide wollt diese Frau. Ihr beide schmiedet Komplotte ihretwegen. Ihr beide wollt sie haben und geht so weit, daß Ihr Euren König – und einander – verratet –, um Eure Lenden zu befriedigen.« Eleanor schüttelte den Kopf und öffnete die Tür. »Der Teufel macht keine Unterschiede im Ausmaß der Sünde, Gisbourne. Er profitiert nur von der Tat selbst, indem er Euch Eure Seelen nimmt.«

Die Kapelle von Huntington Castle war größer als die von Nottingham, und sie war eleganter. Die Wände waren verputzt und getüncht. Emporstrebende Bögen und Wölbungen ersetzten die dikken, plumpen Säulen, so daß sich das Dach weit über ihnen erhob; über eine ganze Wandseite erstreckte sich eine breite Steinbank, die in verschiedene Sitzplätze unterteilt war.

»Ein reicher Mann«, murmelte Tuck.

Marian war von der Kapelle weniger beeindruckt als er. Sie wußte, daß der Earl reich war. Sie vermutete, daß er von ihrer Entführung und der damit zusammenhängenden – wenn auch hypothetischen – Schändung wußte; in die Kapelle geschickt zu werden, war ein aussagekräftiger Kommentar zu ihrem Ruf.

»Ja«, sagte sie trocken. Sie war sich sicher gewesen, daß Robin sie empfangen würde. Sie hatte nicht ein einziges Mal überlegt, was der Earl wohl machen würde.

Marian machte die Augen auf. *Das sieht nicht nach einem Mann aus, der seinem Sohn erlauben wird, seine Gedanken, geschweige denn seinen Körper, mit mir zu beschmutzen.* Tränen brannten ihr in den Augen. *Ich werde ihm alles sagen, von Sherwood bis zum Sheriff. Aber ich werde mich nicht darauf verlassen können, daß das etwas nützt.*

Tuck knickste, dann näherte er sich dem Altar. Er murmelte still Gebete.

Der Arme, der lange Ritt hat ihm zugesetzt. Marian setzte sich und schlüpfte aus ihrem nassen Mantel. Besorgnis nagte an ihr. Falls Robin nicht in Huntington war, was sollten sie dann tun? Und wo war er?

»Lady Marian?« Tuck hatte seine Gebete beendet. »Was werdet Ihr dem Earl sagen?«

Sie hatte erwartet, daß die Frage irgendwann kommen würde. Marian seufzte. »Ich hatte vorgehabt, ihm nur wenig zu sagen. Ich suche nicht *seine* Hilfe ... Ich kam wegen seines Sohnes.«

Tucks verblüffter Blick verriet Unverständnis.

Warum ihm nicht alles erzählen? »Sir Robert von Locksley. Robin.« Sie lächelte. »Er ist gerade vom Kreuzzug zurückgekehrt.«

Das Gesicht des Mönchs hellte sich auf. »Hat er Jerusalem gesehen? Hat er am Heiligen Grab gebetet? Oh, Lady, welche Freude wäre das ... das Grab zu *sehen*, aus dem sich Herr Jesus erhob ...« Sein Gesicht entspannte sich, und sie erkannte, daß die Handlungen des Sheriffs ihn ebenso beunruhigt hatten wie sie.

»Was meinte er eigentlich damit?« fragte sie. »Der Sheriff, als er sagte, er werde an den Abt schreiben. Was meinte er damit, Bruder?«

Tuck öffnete die Augen. »Er wird dafür sorgen, daß ich aus der Abtei verwiesen werde. Er wird dafür sorgen, daß ich aus dem Orden ausgeschlossen werde.«

»Kann er das denn? Er ist ein weltlicher Mann – er kann das doch gar nicht, oder?«

»Ich wurde kürzlich davon überzeugt, daß ein Mann wie der Sheriff viel ausrichten kann, was ich einst für unmöglich hielt. Wie er mir sagte, gibt es selbst in der Kirche Intrigen ...« Er setzte sich neben sie und nahm das Kruzifix, das von seiner Kordel herunterhing, in seine spatelförmigen Hände. »Lady Marian, mir bleibt nur, Gott zu vertrauen.«

»Ihr seid ein guter Mann«, sagte sie. »Nur wenige Leute widersetzen sich William deLacey; wenn sie es tun, nehmen sie in Kauf, daß es ihnen schaden kann. Er wird Vergeltung nehmen.«

Tucks dunkle Augen blickten sie besorgt an. »Lady – was kann er Euch antun?«

»Momentan nur wenig. Er kann mich nicht in Verruf bringen; das ist bereits geschehen. Er kann mir Ravenskeep nicht nehmen, denn es gehört mir und ich bin ein Mündel des Königs. Er kann mich nicht wieder mit einer erzwungenen Hochzeit überraschen, denn er weiß, daß ich jetzt vorgewarnt bin. Er kann nicht zu meinem Vater gehen und einfach um meine Hand anhalten, denn mein Vater ist tot.« Sie lächelte müde. »Ich bin in Sicherheit.«

»Aber warum seid Ihr dann hier und nicht in Ravenskeep?«

Sie hatte ihn nicht für so scharfsinnig gehalten. »Weil ich ein Feigling bin«, gab sie matt zu. »Und weil ich liebe.«

»Weil Ihr liebt?« wiederholte Tuck. Seine gesamte Haltung veränderte sich. Er lächelte glückselig und machte das Segenszeichen. »Gott schütze Euch, Lady Marian. Liebe ist eine wunderbare Sache.«

Sie preßte die Lippen aufeinander. »Liebe ist eine *erschreckende* Sache.«

Er war bestürzt. »Warum? Ich hörte all die Lieder, Lady Marian – ist es nicht die Liebe, nach der sich die Menschen sehnen?«

»In der Tat, wenn jemand es sich erlauben kann zu lieben.« Ihr gefiel der zynische Ton in ihrer Stimme nicht. »Ich bin nicht so sicher, ob ich das kann.«

»Weshalb nicht? Die Liebe ist rein, Lady Marian.«

Marian lachte leise. »Aber der Earl von Huntington ist nicht Gott.«

»Nein, natürlich nicht. Aber gewiß versteht ein Mann, der eine solche Kapelle erbauen läßt, etwas von wahrer Hingebung.«

»Vielleicht.« *Aber wahrscheinlich nicht.* »Ein Mann, der seinen Sohn zu beherrschen versucht, versteht nur sich selbst und nicht die Wünsche – oder Bedürfnisse – anderer, am allerwenigsten die von geschändeten Frauen.«

Sein Gesicht erhellte sich, als er begriff, dann erlosch es. »Oh«, sagte Tuck niedergedrückt.

DeLacey kaute kräftig, als seine Tochter an den Tisch trat.

»Mylord.« Sie hielt ihren Kopf sehr ruhig. »Mylord, es gibt da eine Sache, die wir besprechen sollten.«

»Eine unter vielen, kein Zweifel.« Er nahm einen Bissen vom thymiangefüllten Huhn. »Um welche geht es?«

Nur das äußerst kurze Muskelzucken in ihrem Unterkiefer verriet ihre Verärgerung. »Es geht um die Bereitwilligkeit eines Mannes, seine Pflicht zu vernachlässigen, Mylord, nur um einem körperlichen Bedürfnis nachzukommen.«

Er lachte. »Meinst du mich?«

Rötliche Flecken erschienen auf ihrem Gesicht. »Gewiß nicht, Mylord. Ich würde Euch nie kritisieren.«

Sie machte einen hastigen Schritt nach vorne, dann blieb sie abrupt stehen, ein Kunstgriff subtiler, unausgesprochener Sprache, der jemand anders vielleicht getäuscht hätte, aber er war zu versiert mit derlei Dingen. »Mylord, ich bitte Euch ... es ist ernst. Es geht um den Mann, der Marian FitzWalters Tür unbewacht ließ.«

Leise lachend, warf deLacey einen Knochen auf den Holzteller und lehnte sich zurück. »Ja, Eleanor. Bitte erzähl mir alles.«

Die Röte stieg ihr höher ins Gesicht. »Er kam zu mir, Mylord. Er machte mir unzüchtige Vorschläge.«

»Auf die du ohne Zweifel bereitwillig eingingst.«

Ihre braunen Augen glitzerten kurz, aber sie ließ sich nicht provozieren. »Nein, natürlich nicht.« Eilig setzte sie hinzu: »Ich bin beschämt –«

»Eleanor.« Er unterbrach sie barsch. »Eleanor, dich hat noch nie etwas beschämt seit dem Tag, da deine Mutter dich gebar. Sag, was du zu sagen hast, und verzichte auf deine Ausschmückungen.« Er beugte sich vor. »Hast du den Wachmann fortgelockt?«

»Ihr könntet mir besseren Geschmack zutrauen«, fuhr sie ihn an. »Er ist ein *Soldat,* mehr nicht...«

»Ah. Vergib mir.« Er grinste. »Du beschuldigst diesen einfachen Soldaten also eines ungehörigen Betragens.«

»Er machte mir unzüchtige Angebote.«

»Und warum auch nicht? Dein befleckter Ruf ist zu allen durchgedrungen.« Er seufzte, des Wortgeplänkels überdrüssig. »Ich nehme an, du möchtest, daß er bestraft wird.«

Ihre Lippen öffneten sich überrascht. »Ihr wart schnell dabei, den Minnesänger zu verurteilen. Warum nicht diesen Mann?«

»Weil *du* ihn bestraft haben willst. Das verleitet mich dazu, mich zu fragen, wieso.« Er tippte mit den Fingerspitzen auf die Armstütze. »Soll ich ihn hereinbringen lassen, Eleanor? Damit du ihn persönlich beschuldigen kannst, um die Wahrheit der Angelegenheit zu beurteilen?«

»Holt ihn herein, Mylord. Ich lausche gerne Lügen.«

»Gut, wir werden den Mann holen lassen.« DeLacey erhob seine Stimme. »*Walter!* Bringt den unglücklichen Wicht herein!«

Eleanor preßte die Zähne aufeinander. »Ihr habt ihn bereits verhört.«

»Ja, natürlich, sofort nachdem er Gisbourne ins Bett gelegt hatte.«

DeLacey lehnte sich zurück, derweil Walter und zwei andere Soldaten den unglücklichen Mann hereinbrachten.

»Da«, murmelte deLacey, »siehst du? Bereits für dich verstümmelt.«

Und das war er. Kurz nachdem deLacey festgestellt hatte, daß der Mann seinen Posten verlassen hatte, hatte der Sheriff befohlen, ihm beide Hände abzuhacken.

Ein traurig blickender Soldat an jeder Seite hielt den einstigen Wachmann aufrecht. Die Stummel waren ausgebrannt worden, aber der Leinverband war dennoch blutig. Ohne die Hilfe der anderen wäre der Wachmann ohnmächtig darniedergesunken.

DeLacey blickte seine Tochter an. »Er hat versucht, Gisbourne zu beschuldigen. Von dir hat er nichts gesagt.« Er winkte dem bleichen Walter und den Soldaten, zusammen mit ihrer Last hinauszugehen. »Siehst du, Eleanor –«, er machte eine sinnierende Pause, »trotz all seiner Fehler ist Gisbourne ein fähiger Seneschall. Ein Mann in meiner Stellung kann jemanden nicht einfach so entlassen, der gute Gründe bietet, ihn dazubehalten. Aber jemand mußte bestraft werden. Es muß immer irgend jemand bestraft werden.« Er stand schwungvoll auf. »Und nun bin ich auch schon auf dem Weg. Die Lady hat lange genug Zeit gehabt – ich reite nach Ravenskeep.« Neben seiner Tochter blieb er noch einmal stehen und beugte sich sehr nahe zu ihr, um ihr etwas ins Ohr zu flüstern. »Ich werde sie bekommen, Eleanor. So oder so.« Seine Stimme senkte sich zu einem Wispern. »Und Gisbourne wird *dich* bekommen.«

Der Regen fiel schräg hinab, als Robin über die Kuppe eines Hügels in das darunterliegende Tal ritt, wo Huntington Hall stand.

Gestanden *hatte.*

Ein Schauder schüttelte Robin. Wie gelähmt starrte er auf die Stelle, taub gegenüber der Umwelt, unempfindlich gegenüber dem Sprühregen.

Alles abgerissen.

58. Kapitel

Die Bedienten räumten unter Ralphs Aufsicht die Reste des ausgiebigen Mahls im großen Saal von Huntington Castle ab. Harte Brotkrumpen wurden an die Hunde verfüttert, während die Reste von Geflügel und Wildbret in Päckchen gewickelt wurden, um an die Armen verteilt zu werden.

Nachdem das Geschäftliche besprochen war, entspannten sich der Earl und seine Gäste, tranken Wein und unterhielten sich über alle möglichen politischen und anderweitigen Themen.

Wie üblich schaute Eustace de Vesci tief ins Glas, und die Wirkung zeigte sich in seinem Gesicht in Form von Röte, glitzernden Augen und überschwenglicher – wenn auch plumper – guter Laune. Er stützte beide Ellbogen auf den Tisch und fixierte Huntington mit einem verschlagenen, herausfordernden Blick. »Bittet sie herein«, schlug er vor. »Laßt uns die geschändete Frau sehen.«

Ralph reagierte auf Huntingtons wedelnde Hand. »Bring das Mädchen herein, Ralph. Wir werden diese Farce beenden.«

»Ja, Mylord.« Ralph ging unter Verbeugungen hinaus.

»Nun«, murmelte de Vesci, »da bekommen wir einen kleinen Zeitvertreib.« Er nahm einen großen Schluck, dann nickte er seinem Gastgeber zu. »Auf Eure Gastfreundschaft, Robert – nicht jeder würde eine solche Frau aufnehmen.«

»Das sollte er aber.« De Mandeville runzelte die Stirn. »Ich kannte ihren Vater, und ich sage Euch – Hugh FitzWalters Tochter ist keine gewöhnliche Hure.«

Ralph kehrte zurück. »Mylords. Lady Marian FitzWalter.«

De Vesci drehte sich im eifrigen Bestreben um, einen lustigen Willkommensgruß zu äußern, aber keiner wurde ausgesprochen, während Marian langsam ins Licht trat. »Bei Christus«, hauchte de Vesci. »Es ist eine Sünde, so eine Frau wie sie zu schänden.«

Falls sie das gehört hatte, zeigte sie es jedenfalls nicht. Geoffrey de Mandeville, Earl of Essex und Justitiar von England, schob seine Sitzbank zurück und erhob sich. »Lady Marian«, sagte er warm, »Eure Gegenwart ehrt uns.«

Hereford kam ebenfalls auf seine Füße. »In der Tat«, murmelte Bohun.

De Vesci sagte gar nichts.

Sie sah zu Huntington und hob leicht ihr Kinn, wie ein Krieger sein Schild heben mochte. »Mylord, ich danke Euch. Wärt Ihr nicht so gastfreundlich, hätten wir die Nacht in einem Kuhstall verbringen müssen.«

Als der Earl sie so sah, hätte er einen Kuhstall seiner Burg vorgezogen. Diese Frau war gefährlich. Wenn sie auf solch erfahrene Lords einen derartig tiefen Eindruck machte, was würde sie dann erst seinem Sohn antun können?

Eine Tür in der Nähe der Vorderseite des Saals wurde krachend aufgestoßen. Robert von Locksley kam in den Saal geschritten, Regen tropfte von seinem Mantel, als er sich die Kapuze von seinem Kopf streifte. »Ihr kaltherziger Bastard –«

Der Earl war sofort auf den Füßen. »Robert!«

Locksleys Zorn verlosch abrupt, als sein Blick auf das Kleid fiel. *»Marian?«*

Ein bebender Earl von Huntington las die Wahrheit bereits von dem Körper seines Sohnes ab, noch ehe sein Erbe die Frau berührte.

Gisbourne starrte Eleanor aufgeschreckt an. »Er *wußte* es?«

»Von Anfang an.« Ihre frühere Verachtung war verflogen, von angespannter Mißstimmung ersetzt. »Ich hätte gar nicht zu ihm gehen brauchen.«

Das ließ Gisbourne schmunzeln. Er erinnerte sie jedoch lieber nicht daran, daß er dagegen gewesen war. Wenn er sie geringschätzig behandelte, würde sie nach Vergeltung suchen.

»Nun«, sagte er nachdenklich, »es ist immerhin schön zu hören, daß ich doch von einigem Wert bin.«

»Seid nicht so stolz«, gab sie zurück. »Solange Ihr nützlich seid, wird er Euch helfen; erweist Ihr Euch als schwierig, wird er sich jedoch von Euch trennen.«

»Ihr müßt trotz allem zufrieden sein. Lady Marian ist fort.«

Eleanors Augen funkelten unheilvoll. »Für den Moment. Er ist fortgeritten, um sie zurückzuholen.«

Er hatte plötzlich einen bitteren Geschmack im Mund. *»Jetzt gerade?«*

»Er ist bereits auf dem Weg nach Ravenskeep.« Sie zuckte mit den Schultern. »Jetzt, morgen, nächste Woche – spielt es eine Rolle, wann genau? Er hat die Absicht, sie hierherzubringen und sie zu seiner Frau zu machen.« Ihr Tonfall wurde bösartig. »Wir müssen uns etwas anderes einfallen lassen, um uns ihrer zu entledigen.«

Wir, echote er im Geiste. *»Wir« konnte gefährlich sein.*

Und ebenso gefährlich, ihr das zu sagen.

Gisbourne nickte.

Das Tor von Ravenskeep war noch nicht repariert, und so hieß denn die Vorburg William deLacey willkommen, wenn es schon Marian nicht tat. Offensichtlich konnte sie es gar nicht; Joan, die über das Erscheinen des Sheriffs sichtlich erschrocken war, sagte, ihre Lady sei nicht zu Hause.

»Sie blieb bei *Euch*«, erklärte Joan. »Wegen des Fiebers, wie Ihr sagtet. Aber – wenn sie nicht in der Burg ist, wo ist sie dann? Ihr sagtet, sie läge im Bett.«

»Das tat sie auch. Offensichtlich fühlte sie sich jedoch wieder soweit genesen, um abzureisen.« Seufzend schüttelte er den Kopf. »Sie ist sehr eigensinnig. Ich hätte ihr natürlich Geleitschutz mitgegeben –«

»Wo *ist* sie?« Joan war nun so aufgebracht, daß sie ihm ins Wort fiel. »Mylord, es regnet, und die Sonne geht bald unter – es geht nicht an, daß Lady Marian ganz allein auf der Straße unterwegs ist!«

Er mußte gehen, ehe er sich noch verriet. »Nein, in der Tat, Joan. Ich werde sofort meine Männer auf die Suche schicken.« DeLacey machte auf dem Absatz kehrt.

Wo denn? grübelte er. *Bei irgend jemand in Nottingham? Auf einem der Nachbarsgüter?* Draußen vor dem Gebäude fiel es ihm dann ein. »Nein«, sagte er angespannt. »Sie wird nach Huntington gegangen sein.«

Die Truppe formierte sich auf seine energische Geste hin. Ein Mann brachte ihm sein Pferd. »Mylord?«

»Erst nach Nottingham.« Schnell schwang er sich in den Sattel. »Morgen früh reiten wir dann weiter.«

Schockiert starrte Marian Robin an. Wasser rann von seinem Mantel herunter und tropfte auf den Boden, wo es erst kurz auf den Binsen liegenblieb und dann in die festgeklopfte Erde versickerte. Versunken musterte sie ihn. Sie suchte nach Anzeichen von Zurückweisung, nun, da sie in der Burg, die *sein* Zuhause war, vor dem Earl und drei Lords von England standen. *Kann er mich auch jetzt lieben? Wird sein Vater es zulassen?*

Sein helles Haar kräuselte sich feucht, wo sich die Nässe unter dem Rand der Kapuze gesammelt hatte. Er war bleich und angespannt und zornig, obgleich der Zorn erlosch, als er sie erblickte, verwandelt durch Erstaunen, das in Freude überging.

Ihr Körper sehnte sich in diesem merkwürdig intimen Augenblick zu ihm hin, trotz der fünf Männer vor ihnen: ein nervöser Bediensteter, ein aufgebrachter Earl und drei verdutzte Lords.

Die Atmosphäre war zum Reißen angespannt.

»Hast du sie gehabt?« krächzte der Earl. »Hast auch *du* diese Frau gehabt – ebenso wie jeder andere Geächtete in Sherwood Forest?«

Aus den Augenwinkeln sah Marian die Bewegung von Robins Hand, der nach einem Schwert greifen wollte, das gar nicht an seiner Seite hing, und dafür liebte sie ihn um so mehr. Doch sie wollte nicht, daß im Namen einer banalen Wahrheit Blut vergossen wurde.

»Ja«, sagte sie deutlich, zum Earl gewandt. »Aber nicht *auch*, Mylord... es war Euer Sohn, der mich zur Frau machte. Letzte Nacht, genauer gesagt – in Ravenskeep, nicht im Sherwood Forest. Im Andachtsraum meiner Mutter. Aber ich glaube nicht, daß Gott etwas dagegen hatte. Er erlaubte uns, einander ohne Schändung zu erfreuen.«

Sie spürte das verblüffte Zurückweichen der anderen mehr, als daß sie es sah. Robin neben ihr erstarrte. Marian selbst fühlte sich seltsam abgelöst, vollkommen abgetrennt von den Gefühlen, die alle anderen gefangennahmen. *Weil ich zu wütend bin; in einem Augenblick werde ich platzen.*

Der Earl von Huntington deutete mit zitternder Hand auf die

Tür des Saals. »Geht auf der Stelle! Ich dulde solche Sprache in meinem Hause nicht.«

»Es ist Englisch«, sagte sie deutlich. »Kein normannisches Französisch, Mylord Earl, sondern gewöhnliches angelsächsisches Englisch.«

»*Verschwindet* von hier!« schrie er.

»Nein«, sagte Robin.

Der Earl bebte vor Wut. »Ich will sie in dieser Halle nicht mehr sehen.«

»Weshalb nicht?« Robin ließ ihre Schulter los und machte einen Schritt nach vorn. Er legte die Hände auf den Rücken.

»Wieso nicht?« echote der Earl. »Bei Gott, Robert, du hast sie –«

»Sie sagte Euch die Wahrheit, mehr nicht, so wie Ihr das so oft von mir verlangt habt. Diese Wahrheit mag Euch betrüben, sie mag sogar Euren Ärger erregen, aber so ist es nun einmal. Wenn Ihr sie wegen des Aktes, den wir beide vollzogen, der Schande beschuldigt, dann müßt Ihr mich ebenfalls des Hauses verweisen.«

De Mandeville setzte sich ruhig hin. Bohun zögerte noch einen Augenblick länger, dann nahm er ebenfalls wieder Platz. Marian sah die Stumpfheit in ihren Augen, die absichtliche Unachtsamkeit in ihren Bewegungen, als sie ihre Becher mit Wein hochhoben. Sie waren es gewohnt, ihre Aufmerksamkeit abzuwenden, wenn es darum ging, die Würde eines anderen zu wahren.

Meine? Marian lächelte. *Nein – ich denke, die des Earls.*

»Robert.« Der Earl stemmte seine Hände auf den Tisch, als wollte er sich festhalten. »Robert, ich lasse nicht zu, daß das hier vor meinen Freunden ausgetragen wird –«

»Warum nicht?« Robin trat einen weiteren Schritt nach vorne. »Sie haben ohnehin schon viel gehört, oder nicht? Ich bezweifle, daß Ihr den Lord of Alnwick dazu überreden könntet, zu gehen; er scheint sich sehr zu amüsieren.«

Marian warf dem Mann einen flüchtigen Blick zu. Der Mann verfolgte alles aufmerksam.

Der Earl sagte scharf: »Es handelt sich hier um eine Angelegenheit, die nicht dazu geeignet ist, sie vor anderen auszutragen.«

»Dann tragt eine geeignetere Angelegenheit aus.« Robin hielt sein Rückgrat kerzengerade. »Vielleicht wollt Ihr mir erklären, was aus Huntington Hall geworden ist.«

Das war nicht im entferntesten, was der Earl erwartet hatte. »Ich ließ es abreißen«, sagte er nur.

»Ich schäme mich für Euch«, sagte Robin leise. »*Ya Allah,* aber ich schäme mich für Euch.«

»*Du* schämst dich für mich!« Der Earl tobte. »Bei Gott, Junge, ich sollte dich an Ort und Stelle enterben, dafür daß du so mit mir sprichst. Schäm du dich! Ich hätte nicht schlecht Lust, dich für diese Unverschämtheit zu verprügeln!«

Sehr sanft sagte Robin: »Ihr werdet mich nie wieder verprügeln.«

Der Earl preßte die Lippen zusammen, bis sie nur noch eine flache Linie bildeten. Er wandte sich von seinem Sohn ab und starrte Marian streng an. »Ihr werdet dieses Haus verlassen.«

Sag nichts – verweigere ihm die Befriedigung. Marian raffte Kleid und Umhang und machte ganz langsam einen Knicks. »Wie Ihr wünscht, Mylord.«

»Nein.« Robin machte eine Halbdrehung zu ihr und hielt sie mit einer Hand zurück. »Nein, Marian . . .« Dann drehte er sich wieder zu seinem Vater um. »Es gibt nur weniges im Leben, woran ich hänge, Mylord. Dazu gehört meine Mutter. Das zweite war Huntington Hall. Beides habt Ihr zugrunde gerichtet.«

»*Robert* –«

Er hob seine Stimme. »Natürlich gibt es da noch die Achtung meines Königs, die ich mir auf dem Schlachtfeld verdiente . . . und die Achtung dieser Frau, die ich mir nie verdiente, sondern die sie mir einfach gab.« Robin machte eine Pause. »Nein – nichts mehr davon. Eine Enterbung würde mir nichts wegnehmen, was ich nicht bereitwillig aufgäbe.«

Der Earl klammerte sich an den Tisch. »Vor *Gott,* Robert –«

»Vor Gott, sicher. Auch vor Euren Pairs.« Robin spreizte die Hände. »Erklärt Ihr mich also für enterbt und der Ehrentitel und des Namens verlustig?«

Geoffrey de Mandeville schob seine Bank zurück und erhob sich. »Ich bin Justitiar von England, dazu ernannt von Richard, König der Engländer«, sagte er ruhig. »Wenn Ihr das wünscht, Mylord von Huntington, werde ich über diese Enterbung amtieren.«

»Ich wünsche nichts dergleichen!« stieß der Earl hervor. »Und das wißt Ihr auch, Geoffrey... da spricht nur ein kleiner Junge.«

De Mandeville blickte zu Robin, dann wandte er sich an den Earl. »Wenn Ihr einen Moment aufhören würdet, Euch ebenfalls so zu benehmen, würdet Ihr sehen, daß keiner von Euch beiden das wünscht. Aber ich bin davon überzeugt, daß Ihr beide in der Lage seid, diese Farce weiter durchzuhalten, um einander zu trotzen.« Seine blauen Augen glitzerten. »Ihr habt keinen anderen Sohn. Wollt Ihr diesen einen so leicht verlieren?«

»Geoffrey.« Die Stimme des Earls klang rauh. »Geoffrey – Ihr hörtet die Sachen, die er sagte.«

»Harte Worte, alter Freund« – de Mandevilles Gesichtsausdruck war traurig –, »aber wenn Ihr wollt, daß er ein Mann wird, müßt Ihr ihn sich äußern lassen.« Er schüttelte sanft den Kopf. »Sperrt die Rute weg, Robert, selbst in Euren Gedanken... die Zeit dafür ist vorbei.«

Das Gesicht des Earls wurde faltig. Er ließ sich schwer auf seine Bank fallen und starrte blind in seinen Wein, während Robin nach Marians Hand griff.

DeLacey saß in der Burgkapelle. Er entweihte sie mit seiner Betrunkenheit. Er trank direkt aus dem Krug.

»Er hatte sie«, sagte er. »Locksley. Er *hatte* sie.« DeLacey nahm einen Schluck Wein. Mit brennenden Augen starrte er zum Altar. »*Letzte Nacht*, wette ich –«

Gott, wie das weh tat. Es hämmerte in seinem Kopf.

»Sie schickt mich weg, und dann macht sie die Beine für ihn breit.« Wein rann seine Kehle hinunter, bis er den Krug wieder von seinen Lippen nahm. »Ob er der Erbe des Earls ist oder nicht, ich werde die Hoden dieses Hurensohns kriegen.«

In der Finsternis rief er ihren Namen. Marian erwachte und legte ihm ihre Hand auf die Brust. »Was ist los?« Er war schweißnaß und atmete stoßweise. *»Robin –«*

»Nein«, sagte er, »nein…« Und dann bewegte er sich beinahe wie rasend und zog sie an seine Brust. Sie fühlte seinen hageren, harten Körper, als er seine Arme um sie schlang und ein Bein über ihres legte. »Laß mich spüren, daß du atmest. Laß mich deine Wärme spüren – ich muß wissen, daß das alles wirklich ist –«

»Es ist wirklich«, wisperte sie. »Und *ich* bin wirklich – das schwöre ich dir.«

Sein helles Haar vermischte sich mit ihrem dunklen. »Ich brauche dich«, stammelte er.

»Ich weiß«, wisperte Marian. Reglos lag er bei ihr, während sie ihn mit ihrem nackten Körper wärmte. »Ich weiß«, sagte sie wieder, als sie an seine Dämonen dachte. Sie hoffte, das würde genügen; sie hoffte, *sie* würde genügen.

59. Kapitel

Bei Tagesanbruch war draußen noch alles feucht, doch es trocknete bereits wieder. Marian stand am Fenster und öffnete den Laden, um das erste schwache Licht hereinzulassen. Hinter ihr kleidete Robin sich an.

Die leisen Geräusche seiner Bewegungen und das Wissen um seine Gegenwart erfüllten sie mit unbändiger Freude, aber auch mit dem stechenden Bewußtsein einer inneren Zerrissenheit. Da war Liebe, aber auch Wut, weil die Freude von der Wirklichkeit zerstört wurde.

Grimmig blickte sie in die Dämmerung hinaus. *Eigentlich sollte es alles ganz anders sein.* In ihren Träumen, in den Unterhaltungen mit ihrer Mutter, den Bemerkungen ihres Vaters war es anders gewesen. Da *war* Liebe einfach, eine reine Leidenschaft, ohne die

Störungen durch Männer wie William deLacey und Väter wie dem Earl.

Zynisch dachte sie: *Das ist nicht das, wovon die Minnesänger singen.*

Dann sagte Robin etwas, murmelte eine Frage, und sie wußte, daß die Wirklichkeit das zerbrechliche, unwirkliche Spinnennetz ihres traumerfüllten Schlafes zerrissen hatte.

»Marian«, sagte er, und sie wandte sich ihm zu, um ihm endlich zu sagen, was sie nach Huntington geführt hatte. Sein Gesicht war wie versteinert, als der Hahn krähend verkündete, daß der Tag angebrochen war.

Sie war früh erwacht und hatte darüber nachgedacht, wie sie es ihm sagen sollte. Jetzt sprach sie ruhig und schmückte ihre Geschichte kaum aus.

Robin hörte ihr schweigend zu, dann wurde sein Gesicht starr wie eine Maske. Sie hatte fälschlicherweise gehofft, diese Maske nie wiedersehen zu müssen.

»Nicht«, sagte Marian. Sie wußte, die Maske war nicht für sie. Die Maske ließ wieder Robert of Locksley vor ihr erstehen, nicht den liebevolleren Robin. »Es ist vorbei, Robin. Das ist dem Sheriff bestimmt klar.«

»Nein.« Er schüttelte den Kopf. »Das weißt du genausogut wie ich, sonst wärst du gestern abend nicht hierhergekommen.« Marian biß sich auf die Lippe; er durchschaute sie zu leicht. »Er ist nicht der Typ Mann, der eine Niederlage seelenruhig einsteckt.«

Das Kind in ihr schrie auf: »Eigentlich sollte es alles ganz anders sein!«

Robin lächelte ohne Herablassung; vielleicht hatte er das auch geglaubt, bevor er in den Krieg gezogen war. »Ohne Zweifel sagte Helena dasselbe, als Menelaus Troja angriff.« Er erhob sich und griff nach Mantel und Vorstecknadel.

Durch das Wissen darum, was vor ihnen lag, fühlte sich Marian leer und mutlos. »Troja wurde zerstört. Die Stadt war uneinnehmbar, wie diese Burg... aber die Achäer brannten sie nieder.«

Robin stand vor ihr und blickte ihr lächelnd in die Augen. »Die Trojaner glaubten zu sehr an sich selbst.« Er legte ihr den Mantel um die Schultern, berührte ihre Wange mit vertrauten Fingern, dann steckte er ihr geschickt die Brosche an. »Ich habe dazugelernt. Wenn mein Vater Priamus ist, werde ich nicht hierbleiben, um zuzuschauen.«

»Ravenskeep wäre ein ärmliches Troja«, sagte sie nüchtern, während sie wünschte, er möge sie wieder berühren, damit sie William deLacey und den Earl vergessen konnte. »Unser Haupttor ist herausgefallen.«

Er grinste, warf sich den eigenen Mantel über die Schultern und steckte ihn fest. »Nein. Wir gehen woanders hin ... an einen Ort, wo uns weder mein Vater noch der Sheriff finden werden.«

»Ah.« Marian nickte. »Wir verlassen England also.«

Das erheiterte ihn, wie beabsichtigt; sie mußte die Maske des Tragikers aufbrechen. »Nein«, sagte er lachend, »wir gehen nach Locksley. Es gehört schließlich mir – ich hätte schon früher dorthin gehen sollen.«

Marian blinzelte überrascht. »Wo *ist* Locksley?«

Er drehte seinen Kopf und öffnete das Fenster. Hinter der Außenmauer lagen saftige und wellige Felder; in noch weiterer Entfernung begannen die Bäume, die sich schiefergrau gegen den zinnoberroten Himmel abhoben. »Da hinten, hinter den Bäumen.«

Sie schaute. »Aber das ist Sherwood Forest!«

»Die Stadt säumt den Wald«, sagte er. Sein Atem streifte ihre Wange, als er ihren Mund zu sich drehte. »Und wenn er mir auch das wegnimmt, dann bin ich eben nur noch Robin von Sherwood.«

Als sie wieder sprechen konnte, als er ihrem Mund eine Frist gewährte, Worte anstelle von Küssen zu formen, fragte Marian: »Könntest du so viel aufgeben?«

»Mir bedeutet das nicht viel, Marian.«

»Eine Grafenwürde, Robin –«

»Das bedeutet mir wenig.« Er legte einen Finger auf ihre Lippen und lächelte. »Nenn mich nicht einen Heiligen ... Ich gebe zu, daß es Vorteile hat, Erbe von Huntington zu sein. Aber ich habe meinen eigenen Weg gefunden – bin meinen eigenen Weg *gegangen* –, und der entspricht offenkundig nicht dem meines Vaters.«

»Du bist sein einziger Sohn. Ist es gerecht gegenüber einem alten Mann, ihm zu verweigern, Namen und Titel weiterzuführen und das Erbe anzutreten?«

Er strich ihr über die Wange. »Ist es gerecht, mich zu fragen, ob ich als Abbild meines Vaters leben kann, wo ich nicht bin wie er?«

Sie lächelte; er glich seinem Vater in nichts. »Nein.«

»Dann tu es auch nicht.« Er küßte sie kurz. »Und ich bin nicht mehr der ehrenhafte Sohn, den er gerne hätte.« Behende holte er den Geldbeutel hervor, der an seinem Gürtel befestigt war, und schüttete den Inhalt in seine Handfläche.

»Robin!«

»Ich bin zum Dieb geworden, Marian: Ich habe mich heute am frühen Morgen in seine Schatzkammer geschlichen, um nachzusehen, ob seine Behauptung, er sei arm, wahr sei, und entdeckte, daß sie es nicht war. Er hielt seine eigenen Juwelen zurück, während er die meiner Mutter verkaufte. Er stahl meiner Mutter, was dir gehört hätte, um diese Monstrosität aus Stein erbauen zu können... und nun bestehle ich ihn, um dem König die Freiheit zu erkaufen.«

Was dir gehört hätte... Er meinte also mehr; oder hatte es. Vorher. »Wenn er erfährt, was du getan hast –«

»Wer – außer ein Narr – würde eine Tat anzweifeln, die im Namen des Königs geschieht?« Er lächelte und schüttete den Reichtum seines Vaters zurück in den Beutel. »Ich muß noch einige Vorkehrungen treffen... Ich werde es einem Mann in Nottingham schicken, der es wiederum an jemand anders weiterleitet. Und dann wird es weiter nach Deutschland gesandt, um Löwenherz auszulösen.«

Ihr Widerspruch erfolgte prompt. »Man kann nicht von dir verlangen, daß du soviel von der Last übernimmst –«

Er unterbrach sie. »Das tue ich auch nicht. Die Juden haben bereits viel getan, und jeder andere in England; sind die Steuererhebungen nicht ruinöser und öfter als sonst?« Er nickte, als sie nickte. »Ich übernehme nicht mehr, als ich bereitwillig tragen kann. Andere tragen noch mehr. Das hier ist nur ein Symbol, aber vielleicht hilft es ja. Wenn es zu allem anderen hinzugefügt wird, mag es genug sein, um Heinrich zufriedenzustellen.«

Sie würde die Wahrheit dennoch nicht übersehen, nicht einmal für einen König. »Es ist *Diebstahl*, Robin. Diebe werden hingerichtet.«

»Viele nicht. Viele von ihnen leben *dort*, nicht weit von Locksley.«

Marian folgte mit dem Blick seinem Finger, als er auf den Ausblick hinter dem Fenster zeigte. »Sherwood Forest.«

»Das ist wenigstens etwas«, sagte er ihr. »Und das ist ein König wert.«

DeLacey zog sich an, frühstückte, ließ sein Pferd satteln und bestellte Philip de la Barre zu sich in den großen Saal.

»Erzählt mir von Roger«, forderte er ihn auf.

De la Barre nahm Haltung an, den Helm in die Armbeuge gedrückt. »Ein ungebildeter Mann, Mylord, aber nicht völlig ohne Verstand. Er ist mürrisch und nörgelt viel, so viel, daß die anderen Leibeigenen ihn überhaupt nicht leiden können, was zu seiner traurigen Lage nur noch mehr beiträgt. Er ist höchst unglücklich mit seinem Schicksal und glaubt zweifellos, daß es ihm woanders besser ergehen würde.«

»Bei einem anderen Gut?« Der Sheriff schüttelte den Kopf. »Jeder andere als Lady Marian hätte ihn bereits zu Tode geprügelt.«

»Angelsachsen glauben immer, daß das, was sie gerade nicht haben können, besser sei als das, was sie haben.«

»In der Tat.« DeLacey unterdrückte ein Lächeln; er kannte nur wenige Männer, Angelsachsen oder andere, die nicht mehr wollten, als sie hatten. Er unterließ es jedoch, das de la Barre gegenüber zu erwähnen; ein junger Normanne, der derart engstirnig war, würde ihm eine hervorragende Hilfe sein. »Was haltet Ihr von den Juden, de la Barre?«

Der Soldat blinzelte. »Den Juden?«

»Schätzt Ihr sie?«

»*Nein,* Mylord – es sind Juden!«

Das war für den Moment ausreichend. DeLacey kam auf Roger zurück. »Hat die Unzufriedenheit des Leibeigenen mit den Normannen zu tun oder mit seiner derzeitigen Arbeit?«

»Mylord, ich glaube, ihn würde nichts zufriedenstellen. Er ist ein Mann, der sich über andere ärgert, gleich, wer sie sind.«

»Aber er nahm normannisches Geld von einem normannischen Soldaten an.«

De la Barre sagte trocken: »Mit ziemlicher Eile.«

DeLacey lächelte kühl. »Stellt einen Trupp zusammen. Ich habe eine Aufgabe für Euch in der Stadt.«

Much war neuerdings häufig Gast im Hause Abrahams. Er hatte den Tagesablauf der Familie kennengelernt, um ihre Privatsphäre nicht zu stören, und blieb nie länger, als nötig war, um dem betagten Geldverleiher eine Börse auszuhändigen. Einmal schlug Abraham ihm vor, daß Much immer erst einige Funde sammeln und sie dann zusammen bringen sollte, statt einen nach dem anderen, aber Much überzeugte diese Idee nicht. Er wußte es besser, als sich mit mehr als einer Börse in seinem Besitz erwischen zu lassen, *falls* er erwischt würde; eine Verstümmelung konnte er überleben, aber Gewohnheitsdiebe wurden gehängt.

Um Mittag herum stahl er am Marktplatz eine dritte Börse und ging schnurstracks ins jüdische Viertel, um sie Abraham zu geben. Dort fand er die Straßen völlig leer vor und Abrahams Haus voller Normannen.

Rasch drückte er sich in einen Eingang und ließ sich auf den Boden gleiten, wo er kauernd im Schatten saß. Von dort aus beobachtete er alles. Ein Mann hielt die Pferde fest, damit sie nicht gestohlen wurden, obwohl kein Jude normannisches Eigentum aus Angst vor Strafe auch nur anfassen würde.

Als die Soldaten fertig waren, füllten sie wieder die Straße. Sie lachten und rissen auf normannischem Französisch Witze, während sie ihr jeweiliges Pferd heraussuchten, ihre Habe in die Satteltaschen steckten, aufstiegen und davonritten. Aus der offenen Türröffnung von Abrahams Haus drang der wehklagende Laut einer Frau.

Much wartete, ob die Normannen zurückkämen; manchmal taten sie das, um nachzusehen, ob derjenige, den sie suchten, inzwischen aus seinem Versteck herausgekrochen war. Doch diese Normannen kehrten nicht zurück, und schließlich erhob sich Much und eilte zu Abrahams Haus. Die Haustür war zerschmettert, und der Gemeinschaftsraum mit Trümmern angefüllt. Eine junge Frau jammerte über die zerbrochenen Gegenstände, während eine ältere sich um Abraham kümmerte, der aus einer Schnittwunde am Kopf blutete.

Much stand im Eingang und betrachtete die Szene stumm. Als der alte Mann ihn schließlich erblickte, merkte Much, daß es keine Hoffnung mehr gab. »Ah, Much, da bist du ja ... *das* Geld werden sie zumindest nicht bekommen.« Er winkte den Jungen herein und fuhr die Frau, die gerade ein feuchtes Tuch an seinen Kopf preßte, gereizt an. »Frau, ich werde schon wieder gesund – laß mich mit dem Jungen sprechen.« Als sie nichts erwiderte, aber an ihrem Platz blieb, seufzte er und winkte Much noch einmal zu. »Hier, Much – du mußt Robin etwas ausrichten.«

»Robin«, murmelte die Frau. »Wieso ist der denn nicht hier?«

»Ruhe, Frau ... was geschehen ist, ist geschehen. Esther! Hör auf zu heulen, Mädchen ... Zerbrochenes Steingut kann man ersetzen.«

Das Mädchen, das die Bruchstücke einsammelte, hörte auf zu jammern, aber ihre Miene war verstockt. Tränen rannen ihr die Wange hinunter.

Much stand vor dem alten Mann und fischte die Börse aus seiner Tunika. »Löwenherz«, sagte er.

Die ältere Frau schnalzte verächtlich mit ihrer Zunge. »Löwenherz, natürlich! Was hat er denn schon für uns getan? Er zieht von dannen, um Jerusalem einzunehmen, während die Juden hier in England leiden.«

»Sarah, halte deine Zunge im Zaum.« Abraham nahm die Börse entgegen. »Ich danke dir, Much. Mit ihr fangen wir wieder von vorne an. Aber du mußt Robin Bescheid sagen, daß die Männer des Sheriffs uns alles genommen haben.« Seine dunklen Augen waren trüb vor Kummer. »Verstehst du? Nicht nur das Geld für die Steuern, sondern auch das Geld für den König; wie du siehst, konnten wir sie nicht aufhalten.« Abraham seufzte. »Sie dachten nur, wir würden den Sheriff betrügen, nicht mehr, und unsere Absichten blieben geheim. Aber es ist nichts übrig außer dem hier.« Er hielt die Lederbörse hoch. »Geh, Much.«

Sie fanden ihn in der Kapelle, wo er gerade seine Morgengebete beendet hatte. Tuck lächelte sie verlegen an. Er hatte die Nacht im Saal auf zwei zusammengeschobenen Bänken verbracht, aber er wußte, daß Marian das nicht getan hatte. Es war eine Sünde, die sie begingen, fleischliche Liebe ohne das Sakrament, und dennoch konnte er sie nicht dafür verdammen. Besser ein Mann, der sie liebte, als ein Mann, der sie mit Tricks ins Bett locken würde. *Aber allein dieser Gedanke ist schon Sünde. Ich brauche selbst einen Priester.*

Er steckte seine Hände in die weiten Ärmel. Sie waren für schlechtes Wetter angezogen und zum Ausreiten. Das überraschte Tuck nicht; er ahnte, daß Marian nicht unter dem Dach des Earls bleiben und daß Robin sie in Sicherheit bringen würde.

Er holte tief Luft. »Ich kann nirgends hin. Wenn Ihr mir erlaubt, komme ich mit Euch.«

»Nach Locksley?« Robin lächelte. »Es ist keine Burg, Bruder.«

»Ich stamme aus einem kleinen Dorf. Ich brauche keine Burg.«

»Aber was ist mit Eurer Abtei?« fragte Robin. »Was wird Euer Abt dazu sagen?«

Tucks Gesicht brannte, aber er wandte sein Gesicht nicht ab. »Mein Abt wird mich entlassen.«

Robin kniff die Lippen zusammen. »Weil Ihr es abgelehnt habt, dem Befehl eines selbstsüchtigen Narren nachzukommen?«

»Ja.« Innerlich verkroch er sich. »Ja, Mylord, das wird er – weil mein Abt nun einmal so ist.« Er seufzte tief. »Ich glaubte dem Sheriff nicht – ich *wollte* ihm nicht glauben ... aber so dumm bin ich nun auch wieder nicht. Ich sehe, was ich sehen will, und rechtfertige es später...« Er zuckte mit den Schultern. »Ich bin ein schwacher Mensch. Das könnt Ihr sicher sehen.«

»Da ist nichts Schwaches an Euch.« Robins Stimme klang fest. »Sie hat mir erzählt, was Ihr getan habt. Nur wenige hätten das gewagt.«

Tuck lächelte traurig, weniger einfältig als vorher. »Der Sheriff ist ein mächtiger Mann. Er wird meinen Abt unterrichten, und ich werde entlassen. Ich komme besser mit Euch.« Er warf Marian einen Seitenblick zu. Er hoffte, er würde die beiden mit seinen folgenden Worten nicht vor den Kopf stoßen. »Ich werde für das geziemende Geleit sorgen, so daß es keine falschen Vermutungen geben kann.«

Nach der Verblüffung begann Marian zu lachen.

Much stand am Wegrand und wartete auf den Fuhrmann. Er rechnete sich so gut wie möglich aus, wann der Mann ihn sehen würde, dann kehrte er dem näher kommenden Wagen den Rücken zu und humpelte die Straße entlang. Als der Karren noch näher gekommen war, tat er, als würde er stolpern, und fiel mit dem Gesicht nach unten in den Schlamm.

»He!« Der Fuhrmann hielt an. »He, Junge – bist du verletzt?« Der Mann sprang herunter, während Much sich bemühte, sich wieder aufzurichten. »Bei der Jungfrau Maria, du hast dich ja ganz dreckig gemacht...« Der Fuhrmann faßte ihn an der Hand und zerrte Much hoch. »Bist du verletzt?«

Much wischte sich mit dem Handrücken über das schmutzige Gesicht. Stumm schüttelte er den Kopf, richtete sich auf und drehte sich hinkend um, als wollte er weitergehen.

»He du!« Ein Hand umfaßte Muchs Schulter. »Wohin willst du, Junge?«

Much schaute sehnsüchtig auf den Karren. »Burg«, flüsterte er.

»Huntington Castle?« Die Miene des Fuhrmanns heiterte sich auf. »Spring auf, Junge – dahin fahre ich nämlich.« Dann sagte er ernster: »Ich hebe dich hoch. He, Junge – warte –«

Much ließ es zu, auf den Karren gehoben zu werden. Er ließ sich gegen die Seite fallen und untersuchte seinen einen schmutzigen nackten Fuß.

Der Fuhrmann zeigte sich besorgt. »Nicht schlimm verletzt, oder?«

Much schüttelte den Kopf.

Der Mann war sichtbar erleichtert. »Nun gut, dann ist ja alles in Ordnung. Dann wollen wir mal los, nicht?« Der Fuhrmann kletterte auf seinen Sitz, griff die Zügel und schnalzte. »Halt dich fest, Junge – im Morast bleiben die Räder stecken.«

Während sich auf seinem Gesicht ein schlaues Grinsen ausbreitete, hielt sich Much am Wagen fest, der sich mit einem Ruck in Bewegung setzte.

Wie jeden Morgen ging der Earl von Huntington nach draußen und drehte eine Runde auf der Mauer. An jeder fünften Zinne blieb er kurz stehen, um den Ausblick zu genießen und das Wetter abzuschätzen, dann setzte er seinen Weg fort.

Auf halbem Weg erblickte er jedoch ein reges Treiben in der Vorburg; neugierig blickte er hinunter und sah erst die Frau, dann den Mönch, der bei ihr war.

Der Earl klammerte sich an die Zinne. *Sie soll zurück nach Ravenskeep gehen und sich dort mit anderen Liebhabern vergnügen.* Er blickte genauer hin und bemerkte die mit Proviant beladenen Pferde. Erfreut nickte er. *Mein Sohn wird sie bald vergessen haben.*

Doch seine Selbstzufriedenheit verlor sich, als Robert, der ein drittes Pferd hinter sich herführte, die Vorburg durchquerte. Am Sattel hing der Langbogen eines gewöhnlichen Freisassen, daneben ein Köcher mit weißgefiederten Pfeilen; in seiner linken Hand trug Locksley ein normannisches Schwert, das in der Scheide steckte.

Nein! Der Earl machte einen Schritt auf die nächste Treppe zu, die nur vier Schritte von ihm entfernt war. Laut sagte er: »Das lasse ich nicht zu! Nein«, obgleich niemand ihn hören konnte. Rasch lief der Earl hinunter. »Robert! Warte!«

Drei Gesichter wandten sich ihm zu: das der Frau, das des

Mönches und das seines Sohnes. Das seines Sohnes war das einzige, das für ihn zählte.

Bei Gott, zeig keine Eile... gib ihr keine Chance, sich hämisch zu freuen. Er verlangsamte merklich seinen Schritt, als er den Boden erreichte, und bewegte sich mit einer feierlichen Würde, die – war er überzeugt – seine keimende Angst, die ihm so neu war, nicht preisgeben würde.

»Robert.« Vor seinem Sohn machte er halt und legte seine Hände in scheinbarer Muße auf den Rücken. Der Earl zwang sich zu einem Lächeln, obgleich es seinen Mund kaum formte. »Das Jagdrevier ist voller Tiere. Auf welches machst du heute Jagd?«

Robert schüttelte den Kopf.

Verzweiflung vergrößerte seine Angst. »Robert – Robert, warte –« *Nein, nicht so.* Ihm mißfiel sein Tonfall, und er verfiel wieder in die resolute Kurzangebundenheit, die er bevorzugte. »Wann darf ich dich zurückerwarten?«

Robert drehte sich um und hängte das Schwert am Schwertgurt über den Sattel, dann führte er sein Pferd zu Marian, der er beim Aufsteigen half. »Wenn ich zurück bin, Mylord.«

»Robert –« Der Earl senkte seine Hände schnell wieder, um nicht zuviel preiszugeben. »Robert, du *wirst* zurückkehren.«

Er beobachtete, wie sein Erbe am Umhang Marians zerrte, der sich verfangen hatte, und leise etwas murmelte, während er vertraulich seine Hand ein wenig länger auf ihrem Knie verweilen ließ, als nötig war. Als Robert sich von ihr abwandte, um zu seinem Pferd zu gehen, warf er seinem Vater einen Blick zu. »Ich muß einiges erledigen.«

»Aber du *wirst* zurückkehren!«

»Ich werde zurückkehren, ja. Sobald ich meine Vorhaben ausgeführt habe.«

»*Robert.*« Er machte zwei Schritte vor und griff in die straffgehaltenen Zügel. »Bei Gott, *hör* mir zu –«

»Nein.« Robins Tonfall glich dem des Earls. »Ich hörte Euch letzte Nacht zu. Ich habe keine Lust, mehr dergleichen zu hören.«

»Du mußt nur zurückkommen!« Der Schrei kam von Herzen, was er augenblicklich bereute. Und doch erfüllte er seinen Zweck.

Der Gesichtsausdruck seines Sohnes veränderte sich. »Vater«, sagte er ruhig, »ich werde zurückkommen.«

Das war das erste Mal seit vielen Jahren, daß sein Sohn ihn nicht mit »Mylord« angeredet hatte.

Der Earl ließ die Zügel los. »Dann geh«, sagte er schroff, um nicht zu weich zu klingen.

Er schaute ihnen nach, wie sie durch das Tor ritten, dann drehte er sich um und schritt wieder auf die Treppe zu. Der Tag, an dem er seine Gewohnheiten ändern würde, wäre der Tag seines Todes.

60. Kapitel

Marian begriff, warum Robin gesagt hatte, daß Locksley Sherwood mehr säumte, als daß es von dem Wald umgeben war. Genauer gesagt, bildete Sherwood eher den Windschutz des Dorfes; von Huntington Castle aus hatte man nur Bäume gesehen, aber Marian mußte entdecken, daß der Wald hier gar nicht so dicht war.

Das Dorf war weder groß noch klein. Es wurde gerade gesät. Jeder Ochse brauchte zwei Männer: einen, der den Ochsen mit Rufen und Stockschlägen antrieb, und einen zweiten, der den Pflug lenkte. Hinter ihnen gingen Frauen und ältere Männer, die das Saatgut ausstreuten.

Marian starrte wieder auf den Rand des berüchtigten Sherwood Forest. Am Morgen, als sie von Huntington Castle fortgeritten waren, hatte sich Robin auf die Zukunft, die vor ihnen lag, verbindlich festgelegt. Er hatte die Juwelen seines Vaters mit einem zuverlässigen Freisassen an jemanden namens Abraham geschickt.

Ob das reichen wird? fragte sich Marian. *Wieviel Geld ist nötig, um einen König loszulösen?*

Sie grinste. »Locksley ist mit Locksley einverstanden.«

Das war ein armseliger Witz, aber er lachte trotzdem. »Ich habe den Wald immer den Häusern und Burgen vorgezogen. Dieser Teil von Sherwood war schon mein, bevor Vater ihn mir geschenkt hat.«

Hoffnung keimte in ihr auf. »Dann solltest du vielleicht *hier* bleiben anstatt in Huntington.«

Er zuckte mit den Schultern und lächelte leicht. »Ich habe vielleicht gar keine andere Wahl.«

In diesem Augenblick wurde Marian von dem Drang fortgeschwemmt, ihn zu berühren, die Hand auszustrecken und Haut an Haut, Finger an Finger zu drücken; ihre Hand um seinen Arm zu schließen, so daß sie die Wärme durch den Stoff des Ärmels spüren konnte. Sie wollte ohne jeden Zweifel wissen, daß er lebte, atmete und ganz ihr gehörte.

Doch Tuck war hinter ihnen; sie hielt es nicht für angebracht, seine Sorgen dadurch zu verstärken, daß sie sich unpassend benahmen. Ein solches Verhalten hätte seine Rolle als selbsternannte Anstandsperson beeinträchtigt.

Mit ungleichmäßiger Stimme sagte sie: »Du mußt mit deinem Vater Frieden schließen.« *Deinetwegen, wenn nicht meinetwegen; ich möchte, daß deine Welt wieder in Ordnung kommt, so daß es keine Alpträume mehr gibt.*

»Niemand kann mit meinem Vater Frieden schließen, denn er läßt es erst gar nicht zum Krieg kommen. Man tut wie geheißen, oder man existiert nicht mehr für ihn.« Er zuckte mit den Schultern. »Letzte Nacht gab er nur wegen Geoffrey de Mandeville nach.«

»Das kannst du nicht wissen«, widersprach sie. »Ich war dabei, Robin … er war bei dem Gedanken, dich zu verlieren, aufrichtig bestürzt.«

»Nein, nein, nicht bei dem Gedanken, *mich* zu verlieren – das ›ich‹, das ich wirklich bin und das er nicht voll anerkennen kann –, sondern bei dem Gedanken, niemand seines eigenen Fleischs und Blutes zu haben, dem er die Burg hinterlassen kann.«

Innerlich seufzte sie, denn sie wußte, daß er sich irrte; sie wußte auch, daß er ebenso stur war wie sein Vater, es aber niemals zugeben würde. *Mit dem Stolz eines Mannes umzugehen, ist so schwierig, wie einen Samen in einen steinigen Boden zu pflanzen.*

Er blickte sie von der Seite her an. »Das Haus ist gleich da vorne, hinter den Bäumen. Da – siehst du sie?«

Das tat sie. Es war ein viereckiges Gebäude, dessen Gerüst aus Eichenbalken mit Lehm und Stroh ausgefüllt war.

Kein Stein, kein Rauchfang... es wird einen offenen Herd haben. Marian lächelte schief. Ein Teil von ihr sehnte sich nach Ravenskeep und nach dem Luxus, den sie gewöhnt war, nach einem Kamin, nach Steinwänden und nach einem Hof. Der andere Teil von ihr sehnte sich danach, zu bleiben und Locksley zu ihrem und Robins Heim zu machen.

Much erwachte, als der Fuhrmann den Wachen am Haupttor in Huntington einen Gruß zurief, dann war er auch schon von seinem Sitz heruntergesprungen und bot Much an, ihn herunterzuheben. Much kletterte allein vom Karren herunter, dann stand er mit einem hochgezogenen Bein da, damit der Mann seinen Trick nicht plötzlich durchschaute.

Der Fuhrmann drückte Muchs dünne Schulter. »Dann mal fort mit dir; ich habe zu tun.«

Much humpelte davon, bis der Fuhrmann auf der anderen Seite des Festungsturms verschwunden war, dann lief er wieder normal zu den Stallungen. Als erstes würde er zu den Pferden schauen, um zu sehen, ob Robin da war.

Falls nicht, würde ihm schon etwas einfallen.

»Löwenherz«, murmelte er.

Tuck schickte Gott ein Dankesgebet, als die Pferde endlich anhielten. Es kümmerte ihn wenig, daß sie Locksley Hall erreicht hatten; ihm war es egal, wo sie ankamen, solange er nur absitzen konnte.

Tuck kletterte schwerfällig von seinem Tier, während er an seiner bauschigen Soutane zerrte. Ein fragender Blick zu Marian und ihren Röcken zeigte ihm, daß nur er Probleme mit dem vielen Stoff zu haben schien.

Mit unendlicher Sorgfalt zupfte er seine Soutane wieder zurecht, dann räusperte er sich laut; denn nachdem Robert Marian vom Pferd geholfen hatte, verweilte sie viel zu lange in seinen Armen. Er wollte in seiner Rolle als Anstandsbegleiter nicht versagen. Es war eine Sache, zu mutmaßen, daß sie das Bett geteilt hatten; aber eine ganz andere, das Vorspiel dazu zu sehen.

Er räusperte sich noch einmal. Sein Tonfall war ein wenig schriller, als er beabsichtigt hatte. »Gibt es Trinkwasser im Haus?«

Robin deutete wortlos mit ausgestrecktem Arm auf den nahegelegenen Brunnenschacht, während sein Mund den ihren suchte.

Na ja, seufzte Tuck, während er ein wenig steifbeinig auf den Brunnen zuging, *sie müssen es ja schließlich beichten, nicht ich.*

Robins Pferd war nicht da. Much kaute am Daumennagel und schlich aus dem Stall in den Hof hinaus.

Hufgetrappel erklang auf dem Pflastersteinboden, und jemand rief, daß der Sheriff käme. Für einen kurzen Moment erstarrte Much, dann schlüpfte er in den Stall zurück.

Robin blieb kurz in der Eingangstür stehen, dann machte er zwei weitere Schritte vorwärts und blieb abermals stehen, um sich umzusehen. Marian stand in dem kahlen, leeren Raum und nahm in Augenschein, wie reparaturbedürftig er war. Spinnen hatten dicke Netze gewebt, Generationen von Mäusen lebten in den Wänden, und die alten Binsen waren schimmelig und stanken.

Sie wußte, daß er da war, sie kannte seinen Schritt. Sie machte sich nicht die Mühe, sich umzudrehen. »Wie lange ist es her, daß du hier warst?«

Einige Haare hatten sich aus ihrer Haube und der Kapuze ihres Mantels gelöst und fielen ihr auf die Schultern. *Das Dämmerlicht schmeichelt ihr*... Abgelenkt antwortete ihr Robin nicht sofort.

Sie warf ihm einen Blick über die Schulter zu. »Nun? Ist es wirklich schon *so* lange her?«

Endlich rief er sich ihre Frage ins Gedächtnis. »Hier?« Robin zuckte mit den Schultern. »Ich war noch nie *hier*.« Er war ein wenig verlegen; er hatte nicht daran gedacht, wie das Haus nach so vielen Jahren des Leerstehens aussehen würde. »Ich habe gerade mit dem Vogt gesprochen. Er wird sofort ein paar Leibeigene herschicken, die dir helfen. Ich bin zurück, sobald ich kann.«

»Zurück?« Sie wirbelte herum. »Wohin gehst du?«

»Ich habe dir schon einmal versprochen, daß ich mit meinem Vater reden würde.«

»Ja, aber … Für ihn wird es nicht in Frage kommen. Nicht im Moment. Ich habe ihn gerügt, Robin. Ich habe ihn vor seinen Pairs getadelt.«

Das stachelte ihn zu einer schnellen Erwiderung an. »Du hast niemanden getadelt! *Ya Allah*, Marian, er ist ein eigensinniger Narr, durch dessen Adern kein Blut mehr fließt. Du hörtest Geoffrey de Mandeville und Henry Bohun – sie waren mehr als bereit, dir Respekt und Ehre zu zollen –«

»Aber nicht *er*«, sagte sie. »Noch wird er das jemals sein.« Marian schluckte verkrampft und preßte die Hände auf ihre Röcke. »Robin, geh, wenn du mußt – ich werde dich nie an etwas hindern –, aber geh, um Frieden zu schließen. Ich kann warten. Laß ihn seinen Sohn kennenlernen, ohne die Belästigung durch eine Frau, die sein Moralempfinden verletzte.«

Das brachte ihn auf. »Ich schere mich wenig darum, *welcher* Teil von ihm verletzt ist –«

»Robin.« Sie lächelte. »Du klingst sehr ähnlich wie dein Vater.«

Er verstummte sofort, wie sie es, das wußte er, beabsichtigt hatte. Doch er konnte nicht umhin, sich zu fragen, ob an ihrer Feststellung etwas Wahres war. Ihm mißfiel der Gedanke, es könnte so sein. »Marian –«

Sie unterbrach ihn. »Du hast das schon die ganze Zeit vorgehabt. Das verstehe ich jetzt … du hattest vor, mich hierherzubringen und dann wieder allein zu lassen.«

Er nickte; er konnte sie nicht anlügen.

»Ich wußte, du würdest nicht einen Augenblick länger unter

dem Dach meines Vaters bleiben, nach dem, was er gesagt hat. Ich beschloß letzte Nacht, noch bevor ich von deLaceys Intrige erfuhr, dich hierherzubringen...« Er zuckte verlegen mit den Schultern. »Ich wollte dich für mich. In Ravenskeep gibt es Bedienstete –«

Marian lachte. »Hier ist *Tuck*«, sagte sie sachlich. »Hattest du vor, ihn bei den Tieren übernachten zu lassen?«

»Nein, natürlich nicht.« An Tuck hatte er gar nicht gedacht.

»Und auch gerade *jetzt* ist Tuck da«, sagte sie, als jemand hinter der Tür sich laut räusperte. »Geh denn also, wenn du mußt – ich werde genug damit beschäftigt sein, das Haus zu säubern. Ich werde nicht einmal merken, daß du fort bist.«

Erst mein Vater. Er lief an Tuck vorbei zu seinem Pferd; er hatte Langbogen, Köcher und Schwert bei sich. *Und dann William deLacey. Ich werde das ein für allemal regeln.* Er nahm die Zügel und machte Anstalten, aufzusteigen.

»Warte«, rief ihm Marian vom Eingang her zu.

Robin drehte sich zu ihr um, und dann war sie auch schon bei ihm, schmiegte sich fest an seinen Körper. »Laß es ihn *verstehen*«, sagte sie wild und zog seinen Kopf zu sich herunter.

Ralph kam leise in die kleine Privatkammer und überreichte dem Earl ein gefaltetes und versiegeltes Dokument. »Der Bote wartet unten in der Halle.«

Der Earl brummte, als er das Wachssiegel erbrach und den Brief herausnahm. De Vesci, Bohun und de Mandeville beobachteten den Earl neugierig, während er den Brief las. Noch einmal überflog der Earl den Brief und das schwere Siegel unten, dann blickte er ohne Eile zu Ralph auf. »Übermittle dem Boten bitte meinen Dank für seine Eile – und gib ihm natürlich was zu essen –, aber er braucht nicht zu warten. Ich bin sicher, sein Herr erwartet keine sofortige Antwort.«

»Ja, Mylord.« Ralph ging unter Verbeugungen hinaus.

»Nun?« bellte de Vesci. »Ein Mann wäre blind, wenn ihm der Blick in Euren Augen entgangen wäre.«

Der Earl erlaubte sich, leicht zu lächeln. Er konnte es sich nicht leisten, ihnen alles, was im Brief stand, zu erzählen, aber einen Teil schon. »Prinz John sendet seine Grüße. Er dankt mir für die Sauhatz, und er erörtert, daß wir dringend mehr Geld brauchen, um Heinrich das Lösegeld für den König zahlen zu können.«

»Und?« bohrte de Vesci.

Und? echote der Earl innerlich. *Mehr, als Ihr Euch vorstellen könnt.* »Er läßt meinem Sohn, den er gern so bald wie möglich in Lincoln empfangen würde, seine Zuneigung ausrichten.«

De Vesci fluchte leise.

»Seine Tochter«, sagte de Mandeville. »Er wirft sie noch einmal als Köder aus.« Der ältere Mann nickte. »Er möchte die Barone hinter sich bringen. Damit, daß er unsere Loyalität erwirbt, versucht er andere davon zu überzeugen, daß es klüger sei, ihn zu unterstützen.«

»Aber was werdet Ihr tun?« fragte Bohun.

»Ihn nach Lincoln schicken«, erwiderte der Earl. »Und sei es auch nur, um Johns Ansinnen kennenzulernen. Ich bezweifele, daß die Heirat etwas bringen wird, aber warum sollten wir John nicht auf seine Aufrichtigkeit hin prüfen?«

De Vesci grinste. »Meint Ihr denselben Sohn, der heute morgen mit diesem FitzWalter-Mädchen abreiste?« Der Lord of Alnwick lachte. »Es wird Tage, wahrscheinlich Wochen dauern, bevor er wieder aus dem Bett herausfindet. Und Ihr wollt ihn zu John schicken?« Er machte eine Pause. »Wart Ihr jemals jung, Robert? Erinnert Ihr Euch nicht, wie es war, bei einer wunderschönen Frau zu liegen?«

In Anbetracht des Inhalts des Briefes trug diese Frage besonderes Gewicht. »Hier ist kein Platz für diese Art von Sprache«, sagte der Earl. »Eustace, Ihr würdigt meinen Sohn herab, indem Ihr so etwas nahelegt.«

»Ich legte nur nahe, daß er vermutlich weniger geneigt ist, nach Lincoln zu reisen, als dort zu bleiben, wo er gerade ist.« De Vesci machte eine Pause. »Wo *ist* er denn, Robert?«

»Das ist doch unwichtig«, schalt ihn de Mandeville. »Er spielt nur eine nebensächliche Rolle. Wir müssen andere Dinge besprechen.«

Huntington öffnete seinen Mund, um etwas zu sagen, hielt aber inne, als Ralph erneut auftauchte. »Mylord, vergebt mir – es ist ein neuer Besucher gekommen: der Sheriff von Nottingham.«

»In Johns Auftrag«, sagte Bohun prompt. »Geschickt, um uns aufzuscheuchen, glaubt Ihr nicht?«

De Mandeville zuckte mit den Schultern; de Vesci ließ sich ungeduldig in einen Stuhl fallen. »Was jetzt, Robert? In Johns Auftrag oder in seinem eigenen?«

Der Earl dachte darüber nach. »Gott weiß, daß der Mann ehrgeizig ist«, sagte er. *Das könnte mir zum Vorteil gereichen.* »Er hielt es für möglich, seine Tochter mit meinem Sohn zu verheiraten.«

De Vesci lachte. »Es scheint allmählich, als hätte Euer Sohn eine Vorliebe für Frauen von fragwürdiger Moral.«

Huntington blickte ihn wütend an. »Mein Sohn wird tun, wie ihm geheißen.« Er wandte sich an Ralph. »Ist er allein?«

»Er brachte eine Eskorte mit, Mylord, aber er wartet allein in der Eingangshalle. Er scheint – niedergeschlagen zu sein.«

»Niedergeschlagen? William deLacey? Er muß etwas wollen.« Der Earl winkte ihn hinaus. »Sag dem Sheriff, daß ich gleich bei ihm bin.«

»Ja, Mylord.«

»Holt ihn doch herauf«, schlug de Vesci mit einem verschlagenen Grinsen vor. »Laßt uns sehen, was er dazu sagen wird.«

»Nein.« Der Earl faltete den kleinen Brief von Prinz John zusammen und steckte ihn sich in den Ärmel. »Nein, besser nicht. DeLacey denkt immer zuerst an sich, ehe er an andere denkt. Ich spreche besser allein mit ihm.«

Unten wartete deLacey ungeduldig. Er hätte es vorgezogen, das Gespräch in seinem eigenen Hause zu führen, aber man bestellte nicht den Earl von Huntington zum Nottingham Castle, man kam zum Earl. Dadurch war er zwar in der schwächeren Position, aber er würde schon einen Weg finden, sein Ziel zu erreichen.

Endlich kam der Earl; er wirkte leicht erregt, was deLacey einen wertvollen Fingerzeig gab.

»Mylord.« Der Sheriff verneigte sich kurz. »Mylord, entschuldigt bitte, daß ich Euch so ungebeten störe, aber ich glaube, es handelt sich um etwas Wichtiges.« Er zögerte betont. »Darf ich ganz offen sprechen, Mylord?«

»Bitte.« Der Earl setzte sich und deutete auf die Bank am Ende des Tisches. Als der Sheriff sich gesetzt hatte, winkte der Earl einen Diener herbei, der frische Becher herantrug.

DeLacey nahm einen entgegen und wartete, bis der Diener ihn gefüllt hatte. Dann wandte er seine Aufmerksamkeit wieder dem Earl zu. »Mylord, bitte seht einem alternden Narren eine Torheit nach« – sein Lächeln war einschmeichelnd –, »ich bin in einer Angelegenheit gekommen, für die es keine ausreichende Erklärung geben mag. Ich bin gekommen, um die Lady Marian FitzWalter zurückzuholen.«

Der Earl von Huntington lächelte. »Dafür wäre ich Euch höchst dankbar.«

61. Kapitel

Der Name des Vogts war James. Er war ein großer, dünner Mann mit krummem Rücken, aber Marian wußte, daß er dennoch ein tüchtiger Landarbeiter sein mußte, sonst hätte er diese Stellung nicht bekommen. Vogte wurden aus den besten Bauern des Dorfes ausgewählt.

Marian warf Tuck, der mit in den weiten Ärmeln verborgenen Händen dastand, einen Seitenblick zu, dann begegnete sie James' mit neugierigen Augen. *Tu so, als sei das Ravenskeep.* »Sir Robert sagte mir, er habe mit Euch gesprochen.«

»Jawohl, Lady Marian. Ich habe ein paar Leibeigene von den Feldern mitgebracht und Frauen für das Haus.«

Sie wußte, daß er ihr keinen Vorschlag unterbreiten würde. Es war ihre Aufgabe, Anweisungen zu geben, seine, dafür zu sorgen, daß sie ausgeführt wurden. »Erst die Binsen«, sagte sie. »Ich möchte, daß die alten herausgenommen und verbrannt werden und der Boden saubergefegt wird, dann neue Binsen geschnitten und hineingelegt werden.«

»Jawohl, Lady.« James machte eine Pause. »Wir haben den Sohn des Earl hier lange nicht gesehen – seid Ihr also seine Frau?«

Marians Lächeln erlosch. Es würde einen Unterschied machen, das war ihr klar. Einen sehr großen Unterschied.

Erstaunt vernahm sie Tucks Stimme neben ihr. »Das ist Gottes Werk«, sagte er ruhig. »Er schickte uns, um Locksley Hall in Ordnung zu bringen.« Er trat vor und legte die fleischige Hand auf James' Schulter. »Unter euch sind welche, die Anleitung brauchen ... Ich bin zwar kein Priester, James, aber ich kann euch die Notwendigkeit der Demut lehren, wie Gott offenbart hat.« Er drängte den Mann aus der Tür. »Sag den anderen, sie sollen mit der Arbeit anfangen, während ich die meine beginne.«

»Jawohl, Bruder.« Und schon war James verschwunden.

Marian seufzte, als Tuck sich ihr wieder zuwandte. »Ich danke Euch, Bruder. Aber das wird sie nicht lange hinhalten.«

»Wenn Gott es so will, Lady Marian«, Tuck küßte sein Kruzifix, »werden wir nicht lange *brauchen.* Ist er nicht auf dem Weg zu seinem Vater, um die Angelegenheit zu regeln?«

Er meinte es gut, das wußte Marian. Aber sie war nicht davon überzeugt, daß sich irgend etwas regeln würde.

Der Earl musterte den Sheriff. *Kann mir dieser Mann von Nutzen sein?* Er brach eine Weintraube ab und aß sie. »Wann könnt Ihr diese Frau zurückholen?«

»Gestattet mir, Euch mein tiefstes Unbehagen auszusprechen.« DeLacey verlagerte sein Gewicht auf der Bank. »Wie Ihr wißt, wurde ihr Vater im Kreuzzug getötet.« Er wartete das bestätigende Nicken des Earls ab. »Was Ihr vielleicht *nicht* wißt, ist, daß Sir Hugh und ich Freunde waren, *gute* Freunde, Mylord – ich war zutiefst bekümmert, als ich Nachricht von seinem Tod erhielt.«

»Selbstverständlich«, murmelte der Earl. *Nun mach schon weiter, du Narr. Gib mir, was ich brauche.*

»Viele Leute wußten nicht, daß seine Tochter und ich heiraten sollten. Aus Achtung vor ihrer Trauer sprach ich nicht von dem Verlöbnis; ich bin sicher, Ihr versteht das.«

Das Interesse des Earls wuchs, aber er ließ sich nichts anmerken. *Wenn er sie für sich haben will, wird er um so leichter auszunutzen sein.* »In der Tat, das verstehe ich. Man spricht nicht über solch persönliche Angelegenheiten.«

»Mylord.« DeLacey setzte seinen Becher ab. »Mylord, es fällt mir schwer, das zu sagen, aber Lady Marian bat, von der Verlobung entbunden zu werden.«

Tat sie das wirklich? Der Earl nahm einen Schluck Wein. »Das ist eine Bitte, die Ihr gut tätet, zu bewilligen«, sagte er leichthin. Dann fügte er beiläufig hinzu: »Ich halte sie für eine Hexe.«

»Eine – Hexe?« DeLacey war sichtlich verdutzt.

»Das muß sie sein. Sie verhexte meinen Sohn.« Wieder wartete er. »Wieso würde er wohl sonst eine Frau ins Bett nehmen, die von Geächteten geschändet wurde?«

DeLacey trank seinen Wein aus, ehe er weitersprach. »Dann werdet Ihr natürlich nichts dagegen einzuwenden haben, wenn ich sie sofort mitnehme.«

»Ich würde Euch sogar gestatten, sie kreischend aus meinem Saal zu schleifen.« Schweigend verzehrte der Earl ein paar Weintrauben, während er deLacey darüber nachdenken ließ. Die Kerne spuckte er ohne unnötige Bewegung in die Binsen. »Mich dauert, daß sie Euch so zur Last gefallen ist, William… sie ist eine eigensinnige junge Frau. Ich habe ebenfalls unter ihr gelitten – und werde noch leiden, wenn diese Angelegenheit nicht schnellstens gelöst wird.« Er aß noch eine Traube. »Ich bin sicher, daß Ihr als Sheriff in der Lage seid, mich von meinem Leid zu befreien.«

DeLacey sah nachdenklich aus. »Selbstverständlich, Mylord, würde ich wünschen, Euch von jeglichem Leiden zu befreien.«

»Und Euch selbst dabei helfen, natürlich.«

DeLacey zögerte. »Darf ich offen sprechen, Mylord?«

»Natürlich.«

»Sie hat das Andenken ihres Vaters beleidigt –«

»*Ehrlich* gesagt, William, ist das eine Ausflucht.«

»Die Zeiten sind schwierig, Mylord. Englands König sitzt im Gefängnis, während der Prinz den Reichtum auf persönliche Wünsche vergeudet.«

Kühl sagte Huntington: »Ihr langweilt mich, William.« Er schluckte noch eine Traube. »Ich möchte, daß die Sache mit dem FitzWalter-Mädchen geregelt wird.« Er hob seinen Becher, trank und setzte ihn wieder ab. »Mich kümmert wenig, ob Ihr wünscht, das Mädchen zu heiraten« – er belud seine Worte mit Verachtung und war erfreut, als Reaktion die Röte auf deLaceys Wangen zu sehen – »oder sie einfach nur zu beschlafen. Tut mit ihr, was immer Ihr wollt; die Neigungen eines Mannes sind seine eigene Sache.« Er riß vier weitere Trauben ab, spuckte aber jeweils erst die Kerne aus, ehe er sich die nächste Frucht in den Mund steckte. »Ich nehme an, selbst Hexen können erlöst werden, wenn sie die Möglichkeit erhalten, zu widerrufen.«

DeLaceys Gesichtsausdruck war eigentümlich. »In der Tat, Mylord. Wir müssen dafür sorgen, daß sie Gelegenheit dazu erhält.«

»Und ich vermute, daß, wenn ein Mann in meiner Stellung dem König vorschlagen würde – oder seinem Nachfolger –, daß, falls eine Hexe, die widerrufen hat, einem Mann wie Euch zur Frau gegeben wird, von keiner Seite Einwände erhoben würde, auch wenn die Heirat unter Zwang erfolgte.« Er spuckte wieder Kerne aus und nahm die folgende Frage vorweg. »Sie befindet sich gegenwärtig nicht hier. Auch mein Sohn nicht.«

»Ah.« DeLacey lächelte schwach. »Anscheinend hat die Tollkühnheit von Lady Marian und Eurem Sohn uns beide in Schwierigkeiten gebracht –«

Huntington erwiderte scharf: »Mein Sohn macht mir keine Schwierigkeiten, hat mir nie welche gemacht und *wird* mir auch nie welche machen.« Er lächelte kühl. »Ich glaube, ich habe Euch meine Wünsche recht deutlich zu verstehen gegeben.«

»In der Tat, Mylord. Sehr deutlich.«

»Gut.« Huntington erhob sich. »Ich glaube, das Gespräch ist damit fürs erste beendet. Oder habt Ihr noch etwas auf dem Herzen?«

»Nein, Mylord. Nein, natürlich nicht.« DeLacey stand eilig auf. »Mylord, ich danke Euch, daß Ihr Zeit für mich erübrigen konntet.«

Der Earl nickte kühl. »Solange das Problem bald gelöst ist, war die Mühe unerheblich.« Er machte eine geübte Geste mit der Hand. »Ralph wird Euch hinausbegleiten.«

Much schlich vorsichtig über den Hof. Er wollte zu einem der Kücheneingänge, die sich am rückwärtigen Teil des Turms befinden mußten.

Er grinste vor sich hin. Das war eine richtige Burg, kein Traum. Das war die passende Burg, entschied Much, für den Prinzen und seine Prinzessin.

Jemand rief etwas auf französich. Much wirbelte jäh herum, dann sauste er auf die Turmmauer zu.

Nein, es war nicht seinetwegen. Die Normannen stiegen wieder auf ihre Pferde, als der Sheriff aus dem Bergfried kam.

Much kniete auf den Pflastersteinen und machte sich klein. Er erinnerte sich noch deutlich an deLaceys kräftigen Griff, als dieser ihn am Handgelenk gepackt hatte.

»Du wirst sie mir nicht abnehmen«, wisperte er. »Das wird Robin nicht *zulassen.*«

Robin ritt um die Kurve zur Vorderseite der Burg seines Vaters und sah, daß das Tor offenstand. Anscheinend verließ jemand die Burg – Alnwick, Hereford oder Essex, vielleicht alle drei gleichzeitig –, oder es traf jemand gerade ein.

Eine der Wachen salutierte. »Kein Glück auf der Jagd, Mylord?«

Robin bestätigte das. Er ließ das Pferd kurz seitlich tänzeln. »Kommt oder geht jemand gerade?«

»Geht, Mylord. Der Sheriff von Nottingham.«

»Dann werde ich hier warten, um ihm Lebewohl zu sagen.«

Zum Zeitpunkt, als William deLacey in den Hof hinaustrat, wußte er, was er tun würde. Die Ausführung wäre zwar sehr kompliziert, aber Marian war es wert.

Und ich habe die Unterstützung des Earls. Ihm war es gleichgültig, aus welchem Grund, obgleich er annahm, daß Huntington sich jemand Besseres als Marian zur Frau seines Sohn wünschte. Prinz John hatte eine Bastardtochter; möglicherweise war sie ihm in Aussicht gestellt worden.

Er schwang sich in den Sattel und wandte sich mit erhobener Stimme an die wartenden Normannen: »Nach Nottingham.«

Er führte sie aus dem Hof. *Ich brauche Abt Martin und einen Zeugen... jemand aus Ravenskeep. DeLacey lächelte. Ich werde den unzufriedenen Roger nehmen –*

Eine kühle Stimme schnitt durch seine Gedanken. »Mylord Sheriff, ich grüße Euch. Wir haben etwas miteinander zu klären, Ihr und ich; eine kleine Angelegenheit, die wir regeln sollten.«

DeLacey brachte sein Pferd zum Stehen. Vor ihm, das Tor blockierend, wartete ein Mann auf einem Pferderücken. Der Blick des Mannes und seine Stimme waren fest; sie offenbarten weder Abneigung noch den ungestümen Ärger, der einen Dummkopf auszeichente.

DeLacey nickte unmerklich. *Er ist kein Knabe mehr.* Hinter ihm sammelte sich sein Gefolge. Er hörte, wie Schwerter aus der Scheide gezogen wurden. Mit einer Armbewegung gebot er ihnen augenblicklich Einhalt. Dann sagte er mit ausnehmender Höflichkeit: »Robert! Welche Angelegenheit?«

»Lady Marian.«

Nur das. DeLacey nickte wieder.

»Es war der Wunsch ihres Vaters. Macht Ihr mir Vorwürfe, daß ich ihn zu erfüllen suche?«

Zu seiner Überraschung lachte Locksley. »Und ich bin derjenige, der ihr die Botschaft brachte. Macht Ihr mir Vorwürfe, daß ich es bedauere, es ihr überhaupt ausgerichtet zu haben?«

»*Ihr* brachtet ihr...« Er ließ es mit einem verärgerten Schnalzen dabei bewenden; das spielte jetzt alles keine Rolle mehr, da er begonnen hatte, seinen Plan auszuführen. »Was geschehen ist, ist geschehen«, sagte er nur. »Laßt die Seele ihres Vaters damit fertig werden.« *Und du wirst mit mir fertig werden müssen.*

Locksley entgegnete zunächst nichts. Dann sagte er mit kühler Verachtung: »Ich kann nicht verstehen, wie ihr Vater glauben konnte, daß Ihr sie beschützen würdet. Ihr seid die größte Gefahr für sie.«

Er ist ein zweiter Earl; man kann es an seinem Tonfall hören. Der Sheriff lächelte. »Es gab einmal eine Zeit, da war Marian nur ein kleines Mädchen und ich nur ein Freund ihres Vaters. Sie war ein bezauberndes Kind, aber nicht mehr... bis ihr Vater starb und ich meine Hilfe anbot. Das Kind war nicht mehr. An seiner Stelle stand eine prächtige Frau.« Er wurde durch das kurze Aufblitzen von Zorn in Locksleys Augen belohnt. »Für Hugh war sie nur seine Tochter. Er sah nie die Frau, die an die Stelle des kleinen Mädchens trat. Es wäre ihm nie in den Sinn gekommen, daß er für die Tochter eines Ritters den Sohn eines Earls bekommen könnte.«

»Sie ist das Mündel des Königs, nicht Eures.«

Welchen Königs? Der im Gefängnis oder der in Lincoln? DeLacey lächelte. »Aber Könige können in der Schlacht sterben. Hugh mußte sichergehen, daß jemand, dem er vertraute, sich um das Wohlergehen seiner Tochter kümmern würde. Das war, was ich vorhatte: mich ganz um ihr Wohlergehen zu kümmern.« Er zuckte mit den Schultern. »Aber was ist schon ein einfacher Sheriff im Vergleich zu Huntingtons Sohn?« Er ließ das sich setzen; es würde Locksley sagen, daß ein hoher Stand ein prächtiger Köder war, selbst wenn er schlecht schmeckte. *Sein eigener Vater schnappt danach.* »In meinem Verlangen und meinem Streben habe ich meine Grenzen überschritten.« Er milderte seinen Ton. »Aber ich rechnete nicht damit, mich in sie zu verlieben.«

Locksleys Pferd stampfte laut auf, die beschlagenen Hufe klapperten auf dem Pflasterstein. Er brachte es mit den Zügeln und einem gemurmelten Wort zur Ruhe. Zu deLacey sagte er nichts, obgleich seine Augen so hell wie Kohle brannten.

Er hat gelernt, sich bedeckt zu halten ... der Earl – oder der Kreuzzug – hat ihn das gelehrt. DeLacey neigte seinen Kopf zum eleganten Eingeständnis einer Niederlage. »Ich wünsche Euch alles Gute mit ihr.« *Solange Ihr sie haben werdet.*

Locksley trieb sein Pferd zur Seite. Er saß lässig im Sattel, während deLacey mit seinen Normannen an ihm vorbeiritt.

Warum hat er einen Langbogen bei sich? fragte sich deLacey. Aber da hatte er das Torhaus schon passiert. Außerdem war das jetzt alles nicht mehr wichtig; sein Plan mußte in die Tat umgesetzt werden.

»Insh' Allah«, murmelte Robin und lenkte sein Pferd zum Innenhof, »der Tag, an dem ich diesem Mann glaube, ist der Tag meines Todes – *Ya Allah*, Junge, gib acht!«

Es war Much.

»Much?« Er schwang sich vom Pferd. Der Junge hatte seinen Stand doch gar nicht gekannt, nur seinen Spitznamen. *Jemand muß es ihm gesagt haben.* »Much, was ist los?«

»Löwenherz«, sagte Much.

»Geht es um Abraham? Ist es etwas wegen des Geldes?«

Much nickte nachdrücklich. Er deutete auf das Tor. »Hat es genommen.«

»Wer nahm es – er? Der Sheriff?« Robin unterdrückte einen Fluch.

Much nickte. »Abraham sagte, sag Robin, *alles* Geld.«

»Dieser Hurensohn ...« Robin überlegte rasch. Sie müßten es irgendwie wieder zurückholen, auf dem einen oder anderen Wege. Aber es gab einen Trost. »Zumindest die Juwelen wurden verschickt; das sagte mir Abraham. Und ein wenig Geld.« Robin schaute über Much hinweg zum Bergfried, dann fuhr er sich mit der Hand über das Gesicht. »Zu viel zu tun ...« Er vollendete den Satz nicht und ließ seinen Arm auf Muchs Schulter fallen. »Mein Eid«, sagte er. »Wir dienen Löwenherz.«

Much nickte energisch.

»Aber da gibt es noch ein anderes Versprechen, das ich gab, und das muß ich auch einlösen. Verstehst du?«

Wieder ein Nicken.

Robin lächelte. »Wir haben eine Reise vor uns und eine schwierige Aufgabe. Ich brauche deine Hilfe, Much. Wirst du Löwenherz helfen?«

Much zerrte eine flache Börse aus seinem Ärmel und drückte sie Robin in die Hand.

Robin seufzte. »Bei Gott, Richard wird dir sein Königreich verdanken.« Er grinste. »Verwahr sie für mich auf.« Die Börse verschwand. »Much. Kannst du den Hathersage-Riesen für mich ausfindig machen? Will Scarlet? Adam Bell?«

Much nickte sofort. »Sherwood.«

Robin lachte; ihm war merkwürdig leicht ums Herz. *Weil ich meine Entscheidung gefällt habe. Weil ich so sein werde, wie ich muß, ohne Rücksicht auf meinen Vater.* »Weißt du, *wo* in Sherwood?«

Much nickte wieder.

»Gut. Ich möchte, daß du zu ihnen gehst und ihnen sagst, daß ich gerne mit ihnen sprechen würde – sag ihnen auch, daß dabei Geld herausspringt« – er grinste, als sich Muchs Gesicht aufheiterte – »und daß ich zu der Stelle reiten werde, wo Adam Bell und ich damals unseren Wettkampf austrugen.«

»Abraham?« fragte Much beunruhigt.

Robin nickte. »Nachdem ich die anderen getroffen habe. Wir brauchen sie, Much. Ich schaffe es nicht alleine.« Als er den schmerzverzerrten Gesichtsausdruck des Jungen sah, verbesserte er sich augenblicklich: »*Wir* schaffen das nicht alleine.«

Much war zufrieden.

62. Kapitel

Schwerfällig schrieb Gisbourne seinen Namen unten auf das Papier, dann blies er die Tinte trocken – der Junge hatte keinen Sand mitgebracht – und faltete das Blatt sorgfältig zusammen.

Gisbourne bedeutete dem Jungen, näher zu kommen. »Bring das nach draußen zum Wachhaus. Einer der Soldaten, der gerade keinen Dienst hat, soll ihn zustellen. Er soll nach Lincoln reiten, zu Prinz John.«

Er wartete, bis der Junge genickt hatte, dann entließ er ihn und ließ sich wieder in die Kissen fallen. »So«, murmelte er. »Auf diese Weise weiß er, daß ich es nicht vergessen habe.«

Als deLacey im Hof des Nottingham Castle vom Pferd stieg, kam sogleich Philip de la Barre auf ihn zugelaufen. Er stand stramm, mit dem Helm unter der Armbeuge, aber der Schimmer in seinen Augen war nicht zu übersehen. »Mylord. Ich bin gekommen, um Euch eine Erfolgsmeldung zu überbringen.«

»Gut.« DeLacey gab sein Pferd ab. »Kommt mit auf mein Zimmer; ich möchte meine Kleidung wechseln.« Er lief eilig voraus, und de la Barre mußte sich bemühen, mit ihm Schritt zu halten. Der Sheriff öffnete die Kammertür. »Nach Euch, de la Barre.« Er folgte dem jungen Normannen, nachdem er einen Diener gerufen hatte. »Nun, bitte.«

De la Barre seufzte leise und erstattete Bericht. »Es war mehr da, als Ihr erwartetet, Mylord. Viel mehr. Der Jude hatte es in einem anderen Raum versteckt, in ein Holzkästchen eingeschlossen.«

»Ach?« DeLacey setzte sich aufs Bett, als der Diener hereintrat, und streckte ein Bein aus, damit der Mann ihm die Stiefel ausziehen konnte.

»Er hätte kein Wort darüber verloren. Das Steuergeld gab er uns recht bereitwillig, aber er protestierte, als meine Männer das Kästchen fanden.«

»Geld ist den Juden kostbar. Sie ziehen es sogar dem Essen vor. Was sagte der alte Mann?«

»Daß es nicht für Euch sei, Mylord. Daß es nicht Teil der neuen Steuer sei.«

»Das war zu erwarten. Ihr habt alles mitgenommen?«

»Ja, Mylord.«

»Gut. Sagte der Jude sonst noch etwas? Wenn er Geld abseits vom übrigen hortet, mag es für ein größeres Vorhaben gedacht sein.«

»Es war wenig aus ihm herauszubekommen, Mylord.« DeLacey nickte nachdenklich. »Aber man kann ihnen nicht trauen. Sie lügen, um sich zu schützen, und sie verehren das Geld.« Er runzelte die Stirn. *Was mochten sie vorhaben? Könnte das Geld für Richard bestimmt sein?*

De la Barre verlagerte sein Gewicht. »Mylord –«

Der Sheriff fiel ihm ins Wort. »Ich habe eine weitere Aufgabe für Euch. Erinnert Ihr Euch an Roger, den Leibeigenen aus Ravenskeep?«

»Gewiß, Mylord.«

Der zweite Stiefel war ab. DeLacey beugte sich hinunter und massierte seine Fußknöchel. »Philip.« Er benutzte absichtlich den Vornamen und sah als Reaktion darauf das Feuer in de la Barres Augen.

So eine eifrige Seele, mein Philip. »Mit der Zeit haben wir einen Teil der Kirchenpflichten übernommen ... die, die der Hexerei verdächtigt werden, werden zu *mir* gebracht, um sie zu prüfen und, wenn nötig, hinzurichten.« Er warf dem gewissenhaften de la Barre einen Seitenblick zu. »Ihr seid ehrgeizig, ja?«

»Mylord –«

»Das ist keine Sünde, Philip. Mir sind ehrgeizige Männer lieber. Sie dienen besser als jene, die zu zufrieden sind.« Er zog die Tunika aus und ließ sie zu Boden fallen, dann breitete er die Arme aus, damit der Diener seine Hemdsärmel aufbinden konnte. »Wie geht es Archaumbault?«

De la Barre war durch den Themawechsel verwirrt. »Es geht

ihm schon viel besser, Mylord. Genau gesagt hat er bereits wieder kleinere Aufgaben übernommen.«

»Gut. Wenn Ihr weiterkommen wollt, tut mir den folgenden Dienst.«

De la Barre nickte eifrig. »Wie Ihr wünscht, Mylord.«

DeLacey lächelte zufrieden. *So gefällig, Philipp. Du magst vielleicht wirklich aufsteigen – oder fallen, ganz, wie es mir paßt.*

Irgend etwas versetzte Robin in Alarmbereitschaft. Hastig blickte er auf, eine Hand am Messer, und fand nur seinen Vater in der Türöffnung vor, der ihm dabei zusah, wie er seine Habe zusammenpackte. »So«, sagte der Earl. »Sie hat also doch gesiegt.«

»Es handelte sich nicht um einen Kampf, Mylord. Das ist der natürliche Lauf der Dinge.«

Der Earl trat langsam ein. Er bewegte sich wie ein alter Mann. Müde setzte er sich auf die Bank neben der Tür. »In der Tat, das *ist* der Lauf der Dinge ... wie es auch nur natürlich ist für einen Vater, sich das Beste für seinen Sohn zu wünschen.«

Robin setzte sich auf die Bettkante. »Ein Vater mag sich gewisse Dinge für seinen Sohn wünschen, aber er muß seinem Sohn auch zugestehen, seinen eigenen Kopf zu haben.«

»Hast du den?« Huntington lächelte müde.»Ja, vielleicht hast du den wirklich – und vielleicht habe ich das zu lange nicht wahrhaben wollen.« Er lehnte sich mit dem Rücken an die Wand. »Warum trägst du solche Kleidung? Du siehst wie ein Freisasse aus und nicht wie der Sohn eines Earls.«

Robin lächelte gezwungen. Er trug tatsächlich die Kleidung eines Freisassen: eine schlichte braune Hose, die bis zu seinen Knien hoch kreuzweise gewickelt war; eine einfache dunkelgrüne Tunika, deren Ärmel nur bis zu den Ellbogen reichten; eine Lederkapuze, die flach auf Schultern und Rücken lag; und dunkle, breite Lederarmbänder. In seinen Satteltaschen befand sich auch ein einfacher, lederner Leibrock für kühlere Tage. Alles, außer den Stiefeln, dem Gürtel und dem Messer, hatte er sich von dem besten Bogenschützen seines Vaters ausgeliehen.

Robin zuckte mit den Schultern, er gab keine Antwort; einen Augenblick später kehrte sein Vater wieder zu dem Thema zurück, das ihn beschäftigte. »Ich gebe offen zu, Robert, daß Sir Hugh FitzWalter ein geachteter Mann war, ein guter Ritter –«

»Warum seid Ihr dann –«

Der Earl hob seine Hand, und sein Sohn verstummte. »Einen Moment, bitte – dann werde ich dir zuhören.« Er lächelte schwach. »Hätten die anderen Jungen überlebt, wärst du der dritte Sohn gewesen. Selbst als Earl von Huntington wäre es hinreichend schwierig gewesen, meinen Besitz unter drei Söhnen aufzuteilen, obgleich ich zu sagen wage, daß zumindest einer von Euch – *du* vielleicht? – zur Kirche gegangen wäre.«

Als sein Sohn ihn skeptisch anguckte, bildeten sich in schwacher Belustigung Fältchen um seine Augen herum. »Du zweifelst daran? Nun, vielleicht nicht du – keiner kann vorhersagen, wo eine religiöse Neigung wächst.« Er seufzte. »Würden die anderen noch leben, hätte ich nichts dagegen, daß du Hugh FitzWalters Tochter heiratest« – und nun änderte sich sein Tonfall –, »wäre sie nicht durch Geächtete geschändet.« Sein Blick war fest, unnachgiebig und duldete keine Widerrede. »Verstehst du? So hätte ich es nie gutheißen können; glaubst du, ich erlaube es dir *jetzt,* wo du der einzige Nachkomme meiner Lenden bist?«

Fasziniert starrte Robin den Mann an. Es rührte ihn, den Mann über seine Gefühle sprechen zu hören.

»Mylord –«, er überprüfte das. »Vater.« Er appellierte an Fleisch und Blut, in der Hoffnung, der Earl würde das Gesagte dann anders bewerten. »Erlaubt mir, sehr offen zu sagen, daß ich Eure Gefühle altmodisch finde.«

»Altmodisch?« Seine weißen Augenbrauen schossen in die Höhe. »Ich habe kein Wort über dein Verhalten verloren, Robert, das tadelnswert ist. Zu meiner Zeit wohnte ein anständiger Mann keinen unverheirateten Frauen bei –«

»*Ihr* vielleicht nicht –«

»Natürlich nicht!« Ein wenig von der asketischen Mürrischkeit des Earls kehrte zurück.

Er lachte. »Wohntet Ihr dann verheirateten bei?«

»Robert!«

Robin seufzte, sein Gelächter erstarb. *Sein verständnisvoller Ton war nur eine einmalige Abweichung gewesen. Ich hätte es besser wissen sollen.*

»Was ich dir versuche, klarzumachen«, sagte der Earl geduldig, »ist, daß ich ihre Anziehungskraft verstehe. Sie ist unübertroffen schön – aber ich kann dir nicht erlauben, eine Frau zu heiraten, die geschändet ist.«

Ya Allah, was für ein Refrain. »Sie wurde nicht geschändet, Mylord ... außer Ihr bezeichnet mich als den Schänder.« Er schüttelte den Kopf. »Will Scarlet schändete sie nicht. Sie war Jungfrau, als ich sie nahm.« Er gestattete sich nicht, Gefühle in seiner Stimme mitschwingen zu lassen. »Das werde ich vor jedem Altar, den Ihr wünscht, Mylord, und auf jede Bibel schwören, auf jede Reliquie –«

»Nein.« Der Earl saß steif auf der Bank. »Das ist nicht von Belang, Robert – verstehst du das denn nicht? Du magst das vor dem König selbst schwören, aber es wird immer Zweifel geben. Es ist das Schicksal der Frauen, dafür beschuldigt zu werden, wenn ein Mann ihnen die Keuschheit raubt.«

»Aber wieso?«

»Weil die Frauen die Männer verführen«, erklärte der Earl. »Eva verführte Adam –«

»Da hatte die Schlange aber auch etwas mit zu tun«, sagte Robert trocken. »Und wenn Eva es *nicht* getan hätte, wären wir nicht hier.«

»Darum geht es jetzt nicht.« Der Earl schätzte keine Leichtigkeit oder Ironie. »Der springende Punkt, Robert, ist, daß die Leute *glauben* werden, daß sie geschändet wurde.«

Genau wie Marian sagte. Robin seufzte. Wenn er jetzt die Nerven verlor, würde er nichts ausrichten. »Ein großmütigerer Mensch würde sagen, daß ich ihr den Makel nehme, indem ich sie heirate.«

»Der Makel würde sich auf dich ausdehnen. Wenn euch innerhalb von neun Monaten nach der Hochzeit ein Kind geboren würde, würde man sich fragen, wer der Vater war.« Der Earl schüttelte den Kopf. »Robert, ich spreche von deiner Zukunft. Ich kann es nicht zulassen, daß du dir dein Leben zerstörst.«

Wut flackerte in ihm auf. Es kostete ihn Mühe, höflich zu bleiben.»Ihr zerstört mein Leben, indem Ihr mir das Recht verweigert zu heiraten.«

»Du darfst ja *heiraten*«, sagte der Earl angespannt, »und sehr gut sogar! Du mußt nur ein wenig Geduld haben.«

»*Insh'Allah,* nicht schon wieder Johns Tochter!«

»Robert! Ich wünschte mir, du würdest aufhören, die Sprache der Ungläubigen zu benutzen! Wir befinden uns hier auf christlichem Boden.«

Er öffnete den Mund zum Widerspruch, dann schloß er ihn jedoch wieder. Er hatte es nur aus Gewohnheit gesagt. Es war ihm nicht bewußt gewesen. »Ich habe nicht die Absicht, Johns Bastard zu heiraten.«

»Dann solltest du vielleicht nach Lincoln gehen und das dem Prinzen selbst sagen.« Der Earl zog den gefalteten Brief aus dem Ärmel und hielt ihn hoch. »Der kam heute an. Er erwartet dich in Lincoln, nicht später als übermorgen.«

Robin zögerte nicht. »Dann wird er enttäuscht werden.«

»Robert. Du wirst gehen.« Der Earl beugte sich vor. »Diese Heirat steht noch nicht fest – und selbst wenn –«

»Nein.«

»Bei Gott, Robert...« Der Earl lehnte sich wieder an die Wand, als wäre ihm die Kraft ausgegangen. »Dieser Mann wird vielleicht König von England.«

»Nicht, wenn Ihr ihn mit de Vesci und den anderen untergrabt.«

»Sie reisen morgen mittag ab. Robert – wenn du sie denn unbedingt haben mußt, dann darfst du das –, aber heirate sie nicht. Nimm dir eine Frau, die dir die Freiheit läßt, eine andere zu lieben, wenn du möchtest – aber behalte deinen Namen einer vor, die eine geziemendere Erscheinung macht.«

Ya Allah – ein Schauder lief durch seinen Körper. *Er kann doch nicht meinen*... Robin starrte den Earl ungläubig an. »Freiheit...«, wiederholte er, obwohl er es nur zu gut verstanden hatte. *Die Freiheit, eine andere zu lieben.* »Ist das, was meine Mutter tat?«

Das blasse Gesicht des Earls wurde starr. »Wir werden hier nicht über deine Mutter sprechen.«

»Weshalb nicht? Ist es zu schmerzlich für Euch? Oder empfindet Ihr keinen Schmerz, Mylord . . . weil Ihr unfähig seid, irgend etwas außer der Lust zu empfinden, die Ihr gewinnt, indem Ihr über das Leben anderer Menschen bestimmt?«

»Genug, Robert.« Der Earl machte eine energische Bewegung. »Ich habe dir den Weg aufgezeigt, wie du mit dieser Frau glücklich werden kannst –«

Robin lachte laut auf.»Ihr habt mir gesagt, ich soll sie zu meiner Geliebten machen! Was ist das für ein Weg? Ich möchte sie heiraten. Ich möchte, daß sie meine Kinder austrägt und einen Erben heranzieht, der einmal an meine Stelle treten kann . . .«

Das Blut stieg dem Earl zu Kopf. »Bei Gott, Robert – verstehst du denn nicht? Wenn du diese Frau heiratest, kann keiner deiner Söhne jemals Erbe meines Titels sein!«

Die nachfolgende Stille füllte Robins Ohren und hallte in seinem Kopf. Er war müde, so müde. Er spürte keinen Zorn mehr, keine Erregung oder Wut, keine Verachtung. Nur die Gewißheit, daß es zu Ende war. »So.« Ein Frösteln erfaßte ihn. »Geoffrey de Mandevilles Worte hatten also doch keine Bedeutung.« Er nickte. Seine Lippen waren wie betäubt. »Macht alles so, wie Ihr wollt. Es wird ein gegenseitiger Verlust werden –«

»Robert!«

»– denn ich werde nicht einen Mann Vater nennen, der nicht über seine eigenen Vorlieben hinaussehen kann.«

»*Robert* –«

»Ich werde nichts aus dieser *Burg* mitnehmen, was nicht mir gehört.«

»Tu es nicht!« rief der Earl. »Kannst du meine Seite denn nicht verstehen?«

Robin nahm die gepackten Satteltaschen von seinem Bett herunter. Er fühlte sich schwach und konnte sich nur schmerzlich langsam bewegen. »Alles, wozu ich je aufgefordert wurde, ist, Eure Seite zu sehen, Mylord. Aber niemals habt Ihr versucht, die meine zu sehen.« Er warf sich die Taschen über die Schulter und machte zwei Schritte auf die Tür zu, wodurch er seinem Vater näher kam. Er blickte in das alternde Gesicht, sah die erschlaffte Haut, die Falten und alten Knochen und entdeckte keinerlei Ähnlichkeit mit sich. »Sagt mir die Wahrheit, als ein Abschiedsgeschenk: Kam ich jemals dem Sohn nahe, wie Ihr ihn Euch gerne gewünscht hättet?«

Der Earl stand kerzengerade da. »Kein einziges Mal.«

Robin nickte; es tat nicht weh. Es war nur eine Bestätigung.

»Daran hat deine Mutter Schuld«, sagte der Earl bitter. »Sie hat dich mit ihrer Sanftmut verdorben.«

»Ja, Mylord. Das hat sie.« Mit diesen Worten verließ Robin das Zimmer, in dem er nur sechs Nächte seines Lebens verbracht hatte.

Als sein Sohn gegangen war, setzte sich der Earl wieder hin. Er fühlte sich krank und alt und erschöpft, erschöpft genug zum Sterben. Er nahm wieder das zusammengefaltete Dokument aus dem Ärmel und starrte grimmig darauf. »John bietet *mir* das Fitz-Walter-Mädchen an... begreift er denn nicht, was er da tut?« Nein, natürlich nicht; John tat, was immer ihm aus eigenen Beweggründen beliebte. Er meinte sie als eine Art Belohnung oder Gefälligkeit, um den Earl geneigter zu stimmen und um einem stolzen Geschlecht den ehrenvollen Namen Ravenskeep hinzuzufügen – »außer, daß davon nur noch wenig übrig ist!« Wut brodelte kurz in ihm auf. »Von mir zu erwarten, daß ich John aufgrund eines Hungerlohns und einer geschändeten Frau unterstütze...«

Obgleich es, um gerecht zu sein, gut möglich war, daß John nichts von Marians Entführung wußte. Es war sogar wahrscheinlich; John hielt das, was er da anbot, für unversehrt und der Belohnung wert.

Das mochte einmal so gewesen sein. Ravenskeep und Huntington und Nottingham dazwischen.

Doch jetzt war es eine Beleidigung.

»Sollte ich sie vielleicht selbst heiraten, damit du sie nicht heiraten kannst? Ich könnte sie wegschicken, sie einsperren, dafür sorgen, daß du sie vergißt...« Er war zu ausgelaugt, um zu denken.

»Hol dich der Teufel.« Der Earl zerknüllte den Brief in seinen kraftlos zitternden, altersfleckigen Händen. »Hol dich der Teufel dafür, daß du so ein sturer Narr bist.«

Doch er war sich nicht sicher, ob er John damit verdammte oder sich selbst oder seinen Sohn.

63. Kapitel

Marian seufzte erschöpft, als sie den letzten Haufen alter Binsen aus der Halle harkte. Sie hielt einen Moment inne und wischte sich mit dem Unterarm über die feuchte Stirn. Da die wenigen Fenster auch noch klein waren, drang kaum frische Luft in den Raum.

Marian war nicht allein. James, der Vogt, hatte ihr wie versprochen Frauen aus dem Dorf vorbeigeschickt. Sie sprachen leise miteinander und warfen ihr verstohlene Blicke zu.

Marian wußte, daß sie sie für Sir Roberts Frau hielten. Es kam ihnen nicht in den Sinn, daß die Tochter eines Ritters vielleicht unverheiratet mit dem Sohn eines Earls zusammenlebte, denn das gab es sonst nur unter Bauern, wenn ein Priester schwer zu erreichen war. Oft lebten sie ein Jahr lang unverheiratet zusammen, während sie darauf warteten, daß ein Bettelpriester in ihr Dorf kam, und die Kinder, die aus einer solchen Verbindung hervorgingen, waren ebenso ehelich wie andere. Doch dem Adel fehlte es nicht an Priestern, und so hatten Lady Marian und Sir Robert natürlich in aller Stille geheiratet. Lords erzählten Leibeigenen ihre persönlichen Angelegenheiten eben nicht.

Marian harkte den Binsenhaufen zur Tür hinaus, wo eine andere Frau ihn aufnahm, um ihn zum Kehrrichthaufen zu tragen. Marian wußte, daß einige der Bauern die Binsen gern für ihre eigenen Behausungen genommen hätten, aber sie wollte nicht, daß in die Unterkünfte der Dorfbewohner noch mehr Ungeziefer geschleppt würde, als sich dort bereits befand, und sie bestand deshalb darauf, daß es verbrannt wurde.

Nun kamen die Frauen mit frisch geschnittenen Binsen und Körben mit Kräutern herein. Eine von ihnen brachte, wie Marian verlangt hatte, eine Katze, einen halbausgewachsenen grauen Kater, der sich über die Mäuse in den Wänden hermachen sollte.

Plötzlich drang ein ungebetener Gedanke in ihr Gehirn. *Was werden sie sagen, wenn ich wieder nach Ravenskeep zurückkehre?*

Ihr Magen schnürte sich zusammen. Es war nie die Rede davon gewesen, daß sie hierbleiben würde, genausowenig, wie die Rede davon gewesen war, daß *Robin* hierblieb; er war fortgegangen, um mit dem Earl Frieden zu schließen. Sie konnte ihm nicht zumuten, in Locksley zu leben, genausowenig, wie sie sich selbst zumuten konnte, hier als seine Geliebte zu leben. Sie besaß ein eigenes Gut und hatte damit zusammenhängende Verpflichtungen. Man schuldete ihr Pachtzins, und sie wiederum schuldete dem König seinen Teil. Sie konnte Ravenskeep nicht im Stich lassen, nur weil ihr Robins Gesellschaft lieber war.

Etwas in ihr fragte: *Warum nicht? Ich möchte bei ihm sein. Ich möchte es so sehr, daß es schon weh tut.* Doch nun, da er fort war, konnte sie die Dinge klarer sehen. *Wäre ich ein Mann, könnte ich mein Leben selbst bestimmen.* Aber Marian wußte es besser. Selbst Robin konnte es sich nicht aussuchen.

»Lady Marian?« James stand im Eingang. »Wir haben Stroh für das Dach.«

»Gut.« Es lenkte sie wenigstens ab. *Ich werde dieses Haus trotzdem wieder erträglich machen.*

DeLacey beugte sich vor, als der Kastellan auf ihn zukam. »Archaumbault! Ich freue mich, daß Ihr so schnell genesen seid!« Er lächelte herzlich und lehnte sich dann wieder entspannt zurück. »Ich brauche Eure Sachkenntnis.«

»Mylord?« Der ältere Mann, nach sieben Tagen Ruhe wieder in

Rüstung, hielt seinen linken Arm sehr vorsichtig, schien jedoch ansonsten nicht sehr behindert von seiner Wunde.

»Ja.« DeLacey nickte und runzelte die Stirn. »Ich befinde mich in einer recht delikaten Lage, Archaumbault. Sie bedarf äußerster Sorgfalt. Ich kann sie nicht irgend jemandem anvertrauen, vor allem nicht« – an dieser Stelle lächelte er gutmütig –, »vor allem nicht jemand so jungem und eifrigem wie Philip de la Barre.«

Archaumbault zwinkerte nicht, aber in seinem Unterkiefer zuckte ein Muskel. »Nein, Mylord. De la Barre ist oft übereifrig. Aber er ist recht vielversprechend.«

Zu sehr, von Eurem Standpunkt aus; Ihr seht Eure Stellung gefährdet. »Deshalb würde ich Euch bitten, daß Ihr Euch persönlich darum kümmert, Archaumbault – wir können es uns nicht leisten, daß auch nur etwas davon nach außen dringt. Es würde mich in großes Unglück stürzen, und es könnte jemandem Schaden zufügen, der mir sehr am Herzen liegt.« Er wartete.

Archaumbault stand so aufrecht wie immer. »Mylord, Ihr wißt, daß ich mein Bestes tun werde.«

So wie bei der Errettung Marians? Doch deLacey sprach es nicht an. Es wäre später noch Zeit für eine Rüge. »Es sind mir Gerüchte der Hexerei zu Ohren gekommen, Archaumbault. Nur Gerüchte, aber so etwas muß man mit Sorgfalt untersuchen, wie Ihr wißt.«

»Gewiß, Mylord.«

»Es ist natürlich nur bäuerlicher Aberglaube ... aber man muß dem nachgehen. Ich möchte, daß Ihr nach Ravenskeep reitet und einen Leibeigenen herbringt, damit ich ihn verhören kann. Sein Name ist, wie mir gesagt wurde, Roger. Er sagt, er hat Beweise für Teufelsanbetung in Ravenskeep.«

Archaumbault nickte. »Möchtet Ihr, daß wir das Anwesen durchsuchen, Mylord?«

DeLacey dachte darüber nach. »Momentan gibt es nur den Verdacht ... Ich möchte mit einer Durchsuchung nicht die Gerüchte nähren, daß etwas Wahres daran sei –« Er seufzte. »Aber auf der anderen Seite können wir es nicht weiterlaufen lassen, falls etwas Wahres daran *ist.* Aber durchsucht sie nur oberflächlich. Bringt die Bewohner nicht mehr in Aufruhr als unbedingt nötig.«

»Ja, Mylord.«

»Archaumbault –« Es ließ den Mann abrupt im Gehen innehalten. »Berichtet mir, ob Lady Marian anwesend ist. Falls nicht, fragt, wo sie ist.«

Archaumbault neigte den Kopf. »Natürlich, Mylord.«

DeLacey beobachtete, wie er hinausging. *Mit dem Segen des Earls werde ich tun, was ich tun muß.*

Robin zügelte sein Pferd an derselben Stelle, wo er damals von Adam Bells Männern angehalten worden war. Schweigend wartete er. Er zweifelte nicht daran, daß die anderen bereits da waren und ihn aus dem Grün heraus beobachteten, und als er den leisen Vogelruf hörte, antwortete er ihm auf gleiche Weise.

»Na!« Adam Bell tauchte aus dem Blätterversteck auf. »Was für einen Nutzen hat der Pfiff noch, wenn Ihr ihn nachmachen könnt?«

Robin grinste. »Vielleicht sogar großen Nutzen. Es mag einmal wichtig für dich sein, wenn dich meiner warnt.«

Bell blieb am Wegrand stehen, während die anderen aus den Bäumen heraustraten. »Wenn mich Eurer warnt? Wozu?«

Clym of Clough nickte. »Damit Ihr uns zum Sheriff locken könnt?«

Robin lachte. »Eher, damit ich euch zu Gewinn locken kann.« Dann wurde er wieder ernst. »Ich habe etwas Geschäftliches mit euch zu besprechen. Wollt ihr mir zuhören?«

Adam Bell übelegte. »Kein Ritter macht mit uns Geschäfte.«

Clym klang angriffslustig. »Der Junge sagt nichts anderes als ›Löwenherz‹. Was hat der König mit uns zu tun?«

Robin musterte sie ruhig. Er machte ihnen wegen ihrer Vorsicht keinen Vorwurf, noch nahm er an, daß sie alle seine Worte gutheißen würden. Seine Ritterswürde behinderte ihn; es würde schwierig werden, sie davon zu überzeugen, über seinen Stand hinwegzusehen.

»Was der König mit euch zu tun hat«, begann er, »darüber redet es sich besser in behaglicher Umgebung.«

Will Scarlet murmelte einen spöttischen Fluch. Adam Bell zog eine Augenbraue hoch. »Dann kommt in mein Zuhause, Sir Ritter. Kommt zu meinem Thron.«

»König von Sherwood?« Robin lächelte. »Dann laßt mich Euch die angemessenen Mitbringsel überreichen.« Er nahm drei Bögen, die am Sattel hingen, und warf Will Scarlet, Little John und Alan jeweils einen zu. »Geschenke«, wiederholte Robin, während er aufgewickelte Bogensehnen aus einer Tasche hervorholte. »Könnt ihr schießen?«

Will Scarlet machte ein finsteres Gesicht. »Nicht so wie du.«

»Ich auch nicht!« fiel Little John ein. »Der Knüppel ist meine Waffe, wenn ich mal eine brauche.«

Robin nickte. »Mein Kopf kann sich daran noch gut erinnern.« Er warf ihnen die Bogensehnen zu. »Aber es gibt Zeiten, da ist es vorzuziehen, auf Abstand zum Gegner zu gehen – dafür ist ein Bogen genau das richtige.«

Alan of the Dales lachte. »Geschenkt oder nicht, für so was bin ich untauglich. Ich habe mich bereits mal im Bogenschießen versucht, aber meine Hände sind mir zu kostbar dazu –«

»Deine Hände sind schön kräftig und schwielig«, warf Robin ein. »Ich brauche dich fürs Bogenschießen.«

»Na also«, brummte Clym. »Was soll denn das alles?«

Robin schaute jedoch gerade zu Much und bemerkte dessen gespannte Aufmerksamkeit, den starken Wunsch, auch einen Bogen zu haben. Robin lächelte und schüttelte den Kopf. »Flinkheit ist deine Waffe, Much. Die brauche ich, und deine Geschicklichkeit. Willst du mir beides zur Verfügung stellen?«

Die Anspannung schwand. Much nickte.

»Gut.« Robin blickte auf die anderen hinab, dann schwang er ein Bein über den Sattel und glitt vom Pferd. »Wenn ihr mir die Ehre erweisen wollt« – er machte eine Geste in Richtung Adam Bell –, »wäre ich beglückt, euch etwas mitzuteilen, was von großem Wert für euch sein könnte.«

Clym fluchte. »Er ist verrückt. Was will denn ein Ritter von uns?«

Robin, der gerade Köcher und zusammengebundene Pfeile vom Sattel nahm, warf dem Minnesänger einen Seitenblick zu. Alan of the Dales lächelte nur und zuckte leicht mit den Schultern: Er überließ es Robin, ihnen zu sagen, *falls* er es denn überhaupt wollte, daß er weit mehr war als ein Ritter.

Adam Bell blieb, wo er war. »Laßt mich die Pfeile sehen, Sir Ritter.«

Robin warf ihm einen Köcher zu. Bell zog einen der Pfeile heraus und musterte ihn, dann zog er einen anderen heraus und untersuchte ihn ebenso sorgfältig. Er schürzte die Lippen und ließ beide Pfeile wieder in den Köcher gleiten. »Die hat ein Mann gemacht, der sein Handwerk versteht.«

Robin warf die beiden anderen Köcher Little John und Will Scarlet zu. »Ihr habt sein Werk bereits gesehen. Der Mann, der mich das Schießen lehrte, hat diese Pfeile und Bögen gemacht.«

Bell kniff die Augen zusammen. »Ich habe ein fachliches Interesse daran, Sir Ritter.«

»Edward Fuller«, sagte Robin.

»Ned!« Bell blieb beinahe der Mund offenstehen. »Der alte Ned Fuller macht die besten Bögen von ganz England, und jetzt steht er in den Diensten des Earl von Huntington. Bei Gott, Junge, wie seid *Ihr* denn an die rangekommen? Er verkauft nicht einen einzigen billig, und du hast gleich drei –«

»Vier.« Robin lächelte. »Wie ihr sicher wißt, habe ich noch meinen eigenen.«

Bell blickte ihn fest an. »Vier«, sagte er ruhig. »Vier Bögen von Ned Fuller... selbst für einen Ritter wäre es schwierig, sich so viele zu leisten.«

»Ich habe sie nicht gekauft«, sagte Robin. »Er wollte kein Geld von mir annehmen. Ned sagte mir, wenn ich sie dafür verwenden würde, König Richard heimzuholen, würde er mir sie *und* die Pfeile schenken.«

Clym fluchte. »Der alte Fuller *schenkt* nichts –«

»Warte.« Bell gebot ihm mit erhobener Hand Einhalt. »Das tut er, wenn er glaubt, daß der Mann Wort hält.« Langsam ließ er seine Hand wieder sinken. »Kommt und sagt uns, was Ihr uns zu sagen habt.«

64. Kapitel

Alan suchte sich einen Baumstumpf, auf dem er es sich bequem machte. Den Lautenbauch legte er auf seinen linken Oberschenkel, während der Hals sich in seine linke Hand schmiegte. Er fragte sich, ob er einfach dadurch eine Legende begründen könnte, indem er die Wahrheit sang.

Der Sohn eines Earls, der mit den niedrigsten Geächteten in Sherwood Forest Geld zusammenbekommen will. Alan schürzte die Lippen. *Daraus könnte sich etwas machen lassen… Gott weiß, er bietet Stoff genug: Er ist ein Adliger, ein Ritter, ein Vertrauter des Königs, ein Kreuzfahrer.* Er grinste vor sich hin, dankte seiner Muse und beugte seinen Kopf über die Laute.

Im Sommer, wenn die Bäume stolz,
die Blätter groß und lang,
der helle Wald ist voller Freud
beim süßen Vogelklang.

»Nun«, sagte Adam Bell ruhig, »laßt hören, was Ihr zu sagen habt.«

Sie saßen in verschiedenen Sitzhaltungen da, kauerten oder lehnten irgendwo; durch die gedämpften Farben ihrer Kleidung verschwammen sie mit dem Gebüsch und den Bäumen, mischten sich mit den Schatten. Einzig Robin stand, locker, eine Hand um seinen Bogen geschlossen. Im Licht des Spätnachmittags, das nach drei trüben Tagen messingfarben leuchtete, glühte sein Haar.

»Ich habe einen Plan«, sagte er ruhig, »der euch zugute kommt und mir und ganz England.«

Alans Lächeln wurde breiter. Die zweite Strophe war da:

Nun kommt, all Ihr Galane frei
und lasset Euch betör'n;
Von einem kühn geächt'ten Mann
sollt Ihr heut Heit'res hör'n.

Robins Stimme klang, als würde er sich schon zu ihnen zählen. »Ihr wißt genausogut wie ich, daß die Forstgesetze streng sind und allen außer dem König und dem Adel die Möglichkeit nehmen, Wildbret zu essen.«

»Wollt Ihr das Gesetz etwa ändern?« Will Scarlet zeigte deutlich seine Geringschätzung. »Wollt Ihr Euch demnach also selbst zum König ernennen?«

Robin grinste. »Nein. Ich möchte den König nach Hause holen, damit er etwas daran ändern kann.«

Clym fluchte. »Ihr möchtet also, daß wir nach Deutschland marschieren und König Heinrich ach gar so lieb bitten, daß er uns Richard zurückgibt?«

»Ich möchte das Lösegeld bezahlen«, sagte Robin. »Und ihr könnt mir dabei helfen.«

Ach, dachte Alan, *was für ein Balladenstoff!*

»Wir haben kein Geld«, sagte Scarlet. »Wie sollen *wir* das bezahlen?«

Robin zog die Augenbrauen hoch. »Was tut ihr dann aber mit dem Geld, das ihr stehlt? Es anstatt Wild essen?«

Clym lachte. Cloudisley schmunzelte. Bell schaute nachdenklich drein.

»So!« sagte Little John. »Ihr wollt es also stehlen, ja? Für den König?«

Robin nickte. »Der Kanzler, William Longchamp, hat alles in England besteuert. Männer wie der Sheriff von Nottingham sorgen dafür, daß alle von uns die Steuer zahlen. Aber es ist nie genug, oder? Mehr und immer mehr wird uns abverlangt, bis selbst die Juden versichern, arm zu sein –«

»Juden«, murmelte Clym. »Sie fressen die Säuglinge von Christen.«

»Nein«, sagte Robin geduldig. »Es stimmt, daß sie kein Schweinefleisch essen, aber sie essen nicht statt dessen kleine Kinder.«

Clym war nicht überzeugt. Er fluchte leise, dann spuckte er aus. »*Das* ist für Eure Juden.«

Der Minnesänger bemerkte, wie Robin jedem der Geächteten ins Gesicht sah und ihren Ausdruck bemaß. *Er war in der Armee – mit seinem Namen hatte er dort wahrscheinlich eine befehlshabende Stellung inne. Er weiß, wie er Männer für sich einnehmen kann.*

Alans Lächeln wurde wieder breiter, als Robin fortfuhr. »Es gibt aber gewisse Leute, die dem entkommen, soviel zu zahlen, wie sie eigentlich müßten –«

»Reiche Leute«, sagte Scarlet mißmutig. »Reiche Leute wie die Normannen.«

»Reiche Leute wie die *Adligen*«, sagte Wat Einhand.

»Und Bischöfe und Äbte und Erzbischöfe.« Robin nickte. »Es gibt die, die von Gott sprechen, während sie die Armen berauben, um sich selbst mit Juwelen und Kleidung aus Gold und die Altäre mit Silberflächen zu schmücken.«

Alan schmunzelte. Innerlich jubelte er:

Die Bischöfe und Erzbischöf',
die sollt Ihr fesseln und hau'n.
Des High Sheriffs von Nottingham
gedenket voller Grau'n.

»Und Ritter«, sagte Clym anzüglich. »Was zahlen denn *Ritter*?«

»Ritter zahlen, was sie nur können, in Dienstleistungen, wenn nicht in Geld«, antwortete Robin geduldig, nicht beleidigt durch diese Anspielung. »Es sind nicht die Reichen auf Kreuzzug, denn der Kreuzzug hat alle ärmer gemacht.«

Fasziniert beobachtete Alan ihn schweigend.

Der Sohn eines Earls, der Geächteten erzählt, sie sollten den Klerus ausrauben? Selbst im Namen des Königs ist das keine so einfache Sache!

Seine Finger zuckten. *Mein Gott, was für ein Stoff er ist! Alles, was noch fehlt, ist eine Frau.*

Adam Bell nickte. »Ihr wollt also, daß wir reiche Männer ausrauben und dann Euch das Geld geben, damit Ihr den König freikaufen könnt.« Er nickte wieder. »Wir sind nicht verrückt, Sir Ritter. Noch sind wir Tölpel – außer dem Jungen da drüben.«

Much wurde rot. Er starrte Bell böse an.

»Nein«, sagte Robin, »er ist kein Tölpel. Much hat ein besonderes Talent. Es gibt keinen Jungen – *oder* Mann! –, der flinker mit seinen Händen ist als er. Und er ist loyal.«

»Löwenherz«, sagte Much entschlossen.

»Herrgott – glaubt Ihr wirklich, wir sind so dumm?« fragte Clym. »Ihr kommt hierher nach Sherwood und sagt uns, wir sollen Priester und Adlige ausrauben und dann alles Euch geben –«

»Nicht mir.« Der kameradschaftliche Ton verschwand. Robin strahlte tödlichen Ernst aus und wirkte wie ein Mann, der keine Störung duldet. »Wir werden alles beiseitelegen und dann Longchamp in Lincoln zuschicken.«

»Longchamp!« Bell schüttelte den Kopf. »Ihr sagtet doch selbst: Er besteuert England zu Tode.«

»Es besteht ein Unterschied«, sagte er ruhig, »zwischen einer Steuer, die erhoben wird, um den König zurückzukaufen« – er sah sie jetzt an, und Alan hielt den Atem an in Anbetracht der Entschlossenheit, die sich in Robins Augen spiegelte –, »und einer, die erhoben wird, damit er getötet wird.«

»Was?« fragte Little John scharf. »*Wer* möchte, daß er getötet wird?«

»Prinz John will auf den Thron. Er wird tun, was immer nötig ist, damit sein Bruder für immer im Gefängnis bleibt oder daß er eines plötzlichen Todes stirbt.« Er stand ganz still und blickte nacheinander jeden an. Die abheilenden Prellungen auf seinem Gesicht unterstrichen die Kraft seiner Worte.

Es sind seine Augen, entschied Alan. *Er weiß sein Gesicht zu beherrschen, aber seine Augen verraten ihn. Wenn sie kalt und tot und unbeweglich sind, dann ist er am eifrigsten hinter etwas her.*

»Und ich vermute, daß Ihr das alles wißt, weil Ihr 'n Ritter seid.« Cloudisley war weniger aggressiv als Clym und weniger besonnen als Bell, aber seine Skepsis war deutlich.

Kühl sagte Robin: »Unter anderem.«

Alan grinste. *Da ist es... wird er es ihnen jetzt sagen oder noch abwarten?*

»Die letzte ›Steuer‹«, fuhr Robin fort, ohne mehr von sich zu verraten, »dient nur der Selbstgefälligkeit Prinz Johns, der Geld braucht, um seine Schulden tilgen zu können. Dahinter steckt nicht Longchamp.«

»Aber –« Cloudisley war erstaunt. Selbst einem Geächteten schien es sinnwidrig, daß ein Prinz so etwas tun würde. »Dann geht das Geld gar nicht an den König.«

»Nein.«

Adam Bell nickte grübelnd. »Sondern in Prinz Johns Schatzkammer.«

Robin nickte. »Ich würde es lieber an Heinrich schicken, als daß es John in die Hände fällt.«

Bell warf erst Clym einen Blick zu, dann Cloudisley. Sein Lächeln verzerrte sich. »Sagt mir, warum wir dem König helfen sollen.«

Das verblüffte selbst Clym. »Aber er ist der *König* –«

Bell schnitt ihm mit der Hand das Wort ab und starrte Robin fest an. »Ich möchte, daß *er* das beantwortet. Ich möchte, daß uns ein hübscher Ritter erzählt, warum wir stehlen sollen, um einen König zurückzukaufen, der genauso Normanne ist wie alle anderen.«

Keiner von ihnen hatte daran gedacht. Nicht einmal Alan, dessen Finger die Lautensaiten zum Verklingen brachten. *Genauso Normanne wie alle anderen... aber Richard ist zum König geboren.* – Er sah Robin an. *Lassen wir ihn das Rätsel beantworten.*

Robin nickte. »Eine gute Frage, Adam – aber eine, die *er* beantworten müßte.«

Bell höhnte. »Das dachte ich mir. Aber warum solltet *Ihr* ihm dann helfen? Er ist Normanne. Ihr seid Sachse. Das habt Ihr uns zumindest glauben lassen.«

»Wir haben England verloren«, sagte Robin. »Wir haben es vor langer Zeit verloren, als der Eroberer es uns nahm. Und gewiß haben wir darunter gelitten, alle von uns, wenn auch einige mehr als andere –«

»Und einige *weniger*«, murmelte Clym.

»Und einige weniger.« Er umging es nicht, das zuzugeben. »Sie sind jetzt nun einmal hier, Adam. Wir können sie schlecht wieder nach Hause schicken. Aber was wir tun können, ist unser Land zurückzugewinnen, indem wir die Eindringlinge lehren, wie man als Engländer lebt.«

Adam grunzte. »Und König Richard kann das?«

»Er ist ein Mann, der einem anderen vertraut, ohne auf dessen Abstammung zu achten, solange dieser Mann sein Vertrauen in den König setzt.«

Cloudisley rührte sich. »Und was haben *wir* davon?«

»Eine Belohnung«, erklärte Robin. »Er wird euch wie Menschen behandeln, nicht wie Tiere. Er begreift, daß der Wohlstand eines Landes in dem besteht, was das Volk hervorbringt, und nicht darin, es zu unterdrücken.«

Clym war beunruhigt. »Er ist ein Krieger, sagen sie –«

»Das ist er. Ich habe ihn in der Schlacht erlebt.«

»Ein starker Mann demnach?«

»Der stärkste Mann, der mir je begegnet ist, und zwar auf allen Gebieten.« Robin warf einen Blick auf Little John. »Er könnte den Hathersage-Riesen besiegen.«

Alan schlug eine Saite an. »Robin hat recht. Wir befreien unser Land nicht von den Normannen . . . was uns jetzt hilft, ist, soviel wie möglich von England zu behalten, indem wir uns die Könige erziehen.«

»Bringt Richard nach Hause«, sagte Robin, »und ich verspreche euch bessere Zeiten. Weit bessere, als John sie euch verheißt; hättet ihr lieber *ihn* als König?«

Die eintretende Stille sagte alles. Dann regte sich Scarlet. »Wenn ganz England so arm ist, ist kein Geld mehr im Umlauf. Wie können *wir* da helfen?«

Robin antwortete deutlich und bedächtig, ohne jede Emotion. »Morgen mittag reiten drei Lords von Huntington ab. Sie sind reiche, mächtige Männer. Ich plane, ihnen aufzulauern und ihre Börsen zu verlangen – und alles andere von Wert, das man dem Lösegeld beisteuern kann.«

»Wirklich?« Adam Bell grinste.

»Ja.«

Ein tiefsinniger, widersprüchlicher Mensch. Alan wiegte seine Laute. *Wenn ich jetzt daran denke, daß ich ihn damals in Huntington Castle für uninteressant hielt.*

Bell, Clym und Cloudisley wechselten bedeutungsvolle Blicke. Clym grinste breit, richtete den Blick aber auf den Boden; Cloudisley blickte wie gebannt auf seine Hand, in der er den Langbogen hielt; Bell antwortete: »Und wer sagt uns, daß wir Euch jetzt nicht töten und sie allein ausrauben?«

Robin sagte nur: »Weil keiner von euch *mich* töten kann.«

Gisbourne saß auf der Bettkante und sammelte seine ganze Kraft. Vom Bett aus konnte er nichts ausrichten, weder seine Angelegenheiten regeln noch sich um die Verwaltung der Burg kümmern.

Er schob sich die Krücken unter die Arme und zog sich daran hoch, wobei er versuchte, so wenig Gewicht wie möglich auf sein verletztes Bein zu legen. Es juckte fürchterlich, seit die Schwellung zurückging. Mühsam gelangte Gisbourne zur Tür und öffnete sie.

Im Korridor stand, bereit zum Klopfen, der Sheriff. »Gisbourne!« Er lächelte erfreut und überrascht. »Ich bin gekommen, um Euch Arbeit zu bringen.«

Gisbourne, der erschreckt zurückgewichen war, stützte sich auf seine Krücken. »Oh«, sagte er schwach. Er hatte gehofft, dem Sheriff so lange wie möglich aus dem Weg gehen zu können.

»Ja.« DeLacey scheuchte Gisbourne mit einer Geste ins Bett zurück. »Geht, geht nur – das kann von hier aus erledigt werden.«

»Aber ich wollte –«

»Nein, Sir Guy. Ich verstehe, daß Ihr Euch nutzlos fühlt, aber ich versichere Euch, daß ich nicht die Absicht habe, Euch zu früh wieder zurück an die Arbeit gehen zu lassen. Es gibt ein paar kleinere Aufgaben, die Ihr vom Bett aus erledigen könnt, wie diesen Brief.« DeLacey machte eine Handbewegung, die verhieß, daß Gisbourne sich sofort setzen sollte. »Er ist sehr wichtig.«

Gisbourne setzte sich und verzog das Gesicht. »Aber – dafür habt Ihr einen Geistlichen.«

»*Hatte* einen Geistlichen. Er wurde entlassen.«

Gisbourne wollte in gespielter Unwissenheit des Grundes den Mund öffnen, erblickte dann jedoch den Ausdruck in deLaceys Augen und unterließ es, irgend etwas zu sagen. Tuck hatte seinen Teil dazu beigetragen, Marian vor der erzwungenen Heirat zu bewahren, aber er hatte dafür bezahlt. Nun mußte Gisbourne sich mit dem Sheriff beschäftigen.

Er nahm das dargebotene Pergament entgegen, Wachs und Sand und stellte alles neben sich, dann legte er sich das Brett, das er als Schreibunterlage benutzte, auf den Schoß. »Ja, Mylord?«

»An Abt Martin«, wies ihn deLacey an. »Er sei gepriesen für seine Frömmigkeit und seine Weisheit in allen Dingen und gelobt für seine Sorge, die Welt von allem Bösen zu erlösen.«

Gisbourne runzelte beim Schreiben die Stirn. Er hätte den Sheriff zu gern gefragt, worum es ging, aber er wurde hier als Schreiber gebraucht, nicht als Vertrauter. Er begann die Einleitung, die den größten Teil des Briefes einnehmen würde.

DeLaceys Tonfall war resolut. »Er soll so schnell wie möglich hierher nach Nottingham kommen, um eine Frau zu untersuchen, die der Hexerei verdächtigt wird.«

Stirnrunzelnd machte sich Gisbourne Stichworte. Er würde es später ausschreiben.

»Teilt ihm mit, ich sei in größter Sorge um ihre Seele, denn sie hat mich immer zu dem Glauben verleitet, eine gute und fromme Frau zu sein, die sich auf allen Gebieten mit Anstand benimmt. Es wurden jedoch Gegenstände gefunden ... Verdacht kam auf –« DeLacey fuchtelte mit einer Hand. »Ihr wißt, was Ihr schreiben müßt, Gisbourne. Ihr kennt Briefe dieser Art.«

Die kannte er in der Tat. Er hatte sie nicht geschrieben, aber er hatte sie gesehen. Und ihre Folgen. Wenn deLacey solche Briefe verschickte, starben die Beschuldigten meist. Die Kirche war unbarmherzig. »Mylord –«

»Ich möchte, daß der Brief unverzüglich abgeschickt wird.«

»Ja, Mylord, aber –« Er blickte deLacey an und wollte ihn etwas fragen, tat es aber nicht. »Sie ist gemeint«, sagte er, begreifend. »Es geht um *Marian* –«

»Natürlich«, stimmte deLacey ihm zu. »An wen dachtet Ihr denn?«

Welcher von ihnen? fragte sich Robin. *Wer wird der erste sein?*

Es war Scarlet. »Keiner von uns kann Euch töten?« erwiderte er ungläubig. »Keiner von uns *schafft* das, sagt Ihr?«

Es war jedoch Clym, der plötzlich von seinem Stein aufsprang.

Robin warf ihm den Langbogen zu, um ihn abzulenken und zu verwirren, dann zog er das Anderthalbmeter-Schwert aus der Scheide. Als Clym, wütend fluchend, den Langbogen zur Seite stieß, hatte er bereits die Klinge an der Kehle.

»Nieder mit dir«, sagte Robin und ließ ihn einen Schritt zurückgehen.

Clym ging hart zu Boden, strauchelte über den Stein und fiel auf den Rücken. Das Schwert blieb an seiner Kehle. »*He*, was soll das –«

»Ich habe dich einmal aufgefordert«, sagte Robin. »Nach Huntington, sagte ich, solltest du kommen, und da würde ich dir ein Schwert geben.« Er ritzte Clyms Haut ein und ließ ein dünnes Rinnsal Blut fließen.»Hier bin ich, Sir Geächteter – hast du schon eine Antwort?«

Er wußte, wo die anderen standen; er hatte darauf geachtet. Der Riese würde sich nicht einmischen, auch Alan nicht. Bell würde es, da war er sich sicher, und auch Cloudisley; Wat Einhand wahrscheinlich nicht; möglicherweise aber Will Scarlet.

»Ergib dich«, sagte Little John. »Clym – sei kein Narr!«

Sei kein Narr, echote Robin, *ich brauche jeden einzelnen von euch – aber nur, wenn ihr wirklich hinter mir steht.*

»Laßt ihn aufstehen«, befahl Bell kurz angebunden.

Robin wandte den Blick nicht von Clyms Augen. »Bist du der nächste, Adam Bell?«

»Laßt ihn aufstehen, sagte ich.«

»Sag mir, wer der nächste ist.«

»Bei Gott!« Bells Wut brach in einem Schrei heraus, der aus seinem Bauch aufstieg und Jahre der Niederlage widerspiegelte. »Ihr wollt uns also alle, ja? Uns in die Unterwerfung treiben wie die Normannen?«

Ein Schritt zur Rechten, und er ist mein – noch einer, und Cloudisley auch. »Nein«, sagte Robin deutlich.

»Was *wollt* Ihr also dann?«

Wieder ging er es im Kopf durch. *Wenn ich mich vorneige, ist Clym tot – dann eine Drehung zur Rechten, und Bell ist es auch.* »Was ich will, ist, daß ihr Clym anschaut.«

Clym lag reglos da, während sechs Männer und ein Junge auf ihn blickten. »He«, sagte er angespannt, »was ist jetzt?«

»Ich habe im Heiligen Land im Namen Gottes und im Namen König Richards Türken getötet. Glaubst du, ich werde vor einem niedriggeborenen sächsischen Hund zurückscheuen?«

»Hol Euch der Teufel –«, begann Bell.

»Ich möchte, daß ihr das *wißt!*« schrie Robin. »Ich möchte, daß ihr wißt, wie das ist, wenn man für etwas stirbt, woran man glaubt.«

»Bei Christus«, krächzte Cloudisley, »was sollen wir denn glauben? Daß Ihr verrückt seid?«

»Nein.« Robin schüttelte den Kopf, ohne seinen Blick von Clym abzuwenden. »Nein, nicht das.«

»Was dann?« fragte Bell. »An was sollen wir glauben?«

Robin entblößte seine Zähne und grinste drohend. »An Gott und an König Richard«, sagte er. »Und daß ich besser mit dem Schwert umgehen kann als auch nur einer von euch mit dem Langbogen.«

Wat Einhand knurrte. »Auch besser mit dem Langbogen, wie man an den drei gespaltenen Pfeilen gesehen hat.«

»Aber nicht mit dem Knüppel.« Little John klang unbeschwerter als die anderen. »Da habt Ihr schon Bessere getroffen.«

»Das habe ich. Aber du wirst ihn nicht gebrauchen, wenn mein Schwert an Clyms Kehle liegt.«

Little John höhnte. »Ich weiß nicht, ob ich mich darum scheren würde, wenn Ihr ihm die Kehle durchschneidet. Was bedeutet mir schon Clym of the Clough?«

»Was wollt Ihr?« fragte Bell. »Was wollt Ihr denn *noch?*«

»Ich möchte, daß ihr mit mir kommt, wenn ich die drei Lords überfalle.« Robin warf ihm schnell einen Seitenblick zu. »Was Straßenraub angeht, bin ich blutiger Anfänger.«

»Adam!« rief Clym. »Willst du, daß ich hier verblute?«

»Laßt ihn aufstehen«, sagte Bell barsch. »Wir helfen Euch dabei, Eure Lords auszurauben.«

65. Kapitel

Es war ein Wunder, dachte Tuck, wie sich das Haus nach wenigen Stunden des Putzens verändert hatte. Locksley Hall sah jetzt schon viel besser aus, obgleich es immer noch viel Arbeit gab.

Langsam schlenderte er durch den großen Raum. Es war düster, das Tageslicht schwand. Bald würden sie die Binsenlichter anzünden müssen, aber Marian schien es nicht zu bemerken. Sie stand mit dem Rücken zu Tuck in der Eingangstür und blickte in die Dämmerung hinaus. An ihrer Haltung konnte Tuck erkennen, daß sie an Robin dachte: Sie umarmte sich selbst, den Kopf leicht zur Seite geneigt, als würde sie angestrengt lauschen, ob sie sein Pferd kommen hörte.

Er wollte ihr Frieden bringen. »Das Haus sieht schon viel besser aus.«

Sie mußte sich selbst dazu auffordern, zu sprechen. Dabei wandte sie ihren Kopf leicht, so daß er sie besser hören konnte. »Ja, es ist besser geworden. Aber es ist noch viel zu tun. Ich möchte mehr Fenster, und ich wollte die Innenwände verputzen und tünchen.«

»Er wird kommen«, sagte Tuck tröstend. »Sandte er nicht einen Boten, der das sagte?«

Sie drehte sich steif herum und lehnte sich an den Türpfosten. »Der sagte, es würde sich etwas verzögern und ich müßte noch länger warten? – Ja, das hat er; es war wenigstens eine kleine Erleichterung. Aber er brachte sonst keine Nachricht, kein Wort darüber, was sich zwischen Robin und seinem Vater ereignet hat.« Sie seufzte und verriet damit ihre Furcht. »Und wenn er schließlich selbst kommt, welche Neuigkeiten wird er bringen? Daß er sich mit seinem Vater ausgesöhnt hat und heimgeht, um in der Burg zu leben? Oder daß er mit dem Earl gebrochen hat und hierbleibt, während *ich* heimgehe?«

Tuck lächelte. »Er könnte Euch heiraten, Lady Marian. Dann könntet Ihr in Ravenskeep leben und den Vogt Locksley verwalten lassen, oder andersherum.«

Marian seufzte und strich sich eine Haarsträhne hinter das Ohr. »Er ist der einzige Sohn des Earls. Welcher Mann würde schon solch ein Erbe aufgeben?«

»Glaubt Ihr, dazu wird es kommen? Daß der Earl ihn vor die Wahl stellen wird?«

»Oder Robin.« Ihr Mund verzog sich. »Er ist stur, Sir Robert von Locksley ... genauso stur wie sein Vater. Was der eine als Schwäche auslegt, sieht der andere als Stärke.«

»Dann werde ich für Euch beten«, sagte Tuck ungekünstelt. »Ich bete für Euch *und* Robin.«

Marian seufzte. »Laßt uns hoffen, daß Euer Vater verständnisvoller ist als seiner.«

Tucks rundes Gesicht glänzte. »Oh, das ist Er. Davon bin ich überzeugt. Und viel weniger bedacht auf Stand und Titel und Burgen, da in Seinen Augen alle Menschen gleich sind.« Schwerfällig durchquerte er den Raum. »Gibt es noch etwas, was ich tun kann?«

Marian dachte nach. »Robin sandte mir eine Nachricht – *ich* muß jemand nach Ravenskeep schicken, um ihnen mitzuteilen, daß ich wohlauf bin. Joan wird sich Sorgen machen.«

»Dann laßt mich jemanden losschicken«, sagte Tuck. »Ich werde James suchen und ihn nach einem Mann fragen, den ich nach Ravenskeep schicken kann.« Er war erfreut; es war wenigstens etwas, was er tun konnte. »Ich gehe gleich jetzt zu ihm, Lady Marian. Es ist nicht so weit – wenn der Mann sich beeilt, könnte er bei Dunkelheit in Ravenskeep sein –«

»Nein, das könnte er nicht; nicht bei Dunkelheit. Es sind beinahe dreißig Meilen von hier bis nach Ravenskeep.«

»Wenn er bei einem Karren mitfahren könnte –«

»Ach.« Sie lächelte wohlwollend. »Ich werde Euch nicht davon abbringen, Tuck. Laßt den Mann sofort aufbrechen, wenn ihm das recht ist.«

Tuck nickte. »Soll ich dann die Nachricht für Euch aufschreiben?«

»Niemand dort kann lesen.«

»Ah.« Tuck nickte. Das war nichts Ungewöhnliches. »Was soll der Mann ausrichten?«

»Daß ich in Sicherheit bin und wohlauf... und daß ich beschützt werde. Daß ich wiederkomme, sobald ich kann.« Marian lächelte traurig. »Fast dasselbe, was Robin *mir* sagen ließ.«

Zum Nächtigen waren sie ein Stück näher an Nottingham herangegangen, Adam Bell und die anderen, und mit ihnen auch Robin.

Sie ließen sich an einer Lagerstelle nieder, die laut Bell einer ihrer gewöhnlichen Aufenthaltsorte war, aber seine Stimme verriet, daß sie das von nun an nicht mehr sein würde; die Geächteten trauten Robin noch nicht ganz über den Weg und glaubten ihm nicht, daß er nicht mehr wollte, als nur die drei reichen Lords auszurauben.

Robin saß ein Stück von den anderen entfernt und lehnte an einem Baum. *So lässig wie eine Katze,* dachte Alan, *aber auch so schnell und geschmeidig in seinen Bewegungen.*

Der Minnesänger ging zu ihm und setzte sich auf eine hervorstehende Wurzel, seine Laute auf dem Schoß. »Das macht Ihr also für den König.«

»Das sagte ich doch.«

»Glaubt Ihr, es wird etwas ändern?«

»Wenn wir ihn nach Hause bringen, wird sich *etwas* ändern; ich werde darauf bestehen.«

»Und Ihr glaubt, auf diesem Wege werdet Ihr ihn nach Hause bringen.«

Robin seufzte. »Nichts sonst hat geklappt.«

»Was für eine Sicherheit habt Ihr, daß Longchamp das Geld annehmen wird?«

»Er wird.«

»Weil der Sohn des Earls es schickt.«

Robins Miene war düster. »Ich werde den Titel gebrauchen, wie ich muß.«

»Und Euch zu einem Wolfskopf machen.« Alan bohrte nicht weiter. »Natürlich könnt Ihr mit Eurem Leben anstellen, was Ihr wollt. Aber ich wage zu behaupten, daß jeder dieser Männer da drüben – nein, vielleicht der Riese nicht, und der Junge bestimmt nicht – töten würde, um in Eure Haut schlüpfen zu dürfen. Ist es da gerecht, daß Ihr sie um Hilfe bittet, wenn das, was Ihr tut, eine Beleidigung für sie darstellt?«

»Wie beleidigt es sie denn?«

»Ihr macht ihnen Hoffnungen«, sagte Alan. »Ihr faßt Euren Wunsch zum Raub in Worte, die sie am meisten bewegen: für Gott und König Richard, sagtet Ihr.« Plötzlich war er wütend. »Es sind *Geächtete,* Mylord – welche Hoffnung haben sie schon auf eine Begnadigung?«

»Ich habe nicht von Begnadigung gesprochen.«

»Nein. Aber Adam Bell ist schlau genug, um zu verstehen, daß das die unausgesprochene Belohnung ist... das ist doch, was Ihr vorhabt, oder? Den König darum zu bitten, diejenigen zu begnadigen, die dabei geholfen haben, ihn auszulösen?«

»Er wird es sicher gewähren.«

Der Wurm baumelte am Haken. Alan ließ ihn ins Wasser. »Weil Ihr ihn darum bittet.«

Der Fisch biß nicht an. »Was wollt Ihr, Minnesänger?«

Alan grinste. »Einer sein. Ein Minnesänger. Und zwar ein *berühmter*.«

Robins Gesichtsausdruck war spöttisch. »Und da meint Ihr, *ich* kann Euch dabei helfen?«

»Das habt Ihr schon. Ich brauche nur einen Helden und seine Taten.«

Robin lachte laut auf. »Und was soll ich Heldenhaftes dazu beitragen?«

Alan grinste breit. »Daß Ihr lange genug lebt, um meines Talentes wert zu sein.«

Robin lachte wieder. »Das werde ich bestimmt versuchen.«

Alan beugte sich über die Laute. Da gab es noch etwas, was er herausfinden wollte. »Ihr wart mit dem König im Heiligen Land.«

»Ja.«

»Er verlieh Euch persönlich die Ritterswürde.«

»Nach Akko; ja.«

»War da Blondel auch mit dabei?«

»In Akko? Ja. Und – überall sonst.«

»Ich weiß ein wenig über Blondel«, sagte Alan. »Und ich kenne die Gerüchte. Ein hellhaariger Mann, sagt man; ein *weiß*haariger Mann... war dem König näher als die Frau, mit der er nicht schläft.«

Robins Augen waren unter den gesenkten Lidern nicht sichtbar. »Es ist schwierig, mit seiner Frau zu schlafen, wenn man in Deutschland im Gefängnis sitzt.«

Alan lachte. »Ja, sicher, ich fragte mich nur« – er erhob sich, blieb aber stehen, um seinen Satz zu vollenden –, »Ihr seid Euch des Königs so sicher.«

Robin lächelte nur ein kühles, feines Lächeln, das nichts preisgab. »Ihr braucht keine Angst zu haben, Spielmann – ich werde dafür sorgen, daß Ihr begnadigt werdet.«

Das war nicht, was Alan hören wollte, noch, was er erwartet

hatte. Aber er war auch nicht überrascht. Er war zu der Ansicht gekommen, daß der Sohn des Earls alles sagen und tun würde, um das zu erreichen, was er anstrebte. *Selbst die Freunde seines Vaters würde er berauben, um seinem König die Freiheit zu kaufen.*

James, der Vogt, schickte einen Mann mit einer Mitteilung von seiner Lady nach Ravenskeep. Der Mann hatte sich recht gern dazu bereit erklärt – es schadete nie, sich bei der Frau des Lords des Gutes beliebt zu machen – und schritt nun frohgemut aus. Viele Leute waren so abergläubisch, daß sie nie nach Einbruch der Dunkelheit reisten, aber ihm machte das keine Sorgen; außerdem würde er ohnehin in Nottingham die Nacht über bei einem Freund bleiben und erst am späten Morgen oder Vormittag wieder aufbrechen. Es sorgte ihn nicht, daß er sich verspäten könnte; was machte es schon wirklich aus, *wann* die Leibeigenen in Ravenskeep die Mitteilung ihrer Herrin bekamen? Sie war jetzt Locksleys Lady.

Während er sich das so einredete, war er erfreut, einen anderen auf einem ähnlichen Botengang zu treffen. Der Mann war ein Leibeigener aus Huntington, der zu einem Gut hinter Nottingham unterwegs war und ebenso erfreut wie der Mann aus Locksley, Gesellschaft zu bekommen, und bald plauderten die beiden über ihre Lords.

Es stellte sich heraus, daß der Mann aus Huntington Locksleys Lord kannte und auch die neue Lady. »Lady Marian? Von Ravenskeep?«

»Jawohl. Jetzt auf Locksley.«

»Ah. Nun, dann besteht für dich überhaupt keine Notwendigkeit weiterzugehen. Bleib ruhig noch einen Tag länger in Nottingham; ich werde deine Botschaft für dich ausrichten.«

»Du?«

»Ja. Ich bin selbst nach Ravenskeep unterwegs, in Geschäften des Earls.«

Der Mann aus Locksley vertraute dem Mann aus Huntington seine Nachricht an. In Nottingham trennten sie sich; der Mann aus Locksley ging zu seinem Freund, während der andere kehrtmachte und nach Huntington zurückging.

Der Earl würde ihm sicher etwas extra zahlen dafür, daß er die Nacht über gelaufen war, vor allem, wenn er erfuhr, wo sich die fragliche Lady aufhielt.

Archaumbault nahm wie immer vorschriftsmäßig vor dem Sheriff Haltung an. »Mylord, wir haben den Leibeigenen hier.«

DeLacey blickte auf. »Roger?«

»Ja, Mylord. Er erzählt eine interessante Geschichte.«

Ah, na endlich. »Inwiefern ›interessant‹?«

In den Augen des Mannes glänzte der Ekel. »Hexerei, Mylord. Ihr hattet recht, uns dort hinzuschicken. Die Frau hat damit zu tun.«

»Welche Frau? Eine Bediente?«

»Nein, Mylord. Die Lady Marian selbst.«

»Marian!« DeLacey war auf den Füßen. »Seid Ihr denn von allen guten Geistern verlassen? Lady Marian würde so etwas nie billigen, geschweige denn, an so etwas teilnehmen! Bei Gott, Archaumbault –« Doch er brach unvermittelt ab. »Er muß verrückt sein. Marian? O nein.« Schlaff setzte er sich hin, alle Kraft wich aus seinen Beinen. »Laßt uns *beten,* daß er sich irrt.«

»Mylord, das ist gut möglich; er ist ein Leibeigener, ein sächsischer Hund. Aber er hat sie beschuldigt, Mylord – und wir fanden Beweise, daß jemand dort den Teufel verehrt.«

»Was für Beweise?«

»Einen Besen, Mylord.«

Einen Besen? In welchem Haus steht kein Besen – hielt de la Barre das etwa für genug? »Einen Besen.« DeLacey nickte. »Was noch, Archaumbault?«

»Eine Puppe, Mylord.«

»Oh?« *Schon besser, de la Barre.* »Wen stellt sie dar?« *Mich? Das wäre zu schön ... aber es ist zu raffiniert, als daß de la Barre sich das ausgedacht haben könnte.*

Archaumbault schüttelte den Kopf. »Sie ist zu grob gearbeitet, als daß man erkennen könnte, wen sie darstellen soll, Mylord ... es gibt jedoch keinen Zweifel an ihrem Zweck.«

»Hexerei. In Ravenskeep ... o Gott, laß es nicht Marian sein.« DeLacey seufzte schwer, senkte den Kopf und rieb sich die Schläfen, als habe er Schmerzen. »Der Teufel verführt so viele, und wir sind so hilflos gegen seine Angriffe.«

»In der Tat, Mylord.«

DeLacey seufzte. »Was ist mit Lady Marian? Was sagte sie dazu, Archaumbault?«

»Sie war nicht anwesend, Mylord. Ihre Bediente macht sich große Sorgen um sie.«

Der Sheriff unterdrückte einen Fluch und schaffte es, kummervoll auszusehen. »Ob das noch ein Beweis mehr ist, frage ich mich? Sie riecht Lunte und flieht?« Er schüttelte den Kopf. »Was kann ich nur tun? Sie muß natürlich verhört werden. Und der Leibeigene selbstverständlich ebenfalls – wo habt Ihr ihn untergebracht, Archaumbault?«

»Unten, Mylord. Soll ich ihn hinaufführen?«

»Nein. Nein, noch nicht.« Er überlegte. »Nein, wir lassen ihn dort bis morgen. Für den Moment nehmen wir ihn uns noch nicht vor.« Müde schüttelte er den Kopf. »Sammelt bei Tagesanbruch eine Gruppe berittener Soldaten, Archaumbault. Wir müssen Lady Marian unbedingt finden.«

»Ja, Mylord.«

DeLacey gab ihm mit der Hand ein Zeichen zu gehen. *Brav, Archaumbault. Sucht mir die Lady, während ich ihr hier den gebührenden Empfang vorbereite.*

66. Kapitel

Robin schaute den Männern, die sich nach dem Frühstück versammelten, nacheinander ins Gesicht. Sie waren alle hartgesottene Männer, bis auf Much, der noch ein Junge war, wenngleich selbst er im Gegensatz zu anderen Jungs eine gewisse Härte ausstrahlte.

Der Morgen war kühl und noch immer mit Nebel verhangen. Robin nickte ihnen zu. »Wir müssen näher an Huntington heran.«

Auf der Stelle erhob Clym Einspruch. »Wollt Ihr, daß man uns erwischt?«

Robin musterte den Geächteten. Er war ein unfreundlicher, zanksüchtiger Mann, der alle Vorschläge außer denen von Adam Bell, für den er so etwas wie Respekt aufbrachte, in Frage stellte. Robin wußte, daß er ihm jedoch keinen entgegenbrachte und es vermutlich auch nie tun würde.

Adam Bell blieb sachlich. »Weshalb warten wir nicht hier auf sie?«

Er stellt mich auf die Probe, um zu sehen, ob ich tatsächlich meine, was ich sage. Robin lächelte. *Nun, er hat zumindest mehr Recht dazu.* »Es kann sein, daß sie bis Nottingham reiten und ab dort getrennt weiterziehen, was unsere Chance mindert. Wenn wir näher an Nottingham warten als an Huntington, riskieren wir, gesehen zu werden und daß der Sheriff vielleicht Soldaten ausschickt.«

Bell brummte unverbindlich. »Clym hat recht, was den Earl anbelangt – was ist mit ihm? Huntington ist sehr einflußreich.«

Robin unterdrückte ein Lachen. »Er wird so etwas einfach nicht erwarten.«

»Vielleicht nicht«, pflichtete Bell ihm bei, »aber wenn wir sie ausrauben und sie zurück nach Huntington reiten, wird er doch Männer ausschicken, oder nicht?«

Darüber dachte Robin nach. »Möglicherweise ja«, gab er zu, denn er wußte, daß das stimmte.

Bell nickte. »Also dann auf halbem Wege«, sagte er. »Zwischen Huntington und Nottingham. Vor die Wahl gestellt, würden sich die meisten wahrscheinlich an den Sheriff wenden, um sich zu beschweren; dafür ist er ja schließlich da, daß er darauf achtet, daß die Gesetze eingehalten werden.« Er erhob sich und griff nach seinem Bogen. »Dann mal los. Gehen wir. Geben wir unserem blonden Ritter einen Einblick in das Leben der Geächteten.«

Scarlet lachte roh. »Vielleicht findet er ja sogar Gefallen daran!«

»Gefällt's dir denn?« fragte der Minnesänger. »Gefällt es *dir*, Will Scarlet?«

Scarlct spuckte aus und starrte Robin finster an. »Lieber wäre ich ein Ritter.«

Robin entging der bedeutsame Blick nicht, den Alan ihm zuwarf.

DeLacey hieß Archaumbault zu sich kommen. Als der Kastellan eintraf, stellte ihm der Sheriff eine einfache und direkte Frage: »Seid Ihr gesundheitlich wieder soweit auf der Höhe, nach Lincoln zu reiten?«

»Ja, Mylord. Das bin ich.«

DeLacey zögerte. »Ich könnte auch de la Barre schicken.«

»Mylord.« Der Ton des Burgvogts wurde schärfer. »Wenn ich nicht fähig dazu wäre, würde ich das sagen; die Pflicht steht über dem Stolz eines Mannes.« Er zog die Mundwinkel nach unten. »Philip de la Barre wird ohne Zweifel einmal ein guter Kastellan – falls Ihr denn vorhabt, *mich* zu ersetzen, Mylord –, aber er braucht noch ein bißchen.«

DeLacey konnte sich nur mit Mühe ein Lächeln verkneifen. *Ich habe Euren wunden Punkt getroffen, Archaumbault.* »In der Tat«, sagte er unverbindlich. »Ihr habt unzweifelhaft recht, Archaumbault; er ist noch zu jung. Es gibt nun einmal Aufgaben, die Erfahrung und Klugheit erfordern.« Er nickte entschlossen. »Sehr gut. Sucht Eure besten Männer aus und sorgt dafür, daß die Sendung wohlbehalten in Lincoln ankommt.«

»Ist das alles, Mylord?«

»Ich möchte vor Aufbruch noch mit allen sprechen.« DeLacey

entließ ihn mit einer Handbewegung. *Schafft das Geld dorthin, Archaumbault – oder ich mache de la Barre zum Kastellan, noch bevor die Woche um ist.*

Adam Bell schickte Clym, Cloudisley und Wat Einhand auf die gegenüberliegende Straßenseite, während er sich mit Robin, Little John, Will Scarlet, dem Minnesänger und dem Jungen auf der Seite versteckte, auf der sie sich befanden. Er befahl ihnen, sich zu verteilen, dann hockte er sich neben Robin. »Erkennt Ihr sie denn, wenn Ihr sie seht?«

»Ja.«

»Seid Ihr ihnen schon begegnet?«

»Ja.«

»Wo?«

Robin grinste. »In Huntington, Adam – aber das sagt dir nichts Neues. Du weißt bereits, daß ich dort war, wie sonst hätte mir Ned Fuller wohl beibringen können, wie man Pfeile spaltet?«

Bell brummte. »Leute wie Ihr lassen sich nicht zum Straßenraub herab.«

»Solche wie du doch auch nicht. Du warst doch ein freier Bogenschütze, oder nicht?«

»Ja«, erwiderte er barsch. »Aber kein Ritter.«

»Ich bin aber nicht mehr lange Ritter, wenn sie mich erwischen.«

Bell musterte ihn scharf. »Kennen *sie* Euch denn, diese Lords?«

Robin überlegte, was er darauf antworten sollte, und entschied sich dafür, auszuweichen: »Sie haben mich schon gesehen.« Die drei hatten schon viele Menschen in ihrem Leben gesehen.

Von der anderen Straßenseite ertönte Wats Vogelruf. »Reiter«, wisperte Bell. »Jetzt müßt Ihr sagen, ob sie's sind.«

Robin nickte. Er nahm eine Handvoll Erde und rieb sich damit Nase, Kinn und Wangen ein, dann strich er sich das Haar aus dem Gesicht und zog die Kapuze über den Kopf.

Drei Reiter ritten, gefolgt von Lakaien, nebeneinander die Nottingham Road entlang.

»Ja«, sagte Robin.

Adam legte seine Hände um den Mund und pfiff einen Vogelruf. Aus dem Gebüsch gegenüber antwortete ihm ein zweiter. Dann grinste Adam Robin an. Leise, zu leise, als daß Little John oder Scarlet ihn hätten verstehen können, sagte er scharf zu Robin: »Das müßt Ihr alleine machen.«

Die Lords und Lakaien kamen immer näher, waren schon zu nahe, als daß er mit Bell oder den anderen darüber hätte streiten können. Innerlich fluchend, holte Robin einen Pfeil aus seinem Köcher, legte ihn schnell auf, dann trat er aus dem Blätterwerk in die Mitte der Straße.

»Halt!« Er hob den aufgelegten Pfeil. Als die drei Männer aufmarschierten und nach ihren Schwertern greifen wollten, zielte er auf einen Mann: Eustace de Vesci. »Halt«, wiederholte er.

De Mandeville begann sofort, sich lauthals zu beschweren, während Bohun versuchte, weiterzureiten, um den Winkel des Pfeils abzuschneiden und den anderen zu schützen. Eustace de Vesci, auf den gezielt wurde, fluchte, wurde tiefrot und saß steif im Sattel.

Die Kapuze verbarg Haar und Kopf und warf Schatten auf ein Gesicht, das vorsätzlich von Erde schwer erkenntlich gemacht war. »Nein«, sagte Robin ruhig in einem Dialekt, der Clyms sehr ähnelte. »Ich schieße sonst auf die Pferde – oder lauft Ihr etwa gerne?«

Sofort zügelte Bohun sein Pferd. »Das kann nicht geduldet werden. Wir sind Pairs.«

»Ich weiß, was Ihr seid. Reiche Männer, alle drei. Lords, nicht wahr?« Robin blickte de Vesci an. »Ein Ochse, der bereit ist zum Aderlaß, wenn man nach Eurer Gesichtsfarbe geht.«

»Bei Gott –«, rief de Vesci aus. »Ich werde diesen Hurensohn vierteilen!«

De Mandeville sagte trocken: »Aber vorher müßt Ihr ihn erst fangen. Habt Ihr je mal gesehen, was ein Pfeil von einem englischen Langbogen aus dieser Entfernung anrichten kann, Eustace? Er durchbohrt erst mühelos Euer Herz und anschließend noch das Herz Eures Hintermannes.«

Der Diener hinter de Vesci bewegte sein Pferd zur Seite.

»Er wird ermüden«, sagte de Vesci, zähneknirschend. »Warten wir so lange, bis er der Sache überdrüssig wird, sage ich – er kann den Bogen nicht den ganzen Tag gespannt halten.«

»Nein«, stimmte Robin ihm zu, »aber wenn ich versehentlich loslasse oder meinen Griff etwas löse, fliegt der Pfeil zu Euch. Also tut Ihr das, was ich sage, besser ein wenig schneller.«

»Hol dich der Teufel, du unverschäm–«

»Eure Geldbeutel«, sagte Robin. »Und Eure Ringe. Und Eure Ketten.«

»Ketten«, echote de Vesci.

»*Amts*ketten«, erläuterte Robin.

»Ich bin der Lord of Alnwick –«

»Und *ich* bin der König von Sherwood.«

Adam Bells Stimme ertönte. »Na, na! Sag ihnen die Wahrheit, Robin! *Wer* ist der König von Sherwood?«

»Ja«, stimmte ihm Clym von der anderen Straßenseite zu. »Wir können schließlich nicht *zwei* Könige haben!«

»Warum denn nicht?« rief Little John.

Bohuns Blick offenbarte Wut. »Genug eurer Tricks. Wir sind in der Minderzahl –« Er zerrte seine Börse unter dem Mantel hervor. »Hier.« Er warf sie hinunter, dann zog er sich die schwere Amtskette über den Kopf. »Und das.« Sie landete in der Nähe der Börse. »Da. Ihr habt, was ich besitze.«

»Und Eure Ringe«, sagte Robin. »Die unter Euren Handschuhen.«

»Bei *Gott*«, fluchte de Vesci. »Was gibt dir das Recht, Männer, die über dir stehen, zu berauben –«

»Kein Mensch steht über mir, außer dem König von England.« Robin grinste, obgleich er bezweifelte, daß sie das sehen konnten, weil sein Gesicht im Schatten der Kapuze verschwand. »Und wäre er hier, würde ich sogar ihn ausrauben.«

»Hier.« Geoffrey de Mandeville nahm Börse, Kette und Handschuhe und zog sich die Ringe ab. »Hier hast du alles.« Der Mann, aus dessen Händen Richard die Krone entgegengenommen hatte, warf seinen Reichtum zu Boden. »Alles.«

Robin behagte das Gefühl nicht, das sich allmählich in seinem Bauch ausbreitete: eine kalte, zähflüssige Leere. Er war wieder auf Kreuzzug, machte sich bereit, wieder zu töten, und unterdrückte jegliches Gefühl. »Ihr«, sagte er zu de Vesci, den er noch weniger leiden mochte.

De Vesci starrte finster zurück. »Laß das Schwert fallen«, befahl er. »Bei Gott, laß das Schwert fallen! Du hast es irgendeinem armen Ritter oder Edelmann gestohlen –« Er brach ab, als der Pfeil ein wenig schwankte, dann wieder ruhig wurde.

So wenig würde genügen – ich müßte nur die Finger leicht lösen – »Nein«, sagte Robin angespannt. »Das Schwert gehört mir.«

»Du hast kein Recht darauf, es zu besitzen.« De Vesci zog seine Börse heraus und warf sie zu Boden. »Du hast kein Recht auf irgend etwas davon.« Als nächstes folgte die Amtskette; zuletzt seine Ringe. »Bei solchen Sachsen wie dir ist es kein Wunder, daß die Normannen uns erobern konnten. Ernährst du dich von den Gedärmen tapferer Männer?«

»Reitet weiter«, sagte Robin barsch, »bevor mir der Finger ausrutscht.«

»Eustace«, fuhr de Mandeville ihn an. »Nennt ihn, wie immer Ihr wollt, wenn wir nicht mehr in seiner Nähe sind, aber – bei Gott! – überlegt Euch jetzt, was Ihr sagt. Sonst hat er auch noch *Euer* Schwert.«

Bohun nickte. »Und ich würde lieber im Bett meiner Gemahlin sterben als hier auf der dreckigen Straße durch den Pfeil eines Geächteten.« Er betrachtete Robin mit kalter Verachtung. »Wir sind euresgleichen noch nie begegnet. Und ich hoffe, das werden wir auch nicht mehr.«

»Reitet weiter«, sagte Robin angespannt.

De Mandeville warf einen flüchtigen Blick auf die berittenen Lakaien, dann nickte er. »Eustace. Henry.« Der würdevolle Earl of Essex tat, wie ihm geheißen, ritt ruhig los, und die anderen schlossen sich ihm an.

Adam Bell und die anderen traten auf die Straße, als Robin sich schließlich erlaubte, sich zu entspannen, und die Bogensehne losließ. Er starrte den Lords hinterher, die sich entfernten, nur halb gewahr, daß Much und Clym sich bückten und die Börsen, Ketten und Ringe vom getrockneten Schlamm aufhoben.

»Bei Gott«, sagte Cloudisley grinsend, »das habt Ihr gut gemacht!«

»Ja.« In Bells Stimme schwang eine Spur Respekt mit. »Die Ritterschaft bringt doch ganze Männer hervor... Ich habe nichts an Euch auszusetzen.«

Robin steckte seinen Pfeil wieder zurück in den Köcher. »Aber ich an dir.«

»An Adam! Ihr?« Clym setzte eine drohende Miene auf. »Was habt Ihr am *wirklichen* König von Sherwood auszusetzen?«

»Du wolltest, daß sie es erfahren«, sagte Robin zu Bell. »Du wolltest, daß es öffentlich bekannt wird.«

Adam Bell lachte. »Jawohl, das stimmt! Was ist das schon für ein Mann, der sich unter einer Kapuze versteckt und meint, er könne sich verbergen? Er hat keinen Mut, nicht wahr – viele nennen sich selbst Geächtete und stehlen zum Vergnügen, solange keiner sie erkennt... aber ein Mann, der es ernst meint, ein Mann, der gute Gründe dafür hat, wird auch seinen Namen riskieren.« Er entblößte seine schiefen Zähne. »Ein Mann mit einer Kapuze namens Robin. Aber keiner sah Euer Gesicht. Ihr seid sicher genug, Sir Ritter.«

Robin nickte, während Much mit einer Geldbörse und Ringen auf ihn zutrat. »Habe ich die Prüfung bestanden?«

»Ja.« Bell lachte. »Ihr hättet dasselbe getan.«

»Ach ja?« Robin, der sich jetzt sicher war, daß die Lords und ihre Lakaien nicht zurückkamen, schob sich schließlich die Kapuze vom Kopf und schüttelte sich den Dreck aus den Haaren. Sein beschmiertes Gesicht juckte. »Ich tat dasselbe. Ihr seid aber durchgefallen.«

»Durchgefallen?« Clym trat an Robin heran, als dieser sich umdrehte. »Was für eine Prüfung haben wir denn nicht bestanden?«

»Aufrichtigkeit«, sagte Robin. »Ich möchte die Besitztümer für den König und nicht für mich. Und doch schaffst du Geld beiseite, wenn du denkst, daß dir gerade keiner zusieht.«

Sofort erstarrten die anderen und faßten Clym scharf ins Auge.

»Clym.« Bell sprach kurz angebunden. »Dazu hast du andere Gelegenheiten.«

»Er wird es für sich behalten, nicht für den König!«

Little John trat an ihn heran, um ihn mit seiner reinen Größe einzuschüchtern. »Gib es heraus, Clym.«

»Bei Christus, auf *dich* werde ich nicht hören –«

»Gib's auf«, sagte Scarlet. »Er hat es sich schließlich redlich verdient, nicht?«

»Jesus«, murmelte Clym, »was sind wir verweichlicht, daß wir vor einem solchen Mann den Hut ziehen.«

»Er ist mehr Mann als du«, spottete Little John. »Ich sah nur einen von uns auf der Straße, und das warst, verdammt noch mal, nicht du.«

Clym griff in seine Hose und holte die Börse hervor, dann warf er sie zu Boden. »*Das* ist für das Lösegeld des Königs!« Er spuckte darauf.

Robin wandte sich an Bell. »Ihr könnt wählen«, sagte er. »Kommt mit mir nach Locksley, wo es Essen, Ale und ein Haus gibt. Wir haben noch etwas zu besprechen.«

»Oder?« fragte Bell.

»Oder eben nicht.« Robin zuckte mit den Schultern. »Ich habe noch einen Plan.«

»So wie den hier?« Wat Einhand grinste. »Dann bin ich sofort dabei. Das war die leichteste Arbeit, die mir seit langem untergekommen ist.«

»Jawohl«, meinte Little John spöttisch. »*Er* hat ja auch die ganze Arbeit geleistet.«

»Meine liebste Art von Arbeit.« Wats Augen leuchteten hell. »Kann ja nix schaden, ihm zuzuhören, oder?«

»Er ist ein verdammter *Ritter!*« schrie Clym. »Was weiß er schon von unserem Leben?«

»Jetzt immerhin etwas«, entgegnete ihm Bell. »Wie der Riese

sagte, war nur einer von uns auf der Straße, und das waren, verdammt noch mal, nicht wir.« Er nickte Robin zu. »Wir kommen erst mal mit. Wir essen Euer Essen, trinken Euer Ale und hören, was Ihr uns zu sagen habt.«

Much hob die Börse auf, die Clym zu Boden geworfen hatte. Er reichte sie an Robin. »Locksley.«

DeLacey schaute zu, wie Archaumbault den Transport fertigmachte – eine normal aussehende Kiste, die auf einen einfachen Wagen gestellt und mit Sacktuch bedeckt wurde, das wiederum mit Hanfseilen befestigt wurde. Dann winkte deLacey einem Jungen, daß er ihm sein Pferd bringen solle.

»Mylord?« Archaumbault war überrascht. »Ihr kommt mit?«

»Ich habe etwas mit Prinz John zu besprechen.« Er gestikulierte. »Hierher, de la Barre –«

Doch der junge Mann, der nur wenige Schritte entfernt aufsaß, hob abwehrend die Hand, eine Geste, die für deLaceys Geschmack ein wenig zu gebieterisch war. »Mylord, wenn es Euch beliebt – es kommen gerade Reiter. Und sehr schnell!«

»Wer ist es? Könnt Ihr sie erkennen?« *Was wird mich denn jetzt schon wieder aufhalten?* »De la Barre –«

»Nein, Mylord.« De la Barre warf einen Blick über seine Schulter. »Wenn Ihr erlaubt, werde ich hinüberreiten, um zu sehen, wer sie sind.«

»Tut das«, schlug deLacey ihm trockenen Tones vor.

Und dann war de la Barre auch schon wieder zurück, und während er sein unruhiges Reittier zu zügeln versuchte, stammelte er: »Mylord Sheriff – es sind Lords … sie reden etwas von einem Raubüberfall, Mylord!«

»*Was* für Lords?« Doch deLacey winkte gereizt ab. »Schon gut – ich werde mich selbst darum kümmern.« Er blickte wieder zu Archaumbault. »Wartet noch. Wir brechen sofort auf.« Ohne die Antwort des Kastellans abzuwarten, machte deLacey dem Jungen Zeichen, er solle weiter das Pferd für ihn halten, und schritt dann aus. Ihm entging nicht das Hufgeklapper auf den Pflastersteinen und die zornigen Rufe eines Mannes. *Wer ist das bloß?* Dann weiteten sich seine Augen. *Eustace de Vesci? Was macht der denn hier? – Mein Gott, Henry Bohun – und Essex!*

»Sheriff!« De Vesci zügelte sein Pferd so stark, daß dessen Maul offenstand. »Mylord Sheriff – Ihr müßt Euch unverzüglich darum kümmern! Wir wurden überfallen und beraubt –«

DeLacey war bestürzt. »Wo? In der Stadt?«

»Nein.« Das war Henry Bohun, der Earl of Hereford. »Nein, nur ein paar Meilen von hier entfernt –«

»Zwischen hier und Huntington«, beendete de Vesci den Satz. »Gott, dieser Hurensohn –«

DeLacey setzte einen angemessen beunruhigten Gesichtsausdruck auf, obgleich ihn im Moment weniger der Raubüberfall als ihr Aufenthalt in Huntington beschäftigte. *Was hatten sie denn dort zu schaffen?* Und dann: *Ich frage mich – ob John davon weiß?*

»Ein freimütiger Kerl«, stimmte Bohun ihm zu. »Der sich nicht von unserem Stand einschüchtern ließ.«

DeLacey wurde noch verblüffter. »Er *kannte* Euch?«

»Nicht namentlich«, sagte de Mandeville, »aber er kannte unsere Stellung recht gut. Er nahm uns selbst unsere Amtsketten ab.«

DeLacey wirbelte herum. »Archaumbault! Zu mir!« Dann schwang er wieder zurück. »Ich werde keine Mühe scheuen, diesen Geächteten zu ergreifen und zu hängen, Mylords. Ich bin entsetzt, daß Männer Eures Standes so offen überfallen werden können –«

»Und so kühn«, sagte de Mandeville. »Er hatte Kumpanen im Gebüsch, aber er stand uns allein gegenüber.«

»Dieser Hurensohn«, sagte de Vesci, vor Wut kochend. »Er hat das Schwert eines edlen Mannes gestohlen!«

Das ließ deLacey aufhorchen. »Ein Geächteter mit einem Schwert?«

»*Und* mit einem Langbogen.« Bohun schüttelte den Kopf. »Ich hätte ihn nicht herausfordern wollen.«

Der Sheriff runzelte die Stirn. »Mir ist kein Geächteter bekannt, der ein Schwert trägt. Langbogen, ja, da gibt es einige … aber es sind normalerweise Leibeigene, Landarbeiter, die wildern und dafür geächtet werden« – er zuckte mit den Schultern – »oder ein Gelegenheitsfreisasse –«

»Er hat das Schwert eines anständigen Mannes gestohlen«, wiederholte de Vesci, sichtlich uninteressiert an den Beobachtungen des Sheriffs. »Dafür sollte er allein schon hängen.«

»Wenn man ihn erwischen kann, ja.« Bohun seufzte. »Er trug eine Kapuze mit Brustkragen. Dadurch war sein Gesicht kaum zu sehen. Wir würden ihn nicht mal wiedererkennen, wenn er in diesem Augenblick vor uns stünde.«

»Robin«, sagte de Mandeville. »Jemand nannte ihn Robin.«

DeLacey runzelte die Stirn. »Seid Ihr da sicher?«

»Ganz sicher«, erklärte ihm der Earl ernst.

DeLacey deutete auf Archaumbault. »Dieser Mann ist mein Kastellan. Ich werde ihn, zusammen mit einigen anderen, auf die Suche schicken... gibt es etwas, was Ihr ihm über das Aussehen des Mannes sagen könnt?«

»Er trug eine Kapuze«, fuhr de Vesci ihn an. »Wir konnten sein Gesicht nicht sehen.«

DeLacey seufzte. *Ein Mann mit Kapuze namens Robin. Ich muß nur vor das Tor treten, um zehn oder zwanzig Männer mit Kapuze zu sehen – und was den Namen Robin anbelangt? Es gibt so viele Robins wie Kapuzen.* »Sonst irgend etwas, Mylords?«

Bohun nickte stirnrunzelnd. »Er trug schlichte Kleidung, die Kleider eines Freisassen, mit guten Stiefeln und Armschutz – hier.« Er tippte sich auf den Unterarm. »Grüne Tunika, braune Hose – einen Gürtel und einen Schwertgurt –«

»Und die Kapuze«, beendete de Mandeville den Satz. »Eine Lederkapuze mit Brustkragen, wie sie ein gewöhnlicher Freisasse tragen mag.« Sein Gesichtsausdruck besagte, daß ihm sehr wohl bewußt war, wie wenig sich der Räuber von anderen Männern unterschied. »Ein hochgewachsener Mann, gut gebaut... fünfundzwanzig oder jünger.« Er zuckte mit den Schultern. »Ohne das Gesicht zu sehen, ist es schwierig zu sagen.«

»Natürlich. Ich danke Euch, daß Ihr es versucht habt, Mylord.«

DeLacey blickte zu Archaumbault. »Ich überlasse Euch diese Aufgabe.«

»Ja, Mylord. Soll ich de la Barre mitnehmen?«

»Nein.« DeLacey war jetzt wütend. Dieser Überfall hatte seinen ganzen Plan durcheinandergebracht. Die drei zum Opfer gefallenen Lords waren von Huntington gekommen, dessen Earl ein Gegner Johns war. Es wäre weder gut, wenn sie erführen, wo er hinwollte, noch, an wen seine Sendung ging. *Ich werde sie morgen nach Lincoln transportieren lassen.* DeLacey zupfte sein Gewand zurecht. »Mylords – darf ich Euch etwas zu essen anbieten? Oder etwas zu trinken?«

De Vesci schwang sich aus dem Sattel. »Bei Jesus, *ja!* Und vielleicht spürt Euer Kastellan in der Zwischenzeit, während wir warten, ja diesen Hurensohn auf.«

»In der Tat«, stimmte ihm deLacey höflich zu und wünschte de Vesci zur Hölle.

67. Kapitel

Marian ließ ihren Blick durch den Raum schweifen. Sie seufzte und strich sich das Haar aus dem Gesicht. *Ich kann nicht mehr tun, um das Haus besser aussehen zu lassen, als was ich bereits getan habe... und nichts, um die Zeit totzuschlagen –*

»Lady Marian?« Der Ruf kam von draußen, von Tuck. »Lady – er ist zurück!«

Sie wirbelte zur Eingangstür herum und konnte nicht umhin, als nur daran zu denken, wie sie aussah: Das Haar hing ihr strähnig herunter, das Kleid war im Gürtel festgehakt, der Saum ihres Untergewandes war schmutzig und zerrissen. *Ich habe nicht einmal eine Haube, um meinen Kopf zu bedecken – o Gott, hätte ich mir nicht wenigstens das Gesicht waschen können?*

Zweifelsohne war es schmutzig und staubverschmiert. Marian

versuchte mit der einen Hand, das Obergewand aus dem Gürtel zu zerren, während sie sich mit der anderen Hand das Gesicht rieb, und dann stand Robin plötzlich im Eingang, und sie vergaß das festgesteckte Kleid und den Schmutz auf ihrem Gesicht und das zerzaust herabhängende Haar, das ihr im Nacken klebte.

Durch die untergehende Sonne hinter ihm sah sie nur seine Silhouette, aber sie erkannte ihn an Hunderten von vertrauten Kleinigkeiten.

Ihr Körper reagierte unmittelbar und unerwartet heftig. Marian lachte laut auf, berstend vor Gefühlen, die sie nie empfinden zu können geglaubt hätte.

»*Ya Allah* – ich brauche dich so sehr –« Und dann trat er ein, ging auf sie zu, um sie mit seinen Armen zu umfangen, sie an seine Brust zu ziehen und ihr etwas ins zerzauste Haar zu flüstern. »Sag nichts – laß mich dich einfach halten ... laß mich wieder Mensch sein ...«

Und sie ließ ihn sich halten, ließ ihn sie so fest halten, daß er ihr beinahe die Luft abdrückte, sie in seinen Armen zerquetschte; sie wußte, daß sie es ebensosehr brauchte wie er, die Kraft der Berührung, des Besitzes, die nichts zu tun hatte mit Besitzergreifung, sondern nur das Selbst wiedererrichtete.

»Ich wollte früher kommen, gleich von meinem Vater aus, aber ich mußte noch etwas erledigen –«

Marian unterdrückte ein Lachen, zu glücklich, um ihn sich grämen zu lassen. »Du hast mich verständigt, Robin –«

»Ich wollte trotzdem schon früher wieder dasein ... aber ich konnte es nicht bleiben lassen oder riskieren, den Mut zu verlieren –« Sein Mund war an ihren Augenbrauen, der Wange, dann den Lippen, liebkoste sie beim Sprechen mit seinem warmen Atem. »Es tut mir leid, Marian – ich kann dir nicht geben, was du verdienst –«

»Das macht nichts –«

»– und nun gibt es noch etwas, was getan werden muß –«

Sie legte ihre Finger auf seinen Mund, um ihn zum Schweigen zu bringen. »Pst«, sagte sie sanft. »Glaubst du, ich vertraue dir so wenig, daß du mir alles erklären mußt?« Sie lächelte, als sie die Überraschung in seinen Augen sah. Ihre Hände waren so geschäftig wie seine, glitten über seine Brust, dann seinen Nacken hinauf, durch dickes, blondes Haar. Ihre Haut schrie nach seiner. »Es war entsetzlich, alleine zu sein, aber nun, da du wieder da bist, kann ich mich nicht mehr daran erinnern, wie es war.«

Er schüttelte den Kopf, wühlte seine Finger in ihr Haar, strich es ihr aus dem Gesicht. »Du weißt so wenig von mir ... von den Dingen, die ich zu tun imstande bin und die ich getan habe –«

»Ich sagte, es macht nichts –«

»Doch, das tut es.« Er zog sie noch fester an sich heran. »Marian – es ist noch nicht zu Ende. Es hat erst begonnen. Und es *macht* etwas aus. Es muß. Sonst gibt es keinen Grund, es zu tun.«

»Rob–« Doch er unterbrach sie mit seinem Mund, der den ihrigen verschloß, bis sie keine Luft mehr bekam. In diesem Augenblick war es ihr gleich, daß es keine Trennwand gab, um ihr Bett abzuschirmen – *bestimmt wird Tuck die Tür bewachen* –

»Marian – ich habe einige Männer mitgebracht. Sie werden die Nacht über hierbleiben, oder zumindest einige von ihnen – ich wollte mit dir allein sein, aber es gibt etwas, was getan werden muß, was besprochen werden muß.« Die Anspannung machte sein Gesicht starr. »Einige von diesen Männern kennst du.«

Ihr war nichts wichtig außer Robin, nichts, was er sagte; sie wollte ihm die Starrheit aus dem Gesicht küssen, seine Anspannung mit ihrem Körper mildern.

Doch allmählich zerstreuten seine Worte ihre leidenschaftliche Freude und das Vergnügen, ihn zu berühren. »*Ich* kenne diese Männer?«

»Der Riese«, sagte er ruhig. »Der Minnesänger. Der Junge, Much – und Will Scarlet.«

Ihr Begehren verbrannte zu Asche. »Du hast *Scarlet* hergebracht? Wieso?«

»Ich brauche ihn –«

»Ihn!«

»Marian.« Seine Miene war unbeweglich. »Ich brauche ihn. Ich brauche sie alle. Sie – und die anderen.« Sie sah, daß Erde an seinem Haaransatz klebte. »Adam Bell und die anderen.«

Marian war erstaunt. »Adam Bell ist *geächtet.*«

»Ein Wolfskopf.« Seine Augen blickten trostlos. »Ich weiß. Marian – ich sagte, du wüßtest wenig von mir und von den Dingen, die ich zu tun imstande bin –«

»– und die du getan hast«, vollendete sie seinen Satz. »Aber – Geächtete? Weshalb? Sie sind nicht wie du. Will Scarlet?« Marian schüttelte den Kopf.

»Er ist draußen.« Robin holte tief Luft. »Ich habe mit meinem Vater gebrochen.«

Sie hatte es mehr befürchtet als gehofft; Marian verspürte nicht den Wunsch, einen Mann von seiner Familie zu trennen. »Nein«, sagte sie scharf. »Robin – nein.«

»Es ist geschehen. Ich nahm aus der Burg nur mit, was mir zustand oder was mir bereits gehörte . . .« Seine Geste umfaßte den Raum. »Das ist mein. Mehr nicht.«

Sie langte hoch und berührte seinen schmutzigen Backenknochen. »Ihr seid beide stur . . . und nun habt ihr euch beide gegenseitig so aufgebracht, daß nichts mehr geklärt werden kann –«

»Es *ist* geklärt.« Er zog ihre Hand vom Gesicht weg und hielt sie fest. »Er wird mir niemals verzeihen, was aus mir geworden ist, obgleich es um Richards willen geschieht.«

Unvermittelt war sie wütend, erbost über sein Betragen und über ihre Unwissenheit. »*Sag* es mir«, brauste sie auf. »Mach nicht nur Andeutungen – sag mir die Wahrheit.«

Er griff ihre andere Hand und umklammerte nun beide. »Ich bin zum Dieb geworden«, sagte er offen, »durch die Selbstgefälligkeit der Reichen und die Armut der Armen. Kein Geächteter – *noch nicht.* Kein Wolfskopf – *noch nicht.* Aber wenn sie es erfahren, wird es dazu kommen.«

Sie begriff nicht. »Du sagtest, du würdest den Schmuck fortschicken, um zum Lösegeld beizutragen. Robin – was kannst du denn noch mehr tun?«

»Mehr«, sagte er nur.

»Adam Bell«, murmelte sie. »Und Will Scarlet. Geächtete, allesamt.« Dann verstand sie. »Was hast du getan?«

Er wandte sich ab, ließ ihre Hände los und ging zur Tür. Ein leises Wort lockte die anderen herein. Er murmelte Marians Namen und noch etwas anderes, aber sie hörte es nicht.

Marian stand in der schwach beleuchteten Halle und schaute zu, wie die Männer nacheinander hereinkamen. Ein paar kannte sie. Einige nicht.

»Wolfsköpfe«, murmelte sie hohl. *O Gott – nicht auch Robin...*

Und dann stand Much vor ihr, Geldbeutel und Ketten und Ringe in der Hand. Er grinste freudig. »Löwenherz!«

Marian schaute über seinen Kopf hinweg zu Robin, der weder durch eine Geste noch durch seinen Gesichtsausdruck etwas leugnete.

»De Vescis«, sagte er, »und Bohuns. Und Geoffrey de Mandevilles. Sie sind um diese Gegenstände ärmer geworden – aber der König ist näher an England herangerückt.«

Sie blickte nicht auf die Diebesbeute, die in Muchs Händen lagen. Statt dessen guckte sie Robin an, denn sie wußte nun, was er war; wozu er sich gemacht hatte, um den König der Engländer heimzuholen.

DeLacey saß mit seinen unerwarteten Gästen beim Abendessen. Ihre Anwesenheit durchkreuzte seine ganzen Pläne, aber er konnte sie nicht verabschieden. So war er denn sehr erleichtert, als ein Diener mit einem Brief hereinkam und ihm leise zuflüsterte, daß dieser, obgleich er nicht unterzeichnet sei, vom Earl von Huntington käme. Der Earl würde keine Antwort erwarten, sondern Taten.

DeLacey nahm die Mitteilung verwirrt entgegen, entschuldigte sich bei seinen Gästen und brach das Siegel, dann las er. Als er fertig war, entschuldigte er sich abermals. Das Mahl wurde fortgesetzt, während deLacey sich innerlich ärgerte, bis die Lords sich schließlich entschuldigten. Ohne Zweifel war ihnen seine Gesellschaft ebenso unlieb wie ihm die ihre.

Essen, hatte Robin gesagt; sie waren alle hungrig. Und so übernahm Marian die Pflichten einer Burgherrin und bestellte bei den Dorfbewohnern Lebensmittel, um die neuen und alten Geächteten zu verköstigen. Brot, Schwein, Rind; die ersten Früchte des Frühjahrs. Butter und Käse und Ale. Locksleys Einwohner glaubten, sie versorgten ihren Lord; er hatte sich zu etwas anderem gemacht.

Marian lernte Robins Gefährten recht schnell kennen, während sie damit bemüht war, alle zu verpflegen: Adam Bell war klein, dunkel und behende; William of Cloudisley war jung, liebreizend und verheiratet; Clym of the Clough fehlten ein Finger und selbst einfachste Höflichkeit; Wat hatte wegen Wilderns eine Hand verloren. Die anderen kannte sie schon.

Keiner von ihnen hatte anständige Tischmanieren, abgesehen von Alan, der vom jahrzehntelangen Dinieren in großen Sälen wußte, wie man sich benahm, und dem Riesen, dessen Bewegungen gemessen waren, um mit seiner Größe nichts in Unordnung zu bringen. Sie waren rauhe Männer, und sie fand es widerlich, wie die Männer sich um den offenen Herd versammelten, um zu essen und zu trinken, und sich dumme Witze und Geschichten erzählten. Dort war es verraucht, aber schon besser als vorher, da sie angeordnet hatte, den Rauchfang neu zu schneiden. Noch immer hing jedoch Qualm in der Luft.

Marian aß nicht mit den Männern, sondern zog sich ein Stück zurück und setzte sich auf eine Bank. Niemand bemerkte das, bis auf Robin, der ihr einen rätselhaften Blick zuwarf, den sie nicht deuten konnte, aber trotzdem bei den anderen blieb; und Tuck, der mit Essen zu ihr kam und sich neben sie setzte.

Sie lächelte ihn schief an. »Mitleid mit der Ausgestoßenen?«

»Ach, *sie* sind doch die Ausgestoßenen.« Tuck hatte eine nachdenkliche Miene aufgesetzt. »Und auch Gotteskinder ... das dürfen wir nicht vergessen.«

Marian zog die Augenbrauen hoch. »Sicher würde Gott ihnen auferlegen, mehr als einmal im Jahr zu baden und mit weniger ... Überschwang zu essen.«

»Ohne Zweifel sind sie schlechtere Kost gewöhnt«, sagte er ruhig, während er an seinem gerösteten Schweinefleisch nagte, »und oft gestohlene, wette ich ... Wildern, deucht mich, läßt einem Menschen wenig Zeit für Eleganz.«

Das traf sie härter als erwartet, denn er hatte recht. »Und so wurde ich zu Recht getadelt.« Marian lächelte, um seine bedrückte Entschuldigung abzuwehren. »Nein, Bruder – wer bin ich schon, um mich über sie abfällig zu äußern? Aber wenn ich daran denke, was Robin vorhat ...« Sie schüttelte den Kopf. »Er tut Unrecht.«

Tuck blickte besorgt drein. »Jawohl, Lady Marian – Gott vergibt keinem Menschen, der anderen Menschen etwas wegnimmt.«

»Ohne Rücksicht auf Geburt.«

Tuck blickte zu Robin. Dessen heller Kopf war gesenkt, das Gesicht verdunkelt. »Er hat es recht gut erklärt und mit unübertrefflicher Redegewandtheit –«

»Aber ein Dieb bleibt ein Dieb.« Marian reckte das Kinn vor. »Jeder einzelne von ihnen – selbst Much! – würde gehängt werden, wenn man ihn erwischen würde. Und doch schwört Robin mir, es sei der einzige Weg.«

»Es ist der einzige Weg, den *er* sieht«, sagte Tuck. »Es gibt sicher andere ... aber das ist der Weg, den er wählt.« Er kaute gründlich, verdaute Fleisch und Gedanken. »Er riskiert viel für seinen König.«

»Zu viel. Ich wünschte –« Doch Marian ließ es darauf beruhen. Robin hatte sich von seinem Platz in der Nähe der Feuerstelle erhoben.

Das laute Scherzen erstarb, die zotenreißerische Prahlerei wurde von Neugier verdrängt, als er so vor ihnen stand. »Ich habe einen Eid geleistet«, sagte er leise, so leise, daß Marian sich anstrengen mußte, um ihn zu verstehen, »als ich auf Kreuzzug ging, Jerusalem von den Ungläubigen zu befreien und am Heiligen Grab zu beten. Alle Kreuzfahrer schworen das.« Er musterte jeden einzelnen. »Ich leistete einen Eid auf meinen König, daß ich ihm diene, vor mir selbst, und tun würde, was verlangt wäre. In Akko tötete ich Frauen und Männer –«

»Sarazenen«, murmelte Clym.

»– und diente meinem Gott und König. Und aufgrund dessen wurde mir die Ritterswürde verliehen.« Sein Lächeln war grimmig. »Noch ein Eid.«

Cloudisley erhob seinen Becher. »Auf den tapferen Ritter!«

Robin sah ihn nicht einmal an. »Und als ich von den Türken auf dem Schlachtfeld in der Nähe von Arsuf gefangengenommen wurde, leistete ich noch einen dritten Schwur: daß ich meine Freiheit wiedererlangen und nach England zurückkehren würde.«

Die Stille war plötzlich laut. Marian hörte die leisen Hintergrundgeräusche auf einmal deutlich: das Feuer im Herd, die Grille vor der Tür, das Geraschel von Körpern auf Binsen. »Was macht er?« fragte sie atemlos. »Was *macht* Robin da?«

Tucks Stimme war leise. »Euch erzählen, was passiert ist.«

»Er erzählt es *ihnen*, nicht mir.«

»Vielleicht, weil er weiß, daß er bei ihnen noch mehr Überzeugungskraft braucht.« In Tucks braunen Augen stand Mitgefühl. »Lady, das ist eine Beichte. Wir sind alle seine Priester.«

»Und?« fragte Wat. »Also gefangengenommen?«

»Ich verbrachte ein Jahr und einen Monat bei den Türken«, sagte Robin. »Sie hießen mich vieles tun, unter anderem, Allah anstelle meines eigenen Gottes anzubeten.« Er erbleichte. *Ya Allah.* Insh'Allah. La ilaha il' Mohammed rasul Allah.«

Tuck bekreuzigte sich.

»Hätte der König mich nicht ausgelöst, wäre ich noch immer dort.«

Marian schmeckte das Essen nicht mehr. »Deshalb also«, murmelte sie. »Ehre, Pflicht, Respekt – die Eide, die er leistete ... und der König, der *ihn* auslöste.«

»Ich werde ihn nach Hause holen«, sagte Robin. »Ich werde selbst die Schatzkammern der Hochstehendsten dieses Landes plündern, um Richard nach Hause zu bringen.«

Clym fluchte. »Bei Gott, das werdet Ihr *nicht!* Wer seid Ihr schon, das zu sagen? Wer seid Ihr, das zu wagen? Drei Lords auszurauben heißt nicht, daß Ihr es wieder wagen werdet –«

»Morgen«, sagte Robin, »oder übermorgen, wenn es erst dann soweit sein wird. Das hängt vom Sheriff ab.«

»Dem Sheriff?« fragte Adam scharf. »Was hat das hier mit ihm zu tun?«

»Ich habe vor, ihn zu überfallen«, sagte Robin. »In Prinz Johns Namen hat er jeden einzelnen von euch bestohlen, jeden Leibeigenen in diesem Dorf und all den anderen Dörfern und die Juden –«

»Juden!« Clym spuckte in die Binsen.

»– und die Christen und die Lords –«

»Ihr könnt den Sheriff nicht überfallen.« Bells Stimme klang unheilvoll. »Wißt Ihr, was er uns dann antun würde?«

»Was er uns ohnehin antun würde, wenn er uns erwischt«, antwortete Robin.

»Nein.« Bell schüttelte den Kopf. »Nicht ihn.«

»Weshalb nicht?« fragte Robin sanft. »Wieso nicht *ihn,* Adam?«

»Weil er der Sheriff ist, verdammt noch mal! Es ist eine Sache, einen Kaufmann auszurauben – oder einen *Lord!* –, aber ich wage nicht, den Sheriff zu überfallen. Er läßt uns größtenteils in Ruhe.«

»›Größtenteils in Ruhe‹?« echote Robin.

»Ja. Wir haben genug Schwierigkeiten, ihn uns vom Leibe zu halten – wenn wir den Sheriff überfallen, hetzt er jeden Normannen in der Burg auf uns.« Bell schüttelte den Kopf. »Ich bin kein Narr. Wir können uns nicht vor so vielen Soldaten verbergen.«

»In Sherwood? Aber natürlich geht das. Ihr *tut* es.«

»Nein. Ich mache nicht mit.« Bell warf Clym und Cloudisley einen Blick zu. »Und keiner sonst von meinen Leuten, wette ich.«

Tu's nicht, flehte Marian innerlich. *O Robin – nein.*

Clyms Stimme klang rauh. »Das ist 'ne Falle«, verkündete er. »Eine Falle – merkt ihr das denn nicht? Ned Fuller persönlich hat Euch das Bogenschießen beigebracht. Ihr seid ein verfluchter Ritter. Ein König kauft Euch los. Glaubt Ihr, wir sind blind? Der Sheriff selbst hat Euch geschickt!« Er bedachte die anderen mit einem wilden Blick. »Merkt ihr das denn nicht? Er soll uns gegen den Sheriff aufhetzen, und dann werden wir alle gefangengenommen.«

»Nein«, sagte Robin.

Adam Bell nickte. »Clym ist zwar nicht gerade für seinen Verstand bekannt, aber da mag er der Wahrheit mal nahegekommen sein. Und vielleicht seid Ihr wirklich ein Schoßhündchen, das den normannischen Lords und Sheriffs dient –«

»Nein.« Im Feuerschein glänzten Robins Augen schwarz. »Ich bin kein Freund der Normannen.«

Wat lachte. »Und weshalb nicht? Es gibt genügend englische Lords, die ihre Schatzkammer mit normannischem Gold füllen. Warum nicht auch Ihr?«

Robin sah zu Marian. In seinem Gesicht entdeckte sie Verachtung, aber nicht für diese Menschen. Sondern für sich selbst – und da wußte sie, was er vorhatte. »Nein«, rutschte es ihr heraus, obgleich nur Tuck es hörte.

Geschickt band Robin den Schwertgurt ab und ließ die in der Scheide steckende Waffe fallen; dann den schlichten Ledergürtel mit dem Messer. Er zog seine Tunika aus, schüttelte das Haar nach vorne über seine Schultern und kehrte ihnen den Rücken zu.

Marian biß sich auf die Lippe. Erniedrigung überflutete sie, daß er es so vielen Menschen zeigte, die es nicht verstehen konnten, die ihn dafür schmähen würden. Er gehörte jetzt *ihr,* durch seinen eigenen Willen; was ihn verletzte, verletzte auch sie. Sie verstand, was er bcabsichtigte und weshalb, aber das Wissen milderte nicht die Heftigkeit ihrer Gefühle. *Gib ihnen keine Gelegenheit* – denn sie würden nur lachen oder Witze reißen oder abfällige Bemerkungen machen.

Auf der hellen Haut hoben sich verfärbt alte Striemen ab. In starrem, diagonalem Relief – Purpurrot auf Weiß – hatten sie seinen Rücken in Abschnitte unterteilt wie ein frisch gepflügtes Feld, mit Furchen weißen Fleisches zwischen hohen Wällen.

Tuck flüsterte stammelnd ein Gebet. Marian weinte stumme Tränen.

Robin drehte sich wieder zu ihnen um. »Kreuzfahrer«, sagte er. »Normannen.«

»Nein!« erklärte Clym.

»Normannen«, wiederholte Robin. »Weil der hellhaarige sächsische Hund es wagte, den Platz einzunehmen, den sie für *ihren* rechtmäßigen Platz hielten: an der Seite von Löwenherz. Und manche behaupteten, auch in seinem Bett.« Seine Miene war ausdruckslos. »Der König war schon gen Heimat gesegelt. Ich war nach der harten Gefangenschaft krank und zurückgelassen worden, um zu genesen. Ein paar von ihnen fanden es amüsant, sich mir gegenüber als Arzt aufzuspielen... was war es schon für ein Verlust, wenn der Patient starb? Die Sarazenen hatten ihn geschwächt – wer würde schon den Unterschied merken?« Er lächelte dünn. »Im Namen *jeden* Gottes, ich mag die Normannen nicht.«

Alan saß abseits im Schatten, während die anderen tranken. Sie berieten sich, ob es weise war, den Sheriff zu überfallen oder nicht.

Das war Alan nicht so wichtig. Er lachte. Die Legende stand leibhaftig vor ihm. Die Legende sprach von Königen und Schwüren, von Kreuzzug und Gefangenschaft, und von Ungerechtigkeiten, die den Armen im Namen reicher Prinzen zugefügt wurden.

Die Legende hieß Robin.

Alan erschauderte. »Robin«, flüsterte er. »Robin im Wald. Robin in der Kapuze – ›Robin in the hood‹.«

Er lachte vor sich hin. Er sah, wie die Legende zur Frau ging – *ich hätte mir keine bessere wünschen können!* – und seine Hand nach ihrer ausstreckte. Dann geleitete er sie in die Dunkelheit hinter der geschwärzten Tür, die in die laue Nacht hinausführte.

Eine schöne Maid von edlem Stand,
Maid Marian war ihr Name,
die macht' sich einst um England verdient,
sie war eine tapf're Dame.

68. Kapitel

Im Dickicht zwischen den Bäumen von Locksley Hall machte Robin aus aufeinandergelegten Mänteln ein Lager zurecht. Marian schaute seinen Bewegungen zu, bemerkte ihre geschmeidige Anmut und knappe Zweckbestimmtheit, die Zielgerichtetheit eines Mannes, der nicht so sehr von seinem Trieb als von seiner Neigung geleitet wurde.

In der Entfernung bellte ein Hund. Der Mond stand über ihren Köpfen, verweilte auf Haaren und Händen, während Robin das behelfsmäßige Lager bereitete.

Jetzt, sagte sie sich. *Bevor er mich um den Verstand bringt.* »Wann brichst du auf?« fragte sie leise.

Er war vorsichtig. »Du kannst mich nicht davon abhalten.«

»Das weiß ich, Robin. Ich sehe es an deinen Augen, deinem Mund; in jeder Falte und jeder Bewegung deines Körpers.« Sie schluchzte verkrampft. »Du hast mich neu erschaffen. In mir schlummern jetzt zwei Frauen: Die eine möchte, daß du hierbleibst, sicher vor der Gefahr, ohne Rücksicht auf die Herausforderung... und die Frau, die dich genau dafür verabscheuen würde, denn du bist für mehr geschaffen.« Seine Vorsicht wich sprachloser Verwirrung. »Ich weiß, daß du gehen wirst. Ich möchte nur wissen, *wann,* damit ich mit dir gehen kann.«

Er kniete am Rand des Lagers, durch ihre Worte reglos gemacht. »Ich kann dich nicht mit mir nehmen.«

Das kam nicht unerwartet. Ruhig wies sie ihn zurecht. »Du kannst es mir nicht verweigern«, sagte sie. »Wir sind einander zu nichts verpflichtet, außer, was wir zu geben bereit sind. Es gibt keine Frage des Gehorsams oder des Rechtes eines verheirateten Ehemannes, der über seine Frau verfügen kann... es gibt nur das, was du willst und was ich will; daraus werden wir das Beste machen.«

Er schüttelte den Kopf. »Was ich möchte, ist, daß du hierbleibst.«

»Und was *ich* möchte, ist, mitzukommen.« Marian lächelte. »Ich habe nicht vor, zum Dieb zu werden, Robin ... Ich meine nur, daß ich es leid bin, hier auf dich zu warten. Du hast ja keine Ahnung, wie belastend das ist; Männer können das nicht wissen.« Sie zuckte mit den Schultern und verbannte den Schmerz, denn sie wußte, es war nicht seine Schuld, und sie wollte Tatsachen herausstellen, nicht Schwächen. Sie fühlte, daß das ein Unterschied war. »Männer gehen fort, und Männer tun etwas; Frauen warten. Frauen warten und machen sich Sorgen –«

Als Mann antwortete er: »Es besteht kein Grund, sich Sorgen zu machen.«

Sie zeigte auf den Mond. »Sag ihm, er soll nicht aufgehen.«

Er seufzte. »Marian –«

»Ich habe nicht vor, den Sheriff zu überfallen«, sagte sie trocken. »Ich möchte dich nur begleiten, um nahe genug zu sein, daß ich alles mitbekomme, anstatt zurückgelassen zu werden und es mir ausmalen zu müssen.«

Bedächtig sagte er: »Ich schätze dich zu sehr.«

Sie lachte. »Schätzen? Ein interessantes Wort.« Marian kniete sich ebenfalls nieder, so daß das Lager aus Mänteln einen Wall von Kleidung zwischen ihnen bildete. *So viel noch zu überqueren.* »Und ich schätze *dich.* Ich würde lieber sehen, wie du vor meinen Augen getötet wirst, als in Ungewißheit zu warten, bis mir jemand die Nachricht bringt. Und wer *würde* das schon tun, hm? Der Sheriff? Dein Vater? Adam Bell?« Marian schüttelte den Kopf. »Ich werde mich in den Farben des Waldes kleiden und mich in der Nähe verstecken.«

»Ich schätze dich«, wiederholte er. »Wenn du mitkämst, würde ich mich fragen, was mit dir ist. Möchtest du, daß meine Aufmerksamkeit darunter leidet? Denn das würde sie. Ich wäre nur ein halber Mann, der dem Sheriff von Nottingham gegenübersteht, denn ich würde nicht vergessen können, daß du auch da bist. Du wärst mein Tod.«

Sie kämpfte mit der Selbstbeherrschung, da sie ihm nicht ihre wachsende Verzweiflung zeigen wollte. »Wer leidet demnach mehr? Die Frau, die hier wartet? Oder der Mann, der dort kämpft?«

»Das hängt vom Ergebnis ab«, sagte Robin ernst, »der Mann leidet möglicherweise mehr an den Wunden, die ihm zugefügt werden.« Dann bewegte er sich, streckte eine Hand nach ihr aus. »Ich verstehe dich, Marian ... so gut ein Mann das kann; so gut *ich* das kann. Aber ich sah, wie in Akko Frauen getötet wurden, und ich selbst tötete Frauen« – seine Stimme wurde sachlich und angespannt –, »und ich weigere mich, dich aufs Spiel zu setzen. Bleib hier in Locksley. Bleib hier, wo du sicher bist, so daß ich zu dir zurückkehren kann.«

Sie hatte verloren, und das wußte sie. Sie war die Wiedergeburt ihrer Mutter und aller Frauen vor ihr, die einen Mann in die Gefahr hatten ziehen sehen, die er nicht mit ihnen teilen wollte.

Es ist nicht gerecht, dachte sie verbittert.

Aber ihre Hand faßte nach seiner, ihre Finger berührten sich, dann verschlangen sie sich, und sie wußte, daß das Beste war, das zu nehmen, was er ihr jetzt geben würde.

Kurz nach Tagesanbruch verabschiedete deLacey in Nottingham die Lords of Alnwick, Hereford und Essex, dann bestellte er Archaumbault zu sich in den Hof, während die Männer und Lakaien fortritten. »Nun?«

Der Kastellan schüttelte den Kopf. »Es gibt keine Spuren, Mylord. Ich bezweifele nicht, daß es einen solchen Mann gibt, aber unsere Spitzel wissen nichts. Wir haben nur zwei Dinge: Er trug eine Kapuze mit Brustkragen, und er heißt Robin. Die Kapuze hat keinerlei Bedeutung – wie viele Männer wollen schon erkannt werden, wenn sie Vorüberziehende überfallen? –, und der Name bedeutet ebenfalls nichts. Ich habe Männer in die Stadt geschickt, die sich dort umhören sollen, aber solange wir nicht mehr wissen, können wir nicht viel tun.«

Der Sheriff knurrte. »Das habe ich mir gedacht. Wie alle anderen taucht er in Sherwood unter.« Er seufzte. »Es wäre an der Zeit, daß wir einen gründlichen Hausputz vornehmen – aber heute habe ich dazu keine Zeit. Wir brauchen also zusätzliche Männer für die Reise nach Lincoln.«

»Heute, Mylord?«

»Warum nicht? Weshalb diesem Robin in Kapuze mehr Zeit geben, etwas auszuhecken?«

Archaumbault war skeptisch. »Kein Dieb würde es wagen, eine volle Abteilung Normannen anzugreifen.«

»Vielleicht nicht. Vielleicht sind die Vorsichtsmaßnahmen nur Zeitverschwendung.« Er lächelte kühl. »Aber es ist schließlich meine eigene Zeit, die ich damit verschwende – und Eure ist meiner untergeordnet.«

Nicht lange nach Tagesanbruch regten sie sich. Sie aßen wenig, tranken mehr und sammelten Bögen und Köcher. Dann gingen sie nach draußen, wo Robin schon auf sie wartete.

Adam Bell schüttelte den Kopf. »Ihr kennt meine Gründe«, sagte er. »Ich habe vor, an ihnen festzuhalten.«

Robin nickte. Es war ein strahlender Morgen, wie ein früher Sommertag. »Tu, was du möchtest«, sagte er.

Sie hatten sich bereits verteilt: Bells Männer in einer Gruppe; Marian und Tuck auf der Bank neben der Tür; die übrigen lose verstreut vor dem Haus.

»Ihr seid ein Narr«, sagte Bell zu Robin. »Ein mutiger Mann, aber ein Narr. Warum für den König stehlen, wo man doch an sich selbst denken kann?«

»Ich werde wieder an mich selbst denken, wenn der König zu Hause ist.« Robin trug Schwert und Messer sowie einen vollen Köcher. Den Bogen hatte er in der Hand.

Clym lachte hart. »Mit den Lords wurdet Ihr alleine fertig. Mit dem Sheriff werdet Ihr nicht fertig werden.«

»Er wird nicht allein sein«, sagte Little John rauh.

Cloudisley warf ihm einen Blick zu. »Du, Riese?«

Auf Little Johns Gesicht breitete sich Röte aus. »Aye.«

Clym spottete. »Und was ist mit den Schafen, die du so liebst? Läßt du sie demnach allein?«

»Da gibt es noch meinen Cousin«, antwortete ihm Little John. »Tom wird sich gut genug um sie kümmern.« Das rote Haar und der Bart loderten in der Sonne. »Es war schließlich nicht meine eigene Entscheidung, oder? Ihr habt einen Geächteten aus mir gemacht – da kann ich genausogut für etwas Anständiges kämpfen.« Mit seinem bärtigen Kinn deutete er auf Robin. »Er sagt, wir bringen den König heim.«

»Die Getreuen des Königs«, spottete Clym. »Eher noch die *Narren* des Königs.«

»Der Riese und der Junge.« Bell schüttelte den Kopf. »Die Chancen für den Überfall des Sheriffs stehen schlecht.«

Alan sprach so deutlich, wie es nur ein Minnesänger vermag. »Und ich.« Er grinste, als sie sich mit großen Augen zu ihm umblickten. »Der Sheriff hat eine Prämie auf meine Zunge ausgesetzt – und in der Zwischenzeit vielleicht schon auf mehr.« Seine vulgäre Geste rief schwaches Schmunzeln hervor. »Ich fülle die Ohren der Opfer mit einem solchen Getöse, daß sie uns niemals kommen hören werden.«

Die Belustigung ließ nach. Wat Einhand schüttelte den Kopf. »Ich habe gut zugehört. Aber ich bleibe bei Adam. Es is' sicherer, dem Robin aus dem Weg zu gehen.«

Clym sah Scarlet an. »Du bleibst nicht?«

Die Prellungen in Will Scarlets dunklem, stoppelbärtigem Gesicht waren jetzt gelbgrünlich verfärbt. Er starrte Robin aus beinahe schwarzen Augen wild und gierig wie ein Raubvogel an. »Meggie«, krächzte er und streifte Clym mit einem harten Blick. »*Normannen.* Das ist es, was ich raushöre.«

»So.« Adam Bell nickte. »Ihr habt den Riesen, den Jungen, den Minnesänger und Will Scarlet. Und einen fetten Priester – und eine Frau.« Er grinste geringschätzig. »Eine recht lustige Bande, würde ich sagen.«

Clym spuckte abfällig aus. »Robin in the hood.«

Much starrte finster. »Robin 'ood«, nuschelte er.

»Robin tot, schon eher.« Adam Bell schüttelte den Kopf. »Es ist an Euch allein, Robin.« Er gab den anderen mit der Schulter ein

Zeichen und ging auf den Wald zu. Mit ihm gingen Clym of the Clough, William Cloudisley und Wat Einhand.

Robin seufzte innerlich, als er seinen Blick über den Rest schweifen ließ. *Eine recht lustige Bande, in der Tat.*

»Robin Hood«, verkündete Much und setzte damit einen Schlußstrich.

DeLacey rief de la Barre in seine kleine Kammer. Er saß, während sein Gegenüber stand. »Heute abend«, sagte er deutlich. »Ihr werdet die anderen mit Euch nehmen und tun, was ich Euch gesagt habe. Ich werde in Lincoln weilen, damit man mich nicht damit in Verbindung bringen kann. Ihr und die anderen legt Eure Rüstungen und Helme ab und kleidet Euch wie Bauern. Ich möchte nicht, daß die Frau vorgewarnt wird.«

De la Barre nickte. »Ich verstehe, Mylord. Aber – was ist, wenn der Sohn des Earls bei ihr ist?«

»Der Earl wird dafür sorgen, daß sein Sohn nicht zugegen sein wird.«

»Ja, Mylord.« De la Barre wagte ein Lächeln. »Wenn Ihr aus Lincoln zurückkehrt, wird die Hexe hier bereits auf Euch warten.«

Der Bote des Earls traf in Locksley Hall gut vor Mittag ein, aber erst nachdem Bell und seine Männer gegangen waren. Robin, der mit den anderen auf dem Boden hockte und Pläne schmiedete, erkannte ihn und sah die Blicke der anderen, wenngleich sie nicht wissen konnten, wer er war. Robin zog den Mann ins Innere. Er war dankbar, daß der junge Mann unauffällige Kleidung trug, so daß er nichts preisgab; es wäre *noch* nicht gut, dachte Robin, den anderen etwas mitzuteilen, was sie nicht verstehen könnten – oder nicht verstehen wollten –: daß der Sohn des Earls von Huntington sich zu Straßenraub herabließ.

Marian buk Brot, doch vor ihr hielt Robin nichts geheim. Er streckte seine Hand nach ihr aus und wartete, bis sie sie ergriff, dann blickte er den Boten an.

»Ihr werdet gebeten, nach Hause zu kommen, Mylord. Wenigstens heute abend. Der Earl wünscht, mit Euch zu sprechen.«

Robin spürte, wie Marians Hand steif wurde. »Und die Lady?«

Thomas errötete. »Nein, Mylord.« Er warf Marian einen Blick zu, dann sah er schnell wieder weg. »Es tut mir leid, Mylord ... der Earl ist höchst begierig darauf, mit Euch unter vier Augen zu sprechen. Es ist eine vertrauliche Angelegenheit.«

Robin hakte nach. »Betrifft es Lady Marian?«

»Mylord, ich bitte Euch – bitte ... der Earl vertraut mir nichts an. Er sandte mich, um Euch das zu sagen, mehr nicht. Er sagte« – er befeuchtete seine trockenen Lippen –, »er sagte, es hätte etwas mit Eurer Mutter zu tun.«

»Meiner Mutter!«

Marian drückte seine Hand. »Geh«, sagte sie. »Geh nach Huntington. Vielleicht kannst du Frieden schließen.«

Er dachte darüber nach. Sein Vater hatte noch nie freiwillig etwas über seine Mutter verraten. Egal, wie oft sein Sohn gefragt hatte. *Nicht jetzt. Nicht heute abend. Nicht einmal für meine Mutter.* »Nein.«

»Schieb das andere auf«, sagte Marian, als sie wieder alleine waren. »Du weißt nicht, wann der Sheriff das Geld verschicken will – es könnte auch in einer Woche stattfinden. Du hast Zeit, um mit deinem Vater zus prechen.«

»Es kann nicht einmal mehr eine Stunde aufgeschoben werden«, sagte er grimmig. »Er wird nicht warten, Marian. John möchte sein Geld so schnell wie möglich haben, während ich –«

»– während du es für Richard möchtest, ich *weiß*. Aber weißt du denn überhaupt, welchen Weg sie nehmen werden? Und wohin sie gehen werden?«

Er wußte es. »Den kürzesten Weg, nach Lincoln. Dort hält sich John auf.« Er ließ ihre Hand los und berührte sanft ihre Wange. »Das sind keine bloßen Vermutungen, Marian. Ich weiß es, weil ich mich dort einfinden sollte. John bestellte mich zu sich nach Lincoln, um mit mir über seine Bastardtochter zu sprechen.«

Das traf sie hart. »Diese Geschichte schon wieder!«

»Ich habe keinen Zweifel, daß das auch ist, worüber mein Vater mit mir sprechen möchte. Er benützt meine Mutter als Köder.« Er beugte sich zu ihr hinab und gab ihr einen innigen Kuß, dann nahm er seine Hände von ihr, als habe er Angst, sich zu verlieren. »Ich muß gehen, Marian. Die anderen sind bereit zum Aufbruch – und es ist an der Zeit, daß wir uns durch den Wald auf die andere Seite von Nottingham begeben.«

Sie sagte nicht sofort etwas; dann: »Robin.« Er drehte sich an der Tür um und wartete. Das Licht aus den schmalen Fenstern schmeichelte ihrem Gesicht und ihrem Haar, so wie in der vergangenen Nacht das Mondlicht ihrer Nacktheit. »Das Geld wird gut bewacht sein. Wie kannst du glauben, so viele Soldaten mit nur einer Handvoll von Männern zu besiegen?«

»Mit Männern – und Pfeilen.« Ihm war kalt, er fühlte sich seltsam abgelöst, als würde er bereits kämpfen. Es kostete ihn Mühe, zu einer Frau zu sprechen, die nicht wissen konnte, wie es war, es mit einem anderen Mann aufzunehmen, in der Absicht, dessen Leben zu beenden. »Hast du jemals gesehen, was Langbögen mit normannischen Rüstungen anstellen?«

Marian schüttelte den Kopf.

»Der Pfeil geht durch«, sagte er leise. »Durch die Kleidung, durch das Leder, durch den Panzer – und durch das Fleisch.« Brutal fügte er hinzu: »Ein einzelner Mann mit einem englischen Langbogen braucht sich niemals vor einem Normannen zu fürchten ... und wir haben *vier* Bogenschützen.«

Zum ersten Mal, seit der Eber sein Bein aufgeschlitzt hatte, ging Gisbourne, wenn auch auf Krücken, zum großen Saal. Es verschaffte ihm tiefe Befriedigung, wieder beweglich zu sein.

Im Saal blieb er plötzlich stehen. »Ich habe doch angeordnet, die Kerzenzahl zu *verringern* ...«

»Sir Guy?« Das war Walter, der mit einem Pergamentpapier in seiner Hand zu ihm trat. »Sir Guy – das kam gerade an.«

Gisbourne runzelte finster die Stirn. »Wer ist für diese Kerzen verantwortlich?«

»Der Sheriff selbst gab die Anordnung, mehr aufzustellen. Sir Guy – hier. Die Nachricht.«

»Der Sheriff hat mehr angeordnet? Aber er erlaubte mir die Freiheit, meine eigenen Entscheidungen zu fällen.«

»Ja. Sir Guy – die Nachricht –«

»Nicht an *mich*«, fuhr Gisbourne ihn an. »Wer würde mir schon schreiben? Sie ist für den Sheriff, oder nicht?«

»Sie trägt kein Siegel und ist nur an das Amt des Sheriffs adressiert.« Walter zuckte mit den Schultern. »Ich dachte, es könnte wichtig sein.«

»Das ist jetzt egal«, sagte Gisbourne gereizt zu Walter. »Der Sheriff ist auf dem Weg nach Lincoln. Was immer das ist, es wird warten müssen.«

Walter war offensichtlich beunruhigt. »Der Bote war ziemlich außer Atem, Sir Guy, und sein Pferd brach beinahe zusammen. Er verausgabte sich, um hierherzukommen. Es muß wichtig sein.«

»Dann werde ich es eben lesen... Ich werde beurteilen, ob es wichtig genug ist, um sofortiges Handeln zu erfordern.«

Walter war sehr erleichtert. Er reichte ihm das Dokument.

Stirnrunzelnd brach Gisbourne das Wachs, das keinen Siegelabdruck trug. Es gab keine Ausrede, keine umständliche Höflichkeit, sondern nur eine mehrdeutige Botschaft in einer Handschrift, die Gisbourne unbekannt war:

Aus Frankreich kommt die Kunde nach England:
»Gebt auf Euch acht, denn der Teufel ist frei.«

Und darunter ein einzelner Buchstabe: *J*.

Gisbourne las die Nachricht zweimal. Dann wandte er sich an Walter. »Woher kam der Bote?«

»Aus Lincoln. Er sagte, er riskierte es sogar, durch Sherwood Forest zu reiten, um schnellstmöglich hier zu sein.« Walter lächelte. »Es ist wichtig, nicht?«

»Aus Lincoln«, wiederholte Gisbourne. *Durch Sherwood – dann hat er den Sheriff verpaßt.* Er las die Botschaft ein drittes Mal. In seinem Kopf fügte sich alles zusammen. Gisbourne *verstand.*

Ich sandte Prinz John eine Nachricht, in der ich ihn meiner Treue versicherte. Er hat es schriftlich – er hat einen schriftlichen Beweis – den kann er gegen mich verwenden, wenn er glaubt, es könne ihm dienlich sein – und das würde er natürlich auch. John würde alles verwenden, um anderen seine Schuld aufzuhalsen. Und nun, da der König frei war –

– *der Teufel ist frei* – Gisbourne lachte Walter an, obwohl ihm eher nach Weinen zumute war.

»Sir Guy?«

Gisbourne lachte abermals laut auf, in bitterer Furcht. Walter war nicht länger wichtig. Nichts von Belang war mehr wichtig, wenn jemand die falsche Seite unterstützt hatte.

»Sir Guy – sollen wir dem Sheriff eine Nachricht zukommen lassen?«

Gisbourne lächelte gespenstisch. »Ich denke, er wird es in Lincoln erfahren.«

69. Kapitel

Alan war gereizt: Er hatte seine Laute zurücklassen müssen, weil Robin es für gefährlich gehalten hatte, sie mitzunehmen. Sie wollten den Sheriff schließlich überfallen, nicht seine Ohren mit Musik füllen. So hatte Alan die Laute bei Marian in Locksley gelassen, doch ohne das Instrument fühlte er sich nackt.

Sie nahmen den kürzesten Weg durch Sherwood Forest; Much führte sie. Ihr Ziel war es, zur Straße nach Lincoln vorzustoßen und eine Stelle zu finden, die ihren Absichten entgegenkam – eine Verengung der Straße, die die Normannen zusammendrängen und einen beladenen Wagen blockieren würde –, und dann warten. Einen Tag oder zwei, vielleicht auch drei; Robin glaubte nicht, daß es länger dauern würde, denn deLacey lag viel daran, das Geld so schnell wie möglich zu Prinz John zu schaffen.

Sie schlugen ein Tempo an, das halb Dauerlauf, halb Rennen war, so daß sie vor den Normannen an den ausgesuchten Stellen der Straße ankommen würden. Much lief voran. Er konnte unter den niedrighängenden Ästen hindurchschlüpfen, die alle anderen behinderten, besonders den Riesen; gereizt murmelte Little John von Zeit zu Zeit etwas vor sich hin.

Scarlet sagte keinen Ton, was Alan überraschte. Er hatte erwartet, daß der Mann sich über Robin beschweren würde – Scarlet hatte nie ein Hehl aus seiner Verachtung für Robin gemacht –, doch er hielt seinen Mund. Er umklammerte nur angespannt seinen Bogen und lief hinter Robin her wie Clym hinter Adam Bell.

Alan bildete den Schluß, denn sein Hirn war so voller Strophen und Musik, daß es ihm schwerfiel, an etwas anderes zu denken, wie zum Beispiel, mit den anderen Schritt zu halten.

Im Sommer, wenn die Blätter grün,
sie wachsen grün und lang,
Von dem geächt'ten Robin Hood
ich sing' zum Lautenklang.

Alan seufzte niedergeschlagen. Ohne seine Laute war seine Musik verkrüppelt, und er auch.

Tuck lachte über Marian, was sie aufbrachte. »Warum denn *nicht*?« fragte sie. »Das haben Frauen vermutlich schon öfter gemacht. Alles, was ich tun muß, ist, mir die passende Kleidung auszuleihen, mein Haar unter eine Kapuze zu stopfen, und fertig.«

Sie stand ihm gegenüber, die Hände in die Hüften gestützt. Sie war aufrecht und schlank und auf eine wilde Art schön: eine keltische Kriegerkönigin.

»Nein«, sagte er sanft. »Lady Marian – Ihr würdet niemanden täuschen.«

»Ich sagte Euch gerade, wie ... wenn nötig, könnte ich mir auch die Haare kurz schneiden –«

»Nein«, sagte er abermals. »Lady – niemand würde Euch *jemals* für einen Jungen halten.«

»Es gibt Wege, sich zu verkleiden. Ich könnte mein Gesicht dunkel färben, meine Backen ausstopfen, wie ein Junge gehen –«

»Kein Mann auf dieser Welt würde Euch für einen Jungen halten, Lady Marian«, sagte er mit fester Stimme, »er bat Euch, hier zu warten. Nur ein Narr würde gegen seine Wünsche verstoßen, die zu Eurer eigenen Sicherheit gedacht sind, und sich armselig verkleiden, um ihm bei einer Unternehmung zu folgen, von der vielleicht keiner zurückkehrt.«

Sie erbleichte. Die schwindenden Prellungen auf ihrem Gesicht hoben sich in einem starren Relief von der Blässe ihres Gesichts ab. Unvergossene Tränen ließen ihre Augen im mittäglichen Dämmerlicht der Halle schimmern. »Vielleicht«, begann sie, »vielleicht will ich deshalb so sehr einen Narren aus mir machen, weil ich lieber *mit* ihm dort sterben würde, als hier von seinem Tode zu erfahren.«

»Ich werde für seine Sicherheit beten.«

»Und betet für meinen Geisteszustand.«

Als Much durch die Bäume und das Gebüsch zurückgesaust kam, wußte Robin, daß das Warten ein Ende hatte, noch bevor es richtig angefangen hatte. Er hatte demnach recht gehabt; der Sheriff wollte John das Geld lieber so schnell als möglich liefern.

Sie kauerten im Unterholz, von hüfthohem Farnkraut verborgen, und besprachen leise die letzten Einzelheiten ihres Plans.

Behutsam befragte Robin Much und erfuhr, daß auf dem Wagen ein Fahrer saß, daneben ein Normanne in Rüstung, und daß um den Wagen herum zehn weitere Reiter verteilt waren. Sie trugen, wie erwartet, Schwerter, Messer und Armbrüste.

»Sheriff«, sagte Much.

»Der Sheriff ist bei ihnen?« Much nickte, und Scarlet fluchte. Robin hielt beschwichtigend eine Hand hoch. »Das ändert nichts. Er ist nur einer mehr ... wir werden ihn genauso behandeln wie die anderen.« Er sah in die ernsten Gesichter.

»Und jetzt?« fragte Scarlet kurz angebunden.

»Will –« Zum ersten Mal benutzte er den Vornamen des Mannes und sah, daß dieser das bemerkte. »Du bleibst bei mir.«

Flüchtige Überraschung erhellte die dunklen Augen; dann nickte Scarlet, daß er es zur Kenntnis genommen habe.

»Little John, du und Alan, ihr nehmt die andere Seite. Und Much« – er lächelte beim Anblick des schon im Sprung befindlichen Eifers des Jungen –, »du tust, was ich dir vorher gesagt habe. Hast du das Messer?« Es erschien in Muchs Hand. Robin nickte. »Gut. Weiche Armbrüsten und Schwertern aus – es besteht keine Notwendigkeit, nahe heranzugehen, wenn wir Langbögen haben. Wir können das meiste aus der Entfernung erledigen. Wenn alles so klappt, wie es sollte, werden wir uns nicht gefährden.«

»Wenn«, sagte Alan leichthin.

Robin lächelte. »Der einzige Mann, der kein *Wenn* zuläßt, ist Richard, König der Engländer – und der ist nicht hier.«

»Er wird es sein«, murmelte Little John, »wenn alles klappt...«

»Wieder ein *Wenn*.« Doch Robins Belustigung schwand. »Wir haben keine Zeit mehr. Wir müssen unsere Plätze einnehmen und warten. Ich werde den ersten Pfeil abschießen – danach tut, was ihr wollt.«

»Wir sind nicht wie Ihr«, sagte Alan ruhig. »Wir sind noch Lehrlinge und nicht schon Meister. Jeder von uns wird mehr als ein- oder zweimal danebenschießen.«

Robin nickte. »Verschießt jeden Pfeil in eurem Köcher. Jeder von uns hat dreißig – wenn wir es nicht schaffen, mit so vielen Pfeilen dreizehn Ziele zu treffen, sollten wir besser nach Locksley zurückkehren und Felder beackern.« Er legte seine Hand auf Muchs dünne Schulter. »Du hast die gefährlichste Aufgabe – erledige sie *schnell*, und riskiere nicht mehr als unbedingt nötig. Ein toter Junge kann keinem König dienen.«

Much nickte eifrig, dann rannte er voraus, um sie zu warnen, wenn die Normannen sich der Kurve näherten.

»Warte –«, entfuhr es Little John.

Scarlet fluchte. »Keine *Zeit* –«

Das Gesicht des Riesen war blaß. »Es ist Mord, sie alle vorbehaltlos zu töten. Du hast bereits Normannen getötet, Will, aber ich nicht.«

»Du warst aber einverstanden!«

»Ich war einverstanden, das Geld stehlen zu helfen –«

»Genug.« Robin unterbrach sie scharf, gewahr, wie sich in ihm eine Leidenschaftslosigkeit ausbreitete. Das war genauso Krieg wie in Akko, wenn auch anders in Umfang und Ziel. Es war notwendig, daß er ruhig war. »Sie haben Armbrüste, Little John. Wenn wir ihnen die Möglichkeit lassen, werden sie sie einsetzen.«

Der Gesichtsausdruck des Riesen war gequält. »Wir können sie doch nicht einfach *umbringen!*«

Scarlet knurrte. »Bei Gott, du hast zuviel Zeit mit deinen Schafen verbracht –«

»In Ordnung«, sagte Robin kurz angebunden. »Wir geben ihnen die Gelegenheit, das Geld friedlich herauszugeben. Aber vergiß nicht, John – der Junge würde als erstes daran glauben müssen!«

»Dann übernehme *ich* Muchs Aufgabe.«

»Das kannst du nicht!« zischelte Alan. »Gott, Riese, verstehst du denn nicht? Wenn sie irgendeinen von uns erwischen, würden sie uns noch in dieser Woche hängen.«

Little Johns Gesicht war, von seinem leuchtenden Haar und Bart umrahmt, leichenblaß. »Ich kann einen Mann nicht einfach *töten.*«

»Dann tu's nicht«, sagte ihm Robin. »Schieß knapp an ihnen *vorbei* – laß sie vor dir auf der Hut sein. Das wird sie ablenken.«

Endlich nickte der Riese. Little John und Alan liefen durchs Gestrüpp zur Stelle der Straße, wo sie sich verengte und nach links bog, dann verschwanden sie im Farn der anderen Seite.

»Weshalb?« fragte Scarlet. »Weshalb wolltet Ihr ausgerechnet mich?«

Robin zuckte mit den Schultern. »Du liebst die Normannen nicht.«

»Ihr hättet den Riesen oder den Minnesänger wählen können.«

»Mir ist ein Mann lieber, der sich nicht davor fürchtet, so viele Normannen zu töten, wie notwendig ist. Von Scathlocke zu Scarlet, das heißt Scharlachrot. Wie kam es dazu?«

Scarlet zog eine Grimasse. »Sie fanden mich mit dem letzten der Männer, demjenigen, dem ich die Kehle durchbiß. Da war ich schon von oben bis unten blutbesudelt, von den anderen drei Männern, die ich getötet hatte – aber der war der Schlimmste. Ich war bis zu den Ellbogen blutig ... deshalb nannten sie mich Scarlet.« Der Blick aus seinen dunklen Augen war fest. »Wenn Ihr *dies* jetzt tun könnt, werdet Ihr getan haben, was ich tat.«

Robin nickte. »Aber ich habe bereits mehr als dies hier getan ... und du wirst mehr tun als das.«

»Ihr tut es für einen König.«

»Du tatest es für eine Ehefrau.«

Scarlets Gesicht versteinerte. »Gott, ich werde sie *alle* umbringen –«

Vorne machte Much einen Vogelruf nach. Robin klopfte Scarlet auf die Schulter. »Jetzt hast du deine Gelegenheit.«

Scarlet erhob sich, um seinen Platz einzunehmen, aber er zögerte noch einen Moment und berührte seine geschwollene Nase. »War ein ganz schön schmerzhafter Hieb.«

Robin lachte leise und deutete auf seine zurückgehenden Prellungen. »Und ich kann erst seit kurzem wieder auf beiden Seiten kauen.«

Als der erste Pfeil angeflogen kam, verstand deLacey noch nicht wirklich, was das bedeutete. Von seinem Platz an der Rückseite des Wagens sah er nur, wie der Fahrer plötzlich die Zügel anzog und dadurch die Pferde ruckartig zum Stehen zwang. In der Mitte der Straße steckte ein weißgefiederter Pfeil.

»Halt!« rief jemand. »Gebt uns den Wagen!«

»Armbrüste«, ordnete deLacey scharf an.

»Kommt vom Wagen runter und geht!«

DeLacey ritt zum Fahrer nach vorne. »Fahrt los!«

Der Fahrer hob die Peitsche. In dem Moment sauste eine kleine, flinke Gestalt zu den Pferden, hielt sie fest und durchschnitt die Zügel. Augenblicklich war die Kontrolle über die Pferde verloren.

»Tötet ihn!« brüllte deLacey, als der Wagen zu einem abrupten Stillstand kam. Die Gestalt – *ein Junge?* – flitzte davon, während ein Armbrustbolzen an ihm vorbeiflog.

Plötzlich sackte der Wagenfahrer zusammen – und dann griff sich der Soldat neben dem Fahrer an die Brust und fiel seitlich vom Wagen herunter. DeLacey vernahm das bedrohliche Surren von Pfeilen, die von englischen Langbögen abgeschossen wurden, und wußte, was kommen würde.

Nein – er sah, wie ein paar Pfeile ihre menschlichen Ziele verfehlten, während andere sich durch Kleidung, Rüstung und Fleisch bohrten. Überall um ihn herum starben Männer oder fielen verwundet zu Boden, bis sie von anderen Pfeilen endgültig getötet wurden. Auch Pferde starben, von launischen Pfeilen getroffen.

Johns Geld – »Bei Gott, ich sage *nein* –« Er griff zuerst nach seinem Schwert, wollte es aus der Scheide ziehen; doch dann wurde ihm bewußt, was das für eine Torheit war. Die Angreifer gebrauchten aus dichter Deckung heraus Langbögen und entzogen damit dem Sheriff und seinen Normannen jegliche Möglichkeit zur Gegenwehr. Es waren schon zu viele tot. DeLaceys einzige Hoffnung zu überleben bestand nur darin, sich davonzumachen.

Gerade als er sein Pferd zur Seite zog, um sich vom Wagen zu entfernen, sah der Sheriff jedoch, wie ein Pfeil die Schulter seines Pferdes streifte und eine rote Spur hinterließ.

Er straffte die Zügel, aber das Tier bäumte sich auf, dann sackte es nach vorne, als ein weiterer Pfeil einstach. DeLacey wand sich in dem verzweifelten Versuch, seine Stiefel aus den Steigbügel zu zerren und sich vom zusammenbrechenden Pferd herunterzuwerfen, aber es ging zu schnell zu Boden und zu schwerfällig; ein Pfeil traf ihn am Ärmel, ein anderer zog an seinem Helm, und dann war das Pferd am Boden, begrub ein Bein des Sheriffs unter seinem Körper.

Ich lebe – während um ihn herum alle starben, von unsichtbaren

Schützen mit tödlichen Langbögen getroffen. Sein Bein schmerzte von dem Gewicht, doch er wußte, daß der Knochen ganz war. *Muß mich befreien –*

Doch ein weiteres Pferd ging in seiner Nähe zu Boden und trat in seinem Todeskampf aus. Ein Huf streifte den Helm des Sheriffs und stieß ihn ihm vom Kopf. Die Kettenhaube verrutschte.

Unvermittelt war deLacey verwundbar. Die Luft kühlte sein feuchtes Haar, und er spürte, wie ihm die Sinne schwanden, während ihm gleichzeitig allmählich die Wahrheit dämmerte: Der Huf, der auf Stahl geschlagen war, hatte auch seinen Schädel erschüttert.

Wer –? Doch der Gedankenfaden war verloren, als ihm Blut in die Augen rann. Der Tag wurde schwarz um ihn herum.

70. Kapitel

Christen lagen niedergestreckt in der Sonne, dazwischen Sarazenen; im Tode schrumpften die gegensätzlichen Standpunkte zur Bedeutungslosigkeit, abgesehen von den körperlosen Seelen, die, abhängig vom Glauben, entweder den Himmel oder das Paradies suchten.

Es war heiß unter der Wüstensonne, zu heiß, um in der Rüstung zu kämpfen, und dennoch taten sie es, um ihre Leben zu schützen. Niemand wagte es, die Halsbergen abzunehmen, außer in der Sicherheit der Feldzelte, wenn die Kriegshandlungen beendet waren. Selbst jetzt trug der König seine Rüstung, als er durch Akkos Straßen zurückschritt –

»Nein –« Robin blinzelte, dann schüttelte er den Kopf. Mit einem Unterarm wischte er sich übers Gesicht.

Er blinzelte erneut. Die Toten waren noch da, von panischen Pferden wie Würfel aus der Hand eines Spielers hingepurzelt. Trotz Panzerhalsbergen sprossen aus den normannischen Brüsten mit weißen Federn geschmückte Schäfte heraus.

Will Scarlet wagte sich, mit einem Messer bewaffnet, als erster heran, um die Wahrheit über die Körper zu erfahren, die auf der baumgesäumten Straße lagen. Er war, dachte Robin, bereit, die Überlebenden, falls es welche gab, zu töten. Doch selbst das war gefährlich; eine gespannte Armbrust konnte ohne große Mühe abgefeuert werden, und ein Bolzen von einem sterbenden Mann konnte Scarlet treffen, bevor irgend jemand es verhindern konnte.

»Zum Wagen!« rief Robin aus. »Jemand fängt die Pferde – alle anderen halten nach Überlebenden Ausschau.« Er zog sich die Kapuze über den Kopf, damit man sein Gesicht nicht erkennen konnte, dann bahnte er sich den Weg durch das Gestrüpp zur Straße.

Aus vier Richtungen näherten sie sich und liefen auf die Körper zu. Much ging als erstes zu den Pferden, nahm einen durchtrennten Zügel in die Hand und zog ihn geschickt durch den Trensenring, um das Zugpferd in Position zu halten, während die anderen sich – mit gespannten Bögen – vorsichtig näherten.

Scarlet bewegte sich zwischen den Körpern hin und her und untersuchte jeden einzeln. Bei deLacey blieb er stehen. »Mylord Sheriff«, höhnte er, »von einem Pferd zu Fall gebracht.« Er bückte sich, das Messer in der Hand, als wollte er ihm die Kehle durchschneiden.

– *Christliche Plünderer liefen zwischen den Toten von Akko umher und durchtrennten ohne Grund die Kehlen – und Richard wollte die Garnison enthaupten* – »Nein«, sagte Robin scharf, dann überlegte er sich eine Erklärung, die Menschen, die den Kreuzzug nicht miterlebt hatten, leichter begreifen würden. »Von Pfeilen getötete Männer weisen uns nur als Geächtete aus – tote Männer mit durchtrennten Kehlen weisen uns als noch etwas anderes aus. Du hast bereits einen schlechten Ruf – willst du ihn noch mehr schädigen?«

Scarlet spuckte auf den unbehelmten Kopf des Sheriffs. »Ist bereits tot, scheint's«, sagte er. »Aber ich kann keinen Pfeil sehen.«

Little John sagte mit ernster Miene: »Meine Tat. Ich schoß auf sein Pferd, nicht auf ihn.«

Scarlet lachte. »Jawohl, gut... ein zerschmettertes Hirn ist so gut wie ein Pfeil.«

»Überprüft das«, sagte Robin scharf. »Wir können keinen überleben lassen, sonst riskieren wir, daß sie erfahren, wer dafür verantwortlich war.«

Lachend ging Scarlet zum nächsten Körper. Der Riese näherte sich widerstrebend deLacey und beugte sich kurz hinunter, um den blutigen Kopf zu mustern. Dann richtete er sich schnell wieder auf. »Er ist tot.«

Alan lachte kurz auf, doch es klang gezwungen. »Jetzt, wo er tot ist, bin ich wieder frei. Ich kann mir meinen Lebensunterhalt wieder mit Singen verdienen.«

Robin steckte seinen Pfeil wieder in den Köcher zurück, dann hängte er sich den Bogen über die Schulter. »Sammelt die unverletzten Pferde! Wir müssen das Geld schleppen.« Er stieg auf das Rad, kletterte in den Wagen und hockte sich neben die Truhe. »Schlüssel«, murmelte er, dann blickte er zu Much. »Du hast die geschicktesten Finger. Der Sheriff wird den Schlüssel haben.«

»Hier.« Little John stand an der Spitze des Gespanns. »Ich werde neue Zügel machen, dann können wir mit ihnen zurückfahren.«

»Ohne Wagen – das ist zu auffällig.« Die Kapuze war lästig und dämpfte sein Hörvermögen, also ließ Robin sie auf die Schulter gleiten. *Alle sind tot* – »Laßt die Pferde frei; wir nehmen jedes Pferd mit, das wir mitnehmen können – reiten mit dem Geld nach Locksley zurück, dann arrangieren wir mit den Juden, daß es zu Longchamp gebracht wird ... Much? Ach.« Robin griff mit einer Hand nach dem Schlüssel und steckte ihn ins Schloß. Innen waren Säcke. Er durchschnitt die Schnüre, um sie auf ihren Inhalt zu untersuchen.

Die anderen versammelten sich um ihn herum, als er gerade in den Sack hineingriff. »Nun?« fragte Scarlet.

Robin schaute Much an. »Löwenherz«, sagte er und schnippte dem Jungen einen Shilling zu.

Much fing ihn ohne Mühe auf. *»Löwenherz.«*

Marian saß auf der Bank neben dem Eingang. In ihrem Schoß lagen Gold und Edelsteine, die im mittäglichen Licht glitzerten, und drei Geldbörsen: die Beute von Robins erstem Raub.

Ihre Finger spielten mit den schweren Ringen, so daß die Edelsteine leuchteten. Münzen, Gold und Juwelen. Genug, fragte sie sich, um einen König freizukaufen?

Robin glaubte das nicht. Er war fortgegangen, um es noch einmal zu tun.

Der Gedanke kam unerwartet: *Was kann ich tun?*

Körperlich nichts – aber es muß doch irgend etwas geben. Wenn nicht Raub, dann etwas anderes... etwas anderes, aber ebenso Wirkungsvolles.

Marian dachte darüber nach, indem sie sich deLacey vorstellte.

»Ja«, sagte sie laut. »Wenn ich seine größte Schwäche finden kann... herausfinden, was ihn am meisten treffen würde...«

Gewiß würde sich so ein Kampf als genauso wirkungsvoll erweisen wie das, was Robin versuchte – und weniger gefährlich.

Marian verwarf einige Ideen, die sie als zu schwierig empfand oder zu schwach, um überhaupt Wirkung zu erzielen. *Ich kann nicht nur auf mich alleine zählen... ich brauche jemanden, der mir hilft.* Doch wer war in der Lage, eine Bedrohung für William deLacey darstellen zu können?

Sie runzelte die Stirn. Und dann sprang ihr die Antwort plötzlich ins Auge.

Die Ungeheuerlichkeit erstaunte sie. Es war kühn und voller Möglichkeiten, wenn auch einfach in der Ausführung. Das Problem bestand darin, im vorhinein die Reaktion eines Mannes auf ihren Vorschlag abzuschätzen.

»Aber warum nicht?« fragte sie laut. »Ich kann dabei nichts verlieren. Er würde mir wahrscheinlich nicht glauben und diesbezüglich nichts unternehmen; wenn er es jedoch *täte* –« Marians Lachen war voller Spott. »Er würde es nicht, aber wenn er es *täte* –«

Sie hörte ein Keuchen und sah auf; Tuck näherte sich vom Dorf. Trotz des Schweißfilms, der auf seinem geröteten Gesicht glänzte, wirkte er sehr zufrieden. Er ging zum Brunnen, holte den Holzkübel hoch, der am Seil angebracht war, und trank, ohne abzusetzen, bis sein Durst gestillt war, dann ließ er den Eimer wieder hinab. Er wischte sich mit seinem dicken Unterarm über die Stirn. »Macht durstig, von Gott zu lehren.«

Marian nickte nur. »Glaubt Ihr, wir können dem Vogt trauen?«

Tuck runzelte die Stirn. »James scheint mir ein ehrlicher Mann zu sein. Er ist ein harter Arbeiter und nimmt seine Stellung ernst.«

Wieder blickte sie auf den Schatz in ihrem Schoß. »Ich denke, wir sollten das besser zu Abraham schicken. Wenn es Ärger geben sollte, aufgrund dessen, was Robin und die anderen tun, wäre es das beste, wir hätten so wenig Beweismittel wie möglich hier.«

»Warum nicht einfach verstecken?«

Marian blickte ihn an. »Adam Bell und die anderen haben sich Robin nicht angeschlossen. Sie schulden uns keine Loyalität. Was hindert sie daran, noch einmal zurückzukommen?«

Tuck nickte langsam. »Ich könnte James bitten, zu gehen.«

»Wir wickeln es so ein, daß er nicht merkt, was es ist.«

Tuck nickte wieder. Seine Kuhaugen blickten weiser als noch am Vortag. »Gibt es noch etwas?«

»Ihr durchschaut mich zu gut.« Marian lächelte. »Ihr sagtet, Ihr könntet schreiben. Ich hätte gern, daß Ihr dem Earl eine Nachricht überbringt.«

»Dem *Earl?*«

»Ja. Eine sehr ungewöhnliche Nachricht. Sie mag sich als genauso vernichtend für den Sheriff auswirken wie ein Pfeil, der von einem englischen Langbogen gelöst wird.« Sie lächelte Tuck an. »Aber mit weniger Risiko für den Schützen.«

William deLacey wachte auf, als eine kleine, geschickte Hand in den Falten seiner Tunika wühlte, seiner Panzerhalsberge und dem gefütterten Wams darunter. Wäre er nicht von dem gefallenen Pferd eingezwängt gewesen und von der Kopfwunde noch benommen, hätte er vielleicht laut protestiert oder das Handgelenk gepackt. Ein benebelter Kopf schloß jedoch nicht den Verstand aus; fast sofort entsann er sich wieder, daß Geächtete alle Normannen getötet hatten, und wenn er leben wollte, stellte er sich lieber tot.

Schlaff lag er da. Sein rechtes Bein lag unter der Last des toten Pferdes, sein linkes steckte noch immer im Steigbügel. Sein rechter Arm lag gebeugt unter den Rippen, doch sein linker war frei, ein kraftloses Gewicht auf seinem Unterleib. Die kleine Hand faßte unter seinen Arm und legte ihn ohne Zimperlichkeit anders hin, dann suchte sie in Falten und Höhlen. DeLaceys unbehelmter Kopf ruhte auf aufgewühltem, halb getrocknetem Schlamm. Er fühlte, wie Blut seine Haarwurzeln verklebte und ihm ins Gesicht sickerte. Es juckte lästig, aber er traute sich nicht einmal zu zucken.

Sein Kopf schmerzte stark, was ihn nicht überraschte, und sein rechtes Bein war taub. Dennoch behielt er sogar einen schlaffen Gesichtsausdruck bei, als die Hand sich seiner Leistengegend näherte und nach seiner Börse suchte. Fast hätte er sich bewegt, als ihm klar wurde, daß die Hand den Schlüssel zur Truhe gefunden hatte.

Was bedeutete, daß der Angriff speziell wegen des Geldes geplant worden war und es sich nicht um einen Gelegenheitsüberfall handelte. *Zu gut geplant.* Jemand, der Bescheid wußte. Jemand, der ihnen vorsätzlich aufgelauert hatte, um Prinz Johns Geld zu stehlen.

Der Schlüssel wurde weggezogen. Die Hand verschwand. DeLacey lag regungslos da und lauschte. Durch den Schmerz in seinem Kopf versuchte er die Unterhaltungsfetzen zu verstehen, die ihm vielleicht, wenn er sie verstand, sagten, wer die Räuber waren. Er wagte es nicht, seine Augen zu öffnen, nicht einmal einen Spalt.

Dann schnitt sich ein Satz durch den Nebel in seinem Hirn: »– reiten mit dem Geld nach Locksley zurück, dann arrangieren wir mit den Juden, daß es zu Longchamp gebracht wird.«

Locksley. Juden. Longchamp. Sehr gut geplant.

»Löwenherz«, sagte jemand, und als Antwort darauf ertönte das leise Flüstern eines Jungen, der den Namen wiederholte.

Für Richard? DeLacey konnte es nicht glauben. *Sie berauben John, um Richards Lösegeld zu zahlen?* Und dann hätte er beinahe aufgelacht: Das war wirklich grotesk. John zweigte Geld für sich ab, das für Richards Auslösung gedacht war, und wollte damit seine Schulden bezahlen und die Befreiung des Königs verhindern, während jemand anders das Geld, das für John bestimmt war, stahl, um es dem Kanzler zu schicken, der es wiederum nach Deutschland senden würde. *Aber wer?*

Der Sheriff konnte nicht länger warten. Er öffnete seine Augen den winzigsten Spalt und spähte verschwommen durch die verklebten Wimpern. Als erstes sah er den dunklen Körper des Pferdes; dahinter das Hinterrad des Wagens, den Wagen auf dem Rad, den Deckel der Truhe, der geöffnet war – und einen Mann, der davor hockte und einem Jungen eine Münze zuschnippte.

Ein Mann, der seine Kapuze abgenommen hatte, so daß sein Gesicht und der Glanz seiner weißblonden Haare, die ihm auf die Schulter fielen, zu sehen war.

Robert. Robin. *Robin Hood.*

William deLacey frohlockte.

Mit einiger Besorgnis unterzog Robin den Tatort einer eingehenden Untersuchung. Nur vier Pferde waren weder tot noch weggelaufen; als der einzige erfahrene Reiter unter ihnen – Alan ritt leidlich, aber Bauern waren zu arm für Pferde und lernten selten reiten – nahm er eines der ungesattelten Zugpferde. Das andere gab er wegen dessen Größe Little John und erklärte ihm ernst, er müsse sich darauf halten, wie auch immer er das bewerkstellige; sie konnten es sich nicht leisten, Zeit zu verlieren, indem sie den ganzen Weg nach Locksley abgeworfene Reiter aufsammelten.

Alan und Will Scarlet bekamen die normannischen Pferde mit Sattel und auch die Geldsäcke: Auf jedes Pferd wurden zwei Säcke geladen. Robin zog Much zu sich herauf, dann lenkte er das Zugpferd mit ziemlicher Anstrengung herum. In erster Linie gewohnt, zu ziehen, reagierte das Pferd nur langsam auf die Berührung des Trensengebisses im Maul und das Stoßen eines Stiefelabsatzes.

Robin blickte zu Little John hinüber, der sein Pferd mit seinen gewaltigen Beinen umklammerte, und wußte, es würde kein einfacher Ritt werden. Es war Nachmittag, aber sie würden sich glücklich schätzen können, wenn sie Locksley noch vor Sonnenuntergang erreichen würden. Alan saß recht locker im Sattel, doch Will Scarlet stellte sich unbeholfen an.

Wir können aber nicht statt dessen laufen – das Geld ist zu schwer – Robin schüttelte den Kopf. *Noch können wir uns aufteilen... wir würden damit ein zu verlockendes Ziel für andere abgeben, die dasselbe mit uns täten, was wir gerade gemacht haben.* »Folgt mir«, sagte er schließlich. »Und haltet euch so gut es geht im Sattel.«

Tuck holte knittriges, unbeschriebenes Pergamentpapier aus seinen Sachen, ebenso Tinte und einen Federkiel. Damit setzte er sich auf die Bank neben Marian, während sein gerötetes Gesicht langsam weiß wurde. »Seid Ihr sicher?«

»Ja.« Sie wischte sich ihre feuchten Handflächen am Stoff ihres Obergewandes ab. »Sehr sicher, Bruder Tuck. Der Sheriff trägt solche Kämpfe nun schon seit vielen Jahren aus – was hält mich davon ab, es ihm nachzutun?«

»Es könnte gefährlich werden«, sagte er. »Vielleicht nicht körperlich –«

»Das macht nichts«, sagte sie ruhig. »Ich werde es tun, Tuck. Ich billige zwar vielleicht nicht vollständig Robins Methoden,aber ich billige die Absicht... Ich denke, wir sollten alles in unserer Macht Stehende tun, um König Richard nach Hause zu holen.«

Bedrückt nickte er. »Ja, natürlich – aber der Earl? Warum sollte er Euren Worten Aufmerksamkeit schenken?«

»Er ist vor allem dem König treu ergeben. Und deshalb, scheint mir, würde der Earl den Sheriff ebenfalls bekämpfen, da William deLacey Johns Mann ist.«

Tuck glättete das zerknüllte Papier. »Mag sein, Lady Marian.«

Sie lächelte. »Ihr meint, er wird nicht viel darauf geben, was *ich* zu sagen habe.«

Er nickte, wobei er erneut errötete.

»Aus dem Grund muß ich es vorsichtig formulieren – und ihm

etwas anbieten, was er sich sehr wünscht, so daß er mir Aufmerksamkeit schenken *muß*.«

Tucks Mund öffnete sich. »Ihr wollt ihm aber doch wohl nicht erzählen, daß Ihr seinen Sohn aufgebt!«

»Nicht in so vielen Worten. Es *andeuten*, ja – denn diese Art von Kriegsführung beruht auf Andeutungen. Wenigstens das habe ich vom Sheriff gelernt.« Ihr Mund verzog sich zu einer grimmigen Linie. »Ich möchte, daß Ihr hinschreibt, daß der Sheriff Geld gestohlen hat, das dazu bestimmt war, den König freizukaufen, und beabsichtigt, es persönlich zu John nach Lincoln zu bringen. Wenn der Earl eine zusätzliche Waffe gegen den Count of Mortain braucht, soll er diese haben. Wenn der König erst einmal wieder zu Hause ist –«

»*Falls* er zurückkommt.«

Marian blickte Tuck an. »Er muß nach Hause kommen. Sonst ist das, was Robin tut, nichts anderes als ein Verbrechen.«

Tucks Oberlippe war mit Schweißperlen bedeckt. Er wischte sie ab, dann strich er wieder das Pergament mit den Eselsohren glatt. »Aber das ist es«, sagte er leise. »Es ist ein Verbrechen.«

»Und auf meine eigene Art habe ich daran teil. Wenn es fehlschlägt und John König wird, könnte ich ebenfalls zum Wolfskopf werden.« Marian machte eine kleine Handbewegung. »Schreibt es hin, Bruder Tuck. Laßt uns dem Earl eine Waffe geben.« *Und mir eine schaffen.*

DeLacey wartete, bis die Hufschläge leiser wurden. Stille umgab ihn. Er war der einzige von dreizehn Männern, der noch lebte, und nur wegen einer Kopfwunde, die so viel Blut vergoß, daß sie ihn für tot gehalten hatten. Er war dankbar, daß der empfindliche Riese derjenige gewesen war, der ihn untersucht hatte; Will Scarlet hätte ihm, ohne zu zögern, die Kehle durchgeschnitten, und er zweifelte nicht daran, daß Robert von Locksley – *Robin Hood!* frohlockte er – noch einen Pfeil abgeschossen hätte.

Schließlich richtete er sich unter Mühen auf und stützte sich auf seinen rechten Ellbogen, so daß er den Schauplatz überblicken konnte. Es war annähernd wie erwartet: In Rüstung steckende Leichen lagen verstreut umher, dazwischen tote Pferde; der Wagen, der nun eine leere Truhe trug, stand ohne Pferde da.

»Zwölf Männer«, murmelte er. »Für so etwas hängen sie selbst den Sohn eines *Earls!*«

Mühevoll wand er seinen sporenbesetzten Stiefel aus dem Steigbügel und befreite sein linkes Bein, obgleich er wenig mit ihm machen konnte. Der Krampf war jedoch verschwunden, und sein Gefühl der Hilflosigkeit verminderte sich. Er versuchte, das rechte Bein unter dem gefallenen Pferd hervorzuziehen, aber erfolglos. Das Tier war zu schwer, obgleich der Boden weich genug war, daß sein Bein heil geblieben war. Er brauchte Hilfe, um das Pferd hochzudrücken, aber da niemand da war, mußte er etwas anderes finden.

Sich windend, zog er das normannische Schwert aus der Scheide. In nahen Spannen war es unhandlich, aber er hatte nichts anderes. Mit Anstrengung und Beharrlichkeit ging er daran, den Schlamm wegzukratzen, auf dem sein gefangenes Bein lag. Wenn er nur genug davon zur Seite grub, könnte er sich herausziehen. Es würde natürlich einige Zeit dauern, aber er hatte alle Zeit der Welt.

»Marian«, murmelte deLacey. Er wurde sich beiläufig einer merkwürdigen Gleichgültigkeit bewußt, als wären sein Körper und sein Geist gefühllos gegenüber den Verheißungen einer Frau, die er seit so langem begehrte.

Die Gefühllosigkeit schwand. Die Gleichgültigkeit zerstreute sich. *Sie hat ihre Beine für Robert von Locksley breitgemacht.*

Einer rasenden Wut und vereiteltem Begehren gewahr, gab er Hugh FitzWalters Tochter einen neuen Namen: »Robin – Hoods – *Hure.*«

James, der Vogt, war losgeschickt worden, um die Nachricht nach Huntington zu bringen, dann sollte er weiterziehen nach Nottingham, zu Abraham. Marian weilte, als die Sonne unterging, wieder vor dem Haus und hielt nach Robin Ausschau.

Geh lieber hinein, sagte sie sich. *Das hilft doch nichts.* Sie brachte es jedoch nicht über sich. Nur noch einen Augenblick, und dann noch einen, bis aus den Augenblicken eine Stunde wurde.

Von den Bäumen hinter dem Haus drang Knacken im Unterholz zu ihr. Hoffnung ließ sie für einen Moment erstarren, dann lief sie zur rückwärtigen Seite des Hauses, um zu sehen, ob es Robin war, der zusammen mit den anderen zurückkehrte.

Alles Fremde. Ein Mann trug eine Fackel.

Marian erkannte sofort, daß sie keine Bauern waren, obwohl ihre Kleidung genauso schlicht gehalten war. Sie waren zu eifrig, zu sehr auf ein einziges Ziel bedacht. »Der Earl –« Eine schlimme Ahnung überkam sie und machte ihren Bauch hohl.

Der Anführer war jung und verdächtig selbstzufrieden. Sie sah das leichte Lächeln, das Glitzern in seinen braunen Augen, die überhebliche Art, die seiner Kleidung widersprach. Nur einen Augenblick zögerte sie, dachte daran, eine Unterhaltung zu beginnen, um zu erklären, was die Botschaft bedeutet hatte. Etwas im Blick des Mannes überzeugte sie jedoch davon, es zu lassen. *Warum würden sie aus Sherwood kommen, wenn sie sich nur unterhalten wollten?*

»Tuck –« Sie wirbelte herum und raffte die Röcke hoch. »Bruder Tuck!« Sie rannte los.

In der Nähe der Bank fingen sie sie. Marian fühlte, wie Hände ihre Arme umfaßten, Finger sich hineingruben – *nicht wieder Will Scarlet* –

Sie schrie, erinnerte sich wieder an die Erniedrigung, die sie empfunden hatte, als Scarlet sie in seiner Macht gehabt hatte. Daß er sie nicht vergewaltigt hatte, spielte jetzt keine Rolle mehr – er hatte sie grob angefaßt und sie verletzt, sie gezwungen, Dinge zu tun, die sie nicht wollte. Jetzt war es nicht anders.

Sie kämpfte tückisch, indem sie biß und um sich trat, Ellbogen in Rippen rammte, Absätze in Zehen bohrte. Abgeschreckt ließen sie locker.

Marian wand sich und riß sich los. Die Bank – und die Harke – gleich *da* –

Sie langte danach, streckte ihre Hand danach aus, fühlte, wie eine Fingerspitze das Holz berührte. Aber da faßten sie sie von neuem und stießen die Harke um.

»Halt sie fest!« brüllte ein Mann in akzentfreiem normannischen Französisch. »Bei Gott, wenn du das nicht kannst, werde *ich* es eben tun –« Und da stand er auch schon vor ihr, während sie sich weiter wand, streckte seine Hand aus und grub sie in ihr Haar. Er faßte den dicken Zopf und wickelte ihn sich um die Hand.

Marian trat aus und versuchte, ihre verhärteten Zehen in sein verletzliches Fleisch zu rammen. Sie hob das Knie, um dem Mann zwischen die Beine zu treten, wurde aber von einem Tritt seinerseits beinahe umgerissen. Er zog ihren Kopf nach oben und schnaubte wie ein noch nicht zugerittenes Fohlen. »Keine Zaubersprüche«, sagte er kurz angebunden. »Verzauber ja nicht *uns*, Hexe –«

Er glich Will Scarlet überhaupt nicht, aber trotzdem sah sie ihn wieder vor sich. Sie roch ihn wieder, hörte wieder seine Stimme. Marian warf sich gegen den Mann und wollte ihm mit dem Kopf unter das Kinn stoßen.

Er stieß eine Reihe normannischer Beschimpfungen aus. Seine große Handfläche landete auf ihrem Ohr. Die Heftigkeit ließ Marian erstarren und brachte sie wieder zu sich. *Nicht Will Scarlet.*

Es waren auch noch andere Männer da: zehn insgesamt, schätzte sie; zehn Männer des Earls, die die Frau vertreiben sollten. Langsam dämmerte es ihr. *Er hat mich Hexe genannt.*

Sie kämpfte wieder kurz und litt dafür. Die Hände faßten sie fester und verdrehten ihr die Arme; der Normanne wickelte ihren Zopf wieder so straff, daß ihr Kopf zur Seite gezogen wurde.

»Ich bin keine Hexe –«

»Halt den Mund«, sagte er, »sonst stopfe ich ihn dir mit Kot voll und lasse dich daran ersticken.«

Sie war durcheinander, und alles schmerzte, aber sie verstand nur zu gut, in welcher Gefahr sie schwebte. Der Earl hatte auf unvorhergesehene Weise reagiert. »Er lügt«, sagte sie schwer atmend. »Der Earl *lügt* –«

Mit der freien Hand quetschte der Mann ihr Gesicht. Schmerz

schoß durch ihr Kinn. »Wir haben Beweise«, verkündete er, »und einen Zeugen, der deine Hexerei beschwören wird. Ein Mann aus Ravenskeep.«

Ravenskeep –? »Aber es ist nicht *wahr*«, widersprach sie. »Hexerei hat nichts damit zu tun ... das ist nur die Rache eines engstirnigen Lords –«

Rasch bückte er sich, hob lose, puderige Erde auf, zwang sie zwischen ihre Zähne und klemmte ihren Mund zu. »Wenn du nicht gleich deinen Mund hältst, werde ich dir die Zunge herausschneiden und anschließend zum Fressen geben.«

Sie verschloß ihre Kehle, damit sie nicht erstickte, während Tränen der Anstrengung ihr aus den Augen liefen. Als er ihre zitternde Stille für Ergebung hielt, zog er seine Hand weg. »Was wir –«

Marian spie ihm den Dreck, den er ihr in den Mund gestopft hatte, ins Gesicht. *»Tuck!«* schrie sie. »Tuck – *hier* –«

Der Kerl machte sich nicht die Mühe, sich den Matsch vom Gesicht zu wischen. Er drehte sich zu dem Mann mit der Fackel um. »Steckt es in Brand«, sagte er ruhig. »Steckt das ganze Dorf in Brand.«

71. Kapitel

DeLacey warf schließlich das Schwert zur Seite, grub seine behandschuhten Finger tief in den halb getrockneten Schlamm und zog seinen Körper nach vorne, während er sich gleichzeitig mit dem anderen Fuß am Sattel abstemmte. Sein betäubtes Bein bewegte sich langsam, bis der gefangene Fuß in der Rinne war, die er so zäh gegraben hatte, und dann begann er von neuem, strengte sich an und zerrte seinen Fuß unter dem schlaffen, schweren Körper hervor.

Mit dem Gesicht nach unten lag er auf der Straße. Schmerz

hämmerte in seinem Kopf. Schwitzend keuchte er: »Ist denn wirklich *niemand* nach Lincoln unterwegs?« Seit dem Überfall lag der Weg verlassen da.

Einige Zeit blieb er geschwächt liegen und versuchte, das Dröhnen in seinem Kopf zum Verstummen zu bringen.

»Er wird hängen«, murmelte deLacey. »Bei Gott – ich werde dafür sorgen, daß er gehängt wird ... und diese Hure wird dabei zusehen müssen!«

Robin zügelte sein Pferd, als Scarlet hinter ihm brüllte. Es dauerte einen Moment, da das Zugpferd nicht gleich reagierte, und als Robin es schließlich gewendet hatte, sah er, daß Scarlet und Alan lachten, während Little John sich gerade vom Boden aufrappelte. Das zweite Zugpferd trottete den Weg entlang, bis Robin es einholte und die Zügel ergriff.

Little Johns Gesicht war ebenso feuerrot wie seine Haare. »Von jetzt ab laufe ich.«

Robin ritt, das Pferd mit sich führend, langsam den Weg zurück. Beim Riesen blieb er stehen. »Als du das erste Mal ein Schaf geschoren hast, wußtest du da, wie man das macht?«

Stirnrunzelnd schüttelte Little John den Kopf.

»Als du das erste Mal mit einem Mann gerungen hast, wußtest du da, wie man es macht?«

Der Riese murmelte verneinend.

»Aber du hast ein zweites Schaf geschoren. Und gegen einen zweiten Mann gekämpft.« Robin hielt ihm den Zügel hin. Verdrießlich nahm Little John ihn entgegen.

Locksley Hall stand bereits in Flammen, als Marian vom Boden gerissen und unsanft über den Rücken eines Pferdes geworfen wurde. Sie bekam fast keine Luft mehr, als der Sattel sich in ihren Bauch bohrte. Geräuschvoll schnappte sie nach Luft, aber der Mann im Sattel hielt mit einer Hand ihren Zopf fest und drückte ihren Kopf herunter.

Sie hörte das Knistern und Knallen der Flammen, die das Stroh und Gras, das mit Lehm beworfen war, verzehrten, während sich das Feuer über die Holzstützen zum frischen Dachstroh ausbreitete, das James und die anderen in mühevoller Plackerei ausgebessert hatten. *So viel Arbeit.*

Wieder dachte sie an Tuck, der ins Dorf gegangen war. *Wenn er Robin verständigen kann*...

Falls Robin noch lebte.

Sie hörte die erschreckten Ausrufe der Einwohner, die gerade entdeckten, daß Locksley Hall brannte, und die Verheißung eines Infernos, als ein Reiter vorbeigaloppierte und seine Fackel auf ein Strohdach innerhalb des Dorfgebiets schleuderte. *Steckt es in Brand,* hatte der Anführer gesagt. *Steckt das ganze Dorf in Brand.*

Marian drehte ihren Kopf, damit ihre Stimme nach oben trug. »Nicht das Dorf«, flehte Marian. »Sie haben nichts getan – ich habe die Botschaft geschickt!«

Der Mann band ihr ihre Handgelenke auf dem Rücken zusammen. Dann zog er das Pferd herum und trieb es zum Galopp. Der Sattel bohrte sich ihr ins Zwerchfell. Sie schlug sich Nase und Kinn an der Schulter des Pferdes an. Marian wand ihren Kopf hoch, aber der Anführer drückte ihn mit einer gemurmelten Verwünschung gegen sächsische Hexen wieder hinunter.

Die Rufe und das Knistern wurden leiser, als Locksley immer weiter in die Ferne rückte. Benommen dachte Marian: *Sie verbrennen auch Hexen.*

DeLacey untersuchte sein Bein. Es war noch ganz, wenn auch wund; er bezweifelte, daß es irgendwelche bleibenden Schäden geben würde. Er nahm sein Schwert wieder an sich, reinigte es und steckte es in die Scheide zurück, dann ging er von Mann zu Mann, um zu sehen, ob noch jemand lebte.

Nur einer lebte noch, wenn auch kaum: Archaumbault, der Kastellan, war halb unter dem Wagen begraben. Eine Armbrust, deren Abzug gelöst worden war, lag neben seiner Hand; es war demnach also Archaumbault gewesen, der auf den Jungen gezielt und ihn verfehlt hatte.

Bedauerlich … Ich hätte es lieber gesehen, wenn mein Kastellan – oder irgend jemand anders – jemanden getötet hätte. Nun stehen wir da wie Narren, von sächsischen Wolfsköpfen überwältigt.

Der sterbende Veteran atmete flach und unregelmäßig. Seine Augenlider waren einen Spalt offen, doch deLacey bezweifelte, daß Archaumbault etwas sah.

Eine bittere Erkenntnis durchdrang deLacey. *Ich brauche mehr Männer wie ihn, und doch wird er von mir genommen.*

Archaumbault war nicht mehr zu helfen. Es blieb deLacey also nur, den Tod des Mannes zu benutzen, um seine Pläne voranzutreiben; wenn ein Mann schon sterben mußte, dachte deLacey, war das mindeste, was dieser tun konnte, seinem Lord durch seinen Tod zu dienen.

DeLacey holte sein Messer heraus. Nach einem kurzen Zögern schlitzte er systematisch Archaumbaults Kehle auf. Blut sprudelte, schäumte kurz, dann floß es. Nach einem Moment wurde es langsamer: Tränen aus einem trocknenden Auge.

DeLacey ging zu jedem Mann und schnitt ihnen ebenfalls die Kehle durch. Er wollte nicht riskieren, daß der Earl es unter Umständen bewerkstelligte, daß sein Sohn von der Anklage auf Straßenraub und Mord freigesprochen würde und sich auf Titel und Einfluß verließ, um das Urteil abzumildern; diese Art Greueltat stellte sicher, daß Locksley – *nein, Robin Hood* – hingerichtet würde.

Und was mich anbelangt? Er schnitt sich eine Kerbe in die Seite seines Halses, dann säuberte er die Waffe und steckte sie wieder in die Scheide zurück. *Jemand kam zufällig vorbei, bevor Sir Robert of Locksley mir die Kehle ganz durchschneiden konnte.*

Marian fiel beinahe hin, als sie vom Pferd gezerrt wurde. Vom stampfenden Ritt tat ihr alles weh, ihre Füße und Hände waren taub, ihr Kinn und ihr Ohr taten weh, und sie sehnte sich danach, sich normal hinzusetzen, um wieder zu Verstand zu kommen. Doch der Mann packte ihre Handgelenke und schob sie auf die Burg zu.

Sie erwartete Huntington Castle. Was sie erblickte, war die Burg von Nottingham.

»Aber –« Sie unterdrückte es. Sie würde ihm nicht die Gelegenheit geben, sie wieder zu mißhandeln. Und außerdem ergab es soviel Sinn wie alles andere: Der Earl wollte sie nicht gerne in seiner Burg haben. Vielleicht arbeitete das sogar zu ihren Gunsten; wenn sie in Nottingham wäre, würde der Sheriff zu ihr kommen. Vielleicht würde er alles aufklären.

Sie können mich doch nicht einfach einsperren. Sie wollen etwas von mir. Der Earl möchte, daß ich verschwinde – der Sheriff möchte mich in seinem Bett. Wütende Gefühle der Erniedrigung überfluteten sie. *Wenn er denkt, das wird ausreichen, ist er verrückt.*

Der Mann führte sie durch einen Seiteneingang hinein, dann schob er sie einen Gang entlang. Sie spürte die kalte, feuchte Luft – und roch den Gestank – von Nottinghams Verlies.

Er drängte sie in einen dunklen Raum mit niedriggewölbter Decke, in dem Männer mit Brustpanzern versammelt waren. »Aufmachen«, sagte er, und einer der Normannen öffnete das Gitter im Boden und legte es um, so daß ein rechteckiges Loch zum Vorschein kam. »Nein«, sagte der Mann, als einer der anderen die primitive Leiter dorthin zerrte. »Sie ist eine Hexe; lassen wir sie fliegen. Wenn sie es nicht kann, fällt sie eben.«

Und Marian fiel, als er sie hinunterstieß. Sie landete hart auf dem uralten Stroh, das lose auf dem festgetretenen Boden lag.

Gisbourne hielt sich gerade in der kleinen Privatstube des Sheriffs auf, als Walter ihn aufsuchte, um ihm mitzuteilen, daß der Abt von Croxden eingetroffen war. »Wie er sagt, ist er gekommen, um die Anklage auf Hexerei zu überprüfen, die gegen Lady Marian FitzWalter erhoben wurde.«

Gisbourne erinnerte sich an den Brief, den er auf Anweisung deLaceys hatte verfassen müssen. Er hatte keine so rasche Reaktion darauf erwartet, und gerade augenblicklich hatte er weit Wichtigeres zu regeln, wie zum Beispiel den Sheriff mit etwas noch Gefährlicherem als dem Brief an Prinz John von *ihm* zu belasten.

Gisbourne seufzte verärgert. »Der Sheriff ist nicht da; er ist in Lincoln. Und *sie* ist auch nicht hier, so daß der Abt noch nichts machen kann. Er wird einfach warten müssen.«

»Aber sie *ist* da«, sagte Walter. »Philip de la Barre brachte sie vor noch nicht allzu langer Zeit her. Er steckte sie ins Verlies.«

»Ins *Verlies?*« Gisbourne war entsetzt. »Ist er denn verrückt geworden?«

Walter zuckte mit den Schultern. »Er behauptet, sie sei eine Hexe.«

Gisbourne ließ die Papiere auf den Tisch des Sheriffs fallen. »Sie ist keine Hexe, Dummkopf... seht Ihr denn nicht, daß der Sheriff das bloß benutzt, um sie dazu zu zwingen, ihn zu heiraten? An dem Verdacht ist nichts Wahres dran.«

Walter war durcheinander. »Sir Guy, alles, was ich weiß, ist, daß Philip de la Barre sie ins Verlies gesteckt hat. Er sagte, sie sei eine Hexe. Und daß der Sheriff ihm das erzählt hat.«

Natürlich hat er das, dachte Gisbourne. *Er würde jeden anlügen, wenn ihm das nützlich wäre.* »Nun«, sagte er munter, in der Hoffnung, dadurch jeglichen neuen Verdacht, den Walter haben mochte, auszulöschen, »vielleicht ist sie es ja; vielleicht aber auch nicht. Das müssen Abt Martin und der Sheriff klären.« Er machte eine Pause. »Und der König natürlich – sie ist ein königliches Mündel.« Er ordnete seine durcheinander geratenen Blätter. »Walter, de la Barre hat einen Fehler gemacht. Veranlaßt, daß Lady Marian aus dem Verlies geholt und auf ein Zimmer gebracht wird.«

»Aber de la Barre –«

»– ist nicht Kastellan; das ist Archaumbault, und der ist nach Lincoln aufgebrochen, zusammen mit dem Sheriff.« *Und dem ganzen Geld.* »Ich bin Seneschall; die Burg untersteht gegenwärtig meiner Aufsicht.«

In gewisser Weise stimmte das, obgleich er gefährlichen Boden betrat. Er konnte sich einfach nicht sicher sein, wie der Sheriff die Frau gefangenzuhalten wünschte. In dieser Ungewißheit könnte er aber genausogut handeln und versuchen, daraus Nutzen zu ziehen. Das würde deLacey an seiner Stelle schließlich auch tun.

Gisbourne schob sich behutsam vom Tisch weg und stand auf, während er zugleich nach seinen Krücken griff. Beiläufig sagte er: »Wenn der König *in diesem Moment* frei wäre, Walter, und sich auf dem Weg nach England befände, glaubt Ihr, es würde ihm gefallen, wenn er erfahren würde, daß ein Mündel der Krone in ein Verlies gesteckt wurde?«

»Nein«, gab Walter zu, »aber der König *ist nicht* frei –«

»Dann tut so, als ob«, sagte Gisbourne knapp. »Nun geht und gebt dem Abt ein Zimmer, dann ordnet an, daß Lady Marian aus dem Verlies geholt wird.«

Sie hatten es schon eine ganze Weile gerochen, aber jetzt konnten sie es sehen. Im Mondlicht wirkte der Rauch gespenstisch. Much beugte sich zu Robin vor und drückte sich an seinen Rücken. »Feuer.«

Robin nickte. Sie waren ganz nah an Locksley, aber die Sonne war bereits untergegangen, und nur der Mond bot ihnen Licht. Robin orientierte sich daran, um den richtigen Weg zu finden. »Vielleicht ein Freudenfeuer –« Sie brachen aus dem Waldrand in das Wiesenland und hatten ungehinderte Sicht auf die Ruinen der Locksley Hall.

»Jesus«, wisperte Alan. »Das ganze Dorf ist weg –«

Robin glitt ungeschickt, um Much auszuweichen, vom weiterlaufenden Zugpferd herunter und rannte auf die verkohlten, geschwärzten Holzbalken zu, die noch immer rauchten, glühten und ungerührt brannten, wie eine Handvoll sturer Kohlen. »Marian –«

Der Gestank nach Rauch vermischte sich mit dem penetranten Geruch nach verbranntem Fleisch; zum Teil war es Tierfleisch, zum Teil das von Menschen. Hinter den Ruinen des Hauses erstreckte sich das Dorf. Der größte Teil war schon heruntergebrannt, doch die Flammen erstarben nur zögerlich.

Während er rannte, nahm er eine Gestalt wahr, die auf ihn zulief, mit breiten Schultern, massigen Hüften und dicken Fußknöcheln und Waden. Der Mann war in schwarze Wolle gehüllt, die an Dutzenden von Stellen durchgebrannt war. Das Gesicht war aufgedunsen und wie betäubt, mit Asche und Ruß beschmiert; die kuhgleichen braunen Augen drückten kaum etwas anderes aus als nur blankes Entsetzen.

»Tuck!« Robin faßte den Mönch an der Schulter und sah das Zusammenzucken in seinen Augen. »Tuck – *wo ist sie?*«

»Fort«, flüsterte der Mönch. »Alles ist – fort –«

»Tuck.« Mit seinen Händen zerknüllte er die funkendurchlöcherte Soutane. »Wo ist Marian?«

»Ich lief hinein – ich lief hinein, um nach ihr zu sehen – um zu sehen, ob sie da war –« Tuck fuhr sich mit einer rußbedeckten Hand über das Gesicht. »Das ganze Haus brannte –«

Robins Stimme wurde rauh. »*Insh'Allah,* Tuck – wo ist Marian?«

Der Mönch begann zu husten, wodurch klebriger schwarzer Speichel hochkam. Er spuckte ihn aus, immer noch hustend, dann nahm er seinen Rosenkranz und begann zu beten.

Robin riß Tuck das Kruzifix aus der Hand. Seine Stimme war nun gespenstisch. »Ist Marian tot?«

Die fleischigen Hände tasteten herum. »Laßt mich – ich muß –«

»Tuck!« Die anderen waren inzwischen zu ihnen gestoßen; Robin spürte ihre Gegenwart, sah sie, hörte sie: Much und Will Scarlet, Alan und Little John und Leute, die aus dem Dorf heraufkamen. »Ist sie tot? Ist Marian tot?«

In Tucks Blick kehrte wieder der Verstand zurück. Noch einmal hustete er schwach, dann faßte er nach Robins Schulter. »Nein – nein ... jemand hat sie mitgenommen. Ich hörte sie rufen ... als ich das Haus erreichte, ritten sie bereits fort – und das Haus brannte und das Dorf auch –«

»Jemand *nahm* sie mit sich?« Robin krallte sich wieder in die Soutane. »Im Namen Gottes, Tuck – *sagt mir, was Ihr wißt* –«

»Sie nahmen sie mit«, wiederholte Tuck. »Berittene Männer.«

»Normannen«, sagte Scarlet.

»Keine Rüstung – ich sah nichts schimmern oder glitzern –« Tuck schüttelte den Kopf. »Sie trugen einfache Kleidung, wie Bauern –«

»Aber sie waren zu Pferd«, sagte Robin. Er warf den anderen

einen Blick zu. Sie nickten niedergeschlagen, als sie begriffen. »Tuck –« Doch die Frage erstarb, bevor er sie gestellt hatte. Er erinnerte sich nur allzu deutlich an Thomas, der von seinem Vater geschickt worden war, in einfache Kleidung gekleidet, und ihn verzweifelt angefleht hatte, er solle nach Hause kommen. *»Ya Allah –«* Er starrte Tuck an. »Mein Vater –? Würde mein Vater –?« Er schaute über das in Schutt und Asche gelegte Dorf. *»Das –?«*

»Robin.« Das war der Riese, sein rotes Haar glühte im Feuerglimmen. »Was möchtet Ihr, daß wir tun?«

»Ich möchte –« Er nahm einen neuen Anlauf. »Ich möchte –« Aber die Worte erstarben wieder. Ihm war kalt, sehr kalt, und die Welt schien ihm weit entrückt. *Ich sagte ihr, sie sollte hierbleiben, weil sie hier sicher wäre. Weil sie hier SICHER wäre.* Mit Mühe formte er die Worte. »Ich möchte, daß ihr mit mir kommt. Jetzt sofort.« Er sah sie an. »Kommt ihr mit mir?« Er wandte sich an Tuck. »Ihr auch?«

»Wohin?« fragte Scarlet.

»Huntington«, murmelte er; es klang, als hätte es jemand anders gesagt.

Da stand auch schon Much mit dem Pferd neben ihm und reichte Robin den Zügel.

72. Kapitel

Marian hörte Schritte, Gemurmel und schließlich das metallische Geräusch des Riegels, der gerade geöffnet wurde. Sie stand unter der kreuzweise vergitterten Falltür und sah zu, wie sie hochgehoben wurde. Schwaches Licht drang in das Loch, in das man sie geworfen hatte.

Noch jemand? Dann zynisch: *Oder jemand, der mich untersuchen soll?*

Die Leiter schabte über den Rand und wurde nach unten gelassen. »Komm hoch«, forderte eine Stimme sie auf.

Marian zögerte.

»Komm schon hoch«, beharrte die Stimme. »Oder magst du es etwa da unten? Wir sollen dich woanders unterbringen.«

Hastig kletterte sie nach oben, wobei sie Kleid und Unterkleid immer wieder zur Seite treten mußte. Es konnte nichts schlimmer sein als das schmutzige und erstickend enge Loch.

Der Mann hatte sie nicht angelogen. Sie wurde in ein Zimmer gebracht, in dem ein Bett und ein Schemel standen. Die Tür wurde von außen geschlossen; sie nahm an, daß eine Wache davor stand.

Marian lächelte schief. *Vielleicht diesmal sogar zwei; das letzte Mal war eine nicht genug gewesen.*

Die Fenster waren schmal. Eine einzelne dicke Kerze auf einem Ständer in der Nähe der Tür gab flackerndes Licht von sich, aber das war besser als nichts.

Marian seufzte und fuhr sich mit beiden Händen durch das zerzauste Haar, strich es sich aus dem Gesicht. Sie wußte, daß sie dreckig war, im wirren Haar hing noch Stroh, ihr Kleid war vom Schweiß des Pferdes fleckig, ihr Gesicht war mit Erde und möglicherweise Blut verschmiert. Geistesabwesend rieb sie sich ab.

Sie hatte sich kaum umgedreht, um den Raum zu betrachten, als der Riegel wieder rasselte und die Tür aufging. Steif fuhr sie herum, während sie zugleich zwei Schritte zurückwich, bis sie sah, daß Sir Guy of Gisbourne auf Krücken ins Zimmer gehumpelt kam. Hinter ihm standen Wachen, die diesmal die Tür hinter ihm schlossen und verriegelten.

Marian war erleichtert, ein mitfühlendes Gesicht zu sehen. Er hatte ihr zuvor schon einmal geholfen, vielleicht würde er es ja wieder tun. Sie lächelte und entspannte sich. »Mißtrauen sie Euch nun?«

Sein Gesichtsausdruck war bekümmert. »Wie zu erwarten. Aber ich gab ihnen selbst die Anweisung dazu – ich möchte nicht, daß jemand mich verdächtigt.« Er erwiderte ihr Lächeln. Das war das erste Mal, daß sie ihn so ungezwungen sah. Das Lächeln machte die Härte seiner dunklen Augen weicher. »Es tut mir leid, daß Ihr ins Verlies gebracht wurdet«, sagte er, ohne seinen Verdruß darüber zu verbergen. »De la Barre wurde erzählt, Ihr wärt eine Hexe und solltet auf die Burg gebracht werden. Natürlich glaubte er den Unsinn – der Sheriff kann sehr überzeugend sein –, und so brachte er Euch nach unten.«

Er war verändert. Sie hörte es an seinem Tonfall, sah es an seinen Augen. Doch die Veränderung von Sir Guy of Gisbournes war nicht das, was sie beschäftigte. »Der *Sheriff* hat das angeordnet?«

Gisbourne nickte. »Er denkt, so könne er Eure Hand erzwingen. Daß Ihr einwilligt, ihn zu heiraten, um dem Hexenprozeß zu entgehen.«

Marian erschien das unsinnig. »*Kein* Mann würde soviel Mühen auf sich nehmen, nur um eine Frau für sich zu gewinnen! Ein Dorf – sogar Menschenleben?« Sie starrte ihn an. »Würde er das? Selbst William deLacey?«

Gisbourne verzog den Mund. Der Glanz in seinen dunklen Augen war bittersüß. »Männer tun so etwas. Der Sheriff hat es getan. So sehr will er Euch.«

Das widersprach allem, was sie vermutet hatte. »Und ich dachte, es sei der *Earl*.«

»Huntington?« Er nickte. »Er hat auch etwas damit zu tun – mir wurde gesagt, der Sheriff erhielt gestern eine Nachricht vom Earl.«

Ihr war kalt, so kalt. *Dann ist meine Botschaft gescheitert... er benutzt den Sheriff, um seine eigenen Ziele zu verfolgen.* Sie blickte Gisbourne an. »Eine Hand wäscht die andere, und beide haben Vorteil davon?«

Er zuckte unbehaglich mit den Schultern und wich ihrem Blick aus.

Als ihr Blick auf seine unbeholfene Haltung auf den zwei Krükken fiel, erinnerte sie sich langsam wieder ihrer Manieren. Sie machte eine Geste. »Sir Guy – setzt Euch doch. Der Hocker da – oder würdet Ihr das Bett vorziehen?«

Er schüttelte den Kopf. »Ich bleibe stehen. Wenn es Euch beliebt, Lady Marian, hätte ich gerne, daß Ihr Euch setzt. Ich habe Euch viel zu sagen.«

»Seid Ihr wieder gekommen, um mich zu befreien?« Sie lächelte schief. »Oder gibt es für mich keine Hilfe?«

»Ich bin gekommen, um Euch Freiheit zu bringen, wenn Ihr gewillt seid, sie anzunehmen.« Er zog eine Schulter hoch, als wollte er eine Krücke zurechtrücken. »Er hat vor, den Prozeß bis zum bitteren Ende durchzuziehen, außer Ihr willigt ein, ihn zu heiraten. Er hat Abt Martin aus Croxden kommen lassen.«

Zu allem anderen hinzugefügt, erschütterte sie das sehr. »Der Abt ist hier?«

Gisbourne nickte.

Marian starrte ihn an. »Beide Männer vereint – und auch der Abt...« Das Schlucken schmerzte. »Wie soll ich gegen beide ankommen?«

Gisbournes ernstes Gesicht war frisch rasiert, und er trug saubere Kleidung. »Lady... es gibt vieles, was man da machen kann. Ihr mögt mir zuhören – wenn Ihr so großzügig sein wollt.« Er holte tief Luft. »Ich habe bereits einmal versucht, Euch das zu sagen – damals im Wald –, aber da wurde ich vom Eber unterbrochen.«

Marian unterdrückte ihre Ungeduld; sie sorgte sich mehr wegen des Abtes und den Plänen des Sheriffs. Natürlich erinnerte sie sich an den Eber und Gisbournes Verletzung. Sie entsann sich auch vage, daß er versucht hatte, ihr damals etwas zu sagen, bevor der Eber auf die Lichtung gesprengt gekommen war. »Es tut mir leid, Sir Guy –«

Er schnitt ihr mit einem Handschütteln das Wort ab. »Nein, entschuldigt Euch nicht. Ich bin in meinem Leben oft ein Tölpel gewesen, besonders im Umgang mit Frauen. Sie – Ihr – schüchtert mich häufig ein.« Er brachte ein verlegenes Lächeln zustande. »So oft habe ich schon versucht, zu Frauen zu sprechen, nur um immer wieder einen Narren aus mir zu machen – um zusammenhangloses Gestammel hervorzubringen.«

Marian wollte aufrichtig freundlich zu ihm sein; es war nicht seine Schuld, daß es so viel gab, über das sie nachdenken mußte. »Ihr redet auch jetzt nicht verständlich.«

»Nein. Ich bin – verwandelt.« Er schluckte heftig. Sein dunkles

Gesicht war ein wenig grau, aber er wich ihrem Blick nicht aus. »Lady Marian, ich übertrete meine Grenzen, aber ich muß es sagen. Ich –«, er befeuchtete sich die Lippen. »Ich möchte Euch heiraten.«

Sie fühlte sich innerlich leer. Einen Moment lang konnte sie ihn nur anstarren. Wie konnte er an Heirat denken, wo sie möglicherweise auf dem Scheiterhaufen verbrannt wurde?

Aber vielleicht würde sie das ja nicht. War er nicht gekommen, um ihr zu helfen?

Marian schluckte vorsichtig; ihr Ohr und ihr Kinn schmerzten noch. »Ist es das, was Ihr mir sagen wolltet? Damals?«

»Damals wollte ich Euch sagen, daß ich alles für Euch tun würde«, sagte er ihr ernst, er verbarg nichts vor ihr. »Euch meine Absichten erklären ... und Euch mitteilen, daß ich für Euch in den Tod gehen würde.« Seine Stimme wurde wieder ruhiger. »Das tat ich beinahe auch.«

Das stimmte. »Sir Guy –« Ihr Mund fühlte sich taub an. *Das ist zu viel ... das ist mir einfach alles zu viel.*

»Ich liebe Euch, Lady Marian.«

Das brachte sie vollkommen zum Verstummen. Drei einfache Worte trugen die Seele eines Mannes – und sie mußte sie zerstören. Marian hätte sich fast ins Loch zu den Ratten zurückgewünscht. »Sir Guy –«

»Ich bin Euch ergeben«, sagte er mit Nachdruck. »Ich werde tun, was ich muß, um Euch glücklich zu machen.« Er humpelte näher. Sein Gesichtsausdruck wandelte sich von Verzweiflung zu etwas, was Marter ähnlich war, als wüßte er, daß es nicht leicht wäre, sie für ihn geneigt zu machen, und daß sie ein Opfer erforderte. »Ich habe das noch nie zu einer Frau gesagt ... ich dachte, ich würde es nie können ... ich dachte, ich würde es nie *wollen* – Vergebt mir – ich wollte es anders ausdrücken ... Lady Marian, bitte – einst wollte ich dadurch aufsteigen, mich durch die Heirat verbessern, aber das ist längst Vergangenheit. Ich will *Euch*, nicht Ravenskeep ... und das ist mehr, als der Sheriff von sich behaupten kann!«

Sie wollte zu Boden schauen. Sie wollte irgendwohin schauen, nur nicht in Gisbournes Gesicht. Doch das war sie ihm immerhin schuldig. »Sir Guy … vergebt mir, Sir Guy – aber ich kann Euch nicht heiraten.«

»Ich weiß«, sagte er abgebrochen, »ich weiß, ich bin nur ein Ritter und dazu ein schäbiger – einer, dessen Ritterwürde erkauft ist … ich weiß, daß Euer Vater ein richtiger war, ein Mann, der die Ritterwürde verdiente, aber ich verspreche Euch, ich werde alles tun, was ich muß … Lady Marian, ich flehe Euch an –«

»Nein«, sagte sie. »Fleht bitte nicht.«

Ungeschickt ließ er sich auf ein Knie herab, wobei er sich an die Krücken klammerte. »Lady Marian – *bitte* –«

Sie suchte verzweifelt nach Worten, die ihn dazu veranlassen würden, daß er fortging, bevor sie ihn verletzen mußte. »Sir Guy –«

Seine Augen waren gierig und entschlossen. »Ich sorgte für Eure Freiheit. Ich holte Euch aus dem Verlies. Ich riskierte für Euch mein Leben –«

»Sir Guy, ich bitte Euch –«

»Überlegt es Euch reiflich«, sagte er ihr. »Ich bete Euch an, Lady Marian –«

Es war ihr höchst unangenehm. »Sir Guy, steht auf – das ist doch albern –«

»Seht, was ich für Euch getan habe, Lady. Ich habe Euch sogar vor dem Sheriff gewarnt.«

»Ich will auch ihn nicht heiraten«, erklärte sie, nun ebenso verzweifelt wie er. »Und das werde ich auch nicht. Prozeß hin oder her, ich werde ihn nicht heiraten. Gleichgültig, was er tut, gleichgültig, was er sagt. Ich kann nicht.«

Unschlüssig kniete er da und starrte sie an. Umklammerte seine Krücken. »Dann heiratet mich.«

»Ich *kann nicht.*«

»Warum nicht?«

»Sir Guy –« Der einzige Weg, es zu beenden, war, ihm die Wahrheit zu sagen. »Sir Guy – ich liebe jemand anderen.«

»Ich knie hier vor Euch –«

Die Eberaugen leuchteten nun hell, brannten wie Locksley Hall und wie die Augen des Mannes, der den Befehl erteilt hatte, das Dorf zu zerstören. »Ich habe für Euch gelogen!« rief er. »Ich wäre beinahe für Euch gestorben! Ich habe meine Stellung aufs Spiel gesetzt, ich habe meinen Lord betrogen, ich habe einem verräterischen Prinzen gedient –« Er schwankte auf seinen Knien. Tränen sammelten sich in seinen Augen und löschten die Flammen. »Ich bitte Euch, Lady Marian – laßt mich jetzt nicht im Stich! Ich habe zuviel für Euch riskiert!«

Ihr Kopf war vollkommen leer. Sie starrte auf das Gesicht, dessen Formen sich auflösten und das sich in einen weißen Klumpen Fleisch verwandelte, der keinen Charakter mehr hatte. Sie konnte keine Gesichtszüge mehr erkennen, da sie es zu sehr anstarrte.

Er glaubt, er kann mich damit bestechen. Sein Gesicht nahm wieder Züge an, als sie sich dazu zwang zu denken. *Er glaubt, ich schulde ihm das.* Sie musterte den Mann und blickte in sein Inneres. *Gisbourne ist nicht anders als der Sheriff oder der Earl.*

Zitternd stand Marian mit langsamer Besonnenheit auf. Es fiel ihr schwer, zu sprechen, die Entrüstung, die sie fühlte, in Worte zu fassen. »Was Ihr tut«, begann sie mit kalter Wut, »was Ihr Euch entschließt zu tun, für oder wider Euren Lord, für oder wider einen Prinzen, ist ganz allein *Eure* Entscheidung. Ich habe damit nichts zu tun. Ich will damit nichts zu tun haben. Ihr werdet mich nicht zum Wahn Eurer Eifersucht mit hinabziehen, Sir Guy… ich bin nicht Teil Eurer Besessenheit. Ich will damit nichts zu tun haben.«

»Lady Marian –«

Sie übertönte ihn ohne Mühe, erhob ihre Stimme über seine Widerrede hinweg. »Und wenn das heißt, daß Ihr mich wieder in das schmutzige Loch zurückbringt, dann tut das. Laßt mich dort bleiben, bis ich alt und häßlich genug bin, daß kein Mann mich mehr will… *ich will Euch nicht haben.*«

Gisbourne weinte. »Das müßt Ihr aber«, flüsterte er. »Das

müßt Ihr, Lady Marian ... wie soll ich mich sonst vor dem Zorn des Königs retten?«

»Dem Zorn des Königs?«

»Er wird erfahren, daß ich Prinz John anbot, ihm zu dienen ... er wird erfahren, daß ich meineidig geworden bin, um in die Dienste eines Prinzen aufsteigen zu können, um für Euch besser dazustehen –«

»Nicht für mich!« schrie sie erzürnt. »Ihr wolltet das für Euch!«

»Für Euch.« Flehend streckte er eine Hand nach ihr aus. »Versteht Ihr denn nicht? Er ist frei. Der Teufel ist frei. ›Gebt acht auf Euch‹, stand darauf, ›der Teufel ist frei.‹« Gisbournes Hand zitterte. »Ich bin der jüngste Sohn eines Tuchhändlers, Lady Marian, der keine Begabung hatte; dessen Ritterwürde erkauft war; der weder mit dem Schwert umgehen kann noch sonderlich gut reiten ... versteht Ihr nicht? Ich möchte so gern anders sein. Ich möchte das alles *tun.*« Bitterkeit schlich sich in seine Worte. »Aber ich bin dazu da, um Kerzen zu zählen, die Bücher zu führen und im Namen der Habsucht des Sheriffs Tätigkeiten zu erledigen, die einen ehrlichen Mann krank machen würden –«

»Und so übernehmt Ihr Euren Teil der Schuld daran, indem Ihr ihm dient.« Marian genoß es nicht, daß ein Mann ihr zu Füßen kroch oder ihr die Verbrechen ins Gesicht schleuderte, die er mit seinem Bedürfnis, ihre Achtung zu gewinnen, rechtfertigte. Es erniedrigte sie, daß er all diese Dinge getan hatte, aber es demütigte sie nicht so sehr wie jetzt zu sehen, wie er sie anflehte. »Ihr sagtet, der König sei frei?«

»›Der Teufel ist frei‹«, zitierte er. »Der Teufel wird uns alle vernichten.«

Ihre Freude war überwältigend. *Der König ist FREI.* Marian lachte laut auf. »Mich nicht«, widersprach sie. »Kümmert Euch um Euch selbst, Sir Guy – ich bin frei von Euch. Ich bin frei vom Sheriff.«

Seine Hand fiel herunter. Er klammerte sich an seine Krückstöcke, dann hievte er sich wieder hoch, vorsichtig das Gleichgewicht wahrend. »Ihr versteht nicht«, sagte er. »Ihr habt keinen

Begriff davon, wie gründlich der Sheriff vorgeht – wie *höchst* sorgfältig er ist, wenn es darum geht, Pläne zu schmieden.« Gisbourne schüttelte den Kopf. »Lady Marian, ich verspreche Euch: Wenn Ihr mich nicht heiratet, werdet Ihr dazu gezwungen, den Sheriff zu heiraten. Oder Ihr werdet mit Sicherheit verbrannt.«

Marian lachte ihm ins Gesicht. »Der König ist *frei,* Sir Guy! Das sagtet Ihr selbst. Ich glaube nicht, daß ich mich in Gefahr befinde.«

Gisbourne lächelte nicht einmal. »Wie soll er denn etwas verhindern, von dem er nichts weiß?«

Huntington Castle erhob sich in der Dunkelheit vor ihnen, ragte vor gewellten Hügeln in das silbrige Mondlicht hinauf. Robin und die anderen hatten sich auf den von Hufen aufgewühlten Platz vor dem Fallgitter versammelt.

Will Scarlet starrte finster zum Torhaus, dann warf er dem Riesen einen Blick zu. »*Da* kriegt er uns nicht rein.«

Little John zuckte mit den Schultern. »Es hat von uns auch keiner geglaubt, daß er den Sheriff überfallen würde.«

Robin, an den sich Much klammerte, zog vor dem Torhaus die Zügel an. »Macht auf!« rief er. »Bei Gott – so macht das Tor doch schon *auf!*«

»Wir sind in Huntington«, zischelte Scarlet. »Ist er denn verrückt, sie so anzubrüllen?«

»Er ist ein Ritter«, zischelte der Gigant zurück.

»Und der Earl ist ein *Earl.*«

Helle Gesichter erschienen auf der Mauer, die Kettenhauben schimmerten. Die Gesichtszüge waren jedoch nicht erkennbar, die Stimmen nicht hörbar.

»Macht auf!« schrie Robin und reckte eine Hand nach oben, als würde er eine Armee befehligen.

Nach einer kurzen Beratung knirschte das Fallgitter einmal und begann sich dann zu heben.

»Siehst du?« sagte Little John.

Robin drehte sich zu ihnen um. Sein helles Haar schimmerte im Fackelschein, während er es sich aus dem maskenstarren Gesicht schüttelte. »Seid ihr mit mir, so wie heute nachmittag? Werdet ihr mir heute abend so vertrauen wie heute nachmittag?« Er blickte jeden einzeln an. »Ich verspreche euch allen – bei meiner Ehre als Ritter –, keiner wird euch hier etwas zuleide tun.«

Alan ritt lächelnd zu ihm, gefolgt von Tuck, der sein Pferd hinter sich herführte, doch Will Scarlet und Little John blieben auf ihren neuen Reittieren hintenan. Scarlet sprach es als erster aus: »Er ist der *Earl*, verdammt! Ehre hin oder her, *Ritter* oder nicht – welche Chance haben wir denn schon gegen ihn?«

Robin lachte. »Genausoviel, wie wir gegen den Sheriff und gegen die Normannen hatten.«

Scarlet schüttelte den Kopf. »Das hier ist etwas anderes. Das ist Huntington.«

Robins Lächeln erlosch. »Sagtest du das auch, als die Normannen deine Frau töteten?«

Scarlet fluchte. Dann rammte er seine Fersen in die Flanken seines Pferdes und ritt in einem schwerfälligen Galopp in den äußeren Hof von Englands neuester Burg.

Little John seufzte. »Dann ist es wohl entschieden, ja?«

»Noch nicht«, erwiderte Robin. »Erst kommt noch der Earl.«

73. Kapitel

Es war nur eine kleine Rache, aber das war Gisbourne gleichgültig. Er stieß die Kerze vom Ständer, wodurch der Raum in Finsternis getaucht wurde, dann humpelte er zurück in den Gang. Dort befahl er, die Tür zuzuschlagen und sie wieder abzuschließen. Langsam machte er sich auf den Weg zurück in sein Zimmer.

Sie hat mich zurückgewiesen. Die Stille auf dem Gang war von einem zischenden Pfeifen erfüllt. *Sie hat mich zurückgewiesen.* Es zu wiederholen, änderte nichts an der Tatsache, aber er schien nicht imstande, andere Worte zu formen. *Ich habe ihr alles gesagt.* Daran hatte er nicht gedacht, sondern nur, daß er ihr eine Rettungsmöglichkeit vor dem Sheriff anbot, die sie sicher annehmen würde. *Ich gestand ihr meine Herzenswünsche, alles, worauf ich hoffte, alles, was ich träumte – und sie lehnte ab.*

Ein anderer Mann, hatte sie gesagt. Nicht der Sheriff.

Eine Hitzewelle durchflutete seinen Körper. Er spürte, wie seine Lenden sich anspannten, seine Bauchmuskeln zuckten. Die Demütigung schmerzte. *Ich habe ihr alles geboten, und sie lehnte ab.*

Ein anderer Mann.

Gisbourne blieb vor seiner Tür stehen.

Er sprach nur selten mehr mit Frauen, als nötig war. Doch zu ihr hatte er offen gesprochen, hatte ihr mehr von sich mitgeteilt als jeder anderen. Und sie hatte ihn verhöhnt.

Schlimmer noch, er hatte ihr vom König erzählt. Sie kannte jetzt sein Geheimnis.

Selbstverachtung wand sich in seinem Bauch und zerquetschte seine Eingeweide. Er hatte ihr alles erzählt, und sie hatte ihn verschmäht.

Gisbourne streckte eine Hand aus, um den Riegel hochzuheben, und sah, daß sie zitterte. Er war schwach, schwach und dumm.

»Der Teufel ist frei«, flüsterte Gisbourne und stieß die schmale Tür auf.

Dahinter, in seinem Zimmer, wartete Eleanor deLacey.

Stalljungen kamen gelaufen, als Robin und die anderen in den Hof ritten. Much glitt sofort vom Pferd herunter, dann Robin. Er hielt dem ersten Jungen, der ihn erreichte, die Zügel hin.

Ein schneller Blick zeigte ihm, daß die anderen beinahe ebenso hastig abstiegen. Ein Zucken, das er aus den Augenwinkeln wahrnahm, fesselte Robins Aufmerksamkeit. Rasch drehte er sich um, griff mit der Hand zum Schwert und sah die Gestalt seines Vaters, die im Fackellicht auf sie zukam.

Er blieb stehen, obschon seine Handflächen am Schwertgriff schwitzten. Ein Teil von ihm war abgelöst, begutachtete das Spiel von Licht und Schatten, die Schritte im Hof, die Standorte seiner

Begleiter. Der andere Teil in ihm sehnte sich danach, seinem Vater zuzuschreien, damit aufzuhören, so daß sie wieder von vorne beginnen könnten; daß er etwas dergleichen nie gewollt habe; daß der Earl sie dazu gebracht habe. Doch Robin sagte nichts. Es war an der Zeit, seinen Vater davon zu überzeugen, daß aus dem Jungen ein Mann geworden war.

Hinter dem Earl stellten sich sechs bewaffnete Männer auf, mit Helmen und kampfbereit. Der Earl hielt sich sehr gerade. »Ich dulde keinen Pöbel in meiner Burg«, verkündete er. »Macht sofort, daß ihr verschwindet. Das ist nicht Sherwood Forest; Geächtete sind hier nicht willkommen.«

Er sieht mich nicht. Die Sicht seines Vaters war von dem Pferd behindert. Als die anderen besorgte Blicke wechselten, schritt Robin ruhig um den breiten Rumpf seines Reittiers in das Fackellicht.

Der Earl erschrak sichtlich. Seine Unnachgiebigkeit bekam Risse. »Robert? Bei Gott – *Robert?*« Der Schock war nicht zu übersehen; der Earl machte einen Schritt nach vorne, bevor er sich wieder zur Vernunft rief. Er warf Robins Gefährten einen harten Blick zu, dann sah er wieder seinen Sohn an. Trotz seiner Härte waren seine Augen merkwürdig hell. »Komm herein«, sagte er einfach.

Er weiß, warum ich gekommen bin. Robins Anspannung ließ etwas nach. Zumindest ist sie sicher. *Ich nehme sie mit, dann gehen wir woandershin.* Vielleicht nach Ravenskeep. *Er muß wissen, daß er verloren hat.* Robin warf den anderen einen flüchtigen Blick zu und deutete mit einem Kopfnicken auf den Festungsturm. »Kommt herein.«

Doch der Earl nahm einen härteren Ton an. »Sie nicht, Robert.«

Robin blieb abrupt stehen. »Mylord –«

Der Earl schnitt ihm das Wort ab. »Das ist kein Zufluchtsort für Geächtete.« Er blickte sie abweisend an. »Ich weiß, wer diese Männer sind, kenne jeden einzelnen von ihnen: ein Mörder, ein Vergewaltiger, ein tölpelhafter Taschendieb –«

»Nein.« Robin sah am Earl vorbei zu den bewaffneten Männern.

Es waren zähe, loyale Veteranen, die dem Earl dienten, nicht ihm. Er war Erbe, nicht Earl; der alte Mann hatte Vorrang. »Wenn Ihr sie außen vor laßt, werde ich auch draußen bleiben.«

»Robert. Diese Angelegenheit zwischen uns ist persönlich. Wir werden sie nicht vor solchen Leuten ausbreiten.«

Robin gab es auf, Zutritt gewährt zu bekommen. Seine Hoffnungen auf eine Versöhnung waren vollkommen verloschen. »Gebt sie heraus«, sagte er offen, »sonst werde ich wortlos zu Euch hineingehen und sie suchen, und dabei werde ich mein Schwert gegen jeden einsetzen, der mir dazwischenkommt.«

»Robert –«

»Gebt sie *heraus,* Mylord.«

Der Hochmut fiel vom Earl ab. Wut ersetzte ihn. »Sie ist nicht hier«, erklärte der Earl. »Bei Gott, Robert – hältst du mich für so dumm, die Frau hierherzubringen? Sie ist bei deLacey in Nottingham, wo sie als Hexe unter Anklage gestellt wird.«

»Als *Hexe* –«

»Es wurde Beweismaterial gefunden«, sagte der Earl. »Und es gibt auch einen Zeugen. Abt Martin wurde herbestellt. Sie werden sie streng verhören.«

Robert wollte lachen, aber er wußte es besser. Sein Vater war ein umsichtiger Mann, zu umsichtig, als daß man ihn als Prahlhans hätte abtun können oder als Narr, der Lügen nur für den Moment erzählte. »*Ya Allah,* seid Ihr verrückt? Marian ist doch keine Hexe! Das ist nichts anders als eine List, damit ich einwillige –«

»Dann wird sich gewiß herausstellen, daß sie unschuldig ist, und ihr wird kein Schaden zugefügt.« Für einen Moment wurden die Züge des Earls weicher. »Robert, komm herein. Wenn du unbedingt möchtest, daß diese Männer mitkommen, dann werde ich sie nicht daran hindern – aber komm *herein.* Wir haben vieles zu besprechen.«

Auf seine Art ist er genauso schlimm wie deLacey, er benutzt Leute und wirft sie dann wieder weg, wie er es gerade braucht, und er verdreht Tatsachen, um damit seine eignen Ziele zu verfolgen. Robin schüttelte den Kopf. »Nicht, solange sich Marian in Nottingham Castle befindet.«

»Er wird ihr nichts zuleide tun«, entfuhr es dem Earl ungeduldig. »Er wird sie in seinem feinsten Schlafgemach unterbringen lassen, nicht in einer Zelle – er will sie *heiraten* und nicht auf dem Scheiterhaufen verbrennen.« Seine Augenbrauen formten eine waagrechte Linie, als wäre er zutiefst verärgert über die Unfähigkeit seines Sohnes, die Notwendigkeit von Intrigen zu verstehen. »Sicher verstehst du inzwischen, wie man solche Dinge handhabt, Robert. Du warst schließlich im Krieg und außerdem in die vertraulichen Geheimnisse eines Königs eingeweiht.« Sein Gesichtsausdruck wurde wieder etwas weicher, als wäre der tadelnde Ton nicht länger erforderlich, da es nun ausgesprochen war. »Komm herein – für vertrauliche Gespräche gibt es bessere Orte als den Hof meiner Burg.«

Robin bewegte sich nicht. »Ihr habt sie deLacey übergeben.«

»DeLacey holte sie sich selbst – oder, wenn er klug war, sandte er Männer, das zu tun. Robert –«

Die vier einfachen Worte kamen ihm kaum über die Lippen. »Sie haben Locksley niedergebrannt.«

Der Earl gestikulierte. »Komm herein –« Dann hielt er jäh inne, und alle Farbe wich aus seinem Gesicht. »Niedergebrannt?«

»Sie haben Locksley niedergebrannt.« Diesmal fiel es ihm schon leichter. »Das ganze Dorf.«

»Niedergebrannt?« wiederholte er. »Aber davon habe ich nichts gesagt... das habe ich nie auch nur angedeutet – ich ließ ihm ausrichten, wo sie sich *aufhielt,* aber nicht, daß er das Dorf niederbrennen sollte!«

»Das geschah aber. Locksley ist zerstört.« Robin lächelte grimmig. »Räuchert Ihr mich aus, Mylord? Aber wozu ist das nütze, wenn dabei der Bienenstock zerstört wird?«

»Robin.« Das war Alan. »Robin, geht mit hinein. Wir können hier draußen auf Euch warten. Wenn sie sich in Nottingham befindet, ist sie in Sicherheit.«

Robin wandte sich ihm zu. »Bei Gott, Alan –«

»Robin – nein.« Alan schüttelte den Kopf mit entschiedener Besonnenheit. »Der *Sheriff* wird ihr nichts zuleide tun.«

Das reichte, um ihm die Augen zu öffnen: Marian war *tatsächlich* sicher, denn deLacey war ja tot. Es würde zu keinem Prozeß kommen. Alle Pläne des Sheriffs lagen, zusammen mit deLaceys Körper, hingestreckt auf der Straße nach Lincoln.

Zum ersten Mal, seit er das Haus seines Vaters verlassen hatte, gestand sich Robert von Locksley ein, was er getan hatte.

Er sah die anderen an: Alan, Much, Tuck, Will Scarlet, Little John. *Das ist, was ich jetzt bin.*

Als er sich wieder an seinen Vater wandte, fühlte sich seine Stimme an, als hätte er sie lange nicht mehr benutzt. »Ihr sandtet Thomas zu mir, um mich nach Hause zu holen.«

»Selbstverständlich. Ich wußte, du würdest um sie kämpfen. Ich wollte, daß dir nichts passiert.«

Robin schüttelte den Kopf. »Habe ich Euch denn nichts gesagt? Bedeutete es Euch gar nichts, daß ich mein Leben für sie aufs Spiel gesetzt hätte?«

»Robert –«

»Was für ein Sohn wäre ich, wenn ich einer Frau den Rücken kehren würde, nur um mich selbst zu schützen? Was für ein Earl wäre ich, wenn ich meine Augen vor so etwas verschließen würde?« Er fühlte sich alt und ausgezehrt und schwach, zu ausgelaugt, um die Angelegenheit zu erörtern.

Der Tonfall des Earls wurde bitter. »Du bist mein *Erbe,* Robert! Ein Mann bemüht sich, seinen Sohn zu schützen.«

»›Ein Mann bemüht sich‹«, zitierte ihn Robin. »*Ya Allah,* aber ich bin es müde...« Er blickte zu seinen Gefährten hinüber. »Dieser Mann war mein Vater. Dieser Mann war mein Vater.«

»Robert.«

»Mein Vater, der Earl of Huntington, der es für angebracht hielt, eine Frau nur aus dem Grund entführen zu lassen, um eine Bedrohung der Zukunft seines Sohnes zu beseitigen.« Er nickte. »Die Bedrohung ist beseitigt. Aber nun gibt es auch keine Zukunft mehr, denn es gibt keinen Erben.«

»Robert, *warte* –«

Er drehte sich wieder zum Earl um. »Hattet Ihr irgendwelche Absichten, mit mir über meine Mutter zu sprechen?«

Der Earl preßte die Lippen zu einer dünnen, flachen Linie aufeinander. »Deine Mutter hat hiermit nichts zu tun.«

Robin nickte. »Das dachte ich mir.« Er wandte sich zum Jungen, der sein Pferd hielt, nahm ihm die Zügel ab und warf sie über den Nacken des Pferdes. Zu den anderen sagte er: »Wir werden vor den Mauern lagern; was wir in Nottingham zu erledigen haben, geschieht besser bei Tageslicht.«

Lieber wäre er unverzüglich zur Burg geritten, aber es war möglich, daß noch keiner etwas vom Tode des Sheriffs wußte. Solange sie deLacey in Lincoln glaubten, würde keiner Marian ohne Genehmigung freilassen. Morgen würde man die Wahrheit erfahren, und niemand in der Burg wäre in der Position, einem Gesuch um ihre Freilassung nicht stattzugeben.

»Robert –?« stieß der Earl hervor. »Robert – *warte doch* –«

Der Sohn des Earls schwang sich in den Sattel, dann reichte er Much die Hand. »Robin«, sagte Robin deutlich. »Robin – *in the hood.*«

»Robin *Hood*«, erklärte Much, während er sich hinter ihm in den Sattel setzte.

Eine gute Weile nach Einbruch der Dunkelheit trat deLacey durch das Torhaus in den äußeren Burghof. Sofort hob eine Fragerei an – *Mylord, seid Ihr wohlauf? Mylord, was ist passiert? Mylord, seid Ihr verletzt?* –, doch er gab keine Antwort. An den Füßen Blasen, schritt er durch den äußeren und den inneren Hof, wobei er sich weigerte zu humpeln, dann stieg er die Treppe zur Eingangstür hoch. Gerade als er die Tür erreichte, kam de la Barre geschwind vom Wachhaus auf ihn zugelaufen.

»Mylord!« De la Barre erwischte ihn noch an der Tür. »Mylord Sheriff – was ist passiert?«

»Geächtete«, sagte deLacey kurz angebunden. »Habt Ihr getan, wie ich Euch geheißen?«

»Die Frau?« De la Barres Augen klärten sich und nahmen einen selbstzufriedenen Glanz an. »In der Tat, Mylord.«

DeLacey nickte kurz, dann kehrte er dem jungen Normannen den Rücken zu und ging zum Saal.

»Mylord?« De la Barre klang verängstigt; vielleicht bedeutete die beiläufige Entlassung, daß der Sheriff unzufrieden mit ihm war. »Lord Sheriff – kann ich noch irgend etwas für Euch tun?«

Noch etwas? DeLacey drehte sich um. »Ja. Ihr könnt mit einer Gruppe und mit einem Wagen zur Lincoln Road fahren und die Leichen aufsammeln. Das Geld, fürchte ich, ist weg.«

De la Barre riß vor Schreck beinahe Mund und Augen auf. »Leichen?«

»Zwölf Stück. Unter ihnen auch Archaumbault.« DeLacey wandte sich wieder um und betrat, nur leicht hinkend, die Halle. *Für jede Blase, die ich zähle, werde ich ihm ein Stück Fleisch abschneiden, bevor er an den Galgen kommt.*

Marian saß in der Dunkelheit auf dem schmalen Bett und starrte angestrengt in die Finsternis. Ihre Wut war verraucht. Sie war auf ihren Verstand angewiesen, und Wut stumpfte den Verstand ab. Sie konnte niemandem vertrauen außer sich selbst.

Sie hatte aufgehört, sich zu fragen, wie Sir Guy of Gisbourne sie für so närrisch halten konnte, daß sie den ungeliebten Sheriff gegen einen ungeliebten Ritter eintauschen würde. Gisbourne hatte getan, was er getan hatte, weil er es für nötig hielt. Weil er es für den einzigen Weg hielt.

Marian lachte leise. *Genau wie der Sheriff.*

Dunkelheit. Stille. Die Schwermut der *Einsamkeit.* Das waren die Waffen, die sie brechen sollten, die sie dazu bringen sollten, ihre trotzige Haltung aufzugeben und sich zu unterwerfen; die sie dazu treiben sollten, sich zu ergeben und um Gnade, Mitgefühl und Verständnis zu flehen.

Ein Geräusch zerriß die Stille, und Licht verbannte die Dunkelheit. Die schwere Tür öffnete sich und schabte über den Boden. »Marian.«

Sie hätte am liebsten gelacht. Ein sanftes, verführerisches Wispern, doch scharf wie eine Klinge – er war gewohnt, gehört zu werden.

Er trug eine Fackel und wurde nicht von den livrierten Soldaten begleitet; was er von ihr begehrte, wollte er in der Abgeschiedenheit bekommen – *oder* sich nehmen. *Gibt er auf?* fragte sie sich. *Sucht er vielleicht gar Vergeltung?*

Marian lächelte grimmig. *Ich werde mich nicht innerlich brechen lassen. Ich werde mich nicht demütigen lassen. Ich werde mich nicht ergeben!*

Sie saßen in einem engen Kreis vor den Burgmauern unter dem Vollmond. Alan of the Dales, Little John, Bruder Tuck, Much und Will Scarlet. Will Scarlets Blick folgte Robin, der sich in einiger Entfernung um die Pferde kümmerte. »Der Sohn eines Earls«, murmelte Scarlet. »Bei Christus, der *Sohn* des Earls.«

»Ist das denn wichtig?« fragte Alan gereizt, der sich ohne seine Laute nackt fühlte.

»Jawohl, und wie! Er ist ein verdammter Edelmann –«

»Und Ritter und Kreuzfahrer«, sagte Little John bedächtig, »aber genauso auch ein Geächteter.« Er warf Scarlet einen harten Blick zu. »Er hat mehr aufgegeben als du.«

»Ich habe meine *Frau* verloren –«

»Ja«, stimmte ihm Alan zu, »sie wurde dir unlauter genommen; aber das meinen wir gar nicht. Wir meinen, daß du die Männer in einem Anfall von Wut, von Rache, getötet hast; er dagegen gab alles auf, nachdem er gründlich darüber nachgedacht hat. Er ist jetzt nichts Besseres als wir, aber auch nicht schlechter. Laß ihn in Frieden, Will.«

»Ich weiß, was du getan hättest«, warf ihm der Riese vor. »Du hättest uns im Hof stehenlassen und wärst hineingegangen, um mit dem Earl zu sprechen. Hättest dich von den Geächteten abgekehrt, um deine Erbschaft nicht zu gefährden –«

»Das hättest *du* getan!«

»Jawohl. Wahrscheinlich«, sagte Little John. »Wahrscheinlich hätte dasselbe auch der Minnesänger getan. Aber er hat es nicht getan, nicht wahr?«

Scarlet machte eine finstere Miene. »Wegen der Frau.«

»Er hat sogar mehr als das getan«, entgegnete Alan. »Er hat das Zeug zu einem Helden mit dem, was er getan hat. Genau wie Karl der Große. Genau wie Roland.«

Scarlets Lachen klang wie ein scharfes Bellen. »Ein Held? Er? Was hat er denn getan, außer uns dabei behilflich zu sein, Normannen zu töten und das Geld des Sheriffs zu stehlen?«

»Es liegt an der Art und Weise«, erwiderte Alan. »*Du* stiehlst, um zu überleben. Er stahl, um einen König zurückzuholen.«

Scarlet höhnte. »Weil er wußte, daß er nie wieder würde stehlen müssen. Er hatte einen Grafentitel hinter sich.«

»Er verschmähte ihn. Du hast ihn doch gehört, Will: ›Dieser Mann *war* mein Vater.‹«

»Jawohl«, sagte der Riese polternd. »Und das, wo sein Vater ihm sogar noch hinterherrief, während wir aus der Burg ritten. Er blickte sich nicht einmal zu ihm um.«

Much kauerte sich mit großen Augen schweigend zusammen und betrachtete Robin aufmerksam.

»Laß ihn in Ruhe«, sagte Alan. »Wir wissen genauso wenig, was in seinem Innersten vor sich geht, wie wir es bei dir wissen.«

Scarlets Mund verzerrte sich kurz. »Wolfskopf«, murmelte er.

Little John nickte. »Das ist er auch.«

»Einsam«, murmelte Much in sich hinein.

74. Kapitel

Einige Zeit nach dem Hahnenschrei wurde Marian vor die Estrade des Nottingham Castle geführt. Der Saal war anders eingerichtet als sonst. Der große, aufgebockte Tisch war auseinandergenommen worden und lehnte seitlich an einer Wand. Anstelle des einen

Stuhls standen zwei nebeneinander auf dem Podest. Beide waren leer.

Eine bewaffnete Eskorte brachte Marian zur Mitte des weitläufigen Bodens. Neben den massiven Säulen kam sie sich klein vor. Die Soldaten ließen sie dort stehen, dann stellten sie sich in der Nähe auf.

Marian holte tief Luft, um sich zu beruhigen. Man hatte ihr nichts zugestanden: weder Essen noch Wasser noch die Zeit, ihr Haar oder ihre zerknitterte Kleidung in Ordnung zu bringen; sie hatte sich noch nicht einmal das Gesicht waschen dürfen. Sie war erschöpft von der Anspannung und Schlafmangel. *Wenn ich ohnmächtig werde, dann nicht aus Angst.* Das tröstete sie etwas. Es war wichtig, daß sie William deLacey ruhig und unerschüttert gegenübertrat und sich ihm widersetzen konnte, gleich, was er auch anstellte.

Als der Sheriff eintrat, wartete sie still, ihre Finger verkrampft in die Stoffalten ihres Kleids gekrallt, und ermahnte sich, ihm gegenüber nur Gemütsruhe zu zeigen.

Er trug seine Rüstung, ein Schwert, eine schwere Amtskette aus Gold und einen glänzenden Helm in der Armbeuge. Die Kettenhaube hatte er auf seine Schultern zurückgeschoben, so daß Kopf und Haare zu sehen waren.

Auf der Estrade stellte er sich vor seinen Stuhl. Seine braunen Augen blickten leidenschaftslos. Marian sah keine Wut in ihnen, kein Gefühl, kein Streben. Der Sheriff von Nottingham repräsentierte sich in voller Befehlsgewalt.

Sie ballte ihre Hände in den Rockfalten. Es war an der Zeit, den Kurs einzuschlagen, den sie sich während der Nacht zurechtgelegt hatte. *Denk so, wie er denkt. Komm ihm zuvor. Seine Stärke ist es, Schwächen ausfindig zu machen.*

»Marian FitzWalter.«

Sie gab keine Antwort.

»Ihr seid hier vor uns berufen –«

»›Uns‹?« sagte sie deutlich, ihm absichtlich ins Wort fallend. »Ich sehe hier keinen König.«

Er fuhr unerbittlich fort, vorgeblich nicht irritiert. »– um Euch wegen Hexerei zu verantworten.«

»Ja«, pflichtete sie ihm bei, »das wurde mir zu verstehen gegeben, als ich gegen meinen Willen hierhergebracht wurde. Sicher hätte ich *das*, wäre ich wirklich eine Hexe, zu verhindern gewußt, und dann stündet Ihr jetzt hier und würdet alleine Gericht halten, als wärt Ihr König.«

Seine Ruhe schwand. Seine dunklen Augenbrauen schossen in die Höhe. »Marian«, sagte er in seltsamem Ton, »zu wem sprecht Ihr eigentlich? Zu mir? – Aber das ändert nichts; ich werde tun, was ich tun werde. Zu meinen Männern? – Gewiß nicht; es interessiert sie wenig, was aus Euch wird.«

Sie unterdrückte eine zornige Erwiderung, einer Hitze in ihrem Gesicht gewahr. Leise fragte sie: »Zu wem sprecht *Ihr?* Zu mir? – Aber das bedeutet wenig: Ihr werdet tun, was Ihr tun werdet. Zu Euren Männern? – Gewiß nicht; sie haben solches Gerede schon öfters gehört und sind dessen wahrscheinlich überdrüssig.«

DeLacey seufzte. »Das hier ist ernst, Marian.«

»Tatsächlich?« Sie blickte um sich, dann wandte sie sich mit aufgerissenen Augen wieder ihm zu. »Aber wo ist dann der Abt? In Angelegenheiten der Seele habt Ihr nicht die alleinige Autorität; das verlangt eine nachsichtigere Seele als die, die Ihr besitzt, wie Ihr mir vergangene Nacht bewiesen habt.«

»Ich habe die alleinige Verfügungsgewalt in der Angelegenheit Eurer Hinrichtung.«

»Aber ich dachte, das sei gestern abend bereits beschlossen worden. Ihr sagtet gestern abend, Ihr hättet vor, mich auf dem Scheiterhaufen verbrennen zu lassen. Warum dann diese Farce? Verbrennt mich.« Sie schaffte es, ruhiger zu lächeln, als sie sich fühlte. »Obgleich es ohne Zweifel etwas enttäuschend ist, einen verkohlten Leichnam mit ins Bett zu nehmen.«

Marian hob ihr Kinn, als der Abt of Croxden mit gesenktem Haupt in den Saal trat, als wäre er in religiöse Meditation versunken. Seine zarten Hände, die größtenteils von langen Ärmeln bedeckt waren, umspannten seinen Bauch. Sein Haar ergraute allmählich von Braun zu Silber.

Der Abt nahm leise auf dem Stuhl neben dem Sheriff Platz. Er sah flüchtig zu Marian hinüber, dann wandte er seinen Kopf deLacey zu. »Nonnen müssen bußfertig sein. Hat sie ihre Bußfertigkeit unter Beweis gestellt?«

Schlag jetzt zu. Als deLacey seinen Mund öffnete, kam Marian ihm zuvor. »Ich bin bußfertig«, sagte sie, »wenn ich zu Gott spreche, der jeden Abend meine Gebete hört.«

Der Abt ignorierte sie. »Nonnen müssen ihre Sünden bereuen. Hat sie bereut?«

»Sie –«

»Ich bereue, zugelassen zu haben, daß dieser Mann, der nun neben Euch sitzt, mich irregeleitet hat«, warf sie rasch ein, »und ich habe nicht die Absicht, Nonne zu werden, auf daß meine Ländereien an Euch fallen.« Sie sah ein Aufleuchten in seinen dunklen Augen. »Ist das nicht, womit er Euch hierhergelockt hat? Daß ich, wenn ich als Hexe verurteilt würde, bereuen würde und Nonne werden?« Sie schüttelte den Kopf. »Laßt Euch von ihm nicht zum Narren halten.«

DeLacey wartete, bis sie zum Ende gekommen war, dann sagte er leise zum Abt: »Wir haben Beweise von ihrer Zauberkunst und einen Zeugen.«

»Wen?« verlangte Marian zu wissen. »Niemand würde mich denunzieren – außer vielleicht der Earl von Huntington ...« Sie sah den Abt fest an, der sie keines Blickes würdigte. »Aber er zeigt mich an, damit sein Sohn mich aufgibt.«

Endlich blickte er hoch. Seine Augen waren klein und schwarz, sie verrieten keine Menschlichkeit.

Ihr Mut schwankte kurz, bis sie sich wieder faßte. »Ich beichte nur so viel: Ich war unkeusch. Ich lag in fleischlichem Verkehr mit Sir Robert von Locksley, dem Sohn des Earls. *Das* ist mein Vergehen, Abt. Deshalb stehe ich hier.«

Der Abt sprach sie in sanftem, geduldigem Ton an, der in Widerspruch zu seiner Miene stand. »Und bereut Ihr das?«

»Nein«, erklärte sie. »Was sich zwischen Mann und Frau abspielt, betrifft nur sie und Gott... kein Mensch, weder Sheriff noch Earl, hat die Verantwortlichkeit, die Handlungen eines Mannes und einer Frau vorzuschreiben, die beide einwilligen, beieinanderzuliegen –«

»Unkeuschheit ist eine Sünde«, wies sie der Abt milde zurecht.

»Das ist es auch, eine Frau gegen ihren Willen zu einer Heirat zu zwingen.« Sie warf deLacey einen schnellen Blick zu. »Fragt ihn nach Bruder Tuck, dem er zu lügen befahl. Dem er befahl, er solle die Rolle eines Priesters übernehmen.«

DeLacey lächelte. »Hexen sind sehr raffiniert. Ihre Lügen sind höchst schlau, sie grenzen an Wahrheit. Das macht sie so gefährlich.«

»Gefräßigkeit ist ebenfalls eine Sünde, die harte Züchtigung erfordert.« Abt Martin seufzte leise. »Welche Beweisstücke habt Ihr gefunden, Sheriff?«

»Einen Besen –«

»Einen *Besen!*« Marian lachte. »In welchem Hause steht kein Besen?«

»– und eine Puppe.«

»Wen bildet sie ab?« fragte der Abt.

DeLacey schaute Marian an. »Sie muß befürchtet haben, entdeckt zu werden – das Gesicht der Puppe war unkenntlich.«

»Ich befürchtete nicht, entdeckt zu werden, denn sie gehört nicht mir. Jeder in Ravenskeep wird meine Unschuld bezeugen.«

»Nein«, sagte der Sheriff unbeschwert, »ich fürchte, einer nicht. Ein Leibeigener mit Namen Roger.«

Das brachte sie aus der Fassung. »Roger?«

»Er ist unser Zeuge. Ich habe ihn bereits vernommen und bin vollkommen davon überzeugt, daß er die Wahrheit erzählt, soweit er sie kennt.«

»›Soweit er sie kennt‹«, echote sie ungläubig, dann wandte sie sich rasch an den Abt. »Seht Ihr, was er tut? Er verdreht die Worte eines Bauern zu Lügen, die er gegen mich verwenden kann.«

Der Sheriff schmunzelte nur.

Marian wischte sich ihre feuchten Hände am Kleid ab, um ihre Selbstbeherrschung wiederzuerlangen. »Abt Martin, ich bitte Euch – beendet dieses Schauspiel. Es wurde ersonnen, um meine Hand zu erzwingen. Er wünscht mich zu heiraten –«

»Nein«, sagte deLacey leichthin, »ich glaube, jetzt nicht mehr.«

Sie wollte etwas Schlagfertiges erwidern, ihm sagen, daß er niemanden damit täuschen konnte, als letztes sie, aber als sie ihren Mund öffnete, hielt etwas in seinen Augen sie davon ab. »Meint Ihr das tatsächlich so?« entfuhr es ihr.

»Ja, das meine ich tatsächlich so. Haltet Ihr mich etwa für weniger wählerisch als den Earl? Ich bot Euch einst Rettung aus der Schande an, wie ein anständiger Mann es tut, aber Ihr habt mich zurückgewiesen. Ihr zogt, wie Ihr selbst zugabt, die fleischliche Vereinigung mit Robert von Locksley vor, der sich, wie Ihr, schuldig gemacht hat, aber in Dingen, die weit schlimmer sind, als Puppen anzufertigen.« Er ließ die Hand auf seinem Schwert ruhen. »Ich habe nicht den Wunsch, mit Robin Hoods Hure beizuliegen, und noch weniger, sie zu heiraten.«

»Was wollt Ihr also?«

»Robin Hood«, sagte er ernst. »Wenn ich Euch verbrennen muß, um ihn zu kriegen, seid sicher, daß ich das tun werde.«

Staub wirbelte in der Luft, als Robin und die anderen die Wegkreuzung der Straße nach Nottingham erreichten. Eine Abzweifung führte in die Stadt selbst, die andere über Ravenskeep nach Lincoln. Eine große berittene Gruppe versperrte die Gabelung. Sonnenlicht glitzerte auf den Rüstungen.

Robin straffte jäh die Zügel und gab den anderen ein Zeichen, es ihm nachzutun. »Normannen?« Alan blieb neben ihm stehen. »Oder ein sächsischer Lord?«

»Es ist eine Vorhut«, sagte Robin leise. »Aber es flattern keine Wimpel – *wartet* –« Er spähte angestrengt hinüber. »*Ya Allah* – John?«

Little John blieb der Mund offenstehen. »*Prinz* John?«

Robin nickte stirnrunzelnd. »Aber John ist ein Mann, dessen

Eitelkeit es verlangt, daß jeder weiß, wer er ist ... und doch flattern keine Wimpel, und niemand kündigt sein Nahen an.«

Alan kam langsam näher und kniff wegen des Staubes die Augen zusammen. »Seid Ihr sicher, daß es wirklich der Count of Mortain ist?«

Robin warf ihm einen Blick zu. »Du hast ihn doch auch schon einmal gesehen. Bist du dir nicht sicher?«

Der Minnesänger guckte genauer hin. »Ja.«

Scarlet fluchte. »Is' also alles aus und vorbei, ja? Ihr habt uns an Prinz John verknüpft –«

»Nichts dergleichen«, gab Alan zurück. »Oder hast du vergessen, wer uns anwies, all die Normannen zu töten?«

Das brachte alle zum Verstummen, bis auf Tuck, der ein verzweifeltes Gebet murmelte.

»Nun.« Robin nagte kurz an seiner Lippe. »Vielleicht kann uns das von Nutzen sein. Johns Anwesenheit sorgt für ein Durcheinander und Ablenkung – er wird alle Aufmerksamkeit auf sich ziehen, während wir Marian suchen.«

Little John war besorgt. »Glaubt Ihr, daß sie die Leichen inzwischen gefunden haben?«

Robin zuckte mit den Schultern. »Wenn John in Nottingham Castle ist, würde es nicht einmal jemand merken, wenn wir die Leiche des Sheriffs selbst im großen Saal aufbahren würden.«

Abt Martin hob, milde fragend, seine Augenbrauen, während er sich deLacey zuwandte. »Wer ist Robin Hood?«

DeLacey wandte seinen Blick nicht von Marian. »Ein Mörder«, erwiderte er. »Ein Tier, Abt – er tötete nicht nur zwölf meiner Männer, sondern er schnitt ihnen auch noch die Kehle durch, um seine Verachtung für meine Autorität zu zeigen.«

»Das ist eine Lüge!« schrie Marian. »So etwas würde er nie tun!«

Der Abt reagierte nicht im mindesten auf ihren Aufschrei. Statt dessen sprach er zum Sheriff. »Ist das wahr?« Er stellte die Frage, als wäre er ziemlich gelangweilt.

»Absolut wahr«, antwortete deLacey, ohne zu zögern und mit

unerschütterlicher Selbstsicherheit. »Ich selbst entronn dem Tod nur, weil einer der Geächteten – ein rothaariger Mann, der als der Hathersage-Riese bekannt ist – glaubte, ich sei bereits tot.«

»Warum wurde denn dann Euch nicht die Kehle durchgeschnitten?« fragte Marian scharf.

DeLacey zog seine Kettenhalsberge zur Seite, um seinen Hals freizulegen. »Ich habe es meinem Glück – und Gott« – er nickte dem Abt zu – »zu verdanken, daß sich gerade eine Gruppe näherte, als der Riese sich über mich beugte. Ich wurde als tot zurückgelassen, als sie flohen; meine Männer sind tatsächlich tot.«

Von dort, wo sie stand, konnte Marian nichts am Hals des Sheriffs sehen, aber offensichtlich der Abt. Sein Gesicht wurde merklich blasser. Seine kleinen Augen glitzerten, als er sich wieder an Marian wandte. »Ihr lagt bei mit diesem Mann? Diesem ›Robin Hood‹?«

»Nicht *diesem* Mann«, sagte sie kraftlos. »Nicht mit dem Mann, wie ihn der Sheriff hinstellt ... Abt Martin, er hat falsche Behauptungen erfunden: erst, um meine Hand zu erzwingen, und jetzt, um einen Mann zu fangen, der dieses Vergehens unschuldig ist –«

»Unschuldig?« fragte deLacey sanft. »Seid versichert, meine Männer wurden getötet. Seid ihres Mörders versichert: Robin Hood und ein paar andere, unter ihnen Will Scarlet, der sich bereits des Mordes schuldig gemacht hat; John Naylor, der Hathersage-Riese, der eindeutig auch an einem früheren Versuch, meinen Kastellan umzubringen, beteiligt war, wie jener schwor; ein hübscher Troubadour, der meine Tochter schändete – meine *Tochter*, wenn Ihr beliebt! –, und ein junger Taschendieb, dem Ihr selbst zur Flucht verhalft, als er versuchte, mir meine Börse zu stehlen.« Seine Stimme war verdächtig schmeichlerisch, sie verhieß nun wirkliche Gefahr. »Sagt mir, ich lüge, Marian. Sagt mir noch einmal, daß ich über die Männer, die Robin Hood anstiftet, lüge.«

Zum ersten Mal brach Marian ihre trotzige Widerstandshaltung. Was jetzt vonnöten war, war Überlegtheit und Unbeugsamkeit, wie deLacey selbst ihr einst geraten hatte. Sie mußte sich seiner Methoden bedienen, wenn sie überleben wollte.

Und Robin. Sie machte einen Schritt auf die Estrade zu, wobei sie unverwandt den Abt anblickte, und schwächte ihre hochmütige Haltung ab, die den Sheriff so gereizt hatte. »Abt Martin«, sagte sie ruhig, »ich bin mir darüber im klaren, daß er es Euch völlig unmöglich gemacht hat, mir zu glauben. Er ist ein schlauer, redegewandter und überzeugender Mann, der einst meinem Vater, als dieser auf Kreuzzug ging, schwor, sich mit seinem eigenen Leben um mein Wohlergehen zu kümmern.« Sie hob leicht ihren Kopf und begegnete dem stumpfen Blick des Abts. »Ihr seht, wie er seinen Schwur hält.«

DeLacey umfaßte die Armstützen und sprang auf die Füße. »De la Barre!« rief er. »Philip de la Barre!«

Ein Mann kam herein und nahm seinen Helm ab. Darunter war dichtes braunes Haar zu sehen: eine junge, eifrige Miene; die rötlichbraunen Augen, die kein Erbarmen gehabt hatten, als er befohlen hatte, Locksley niederzubrennen. Sein Gesicht war merkwürdig weiß. »Mylord?«

DeLacey legte die Stirn in Falten, während er sich langsam wieder hinsetzte. »De la Barre – was ist das für ein Auftreten? Ihr erscheint vor Abt Martin in verdreckter Rüstung –«

»Mylord.« De la Barres Stimme zitterte, dann faßte er sich wieder. »Mylord, ich entschuldige mich für den Zustand meiner Bekleidung. Aber das ist Blut, Mylord... das Blut von zwölf Männern, die man ermordet auf der Straße fand.«

»So *viel* Blut?« wunderte sich deLacey. »Nach so langer Zeit?«

»Mylord, ich konnte es nicht vermeiden. Ihre Kehlen waren durchgeschnitten.«

»Nein«, sagte Marian scharf. »Er lügt. Dieser Mann ist selbst ein Mörder. Er erließ die Anweisung –«

De la Barre wandte sich ihr zu. »Wenn Ihr wollt, Lady Marian, wäre ich sehr erfreut, Euch die Leichen zeigen zu dürfen.« Er warf dem Sheriff einen Blick zu. »Mit der Erlaubnis des Sheriffs.«

DeLacey richtete sich an den gierig blickenden Mann neben sich. »Ist das notwendig, Abt? Sie sagt, de la Barre lügt; sollen wir nachsehen, ob er es tut?«

»Haltet ein«, sagte Marian. Sie verlor allmählich ihre Selbstbeherrschung. Die Farben des Saals vermischten sich miteinander, die Umrisse der Stühle, Bänke und Männer verschwammen. *Ich bin müde, nichts weiter – und hungrig.*

»Nun gut; für den Moment werde ich einhalten.« Der Sheriff sank entspannt in den Stuhl. »Was die Anklage der Hexerei angeht, fürchte ich, daß wir uns noch weiter damit befassen müssen. Habt Ihr vor, die Anklage zurückzuweisen?«

»Selbstverständlich«, erwiderte sie sofort. »Ihr habt Eure Beweise selbst gemacht.«

DeLacey schaute nachdenklich drein. »Was ist mit Eurem Machwerk?«

»Meinem?« Marian schüttelte ihren Kopf. »Das gibt es nicht. Ein Besen? Ich denke doch nicht. Eine Puppe? Wenn Ihr wirklich eine haben solltet, bestach zweifellos jemand Roger dazu, sie anzufertigen.«

»Nein.« DeLacey faßte sich ans Kinn. »Nein, ich meinte etwas anderes. Etwas Belastenderes.«

»Da *gibt* es nichts«, gab sie zurück. »Das ist nur Unsinn, der dazu bestimmt ist, den Abt in die Irre zu führen.«

DeLacey blickte über sie hinweg. »Sir Guy, wollt Ihr bitte vortreten?«

Aufs äußerste überrascht, drehte sich Marian um. Sir Guy of Gisbourne humpelte langsam auf Krücken aus der hinteren Tür in den Saal. Sein Haar war gekämmt, sein Gesicht frisch rasiert. Seine Augen blickten vollkommen stumpf.

Marian erschauderte. *Genau wie die von Abt Martin.*

DeLacey klang gelassen. »Sir Guy, ich höre, Ihr habt Eure eigene Anklage gegen Lady Marian.«

»Das stimmt, Mylord.« Gisbourne blieb neben ihr stehen und balancierte vorsichtig auf seinen Krücken. »Sie belegte mich mit einem Zauber.«

»Was –?«

Abt Martin unterbrach Marian mit einer energischen Handbewegung und beugte sich vor. »Was für einem Zauber?«

Gisbourne errötete. Seine Stimme war leise. »Sie verführte mich. Sie machte Hexenmale auf meinen Körper.«

»Im Namen Gottes«, rief Marian, »wie weit soll das denn noch gehen? Hexenmale? Das ist Wahnsinn! Abt Martin –«

»Zeigt sie mir«, sagte der Abt.

Stumm, den Blick gesenkt, zog Gisbourne sein Bliaut aus. Auf seiner Brust, von der Kehle bis zum Bauch, befanden sich die tiefgeröteten Spuren vom Mund einer leidenschaftlichen Frau.

75. Kapitel

Scarlet starrte Robin gebannt an, während der Staub sich allmählich legte. »Was sollen wir also tun, Robin in the Hood? Zur Burg reiten und hinter Prinz John hineingehen?«

»Ich denke – ja.« Robin sammelte lächelnd seine Zügel. »Ich denke, genau das werden wir tun.«

Scarlet erbleichte. »Wartet – so habe ich das nicht gemeint –«

»Aber warum nicht? In der Menge werden wir nicht auffallen, und selbst wenn doch« – Robin lachte freudlos –, »bin ich Prinz John als der Sohn des Earls von Huntington bekannt, mit dem er seine Tochter vermählen will.«

»Seine *Tochter!*« Jetzt starrte Little John ihn an. »Ihr sollt Johns Tochter heiraten?«

»Bastardtochter«, stellte Robin klar. »Aber vermutlich jetzt nicht mehr, nach dem, was ich getan habe.« Er klopfte Much aufs Knie. »Fertig, Sir Taschendieb?«

Much beugte sich vor und murmelte zustimmend.

Entsetzt starrte Marian die verfärbten Flecken auf Gisbournes Haut an. Sie verstand augenblicklich, was solche »Beweise« bedeuteten. *Gib nicht nach.* Schnell drehte sie sich wieder um und wandte sich flehend an den Abt. »Hört diesen Lügen nicht zu –«

»Lügen?« unterbrach sie deLacey. »Seht Euch seine Haut doch noch einmal an.«

Sie ignorierte ihn, da sie instinktiv wußte, daß ihre einzige Chance jetzt darin bestand, den Abt davon zu überzeugen, abzuwarten und kein Urteil zu fällen. Um einen solchen Aufschub zu erzwingen, mußte sie etwas finden, was seine Aufmerksamkeit ablenkte. »Bevor Ihr über mich urteilt, urteilt über jenen Mann an Eurer Seite. Er hat Ränke geschmiedet und intrigiert, um Prinz Johns Gunst zu gewinnen, so sehr, daß er Geld, das für das Lösegeld des Königs bestimmt war, nimmt und es an Prinz John schickt anstatt an den Kanzler.«

Als deLacey seinen Mund öffnete, um ihr zu widersprechen, fuhr sie rasch fort. »Fragt ihn, warum diese Männer auf der Straße nach *Lincoln* anstatt auf der Straße nach London überfallen wurden.« Sie warf deLacey einen Blick zu. »Schließlich besteht doch ein kleiner Unterschied zwischen Nord und Süd, finde ich ... ein Mann, der so scharfsinnig ist wie der Sheriff, würde die zwei Himmelsrichtungen doch sicher nicht verwechseln.«

DeLaceys Augen funkelten. »Nur ein Narr würde soviel Geld auf der regulären Route transportieren. Ich entschloß mich, es erst nach Lincoln zu bringen, um es von dort aus später nach London weiterzutransportieren. Das geschah, um mögliche Angreifer zu verwirren; bedauerlicherweise ist der Plan gescheitert.«

Marian zog einen weiteren Pfeil aus ihrem Köcher. »Fragt ihn, warum er seinen Mann – *diesen* Mann, Abt!« – sie deutete auf de la Barre – »Locksley Hall in Brand setzen und das Dorf niederbrennen lassen hat.«

»Ein Hexenfeuer«, murmelte deLacey. »Ein Hexenspruch, der mißglückte.«

Sie hatte keine Zeit, darauf einzugehen. »Fragt ihn, warum er versucht hat, mich zu einer falschen Eheschließung zu treiben, indem er einen Geistlichen dafür nahm anstatt einen wahren Priester.«

DeLacey erschütterte das nicht. »Euer Vater wünschte, daß wir heiraten, was Ihr selbst zugabt. Die Fälschung war dazu da, um

Eure bedenkliche Keuschheit zu wahren, bis ein richtiger Priester aufgetrieben war.«

Der Köcher war nun leer, bis auf einen letzten Pfeil. Marian schoß ihn mit behutsamem Bedacht ab. »Fragt ihn, warum er das Komplott schmiedet, eine Frau zu zerstören, die ein Mündel der Krone ist und deshalb nur dem König von England verantwortlich, von dessen Gnaden und Weisheit Ihr selbst Euer Amt innehabt.« Das letztere sagte sie absichtlich mit besonderer Betonung und war erfreut, zu sehen, daß der Abt endlich aufmerkte. Sie warf deLacey einen Blick zu. »Der Sheriff erwarb seine Stellung, Abt. Wieviel Glaubwürdigkeit besitzt ein Mann, der sich sein Amt *kauft*, während Eure Abtswürde eine göttliche Berufung ist und durch Gehorsam gegenüber dem König erworben wurde?«

Die Röte stieg deLacey ins Gesicht. »Eine gerissene Frau«, sagte er heiser, »mit einer scharfen Zunge. Sicher wird sie vom Teufel geführt.«

»Wenn das so sein sollte«, sagte sie, »unterliegt es dem König, dem nachzugehen.«

Abt Martin setzte sich in gereizter Stimmung um. »Der König ist gefangen, wie Ihr sehr wohl wißt. Ich nehme an, Ihr beabsichtigt, Euch auf Eure Mündelschaft zu berufen, um die Wahrheit zu verbergen, da Ihr Euch bewußt seid, daß der König keinen Einfluß auf die Angelegenheit nehmen kann.«

Marian blickte Gisbourne direkt ins Gesicht. »Ich flehe Euch an, Abt Martin... warum hielt es dann dieser Mann hier – der Seneschall des Sheriffs – für angebracht, einer Hexe zu erzählen, daß der König freigelassen wurde?«

Sie hatte irgendeine Erwiderung vom Abt oder dem Sheriff erwartet; irgendeine Bezichtigung der Lüge; einen höhnischen Kommentar über ihre böse Zunge einer Hexe. Aber es herrschte nur Stille.

Als Marian deLacey einen Blick zuwarf, sah sie, daß er sich aus seinem Stuhl erhob. Sein Gesicht war angespannt und bleich. *Habe ich endlich ins Schwarze getroffen?*

Doch deLacey sah über sie hinweg. »Mylord«, sagte er ruhig,

obgleich der Ausdruck in seinen Augen von düsterer Hilflosigkeit sprach. Dann stand auch Abt Martin auf, die kleinen Hände auf den Armstützen, und Gisbourne stieß etwas hervor, was sie nicht verstand.

Marian wirbelte, auf der Stelle stehend, herum. Zwei Schritte hinter ihr stand Prinz John und schüttelte sich den Staub vom Mantel, während sich sein Gefolge allmählich im Saal sammelte. »Sheriff«, sagte er leise. »Mir scheint, ich bedarf Eurer Burg... und jedes Soldaten, den Ihr erübrigen könnt. Ich werde sie vielleicht brauchen.«

Vom Hof hasteten die letzten Nachzügler in den Saal, um sich zu ihrem Lord zu gesellen. Nur Tuck blieb auf dem Pferd sitzen, weil er die Geldsäcke unter seiner Soutane verbarg.

Robin blickte im Hof umher, ob auch niemand zu ihnen herschaute. Dann zog er seinen Mantel aus und ging auf Tucks Pferd zu, wobei er dem Mönch bedeutete, abzusteigen. Als Tuck vom Pferd geklettert war, warf Robin den Mantel über Sattel und Säcke und steckte den Stoff darunter fest. »Much.« Robin gab ihm die Zügel. »Du bist jetzt ein Stalljunge in Nottingham Castle. Benimm dich so wie die anderen, aber laß keinen den Mantel anheben.«

»Wird nicht funktionieren«, murmelte Scarlet. »Sie werden merken, daß er keiner der Ihren ist.«

»Sieh dich doch um«, schlug ihm Robin vor. »John hat Pferdeknechte und Edelknaben in Massen mitgebracht. Zusammen mit den Stalljungen von Nottingham wird keiner mehr wissen, wer zu wem gehört.«

»Das ist Wahnsinn«, beharrte Scarlet. »Einfach in den großen Saal zu gehen.«

Robin nickte. »Alle Leute von John sind da drin. Und, wie bei den Jungen, wird keiner mehr wissen, wer wohin gehört. Ihr werdet in der Menge untertauchen.«

»*Ich* nicht«, murmelte Little John.

»Nein«, stimmte ihm Robin zu, »aber ich auch nicht. Marian verdient es, mich zu sehen.«

Im Saal, vor dem Sheriff und dem Abt, wirbelte Marian zu Prinz John herum. *Das ist die beste Gelegenheit, die sich mir bieten konnte.* »Mylord Count«, sagte sie ruhig, »ich bitte Euch um Gehör.«

Unverzüglich reagierte deLacey darauf. »Nein!«

Mit einem strafenden Blick in Richtung Sheriff gewährte John Marian zu reden. »Sprecht.«

Sie war sich sowohl ihres zerzausten Zustandes bewußt als auch seines gierigen Blickes, den sie schon in Huntington Castle gesehen hatte, in der Nacht von Robins Fest. Doch das war jetzt nicht wichtig. »Der Sheriff beschuldigt mich der Hexerei. Das ist eine Lüge, Mylord, und eine himmelschreiende dazu, ersonnen von einem verzweifelten Mann, der sich nicht damit abfinden kann, daß ich einen anderen begehre –«

»Das ist Unsinn«, erklärte deLacey.

John hob, ohne seinen Blick von Marian abzuwenden, mahnend seine Hand. »Schweigt.«

Sie fuhr so ruhig fort wie zuvor, gewahr, daß sie John oder die Intrigen von deLacey nie wieder zu fürchten brauchte, da sie gelernt hatte, auf sich selbst zu vertrauen. »Mylord, dieser Mann hat sich alle Arten von falschen Beweisen und Unterstellungen ausgedacht, weil er annahm, ich sei dann verzweifelt genug, ihn zu nehmen. Trotz seiner besten Bemühungen bin ich nicht verzweifelt genug, einen solchen Mann wie ihn zu erwählen. Ich bin ein Mündel der Krone, Mylord. Ich nehme an, das bedeutet noch immer etwas.«

»In der Tat«, stimmte ihr John trocken zu. »Jetzt sogar mehr denn je.« Er blickte an ihr vorbei deLacey an. »Ich möchte die Wahrheit von Euch hören. Jetzt. Und hier. Und in diesem Augenblick. Ich habe sehr wenig Zeit.«

DeLacey verneigte den Kopf.

John kniff die Augen zusammen. »Diese Frau ist keine Hexe.«

Ein winziger Sprudel von Gelächter stieg in Marian hoch. *Er fragt nicht, er stellt es fest!*

DeLaceys Gesicht war angespannt. Er blickte nicht zum Abt. »Es gab einige Anhaltspunkte in Ravenskeep –«

»Sagt es, deLacey.«

Der Unterkiefer des Sheriffs spannte sich an. »Ich denke, der Leibeigene hat sich vielleicht geirrt.«

»In der Tat«, murmelte Marian.

Johns Augen funkelten. »Mylord Sheriff, Ihr habt in dieser Angelegenheit Eure Befugnisse übertreten. Es ist nicht an Euch, über die Hand der Lady zu entscheiden, sondern für ihr Wohlergehen zu sorgen. Wenn Ihr sie so sehr begehrt, müßt Ihr den König um die Erlaubnis ersuchen, sie heiraten zu dürfen... Ihr könnt sie kaufen, solltet Ihr das Geld dazu haben; ich bin absolut sicher, daß Richard sie so schnell wie möglich verkaufen wird, vorausgesetzt, er braucht Geld für einen weiteren Kreuzzug«, er zog gleichgültig die Schultern hoch, »oder auf welche Grille er als nächstes sein Sinnen und Trachten richten wird.«

Marian hörte in ihrem Kopf eine ganze Litanei: *Es ist vorbei, es ist vorbei, es ist vorüber.* Sie schwankte vor Erleichterung und dem Nachlassen der Restanspannung, so daß der Hunger und die Erschöpfung sie jetzt beinahe überwältigten. *Sicher wird der König einsehen, daß ich Robin möchte.*

»Den König ersuchen?« echote deLacey. »Aber das ist doch unmöglich. Er ist in Deutschland.«

»Nein«, sagte John nachdenklich, »inzwischen dürfte er in Frankreich sein, außer er ist von dort bereits schon losgesegelt. In welchem Fall er bereits in Dover weilen kann.« Seine Augen waren stumpf. »Er ist mir auf der Spur, versteht Ihr? Ich bin die Beute meines Bruders geworden. Versteht Ihr *nun*, warum ich Eure Burg benötige?«

Will Scarlets Gesicht war aschfarben, als er sich bei der äußeren Eingangstür an die Innenmauer preßte. »Sie werden mich erkennen«, zischte er. »Die Soldaten wissen, wer ich bin. Sie werden mich wieder ins Verlies werfen.«

Robin und die anderen stellten sich um Scarlet herum. Little John legte seine Hand auf die Schulter des kleineren Mannes. »*Mich* werden sie erkennen«, sagte er.

»Aber sie werden dich nicht *hängen* wollen!«

Little John meinte nüchtern: »Jetzt schon – oder zumindest recht bald. Erinnere dich, was wir heute gemacht haben.«

Scarlet rieb sich heftig das verschwollene Gesicht. »Das ist Wahnsinn –«

Robin sprach mit kalter Stimme. »Sie haben deine Frau getötet«, sagte er. »Willst du zulassen, daß sie noch eine Frau umbringen?«

Scarlet war nicht überzeugt. »Aber der Sheriff ist nicht hier –«

»Was kann die Wachen davon abhalten, Marian so zu mißhandeln, wie sie deine Frau mißhandelten?«

Scarlet öffnete den Mund, dann machte er ihn wieder zu. Seine dunklen Augen glitzerten. »Dann geht alle zu.«

»Und du?« wollte Alan wissen.

William Scathlocke, bekannt als Scarlet, nickte bejahend.

»Gut.« Robin berührte ihn kurz an der Schulter. »Ich brauche jeden Mann.«

DeLacey dachte in Windeseile nach. *Richard ist frei – und John hat mich gerade um einen Treuebeweis ersucht.* Zornig starrte er Gisbourne an, der jämmerlich auf seinen Krücken lehnte. »Warum wurde ich nicht benachrichtigt?« fragte er. »Ihr habt es schnell genug *ihr* gesagt – war diese Nachricht nicht für mich bestimmt?«

»Ihr wart nicht da«, entgegnete ihm Gisbourne. »Ihr wart mit dem Geld nach Lincoln unterwegs.«

»Mit dem Geld?« John klang wie ein Falke, der gerade herabstößt. »Ihr sandtet mein Geld nach Lincoln?«

Gisbourne, ich werde Euch die Zunge herausschneiden. »Ich eskortierte es selbst, soweit es mir möglich war.« Er stählte seine Nerven. »Es wurde gestohlen, Mylord. Geächtete aus dem Sherwood Forest.«

»Gestohlen?« John machte drei Schritte nach vorn, an Marian und Gisbourne vorbei, und blieb vor der Estrade stehen. »Es ist weg? Das ganze Geld?«

»Mylord –«

»*Alles,* deLacey?« Johns Gesicht war leichenblaß.

Es gab keine Ausflucht. »Ja, Mylord. Wir bemühten uns, es zu verhindern –«

»Ach, *wirklich?*«

»– aber wir wurden überwältigt. Zwölf Mann starben, Mylord.«

»Es ist mir egal, ob zwölf*hundert* Männer starben, Sheriff!« brüllte John. »Ich brauche das Geld! Da Richard so bald zurück ist, brauche ich jede Mark, jeden Shilling und jeden Silberpenny, den ich bekommen kann, falls ich ins Exil gehen muß!«

DeLacey war es nicht länger wichtig, was aus John werden mochte. Er mußte an seine eigene Zukunft denken. Er hatte sein Amt vom König käuflich erworben; vielleicht würde ihm Richard erlauben, es zu behalten, wenn er den König wieder von seiner Treue überzeugte. »Ich habe es versucht«, sagte er kühl zu John, zufrieden, daß der Hauch von Herablassung ihn traf. John steckte in ernsten Schwierigkeiten. Was deLacey jetzt sagte, war straffrei – falls Richard wirklich bald heimkehrte. »Wir konnten nichts machen. Ich kann mich glücklich schätzen, daß ich überlebte.«

»In der Tat«, erklärte John. Selbst seine Lippen waren weiß.

DeLacey ging es schon wieder besser. Er würde einen Ausweg finden. »Genaugenommen war der Überfall sogar eines der Dinge –« Er brach jäh ab. Durch seinen Standort auf dem Podest hatte er einen besseren Blick über den Saal als die meisten, und er starrte ungläubig auf die Seitentür, durch die eben jene Geächtete hereinkamen, die er gerade beschreiben wollte.

DeLacey jubelte. *Hier, in meinem Saal.*

»Ja?« Johns Ton war unheilverkündend.

DeLacey ließ den überraschten Gesichtsausdruck augenblicklich fallen und setzte seinen gelassensten, höflichen Ausdruck auf. *Ich muß behutsam vorgehen.* Er fuhr fort, wobei er einen weniger herausfordernden Ton anschlug. »Dieser Angriff war einer der Dinge, die ich mit Lady Marian besprach.« *Geh von dem Podest herunter – er wird dich sonst über die Köpfe hinweg sehen.* Lässig trat deLacey auf die niedrigere Ebene herunter. Erst würde er an John vorbeigehen müssen, dann an Gisbourne und Marian, dann an einer Anzahl von Johns Gefolgsleuten. *In der Menge wird er mich nicht sehen.* Ruhig sagte er: »Es sieht so aus, als wäre der Mann, mit dem Lady Marian vorzieht zu schlafen, der Anführer der Geächteten.«

»Nein«, sagte Marian scharf.

DeLacey nickte. »Sein Name dürfte Euch bekannt sein, Mylord, obgleich er jetzt einen anderen angenommen hat.« Er ging an John und einer Handvoll von Johns Soldaten vorbei, dann an Gisbourne und gab anderen das Zeichen, zur Seite zu treten. »Tatsächlich werde ich ihn Euch, wenn Ihr gestattet, vorstellen –« Er warf einen Mann hart zur Seite, drückte einen anderen mit der Schulter weg, dann riß er sein Schwert aus der Scheide.

»Nein!« schrie Marian und dann schockiert: *»Robin!«*

Während Johns Männer ihre Waffen zogen und ihr Lord ihnen Einhalt gebot, drängte sich deLacey durch die Menschen und richtete seine Klinge auf den Hals, den er am meisten durchzuschneiden wünschte. »Sir Robert«, begrüßte er ihn höflich, innerlich triumphierend.

Will Scarlet wandte sich an den Riesen, der hinter ihm stand. »Du sagtest doch, der Sheriff sei *tot!*«

In der verblüfften Stille im Saal kam dieser Vorwurf der Selbstverurteilung gleich. DeLacey lachte laut auf. »Mylord Count, ich bitte Euch um Verzeihung, in Eurer Gegenwart das Schwert gezogen zu haben – aber *dieser Mann* ist dafür verantwortlich, daß Euer Geld gestohlen wurde. *Dieser Mann,* Mylord, ist der Dieb, der es stahl.«

»Dieser Mann?« fragte John. »Dieser Mann, deLacey?«

»Dieser Mann.« Der Sheriff lächelte. »Robin Hood«, sagte er. »Noch vor Sonnenuntergang werdet Ihr am Galgen hängen.«

76. Kapitel

Robin würdigte die Schwertspitze, die an seiner Kehle lag, keines Blickes. Er blickte deLacey geradewegs in die stechenden Augen, die Selbstzufriedenheit und einen kaum verhaltenen Triumph widerspiegelten, und berief Stimme und Benehmen ein, die er bei seinem Vater so verabscheut hatte. »Wer seid Ihr, daß Ihr Hand, Klinge oder Stimme gegen einen Pair erhebt?«

Die gebieterische Herablassung machte deLacey rasend. »Bei Christus«, würgte er hervor, »ich erhebe, was ich muß, gegen ein Tier wie Euch –«

Robin erhob seine Stimme, damit sie zu John trug, den er brauchte; John würde die Unterscheidung zwischen Pairswürde und erkauftem Amt verstehen. »Dieses ›Tier‹«, sagte er kalt, »kann seine Ahnen mehr als zehn Generationen zurückverfolgen; wir sind eine alte, sehr alte Familie – weit älter als Euer Amt.«

Die Klinge zitterte ein wenig. »Sagt mir«, sagte deLacey, »auf welcher Seite Eure Vorfahren in der Schlacht von Hastings kämpften?« Sein Lächeln war hinterhältig. »Eure Abstammung bedeutet weniger als nichts, wenn ein anderer Euch erobert hat.«

»Ah«, sagte Robin, »das erklärt, weshalb Prinz John mir seine Tochter zur Frau geben wollte.«

»Genug«, fuhr John sie an. »Ich möchte wissen, wo mein Geld ist. Erklärt es mir, wenn ich bitten darf.«

DeLacey lächelte breit. »Dieser Mann hat es, Mylord – oder *hatte* es, wenn es sich inzwischen woanders befinden sollte. Er und einige andere – diese Männer da: der Riese, der Minnesänger, der berüchtigte Will Scarlet, der vier Eurer Männer tötete – überfielen den Transport auf dem Weg nach Lincoln.« Die Klinge war wieder ruhig. »Dieser Mann hier, der Vertraute des Königs, raubte auch die Lords von Alnwick, Hereford und Essex aus. Wenn Ihr mir nicht glaubt, was ich sage, laßt sie herbeirufen. Ihre Beschreibungen waren eindeutig: Hose, sagten sie, eine grüne Tunika, Lederschutz an seinen Unterarmen und eine Kapuze mit Brustkragen.«

Die Schwertspitze senkte sich, um an der Kapuze, die auf Robins Schultern lag, zu ziehen. »Nicht gerade die Kleidung eines Edelmannes, oder? Aber die Kleidung Robin Hoods?«

»Wohlan.« John trat näher auf sie zu. »Nun gut, Sheriff, wenn das wahr ist, mögt Ihr diesen Mann in der Tat noch vor Sonnenuntergang hängen.« Er machte eine Pause und heuchelte einen verwirrten Ton, der keinen zu täuschen vermochte, vor allem nicht Robin. »Aber wie erklärt Ihr Euch die Gegenwart von Will Scarlet *hier*, wo Ihr ihn doch selbst vor meinen eigenen Augen hängen ließt?«

DeLaceys Gesicht wurde ein wenig schlaffer.

»Durch Lügen«, sagte Marian deutlich. »Wie immer.«

John zuckte mit den Schultern. »Lügen sind manchmal ganz nützlich«, sagte er. »Lügen können gewissen Zwecken dienen. Aber ihr Wert wird doch geschmälert, wenn jemand sie aufdeckt.«

»Ich *sah* ihn aber!« rief deLacey. »Ich war dabei, als er und seine Männer angriffen. Will Scarlet gab zu, er dachte, ich sei tot; wie hätte das passieren können, wenn er nicht da war, um es zu sehen? Das ist keine Lüge, Mylord – Robert von Locksley, in seiner Verkleidung als Robin Hood, griff vorsätzlich und bösartig zwölf Männer an, tötete sie und schnitt ihnen aus Bosheit die Kehle durch, nachdem die Männer tot waren.«

»Nein!« schrie Little John entsetzt. »Nein, die Kehlen schnitten wir nicht durch –«

John kniff die Augen zusammen. »Vielleicht sollte ich Euch das untereinander austragen lassen – durch einen Entscheidungskampf.« Er sah sich um und bemerkte die gierigen Blicke. »Wäre das dienlich, was meint Ihr? Wenn er wirklich Robin Hood ist, habe ich kein schlechtes Gewissen, einen solchen Kampf zu erlauben.«

DeLacey lachte bekräftigend. »Seht Ihr –?« Doch der Rest wurde abgeschnitten, als Robin mit seinem ledergeschützten linken Arm das Schwert des Sheriffs zur Seite stieß und sein eigenes Schwert aus der Scheide riß, um mit ihm die Klinge des Sheriffs zu kreuzen, wobei er mehr Distanz zwischen sie brachte.

Robin lächelte grimmig. »Was sagt Ihr, Mylord Count – *sollen* wir die Wahrheit in einem Entscheidungskampf herausfinden? Sicher sind wir ebenbürtige Gegner – er ist der Sheriff, der mit der täglichen Verwaltung der Grafschaft befaßt ist, während ich ein Ritter bin, der erst kürzlich vom Kreuzzug zurückkehrte ... in der Tat ein ausgeglichener Wettkampf!«

»Nein«, sagte deLacey kalt. »Ich bin der Sheriff dieser Grafschaft. Es obliegt meiner Verantwortung, die Wahrheit durch Befragung der Zeugen herauszufinden –«

John mischte sich ein. »Erwartet Ihr, daß ich warte, bis Ihr de Vesci, Bohun und de Mandeville beigebracht habt?« fragte er ungläubig. »Glaubt Ihr, ich würde das wagen? Sie sind Männer meines Bruders, Narr ... wie auch Sir Robert und sein Vater. Was Ihr vorschlagt, ist lächerlich, Sheriff – erwartet Ihr von mir, daß ich eine solche Torheit überhöre?«John lachte kurz verachtungsvoll auf. »Wenn ich zwischen Euch wählen müßte, für wen würde ich mich wohl entscheiden? Obgleich Ihr gewisse nützliche Verwaltungsfähigkeiten habt, bietet der Sohn des Earls von Huntington einem Mann in meiner Stellung mehr Vorzüge. Ich habe keinen Zweifel über den Ausgang des Gefechts.«

Robin sah in deLaceys Augen, wie er langsam begriff. Er war abgewertet worden, abgelegt, nicht mehr länger notwendig in irgendeinem von Johns Plänen. *John hat ihn aufgegeben, und das weiß er.* Robins Stahl rieb an deLaceys, ein metallisches Klingen ertönte. *Er wird jetzt noch gefährlicher sein denn je.*

Der Sheriff drehte sich halb zu John um, als wollte er ihn anflehen. »Mylord –« Plötzlich fuhr er jedoch wieder herum und richtete sein Schwert gegen Robin.

»Nein!« schrie Marian. Die Menge wich zurück. Marian hörte John etwas rufen, während er hastig zur Seite trat, aber weder Robin noch der Sheriff beachteten es. Sie waren vollständig davon in Anspruch genommen, einander mit den Schwertern niederzuschmettern.

Die Klingen klirrten. Der Stahl glitzerte im Kerzenschein. Marian sah Robins Gesicht, das so hart war, wie sie es von früher kannte.

Sie bewegten sich wie Tänzer, die einander an Kleinigkeiten

abmaßen, wie zum Beispiel an der Haltung: an der Neigung des Kopfes oder dem feinen Gleiten eines Fußes. Sie sah, wie sie einander auf die *Brust* schauten, nicht in die Augen oder auf die Klingen; wie sie ihre eigenen Bewegungen beurteilten wie auch die ihres Gegners. Es war ein Tanz aus Stahl und Fleisch, eine wilde Verführung von tödlichem Ernst.

»Christus«, platzte Scarlet heraus, der jemanden mit der Schulter beiseite schob, damit er besser zuschauen konnte, »er *ist* ein verdammter Ritter!«

Little John, der neben ihm stand – und *über* die Köpfe hinwegsah –, prustete unfein. »Hast du etwa gedacht, er lügt? Er ist der Sohn eines Earls, Will –«

»Aber sieh ihn dir nur an«, stieß Scarlet hervor. »Er versteht es verdammt gut zu kämpfen!« Scarlet verfolgte das Duell mit gierigem Blick. »Hätte ich Geld, würde ich es auf ihn setzen.«

Little John blickte sich um. »Eine Wette, ja? Dann laß uns sehen, was wir auftreiben können –« Als er sich jedoch gerade herunterbeugte, um dem nächststehenden Mann eine Wette vorzuschlagen, unterbrach ihn einer der Soldaten von Prinz John mit dem Schwert.

»Du«, sagte der Normanne. Die Schwertspitze zeigte auf Little Johns Bauch. »*Und* du.« Er fixierte Scarlet, während sich ihnen ein weiterer Soldat näherte. »Ihr bleibt, wo ihr seid.«

»Normannen«, sagte Scarlet angespannt. »Hoffentlich *spießt* er den Sheriff auf!«

Marian verstand nichts vom Fechten, außer daß ihr Vater und ihr Bruder gelernt hatten, die Klinge zu gebrauchen. Marian sah zu, ohne etwas über Können und Technik zu wissen, sie merkte nur, daß kein Mann dem anderen nachgab.

Stahl klirrte, sang dann, als die Klingen auseinandergerissen wurden. Es schien keine Anmut in dem Kampf, keine durchdachten und vorbereitenden Bewegungen; sie schlugen einfach nur aufeinander ein, Klinge auf Klinge.

Sie war sich entfernt eines Unterschieds bewußt: *Der Sheriff ist gepanzert.* Robin trug nichts als eine Tunika und Hose. Wenn deLacey es schaffte, durchzukommen, wäre seine Arbeit leichter. *Er wird ihn vierteilen.*

Sie bewegten sich, vor und zurück, durch die Länge des Saals, die Klingen verfingen sich und wurden wieder freigerissen. Robins helles Haar flog und verbarg viel von seinem Gesicht; deLaceys dunklere Züge waren gierig, der Atem drang zischend durch seine aufeinandergebissenen Zähne.

Sie hieben auf Arme und Beine ein, zielten auf Kehlen und auf das Zwerchfell. Und immer kreuzten sich die Klingen, kreischten unangenehmen Protest, bis sie wieder auseinanderbrachen, um von neuem anzugreifen.

DeLacey wich wieder und wieder zurück, überließ Robin dadurch die überlegene Position, während er nur seine Klinge abwendete. *Er weicht mit Absicht zurück.*

Marian bewegte sich mit ihnen durch den Saal. Sie versuchte, auf gleicher Höhe mit Robin zu bleiben, so daß sie jede Bewegung, jeden Ausdruck, jede Feinheit sehen konnte. Ihre ganze Aufmerksamkeit konzentrierte sich auf Robin. Als er stehenblieb, blieb auch Marian stehen, nur vage bewußt, daß Gisbourne neben ihr stand, unbeholfen auf seine Krücken gestützt.

Dann bewegte sich deLacey wieder, von Robin zurückgeschlagen. Er arbeitete sich zur Estrade vor. Sie fragte sich, ob er sich daran erinnerte, daß es da zwei Stufen gab, und ob er wußte, wo sie sich befanden. Die Stufen konnten einen Mann leicht zum Stolpern bringen und sich als sein Verderben herausstellen.

»Fallt!« sagte sie angespannt und vernahm Gisbournes höhnische Bemerkung, daß es nicht sittsam für eine Frau sei, einem Mann den Tod zu wünschen. »Sittsam?« lachte Marian. »Nicht so sittsam wie Ihr, indem Ihr Euch Eleanor bedientet, um Euch ›Hexenmale‹ auf Euren Körper machen zu lassen.« Sie sah ihn nicht an, sondern blickte unverwandt auf die Kämpfenden. »Oder war das ihre Idee?«

Gisbourne unterließ es, etwas darauf zu erwidern, und ihr war es nicht wichtig genug, um nachzuhaken. Ihr war nur wichtig, daß Robin den Sheriff besiegte, damit sie frei wären.

Er war unermüdlich. Seine Bewegungen blieben geschmeidig, seine Kraft unvermindert. Inmitten der Wildheit begann sie die innewohnende Grazie und den gespenstischen Reiz von einem wohlgefochtenen Schwertkampf zu sehen.

DeLaceys Fuß fand die Podeststufen. Schnell ging er sie hoch und wich zur Seite aus, als Robin zuschlug, dann machte er einen Ausfallschritt hinter den Stuhl, auf dem er vorhin gesessen hatte. Mit der Schulter stieß er ihn seitlich um; es reichte aus, sah Marian, um dem Sheriff zugleich Aufschub und Vorteil zu sichern.

Robin brachte sein Schwert um den Stuhl herum, gerade als dieser umgeworfen wurde. Die Klinge sauste, im Kerzenlicht weiß glitzernd, herunter und schnitt in schweres Holz. Sie steckte fest.

Robins Hand rutschte am Griff ab, als er an seinem Schwert zerrte und den Stahl aus dem Holz ziehen wollte. Gerade als er die Klinge aus dem Stuhl zog, sprang deLacey mit einem Triumphschrei und mit voll ausgestrecktem Schwert auf.

»Halt!« donnerte eine Stimme. »Bei Gott, ich sage *halt!*«

Der Ausruf brachte Unruhe in die Menge, aber Marian verschwendete keine Zeit, hinzuschauen. Sie erwartete, daß deLacey innehalten würde, da die Autorität in der Stimme unleugbar war – *ist das John? Nein* –, aber der Sheriff schien gewillt, den Befehl zu ignorieren.

»*Halt,* verdammt noch mal! HALT!«

William deLacey lachte.

»Robin!« schrie Marian. Aber er durchschaute den Sheriff wie sie und wich seitlich aus, den Bauch einziehend. Das brachte ihn jedoch aus dem Gleichgewicht. Seine Klinge, die er endlich aus dem Holz befreit hatte, wurde ihm im letzten unbeholfenen Zerren aus der Hand gewunden; das Schwert fiel klirrend zu Boden, und Robin stürzte ebenfalls. Er landete hart auf seinem Rücken, die Arme und Beine von sich gestreckt.

»Nein!« rief Marian, in der Hoffnung, deLacey damit abzulenken.

Er ließ sich jedoch nicht ablenken. Der Sheriff stieß mit dem Fuß Robins Schwert beiseite, dann brachte er seine Klingenspitze an das helle, schweißschimmernde Fleisch. »Soll ich Euch die Kehle durchschneiden?«

»Ja«, stieß Gisbourne hervor.

»Du Bastardhurensohn –« Marian zog Gisbourne eine Krücke unter dem Arm weg, ohne sein erschrecktes Blöken zu beachten, als er zu Boden stürzte, und rannte auf Robin zu.

Als der Sheriff sich über den auf dem Boden liegenden Mann beugte, zielte sie mit aller Kraft auf deLaceys Kniekehlen.

Seine Beine knickten ein. Robin rollte sich zur Seite, als der Sheriff die Klinge hochriß. DeLacey fiel, überrascht aufheulend, auf die Knie; Marian hieb mit der Krücke auf deLaceys Schwertarm ein. Die Klinge fiel klirrend zu Boden.

»Nein«, sagte sie wütend. »Der Prozeß ist zu *Ende.*«

DeLacey umklammerte, wild fluchend, seinen Arm. »Bei Christus, du Biest, er ist *gebrochen* –«

»Gut.« Sein Schwert lag in Reichweite. Marian stieß es zur Seite, und es rutschte klingend weg. »Mylord«, sagte sie zu Robin, »wollt Ihr Euer Schwert wieder aufnehmen?«

Er tat es munter und ging auf deLacey zu. Marian wandte sich ab, da sie nun wußte, daß Robin sicher war.

Im Saal gab es Bewegung, Männer fielen auf ihre Knie, und Klingen wurden unvermittelt zurück in die Scheide gesteckt. »Mein Kompliment«, dröhnte eine Stimme, »an die Lady mit der Krücke. Ein gutgesetzter Hieb – *zwei* sogar, bei Gott... der Sheriff sollte dankbar sein, daß sie kein Schwert zur Hand hatte.«

Mein Gott – ist das etwa der König? Marian sah schnell zu Robin. Sie hörte seine gemurmelten Gebete, mit denen er Gott und Allah dankte. Er lächelte schief, als fürchte er, zuviel von seinen Gedanken preiszugeben. Doch seine braunen Augen strahlten.

Die Heiterkeit des Königs schwand. »Wo ist mein Bruder?«

Hatte John vorgehabt, sich zu verstecken oder sich wegzuschleichen, wurden seine Pläne vereitelt, als die Menge von ihm zurückwich und ihn allein in der Mitte des Saals stehen ließ. In seiner edlen blauen Tunika, dem pelzbesetzten Obergewand und den Edelsteinen an jedem Finger stellte er das eitle Gegenteil des Kriegerkönigs von England dar, der nur schlichte Soldatenkleidung trug. Nur das kräftige Rot von Richards Obergewand, das mit den dreifachen Löwen Englands verziert war, deutete seine Königswürde an – das und die hochmütige Haltung und das mächtige Auftreten des Mannes, den einige Löwenherz nannten.

John hob den Kopf. In seinen Augen lag keine Reue, obgleich sein Gesicht merkwürdig ausdruckslos war. »Hier«, sagte er. »Hier bin ich, Bruder.«

»Hierher«, sagte Richard betont, und als John sich ihm näherte, fuhr er leichthin fort: »Seht Ihr den Sheriff, John?« Er zeigte auf den weißgesichtigen deLacey, der auf dem Boden kniete. Die Stimme des Königs wurde härter. »Tut es ihm nach.«

John wurde rot, kniete aber nieder. »Ich bitte Euch um Vergebung, Bruder.«

»Gewiß.« Richard ließ ihn auf dem Boden knien. »Wißt Ihr, daß ich Euch von Stadt zu Stadt gefolgt bin? Wie ein Hund, der seinem Herrchen nachläuft – nur, daß eigentlich Ihr *mir* folgen solltet. In London schickten sie mich nach Lincoln. In Lincoln schickten sie mich hierher. Ich bin überaus froh, Euch endlich gefunden zu haben, und sei es auch nur aus dem Grund, daß ich mein Gesäß nun endlich ausruhen kann.«

»Gewiß«, murmelte John.

Der König warf einen Blick durch den Saal, um zu sehen, wer alles anwesend war. Marian, die ihren Vater Löwenherz hatte beschreiben hören, bemerkte seine Größe und seine breite Statur, die kräftigen Schultern und seine untertriebene Angriffshaltung. Seine blauen Augen waren groß und leicht vorstehend und außergewöhnlich stechend.

Ihn möchte ich nicht zum Feind haben. Marian blickte auf den knienden Prinzen. *Ich möchte nicht in seiner Haut stecken.*

»So, John ...« Der König legte seine Hand auf den gesenkten Kopf seines Bruders, als wollte er ein kleines Kind trösten. Mit lauter Deutlichkeit – und leiser Herablassung – vergab er seinem

Bruder so, daß alle Anwesenden es hören konnten. »Denkt nicht mehr daran, John, Ihr seid nur ein Kind, das die falschen Berater hatte.«

77. Kapitel

Robin strich sich, schief lächelnd, mit dem ledergeschützten Unterarm das schweißerstarrte Haar aus dem Gesicht. *Dafür, daß er gefangen war, sieht er gut aus... weit besser als ich damals – aber ich bin natürlich auch kein König. Und keiner ist so wie Richard.*

In dem privaten Gemach des Sheriffs schenkte der König persönlich Wein aus und reichte Robin den Becher. Seine königlichen Augen blickten ihn eindringlich an. »DeLacey hat Euch nicht verletzt?«

Robin schüttelte den Kopf. »Nur meinen Stolz, als er mich von der Estrade herunterzwang.« Er lachte verlegen, als er sich an seinen Schreck erinnerte. »Das wird heilen, denke ich.«

Richard brummte. »Wie auch deLaceys Arm, aber sein Stolz mag mehr Zeit in Anspruch nehmen. Von einer *Frau* geschlagen worden zu sein –« Seine Zähne schimmerten kurz auf. Geistesabwesend goß er sich selbst Wein ein, dann ging er im Zimmer umher, während Robin ruhig wartete. Richard war kein Mensch, der Bewegungslosigkeit aushielt; die Gefangenschaft mußte ihn belastet haben. »Setzt Euch – setzt Euch doch, Robin; wir haben zuviel miteinander durchgemacht, um auf Äußerlichkeiten Wert zu legen.« Wieder blitzten seine Zähne in seinem rötlichen Bart auf. »Bei Christus, was war Akko doch für eine Schlacht!«

Robin stimmte ihm, von der guten Laune des Königs angesteckt, zu.

Richard nickte und streifte wieder umher. »Es ist gut, frei zu sein, wenngleich ich Heinrich dafür den Kopf abschlagen sollte, daß er mich den Lehnseid schwören ließ und daß England

Deutschlands Lehngut wird, aber was hätte ich sonst tun sollen?« Leise schimpfend, schüttelte er den Kopf. »Es gibt noch viel zu erledigen... Ich hatte zuviel Zeit in Deutschland verbracht, um noch einen Tag länger abzuwarten.«

»Das Lösegeld –?« erinnerte ihn Robin.

»Ein Teil ist bezahlt, ein Teil zugesichert.« Richard grinste. »Ich denke, Heinrich weiß, daß er die Differenz nie sehen wird. Aber was erwartet er auch? Er preßte mir unrechtmäßige Versprechen ab, die ich unmöglich halten könnte. Ich habe Pflichten zu erfüllen, und für alle ist Geld nötig.« Er seufzte. »Es ist doch immer das Geld, Robin. Nie ist genug davon da.«

»Nein«, murmelte Robin, der an das Lösegeld dachte und an seine Methode, es zu vermehren. *Das ist jetzt nicht mehr nötig.*

»Aber da Ihr das, was Ihr stahlt, an Longchamp sandtet, wird etwas für den Feldzug da sein.« Der König drehte sich zu Robin herum, sichtlich unbekümmert von der Tatsache, daß irgend jemand *sein* Geld stehlen könnte. »Dieses Mädchen«, sagte er unvermittelt. »Wie war doch noch ihr Name, sagtet Ihr?«

Robin lächelte. »Marian FitzWalter. Sir Hughs Tochter.«

»Hughs!« Der König lachte. »Dann weiß ich, woher ihre Courage kommt... das waren zwei fürchterliche Hiebe, mit denen sie deLacey schlug! Er kann sich glücklich schätzen, daß er überlebt hat.«

»Ja«, pflichtete ihm Robin trocken bei. »Marian hat die Angewohnheit, sich den naheliegendsten Holzstock zu schnappen und damit auf den Feind zu zielen.«

»Ich hätte sie auf dem Kreuzzug brauchen können.« Doch seine scherzhafte Stimmung ließ schnell nach. »Ich wünschte...« Sein Gesicht verfärbte sich. Abrupt wandte er sich ab und sprach gegen die Wand. »Ich wünschte, ich könnte eine Frau so lieben wie Ihr.«

Robin saß regungslos da. Er fand keine Antwort, noch konnte er eine ersinnen, um die Verlegenheit des Königs abzumildern. »Ja«, sagte er zu guter Letzt.

Anscheinend war das genug, oder Richard entschied zumindest, daß das ausreichte; er war wieder rauh, aber herzlich und jovial und sprach über seine Pläne. »So schnell es geht, bin ich unterwegs nach Frankreich«, erklärte er. »Philipp nagt wieder an den Ecken meines Reiches... es ist höchste Zeit, daß ich ihn für immer in die Flucht schlage. Ich werde nahezu unverzüglich in die Normandie segeln.«

Das kam völlig unerwartet. *Er ist doch gerade erst heimgekehrt.* Robin konnte sich nicht vorstellen, daß ein eben erst befreiter König wieder davonsegelte; aber dann erinnerte er sich, daß vor ihm Richard stand.

»Mylord.« Seine huldigende Anrede war Absicht; sie würde die Aufmerksamkeit des Königs erregen, der von seinem Robin Formlosigkeit verlangte. »Mylord, glaubt Ihr nicht, es wäre besser, wenn Ihr in England bliebet? Durch Eure Abwesenheit hat das Land schwer gelitten.«

»Ihr meint meinen Bruder.« Richard lachte schroff. »Er ist ein Dummkopf, Robin; ein habsüchtiger Dummkopf und machtbesessener Tölpel. Aber er hat seine Lektion gelernt. Ich nehme ihm seine Ländereien und die Abgaben weg; ich brauche das Geld. Er kann seinen Stolz herunterschlucken und mir dienen... darum wird er höchst bemüht sein, wenn er sich für meinen Nachfolger hält.«

»Wird er denn Euer Nachfolger *sein?*«

»Vielleicht.« Richard runzelte die Stirn und dachte nach. »Da gibt es immer noch Arthur... Geoffrey war der nächste nach mir, und ich würde es begrüßen, wenn sein Sohn daraus profitiert. John war nie dazu bestimmt, König zu werden.« Er seufzte tief und trank ein paar Schlucke vom Wein. »Aber was spielt das schon für eine Rolle? Ich bin erst sechsunddreißig; es liegen noch viele Jahre vor mir.« Wieder wanderte er kurz auf und ab, dann blieb er stehen und blickte Robin eindringlich an. »Werdet Ihr mit mir kommen?«

»Nach Frankreich?« In diesem Augenblick, vor diesem Mann, gab es nur eine Antwort. »Ich stehe wie immer zu Euren Diensten.«

»Nein.« Richard war ernst. »Nein, Robin – ich frage Euch von

Freund zu Freund, nicht von König zu Untertan. Wollt Ihr mit mir nach Frankreich segeln?«

Robin schüttelte den Kopf. »Ich war zu lange fort. Ich habe, wie Ihr, Pflichten zu erfüllen –«

»Und eine Frau?« Richard lächelte, sein Blick kurz gesenkt, als würde er sich innerlich zurückziehen. »Eine gutaussehende und tapfere Frau, meiner Mutter sehr ähnlich. Ich wünsche Euch ein glückliches Leben mit ihr.« Er musterte Robin wieder. »Ihr denkt, es ist falsch, daß ich gehe.«

Robin zauderte nicht. »Ja.«

»So offen wie immer. Na, ich wies Euch auch schließlich an, es zu sein.« Er trank vom Wein, dann wischte er sich den Bart ab. »Ich kann nicht hierbleiben. Da ist Philipp in Frankreich. Wir müssen das unbedingt regeln.«

»Daß er Euch im Stich ließ?«

»Das und anderes. Wie ich ihn kenne, wird er meine französischen Ländereien einnehmen, wenn ich nichts unternehme, um ihn davon abzuhalten.« Seine Stimme war jetzt hart. »England ist nicht Frankreich.«

»Nein«, stimmte ihm Robin zu. »Aber England braucht seinen König.«

»Ich könnte König von Frankreich sein.«

Robin starrte ihn an. *Haben wir, verglichen mit Frankreich, so wenig Bedeutung?* Nach einem Augenblick nickte er. »Das könntet Ihr, Mylord.«

Abrupt war Richard brüsk, als befürchtete er, er hätte dem Mann, der seine vertraulichen Geheimnisse nicht mehr teilen würde, zuviel verraten. »Wohlan. Ich muß Euch darum bitten, nun zu gehen. Ich muß noch mit deLacey sprechen und mit meinem Bruder.«

Robin machte nicht sofort Anstalten zu gehen. Er hatte auch Fragen. »Was wollt Ihr mit dem Sheriff machen?«

»Vorausgesetzt, er hat genug Geld, mit dem er sich entschuldigen kann, werde ich ihn in seinem Amt lassen.« Richard lachte leise. »Er hat ebenfalls seine Lektion gelernt. John hat ihn vom rechten Weg abgebracht, aber er ist ein fähiger Mann. Während ich in Frankreich weile, brauche ich solche Männer.«

»Solche Männer können England zugrunde richten.«

Richard sagte scharf: »Dann beauftrage ich Euch, das zu verhindern! Hört mich, Robin – seht nach dem Rechten in meinem Reich... so gut Ihr es vermögt.« Seine Miene wurde weicher. »Tut, was getan werden muß.«

Robin erhob sich und setzte seinen Becher ab. »Wegen meiner Gefährten –«

»Die Geächteten?« Der König lachte, wieder gut gelaunt. »Ein Schäfer, sagtet Ihr, ein Minnesänger und ein verfressener Mönch?«

»Und ein Mörder – Will Scarlet tötete vier Mannen Eures Bruders.«

»Nachdem sie seine Frau vergewaltigt hatten, sagtet Ihr.«

»Ja.«

Das genügte Richard anscheinend. »Ich habe keinen Grund zur Klage gegen sie; sagt ihnen, sie sind begnadigt.« Er winkte ihn zur Tür. »Geht, Robin... nein – *wartet.*«

Robin drehte sich an der Tür um.

Richard kam auf ihn zu, während er etwas aus seiner Gürtelbörse zog. Kerzenschein reflektierte glitzernd von einem geschliffenen Edelstein und noch einem.

Der König machte eine Geste, als er bei Robin war. »Eure Hand, bitte.«

Robin streckte seine Hand aus, und der König legte zwei Ringe des Earls hinein.

Sanft sagte er: »Glaubtet Ihr, ich würde das Wappen von Huntington nicht erkennen?«

Einen Moment lang konnte Robin nichts sagen. Dann lächelte er verhalten. »Ich glaubte nicht, daß Ihr irgend etwas von den Sachen, die ich schickte, zu Gesicht bekommen würdet, um sie zu erkennen oder auch nicht. Aber ich freue mich, daß sie ankamen, um Löwenherz zu dienen.«

»Süßer Jesus, Robin –« Aber Richard unterband es. Sein Gesicht war ausdruckslos. »Tatet Ihr, wie Euch deLacey beschuldigtet?«

Robins Hand umspannte den Riegel. »Wir töteten zwölf Männer. Aber wir schnitten ihnen nicht die Kehle durch.«

»Das habe ich auch nicht geglaubt. Ihr seid kein Mann für Gemetzel.« Der König lächelte nicht. »Ich erinnere mich, wie Ihr gegen die Hinrichtungen in Akko geredet habt.«

»Ja, Mylord.«

Der Mund des Königs straffte sich. »Akko war unumgänglich. Wenn Ihr einwendet, das sei es nicht gewesen, denkt darüber nach, was *Ihr* getan habt.«

»Ich tat es für Euch, Mylord. Wir alle taten es für Euch.«

»Ja«, sagte Richard, »und aus dem Grund wird die Krone ein Auge zudrücken.«

Sie standen sehr nahe beieinander, nur einen Schritt voneinander entfernt, und dennoch war sich Robin der Distanz zwischen ihnen bewußt.

Er nickte. »In Gottes Namen, nicht Allahs, heiße ich Euch in England willkommen.«

»Robin –« Seine Stimme klang eigenartig. »Noch eine Sache. Schickt Eure Lady zu mir.«

Marian saß auf einer Bank im großen Saal von Nottingham. Um sie herum herrschte in erster Linie Verwirrung; die Seneschalls des Prinzen und des Königs besprachen mit einem angespannten Gisbourne und einem verstörten Walter, wie so viele Menschen zu ernähren waren, während andere über die wunderbare Rückkehr des Königs redeten, und wieder andere schlossen Wetten ab bezüglich der Höhe der Strafe, die der Bruder des Königs erhalten würde. Nichts davon interessierte Marian. Sie wartete nur auf Robin.

Eine Frau durchquerte den Saal, schlängelte sich durch die Menge. Sie trug ein unvorteilhaftes gelbes Kleid, und stumpfes, braunes Haar wucherte unter ihrer Haube hervor.

Marian wartete. Schließlich war Eleanor bei ihr angekommen.

Ihr fahles Gesicht war mit Farbe gesprenkelt. »Ich würde es wieder tun«, verkündete sie. »Wenn sich die Gelegenheit ergäbe, würde ich es wieder tun . . . aber glaube mir, diesmal würde ich es besser machen.«

»Ja«, sagte Marian. »Ihr seid Eurem Vater sehr ähnlich.«

Etwas von der Feindseligkeit schwand. Eleanor preßte ihre Fäuste in das Kleid. »Wird er seine Stellung verlieren? Wißt Ihr das?«

Marian spürte eine erstaunliche Gelassenheit, die sie nicht bei sich vermutet hatte. Sie hatte erwartet, wütend auf Eleanor zu sein, aber die Wut verrauchte angesichts der Erkenntnis, daß ihr nichts mehr auf der Welt etwas anhaben konnte. Robin war in Sicherheit. Und sie auch. »Ich bin nicht mit dem Willen des Königs vertraut.«

»Aber mit Robin Hoods *Bett.*«

Marian lachte. »Und dankbar für die Ehre.«

Kurz zeigten sich Tränen in Eleanors Augen. »Alles, was ich immer wollte, war, frei zu sein. Als ich mir diese Freiheit nahm und entdeckt wurde, wurde sie von Schande begleitet. Aber *Ihr* entkommt dem allen. *Ihr* schlaft mit Robin Hood und erlangt doch die Ehre wieder, die ich nie wiedererlangen werde.« Eleanors Kinn bebte. »Das ist nicht gerecht.«

»Nein«, stimmte ihr Marian sanft zu. »Noch war es gerecht, als Euer Vater mich Hexe nannte und Ihr Euer Bestes versuchtet, damit ich auf dem Scheiterhaufen verbrannt werde.«

Eleanor öffnete den Mund, dann machte sie ihn wieder zu. Mit arrogantem Gehabe – genug, um Prinz John Konkurrenz zu machen – verschwand sie wieder in der Menschenmenge.

»Marian?«

Endlich. Robin sah eingefallen, erschöpft und jung aus. Sie wollte ihn berühren, um ihn irgendwie zu trösten, aber sie ließ ihn den Moment bestimmen. *Sein Leben hat sich genauso wie meines durch das alles verändert.*

Ruhig sagte er: »Der König möchte dich gerne sehen.«

»Mich?«

Er lächelte merkwürdig. »Ich denke, er möchte dir danken.«

Das war ihr unbegreiflich. »Ich verstehe nicht.«

»Geh und finde es heraus.«

Sie zeigte in eine Richtung. »Einfach – da hinein?«

»Da hinein.« Er ergriff ihre Hand und zog sie auf die Füße. »Ich warte auf dich.«

»Robin –« Sie berührte ihn am Kinn und spürte die Narbe. »Ich dachte, deLacey wollte dich töten.«

»Das dachte ich auch. Und das hätte er auch, wenn du ihn nicht daran gehindert hättest.« Seine Zähne blitzten kurz auf. »Kein Zaudern mehr – geh zum König.«

»*So?* Ich kann doch nicht so vor ihn treten!«

»Marian«, sagte er streng.

Und sie ging zum König.

Richard Plantagenet, König der Engländer, schien sich nicht wohl in seiner Haut zu fühlen, als Marian in das Zimmer trat. Sie schloß die Tür, und er stand mit dem Rücken zu ihr da. Sie hatte die Hände steif in ihren Röcken gefaltet. Sie war sich schamvoll ihres zerzausten Haares bewußt, ihres schmutzigen Gesichts, der schwarzgeränderten Fingernägel und den Gerüchen von Zelle und Rauch, die ihr anhafteten.

Als er sie anblickte, fiel ihr ein, daß sie knicksen mußte. Sie bemühte sich, einen gebührenden Knicks zu machen, und wäre beinahe hingefallen; sie stieß einen unladyhaften Fluch aus, als ihre Knie und Fußgelenke protestierten.

Er war augenblicklich bei ihr, um ihr aufzuhelfen. Seine Hand war groß und schwielig, hart wie Horn; sofort ließ er ihre Hand wieder los. Schnell schätzte er ihren Zustand ab. »Ihr seid übel mißhandelt worden.«

Es war heraus, bevor sie es verhindern konnte. »Wie England, Mylord.«

Seine Augen weiteten sich leicht. »Ja«, sagte er schließlich, »das hat mir Robin auch gesagt.«

Sie hatte ein rotes Gesicht und war beschämt, daß sie so unhöflich gewesen war. »Mylord, vergebt mir –«

»Nein.« Der König lächelte. »Ja, ich vergebe Euch – denn eigentlich wollte ich Euch um Verzeihung bitten.«

»Mich?«

»Weil ich ein solch lahmer Soldat bin, daß ich *Euch* zum Handeln zwang.« Er grinste. »Im Saal, Lady Marian, als Ihr den Arm des Sheriffs gebrochen habt.«

»Oh.« Von neuem überflutete sie eine Hitzewelle. »Ich hatte Angst, er würde Robin töten.«

»Das hatte er auch vor. Ich nahm irrigerweise an, er würde auf seinen König hören, aber deLacey hatte andere Vorstellungen.« Er drehte und wendete den Weinbecher in seinen Händen, als sei er nervös. »Ihr habt England einen großen Dienst erwiesen, indem Ihr Sir Robert das Leben rettetet.«

»Mylord, ich würde alles in meiner Macht Stehende tun, um sein Leben zu schützen.«

»Ja. Ich auch.« Seine blauen Augen wurden merklich dunkler. Er stand nur einen Schritt von ihr entfernt. Barsch sagte er: »Ich wünsche Euch zu Eurer Ehe viel Glück.«

Da war etwas in seinem Ausdruck, was sie nicht zu deuten vermochte. »Danke, Mylord, aber davon war noch keine Rede –«

Er unterbrach sie mit einer kurzen Geste. »Die wird es geben. Seid Euch dessen gewiß.« Sein Lächeln war zart. »Mir liegt viel daran, was aus meinem Robin wird.«

Jetzt begriff sie. »Ja, Mylord. Ich weiß.«

»Wirklich?« Er hob seine rötlichen Augenbrauen. »Wie*viel* wißt Ihr?«

Mit fester Stimme antwortete sie: »Daß er den Cœur de Lion verehrt wie ein Sohn seinen Vater; sein eigener ist nicht leicht zu lieben.«

»Ein Vater.« Richards Mund verzog sich kurz. »Ein Vater – und sein Sohn.« Seine Augen bohrten sich in ihre. »Vielleicht ist es an der Zeit, daß ich einen eigenen erzeuge.«

Sie sagte: »Ganz England würde aufjubeln.«

Löwenherz lachte. »Ja, das kann ich mir vorstellen.« Er hob

seinen Becher. »Auf Euer Wohl, Lady Marian. Auch auf *sein* Wohl – und auf England.«

Als sie diesmal einen Knicks machte, bedurfte sie seiner Hilfe nicht.

Robin saß auf der Bank, wie sie vorhin, und lehnte an der Wand. Als sie kam, blickte er auf und streckte ihr eine Hand entgegen, mit der er sie neben sich zog.

Marian seufzte und drückte sich fest an ihn heran. »Er ist – beeindruckend.«

»Ja. Und überzeugend. Und noch vieles andere mehr.«

Sie lächelte. »Aber nicht unfreundlich.«

»Nicht, wenn es seinen Zwecken dient.« Robin öffnete eine Hand. »Ein Geschenk vom Cœur de Lion.«

»Robin – das sind die Ringe deines Vaters –«

»Ja.«

»Dann traf ein Teil des Lösegeldes ein.«

»Jedenfalls genug. Heinrich vertraute ihm für den Rest, aber Richard sagt, er wird es nicht bezahlen.« In Robins Augen lag Trostlosigkeit. »Er hat John verziehen. Und er will auch deLacey vergeben, vorausgesetzt, er kann eine entsprechende Summe zahlen. Er erlaubt ihm sogar, sein Amt zu behalten. Nichts verändert sich. Ich habe mehr erwartet. Ich dachte, er würde hierbleiben und England regieren, anstatt in die Normandie zu segeln, um wieder Philipp zu belästigen. Ich dachte –« Er brach jäh ab und warf die Ringe in seinen Beutel, den er am Gürtel trug. »Aber was spielt das schon für eine Rolle, was ich dachte?«

Marian schob sich näher an ihn heran. »Du sagtest, nichts habe sich verändert; das hat es aber. Wir haben uns verändert. Du und ich und wir alle.«

Er lachte gezwungen. »Wir sind Geächtete, die begnadigt wurden.«

»Aber wir leben und sind nicht von einem Schwert aufgespießt worden oder an Nottinghams Galgen erhängt.« *Oder auf dem Scheiterhaufen verbrannt.*

»Ich wollte, daß sich alles verändert. Ich wollte, daß er bleibt. Ich wollte, daß er wieder Ordnung ins Land bringt. Statt dessen weist er *mich* an –« Bitter brach er ab. »Es spielt alles keine Rolle.«

»Er wies dich an – was zu machen? Dich um England zu kümmern?« Marian lächelte. »Ich könnte mir keinen Besseren vorstellen.«

Er grunzte, uneins mit ihr.

Sie stieß ihn mit den Ellbogen an. »Komm, Robin – die anderen sind draußen. Verlängern wir nicht ihre Sorgen, indem wir ihnen die Nachricht von ihrer Begnadigung vorenthalten.«

»Nein.« Er ließ sich von ihr hochziehen, dann faßte er sie an den Schultern. »Marian –«

Es brachte sie sichtlich durcheinander. »Robin, was ist denn?«

»Das ... nur das –« Er hielt ihren Kopf zwischen seinen rauhen Händen und zog ihr Gesicht heran, dann nahm er ihren Mund mit seinem.

Einen kurzen Moment lang dachte Marian an Eleanor und die anderen, an Gisbourne und de Pisan, vielleicht sogar an den König, der Robin ebenfalls liebte. Doch dann schwand die Befangenheit.

»Ich wollte ihn töten«, hauchte er gegen ihren Mund. »Ich wollte ihm die Kehle durchschneiden, sein Herz herausschneiden, seine Zunge zerstückeln ... aber wie konnte ich wissen, daß du mit einer *Krücke* auf ihn losgehen würdest?«

Marian lachte heiser. »Rückgrat«, sagte sie sanft. »Ich glaube, ich habe schließlich doch eins entwickelt.«

Wieder küßte er sie fest, dann zärtlich. Dann nahm er sie an der Hand und führte sie in den Hof hinaus, wo Little John, Will Scarlet, Alan, Tuck und Much mit dem Pferd warteten, über dessen Sattel der Mantel lag.

Scarlets Gesicht war weiß und angespannt. »Sind wir tote Leute?«

»Nein«, erwiderte Robin, »und auch keine Wolfsköpfe mehr. Solange sich Löwenherz in England aufhält, sind wir vor der Justiz des Sheriffs sicher.«

»Sicher?« echote Little John. »Kann ich dann zu meinen Schafen zurückkehren?«

Alan schaute bekümmert drein. »Ich habe keine Laute mehr.«

»Kauf dir eine neue«, sagte Robin.

»Ich habe aber auch kein Geld.«

»Dann stiehl es dir doch«, sagte Scarlet.

»Stehlen ist eine *Sünde*«, erklärte Tuck. »Und darüber sind wir jetzt hinaus. Der König ist zu guter Letzt wieder heimgekehrt.«

»Für eine Weile«, sagte Robin in trockenem Widerwillen, während er einen herausgebrochenen Pflasterstein zur Seite trat. »Bis er sich nach Frankreich aufmacht, um mit Philipp Augustus Krieg zu führen. Dann wird alles wieder genauso wie vorher. *Ganz* genauso.« Er blickte um sich, seinen Mund zu einer verbissenen, unversöhnlichen Linie zusammengepreßt. »Laßt uns woanders hingehen. Ich bin Nottingham leid.«

Marians Kehle schnürte sich zusammen. »Nach Huntington?«

»Nein.« Er war verstimmt, daß sie das überhaupt fragen konnte. »Das ist vorbei, Marian; was immer aus mir wird, ich werde nicht Earl von Huntington.« Seine Verstimmung schwand und machte dem warmen, persönlichen Lächeln Platz, das sie drinnen schon gesehen hatte. »Mein Haus ist abgebrannt, Lady – darf ich mich eine Weile in Eurem aufhalten?«

Erleichterung blühte schmerzlich in ihr auf und erfüllte ihre Seele. »Dann auf nach Ravenskeep. Ihr alle. Und wenn ihr bleiben wollt, habe ich genug Arbeit für jeden von euch.«

»Ich bin ein fahrender Sänger –«, begann Alan, doch dann trat ein nachdenklicher Ausdruck an die Stelle seiner unhöflichen Unverblümtheit. »Aber es wird einige Zeit dauern, meine Balladen zu schreiben.«

»Habt Ihr Schafe?« fragte Little John.

»Ich habe Schafe. Und ich habe ein Rittergut, für das ich Männer brauchen kann.« Sie warf Scarlet einen kurzen Blick zu. »Auch dich.« Schnell wandte sie sich wieder ab, um nicht ihn oder sich selbst in Verlegenheit zu bringen, und lächelte Tuck an. »Der Andachtsraum ist zwar klein, aber es ist Platz darin für einen

Mönch. Vielleicht könnten wir sogar eine Kapelle bauen.« Als letztes richtete sie sich an Much. »Und dich brauche ich am allermeisten«, sagte sie. »Wer wird sonst dafür sorgen, daß mein Gut in Schuß gehalten wird!«

Much legte die Stirn in Falten. »Robin Hood.«

Sie blickte über seinen Kopf hinweg zu Robin. »Robin Hood gibt es nicht mehr.«

»He«, sagte Scarlet. »Was ist mit dem Geld? Braucht der König es nicht?«

Robin schaute zu Tucks Pferd, das mit Mantel und Münzen bedeckt war. Seine Augen blickten grübelnd.

Nein, dachte Marian. *Er wird doch nicht –*

Robin warf einen Blick auf den Turm der Burg, dann sah er wieder zum mantelverhüllten Sattel. »Nein«, sagte er unbeschwert, »der König braucht es nicht – nicht so sehr wie manch anderer. Wir geben einen Teil davon an die Juden zurück, die das meiste davon aufbrachten; und einen Teil an die Einwohner Locksleys, damit sie das Dorf wiederaufbauen können; den Rest verteilen wir an das ärmere Volk, das es weit nötiger hat als der König.«

Alan kniff die Augen zusammen. »Das klingt nicht wie Richard Plantagenet.«

»Nein«, sagte Marian seufzend, »das klingt wie Robin Hood.«

»Löwenherz«, murmelte Much.

Robin faßte ihn unter die Achseln und hob ihn in den Sattel. »Löwenherz«, sagte er, »ist ein sehr beschäftigter Mann. Es gibt immer noch Kriege zu führen.« Er reichte Much die Zügel. »Ravenskeep«, wies er ihn an, »beim Sherwood Forest.«

Alan lachte leise und warf Marian einen strahlenden Blick zu, während er gleichzeitig seine ausdrucksvolle Stimme ertönen ließ:

Und eines Tags werd' ich mich freu'n,
daß meine Müh' war gut,
Wenn es dann heißt, daß ich bericht'
von den Taten des Robin Hood.

Robin schimpfte: »Ich bin kein Mann für *so etwas*.«

Marian blickte Alan an, und in vollkommener Übereinstimmung grinsten sie, während Robin Hood mit feierlicher Bedächtigkeit den König bestahl, um dessen Wohl besorgt er das Stehlen erst gelernt hatte.

Nachwort der Autorin

Die Rekonstruktion populärer Mythen bringt die Last vorgefaßter Meinungen und Erwartungen mit sich; kein Leser, der nicht schon in irgendeiner Weise mit der Robin-Hood-Legende in Berührung gekommen ist, hat nicht irgendwelche Vorlieben bezüglich der Art und Weise ihrer Nacherzählung.

Herrin der Wälder ist keine Nacherzählung der klassischen Geschichte, denn die *gibt* es nicht; die Balladen, die Robin Hood in die englische Volkskunde einführten (erstmals erwähnt 1377 bei *Piers Plowman*), widersprechen einander beständig durch die verschiedenen Jahrhunderte ihrer Entstehung hinweg. Dieser Roman ist deshalb ausschließlich meine eigene Erfindung, eine fiktive Darstellung imaginärer Ereignisse, die zu den bekannteren Abenteuern führen, die in Romanen, Fernsehproduktionen und Filmen geschildert werden.

Herrin der Wälder ist genaugenommen also eine »Vorgeschichte« – sie erzählt, wie die Robin-Hood-Legende überhaupt entstand. Die Hauptbetonung liegt dabei auf Marian, aber ich wollte auch logisch untermauern, wie der enterbte Sohn des Earls eine Bande Geächteter gründet. Die Ständegesellschaft des damaligen Zeitalters hätte keine Durchmischung solcher scharf voneinander abgegrenzten sozialen Klassen erlaubt; die Geschehnisse in *Herrin der Wälder* sind ein Versuch meinerseits, glaubwürdig zu erklären, wie eine solch unwahrscheinliche Vermischung überhaupt zustande kommen konnte.

Viele Wissenschaftler haben Robin Hood im Hinblick darauf untersucht, ob es ihn gab oder nicht. Die Anzeichen scheinen für die Theorie zu sprechen, daß kein einzelner Geächteter existierte, der die Rolle erfüllte, die wir kennen, sondern daß »Robin Hood« sich aus verschiedenen Geächteten zusammensetzte, unter ihnen Adam Bell. Zu der Verwirrung tragen auch die widersprüchlichen Auffassungen bei, was den tatsächlichen Zeitrahmen betrifft; die unterschiedlichen Versionen der Balladen geben Robins Wirkungszeit mit der Herrschaft dreier verschiedener Könige an: Richard I., Edward I. und Henry III. Da ganze Bücher zu diesem Thema verfaßt wurden, darunter Professor J. C. Holts ausgezeichnetes *Robin Hood* und Maurice Keens *The Outlaws of Medieval England*, werde ich hier nicht versuchen, einen Überblick über Beweise und Theorien zu geben, sondern möchte die Leser dazu ermuntern, selbst zu forschen.

Autoren, die sehr um historische Genauigkeit bemüht sind, sehen sich häufig einem Dilemma gegenüber: Entweder stellen sie dokumentierte Fakten nebeneinander, was ziemlich oft dem dramatischen Potential der Geschichte schadet, oder sie benutzen die Zeitgeschichte wie eine wildgemusterte Patchworkdecke, indem sie die wahren Flicken mit den fiktiven zusammennähen. Ich habe mich für letztere Methode entschieden.

Historiker sind uneins, was Richard I. vermeintliche Homosexualität angeht. Ich habe mich im Dienste des Romans der traditionellen Meinung angeschlossen. Wenn man diese Annahme einmal beiseite läßt, muß vermerkt werden, daß, obgleich Richard Berengaria von Navarra nur heiratete, um die finanzielle und militärische Unterstützung ihres Vaters für den dritten Kreuzzug zu bekommen, diese Art politischer Verbindung nicht ungewöhnlich war. Daß er keine Kinder zeugte, ist ebenfalls kein unfehlbarer Anhaltspunkt für seine sexuelle Vorliebe – Richard war zu sehr mit Kreuzzügen und Kriegen beschäftigt, um viel Zeit mit seiner Ehefrau verbringen zu können, obgleich man einwenden mag, daß ein König die unbedingte Notwendigkeit eines Erben hätte einsehen müssen.

Wenngleich Löwenherz als Held mit seiner charismatischen Ausstrahlung unauslöslich in die Geschichte eingegangen ist, gab es auch dokumentierte Zeiten, wo die in der Familie liegende Launenhaftigkeit aus ihm herausbrach. Seine Anlage zu Brutalität und Selbstsucht ist belegt durch die Hinrichtung von 2600 gefangengenommenen Sarazenen, die im Anschluß an die Einnahme Akkos erfolgte, und durch die offenkundige Gleichgültigkeit gegenüber seinem englischen Reich – im Laufe seiner zehnjährigen Herrschaft verbrachte Richard nur vier Monate in England. Er starb 1198 in Frankreich an Gangräne, während er gerade eine Burg belagerte, von der es irrtümlicherweise hieß, sie enthielte einen großen Schatz. Für diejenigen, die an historischen Einzelheiten interessiert sind, sei hiermit darauf hingewisen, daß Richards Zitat in bezug auf Prinz John und seine »bösen Berater« dokumentiert ist, wie auch die Notiz, die Philipp an John bezüglich der Freilassung Richards sandte.

Immer, wenn Prinz (oder König) John im Zusammenhang mit der Robin-Hood-Legende erwähnt wird, schwingt der Terminus »böse« mit. Während John tatsächlich versuchte, sich des Thrones seines abwesenden Bruders zu bemächtigen, die Verlobte eines mächtigen Barons entführte (er heiratete sie später) und seinen Neffen, Arthur von Britannien, ermordete, war er weder dumm noch ein völliger Narr. Als König erwies er sich als ein weit fähigerer Regent als sein Bruder, hatte jedoch das unfehlbare Geschick, mächtige Barone gegen sich aufzubringen. Insbesondere die Amerikaner mögen mit Wohlwollen auf jenen letzteren Charakterzug schauen; Johns Aktionen führten zu einem Aufstand der Barone, unter ihnen die Earls of Alnwick, Hereford und Essex, die die Magna Carta schufen und John dazu zwangen, sie 1215 zu unterzeichnen, wodurch der Grundstein der Verfassung der Vereinigten Staaten gelegt wurde.

Einer der schwierigsten Aspekte beim Schreiben eines historischen Romans ist, wie man die weiblichen Figuren richtig darstellt. Modernen Autoren und Autorinnen wird oft vorgeworfen, daß sie mittelalterliche Frauen mit einer anachronistischen gedanklichen Unabhängigkeit ausstatten. In Eleanor deLacey, einer Figur, die vollkommen meiner eigenen Phantasie entspringt, begebe ich mich nahe an die Grenze; nichtsdestotrotz gab es selbst 1194 Frauen von »ausschweifender Moral« – ich entschied mich dafür, daran zu glauben, daß eine Eleanor sexuelle Affären tatsächlich als ein Mittel der Entscheidungsfreiheit gesehen haben mochte in einer Zeit, in der Frauen sehr wenig Freiheit hatten.

Marian ist ein echteres Kind ihrer Zeit, von den üblichen Verantwortlichkeiten einer mittelalterlichen Frau und den Erwartungen an sie geprägt. Daß sie so frei wurde, sich zu mehr zu entwikkeln (oder zu weniger, das hängt vom Standpunkt ab), ist der Beschmutzung ihres Rufs zuzuschreiben. Dadurch, daß sie ihre Ehre verlor, gewann sie die Freiheit, zu lieben, wo und wann sie wollte, und die Kraft, ihren eigenen Weg zu gehen.

Obschon Marians untergeordnete Rolle in den Balladen nicht vor den Maifesten des 17. Jahrhunderts auftaucht, hoffe ich, daß ich richtig gehandelt habe, eine Frau ins Leben zu rufen, die in der gesamten vergangenen und neueren Geschichte wenig mehr als eine Null geblieben ist.

Ich bin einer Vielzahl von Hilfsquellen zu großem Dank verpflichtet, allen voran Holts *Robin Hood* und Keens *The Outlaws of Medieval England; The Ballads of Robin Hood,* circa 14., 15. und 16. Jahrhundert, herausgegeben von Jim Lee; Elizabeth Hallams *The Plantagenet Chronicles;* W. L. Warrens *King John* und mehreren Titeln von Joseph und Frances Gies, einschließlich *Women in the Middlages, Life in a Medieval Castle* und *Life in a Medieval City.*

J. R.
Tempe, Arizona
1992